Enfance vendéenne

Michel Ragon

Enfance vendéenne

L'Accent de ma mère
Ma sœur aux yeux d'Asie
Enfances vendéennes

Albin Michel

ISBN 2.226.06614.4

L'ACCENT DE MA MÈRE

A Françoise

Nous ne serons jamais grands. Nous ne serons pas de l'ordre même où il y a, où il peut y avoir de la grandeur historique. L'histoire n'aura aucun moyen de nous mesurer. Et à vrai dire elle n'en aura aucun goût.

Charles PÉGUY,
20 juin 1909.

1

PENDANT trente ans, ma mère m'a écrit chaque semaine, de son écriture appliquée, ronde, sans faute d'orthographe, me racontant sa vie, c'est-à-dire rien ; c'est-à-dire une lente, longue attente ; l'attente de mes réponses, de mes visites de plus en plus espacées ; c'est-à-dire son ennui, ses maladies, ses malaises ; c'est-à-dire son inquiétude, dont j'étais toujours l'objet.

Dans quelles circonstances me téléphona-t-elle pour la première fois, je l'ignore et cela n'a d'autre importance que la révélation que j'eus alors de sa voix et de son accent. Je n'avais jamais su, auparavant, que ma mère parlait avec cet accent traînant de l'Ouest, cet accent paysan qui fait la voix grasse, comme imprégnée de terre humide. Lorsque je la vis, aussitôt après, lorsqu'elle me parla *de visu*, l'accent n'y était plus. Nous avions, je le remarquai, les mêmes tonalités et cette manière, à la fois populaire et désuète, de former des phrases trop appliquées, trop livresques. Comment diable avais-je donc pu entendre cette voix de paysanne au téléphone ? Phantasme ? Mais le même jour je rencontrai un ami qui me dit : « J'ai téléphoné chez toi. Qui était cette bonne femme avec ce drôle d'accent, qui m'a répondu ? Je croyais qu'il n'existait plus que des femmes de ménage espagnoles ! »

Donc ma mère avait bien un accent. Mais cet accent, que je connaissais depuis ma naissance, cet accent qui était celui de ma langue maternelle, je ne l'entendais pas lorsque je le « voyais » parler. Je ne l'entendais pas parce qu'il m'était naturel. Il ne m'apparaissait qu'à travers l'anonymat de l'écouteur téléphonique. Je ne voyais plus alors ma mère, je ne percevais que l'accent.

Mais si je percevais cet accent, cet accent vendéen que je connais bien, que je reconnais entre tous, si je le recevais comme une anomalie, c'est que moi-même je ne parlais plus avec cet accent. Où l'avais-je perdu ? Quand ? Pourquoi ? Aucun souvenir. Lorsque je débarquai à Paris, à vingt et un ans, à la recherche éperdue non d'un emploi mais d'un boulot, n'importe lequel, quelqu'un me dirigea vers les studios de radio en me disant : « Vous parlez sans aucun accent, ce qui est rare, vous pourriez devenir speaker. » Et en effet, on s'extasia dans les bureaux de la Radiodiffusion sur la qualité de mon français parlé. Sans aller néanmoins jusqu'à m'embaucher.

Je sais, maintenant, que ce français-là est le français littéraire dont j'ai hérité à la suite de mon long tête-à-tête avec les livres, sans intermédiaire d'aucun « lecteur » professionnel, d'aucun professeur (les professeurs ont souvent des « accents »). Je sais aussi que cette voix de ma mère, au téléphone, a été soudain le rappel d'un accent oublié, d'une autre langue, d'une autre culture. Je sais enfin que cette ravine qui ne cessa de se creuser, de s'agrandir, entre ma mère et moi, à tel point que nous n'arrivions plus à nous entendre, d'un bord de la vie à l'autre, que nous ne savions plus quoi nous dire, cette ravine c'est le langage, c'est l'accent ; le langage et son accent qui rapprochent ou séparent. C'est ce langage et cet accent qui nous ont éloignés. Bien que ma mère ait tout fait pour me suivre dans le nouveau monde culturel qui m'est devenu familier, lisant les livres de mes amis, cherchant de leurs nouvelles dans les journaux. Mais cette culture, vivante pour moi, n'était pour elle qu'un spectacle. Elle la regardait, de sa province, comme on regarde une émission de télévision sur le petit écran.

Maintenant que ma mère repose, comme on dit, dans le cimetière de la petite ville de mon enfance ; maintenant que je suis retourné, après une si longue absence, dans cette ville qui, curieusement, a peu changé en un temps où tout se transforme si radicalement ; maintenant que j'ai récupéré tout « l'héritage » de ma lignée, je suis tenté avec ces quelques papiers, ces lettres jalousement conservées, ces photos de famille dont beaucoup de visages me sont totalement inconnus, ces quelques objets... je suis tenté d'essayer de reconstituer avec eux l'identité culturelle de ma mère et, par là même, celle de ma tribu.

Cet album de photos est terrifiant. De tous ces beaux militaires, de toutes ces mariées épanouies, de tous ces bébés joufflus, il ne survit personne, sauf moi. J'ai l'impression d'être le seul rescapé d'un cataclysme. Tous les papiers, toutes les photos, toutes les lettres, tous les objets de la famille me sont parvenus en ultime destination. Ou du moins ce qu'il en reste. Sauf ma mère et ma grand-mère, tous ces gens sont morts jeunes, voilà déjà bien longtemps. Tuberculose, maladies intestinales, vieillesse prématurée due à un travail de bête de somme, à l'alcoolisme, à une alimentation déficiente.

Parler « d'héritage de ma lignée », voilà bien de ces phrases littéraires, de ces clichés qui m'encombrent. En fait d'héritage, presque tout l'environnement de mon enfance a disparu. Mais déjà, dans mon enfance, la part la plus fabuleuse de cet héritage n'existait plus. Peut-être même n'exista-t-elle jamais. Je veux parler de ce que mon père, sous-off de la coloniale, rapporta soi-disant des mers de Chine. J'ai toujours entendu vanter ces cadeaux fastueux faits par mon père à ses nièces : étoffes bariolées, défenses d'éléphant, brûle-parfum en cuivre, statues de bronze. Je ne les ai jamais vus nulle part, pas même dans les fermes de ces nièces, de leur vivant. Je crois bien que ma mère exagérait en parlant de la prodigalité de mon père envers ses nièces. Il se glissait là une vieille jalousie, de vieilles rancunes envers l'autre famille. Ma mère qui, tout comme ma grand-mère, a vendu peu à peu, objet par objet, tout ce qui pouvait intéresser les antiquaires, ne s'est jamais séparée des « reliques » de mon père, comme elle disait. Je les possède maintenant : un petit éléphant agenouillé, en marbre blanc ; une jardinière en cuivre dont les anses sont formées par deux chimères qui s'agrippent au bord et le mordent ; un képi noir orné de l'ancre de marine dorée ; deux longues baguettes en ébène incrustées de nacre qui n'ont dû être utilisées dans aucun bol de riz ; un cadre en bois, sculpté, ornementé de roses, dans lequel un ovale laisse apparaître une photo de mon père, tout de blanc vêtu, ses galons de sergent sur les manches, son haut casque colonial posé sur une console, la main près du casque, la moustache conquérante. Photo manifestement faite « aux colonies », avant son mariage.

Le petit éléphant agenouillé suscitait la convoitise du médecin de famille. Nombre de fois, mais peut-être pas autant de fois que ma mère le disait, ce médecin offrit de l'acheter. Aussi ce petit éléphant de bazar de Saigon finit-il par prendre une valeur phénoménale. Je l'ai mis dans un de mes rayonnages de bibliothèque. La jardinière en cuivre, que j'ai toujours vue garnie de bruyère sèche, est là, derrière mon dos, pendant que j'écris, et remplie à nouveau de bruyère.

De mon père, j'ai aussi hérité de ses vieilles cantines militaires, en bois noir, enveloppées dans des paniers de raphia à jours. Elles me servent de réserves à rangement pour des dossiers et manuscrits.

J'ai vécu toute mon enfance dans la maison de mes grands-parents maternels, rue des Orfèvres, à Fontenay-le-Comte en Vendée. Ils occupaient le rez-de-chaussée et nous (c'est-à-dire d'abord mon père, ma mère et moi, puis ma mère et moi seulement lorsque mon père mourut à quarante-cinq ans) le premier étage. Nous avions deux pièces, une grande chambre que je partageais avec mes parents (puis avec ma mère) et une cuisine. Au rez-de-chaussée, mes grands-parents ne disposaient aussi que de deux pièces : une chambre tout à fait obscure et une grande cuisine, salle commune qui ouvrait sur une cour encombrée de chaudrons, d'arrosoirs, de pots de fleurs, de poules et de lapins en liberté.

De leur lignée paysanne, ces grands-parents avaient conservé quelques beaux meubles et objets, notamment une pendule à balancier qui m'émerveillait. Ce balancier représentait un paon faisant la roue. Toute la journée, le paon balançait sa longue queue, au rythme du battement des secondes. Les poids que l'on remontait (d'où sans doute le terme de « remonter » une pendule, voire une montre) avaient quelque chose de fascinant. Je me souviens aussi de pistolets d'arçon, à manche de bois, avec un gros chien de fer, qui devaient avoir été pris sur des cadavres d'officiers bleus, pendant les guerres de Vendée. Je me souviens de chromos religieux : la Petite Thérèse de l'Enfant Jésus, le Sacré-Cœur. Je me souviens de gros livres rouges à tranche dorée que ma grand-mère sortait avec précaution d'une grande armoire en chassant les poules qui avaient une propension à se jucher sur les corniches et qui fientaient le long de la porte de merisier. Je me souviens que tous ces meubles sombres prenaient beaucoup de place et m'attristaient, m'effrayaient quelque peu. Tout cela a disparu. Vivre vieux autrefois, sans rente, sans pension, sans retraite, n'était possible qu'en vivant chez ses enfants. Les enfants constituaient un capital d'avenir, une sécurité pour les vieux jours. D'où l'angoisse de les doter d'un bon métier, non seulement pour leur avenir à eux, mais comme assurance retraite. Une fille unique et veuve amenait la catastrophe. De cette catastrophe je n'ai jamais vu mes grands-parents se plaindre. Mon grand-père continua à faire ses journées de jardinier pour les bourgeois de Fontenay, sans parler de son propre jardin qui assurait la famille en légumes et en fruits toute l'année, tant que ses jambes purent le porter. Puis un jour il s'assit sur une chaise, devant la porte de la rue des Orfèvres, et regarda la vie passer. Comme il n'avait plus d'argent pour acheter du tabac, il se faisait des cigarettes en roulant des bouts de journaux qu'il mâchonnait. Ma grand-mère grognait en disant qu'il finirait par se brouiller le sang avec l'encre d'imprimerie.

De ce grand-père, peu à dire. Qui était-il ? Que pensait-il ? Il s'appelait Sourisseau, était blond avec des yeux bleus. A cause de ses moustaches tombantes, je continue à l'identifier à un Gaulois. Assez court, trapu, silencieux, il ne se manifestait guère que le dimanche où il rentrait bruyamment de son après-midi passé à jouer aux cartes au Café du Cerf, plus ou moins soûl, mais parfois suffisamment pour s'écrouler devant la cheminée.

Au-dessus de cette cheminée, se trouvait un chromo encadré de bois noir, titré *Les Différentes Positions sociales*, image à la gloire du laboureur, que l'on voyait en médaillon, en gros plan, poussant une charrue tractée par deux chevaux. Toutes les figurines de ce chromo comportaient des légendes. Je les ai tant lues et relues que je les connais par cœur. A gauche, la première figurine, celle du roi, un roi de carte à jouer, déclarait bon premier : « Je vous gouverne tous. » Au-dessus, venait un gentilhomme très Marquis de Carabas, qui disait : « Je vous commande tous. » Puis un curé qui ressemblait à la publicité de la Jouvence de l'Abbé Soury : « Je prie pour vous tous. » Et tout en haut de la pyramide, le Juif errant d'Eugène Sue avec sa besace et son parapluie : « Je gagne sur vous tous. » En redescendant cet escalier des positions sociales, un soldat avec sa hallebarde, comme un Suisse d'église : « Je vous défends tous » ; un mendiant à jambe de bois et béquille, son chapeau à la main : « Je vous demande l'aumône à tous. » Et enfin, revenu à la base, face au roi, le paysan en culotte et bas, chapeau de paille, tunique bleue, un paysan pour bergerie à la Jean-Jacques Rousseau, accoudé sur un immense sac de blé et qui disait : « Je laisse faire le Bon Dieu car je dois vous nourrir tous les six. »

Je n'ai presque rien retrouvé du passé culturel de mes grands-parents dans les affaires de ma mère, sauf ce chromo, au grenier, couvert de poussière et craquelé par la chaleur ou le froid. Avec quelle émotion je l'ai nettoyé, restauré. C'est finalement l'image qui évoque le mieux pour moi ces longues veillées dans la salle commune de ma maison d'enfance. Je n'osais espérer retrouver ce chromo que je croyais parti, comme tout le reste, chez un brocanteur. Au verso, mon grand-père avait apposé sa signature et sans doute la date d'achat : 1893. Je ne m'étais jamais aperçu dans mon enfance de l'antisémitisme de ce chromo. Mais il est vrai que ce Juif qui domine la pyramide des conditions sociales, c'est avant tout le commerçant et que pour un paysan tout commerçant est juif. 1893 ! Nous sommes néanmoins à la veille de la condamnation de Dreyfus.

Cette image me fait rêver sur ce grand-père avec lequel j'ai vécu pendant quatorze ans et dont je ne sais pratiquement rien. Que ce que l'on m'en a dit. D'où sortent ces Sourisseau ? De quel grenier à grains ? Lorsque ma grand-mère rencontra le Père Sourisseau, comme on l'appelait à Fontenay, il était cocher chez le baron de la V... Ma grand-mère travaillait elle-même comme chambrière dans le même manoir. Deux domestiques qui s'épousent, qui amassent un petit pécule et qui finissent par exploiter une borderie, dans le bocage, à la Jaudonnière.

Dans une des cantines militaires de mon père, j'ai retrouvé quelques papiers, dont un acte notarié, daté du 1er novembre 1909 et qui rendait ma grand-mère propriétaire d'une maison rurale à la Jaudonnière, à la suite du legs d'une dame Léonie Métais, épouse d'un monsieur Burcerot. J'ignorais tout de cette donation et n'ai jamais entendu parler des époux Métais-Burcerot. Seul indice, mais de quoi (peut-être d'une marraine), ma grand-mère se prénommait Léonie, comme Léonie Métais. Bien que le legs soit fait nominativement à ma grand-mère, Léonie Villatte, mon grand-père apparaît sur l'acte notarié pour avoir autorisé son épouse à le recevoir. Et je vois, par la même occasion, qu'il était encore cocher en 1909.

L'héritage n'était pas considérable puisque je lis sur l'acte que la maison, sise dans un hameau proche de la Jaudonnière, se composait de « plusieurs chambres basses et hautes, grenier, hangar, grange, toits, ruages, puits commun et jardin de vingt-quatre ares cinquante centiares ». Mais pour deux domestiques qui n'avaient rien en propre, sinon leur linge de corps, quelle aubaine inespérée que ce cadeau du ciel ! Cette petite maison rurale a donc permis à mes grands-parents de sortir de la domesticité en devenant de tout petits, petits agriculteurs. Puis, leur fille devenue grande, d'être saisie par la folie des grandeurs et de tout bazarder pour s'établir en ville afin de lui donner une éducation de demoiselle.

Peut-être aussi, les vingt-quatre ares cinquante centiares du jardin de la Jaudonnière ne permettaient-ils pas de faire un pot-au-feu tous les dimanches. Même en supposant que mon grand-père ait affermé quelques champs, que ma grand-mère ait fait brouter ses deux vaches en maraude le long des chemins, qu'ils se soient loués l'un et l'autre pour les moissons et les vendanges, la maison du legs devait néanmoins être trop petite pour se transformer en vraie ferme. A Fontenay, mon grand-père retrouvait une demi-domesticité en travaillant à la journée dans les jardins des « meusieu ». Et on le payait tous les jours.

Oui, de mon grand-père je ne connais rien, sinon ce chromo annoté de sa main ; sinon qu'il jouait à l'aluette le dimanche et se soûlait ; sinon que je l'accompagnais au jardin et l'aidais à trier les semences ; sinon qu'il avait un ulcère à la jambe droite qui suppurait et que parfois ma jambe droite me démange au même endroit.

Je sais aussi qu'il échappa aux deux guerres qui décimèrent les gens de sa génération : à celle de 1870 parce que trop jeune et à celle de 1914 parce que trop vieux. Mais qu'il fit sept ans de service militaire, dans l'infanterie bien sûr, en un temps où tous les déplacements se faisaient à pied, de la Vendée à la Lorraine.

Mon grand-père était taciturne, lent, court sur pattes mais

massif. Ma grand-mère, toute menue, petite, produisait au contraire une impression de vivacité extrême. Elle méritait bien ce nom de Sourisseau hérité en mariage, car on la voyait toujours trottiner, légère, furtive, souriante, sa coiffe blanche, conique, bien épinglée à son chignon, un parapluie noir à la main l'hiver, une ombrelle bleue l'été, un caraco noir serré à la taille, ses longues jupes traînant à terre.

Mon grand-père appelait toujours cette femme minuscule « le commandant ». Il est vrai qu'aux périodes électorales, lorsque arrivaient les bulletins de vote, ma grand-mère les plaçait tous, soigneusement, entre les draps de l'armoire (les brodés, ceux dont on ne se servait jamais). Puis, le jour du vote venu, elle choisissait elle-même le bulletin qui lui semblait le meilleur et le donnait, sans commentaires, à son homme, qui allait tout naturellement à la mairie le mettre dans l'urne.

A ma grand-mère j'ai été lié par une affection extrême. Toute mon enfance est irradiée par son amour. Mais que sais-je d'elle, de ses goûts, de ses idées, de ses désirs, de ses regrets si elle en avait ? La bonne humeur et l'entrain personnifiés avec de temps en temps des entractes de migraines. Fréquentant l'église, mais pas bigote ; lisant ces gros livres rouges à tranche dorée dans lesquels elle m'apprit à lire ; son avenir brisé par le deuil de sa fille, mais ne consentant pas à montrer son chagrin ; d'une bonté naturelle, aussi naturelle que sa bonne humeur ; pour elle comme pour ma mère la seule chance résidait dans ce petit garçon qu'elles couvaient avec une telle attention qu'il en tombait souvent malade ; et qu'aujourd'hui, d'avoir été placé toute mon enfance dans une boîte à coton, pour reprendre l'expression ironique du médecin de famille (l'amateur d'éléphant blanc), je dois peut-être ma survie du naufrage familial ; mais rendu si frileux que tous mes amis s'en amusent comme d'une lubie.

Quand ma grand-mère s'est trouvée complètement démunie, lorsque tout fut vendu au compte-gouttes, au fur et à mesure de la nécessité des pommes de terre, du pain, d'une aile de poulet pour le dimanche ; lorsque la pendule à balancier, la coiffe blanche (dite grisette), les armoires en noyer, le vaisselier, les pistolets d'arçon, les livres rouges à tranche dorée, tout ce qui pouvait se vendre fut vendu, j'étais déjà à Paris et, moi aussi, dans quel dénuement. Je ne reçus qu'un écho lointain de cet événement qui me parut naturel : ma grand-mère quittait Fontenay et venait à Nantes habiter avec ma mère. Trop préoccupé alors par ma propre vie je ne pouvais soupçonner quel déchirement cela avait dû être pour la pauvre vieille que cet exil à Nantes. Rien ne paraissait jadis plus rassurant aux vieillards que l'idée de mourir chez soi. Mourir à l'hôpital obsédait les pauvres. Ils traînaient trois phobies : la prison, l'hôpital et la fosse commune.

La prison, ils savaient qu'elle s'ouvrait très facilement pour eux. A la suite d'une bagarre de bistrot, de dettes, d'un petit larcin, d'un braconnage. Éviter la prison demandait déjà beaucoup d'adresse. Éviter l'hôpital dépendait moins de soi. Mais pour éviter l'hôpital et la fosse commune les enfants constituaient la seule ressource. Dire d'un enfant qu'il avait mis son vieux ou sa vieille à l'hôpital, c'était vraiment le désigner à la vindicte publique.

Or la vie moderne est ainsi faite, et là encore je m'aperçois combien nous avons été éloignés de notre culture native, mon père, ma grand-mère et ma mère sont morts à l'hôpital.

Je n'ai revu qu'une seule fois ma grand-mère à Nantes, dans cette maisonnette de deux pièces, surmontées d'un grenier, où j'ai passé avec ma mère la plus grande partie de mon adolescence. L'addition des deux pièces devait faire à peu près vingt-cinq mètres carrés. Mais comme ma mère avait été habituée depuis toujours à la salle commune unique, après mon départ de Nantes elle ne vivait plus que dans la première pièce. La cuisinière à charbon, qui servait à la fois pour la cuisine et le chauffage, se trouvait au pied du lit. Une armoire à deux portes, un buffet à trois portes, une table ronde au milieu, quelques chaises, un évier près de la porte d'entrée constituaient tout le mobilier.

Dans l'autre pièce, l'abandonnée, un fouillis extrême donnait l'impression d'un garde-meuble. Deux lits se touchaient en équerre, de ces lits très hauts, en bois massif, avec un échafaudage de couettes, de traversins, d'édredons. Et puis un enchevêtrement de guéridon, de machine à coudre hors d'usage, de chaises empilées comme dans un bistrot une fois la clientèle partie, de vêtements en vrac, de boîtes à chaussures défoncées, de piles de journaux jaunis. Dans l'un des lits, à peine perceptible tellement elle se recroquevillait, ma pauvre petite grand-mère surtout reconnaissable à son chignon, ma pauvre petite grand-mère qui me voit et se met sur son séant pour me prendre dans ses bras, avec ces mots bien sûr ridicules mais dans lesquels passait toute son émotion :

— Ah, mon petit, comme tu es devenu grand !

D'autant plus ridicule que je n'ai guère grandi, depuis mes quatorze ans. Mais pour elle, j'étais grand. Ce qui voulait dire, bien sûr, que j'étais devenu adulte.

Comme ma grand-mère ne se levait plus, sinon pour aller sur son seau, bien en vue au pied du lit, une odeur de médicaments et d'urine imprégnait toute la pièce. Je dis à ma mère qu'elle devrait aérer. Mais elle se plaignit que la fenêtre n'ouvrait plus. Il eût été en effet difficile de l'ouvrir, l'espagnolette étant brisée et seule une planche, clouée à la base de la fenêtre, l'empêchait de s'ouvrir seule dans un coup de vent.

La maisonnette, jamais réparée par le propriétaire qui n'en retirait qu'un loyer dérisoire, se trouvait de plus en plus délabrée. Le délabrement de la maison allait de pair avec le délabrement de ses habitantes.

— Tu l'as vue, me disait ma mère en parlant de sa propre mère, dans quel état elle est. Je ne pourrai pas continuer à m'en occuper *in eternam* (il y avait toujours du latin d'église dans ses phrases). Moi ça me tue, de faire la garde-malade. Et puis, avec elle, on ne peut pas causer. On n'est pas du même âge.

Étrange réflexion, celle même que je me faisais en pensant à ma mère, avec laquelle je n'avais plus guère de conversation. Je pensais naïvement qu'elles parlaient le même langage, avaient les mêmes préoccupations. A peu d'années près, je les voyais même d'un âge identique.

Quelques mois plus tard ma mère m'écrivait qu'elle avait dû envoyer ma grand-mère à l'hôpital. Elle ne pouvait plus s'en occuper. « Elle me vanne, elle me tue, m'écrivait-elle avec son habituel emportement. Et le médecin m'a dit : Madame, vous êtes trop fragile. Il faut choisir. C'est elle ou vous. »

Ce ton grandiloquent m'a souvent fait penser à Corneille, voire à Racine et je me disais qu'il semblait étrange que ma mère qui n'avait lu ni Corneille ni Racine parlât parfois comme en alexandrins. Mais j'ai découvert depuis quelles étaient ses sources littéraires et nous en parlerons plus loin.

Où se trouve la tombe de ma grand-mère ? Dans quel cimetière de Nantes ? Ses os ne sont-ils pas déjà dans cette fosse commune si redoutée ? Et le grand-père Sourisseau, où sont ses restes ? A Fontenay sans doute ? Quant à ma mère, elle avait pris ses précautions. Combien de fois m'avait-elle répété qu'elle voulait être enterrée à Fontenay, dans la même tombe que mon père, que la concession restait encore valable. Dans la petite valise en carton bouilli qu'elle traîna pendant les dix dernières années de sa vie, d'hôpitaux en maisons de retraite, j'ai trouvé quatre ou cinq carnets recouverts d'inscriptions diverses : sommes reçues, sommes payées, soins à faire, médicaments à prendre, heures de certaines émissions à la radio, dates des lettres qu'elle m'envoyait et dates de mes réponses avec entre les deux des plaintes sur mes silences, numéros de téléphone où l'on pourrait me joindre en cas d'urgence, poids (42 kilos), horoscopes, tension... Une inscription revenait comme un leitmotiv, de plus en plus fréquente lorsqu'elle se rapprocha de sa mort, au point d'apparaître toutes les deux ou trois pages : « Je désire avoir une messe de sépulture à la chapelle ; et ensuite me transporter à Fontenay-le-Comte où j'ai une tombe. »

Dans la même petite valise, une grande enveloppe (ayant évidemment déjà servi) avec en surcharge sur l'adresse et les cachets postaux : « Cette enveloppe contient concession au cimetière Notre-Dame à Fontenay-le-Comte. Acheter terrain à perpétuité au moment de l'inhumation ; faire refaire la tombe par une croix en pierre et l'entourage. Entretenir la tombe chaque année par des fleurs, le gardien du cimetière se charge des tombes. Ce sont mes volontés prescrites à mon fils. »

N'étant heureusement pas fauché comme du temps de la mort de ma grand-mère, j'ai accompli scrupuleusement ces dernières volontés. Le gardien du cimetière Notre-Dame, qui en est aussi le fossoyeur, m'a dit : « J'ai retrouvé les restes de votre père. Oh ! après plus de quarante ans, ça ne fait plus que des vieux os. Mais j'ai mis le cercueil de votre mère juste dessus. »

Bon, je crois que ça correspond à son souhait. Mais ensuite, j'ai sans doute voulu trop bien faire. J'ai commandé une tombe neuve : une dalle de granit des Pyrénées, sur un entablement de béton. Plus une stèle avec les deux noms gravés. Puis je me suis aperçu qu'il n'y avait pas de croix. Ma mère me parlait d'une croix de pierre mais le fossoyeur m'a dit que ça ne se faisait plus et m'a montré une petite croix en bronze qui se fixe sur la dalle. J'ai fait fixer une croix en bronze. J'ai acheté une concession perpétuelle.

Revenu un an après au cimetière vérifier si tout allait bien, le fossoyeur m'a dit : « Ah ! elle est belle votre tombe. Vous savez elle a beaucoup de succès. Les gens me demandent l'adresse du marbrier pour en avoir une comme ça. »

Et alors, bien sûr, je me suis dit : ce n'est pas ce qu'elle voulait. C'est trop beau, trop riche. Elle n'aurait pas aimé. Le difficile dialogue et les incompréhensions continuent *post mortem* (ça y est, moi aussi, je me mets à truffer mon français de latin). Je l'entends : « Mais ce sont des dépenses inutiles. Tu ne fais pas attention à ton argent. Pourquoi une croix en bronze ? La pierre, ça suffit bien. Et puis c'est un entourage de ciment que j'aurais voulu, avec des cailloux au milieu. Où est-ce que tu vas mettre des pots de fleurs avec cette dalle ? Tu sais bien que je veux des fleurs à la Toussaint. Tu m'avais promis. »

« Bien sûr, maman. Tu auras tes fleurs. (Mais lorsque j'ai apporté un pot de fleurs au cimetière le fossoyeur m'a dit : “ Pourquoi un pot de fleurs ? Votre dalle est très bien comme ça. Vous ne vous rendez pas compte, avec le vent qu'il fait, je vais retrouver le pot à vingt mètres. Y a toujours des pots de fleurs qui courent dans le cimetière, et après je ne sais où les replacer, moi, comment voulez-vous que je me rappelle ? ”) Tu voulais une concession à perpétuité, il faut que ça soit solide. Je ne serai pas là assez longtemps pour soigner ta tombe, la désherber. Et personne après moi. Une dalle, c'est plus costaud, plus moderne, ça tiendra plus longtemps. A perpétuité, je ne sais pas. Mais presque. »

Je m'excuse, je me justifie, mais je sais bien que ça ne prend pas. A toutes les tentatives que j'ai faites pour essayer de faire plaisir à ma mère, je tombais à côté. Puisque, à la fin de sa vie, je n'étais plus pauvre, j'essayais qu'elle en profite. Mais elle n'avait envie de rien. Sinon toujours des mêmes choses : un poste de radio pour m'entendre (mais il fallait m'attendre longtemps pour m'entendre rarement), des imperméables (qu'elle appelait des *périmpers*), des chemisiers. Les postes de radio, étant vite détraqués ou cassés, représentaient toujours un cadeau facile.

J'en ai découvert dans tous les coins de la maisonnette, de ces postes de radio éventrés. Quant aux imperméables et aux chemisiers, empilés dans l'armoire, soigneusement pliés, ils n'avaient jamais servi.

Lorsque ma mère était encore valide, je me mis dans l'idée de lui faire connaître une cuisine qu'elle ne pouvait même pas soupçonner en l'invitant dans les meilleurs restaurants. Mais elle regardait ces énormes menus d'un air perplexe, jetait des regards agacés sur les gens autour, avait visiblement envie de repartir. Après avoir lu la carte, elle faisait une moue dégoûtée : « Je ne sais pas quoi prendre. » Si le maître d'hôtel tentait de la conseiller, c'était la catastrophe. Elle se montrait alors difficile, suspectait tous les plats avec le plus complet mépris. Elle se persuadait que tout allait lui faire mal, qu'elle ne digérerait pas. Une discussion sans fin s'engageait avec le maître d'hôtel, heureusement patient, une discussion serrée, plat après plat. Elle suspectait toutes les sauces, reniflait pour tenter de sentir le poisson qui ne devait pas être frais. Finalement elle réussissait à se commander le plat le plus banal : du poulet et des pommes frites.

Je m'aperçois que je l'ai obligée pendant trop longtemps à venir dans ces restaurants trop chics où je pensais qu'elle trouverait une revanche sur sa pauvreté. Mais elle n'avait pas de complexe d'être pauvre. Dans ces restaurants, elle ne se trouvait d'ailleurs pas mal à l'aise (ma mère n'a jamais été ni à l'aise ni mal à l'aise, nulle part). Mais ces plats trop sophistiqués la déroutaient. Elle en goûtait parfois pour me faire plaisir, mais ne les aimait pas.

Un jour, en prévision de la visite que j'allais lui faire dans une de ses maisons de retraite, elle s'enhardit à m'écrire qu'elle aimerait commander notre repas au bistrot du village où il y avait de bonnes langoustines. Pourrait-elle en commander trois ou quatre par personne ? Je lui dis de commander tout ce qu'elle voulait et de retenir les places. Lorsque nous l'y emmenâmes, nos places se trouvaient en effet réservées, parmi d'autres familles qui venaient en ce même lieu sortir leurs vieux de l'hospice. Ma mère était heureuse. Je ne l'ai jamais vue si heureuse dans un restaurant. Le plat de langoustines était gigantesque. « Ah ! dit ma mère, émerveillée, il y en a plus de quatre par personne ! » On mangea aussi du poulet pommes frites et de la brioche vendéenne. Quel festin !

Même chose avec le vin. Lorsqu'elle venait chez nous, à Paris, je me croyais obligé de lui servir un bon bordeaux. Elle empoignait la bouteille et lisait l'étiquette, d'un air déçu. Mouton Cadet ne lui disait rien et le fait que le degré ne soit pas marqué lui paraissait suspect. Elle le buvait avec indifférence. « Moi, disait-elle comme pour me faire la leçon, quand je veux me remonter j'achète du 12° à Viniprix. C'est cher, mais c'est bon. »

Lorsqu'il fut évident qu'elle ne pourrait jamais revenir habiter dans la maisonnette de Nantes, de plus en plus délabrée, et que ses dernières demeures, en attendant l'ultime, seraient les maisons de retraite et les hôpitaux, le problème d'évacuer tout ce qui était accumulé dans les deux pièces et le grenier se posa. D'autant plus que le propriétaire me pressait de procéder à ce déménagement, n'attendant plus depuis longtemps que la mort ou le départ de ma mère pour procéder à la dernière opération de rénovation du quartier. Je cherchais à temporiser en payant le loyer et en assurant que ma mère allait revenir, qu'elle n'était que malade. Manière de reculer l'échéance de l'irrémédiable.

Lorsque nous arrivâmes dans cette maisonnette, vers 1941, elle se situait dans ce que l'on aurait pu prendre pour la campagne. En bordure de l'Erdre, le quartier Saint-Donatien possédait encore des prairies et des champs lotis par des maraîchers et des blanchisseurs. La maisonnette qui nous abrita faisait partie d'un ensemble, une sorte de hameau de blanchisseurs. Si bien que nous retrouvâmes un peu l'esprit du village. Le puits, commun à toutes les maisons, puits recouvert d'une pompe actionnée à la main, refusait souvent de cracher son eau et il fallait l'amorcer. Les w.-c. (on disait les cabinets) se trouvaient en bordure de l'Erdre, ce qui simplifiait le problème de l'évacuation. Quatre cabanes en planches desservaient les quatre maisons du hameau, alignées les unes à côté des autres. De la fenêtre de la maison, nous voyions des prairies toutes blanches, blanches de la blancheur des draps étendus sur des fils de fer. Ces draps fournissaient du travail pour ma mère qui reprisait les déchirés ou leur mettait des pièces. Elle se fit aussi une spécialité de retourner les cols et les poignets de chemise. Faire du neuf avec du vieux, reculer l'échéance de l'usure, boucher des trous, reconsolider ce qui s'effiloche, voilà où ma mère prenait un certain plaisir. A tel point que, dans les maisons de vieillards où elle ne savait plus quoi faire et où sa pension était payée pour que justement elle n'ait pas à travailler, elle réclamait aux bonnes sœurs ou aux infirmières un petit raccommodage à faire, une chaussette à repriser. Mais on ne faisait plus du neuf avec du vieux. On ne bouchait plus les trous. On ne retournait plus ni les cols ni les poignets de chemise. Les infirmières lui disaient de faire du tricot ou de la tapisserie. Elle haussait les épaules. Finalement, elle me demanda de lui apporter des torchons qu'elle découpait en petits carrés afin d'en faire des serviettes de table, voire des draps dont elle faisait des mouchoirs. Nous avons hérité de ces serviettes de table et de ces mouchoirs, de plus en plus petits et de formes de plus en plus bizarres. Il lui fallait bien trouver un moyen de tuer le temps.

Un jour ma mère se décida à m'écrire qu'elle ne retournerait plus jamais « à la maison », qu'elle y avait trop froid l'hiver, trop chaud l'été, et que finalement elle s'habituait au confort dans les hôpitaux et les maisons de vieux. Il est vrai qu'il a fallu que ma mère atteigne la proximité de ses quatre-vingts ans pour connaître dans les hôpitaux et les maisons de retraite ce qu'elle appelait avec une grande satisfaction le confort moderne. C'est-à-dire l'eau courante et, qui plus est, de l'eau chaude au robinet, le chauffage central et non plus les matins glacés avant que la cuisinière commence à diffuser une maigre chaleur, un éclairage qui ne fasse plus mal aux yeux (elle n'avait jamais su passer de la lampe Pigeon à l'ampoule électrique, s'obstinant à n'acheter que des ampoules si faibles qu'une bougie aurait aussi bien fait l'affaire).

Elle me disait d'appeler un brocanteur et de tout vendre, sauf ce que je voulais récupérer pour moi. Avant de prendre rendez-vous avec le brocanteur (mais quel brocanteur voudrait acquérir ces restes, en lambeaux ?), il me fallait aller trier, brûler, jeter. J'étais d'ailleurs assez curieux de ce que j'allais trouver. Que subsistait-il de la smala (un mot qu'elle aimait), de la tribu ? Je me souvenais de certains livres *(La Chanson de Roland*, *L'Évolution de la Terre et de l'Humanité)*, de cartes postales où l'exotisme colonial jouait son plein (une négresse aux seins nus m'avait beaucoup fait rêver), avec lesquels j'avais passé bien des journées dans le grenier de Fontenay-le-Comte. Mais ces souvenirs de mon père étaient disparus. De mon père, je ne trouvai que le livret militaire et un paquet de lettres. Je pris tout ce qui ressemblait à des papiers de famille, les photos, les draps dont certains tissés à la main. Sous les draps, je trouvai des paquets avec mon écriture. Il y avait là tous mes livres, dédicacés à ma mère, ouverts puis soigneusement remis dans leur papier d'emballage, comme s'ils devaient être prêts à réexpédier.

Quant au reste, c'était à désespérer. Un fatras de boîtes vides, de chiffons, de vêtements (notamment tous les vêtements militaires de mon père ; je pris seulement le képi), de ficelles, de cordons, de rubans, de morceaux de meubles et de meubles en morceaux, le tout dans une odeur d'urine et de pourriture. Il devait se décomposer des rats crevés là-dessous. L'odeur de moisi, de ranci, de poussière dès que l'on soulevait un objet, vous prenait à la gorge. Calées tant bien que mal, plus une seule des fenêtres n'ouvrait. Une tempête ayant enlevé la moitié du toit, le propriétaire avait fait remplacer les ardoises par du fibrociment cloué sur la charpente. Cette maison de style garde-barrière paraissait tout à fait incongrue dans son délabrement, parmi les rutilantes villas entourées de leur gazon et de leur saule pleureur qui lotissaient les anciennes prairies des blanchisseurs. On n'attendait plus que mon déménagement pour l'abattre, sordide témoin d'un passé dont le quartier prenait honte. Toutes les autres maisons du hameau des blanchisseurs étaient disparues, remplacées par des garages. Comme les garages avaient arasé à la fois le puits commun et les cabinets des bords de l'Erdre, on s'était résolu à brancher l'eau sur la maisonnette de ma mère et à lui construire un cabinet d'aisances en bois juste devant la porte d'entrée de la maison. Pas les w.-c. à l'intérieur, mais presque. Encore heureux qu'il ne fallût pas traverser cette cabane en planches pour pouvoir entrer dans la maison. On laissa entre la cabane et la porte d'entrée un tout petit espace, spéculant sur la maigreur de ma mère.

Ma mère m'avait dit : « Tu pourras coucher à la maison. » Je n'osai pas lui dire que j'allais à l'hôtel. La seule idée de passer une nuit dans cette pourriture me fait encore lever le cœur.

Aucun brocanteur n'accepta de trier ce fourbi. Je finis par trouver un chiffonnier qui voulut bien tout vider, moyennant un certain dédommagement. Je dis à ma mère que j'avais tout vendu pour une somme que je lui donnai. Elle trouva évidemment que je m'étais fait rouler.

2

PENDANT plus d'un an je n'ai pas touché à ces papiers, à ces lettres. Il me semblait que j'allais commettre une indiscrétion. Puis le souvenir de l'accent de ma mère me revenait, cet insolite accent, cet accent d'une autre langue que celle dans laquelle j'écris. Autre langue, non, disons plutôt langage, patois. Un patois qui, lorsqu'il est parlé dans toute son authenticité, est incompréhensible pour un non-Vendéen. Un patois dont je ne me souviens pas de l'avoir appris et que pourtant je comprends couramment. Mes petits-cousins et cousines n'en ont plus qu'un souvenir lointain, mais mes cousines germaines le parlaient encore[1]. Nous le parlions entre nous. Ma mère était persuadée

1. La première version de *L'Accent de ma mère,* en 1980, m'a permis de retrouver toute ma famille, cousins, petits-cousins, arrière-petits-cousins. Or, s'ils parlent tous un français très correct, le français d'Île-de-France diffusé par la radio et la télévision, ils n'en ont pas moins gardé l'usage du dialecte vendéen. En réalité, dans mon enfance, nous parlions mal le français et mal le patois. Aujourd'hui les deux langues sont parlées à la fois sans complexe et dans leurs richesses et utilité respectives. Le français est la langue de la modernité, le patois l'expression de la terre, des coutumes villageoises, du vieux fonds culturel.

Si l'on en croit le rapport de Barère sur les idiomes, au Comité de salut public, le français était à la fois compris et parlé en Poitou en 1793 puisque Barère ne s'en prend qu'aux idiomes bretons, basques, allemands et italiens. Il est vrai que le breton et le basque sont des langues spécifiques, alors que le dialecte poitevin est surtout du vieux français.

« Nous avons observé, déclare Barère, que l'idiome appelé bas-breton, l'idiome basque, les langues allemande et italienne ont perpétué le règne du fanatisme et de la superstition, assuré la domination des prêtres, des

de ne pas parler patois, et l'idée même qu'elle eût pu parler patois « en public » l'aurait profondément humiliée, mais sa conversation se truffait de mots vendéens. Parfois, elle s'en apercevait et s'arrêtait sur un de ces mots, en riant, disant : « Où est-ce que je suis allée chercher ça ? Ce n'est pas du français. Ça vient d'où ? On se le demande. » Et elle répétait le mot patois, en s'en amusant, en jouant avec lui comme à la balle, en le chantant. Parfois, ce mot amenait avec lui d'autres mots sortis de la nuit des temps qui formaient des proverbes ou des bribes de chanson. Et ma mère restait à rêver au seuil de ce langage qu'on lui avait appris à mépriser.

Cet accent de ma mère m'a mené à cette constatation que si je ne me souviens pas d'avoir appris le patois, alors que je me souviens très bien d'avoir appris le français, c'est que le patois représente ma langue maternelle, ma langue native, alors que le français est une langue acquise et très difficilement acquise, avec beaucoup de coups de règle sur les doigts.

Je regardais souvent ces papiers, ces lettres, ces photos, mis en vrac dans une des cantines militaires. Je savais que ces enveloppes, ces albums, ces carnets constituaient le seul témoignage de la vie d'une famille ; et qu'à travers cette vie apparaîtrait peut-être la trace d'une culture dont je m'étais séparé et que je pourrais peut-être ainsi réappréhender. Dans cette cantine militaire me restait la seule chance de trouver le fil qui me conduirait aux sources de l'accent de ma mère.

Un jour je me suis mis à ouvrir les enveloppes, à lire les

---

nobles et des patriciens, empêché la Révolution de pénétrer dans neuf départements importants et peuvent favoriser les ennemis de la France. »

Ni Poitou ni Vendée dans cette péroraison, ce qui n'empêche cette flèche destinée à « ceux qui parlent un idiome différent de celui de l'instruction publique... complot de l'ignorance et du despotisme : Citoyens, c'est ainsi que naquit la Vendée ; son berceau fut l'ignorance des lois ; son accroissement fut dans les moyens employés pour empêcher la Révolution d'y pénétrer, et alors les dieux de l'ignorance, les prêtres réfractaires, les nobles conspirateurs, les patriciens avides et les administrateurs faibles ou complices ouvrirent une plaie hideuse dans le sein de la France : écrasons donc l'ignorance, établissons des instructions de langue française dans les campagnes ».

Cf. Michel de Certeau, Dominique Julia, Jacques Revel, *Une politique de la langue. La Révolution française et les patois.* Gallimard, Bibliothèque des histoires, Paris, 1975.

carnets, à classer les photos. M'apparurent des tas de gens qui m'étaient totalement inconnus et qui le resteront puisque je ne sais personne qui puisse les identifier. Deux dominantes dans ces photos : les beaux militaires et les mariages. Mais ce sont aussi les dominantes de ces vies. Les hommes posent fièrement chez le photographe de leur ville de garnison. On veut conserver un souvenir de l'uniforme. Cet uniforme que l'on espère bien ne porter qu'une fois dans sa vie. Pour le mariage c'est aussi un uniforme qu'on ne porte qu'une seule fois et ces frais de toilette ne semblent finalement être faits que pour la photo. Autres dominantes : le bébé nu sur une peau de chèvre et le premier communiant. En réalité, lorsque l'on avait obligatoirement recours à un photographe professionnel, on ne se faisait photographier que quatre fois : bébé, communiant, militaire et marié.

Qui sont ces beaux militaires ? L'une de ces photos doit dater d'avant la guerre de 1914. C'est un hussard à brandebourgs photographié par Émile Viot, 19, place de la République, au Mans. Il a le crâne rasé et se croise les bras. Inconnu. Inconnu aussi ce fantassin qui tient d'une main sa baïonnette et qui s'est fait photographier chez Berruet, 24, rue des Gentilshommes, à Luçon. Je n'aurais pas reconnu cet autre fantassin, coiffé d'un képi avec le matricule 93, si au dos de la photo ne se trouvait une lettre au crayon datée du 28 juillet 1918 et signée Camille Godreau. C'était le filleul de ma mère que j'ai connu sabotier dans un village du bocage. Rien de bien éclairant dans ce texte, sinon que la nourriture n'est pas bonne. Une photo d'un adjudant, médaille militaire sur la poitrine, datée de 1922 et signée Yon-Tchuong, 85, rue des Paniers. Photo d'Indochine, sans doute, et d'un ami de mon père. Inconnu. Ah ! voici d'autres photos d'Indochine, des photos de groupe. Une belle brochette de sous-officiers, plutôt ventripotents, certains coiffés du haut casque colonial blanc. Je reconnais mon père, assis, les bras croisés d'un air martial, d'immenses galons de sergent sur les manches. Enfin une carte de 1915 à la gloire de Paul Déroulède. Au recto, des zouaves qui chargent, baïonnettes en avant, les yeux exorbités. L'un d'eux, en premier plan, brandit un clairon. Au verso, la « poésie » de Paul Déroulède intitulée *Le Clairon* :

L'air est pur, la route est large,
Le clairon sonne la charge,
Les Zouaves vont chantant,
Et là-haut, sur la colline,
Dans la forêt qui domine
Le Prussien les attend...
Etc.

Je me souviens d'avoir vu dans le grenier de Fontenay bien d'autres souvenirs exotiques : végétation tropicale, maisons de bambou, tirailleurs indochinois à la curieuse coiffure en forme de galette. Disparus.

Voici des photos de ma mère jeune fille, le coude droit posé sur l'inévitable sellette, l'air rêveur, le corsage boutonné très haut, à ras du cou, chaussée de bottines montantes. Oui, c'est bien une demoiselle. Mais une demoiselle qui n'a pas de dot.

Une photo de groupe. Assises, ma mère et ma grand-mère. Debout, mon grand-père et un homme jeune qui a l'air d'un joyeux luron avec sa rose à la boutonnière et la canne qu'il brandit. Ma grand-mère est en grande tenue, tout de noir vêtue et si caparaçonnée dans une longue redingote qui traîne à terre que l'on dirait un scarabée. Ses mains, gantées de noir, agrippent un réticule en cotte de mailles. Sa petite coiffe rejetée en arrière laisse apparaître ses cheveux très raides et séparés par une raie au milieu de la tête. Mon grand-père est aussi « habillé en dimanche ». Tête nue, les cheveux rasés, ses moustaches à la gauloise lui donnent un air dégoûté. Son costume noir, devenu trop petit, le gêne aux entournures et certains boutons de la veste menacent de craquer. Ma mère a une chevelure frisée au fer. Elle porte aussi une sorte de longue redingote qui lui descend jusqu'aux talons. Une rose est accrochée à son corsage. Derrière elle se tient cet inconnu. Une date, au verso, 28 février 1915.

En classant les lettres, je trouve un billet qui porte la même date et qui est adressé à « Monsieur Emmanuel ». Ma mère, dont l'écriture est tout à fait identique à celle que je lui ai bien connue, écrit à ce « Monsieur Emmanuel » : « Une Amie qui pense très souvent à vous et qui a bien de l'affection pour vous. J'espère qu'il en est ainsi de votre côté ? Du moins j'y mets bien ma confiance... Votre amie pour toujours... »

Mais qui est donc ce Monsieur Emmanuel ? Et pourquoi se mettait-on sur son trente et un pour faire cette photo ? 1915... nous sommes en pleine guerre. Je me souviens maintenant que ma mère me parla d'un fiancé tué à la guerre de 14. Un fiancé qui lui envoyait des brassées de « poésies » enluminées d'aquarelles. Je me souviens maintenant avoir vu ces cahiers. Toujours dans le grenier de Fontenay. Mais il n'en reste rien, hélas, comme je ne sais rien de ce sympathique et déluré « Monsieur Emmanuel » qui me regarde sur la photo avec un sourire moqueur.

Pauvre mère, qui avait vingt-deux ans en 1915 et qui va traîner le souvenir de ce fiancé disparu dans la boue des Flandres, qui va déjà faire l'apprentissage du veuvage, jusqu'à ce qu'une nouvelle chance lui soit donnée, en 1922, par la rencontre de mon père. Mais elle a déjà presque trente ans. Une vieille fille.

L'idée de cette rencontre entre mon père et ma mère n'a cessé de m'intriguer. Mais sans doute la plupart des enfants trouvent-ils de même l'appariage de leurs parents tout à fait incompréhensible. Quand même, là, tous les contraires apparaissent ! Ma mère, fille d'anciens domestiques à peine sortis de la domesticité, élevée comme une demoiselle mais d'une pauvreté exemplaire. Mon père, revenant en Vendée après quinze ans de baroud colonial, ancien ouvrier agricole engagé à dix-huit ans dans l'infanterie de marine. Illettré lors de son engagement, ce qui explique qu'il lui ait fallu presque dix ans de campagnes pour devenir caporal et atteindre sa trente-cinquième année pour voir la manche de sa vareuse ornée du galon doré de sergent.

Ma mère réservée, timide, pensive, plutôt peureuse, d'une lignée de domestiques de l'espèce lapins de choux et mon père exubérant, drôle, je-m'en-foutiste, aventureux, d'une famille de métayers ambitieux mais dingues. Pour en donner un exemple, mon grand-père paternel, ouvrier agricole, engrossa la fille de son patron. Devant le scandale, on le prit pour gendre. Et on octroya aux nouveaux époux une petite métairie. Mon grand-père mit un certain temps à boire cet héritage, mais il y réussit et ses enfants se retrouvèrent ouvriers agricoles. Je n'ai pas connu ce grand-père, noyé depuis longtemps dans le *noah* et l'*othello*, mais les frères de mon père étaient plutôt pittoresques. L'aîné, Alfred, vivait dans une petite métairie dont la moitié était écurie et grange, l'autre moitié habitation. La chaleur des bêtes, dans l'écurie, chauffait la partie habitation. Comme à cet effet on laissait toujours la porte ouverte, le cheval passait sa tête dans l'embrasure afin de participer avec nous à la veillée. Le cadet, Ernest, était maréchal-ferrant. Cet homme tout petit, rond, de joyeuse humeur, qui passa sa vie à soulever des jambes de cheval et à leur examiner le sabot, rêvait d'être propriétaire d'un poney. Un poney qu'il eût attelé à une petite carriole. Il en parlait toujours, de son poney.

Beaucoup de gens que j'ai connus dans mon enfance traînaient ainsi des phantasmes qui prenaient des proportions fabuleuses alors qu'ils nous paraissent aujourd'hui dérisoires. Il n'existe pas de mécanicien qui ne puisse s'offrir une auto. On comprend mal qu'un maréchal-ferrant ait alors vécu si chichement qu'il ne puisse s'offrir un cheval. En réalité, dans ces villages on ne maniait pratiquement pas d'argent. Le troc restait souverain. Tout le monde « faisait » ses légumes et récoltait ses fruits. Rares, ceux qui n'avaient pas un bout de vigne pour la piquette. On ne capitalisait pas. Acheter un cheval représentait une fortune. D'ailleurs l'oncle Ernest n'allait pas jusqu'à phantasmer pour un cheval, il ne parlait que de poney. De même, j'ai toujours entendu mon grand-père maternel aspirer à un gigot de mouton qui n'apparut jamais sur notre table. Il disait : « Ah ! au prochain Noël, on mangera un gigot de mouton ! » Mais Noël passait qui apportait dans les casseroles l'habituel poulet de la basse-cour familiale. Puis il disait : « Pour Pâques, c'est sûr, on mangera un gigot de mouton. » Et Pâques passait, avec ses œufs de Pâques, ses brioches pâcaudes, son civet de lapin des clapiers familiaux. Et il reprenait sans se lasser son antienne : « A la Saint-Jean, on se paye un beau gigot de mouton. » Mais à la Saint-Jean on mangeait une fricassée d'anguilles que mon grand-père avait pêchées clandestinement au fagot. Et tous les ans, il répétait son aspiration au gigot, ce gigot qui atteignait au mythe et dont, sans doute même, il n'avait plus vraiment envie.

Mais ce poney, ce gigot me sont restés en travers de la gorge. Et lorsque j'emmenais ma mère au restaurant, que je m'obstinais à vouloir lui faire manger une langouste ou du faisan, à lui faire boire du bordeaux ou du bourgogne, c'était par une sorte de compensation. Loin d'être riche, j'aurais pu néanmoins aujourd'hui offrir un poney à l'oncle Ernest et un gigot au grand-père

Sourisseau. Mais, pour moi aussi, il m'a fallu beaucoup de temps pour gagner mes galons de caporal et l'oncle Ernest et le grand-père Sourisseau n'ont pas attendu.

De même que ma mère avait gardé une photo (une photo familiale, peu compromettante) de « Monsieur Emmanuel », elle avait aussi conservé toute sa correspondance avec mon père, de leur première rencontre à ma naissance. Ensuite plus de lettres, mais sans doute ne se sont-ils jamais écrit à partir du moment où mon père quitta l'armée et vint habiter chez mes grands-parents à Fontenay-le-Comte. Ils ne se sont plus écrit pour la bonne raison qu'ils ne se sont plus quittés, si l'on excepte les fugues de mon père dans les fermes de ses nièces et ses tournées d'amuseur dans les kermesses et mariages. Mais bien évidemment ces bordées ne devaient guère lui inspirer des lettres conjugales.

Rien d'extraordinaire dans cette correspondance qui débute par une offre de mariage, mariage arrangé, donc sans surprise. La sœur aînée de mon père, tante Victorine, qui tant que sa vie dura fut le chef de notre tribu, sa tête (on disait toujours : tante Victorine, c'est une tête, comme si les autres n'en avaient pas), tante Victorine avait trouvé une demoiselle pour son frère célibataire qui revenait des colonies après quinze ans de baroud. Une demoiselle sans le sou, mais qui présentait bien. La demoiselle en question était suffisamment romanesque pour s'amouracher d'un uniforme. De plus, un sous-off à la veille de la retraite était un gibier très recherché (quinze ans de service, en temps de guerre, se multiplient par deux, et sur le livret militaire de mon père les « campagnes » militaires se succèdent : Tonkin guerre, du 31-12-11 au 19-4-14 ; Cambodge guerre, du 20-4-14 au 31-3-15 ; France-Allemagne guerre, 1-4-15 au 23-10-19 ; Tonkin guerre, du 24-10-19 au 21 juin 1922...).

La première lettre de mon père date justement d'une permission qui suit de peu cette guerre du Tonkin. Deux mois, juste le temps de faire le voyage en bateau, plus le train de Marseille à la Vendée. La lettre est en effet datée du 28 août 1922.

Cette écriture de mon père demande déjà attention. Cet ancien garçon de ferme illettré, ce sous-off sans instruction (sinon, avec toutes ses guerres et expéditions lointaines il serait monté en grade plus rapidement) écrit comme un notaire ou un instituteur. L'écriture penchée est volontaire, avec des pleins et des déliés qui dénoncent la plume sergent-major (bien sûr). De la fantaisie, néanmoins, avec ces boucles, ces paraphes. On me dira que j'abuse des comparaisons faciles (après la plume sergent-major), mais cette écriture me fait penser à des moustaches retroussées, frisottées entre le pouce et l'index, avec un peu de gomina pour retenir la pointe. Ma mère, grande lectrice de Pierre Loti, n'aura senti que le style coulant, ampoulé, mais qui présente un peu trop bien. *Le Roman d'un spahi,* bien sûr, et *Madame Chrysanthème.* Sans parler de *Madame Butterfly.* On voit bien dans ses propres lettres que cette rencontre du beau militaire qui revient des mers de Chine, avec ses trois médailles épinglées sur son torse, avec ses gros galons dorés de sergent, c'est « le rêve qui passe ». Ce *Rêve passe,* reproduction d'un tableau d'Édouard Detaille, que l'on pouvait voir dans le salon du coiffeur de la rue Saint-Jean, et qui la fascinait. Qui me fascinait aussi, évidemment.

Cette première lettre, avec le *e* final de Mademoiselle, qui s'élance en boucle comme un coup de fouet, cette première lettre est presque brutale dans sa précision. On dirait un rapport militaire :

« Mademoiselle,

« Je sais qu'avant mon arrivée en France, un projet de mariage — de nous deux — fut élaboré par ma sœur et votre grand-oncle. La simple promenade d'hier m'a donné l'impression d'une similitude de goûts et de pensées », etc.

Peu sentimentale, cette lettre. On met les choses au point. Mais ma mère veut sentimentaliser et se jette tout de suite dans l'émotion, comme dans cet unique billet à Monsieur Emmanuel. D'abord elle repousse la vision du mariage arrangé, fait celle qui l'ignore :

« Monsieur,

« J'ignorais complètement qu'un projet de mariage était formé à notre insu ; aussi grande fut ma surprise en parcourant votre lettre.

« Faut-il que le hasard d'une promenade soit venu me le révéler, de même que vos bonnes impressions à ce sujet. Votre lettre, Monsieur, m'a donné beaucoup à réfléchir... », etc.

Un mois après la dernière lettre, mon père abandonne le style rapport d'ordonnance pour emprunter celui des romans-feuilletons :

« Ma bien-aimée,

« Votre bonne lettre de ce matin m'a rendu sinon ma gaieté, mais elle m'a reposé l'esprit. Notre séparation fut brusque, courte, même sans un baiser ! Cette séparation brutale m'avait brisé, et c'est avec le cœur malade que je pris le chemin du retour. Hier, je suis allé au jardin, cette première journée m'a paru bien longue, si longue qu'à huit heures je me suis couché. Pensant et lisant je me suis endormi près de l'image de mon aimée... », etc.

Le 5 décembre 1922, une lettre postée à Marseille :

« Ma bien chère aimée,

« Je viens de voir l'officier commandant la section. Tout s'est très bien passé. Ma permission me sera accordée à compter du 12. J'ai l'autorisation de mon mariage dans ma poche et te l'enverrai ou l'emporterai moi-même... Hier soir, je suis allé souper avec l'adjudant-chef dans une pension de famille. Avant nous avions fait une très longue promenade dans les rues pleines de monde, bien plus turbulentes que celles du quartier où j'habite, car comme je te l'ai appris hier, j'ai commencé à occuper notre appartement hier soir. Il n'y fait pas froid du tout. C'est un quartier sans usine et sans bruit... », etc.

C'est avec stupéfaction que je regarde, relis, tourne et retourne une lettre de ma mère qui est, à n'en pas douter, de 1922 et adressée à mon père, alors que par le style, le ton, les phrases, l'écriture et même le papier à lettres de très mauvaise qualité qui contraste avec le vélin employé par mon père, il me semble reconnaître l'une de ses lettres à moi adressées. Mêmes plaintes, déjà, et même ennui :

« Mon cher fiancé,

« Aujourd'hui vilain temps tout le jour, aussi cela rend maussade, les idées suivent le temps.

« Et vous, votre toujours même travail au magasin d'habillement ? Vous ne devez pas avoir grand goût à cela, il me semble. Enfin, il faut vouloir ce qu'on ne peut empêcher.

« Pourquoi n'ai-je pas de lettre ce soir, cela m'étonne ? Si vous ne m'écrivez tous les jours, je ne me couche pas contente et dois attendre le lendemain en impatience. Pourrais-je dormir avec l'inquiétude... », etc.

Pauvre femme, dont il n'est pas encore question qu'elle soit mère, et qui pendant nos trente années de séparation se plaindra toutes les semaines de son ennui, du mauvais temps, de ses idées noires et quémandera des réponses à ses lettres, des réponses qui ne venaient jamais assez vite ; à tel point que cette correspondance hebdomadaire avec ma mère était devenue une hantise ; qu'écrire des lettres lorsque l'on est déjà un homme de lettres besogneux et que l'écriture finit par vous ronger la cervelle, devient un supplice ; que mes épouses ont gentiment pris parfois, chacune à tour de rôle, le relais de cette correspondance ; que certains de mes amis se faisaient un devoir d'écrire à ma mère pour lui faire prendre patience. Trente années à raison d'une lettre par semaine en moyenne, cela fait mille cinq cent soixante lettres. L'équivalent de sept romans de deux cents pages. Je les ai retrouvées, ces lettres, bien sûr. Elles emplissaient, remises dans leurs enveloppes, de nombreuses boîtes à chaussures. Je me suis empressé de les brûler.

Cette correspondance de mon père et de ma mère montre très nettement un phénomène de dédoublement culturel. Le style dans lequel ils s'expriment est celui d'une culture d'emprunt. Ni l'un ni l'autre ne sont naturels. Alors que mon père sera après sa retraite un amuseur quasi professionnel et patoisant, alors que ma mère a toujours truffé son langage de mots locaux, aucune trace de patois dans ces lettres. Rien de paysan. Le patois était donc déjà devenu pour eux la langue de la quotidienneté vulgaire, dont on ne pouvait se servir pour des lettres d'amour. Mon père racontait ses histoires drôles en patois, chantait ses chansons égrillardes en patois, mais il ne lui venait pas à l'idée qu'un fiancé puisse employer un autre vocabulaire que celui du français académique. Un académisme ampoulé, mais pas du tout maladroit. Pour se présenter l'un à l'autre, mon père et ma mère s'habillaient en dimanche. Leur écriture cherchait à se hisser au style du roman épistolaire.

Mais d'où leur venait cette culture d'emprunt ? Pour ma mère, j'ai retrouvé toutes les sources et nous en reparlerons. Mais pour mon père, soldat en Cochinchine, comme on disait alors, où a-t-il pris cette écriture à boucles, ce ton solennel, ces phrases bien troussées et sans une seule faute d'orthographe ? D'où lui est venue cette envie de lire *La Chanson de Roland,* et en vieux français ? Mais il est vrai que le vieux français et notre parler vendéen ont beaucoup de points de ressemblance. *La Chanson de Roland,* c'est une épopée guerrière, certes, mais si lointaine ! L'a-t-il vraiment lue ou ce livre a-t-il échoué au grenier par hasard ? Comment le savoir !

Revenons à nos papiers jaunis. La grande photo de mariage (mon père finit par obtenir sa permission) avec les deux familles. Le premier rang est assis et tout le monde pose ses deux mains sagement sur ses genoux. Au centre, mon père et ma mère. Lui en uniforme, bien sûr, le « col officier » bien serré sous le menton, la moustache retroussée, les cheveux frisés au fer, les trois décorations pendant sur la poitrine. Elle dans sa robe blanche de mariée, souriante, une couronne de fleurs d'oranger sur la tête. A droite de mon père, la grand-mère Sourisseau toujours caparaçonnée de noir, la *grisette* blanche sur la tête, l'air triste ; puis le grand-père Sourisseau, chauve, moustaches gauloises tombantes ; et un vieillard au cou de poulet décharné qui doit être le grand-oncle marieur. Derrière, debout, la haie des Ragon : l'oncle Ernest le maréchal-ferrant, moustaches en balai, les poings fermés, boudiné dans un costume noir qu'il ne doit pas avoir mis depuis son propre mariage et qu'il a boutonné seulement sous le menton, les autres boutons n'arrivant pas à trouver leur boutonnière ; l'oncle Alfred, cheveux tondus ras ; la tante Victorine (l'autre marieuse), son mari le bel Hubert, chauffeur de four de son état. Et les chères nièces de mon père, avec leurs époux, tous métayères et métayers réjouis, visiblement prêts à faire la fête. De la famille Sourisseau, Godreau le sabotier dont nous avons vu la photo en militaire en 1918 et sans doute ces visages qui ne me rappellent personne.

On signa un contrat de mariage, comme les gens qui ont du bien. J'ai retrouvé les traces de ce contrat de mariage dans une grosse brochure du 3 février 1933, intitulée désagréablement : « État liquidatif Ragon », par Me Eugène Baudry, notaire à Fontenay-le-Comte. Il s'agit en effet d'un inventaire fait à la mort de mon père et visiblement imposé par la tante Victorine, le chef de tribu, dans l'intention de sauver les intérêts de l'enfant, c'est-à-dire moi qui vous parle. Là encore, la culture des riches se superpose à la culture des pauvres et jusqu'à l'absurde, pour ne pas dire jusqu'à l'odieux. Car l'état liquidatif est surtout rempli par les phrases tarabiscotées du notaire, qui répète vingt fois la même chose, c'est-à-dire qu'il n'y a pratiquement rien à liquider.

Aux termes du contrat de mariage, sur la base du régime de la communauté de biens réduite aux acquêts, je lis :

« M. Ragon, futur époux, a déclaré apporter en mariage : sa garde-robe, destinée à être reprise en nature ; du linge marqué initiales A R et comprenant : dix-neuf draps, onze nappes, quatre serviettes, douze essuie-mains, quatre torchons, huit bernes...

« Mme Ragon a déclaré de son côté apporter en mariage : sa garde-robe destinée à être reprise en nature ; divers meubles meublants, linge et objets mobiliers... »

Au décès de mon père, il n'existait plus dans la communauté que dix draps de lit, sept nappes et sa garde-robe. Tout cela a été « prisé » dans l'inventaire.

L'inventaire est minutieux et l'on imagine la douleur qui s'ajoute au veuvage de voir tous ses objets familiers examinés ainsi par « des étrangers ». Non seulement la vie est brisée par la mort de l'un des partenaires du couple, mais le résultat familier de dix ans de vie commune est violé publiquement, on pourrait même dire moralement saccagé. Ces hommes de loi qui examinent les meubles, en évaluent le prix, qui comptent dans les armoires les torchons et les serviettes, qui fouinent dans tous les coins pour examiner si rien n'a été « soustrait à la communauté », quelle lamentable fouille. On imagine la grand-mère et le grand-père Sourisseau, assistant, muets de réprobation, à cette perquisition. Et ma mère poussant des cris, protestant contre l'attribution de certains objets « à la communauté » alors qu'ils sont à ses propres parents. Par exemple je lis :

« Sous les articles dix et onze, il a été inventorié :
1. Une armoire en orme à deux portes ;
2. Et une petite table en chêne.
« Mais ces objets n'ont été portés que pour mémoire, Mme Veuve Ragon ayant déclaré qu'ils appartenaient à Mme Sourisseau, sa mère.
« Lesdits objets ont donc été repris par cette dernière. »

L'« état liquidatif » va jusqu'à faire le décompte des frais pharmaceutiques et médicaux « occasionnés par la dernière maladie de M. Ragon », le prix du transport payé au commissionnaire « pour le transport à l'hôpital de la literie ayant servi à M. Ragon pendant sa dernière maladie », le prix payé « à l'hôpital de Fontenay-le-Comte, pour la désinfection de ladite literie, M. Ragon, de cujus, étant décédé à la suite d'une maladie contagieuse ».

Sans doute ma mère, pressurée par les liquidateurs, arguait-elle que la longue maladie de mon père avait occasionné des frais qui devaient être déduits de sa propre part. Et le liquidateur accepte de faire figurer ces sommes « aux dépenses du compte d'administration de Mme Veuve Ragon ». Et il y ajoute le recensement minutieux des dépenses après décès :

« 30 frs	pour M. Serre, docteur en médecine
« 33 frs 25	pour M. Gautier, pharmacien
« 320 frs	à M. Cadet, menuisier, pour le cercueil
« 88 frs	à l'Imprimerie Moderne, pour les lettres de faire-part
« 118 frs 50	à Mme Maugan, marchande de couronnes
« 80 frs	à la Société de Secours Mutuels de Fontenay-le-Comte, pour le transport du corps de M. Ragon, de cujus
« 684 frs 50	à M. le curé de Notre-Dame, pour la cérémonie
« 50 frs 05	à la ville de Fontenay-le-Comte, pour frais d'établissement d'une concession dans le cimetière de Notre-Dame

« 25 frs	au fossoyeur
« 300 frs 50	à la ville de Fontenay-le-Comte, pour prix de la concession d'un terrain dans le cimetière Notre-Dame
« 120 frs	à M. Faucher, marbrier, pour entourage de la tombe »

Soit 1 849,80 pour les frais funéraires. Très visiblement, mon père mourait nettement au-dessus de ses moyens.

D'autant plus que les conventions, dont on sait combien elles matraquaient les pauvres, ajoutent encore d'autres dépenses, scrupuleusement recensées. Ma mère ne pouvait raisonnablement acheter des vêtements de deuil, mais elle se devait de faire teindre sa garde-robe en noir. Ce qui donne cette nomenclature :

« 10 frs	à M. Boiteux, cordonnier, pour teinture de chaussures
« 340 frs	à M. Bourgoin, teinturier
« 40 frs	à Mme veuve Grangé, pour achat d'un parapluie
« 200 frs	à Mme Lambert, pour fournitures de chapeaux et de voiles
« 56 frs 50	à la Maison Cauchard-Vinette, pour achat de blouses et de bas
« 124 frs	à M. Bordier, teinturier. »

La couleur noire coûtait donc à ma mère et, par là même, à la communauté, donc à ma propre part ainsi rognée, 770 frs 50.

Mais nous en étions au mariage et passons un peu vite à l'enterrement. Les dix ans qui séparent ces deux événements ont dû aussi paraître à ma mère s'écouler à une vitesse folle. Attendre pendant trente ans l'élu, le fiancé, l'époux, puis pleurer sa disparition pendant quarante ans. Entre l'attente et le regret, dix petites années qui vont néanmoins illuminer toute une longue vie.

Je savais qu'après son mariage ma mère avait suivi mon père à Marseille, où je suis né, et que ce séjour « au pays où fleurit l'oranger » lui laissa pour toujours l'image même du bonheur. Bonheur de la première année de mariage, bien sûr, sans souci, une vie de femme de sous-off qui lui parut la richesse ; les copains de mon père, les réceptions chez l'un et l'autre ; la bonne humeur communicative de mon père, son entrain et sa gaieté ; la découverte de la grande ville : le jardin du Pharo, la Canebière, le Vieux-Port ; des nourritures inconnues et exotiques : la bouillabaisse, le rouget grillé ; enfin des excursions sur la Côte d'Azur dont elle ne cessa de me parler avec ravissement : Cannes, Nice, Monaco... La « grande vie », la vie sans souci, le soleil, les orangers, le mimosa, la mer « toujours bleue ».

Bien longtemps après, dans la grisaille de notre exil à Nantes, brumeuse et pluvieuse, il arrivait à ma mère de chantonner cet air de *Mignon :*

Connais-tu le pays où fleurit l'oranger...
Le pays des fruits d'or et des roses vermeilles,
Où la brise est plus douce, et l'oiseau plus léger,
Où dans toutes saisons, butinent les abeilles,
Où rayonne et sourit, comme un bienfait de Dieu,
Un éternel printemps sous un ciel toujours bleu...

Et sa voix se cassait au refrain :

C'est là... c'est là que je voudrais vivre
Oui vivre... aimer et mourir.

J'ignorais qu'il y eut séparation provisoire entre mes parents, sur un différend dont témoignent trois lettres en octobre 1924.

J'étais né depuis quatre mois et ma mère était retournée chez ses parents, en Vendée, visiblement bien décidée à ne plus revenir à Marseille.

Le papier à lettres alors employé par mon père n'est plus le délicat vélin, mais des feuilles très ordinaires. La correspondance n'est donc plus endimanchée. Le style n'est plus celui de la romance, mais de l'inventaire du barda de conscrit :

« Ma chère petite femme,

« Hier soir je suis allé manger la soupe avec Raymond, soupe lard et légumes, trop salée et poivrée. Le dîner fut vite fait. J'ai lavé la vaisselle, Raymond l'a essuyée. A huit heures j'étais couché. J'ai peu dormi tracassé par l'idée de ne vous avoir ramenés avec moi.

« Tantôt je vais déjeuner encore avec Raymond. Nous mangeons un peu tous les deux de nos provisions. Je vais tâcher de manger ici quelque temps et ensuite j'irai à la caserne du 22e colonial. Je crois qu'ils paient 6,50 F par jour. Ce sera toujours plus économique que de manger en ville et même d'acheter seul. Étant habitué maintenant à manger de la soupe, seul je mangerai mal et dépenserai plus. Raymond est bien décidé à se faire libérer. Il va travailler pour commencer comme garçon de café, sa femme travaillera d'un autre côté ; ensuite ils prendront s'ils le peuvent une gérance de café ou autres, il paraît que les plus petits fonds, à Paris, sont inabordables. Gauthier est en permission et va partir pour le Sénégal... »

Comme on le voit, mon père s'était réinstallé rapidement dans sa vie de célibataire, avec ses copains. La « grande vie » sur la Côte d'Azur n'avait été qu'un voyage de noces. On comptait maintenant ses sous et la lettre se terminait par l'énumération d'un colis dont les produits étaient achetés économiquement à l'économat de la caserne. Un colis de cinq kilos, envoyé à ma mère, comprenant sept boîtes de lait Berna, trois boîtes de Phoscao.

Rien n'aurait pu faire soupçonner dans le ton de cette lettre, pratiquement administratif, qu'un drame couvait dans le couple sinon ces lignes ultimes et ajoutées avec une certaine désinvolture :

« Cet envoi sera dans l'attente de ce que nous allons faire par la suite. Si tu dois rester au pays, je t'expédierai une caisse complète de lait en petite vitesse, le bénéfice réalisable n'en sera que plus grand. »

Si tu dois rester au pays... Comme dans la langue d'un fantassin de la coloniale cette supposition est lourde de menace ! En même temps, dans l'impersonnalité de cette lettre, la culture d'origine affleure : *tantôt je vais déjeuner* (dans ses lettres de fiançailles il eût écrit : « cet après-midi » et ce : *Si tu dois rester au pays.* Dans la même lettre il dit aussi : « Il fait moins froid à Marseille que chez nous. » *Chez nous ;* c'est en Vendée, évidemment, c'est *au pays.*

Une autre lettre me fait soupçonner que mon père cherche même à réattirer ma mère, non plus en lui parlant d'exotisme, mais au contraire en l'assurant qu'elle ne sera pas dépaysée, en lui parlant en quelque sorte avec son accent. La lettre suivante contient même, pour la première fois, un mot patois, mais prudemment placé entre guillemets. C'est toujours de la bouffe avec ce Raymond qui est certainement un autre sous-off, dont il s'agit :

« Si tu étais ici *tantôt* tu mangerais de bonne *mougette* chez Raymond. [La mougette, ou mojette, est avec le chou vert le plat national des Vendéens[1]. Ce sont de petits haricots secs presque ronds, que l'on mange pratiquement en bouillie. Certains assurent que le mot mojette vient de l'espagnol *monjetto* (petit moine, au ventre rebondi). Ce n'est pas impossible, le vendéen étant une langue d'oc autant que d'oïl et les moines jouant un grand rôle dans son folklore.] Ce matin, je fais la cuisine, plein la cocotte d'haricots [il abandonne le mot mojette, déjà]. Hier soir nous avons acheté quelques bouts de côtes de mouton. Ce matin j'ai donc mis les haricots à bouillir, avec un peu de bicarbonate de soude. Ensuite j'ai fait revenir un oignon et le mouton au roux dans la poêle. J'ai mis cela à mijoter ensemble à petit feu. Je t'en dis qu'on va se lécher les lèvres. Tant pis, t'en auras pas. Puis une salade (14 sous), un bout de fromage d'Auvergne, une pomme de Vendée et voici les *vœufs* satisfaits. »

Toujours de la désinvolture, mais avec beaucoup de gentillesse. Mon père fait un peu le pitre (« tant pis, t'en auras pas »). Il démontre aussi qu'il peut très bien se débrouiller sans être marié (« Et voici les *vœufs* satisfaits ») et donne par la même occasion une leçon de cuisine à ma mère dont les dons culinaires restèrent toujours extraordinairement négatifs. A noter aussi qu'il écrit vœuf comme bœuf.

Mais dans la troisième lettre de cette ultime série, mon père craque. Son assurance disparaît. Sa désinvolture fait place à l'angoisse.

1. Mojette est de ces mots du dialecte vendéen qui appartiennent à la langue d'oc. On peut lire en effet dans le dictionnaire de Frédéric Mistral : *Lou tresor dou Felibrige :* « Mounget, haricot à petits grains en Rouergue. Moungeto, du catal. Munjeta, variété de haricots blancs, à ombilic noir, haricot en général au Périgord. »

« J'ai bien réfléchi, moi aussi, disant en décembre j'irai les chercher. Je serai mieux fixé sur ce que je vais faire l'an prochain. Tout s'efface devant votre bonheur à tous les deux, et moi aussi je veux être avec vous. C'est pour moi le plus grand désir.

« Si tu viens tu me feras grand plaisir. Maintenant si tu étais fatiguée, ou le petit, je ne suis pas à ne vouloir satisfaire que mes désirs. J'ai assez de caractère pour savoir attendre, et surtout je ne veux à aucun prix que vous vous risquiez à prendre mal dans un aussi long voyage. Fais pour le mieux, ma Camille chérie, je te sais assez de sagesse pour agir, mais que la dépense ne te cause aucune irrésolution. Je ne crois pas que je puisse t'en dire davantage, chez moi le cœur passe avant l'intérêt. »

Et toujours cette fascination du soleil, pour nous, gens de la pluie :

« Ici tu auras tout ce qu'il te faudra et en plus un beau soleil. »

Qu'en est-il advenu ? Ma mère m'a-t-elle ramené avec elle à Marseille ? Toujours est-il qu'elle a réussi à pousser mon père hors de l'armée et à le récupérer dans la maison de son enfance, avec ses deux vieux parents. Je vois sur le livret militaire un visa de gendarmerie attestant que mon père réside à Fontenay-le-Comte le 29 avril 1925. Il avait été nommé à l'emploi de garde domanial des Eaux et Forêts, de 6e classe, par décret du *Journal officiel*, le 19 mars 1925.

Voilà un emploi qui lui aurait bien convenu, mais ma mère le trouvait sans doute encore trop aventureux. Le drame qui se joua entre ma naissance et l'inscription fatidique sur le livret militaire « parti et rayé des contrôles » tenait sans doute dans le désir de mon père de se réengager, de repartir « aux colonies », en nous emmenant comme tant d'autres militaires de la coloniale. Mais ma mère n'aimait les aventures que dans les romans de Pierre Loti. Dans la réalité cela lui paraissait de l'extravagance. Et puis quoi, on était bien mieux chez nous. Mais en même temps, elle ne comprenait pas qu'en voulant faire de mon père un lapin de choux, elle se condamnait à un veuvage prématuré.

3

Ce père, que je n'ai connu qu'en civil, voici le seul portrait où il n'est pas en uniforme : une petite photo d'identité, décollée d'un papier officiel. Cette image ressemble-t-elle à celle que je conserve en ma mémoire d'un homme vif, gai, bavard ? Les yeux sont brillants, le front haut, la chevelure abondante. La moustache n'a plus de croc. C'est vraiment une moustache de civil. Chemise claire, cravate, veste fantaisie avec un ruban à la boutonnière, à quoi fait-il penser ? Plutôt à un citadin qu'à un paysan, plutôt à un ouvrier déluré qu'à un petit-bourgeois. Mais les militaires en retraite étaient un peu comme les premiers prêtres qui perdirent leur soutane. Sans l'uniforme ils paraissaient bizarres, inclassables, plutôt mal fagotés. On eût même pu dire déguisés. Curieusement, ni l'habit militaire ni l'habit ecclésiastique ne constituaient pour eux un déguisement, mais le costume civil, oui. Ma mère m'a dit qu'elle avait reçu un choc lorsqu'elle le vit pour la première fois sans son habit à ancres de marine. Mais à la réflexion, cette réaction est absurde. Gardait-il le costume militaire dans l'intimité ? En pantoufles ?

Parmi les photos retrouvées, une autre montre néanmoins mon père en civil. Elle date du temps où il travaillait comme valet de ferme, juste sans doute avant son engagement à Rochefort. Photo signée à la plume : Thomas, horloger à L'Hermenault. L'Hermenault se situe à quelques kilomètres de Saint-Martin-des-Fontaines, le village des grands-parents paternels, le village de la métairie de l'oncle Alfred, et de la maréchalerie de l'oncle Ernest. Un jour, le valet de ferme alla donc poser chez l'horloger-photographe, devant un drap assez mal repassé qui sert de fond de décor. Col de Celluloïd cassant le cou, cravate noire, mains croisées dont on ne sait que faire, c'est le portrait d'un prolétaire rural en 1905, endimanché pour cette pose faite on ne sait dans quelle intention. Peut-être simplement se voir, voir comment on est fait, à quoi on ressemble. Se regarder dans sa condition de paysan sans terre, avant de quitter la terre pour toujours.

Et puis, les photos en uniforme reviennent. L'une d'elles, faite à Marseille, nous montre un militaire vraiment splendide. Bichonné, *gominé,* la moustache en croc, l'air martial, on dirait une de ces cartes postales patriotiques qui pullulaient avant la guerre de 1914 et dont l'envers s'ornait des vers de mirliton de Déroulède. Au verso : « Photographie artistique, L. Gaulard, officier d'Académie, 18, rue Noailles, Marseille. » Ma mère n'aimait pas cette photo, éliminée du panthéon familial, en permanence sur la cheminée. Elle me l'avait cependant montrée une fois, en faisant la moue : « Il n'était quand même pas si beau que ça ! »

Elle préférait de petites photos d'amateur qui lui rappelaient « le pays où fleurit l'oranger ». Par exemple celle qui comporte au revers l'inscription : « En souvenir d'une promenade au Parc du Pharo, 1er juillet 1923. » On y voit au premier plan deux sergents, tête nue, dont l'un est mon père. L'autre, serait-ce Raymond ? Derrière, les deux femmes, avec d'immenses chapeaux de paille. Ma mère, mariée depuis six mois, est visiblement resplendissante de bonheur. Au revers de cette photo trois chiffres, formant une soustraction, m'intriguent : 1970 – 1923 = 0047. 1923, c'est la date de la photo. Eh oui, en 1970 ma mère reprit en main cette photo et fit le compte de ses souvenirs : quarante-sept années ! Oui, toujours ma mère m'a parlé avec de l'émotion dans la voix, et des yeux brillants, de la grande aventure de sa vie que fut ce séjour à Marseille. Et pourtant elle ne dura qu'un an et demi. Et pourtant c'est elle-même qui y mit un terme. Car l'aventure eût continué au Sénégal ou en Cochinchine. Quarante ans après, elle me racontait encore, pour la quarantième fois, l'excursion faite à Nice et à Monaco, les fiacres sur la Promenade des Anglais, le musée océanographique, la « mer toujours bleue », les tamaris, le soleil d'hiver. Alors pourquoi cette fuite soudain, ce retour en Vendée, « avec le petit », cette obstination à pousser mon père à la retraite ? Jalousie des copains de l'armée ? Mais non, eux aussi faisaient partie de ses bons souvenirs et leurs femmes ont été ses seules amies. Pendant au moins vingt ans, elles ont continué à s'écrire rituellement au jour de l'an et l'arrivée d'une lettre d'une de ces femmes constituait toujours un événement. Avec la lettre revenait le parfum du « pays où fleurit l'oranger », l'air de *Mignon* ou celui de *L'Arlésienne.*

Il semblait qu'il n'y eût que deux épisodes dans la vie de ma mère : ce séjour à Marseille (qui incluait son mariage et ma naissance) et la mort de mon père. Le bonheur et la tragédie. Entre les deux, c'est-à-dire quand même ses huit années de vie commune avec mon père à Fontenay, le silence.

Que fut cette vie conjugale à laquelle j'ai assisté avec mes yeux d'enfant sans en rapporter autre chose que de fugitives images ? Mais les images fugitives du père viennent sans doute de ce que celui-ci, je le comprends maintenant, fut un perpétuel fugitif. Pièce à conviction de ce délit, sa bicyclette, accotée contre un mur de la cour de mes grands-parents et qu'il enfourchait prestement afin d'éviter le cri de ma mère : « Où vas-tu encore ? »

Où allait-il ? Chez ses nièces, dans ces fermes de la tribu des Ragon qui s'éparpillaient (et qui s'éparpillent toujours) à la lisière du bocage et de la plaine, de Sainte-Hermine à Nalliers. Il y restait un temps indéterminé, prenant prétexte que l'on avait besoin de lui « pour les *métives* » (il eût dit moisson dans ses lettres de fiançailles), ou pour les foins, ou pour les vendanges, ou pour la tuerie du cochon, ou pour la chasse. Finalement, on avait besoin de lui très souvent. Et ma mère se retrouvait seule, comme du temps où elle était une demoiselle, avec ses vieux parents. Mais en plus, il y avait « le petit », souvenir vivant du « pays où fleurit l'oranger ».

Enfin, mon père « faisait » les noces et les kermesses. Sa belle voix, ses belles mains, combien de fois ma mère m'en a-t-elle parlé ! Elle me disait qu'en Cochinchine les officiers le faisaient venir à leur mess pour lui demander de chanter *Le Temps des cerises.* Après sa retraite, il trouva l'astuce d'aller chanter ce même *Temps des cerises* aux noces, d'y ajouter des histoires patoisantes et, disait ma mère avec quelque dédain, « des grimaceries ». En réalité je crois que c'est surtout son entrain qui plaisait. On l'invitait aux noces comme boute-en-train. Puis de noces en banquets, il finit par aller produire ses grimaceries aux kermesses (que l'on appelle en Vendée des *préveils*).

Remarque amusante, je lis sur le livret militaire à la rubrique « Instructions, Stages et Emplois spéciaux » : « A obtenu le brevet de cycliste régimentaire le 13 janvier 1909. »

Voilà au moins une « instruction » militaire qui lui a beaucoup servi. Le coup de fusil aussi, qui lui valait d'être l'invité de toutes les chasses. Il en revenait crotté, trempé, toussotant et en général un « verre dans le nez ». Mais l'ivresse ne lui enlevait pas sa bonne humeur. Parmi les rares images qui me restent de cette époque, celle-ci, qui m'horrifia : mon père rigolard, mais *tricolant* (l'ivrogne qui zigzague *tricole*), s'élançant vers ma mère qui le repoussait en glapissant. Je devais avoir six ans. Devant moi l'incompréhensible. Cette mère en général calme devenue furie, harpie, mégère et ce père repoussé des deux mains qui ricochait contre les meubles, se rattrapait tant bien que mal en chantonnant, ironique, moqueur mais mou, flasque, comme un pantin de chiffon.

Tous les hommes buvaient trop, alors, du moins dans notre milieu. N'être pas soûl le dimanche soir eût paru une anomalie et, en tout cas, un mauvais genre. Lorsque mon père restait à Fontenay le dimanche, il passait son après-midi avec mon grand-père au Café du Cerf, y jouait aux cartes et tous les deux revenaient dans un état d'ébriété qui, tous les dimanches soir, comme si ce n'était pas habituel, mettait la maisonnée en émoi, ma grand-mère et ma mère piaillant de concert et se lamentant. Au fond ne s'agissait-il pas autant d'un rite que celui d'aller chanter à la messe le dimanche matin ?

Ma mère jugea toujours les hommes suivant qu'ils buvaient ou qu'ils ne buvaient pas. Ceux qui ne buvaient pas étaient évidemment la crème des crèmes. Elle ajoutait pour mon père : « Il buvait, mais il n'était pas méchant. »

Quant à moi, qu'une lourde hérédité alcoolique conduisit à prendre l'alcool en aversion, ce n'était pas pour ma mère une absolue satisfaction. Cette phobie de l'alcool et des bistrots devenait à ses yeux une autre extravagance. La sainteté, pas plus que la débauche, ne sont des états convenables.

« Il buvait, mais il n'était pas méchant. » Quelle satisfaction rétrospective ! Car notre entourage paraissait empli d'hommes soûls qui battaient leur femme. Du moins à ce qu'on en disait. Mon grand-père se soûlait, mais ne battait pas sa femme. Mon père idem. En réalité je n'ai jamais connu, ni vu, dans notre famille ni dans nos relations, d'homme battant sa femme. Mais ma mère en parlait tout le temps. Et même dans sa vieillesse cette vision d'homme soûl battant sa femme lui revenait, comme un cauchemar, tellement cette hantise devait être incrustée dans la condition féminine.

On récoltait encore dans les vignes du *noah*, un vin dont on disait qu'il contenait plein d'éther et rendait fou. Il devait bien y avoir quelque chose de vrai puisque plus tard la préfecture fit arracher les vignes de *noah*. Le spectre de l'ivresse, du delirium tremens, de l'épilepsie (qui leur était rattaché à tort) rôdait au-dessus de la petite ville de mon enfance. Le dimanche soir, lorsque nous étions bien calfeutrés chez nous, à la lueur des lampes pâlottes, des cris et des rires montaient de la rue des Orfèvres. « Ne regarde pas, disait ma mère, c'est des hommes soûls qui tricolent. »

De son vivant, on appelait mon père, sur un ton amusé : « Aristide le Cochinchinois ». Après sa mort, il devint (ton grave) : « le défunt Aristide ». Le défunt Aristide se para de beaucoup de vertus : l'ancien militaire décoré, l'ancien combattant pensionné, le feu mari de la pauvre madame Ragon, etc. A croire qu'Aristide le Cochinchinois eût été un autre : l'amuseur, l'exotique, le « bambocheur », etc.

Celui-là, ma mère eut tendance à le censurer de plus en plus, au cours des ans, pour ne mettre en relief que le plus recommandable. Mais les « nièces », les fameuses nièces, mes cousines germaines, que j'aimais autant que mon père les aima, me racontèrent tout ce qui concernait Aristide le Cochinchinois. Avec une certaine gourmandise, j'en conviens, qui ne convenait peut-être pas à la pieuse mémoire d'un mort. Chacune d'elles conservait un souvenir précis et qui lui était en quelque sorte particulier, personnel. Pour cousine Marie, réapparaissaient les couplets de la *Mère Ageasse,* cette chanson en patois qui remonte au temps des parpaillots et que mon père mimait de telle sorte que cousine Marie en riait encore. Pour cousine Marthe, c'était la *Mariée de Chambretaud,* et Marthe prenait un air entendu, un rien effarouché comme s'il y avait péché en l'air. Cousine Julia qui ne parlait que le patois n'avait retenu que le diseur d'histoires et toutes ses histoires vous faisaient frémir. Il racontait des contes à dormir debout, me disait-elle, comme s'il avait vécu tout ça, si bien qu'on y croyait. Il arrivait à nous en faire rêver la nuit. Puis il se moquait, le lendemain, de notre mine de papier mâché : « Mais tout ça c'est des menteries ! » Puis il recommençait à la prochaine veillée. Il nous montrait le bras rouge, sortant de l'étang, comme si on y pataugeait, que l'on courait parfois aux portes pour voir si le verrou était tiré. Lorsqu'il en venait au troussepoil, cette bête qui dévore la beauté des filles, on se cachait la face dans nos dornes. La Galipote, il en causait comme si elle l'avait culbuté hier dans le fossé. Il se frottait d'ailleurs la culotte, en en parlant, comme pour enlever une boue qu'il nous forçait à y voir, bien que, si soigneux de sa personne, ses vêtements ne fussent jamais tachés. Et le lendemain, il se moquait de nos peurs, disant du chien que c'était peut-être la Galipote, ou du mouton, ou de la chèvre.

Ces histoires, que me racontaient mes cousines, ces histoires du Cochinchinois (et s'y glissaient aussi des chasses au tigre, à dos d'éléphant ; des descentes de fleuves, en sampan, avec des singes hurleurs sur les rives), ces histoires vendéennes (sans éléphant, sans tigre et sans singe) je les ai retrouvées plus tard, avec une certaine stupeur, en lisant Rabelais. Comme j'ai retrouvé, dans *Gargantua* et *Pantagruel,* mon patois. Mon patois et mon père.

Si bien que je ne sais plus si c'est mon père ou Rabelais qui raconte. Car les histoires de mon père devaient être des retombées de ces contes de foires, colportés oralement de *préveils* en noces, depuis mille ans, de ces contes de foires imprimés plus tard dans les almanachs que lut Rabelais et dont il s'inspira[1].

1. La littérature savante et la littérature orale populaire n'ont cessé de se mélanger pendant tout le cours de l'Histoire, si bien qu'il est difficile

Le folklore vendéen est fourni de géants et d'ogres. Le plus célèbre de tous les ogres, Barbe-Bleue, n'est-il pas un grand seigneur vendéen, maître de ce pays de Retz qui borde la rive gauche de la Loire, de Tiffauges (où l'on voit encore, au fond d'une vallée, les ruines d'un de ses repaires) à l'Océan du sable et du sel. Et Geoffroy la Grand'Dent, comte de Lusignan (de cette famille Lusignan dont l'un des membres fut l'époux de la fée Mélusine), c'est le géant d'une forêt géante. Une sorte d'ogre, lui-même, qui sort de cette forêt de Mervent-Vouvant, à une dizaine de kilomètres de Fontenay, avec cette dent de sanglier qui lui fait un visage épouvantable. Mon père racontait comment Geoffroy la Grand'Dent mangeait à la cuiller des soupes de champignons où flottaient des bolets de Satan, sans qu'il en fût le moins du monde incommodé ; comment son armée rôtissait à la broche des troupeaux de bœufs ramassés dans les prairies comme on ramasse des escargots ; comment il buvait un gris de Mareuil à même la barrique qu'il tenait au-dessus de sa tête « en faisant pisser le vin dans sa goule » ; comment enfin Geoffroy la Grand'Dent se mit en colère contre les moines de Maillezais et les fit *grâler* dans leur monastère ; et puis comment le pape excommunia l'ogre, qui se repentit et fit reconstruire un couvent si beau que l'évêque de Luçon en « braillait de jalouseté ».

C'est dans ce couvent de Maillezais que Rabelais devait vivre

---

d'attribuer ce qui revient à la mémoire de la collectivité ou à l'imagination de l'intellectuel qui s'inspire de l'expression populaire, et qui parfois influence, par un effet de boomerang, l'oralité. Ainsi, j'ai été à la fois surpris, amusé et troublé par cette discussion d'ethnographes et d'historiens lors d'un colloque à Angers, les 12 et 15 décembre 1985 où mon roman, *Les Mouchoirs rouges de Cholet,* fut mis sur la sellette :

« On ne retrouve presque plus d'oralité vendéenne à l'état natif si vous voulez. Il y a une oralité qui est passée dans la littérature populaire, qui est passée dans la prédication et que le peuple se redit maintenant, voici un exemple récent : l'impact qu'a eu *Les Mouchoirs rouges de Cholet* et, quand on demande aux gens ce qu'ils savent des guerres de Vendée, ils racontent des anecdotes, des détails, des passages des *Mouchoirs rouges de Cholet,* comme quelque chose qui est arrivé chez eux. Si bien que, maintenant, il n'est plus question de parler d'oralité servant de support à l'histoire ou même servant de support à la littérature, mais plutôt de littérature ou d'histoire se réinjectant dans l'oralité. »

Cf. M. Dassin, *Oralité, histoire et littérature,* in : *Vendée, Chouannerie, littérature,* Actes du Colloque d'Angers, Presses de l'université d'Angers, 1986.

les plus heureuses années de sa vie, protégé par son abbé, Geoffroy (encore un Geoffroy) d'Estissac, que François Ier avait nommé à la tête de cette abbaye bénédictine, non pour sa piété, mais pour sa naissance. Ce grand seigneur ecclésiastique trouve de bon ton d'attacher à son service personnel un moine qui lise aussi bien le grec que le latin et dont le jurisconsulte André Tiraqueau, grand bourgeois lettré de Fontenay, dit le plus grand bien. François Rabelais, qui compte alors une trentaine d'années, suit son abbé dans tous ses déplacements à travers le Poitou. Plus tard, lorsqu'il aura jeté le froc, il se souviendra de Geoffroy la Grand'Dent, dont il fera l'un des ancêtres de Pantagruel. Il se souviendra aussi des noms de Lusignan, de Vouvant, de Fontenay et de Maillezais bien sûr, qui réapparaissent si souvent dans ses livres. Pantagruel passe « par Fontenay-le-Comte saluant le docte Tiraqueau et de là arrivèrent à Maillesays »...

Avant d'aller s'engager dans l'infanterie de marine à Rochefort, on a vu que mon père se fait photographier chez l'horloger Thomas, à L'Hermenault. Rabelais va aussi tous les étés à L'Hermenault, car son abbé s'y retire dans son prieuré, l'air du bocage étant plus sain que celui des marais de Maillezais où, dans mon enfance encore, rôdait le paludisme.

Les chères nièces me parlaient aussi, non sans pouffer de rire, mais sans aucun complexe devant un enfant, du capitaine Merdaille et du seigneur de Baisecul. Les contes patoisants du répertoire de mon père, surtout ceux destinés aux *préveils*, étaient souvent franchement scatologiques, mais jamais pornographiques. Grivois, mais pas érotiques ou du moins l'érotisme se manifestait autrement qu'aujourd'hui et plus par les allusions, les clins d'œil, voire les gestes que l'on disait lestes, que par la description de la mécanique des sexes. Une jarretière troublait, mais n'amusait pas. Ce qui amusait, c'était la poésie farfelue des noms. Et les paysans ne se privaient pas de donner des noms de lieux comme Chèvrecul, ou Chieurs-aux-Bois, dont certains existent encore dans leur pureté étymologique, mais la plupart ont été recouverts par la décence des siècles bigots.

Souvent se retrouve, dans Rabelais, le terme *embousé*. Or les bouses de vache tenaient aussi une place considérable dans les histoires de mon père. Le pays de la vache est le pays de la bouse, par voie de conséquence. Rabelais appelait sa Touraine le pays de la vache, mais l'aluette, ce jeu de cartes vendéen où les signes échangés par les joueurs tiennent un rôle capital, Rabelais l'appelait le jeu de la vache. Loin de se fâcher du terme de bouseux, mes camarades d'école se l'affublaient eux-mêmes. Nous étions des bouseux et fiers de l'être. Et les maraîchins récoltaient précautionneusement la bouse de vache à pleines charretées et la mettaient en tas, comme des meules de paille, la faisant sécher pour s'en servir l'hiver de combustible.

Beaucoup de bouse, beaucoup de fesses et de culs, beaucoup de crottes et de merde, chez mon père et ce Rabelais que j'aurais bien tendance à adopter comme arrière-grand-père s'il n'eût été moine.

D'autant plus que, tant j'y réfléchis qu'il me semble l'avoir vu dans les rues de Fontenay, sa robe de bure sanglée par une corde nouée autour des reins, pieds nus dans des sandales, la barbe rousse et le crâne rasé. Pendant toute mon enfance, j'ai en effet remarqué un moine semblable, remontant la rue de la République vers la place Viète, une besace sur l'épaule, capucin mendiant et souriant, qui m'intriguait tant que je m'arrêtais pour le regarder et lui, face à ce petit voyeur, au lieu de prendre un air ecclésiastique de circonstance, me faisait des grimaces.

Oui, il devait être exactement semblable à ce jeune moine qui cherchait à s'amuser avec un enfant, le Tourangeau qui arrive à Fontenay-le-Comte vers 1510, novice au couvent du Puy-Saint-Martin. Comme il a seize ans, on devait aussi l'envoyer mendier, une besace sur l'épaule. Étrange chose que de voir Rabelais cordelier, alors que cet ordre monastique avait la réputation d'être le plus sale et le plus ignorantin. Rabelais, le futur humaniste, entre dans un ordre qui est la cible préférée des humanistes. Ces franciscains sont appelés cordeliers en raison de la corde qui leur sert de ceinture, corde symbolique qui ne permet pas de servir de porte-monnaie comme les ceintures de cuir de l'époque, puisque les cordeliers ne devaient jamais toucher d'argent. Mais Érasme disait que certains portaient des gants afin de contourner le règlement.

Le couvent du Puy-Saint-Martin, détruit par les huguenots en 1568 (mais son souvenir reste par le nom d'une rue à Fontenay), devait être en effet particulièrement crasseux puisqu'il comptait déjà deux siècles lorsque Rabelais y fit son entrée. Crasseux de corps et d'esprit. D'où venait ce Pierre Amy qui l'initiera à la littérature grecque si peu connue à l'époque dans sa langue originale que, même à Paris, on ne comptait guère qu'une dizaine d'hellénistes ? Sans Pierre Amy, Rabelais aurait-il été autre chose qu'un moine ignorantin ?

Au XVIe siècle, Fontenay-le-Comte est une ville prospère, dont la bourgeoisie, humaniste et lettrée, virera bientôt au protestantisme. Parmi ces bourgeois, le magistrat André Tiraqueau est une vedette. D'une grande fécondité, ses contemporains assuraient qu'il faisait chaque année un fils et un livre. Il écrira en effet de nombreux ouvrages en latin, comme *De ligibus comubialibus et de opere maritalis,* qui lui vaudront une telle réputation que François Ier le nommera en 1451 conseiller au Parlement de Paris. Le Quatrième Livre de Pantagruel fait l'éloge du « bon, docte, sage, tant humain, tant débonnaire et équitable Tiraqueau ». C'est sous les lauriers-tins de la maison de Tiraqueau que les deux cordeliers vont passer des soirées à discuter de l'infériorité ou non des femmes et des avanies de la vie conjugale. Rabelais a vingt ans. Tiraqueau quarante. Le fils du cabaretier tourangeau doit être grisé de son admission si rapide dans la société des beaux esprits. Mais ces beaux esprits, séduisants comme Lucifer lui-même, sentent le soufre. Si bien que François Rabelais se retrouve soudain bouclé dans une cellule de couvent, avec interdiction de lire des livres grecs et que Pierre Amy ne doit la vie sauve qu'à la vélocité de ses jambes qui le mènent jusqu'en Suisse où il deviendra d'ailleurs luthérien.

Le magistrat Tiraqueau fera extraire Rabelais de sa cellule. Grâce à ses hautes relations, le jeune moine pourra quitter les franciscains de Fontenay, pour les bénédictins de Maillezais. C'est sa seconde chance. Néanmoins Rabelais aura vécu à Fontenay exactement le même nombre d'années que moi-même : quatorze ans.

Donc beaucoup de bouse dans la langue de Rabelais et dans celle de mon père. Mais aussi beaucoup de bile. Et là, cette bile, c'est le domaine de ma mère. La bile a tenu une place considérable dans mes relations avec ma mère, cette bile qui lui causait tant de malaises, cette bile qui jaunit les yeux, qui rend de mauvaise humeur. Comme ma mère, le roi Picrochole est un bilieux. Est-ce pour cette raison que ma mère rendait un culte à des eaux dont elle ignorait pourtant, me semble-t-il, qu'elles fussent rabelaisiennes ? Ces eaux, c'étaient celles de la Fontaine des Quatre-Tias. Non loin de la rue des Orfèvres (et du Café du Cerf, rendez-vous des beuveries dominicales), ma mère m'emmenait en effet souvent voir une fontaine monumentale dont elle ignorait qu'elle fût « Renaissance » mais qui exerçait sur elle une étrange fascination.

Pourtant les fontaines publiques ne manquaient pas, en ce temps-là, à Fontenay (qui s'appela d'abord Fonteneum). Sans parler du Puits-Lavaud, qui alimenta les Fontenaisiens à l'époque romaine et pendant tout le haut Moyen Âge, dont le souvenir reste par une ruelle proche de l'église Notre-Dame, chaque pâté de maisons utilisait sa fontaine. Alors pourquoi celle-là, cette Fontaine des Quatre-Tias, attirait-elle à un tel point ma mère ?

J'ai beaucoup rêvé, enfant, sur ces « quatre tias », nom énigmatique, soudain dépourvu de poésie depuis que je viens d'apprendre qu'il s'agit des quatre tuyaux de cuivre crachant leur eau dans un bassin d'où l'on ne pouvait accéder qu'en descendant de hautes marches.

Au fond d'une courte rue (celle du Café du Cerf, dite rue de la Fontaine), cette architecture somptueuse est vraiment insolite. Deux colonnes surmontent un fronton orné d'une urne de pierre. Entre des armoiries à salamandres, se trouve une inscription latine que ma mère me faisait épeler : « Fontanacum Felicium Ingeniorum Fons et Scaturigo. » J'apprends maintenant que cette devise fut composée par Rabelais, du temps qu'il était moine à Maillezais.

Alors pourquoi cette application de ma mère à me faire lire ces lettres latines ? Et pourquoi ai-je toujours été fasciné par Maillezais ? Jadis sans savoir que ces ruines, haut dressées dans le marais, entre Fontenay-le-Comte et La Rochelle, représentaient les restes d'un couvent où Rabelais vécut d'heureuses années ; aujourd'hui en le sachant et en cherchant parmi ces pierres dépareillées envahies de ronces et bordées de roses trémières les plans de l'abbaye de Thélème.

Décidément les grimaces du capucin que je croisais en rentrant de l'école, tout en haut de cette rue de la République qui s'appela jadis route Royale (évidemment) et en bordure de l'actuelle place

Viète qui, du temps de Rabelais, se nommait le Bois des Amourettes, ces grimaces me poursuivent. Comme me poursuivent des mots qui sont à la fois de Rabelais et de mon père.

Lorsqu'il vivait à Fontenay, mon père parlait son français militaire mâtiné de tournures locales. Mais dès qu'il se trouvait à la campagne, je l'entendais utiliser d'autres mots, qui sont tous dans Rabelais : les vaches venaient boire au *taimbre* (l'auge de pierre) et nous, nous buvions en puisant dans les seaux d'eau fraîche avec une cuillère en bois, à manche formant tuyau (la *coussotte*). On y pouvait *boyre à tire-larigot* et se faire ensuite *graisler des chastaines* dans le feu de cheminée. A moins que l'on ne préférât aller dénicher les *grolles* (corneilles), ou s'amuser avec le chat en prenant garde à ne pas se faire *grafigner* le nez, ou encore courir à la chasse aux *parpaillons* (papillons), *subler* (siffler) les filles, *s'accoutrer* de *rogatons* trouvés dans une armoire pour faire des *momeries* (se déguiser avec des restes de frusques pour faire une mascarade). Je lis Rabelais à livre ouvert, y retrouvant mon enfance, tant par les lieux que par les dires. Ces grandes beuveries, ces ripailles, cette énumération fastueuse de victuailles, souvent lassantes chez Rabelais, je les connais bien. Ce sont les phantasmes de gens qui font plus souvent maigre que gras et que le gras fascine. C'est le sempiternel gigot de mouton de mon grand-père, toujours repoussé à un futur de plus en plus hypothétique, mais toujours plus gros, toujours plus gras, si gros et gras qu'il passait du gigot de mouton au mythe ogresque. C'est le cochon (le *goret*) tué et que l'on dévore en famille, bâfrant, se barbouillant de *fressure*. C'est le rêve paysan d'être ogre et géant, ce rêve qui pour les Vendéens s'est matérialisé deux fois, la première peu de temps après que Rabelais s'en fut pour mener sa vie lorsque la Vendée devint protestante ; et la seconde en 1793 lorsque la Vendée protesta une seconde fois et, comme la première, par aversion du pouvoir parisien, et où cet ogre paysan faillit avaler la France entière.

4

A partir de la mort de mon père, ma mère se retira dans son veuvage. Elle fut cette statue voilée, drapée, engloutie dans ses vêtements de deuil, que l'on voit au pied de la colonne brisée de certains monuments aux morts. On ne fit plus marcher le phono à pavillon bleu dont mon père remontait le ressort avec application. On n'alla plus aux *préveils*, ni aux fêtes foraines sur la place du Champ-de-Mars, ni au cirque, ni nulle part. Ma mère ne se permettait que la lecture. Je m'habituai à la douilletterie de la lecture au coin du feu, dans les beaux livres rouge et or sortis précautionneusement de l'armoire de grand-mère. Le monde entier entrait alors subtilement dans notre vieille maison.

Du temps de mon père, nous allions nous promener en famille à la gare. Je comprends maintenant combien cette promenade était symbolique. Mon père étouffait dans notre petite ville et ses pas le portaient tout naturellement vers la gare, c'est-à-dire la porte du large. Puis il revenait tristement à la maison. D'où il ressortait bien vite pour rejoindre ses copains au Café du Cerf et s'y évader dans la boisson.

Après la mort de mon père, tous les dimanches nous effectuions une promenade en sens inverse. La gare se situe à l'extrémité sud, nous allions à l'extrémité nord où, au fond d'une longue et monotone rue en impasse, se trouvait (et se trouve toujours) le cimetière. Promenade lugubre, avec ma mère et ma grand-mère. Pour moi, les cyprès et les buis sentent le cimetière et l'odeur de l'eau croupie dans un vase me fait aussitôt penser à une odeur de cadavre. Parce que chaque dimanche les deux femmes changeaient l'eau du vase en plomb qui se trouvait sur la tombe de mon père et que cette odeur m'est restée vivace. Je ne peux voir aussi un insecte rouge à pois blancs, dont j'ignore le nom, mais qui pullulait dans le gravier de la tombe, sans penser à la mort, aux morts et un peu au diable, ces insectes qui grouillaient sur la tombe de mon père m'ayant toujours paru quelque peu diaboliques.

Les couronnes de perles, les lettres métalliques détachées des gerbes, les plaques de marbre avec leurs noms et parfois une photo, les croix de guingois, certaines tombes presque bousculées, comme si les morts avaient tenté de les soulever, les noms, tous ces noms, dont le nôtre, autant d'éléments nouveaux d'un nouveau jeu macabre.

Je n'aimais pas ces promenades dominicales au cimetière. Je les prenais pour une corvée qui me répugnait. Mais tant que nous restâmes à Fontenay, c'est-à-dire pendant six ans encore, il n'était pas question que je puisse y échapper. Si bien qu'à la fin je m'y habituai et qu'aujourd'hui encore je visite volontiers les cimetières des villages ou des villes, alors qu'aucune tombe particulière ne m'y attire.

Après la mort de mon père la tristesse et le silence s'abattirent sur notre maison. Je me suis tant fait à ce silence que les églises en dehors des offices et les cimetières en dehors des dimanches sont parmi mes lieux de prédilection.

Les cimetières me fascinent dans la mesure où ils sont une réplique de l'agglomération qu'ils desservent. Ces villes des morts sont l'envers de la ville des vivants, expulsées de plus en plus loin, cachées derrière de hauts murs. Notre siècle traite ses morts comme le Moyen Âge ses lépreux, comme le siècle de Louis XIV ses pestiférés. Mais déjà nos vieillards sont ramassés dans des maladreries, concentrationnés, comme préemballés dans le suaire qui les emportera au cimetière. L'asile de vieillards, baptisé hypocritement maison de retraite, est le sas par lequel nous sommes maintenant destinés à passer de vie à trépas, le conditionneur placé entre la ville et le cimetière.

Les enclos bretons nous montrent encore comment, jadis, les morts n'étaient pas séparés des vivants. Le cimetière y jouxte l'église. En sortant de la messe, les familles vont se promener parmi les tombes. On y retrouve ses aïeux et ses proches. Les plus lointains ascendants sont également tout près, dans l'ossuaire. Pas de tristesse dans ces cimetières. Les enfants jouent entre les tombes, les adultes discutent en allant d'une fosse à l'autre. Les morts ne sont pas abandonnés dans un terrain vague soigneusement clôturé. Ils sont au contraire au cœur même du village.

Presque partout ailleurs, en France, le cimetière a été extirpé du village. Il reste parfois quelques tombes autour de l'église, abandonnées parmi les herbes, et ce sont ces morts oubliés qui m'attirent.

J'ai, dans la tête, toute une collection de cimetières visités : cimetières mexicains avec leurs maisons miniatures bariolées de couleurs, cimetières musulmans dont les stèles affleurent à peine le sable, cimetière juif sur la pente du Mont des Oliviers face à la vieille ville de Jérusalem, cimetières américains qui ressemblent à des terrains de golf, cimetières militaires avec leurs croix alignées comme à la parade, cimetières bourgeois avec leurs chapelles, leurs statues, leurs colonnes brisées, leurs gisants à redingote ; ces cimetières sont une projection du monde des vivants poussée jusqu'à la caricature[1].

Quel édile fontenaisien eut l'idée de placer le cimetière Notre-Dame tout au fond d'une rue en impasse ? Singulier symbole, là encore ! On ne peut se trouver par hasard devant le cimetière et y entrer un instant. On ne peut pas le traverser, comme on traverse un jardin public. Il faut y aller spécialement. Si l'on n'y va pas spécialement, on peut même ignorer qu'il existe, ce cimetière, ignorer que la mort existe, la nier. Un cimetière en cul-de-sac, voilà une trouvaille rationnelle !

Ma mère porta longtemps ce voile en tulle noir, rabattu sur le visage, qui donnait aux veuves l'allure de fantômes. Mais n'étaient-elles pas des fantômes, entre leurs dévotions à l'église et leur dévotion au cimetière ? Si l'on avait déjà expulsé les morts, on ne savait que faire des veuves et leur présence dans les rues causait un malaise. Ces habits spéciaux les retranchaient du monde. On ne leur parlait qu'en baissant la voix, « pour respecter leur douleur ».

1. Cf. Michel Ragon, *L'Espace de la Mort, essai sur l'architecture, la décoration et l'urbanisme funéraires,* Albin Michel, 1981.

Donc, non seulement depuis « le départ » de mon père, la maison était devenue silencieuse, mais il se faisait un silence autour de nous. La maison du mort devenait maison de la peste. Mon père avait succombé à une maladie contagieuse qui effrayait autant que la peste : la tuberculose. On nous suspectait d'en transporter les miasmes. Ma mère avait beau dire que, sans ses maladies coloniales, mon père ne serait pas mort, qu'on aurait pu soigner sa tuberculose et qu'en réalité la dysenterie l'avait emporté, personne n'en croyait rien. D'ailleurs, pensaient les gens, ces maladies coloniales c'est rien de bon non plus. Peut-être bien que ça s'attrape.

Le vide se fit autour de nous. Je n'étais plus invité à jouer par les parents de mes camarades d'école. Au deuil, s'ajoutait la pauvreté. Mais pas la misère puisque ma mère touchait une « reversion de pension » et qu'elle trouva un peu plus tard, quand les risques de contagion s'estompèrent, des emplois temporaires de vendeuse dans quelques magasins.

Bien que nous fussions très pauvres (une reversion de pension de sergent ce n'est pas le Pérou !), je n'ai jamais eu conscience de l'être tant que nous vécûmes dans notre petite ville, avec mes grands-parents. La révélation de la pauvreté, proche de la misère, se fit lorsque nous émigrâmes à Nantes et qu'il nous fallut trouver à la fois logement et travail.

Les enfants ont-ils conscience de la pauvreté ? Non. C'est l'affaire des adultes. Tous les enfants sont à la fois pauvres et riches. Du moins ceux d'autrefois qui ne recevaient qu'exceptionnellement de l'argent, que leurs parents soient bourgeois ou prolétaires. Ma mère me donnait parfois quelques sous pour acheter un petit pain au raisin ou un illustré. Les fils de bourgeois enviaient-ils autre chose ? Mais connaissais-je des fils de bourgeois ?

Les plus riches d'entre nos parents étaient commerçants ou artisans : le boulanger, le boucher, le menuisier. Mon meilleur camarade, un moment, fut le fils d'une mercière. Plus tard, un orphelin de père, comme moi, dont la mère travaillait comme vendeuse dans un magasin, comme la mienne. Le médecin, le notaire, quelques gros commerçants représentaient la vraie richesse, qui ne dépassait pas, en réalité, une confortable aisance. Mais leurs enfants allaient au collège et nous ne les fréquentions pas. Nous autres, enfants de la communale ou de l'école des Frères, vivions dans une communauté de pauvres sans histoires. La richesse n'était d'ailleurs pas offusquante, dans notre petite ville. Personne n'y faisait étalage de richesse. Autant dire que la richesse restait invisible. Il n'eût d'ailleurs pas fait bon aux riches de vouloir se distinguer. J'avais entendu parler par ma mère des propriétaires des Grandes Galeries dont la maison était pleine de statues. Nous le savions par une femme qui allait y faire des ménages et qui avait rapporté ce phénomène plutôt stupéfiant : une maison avec des statues comme dans une église. Étrange manie ! Je « décode » aujourd'hui, passé du côté de la culture bourgeoise, que ces bourgeois devaient collectionner des sculptures. Mais le terme de sculpture n'existait pas dans notre vocabulaire. Il n'existait que des statues et les statues ne se trouvaient qu'à l'église et sur les monuments aux morts. Ces collectionneurs, dont on ignorait qu'ils collectionnaient (et qu'il puisse exister un tel jeu de société), paraissaient des lunatiques, des maniaques, pour lesquels on grimaçait un sourire de commisération. N'eussent-ils été riches qu'on les eût pris pour les idiots de la commune.

Qui était riche encore ? Les Cauchard-Vinette. Propriétaires du grand magasin de confection, leurs enfants, en âge de flirter et de traîner aux terrasses du Café du Commerce, donnaient un petit air de scandale du fait de leurs toilettes et de leur liberté d'allure. Mais il s'agissait d'un autre monde, le même que celui des gens aux beaux équipages que l'on voyait dans la cour de l'hôtel Fontarabie. C'était notre cinéma, à nous. Du cinéma, pas la vie réelle, la seule vie réelle étant bien sûr la nôtre, une vie à ras de terre, une vie de bouseux et de gagne-petit, une vie d'obscurs et pas mécontents de l'être.

Au jardin de mon grand-père, qui nous assurait notre année de pommes de terre, de haricots, de légumes verts et de fruits, s'ajoutait le résultat de nos expéditions de cueillette. Finalement, beaucoup de vivres restaient encore gratuits. Il suffisait d'avoir la patience de les trouver. Il n'existait plus de promenades désintéressées depuis la mort de mon père. Toute sortie de la maison, entre ma mère et ma grand-mère, avait un but précis. Nous allions *aux* champignons, ou aux escargots, ou aux plantes. Chaque saison, chaque mois, apportait sa manne gratuite. Il fallait seulement trottiner, se lever de bon matin, avant que des concurrents n'arrivent, fouiner et la cueillette ne pouvait qu'être abondante. Ma grand-mère faisait bouillir les escargots dans un fait-tout, avec du laurier et de l'ail. Nous les mangions dans leur jus, à pleine louche. Parmi les aliments gratuits, se trouvaient aussi les poissons de rivière pêchés par mon grand-père, les anguilles et quelquefois des grenouilles. On trouvait encore, en lisière des chemins, de la salade de pourpier et des pissenlits dans les champs. En bordure des chemins, toujours, personne ne vous empêchait de récolter les noisettes et les châtaignes. Parfois, on allait jusqu'à gauler quelques noix, mais là on sortait de la légalité. Sur les buissons, les mûres assuraient des kilos de confitures.

Au milieu de l'été, nous partions dans la campagne ensoleillée à la recherche « des plantes ». Les plantes, toutes les plantes aux vertus médicinales qui permettaient, elles aussi, de se soigner gratuitement : les grandes fleurs bleues de la bourrache pour les rhumes et les fluxions de poitrine, la menthe qui guérit du hoquet, apaise les coliques aussi bien que la toux, le coquelicot qui combat les insomnies, la mauve aux fleurs violacées qui guérit les bronchites et les angines, le serpolet qui tonifie le cœur, l'aubépine qui régularise la circulation du sang, le lierre qui calme les bronches.

Ma mère raffolait de cette médecine par les plantes. Tout comme elle usait et abusait des eaux minérales. La Bourboule, Le Mont-Dore, Évian, Vichy étaient pour elle non pas des lieux mais des mots fabuleux.

Bien sûr, les livres de médecine la fascinaient et ces livres n'ont pas peu contribué à la rendre hypocondriaque. L'autodidactisme est particulièrement dangereux dans le genre médical. On réussit à se trouver toutes les maladies décrites. Lorsque les remèdes proposés sont aussi simples que ceux du « docteur » Raspail, qui soigne intégralement au camphre, tout va bien, mais parfois les breuvages proposés sont extrêmement compliqués et ma mère s'esquinta l'estomac à les essayer.

J'ai trouvé dans l'armoire de la cuisine plusieurs de ces livres. Un petit opuscule jaune porte sur sa page de couverture :

L'Accent de ma mère

Le Père Benoît
d'Amiens
La Santé
par les simples
Comment j'ai soigné et guéri mes malades
la médecine naturelle à la portée de tous
édité par l'auteur, 1926

Si vous avez de l'anémie, avec un mauvais estomac, c'est assez simple. Vous prenez quinze grammes d'écorce de bouleau, quinze grammes de reine-des-prés, quinze grammes de pensée sauvage, dix grammes de gentiane, dix grammes de cacao, dix grammes de cola, vingt grammes d'orge, vingt grammes d'avoine, quinze grammes de fleur d'acacia blanc, vous faites bouillir le tout deux heures à petit feu dans un litre d'eau et vous servez.

Les autres remèdes sont à l'avenant.

La *Médecine des Familles* de Raspail est un ouvrage encore plus minuscule, dans le style des almanachs de colportage, qui doit avoir appartenu aux parents de mes grands-parents. Sur la première page :

Médecine des Familles
ou
méthode hygiéniste et curative
par les cigarettes de camphre,
les camphratières hygiéniques,
l'eau sédative, etc.
Contre une foule de maux lents à guérir,
ou même incurables et chroniques,
qui ne réclament pas
ou ne réclament plus la présence du médecin,
ou bien enfin qu'on est condamné
à soulager en son absence
par F.-V. Raspail.
L'hygiène préserve de la médecine
Paris
Chez Collas, Pharmacien
rue Dauphine, 10
1845

Raspail (qui, lorsqu'on ne l'emprisonnait pas pour exercice illégal du pouvoir, l'était pour exercice illégal de la médecine) préconisait l'emploi du camphre à priser (« de la même manière que le tabac à priser »), des cigarettes de camphre (à fumer), de l'alcool camphré, de l'huile camphrée, du sirop de gomme camphré, de l'eau sédative à base d'ammoniaque. Raspail assurait que sa méthode guérit la gastrite, les maux d'estomac, le rhume, l'asthme, la coqueluche, la migraine, la fièvre cérébrale, la fièvre typhoïde, qu'elle met les opérations chirurgicales à l'abri de la gangrène, de la fièvre, de l'érysipèle et du tétanos et qu'elle peut diminuer des deux tiers les séjours dans les hôpitaux.

Raspail écrit que « le pot-au-feu dirigé avec art est la base d'une alimentation hygiénique... Que de gens j'ai guéris de la gastrite, seulement en réformant leur pot-au-feu », il s'en prend avec véhémence aux vers intestinaux, aux « insectes nocturnes » qui se glissent dans les draps de lit, au froid aux pieds et aux courants d'air.

Ce livre a été lu et relu car ma grand-mère confectionnait le pot-au-feu dominical avec un soin extrême. Je n'ai d'ailleurs jamais compris comment elle s'y prenait pour que ce pot-au-feu dure trois jours. Le dimanche midi, nous avions la viande bouillie avec ses légumes, le lundi nous retrouvions le bœuf du pot-au-feu, froid, coupé en petits morceaux et à la vinaigrette, et le mardi il restait encore de la viande pour un hachis Parmentier. Sans parler évidemment du bouillon qui réapparaissait à tous les repas.

Quant aux « insectes nocturnes », les punaises étaient considérées comme abominables et la maison qui n'arrivait pas à s'en débarrasser se déshonorait. Par contre, les puces tombaient dans le secteur de la fatalité. Et même de la familiarité. Les punaises faisaient honte, alors que les puces faisaient rire.

L'aristocratie a vécu pendant des siècles en commerce aimable avec ses puces. Il suffit de regarder, dans les musées, les innombrables tableaux et gravures où l'on voit une dame plus ou moins dénudée à la recherche de « sa » puce. Je ne sais si, dans mon enfance, les aristocrates et les grands bourgeois conservaient toujours des puces comme animaux familiers, mais nous, nous n'avions pas, dans ce domaine, décollé du XVIIe siècle. La puce reste associée dans mon souvenir à la lingerie féminine. Car ma grand-mère et ma mère soulevaient de temps en temps leur robe ou dégrafaient leur corsage en fouillant frénétiquement pour trouver l'insecte suceur. Et ce qui m'étonnait, ce n'était pas, bien sûr, que se grattent ainsi les puces en famille, mais ce linge blanc qui apparaissait. J'étais tant habitué à voir « mes » deux femmes vêtues de noir que cette couleur semblait celle de leur peau. En réalité, je m'apercevais qu'il s'agissait d'une carapace qui, lorsqu'elle s'entrouvrait, laissait apparaître du blanc, un flot de blanc puisque ces dessous féminins étaient aussi nombreux qu'abondants : jupons, chemises, culottes de la taille de nos actuelles jupes-culottes, cache-corset, flanelle, camisole...

Une puce n'y eût pas retrouvé ses petits. Aussi devait-on poursuivre de longues explorations pour arriver jusqu'à l'insecte qui n'attendait que ce moment-là pour sauter du jupon à la camisole. Aussi, la chasse aux puces requérait-elle la collaboration de plusieurs personnes. Ma mère et ma grand-mère s'entraidaient et bientôt je fus invité à participer aux recherches.

L'une des deux femmes s'asseyait sur un tabouret, devant le feu de cheminée pour ne pas prendre froid, et l'autre se lançait dans l'exploration avec mon aide. C'était à la fois une cérémonie et un jeu. Comme pour tout jeu on arrivait parfois près du but (« Oui, par là, par là... Oh ! que ça me gratte ! ») ou on s'en éloignait (« Non, plus à droite ! Vers le haut ! Ça y est, tu l'as perdue ! Maladroit ! »). Et j'avais l'impression d'éplucher ma mère ou ma grand-mère, en écartant toutes ces couches de blanc, pour arriver jusqu'à la peau, elle-même d'un blanc de linge. (On disait : « Il (ou elle) est blanc comme un linge ! ») Jusqu'à la peau qui parfois montrait les rougeurs de la piqûre de la puce, des cloques. Et alors on s'excitait à chercher plus vite, plus vite et parfois on l'attrapait, la puce, juste sous l'ongle. Si ma grand-mère l'attrapait, elle se régalait à croquer la puce, en riant. En riant parce que ma mère trouvait ça choquant et qu'elle s'indignait, chaque fois, comme si c'était nouveau.

Dans un troisième livre de médecine, celui-ci plus sérieux (mais peut-être me paraît-il plus sérieux parce que plus récent, donc plus « moderne ») il est question d'autres insectes corporels, mais ceux-là avaient mauvais genre : le pou et la gale. Il s'agit d'un gros volume broché, à couverture verte avec une croix rouge de pharmacien : *Soignez-vous bien,* par le Dr Octave Belliard, publié par Hachette en 1934. J'ai souvent vu ma mère le consulter et elle me disait : « C'est le Dr Belliard. C'est un savant. Il a son nom sur la place aux Porches. » Vérification faite, il existe bien une place Belliard à Fontenay, mais ce Belliard-là était un général de l'armée napoléonienne dont la maison natale se trouve sur cette place qui s'est appelée en effet avant la Révolution place aux Porches, comme disait encore ma mère. L'homonymie donnait un lustre tout particulier à ce livre qu'il me suffit de feuilleter pour voir qu'il a beaucoup servi à me soigner. L'huile de foie de morue y est recommandée contre la tuberculose. J'en ai donc avalé des litres, à la cuillère à soupe, non sans pleurs et cris. Je suis allé, comme il y est recommandé, boire un verre de sang de cheval à l'abattoir, pour « me remonter ». On m'a mis du goménol dans le nez, contre les rhumes, ce qui ne m'empêchait pas d'être enrhumé tout l'hiver. On m'a donné de l'huile de ricin comme laxatif. On m'a gratifié de quinquina comme fortifiant. On m'a fait des cataplasmes de farine de lin tiède. Tout y est.

A propos des poux, le Dr Belliard en distingue trois sortes : ceux du corps, de la tête et du pubis. On peut être envahi du pou du pubis, dit-il, « en s'asseyant sur une banquette de café ou de voiture publique ». Quant à la gale, qui creuse des galeries dans la peau et donne des démangeaisons nocturnes, le Dr Belliard assure qu'elle est « répandue dans la classe pauvre ».

La classe pauvre, j'en réponds, n'aimait pas la gale, ni les poux ni les punaises. Elle admettait seulement les puces. Évidemment nous n'avions pas d'eau courante, pas de bain, pas d'autre lavabo qu'une cuvette de faïence dans laquelle nous faisions parcimonieusement couler l'eau d'un broc.

Deux expressions sont éloquentes : « méchant comme la gale », « laid comme un pou ». Par contre, l'amoureux appelait volontiers son aimée « ma puce ».

Le livre du Dr Belliard est illustré de dessins et de planches en couleurs. Je me souviens de m'être arrêté longuement devant ces dessins de bandages, d'orthopédie, et de monstruosités diverses comme le mongolisme, le mal de Pott, le « petit vieux hérédosyphilitique » (un enfant monstre), l'éléphantiasis, etc. Il y avait là de quoi peupler copieusement ses cauchemars. Ma mère m'apprenait aussi à reconnaître les champignons vénéneux sur une carte en couleurs et à distinguer les vipères (abondantes en Vendée) des couleuvres. On y voyait aussi des cartes des maladies, par exemple la carte mondiale de la peste. On poussait un soupir de soulagement en voyant que la France y échappait.

Nos sorties du dimanche me familiarisaient avec la mort. Nos lectures des veillées m'initiaient à toutes les maladies.

Comme Raspail, « mes » deux femmes abhorraient les vers intestinaux, le froid aux pieds et les courants d'air. Les vers intestinaux étaient tenus pour responsables d'un grand nombre de malaises. On me demandait de faire mes besoins dans un petit pot de chambre pour examiner si je n'avais pas de vers. Il suffit de feuilleter les journaux de l'époque pour s'apercevoir que cette obsession devait être commune, les publicités pour les vermifuges y apparaissant aussi abondantes que celles des lotions contre les poux.

Dans la hiérarchie des vers, le tænia se plaçait tout au sommet. A tel point que ce devenait presque un honneur de l'avoir. En tout cas, on en parlait autour de vous avec une certaine considération : « Il a le ver solitaire. » Contre le tænia, ma grand-mère connaissait un remède : les graines de potiron.

On s'entraidait ainsi parmi les pauvres, n'appelant un médecin que pour les cas graves. Chacun conservait encore en sa mémoire quelques recettes transmises de génération en génération, depuis le temps de Geoffroy la Grand' Dent, et même sans doute avant. De maisonnée en maisonnée, on se faisait des échanges de tisanes, d'onguents, d'emplâtres et l'on arrivait ainsi, empiriquement, à reconstituer une médecine populaire.

On considérait, par exemple, le bouillon de lapin comme un fortifiant. Une infusion de racines d'orties apaisait les règles douloureuses. Les fleurs de sureau servaient pour les collyres, celles des lilas pour désinfecter les plaies. Les feuilles de noyer soignaient la gorge. Les marrons d'Inde décongestionnaient le système nerveux. Le gui régularisait les battements du cœur. L'écorce de bouleau calmait les brûlures d'estomac. Mon grand-père se coupait souvent, dans ses travaux de jardinage. Pour ces coupures, ma grand-mère employait un remède infaillible : du poivre moulu très fin et inséré dans la plaie. Au bout de deux heures la coupure se refermait.

J'ai toujours vu ma grand-mère et ma mère traîner dans la maison leurs éternelles chaufferettes, dans lesquelles elles mettaient de la braise. Tout cela pour ne pas avoir les pieds froids. Mais à se chauffer toujours les pieds, elles finissaient par écoper des engelures.

En réalité, dans ces maisons sans chauffage (seulement un feu de cheminée dans la salle commune, mais jamais de feu dans les chambres si bien qu'en plein hiver l'eau se transformait dans le broc à toilette en morceau de glace) et bien que la Vendée bénéficie d'un climat assez doux, on n'en finissait pas d'être malade. Les compresses d'eau sédative (recommandée par celui que l'on appelait toujours, bien que ce titre ne figurât nulle part, « le docteur Raspail ») contre les maux de tête, l'alcool camphré (toujours Raspail) pour les frictions (ça chauffe le sang), les inhalations d'eucalyptus, les sinapismes, les cataplasmes, les sangsues, les ventouses, les lavements, ma mémoire enfantine est pleine d'un remue-ménage de médications et d'appareils destinés à lutter contre les attaques répétées de la maladie.

J'ai toujours connu ma mère malade, ou plutôt *patraque* comme elle disait. Jamais gravement malade, sauf en son extrême vieillesse, mais toujours fatiguée, courbatue, anémiée, migraineuse, mal dans sa peau. L'estomac, le foie, puis l'intestin qui s'est mis à pourrir et qu'il a fallu couper, enlever, jusqu'à devoir pratiquer un anus artificiel. Ce fichu système digestif détraqué dans toute notre tribu. Mon père mort de dysenterie, autant que de tuberculose, l'oncle Alfred mort d'une occlusion intestinale, ma mère morte d'un cancer de l'intestin. Moi-même qui ne tiens qu'à force de régimes. Trop de saletés bouffées, trop de famines. Trop de faim au ventre et, dans les années fastes, trop de nourritures bourratives et indigestes. Trop de *mojettes,* trop de choux, trop de fèves, trop de ragoûts... Peut-être aussi trop de tisanes, trop de décoctions de plantes et d'écorces dont les doses n'étaient peut-être pas très bien calculées. En définitive, une chiasse à rendre Gargantua jaloux. Bouseux on naît, bouseux on reste.

5

MATER DOLOROSA... Ma mère toujours vêtue de noir, à l'ancienne mode, éternellement veuve.

D'abord disparue sous ses voiles, comme une *pietà*. Effacée, éliminée. Puis peu à peu redécouverte, mais avec combien de pudeur. Veuve à trente-neuf ans, elle n'osa aborder un peu de violet qu'à la cinquantaine. Elle se faisait une fête, de ce violet, mais avec, néanmoins, mauvaise conscience. L'impression de trahir quelque chose, quelque chose de lointain mais toujours là, comme une boule sur l'estomac. A soixante ans, elle se lança dans le brun et le mauve. A quatre-vingts, elle osa arborer du bleu. Ces gilets de lainage que nous lui achetions pour ses fêtes et anniversaires et qu'elle collectionnait, ne les portant que tout à fait exceptionnellement.

N'ayant pratiquement pas quitté ses parents (sinon pour le bref intermède au « pays où fleurit l'oranger ») ma mère se retrouvait, dans son veuvage, la demoiselle solitaire de sa jeunesse (déjà veuve de monsieur Emmanuel d'ailleurs). Et elle se rejetait avec boulimie dans la lecture.

Demoiselle, elle lisait François Coppée et Pierre Loti. Bien qu'elle n'ait plus repris de livres de François Coppée après son mariage, elle se souvenait encore dans sa vieillesse de certains vers :

Elle était orpheline et servait dans les fermes...

Et surtout ceux-ci qui témoignaient de son obsession de l'ivrognerie, la plaie, le fléau des femmes de son temps :

Il entrait toujours ivre et battait sa maîtresse.
Deux sombres forgerons, le Vice et la Détresse,
Avaient rivé la chaîne à ces deux malheureux.
Cette femme était chez cet homme — c'est affreux !
Seulement par l'effroi de coucher dans la rue.

Coucher dans la rue, cette perspective terrorisait autant les gens de mon enfance que mourir à l'hôpital. Avoir un toit, une chambre, un lit, voilà un bonheur qui ne date que d'hier. Combien de valets de ferme, dans ma famille, n'ont eu pour toit que la charpente d'une écurie et pour lit que la paille d'une litière !

Les hauts lits de bois dans lesquels nous couchions conservaient encore le souvenir de cette paille puisque les matelas ne s'y trouvaient que sous forme de paillasses.

De Pierre Loti, elle avait lu *Le Roman d'un spahi*, *Madame Chrysanthème*, *Aziyadé*. Elle me fit lire ces livres très tôt, mais elle n'osait les relire. Mon père s'y trouvait trop présent. N'étaient-ce pas ces romans qui l'avaient poussée vers cette aventure d'épouser « un colonial » ? Néanmoins, elle ne pouvait s'empêcher de reprendre de temps à autre *Pêcheur d'Islande* et de le feuilleter, lisant, çà et là, des phrases qu'elle connaissait par cœur et qu'elle aimait néanmoins retrouver. Car si je dis que ma mère avait une boulimie de lectures, cela ne signifie pas qu'elle disposait d'une immense bibliothèque. Elle ne possédait en réalité que quelques livres, mais qu'elle relisait souvent. On ne lisait pas des livres, on lisait *son* livre.

Ces femmes, ces filles de *Pêcheur d'Islande*, qui attendent interminablement le retour des bateaux, comme elle devait s'y retrouver, elle dont la vie ne fut qu'une longue attente : attente du fiancé parti à la guerre, attente du mari courant les bistrots et les fermes, plus tard attente du fils saisi à son tour par la maladie de la bougeotte.

« *Et toutes les heures du jours passaient, l'une après l'autre, et toutes les heures du soir, et toutes celles de la nuit, et toutes celles du matin. Quand elle comptait depuis combien de temps il aurait dû revenir, une terreur plus grande la prenait ; elle ne voulait connaître ni les dates ni les noms de jours.* »

Ainsi Loti parle de la petite Gaud, mariée pendant six jours, qui attend son Yan disparu au large de l'Islande.

La mer, le froid, la pluie, le sel, le gel, la brume, toutes ces horreurs, aurait dit ma mère qui détestait la nature, comme tous les gens qui ont pâti des éléments et de la dureté de la terre et de la mer, pendant des siècles.

« *Les tombées de nuit lugubres où, de bonne heure, tout se faisait noir dans la vieille chaumière, et noir aussi alentour.* »

Comme je m'en souviens de ces tombées de nuit lugubres ! La lumière ne s'allumait qu'à la limite extrême du jour, afin de ne pas trop dépenser. On eût dit aussi que l'on cherchait à allonger le temps du jour, à le prolonger le plus longtemps possible, la nuit et son obscurité étant aussi redoutées que l'hiver.

Et Sylvestre, dans *Pêcheur d'Islande,* Sylvestre parti en bateau (toujours des bateaux et des départs) dans la mer de Chine, Sylvestre troué d'une balle dans la boue d'une rizière tonkinoise et qui meurt sur le retour en France du bateau-hôpital... Toujours des bateaux et toujours en toile de fond exotique ce que l'on n'appelle jamais l'Indochine (ni à plus forte raison le Vietnam) mais, du nom de ses cinq États : la Cochinchine, le Tonkin, l'Annam, le Laos, le Cambodge ; les indigènes étant tous dit Annamites.

On voit combien Loti semblait de la famille. Si bien qu'un jour, ma mère, qui ne sortait jamais pour autre chose que le travail ou la cueillette, se mit en tête d'aller visiter la maison de Pierre Loti à Rochefort.

Rochefort est à quatre-vingts kilomètres de Fontenay. Ce n'est plus « le pays ». Le « pays » va à la rigueur jusqu'à La Rochelle, en souvenir sans doute des liens sanglants entre cette ville et la Vendée huguenote. Après, c'est « ailleurs ».

Le dépaysement commença dès l'arrivée à la gare de Rochefort, une gare somptueuse du style casino, avec une grande coupole centrale et un bâtiment longiforme en redan butant sur deux bâtiments terminaux carrés qui s'appliquent à paraître

Renaissance. Au-dessus de la grande marquise vitrée de l'entrée, entre des blasons, s'étalent les immenses lettres en cintre qui indiquent : « Chemins de fer de l'État ». Ma mère était toujours émerveillée lorsqu'il s'agissait de « l'État », ce seigneur invisible et omniprésent, bien plus puissant que ne le furent jamais nos hobereaux crottés. Émerveillée et un peu terrifiée ; en même temps reconnaissante puisque l'État lui versait une pension. Mon père avait été « serviteur de l'État » comme le père et la mère de ma mère avaient été serviteurs du baron de la V... Et dans cette ville de Rochefort, construite de toutes pièces sous Louis XIV et Colbert, l'État étalait partout sa présence. Dans le plan de la ville d'abord, tracé à la règle : un échiquier de rues droites, très larges, se coupant à angles droits. Ville de casernes. Ville-caserne.

J'ai très vite su qu'il s'agissait d'un double pèlerinage.

Après avoir suivi l'inévitable rue de la Gare, avenue toute droite bordée de platanes, nous prîmes en effet un chemin de ronde qui entoure l'énorme Hôpital des Armées. Rue Toufaire, nous nous arrêtâmes devant la tour carrée de la Salle d'Armes de la Marine, intrigués par les trois cadrans d'horloge aux heures contradictoires. Des sentinelles coiffées du bonnet à pompon faisaient les cent pas devant la préfecture maritime, fusil à baïonnette sur l'épaule. Nous allâmes jusqu'aux bâtiments de l'Arsenal, au bord de la Charente. L'un d'eux portait cette curieuse inscription : École des Fourriers.

— Qu'est-ce que c'est un fourrier ?

— Un fourrier (ma mère cherchait, remontait dans ses souvenirs du « pays où fleurit l'oranger » et trouvait les copains sous-officiers)... Un fourrier... oui... quand ton père partait en route, eh bien, il y avait des sous-officiers qui s'occupaient de la nourriture et du logement. On les appelait les fourriers...

Emportée par ses souvenirs, elle me traînait autour des casernes. Les soldats aux képis noirs à ancres de marine nous dévisageaient. L'un d'eux plaisanta :

— Alors, il vient pour s'engager ce gaillard ?

Ma mère répliqua, prenant son ton de tragédienne :

— Son père est venu s'engager là !

Les soldats se mirent à rire :

— Et vous voulez savoir s'il est revenu, ma petite dame ?

Vexée, ma mère me tira par la main vers la rue du Port et nous partîmes, dans une grande excitation, à la recherche de la maison de Pierre Loti. Que comptions-nous y voir ? Pierre Loti lui-même ou mon père ressuscité ? Il devait y avoir des deux.

Ma mère n'osait demander où se trouvait la maison du romancier. Elle savait que cette maison existait, que son intérieur ressemblait aux livres de l'écrivain, avec un salon turc, des statues d'Asie, des armes, des tapis d'Orient, tout un bric-à-brac colonial beaucoup plus fabuleux que celui rapporté par mon père (mais Loti était officier, noblesse oblige !), seulement comment la trouver, cette maison ? Aujourd'hui, la chose serait simple puisque la maison de Loti est devenue un musée et se trouve tout simplement rue Pierre-Loti. Mais lorsque nous allâmes à Rochefort pour ce pèlerinage, Loti n'était mort que depuis une dizaine d'années.

Que de rues de Rochefort n'avons-nous pas parcourues, toutes désespérément semblables. A croire que nous n'avancions pas. A croire que le temps s'était arrêté et que nous piétinions. Ces rues si monotonement droites étaient balayées par le vent du large, glacial. Nous nous trouvions bien loin de *Madame Chrysanthème*. Et puis, lorsque, lassés, nous reprenions le chemin de la gare, tout près de la rue du Port, un homme, intrigué par notre manège, interpella soudain ma mère :

— Voulez-vous visiter la maison de M. Loti ?

Ma mère bredouilla, me prit par la main et s'enfuit. La panique ! Nous aurions voulu trouver Loti tout seuls. Ce monsieur entrait par effraction dans notre rêve. Je devais avoir douze ans. Combien de fois pareille aventure m'est arrivée depuis !

On aborde presque au rivage de son rêve, on va y pénétrer, et quelque chose intervient qui vous fait fuir, quelque chose qui a cassé à tel point le rêve que l'on n'en a plus envie.

Loti et Coppée, auteurs de la jeunesse de ma mère, auteurs de la vie rêvée, de la vie prénuptiale. Auteurs placés dans le rayon des regrets, comme « le pays où fleurit l'oranger ». Dans son veuvage, un autre auteur de prédilection, Pierre l'Ermite.

Peut-être ne connaissez-vous pas Pierre l'Ermite ? Ses romans ont pourtant tiré de trois cent à cinq cent mille exemplaires. Curé de Montmartre, et de son vrai nom Edmond Loutil,

Pierre l'Ermite emmenait chaque année les enfants de son patronage dans une colonie de vacances à Noirmoutier. La Vendée apparaît donc souvent dans ses livres.

Deux d'entre eux plongeaient ma mère dans une grande exaltation : *Comment j'ai tué mon enfant* et *Pas de prêtre entre toi et moi.*

Je m'étais toujours demandé où ma mère avait pris certaines de ses phrases grandiloquentes, que l'on eût dites d'un Corneille ou d'un Racine du pauvre. Je les ai pratiquement toutes retrouvées dans Pierre l'Ermite.

Comment j'ai tué mon enfant est l'histoire d'une mère, veuve d'un colonial, qui couve son fils unique. Mais le curé du patro entreprend d'arracher ce fils de riche à son milieu pour le mettre au service des pauvres. Le jeune homme avoue à sa mère qu'il désire être prêtre :

« *Mme Yholdy se jette dans un fauteuil et se met à fondre en larmes.*

— *Alors, c'est fini, je n'ai plus qu'à mourir, car mon fils, mon seul amour, est mort... Moi qui rêvais de sortir un jour à son bras...*

— *Mais maman, l'abbé Firmin vous a dit jadis qu'aucune mère n'est plus heureuse ici-bas que la mère d'un prêtre...*

— *Oui, les femmes de rien ! Les femmes du peuple, les femmes de ton patronage ! Celles dont les fils auraient été des petits employés, des camionneurs... des meurt-de-faim s'ils n'avaient pas été curés ! Mais moi ! Mais toi !... Laisse-leur la prêtrise à ces pauvres...* »

Réponse du prêtre à la mère éplorée qui vient le supplier de lui laisser son fils :

« *Je vous avais confié mon fils pour en faire un homme et vous voulez l'ensoutaner.*

— *Votre fils, madame, vous sera toujours pris... par une femme ou par Dieu...* »

La mère réussit à récupérer son fils en feignant une maladie grave, s'arrange pour le faire embusquer pendant la guerre de 14.

Mais trop couvé, trop gâté, finalement trop solitaire, ce fils se suicide en se jetant à la mer à Noirmoutier.

Réflexion de la mère :

« *Quand les enfants sont petits, ils vous marchent sur les pieds. Quand ils sont grands ils vous marchent sur le cœur.* »

Je n'avais jamais lu Pierre l'Ermite avant de partir à la recherche des sources de l'accent de ma mère. Sous la coupole de la Bibliothèque nationale, ce petit livre à trois sous des Éditions de la Bonne Presse m'a causé une profonde stupéfaction. Cette mère veuve d'un colonial, ce fils qui veut être prêtre, ce fils couvé que l'on vous arrache (« L'enfant qu'il m'a volé », dit la mère en parlant du curé) combien je comprenais l'affabulation que pouvait en faire ma mère. Non pas que j'eusse ressenti une vocation religieuse. Mais néanmoins, puisque j'apprenais bien à l'école, le vicaire du patronage me faisait miroiter la gratuité du séminaire. Et puisque je parlais toujours « des colonies », pourquoi ne serais-je pas missionnaire ? Mais il en fut comme pour la maison de Loti. De douze à quatorze ans, on en parla beaucoup de ce futur séminaire, et des missions. Mais lorsque, après le certificat d'études, le vicaire vint solennellement rue des Orfèvres, me demander en présence de ma mère : « Alors, c'est oui ou non. Il faut maintenant que tu choisisses. Ou bien tu prends un métier, ou bien tu deviens prêtre.

— Oui, dit ma mère, très agitée, il faut que tu choisisses, tu ne peux pas laisser comme ça monsieur l'abbé, le bec dans l'eau. »

J'ai dit non. J'ai eu tort. Je ne savais pas que l'on pouvait faire des études au séminaire et ensuite jeter la soutane, comme le fit Rabelais de son froc. Je croyais que les études au séminaire se payaient d'une vie obligatoirement ecclésiastique. On ne m'avait pas informé de la séparation de l'Église et de l'État. J'ai dit non. Ma mère a enchaîné, très vite :

— Je savais bien, monsieur l'abbé, qu'il n'avait pas la vocation.

Quatre ans de gagnés, jusqu'à ce qu'arrive la première femme...

Pas de prêtre entre toi et moi ! nous concerne moins directement. Il s'agit d'une jeune fille pieuse, plutôt bigote, amie du vieux curé, et qui s'occupe des enfants et du catéchisme. Elle épouse un jeune avocat brillant qui va à la messe mais ne fait pas ses Pâques. Il jalouse sa bigoterie : « En amour, dit-il, quand on ne donne pas tout, on ne donne rien. » Et à propos du curé : « Cet homme, il est entre toi et moi toujours... Il me vole ma femme. » Réponse de l'épouse : « Vous êtes pour la terre... Lui il est pour le ciel... Tout vrai chrétien a deux foyers : le sien et puis sa paroisse. »

Le mari interdit à sa femme la fréquentation du curé, ainsi que la confession et la communion. Il ne lui permet que la messe le dimanche, le maigre du vendredi et le denier du culte. Puis, en lui glissant de mauvaises lectures (Rabelais, Voltaire, Michelet), il réussit à lui faire perdre la foi. Mais le jour où cette femme s'aperçoit que son mari a une maîtresse, que lui reste-t-il à faire, sinon de perdre la raison ?

Poussant la curiosité jusqu'à lire d'autres livres de Pierre l'Ermite, comme *La Vieille Fille* et *Peut-on aimer deux fois ?* j'y retrouve la plupart des références culturelles de ma mère. Le couplet de *Mignon* (« Connais-tu le pays où fleurit l'oranger... ») et celui de *Carmen* (« L'amour est enfant de bohème »). J'y retrouve souvent le portrait de la Petite Sœur Thérèse de l'Enfant-Jésus encadré dans notre chambre, comme dans la plupart des chambres des personnages de Pierre l'Ermite. J'y retrouve : « Mourir à l'hôpital, c'est mourir deux fois. »

La Vieille Fille... Peut-on aimer deux fois ?... Ces titres seuls pouvaient mener ma mère dans de bien mélancoliques rêveries.

Je me souviens que, du temps où nous vivions en Vendée, la lecture du *Petit Écho de la Mode* constituait le régal hebdomadaire de ma mère. Et non seulement la lecture de cet « illustré », mais les travaux pratiques qui en découlaient. C'est ainsi que ma mère se constituait une bibliothèque de petits romans, grâce à des encarts qui permettaient à chaque livraison de former des cahiers de huit pages en pliant les feuilles suivant une formule indiquée. Ces cahiers étaient ensuite assemblés et brochés en passant un fil aux points désignés par l'imprimeur.

Là encore, puisque je suis allé jusqu'à lire ces brochures jaunies, dont le papier se cassait sous mes doigts, on peut voir facilement dans quelle excitation ces romans mélodramatiques conduisaient une veuve qui se faisait peu à peu une vertu de son veuvage, conduite d'ailleurs sans doute, ou en tout cas aidée dans sa philosophie du renoncement et du culte du « héros mort », par cette littérature édifiante et lénifiante.

Par exemple, ce début de *Il y a danger !* par Emmanuel Soy :

« *Ayant terminé cette lettre, la malade, épuisée par cette fatigue au-dessus de ses forces, se renversa dans son fauteuil. De ses grands yeux tristes et creusés, elle regarda la petite fille grave qui, dans un coin de la pièce, jouait sans bruit avec une vieille poupée.*

— Pauvre petite... Moi, je m'en vais... Mon combat sera bientôt fini, mais le tien va commencer... Que vas-tu devenir ? »

Le danger, la fatigue, l'angoisse de la maladie et de la mort, l'obsession de l'avenir pour son enfant « qui ne pourra pas faire d'études parce qu'on est trop pauvres », tout y est. On dirait que *Le Petit Écho de la Mode* n'écrivait que pour elle ! Ce qui signifie que les lectrices du *Petit Écho de la Mode* devaient être pour la plupart dans son cas. Vieilles filles, ou veuves, ou divorcées, ou abandonnées, ou malheureuses en ménage, l'éventail de l'infortune féminine était suffisamment grand pour que cette publication, entièrement axée sur le réconfort moral et bien-pensant, soit prospère. Si prospère que ce journal a survécu à toutes les crises politiques et religieuses, à la guerre, à la résistance et à la collaboration, à la Libération comme à Mai 68. Simplement, il a supprimé de son titre l'adjectif « petit ». Petit sous-entendait entre les deux guerres mondiales une idée de gentillesse et aussi de feinte modestie. Le populaire se faisait petit, se disait petit, pour mieux échapper au regard des grands, pour ne pas les indisposer. Le populaire voulait alors passer inaperçu. Vieille habitude paysanne qui savait que le château, tout là-haut, a la manie des grandeurs et qu'il ne tolère autour de lui que la petitesse. Alors autant feindre d'être petit, alors autant crier à qui veut l'entendre que non seulement on est petit mais qu'on a plaisir à l'être, que l'on ne se trouve jamais si bien que dans un trou de belette. Rien ne vous empêche ensuite, la nuit tombée, d'aller saigner le lapin du maître.

Aussi la démagogie de la presse s'empara-t-elle de ce sentiment confus en en faisant l'adjectif de ses titres. *Le Petit Écho de la*

Mode n'était pas le seul à tirer sur cette corde sensible. A Bordeaux on lisait *La Petite Gironde,* à Marseille *Le Petit Marseillais,* à Angers *Le Petit Courrier,* à Troyes *Le Petit Troyen,* etc.

Autre roman broché avec du fil de couture par ma mère : *D'un cœur inapaisé,* par Marie Barrère-Affre. En voici la fin :

« *Ce soir, debout devant la pierre tombale où le connétable d'Aulussard-Montaltier repose dans la paix suprême, un peu de soleil blond sur ses cheveux argentés, elle rêve. L'effigie de marbre s'allonge parmi les lettres de l'épitaphe : Fidèle à son Dieu, à son Roy, à sa dame et à sa parole... Doucement, un sourire aux lèvres, Micheline répète : " Fidèle ! "*

« *Lente, elle s'éloigne, faisant tourner autour de son doigt pâle l'alliance brillante et l'anneau où courent les lierres ; et toute l'immortelle espérance est dans son cœur enfin apaisé...* »

Ces romans font un abus invraisemblable des points de suspension. Presque tous les titres de ces romans pliables et cousables en comportent. Chez Pierre l'Ermite c'est une telle manie que l'impression de ses livres contient au moins le quart des caractères en points de suspension. Mais les points de suspension permettent de faire flotter le lecteur, de le tenir sans cesse en haleine, c'est un peu comme le heu du langage parlé.

La pierre tombale, le rêve, la fidélité dans le veuvage, l'anneau d'or au doigt, l'espérance, l'apaisement c'est comme un portrait de celle que j'essaie, d'une manière plus longue et finalement peut-être plus malhabile, de raconter.

Je parlais de travaux pratiques. La chronique de la mode, tenue par la baronne de Clessy, permettait de faire jouer ses aiguilles et ses crochets. Je retrouve de nombreux exemples de points de broderie dont ma mère s'est acharnée à vouloir orner tous nos mouchoirs de poche, ce qui les rendait inutilisables, la mauvaise qualité du tissu amenant le linge à se contracter autour des broderies, à se froncer, et finalement à se recroqueviller.

Je feuillette une collection du *Petit Écho de la Mode* de 1936 et je revois ma mère dévorer des yeux toutes ces lingeries, ces dessus, ces dessous, ces « manteaux d'auto », « tailleur de voyage », « robe de visite », « robe du soir », « élégant déshabillé », etc., alors qu'à l'époque, comme je l'ai déjà dit, elle ne se vêtait que de noir. Lorsqu'elle renonça à son voile de veuve, elle porta ensuite des petits chapeaux de la plus parfaite banalité, en feutre noir l'hiver, en paille noire l'été. Mais pour ces chapeaux elle allait néanmoins en grand cérémonial chez une modiste, comme toutes les autres femmes (sauf celles qui, comme ma grand-mère, portaient leur éternelle et immuable coiffe blanche). On ne s'achetait jamais des chapeaux tout faits. De même que l'on achetait des patrons-modèles indiqués par *Le Petit Écho de la Mode* pour ses robes que l'on faisait faire par une couturière, on allait chez une modiste, *sa* modiste, avec les derniers numéros de l'*Écho de la Mode* dans son sac à main. Et la quantité de petits chapeaux qui sont décrits, dessinés, dans *Le Petit Écho de la Mode* est phénoménale. Panamas, chapeaux en duvetine, tyroliens, marquis, amazones, bérets en velours, toques, canotiers bretons (« en bakou noir bordé d'un gros-grain rouge ») ; chapeaux à aigrettes, à plume-baïonnette, à fleur, à ruban, avec oiseau, « en ottoman de soie », « en paille exotique », « en paille anglaise », « en paille des Antilles », « en paille Manille » ou encore, lit-on dans un numéro : « Ornés des plus charmantes fantaisies de plumes posées spirituellement à la manière de Robin des Bois, de Puck ou de Merlin l'Enchanteur. »

Donc les pauvres, comme les riches, avaient leurs tailleurs et leurs modistes. Il ne s'agissait évidemment pas des mêmes. Ces couturières (et non tailleurs) et ces modistes étaient elles-mêmes pauvres, comme les laveuses et les ravaudeuses (ce qui sera finalement le métier de ma mère). Mais néanmoins les couturières et les modistes se situaient à un échelon social beaucoup plus élevé que les laveuses et les ravaudeuses. De même qu'un savetier se trouvait nettement moins haut dans les marches du sous-sol qu'un cordonnier. Plus de considération pour celui qui fabrique que pour celui qui répare et à plus forte raison que pour celui qui vend. Le marchand de draps semblait plus riche que le tisserand, mais c'est le tisserand que l'on estimait.

Ma mère partait chez *sa* modiste avec une liasse de feuilles du *Petit Écho de la Mode* pour se faire confectionner un chapeau splendide et elle en revenait avec son éternel feutre rapetassé, transformé, mis à la mode, dont elle se montrait d'ailleurs très contente, ce qui était le principal.

La coutume voulait que l'on se mette des peaux de renard au cou et aux manches. Ma mère tenait autant à son renard qu'à son alliance. Mais ce renard, qu'elle avait fait teindre en noir, datait du temps de mon père. Je revois encore très bien sa tête triangulaire, avec des yeux en bille de verre. Ce renard, seul animal dans notre maison, perdait d'année en année un peu plus de poils. Si bien qu'aux approches de mes quatorze ans, je commençais à me sentir honteux lorsque ma mère le jetait sur ses épaules pour sortir en ma compagnie. Je ne voyais plus de ce renard que le côté mité, pelé, minable. Il me semblait même qu'il sentait mauvais. De plus, la teinture du veuvage se décolorait par endroits, donnant à la bête une couleur pisseuse. Je ne savais comment dire à ma mère de jeter cette défroque, car je voyais bien qu'elle y tenait, que ce déchet de renard conservait pour elle une image de splendeur impossible à retrouver dans du neuf, trop cher, inaccessible. Heureusement la mode du renard passa. Néanmoins ce renard de plus en plus mité, de plus en plus pisseux, sentant de plus en plus mauvais, nous suivit dans nos pérégrinations à Nantes. Jusqu'à ce qu'un jour, un chien affamé ou myope nous le dérobât, ma mère l'ayant posé, malencontreusement pour elle, heureusement pour moi, sur le dossier d'une chaise, devant notre porte, pour le faire sécher au soleil.

Bienheureuse disparition, qui lui permit d'affabuler longtemps sur ce renard, qui devint peu à peu renard argenté et que l'on eût pu vendre à un naturaliste, ce qui nous eût permis de passer des caps difficiles, etc.

Travaux pratiques encore que ceux conseillés par la chronique *La Bonne Cuisine à bon marché*. Bon marché certes, mais bonne cuisine ? Le potage aux cosses de pois, la tarte aux pommes de terre, les navets farcis, le chou à la villageoise, le ragoût de légumes à la bordelaise, le tapioca aux pommes, tout ça venait donc de ce maudit *Petit Écho de la Mode !*

Ma mère se ruait sur la *causerie médicale* où le rhume de cerveau se retrouve en bonne place : « Ce n'est ordinairement pas par le froid du visage que l'on s'enrhume du nez ; c'est par le froid aux extrémités... Le refroidissement de la plante des pieds, voilà donc une des causes les plus ordinaires du catarrhe nasal. » Les remèdes indiqués me replongent dans l'environnement médicamenteux de mes jeunes années : fumigations ou inhalations de mauve, guimauve, violette, bains de pieds chauds ou sinapismes, sudation (avec la bourrache de nos cueillettes, prise en tisanes), bouillottes, chauffe-pieds.

Nous conjuguions, avec ma mère : j'enrhume, tu enrhumes, il enrhume. J'ai continué à le faire, inconsciemment, jusqu'à ce que ma femme me réprimande : « On ne dit pas j'enrhume, mais je m'enrhume. » En effet, *Le Petit Écho de la Mode* lui-même écrit « on s'enrhume », alors que nous avons toujours dit : « On enrhume. »

J'ai essayé de me corriger de cette « faute » jusqu'à ce que, retournant dans l'Ouest, j'entende très nettement quelqu'un dire : « J'enrhume. » Je ne faisais donc pas une « faute », sinon contre le français académique, et « l'accent de ma mère » n'avait pas totalement disparu de mon langage, contrairement à ce que je croyais. En vieillissant, j'ai d'ailleurs tendance à récupérer certains mots, sans le vouloir. Ils me remontent à la gorge et fusent soudain, comme un rot que l'on ne peut éviter. Du moins ils apparaissent ainsi dans le contexte du « beau langage », ces mots français déformés ou ces mots patois. Ils détonnent, insolites, sorte d'éructation.

1936. C'est bien une collection du *Petit Écho de la Mode* de 1936 que je feuillette ! Aucune allusion, nulle part, au Front populaire. Les *Livres du moment* recensés sont les *Lettres du sud de Madagascar,* par le maréchal Lyautey, *Henry de Bournazel,* par Henry Bordeaux, *Le P. Mell, apôtre de la Guinée française,* par P. Piacentini, *Mémoires du Sergent Bourgogne* (Hachette), *Bayard,* par Paul Bellaguy, *La Vie de Jésus,* par François Mauriac... La seule allusion à l'actualité pourrait se trouver dans ce « costume d'Éthiopien pour garçonnet de douze à treize ans » que recommande la rubrique de la mode, mais que la postérité n'a pas retenu au même titre que d'autres costumes aussi ridicules dont on affligeait les enfants : costume marin ou costume de golf.

Il me semble réentendre ma mère (il y a pourtant plus de quarante ans) me parler de ce *Courrier de Liselotte* (qui fait aussi un éditorial : *Le Jardin des âmes*). Quelle aubaine pour les solitaires que ces courriers au lecteur. On trouvait aussi dans *Le Petit Écho de la Mode* un « courrier du docteur » et des pensées « d'hommes illustres » que ma mère recopiait sur des petits carnets. Par exemple cette réflexion profonde et bien sentie de René Bazin : « La mort est notre dernier devoir. Il faut bien le faire. »

Et ces placards de publicité, comme ils témoignent bien encore de l'obsession de la maladie qui n'affectait donc pas que ma mère. Goitres, épilepsie, malfaisance des poux, maladies « honteuses » agitent leurs crécelles. Cependant que les Grains de Vals assurent qu'ils combattent la constipation, que les Lithinés du Dr Gustin se posent en vainqueurs des rhumatismes, que l'abbé Soury offre sa jouvence aux femmes sur le retour d'âge, que le Vin de Frileuse s'affirme « le plus fort des fortifiants » et un « donneur de globules rouges », que le Phoscao assure qu'il combat les « maladies de langueur », que la crème Tokalon préserve la peau, que le « Bon Vermifuge Lune » tue les vers des bébés à la moue pleureuse. Autant de remèdes proposés ne témoignent pas d'une santé florissante chez les lectrices du *Petit Écho de la Mode*.

Dans le vocabulaire des journalistes de la rue Gazan revient souvent le mot « fantaisie ». Tout est matière à fantaisie. D'où sans doute cette inscription de la main de ma mère au dos d'une photo qui me représente en costume marin, tenant un cheval de carton bouilli au bout d'une ficelle : « Michel, avec sa fantaisie de petit jouet. » On y retrouve les termes petit et fantaisie. « Sa fantaisie de petit jouet », cette phrase me plaît beaucoup pourtant. J'y vois chez ma mère une propension à l'allégorie. Ce n'est pas, comme on aurait pu s'y attendre : « Michel, huit ans. » Non, ma mère répugnait à ces constats dépourvus de poésie. L'âge, finalement, lui importait peu. Elle voulait se souvenir en écrivant au dos de la photo de ce moment d'une vie où un petit jouet apportait dans l'existence d'un enfant (et dans la sienne) une « fantaisie », donc un caprice, un goût passager et original. Aussi original, bien que non exceptionnel, que cette « fantaisie » de m'habiller à huit ans en fusilier marin et à treize ans en joueur de golf.

6

DE l'aspect physique de mon père, ma mère retenait un détail qui l'avait beaucoup frappée, car elle y revenait souvent : « ses belles mains blanches ». Des mains blanches, des mains non gercées, non déformées par le travail de la terre, des mains que la bêche ou la cognée n'ont pas transformées en battoirs, cela devait être si rare dans notre milieu que ma mère caressait ce souvenir comme une image de luxe. Elle n'ajoutait pas, comme on pourrait s'y attendre dans mon nouveau langage : « des mains d'intellectuel ». Le mot intellectuel nous était inconnu. Je ne l'ai jamais entendu prononcer avant de le trouver, adolescent, dans des livres. Elle disait (on disait) quand elle (quand on) parlait de mains blanches, des mains de coiffeur, ou de commis de magasin, ou de pharmacien.

Or ces mains blanches de mon père, mains de paysan blanchies dans la pratique militaire où, comme on le sait, quoi que l'on fasse on a toujours les mains propres, ces mains blanches devaient me poursuivre. Elles me poursuivent encore puisqu'il paraît que j'ai la manie de me laver les mains vingt fois par jour, alors que depuis longtemps je ne fais plus de métier sale. Puisqu'un jour mon ami, le sculpteur Gilioli, lui aussi prolo parvenu, m'a dit cette chose qui m'a stupéfié : « Pourquoi mets-tu toujours tes mains sous la table ? Pourquoi es-tu toujours en train de les frotter l'une contre l'autre ? Tu as un malaise avec tes mains. Tu as des mains honteuses. »

Mains honteuses, mains honteuses ? Moi je n'ai pas honte de mes mains. Mais, peut-être, ont-elles honte de moi ?

Peut-être me renvoient-elles toujours, lorsque je les regarde, au souvenir de deux grosses mains, deux mains gercées, calleuses, souvent déchirées de griffures d'épines ; deux mains souvent blessées ; les mains de mon grand-père, que je vois énormes, qui devaient être énormes lorsque l'enfant que j'étais posait dans ces battoirs ses menottes.

Peut-être me renvoient-elles toujours, ces mains, à une image du travail manuel, à une image d'outils. Journalier, payé quotidiennement pour entretenir les jardins potagers des bourgeois de notre petite ville, mon grand-père maniait beaucoup d'outils : bêche, fourche, sarcloir, binette, houe, faucille, râteau, sécateur, pelle et cette brouette vide avec laquelle je le voyais partir le matin et qu'il poussait le soir avec une certaine allégresse. La brouette s'était remplie de légumes, de fruits. On le payait un peu en argent et beaucoup en nature.

Tant d'outils pour un seul homme (j'en oublie, car il y avait aussi les marteaux, les scies, les tenailles, puisqu'il lui fallait toujours réparer quelque chose) qu'ils emplissaient toute une cabane de la cour. Il y avait encore, en ce temps-là, qui se situe vers 1935, des hommes dont le principal outil était la main, mais leurs travaux, de rendement très modeste, leur imposaient quand même une multiplicité d'instruments prolongeant la main.

Dès l'approche de mes quatorze ans, ma mère me parla donc de métiers qui conservent les mains blanches. Pas pharmacien, bien sûr, mais préparateur en pharmacie. Je ne sais comment lui vint cette idée, mais elle me voyait commencer comme garçon de courses dans une pharmacie puis le pharmacien m'aurait appris le secret de ses breuvages et, peu à peu, je serais devenu préparateur. Ce mot « préparateur », dans sa bouche, devenait phénoménal. Ce serait, à n'en pas douter, une promotion sociale assez inouïe pour toute la famille. Elle chercha le pharmacien qui voudrait bien accepter un « débutant » et le « former ». Le plus étonnant c'est qu'elle le trouva. Mais on ne se lance pas dans une telle aventure sans demander conseil à l'abbé de la paroisse. Vexé sans doute par mon refus du petit séminaire, l'abbé s'opposa carrément à ce projet, arguant que le pharmacien en question était un célibataire de mauvaise vie.

Ma mère *qui ne voulait pas tuer son enfant* fit confiance à l'abbé et chercha du côté des coiffeurs. Mais aucun coiffeur ne ressentait un besoin d'apprenti. Commis de magasin paraissait prétentieux et, de toute manière, j'étais trop jeune. Qu'à cela ne tienne ! Si notre petite ville n'avait pas besoin de son fils, elle irait ailleurs, nous irions ailleurs.

Nous allâmes ailleurs, dans la métropole qui chevauche Bretagne et Vendée, c'est-à-dire Nantes.

Lorsque les Vendéens ont un reproche à faire à la nation, c'est à Nantes qu'ils s'adressent. Pas à La Roche-sur-Yon, ville qui n'existe pas puisque créée de toutes pièces par un général de la République devenu usurpateur sous le nom ridicule de Napoléon Ier. En juin 1793, l'ogre paysan qui brandit ses fourches et ses faux n'eut qu'une seule idée : dévorer la bourgeoisie de Nantes. Aller leur montrer, à ces messieurs en habits noirs, que les bouseux du bocage ne se laissent pas *embobicher*, ni *enjominer*. Aller leur montrer qu'on existe, le *dail* à la main, un sacré-cœur rouge cousu sur la poitrine.

Ils étaient quatre-vingt mille qui marchaient sur Nantes, venus du bocage, des Mauges, du marais. En tête de l'immense colonne, des hommes déguenillés, aux uniformes bleus, enchaînés : les prisonniers républicains dont ils se servaient comme boucliers. Puis des cavaliers sans selle, sur des chevaux de labour, avec des cordes en guise d'étriers. Cent trente canons tirés par des bœufs. Tous ces canons, ils les avaient pris à l'armée républicaine grâce à une technique déroutante pour des soldats de métier qui observaient encore les règles du jeu de la guerre. Ils se jetaient à plat ventre lorsque tiraient les canons ennemis et, pendant que les artilleurs rechargeaient leurs engins, se précipitaient en hurlant sur les pièces, assommaient les soldats ahuris et retournaient les canons sur l'infanterie républicaine. Cette artillerie récupérée était commandée par un paysan nommé Six-Sous. Derrière venaient les chariots de mitraille. Puis les fantassins regroupés par paroisses. Le quart de ces fantassins disposait de vieux fusils de chasse ou de fusils de guerre récupérés sur les prisonniers bleus. Les autres étaient armés de bâtons, de coutres de charrue, de pieux, de broches à rôtir et de faux emmanchées à l'envers.

Ils marchaient lentement, de leur démarche habituelle lorsqu'ils suivaient leurs bœufs, sans parler ou presque, égrenant le chapelet qu'ils tenaient à la main ou récitant des prières. De temps en temps, de paroisse à paroisse se relançaient les versets d'un cantique. Le *Vexilla Regis,* composé au VIe siècle par l'évêque poitevin Fortunat, était devenu leur hymne favori. Mais ils aimaient aussi la musique de *la Marseillaise* et ils la chantaient avec quelques couplets modifiés.

Toutes les villes, tous les bourgs républicains rencontrés en cours de route étaient mis au pillage. Dès que les « bourgeois » entendaient le hurlement des cornes à bœufs (qu'ils préféraient aux tambours), la panique s'ensuivait. Les « vainqueurs de Valmy » eux-mêmes étaient à un tel point terrifiés qu'en mars 1793 soixante mille prisonniers encombraient les colonnes vendéennes. Devant traîner des régiments entiers sur les routes, ils auraient bien voulu les échanger contre des chouans prisonniers, mais la République répondait : « On ne traite pas avec les brigands, ce serait reconnaître leur puissance. » Et la République fusillait les prisonniers chouans. Les Vendéens se vengeaient en mettant leurs prisonniers en première ligne. Mais soixante mille prisonniers pour une armée de quatre-vingt mille hommes devenaient une charge impossible. Les Vendéens eurent alors l'idée curieuse de relâcher leurs prisonniers après les avoir tondus, persuadés qu'ils ne se relèveraient pas d'une telle humiliation.

Dans leur marche sur Nantes, les Vendéens paraissaient à un tel point invincibles qu'un de leurs officiers, Lescure, se disait persuadé qu'ils prendraient Paris avant la fin de l'été. Villes, bourgs, villages, rien ne leur résistait en effet. Ils délivraient les prisonniers « blancs », emplissaient les charrettes de sacs de blé, de barriques de vin, de bonhommes d'eau-de-vie, de munitions, de poudre. Puis repartaient vers le nord, de leur marche lente, rencontrant en chemin des villages incendiés par les républicains qui refluaient, des troupeaux errants, des cadavres, des chiens abandonnés redevenus aussi sauvages que des loups.

Le soir, au campement, ils récitaient leur chapelet, debout, tête nue, leurs longs cheveux raides recouvrant leurs épaules.

Aux approches de Nantes, les Vendéens se divisèrent en cinq colonnes, l'une devant attaquer la ville par la route de Paris, une autre par la route de Vannes, une troisième par la route de Rennes, une quatrième en descendant l'Erdre, et la cinquième, celle de Charette, canonnant la ville depuis Pont-Rousseau. Le

28 juin la ville était totalement encerclée. Mais les bourgeois nantais, au lieu de céder à la panique, se défendirent avec une énergie inattendue. Un marquis, Jean-Baptiste de Canclaux, commandait la garnison républicaine. L'armée vendéenne était menée, elle, par un colporteur, fils de maçon : Cathelineau. Dans cette première grande bataille, toute l'ambiguïté de la Révolution et de la réaction apparaît. Nantes pris par les Vendéens, tous les historiens sont formels, la République était perdue. Rien n'aurait arrêté « l'armée catholique et royale » fonçant ensuite sur Paris, d'autant plus que la Bretagne et la Normandie avaient aussi pris les armes contre la République et que Lyon et Toulon s'insurgeaient.

Mais Nantes fut fatal aux Vendéens. C'était un trop dur morceau pour l'ogre paysan. Il s'est cassé les dents sur cette grosse pierre qui barre la Loire. Le généralissime plébéien Cathelineau, tué en pénétrant dans les faubourgs de Nantes, la panique s'empara des paysans et ce fut la débandade. Le marquis de Canclaux avait sauvé la République.

L'impulsion soudaine de ma mère, qui lui faisait quitter pour la première fois ses parents, procédait un peu de la même folie que l'ogre-chouan. Tenant une valise de carton bouilli d'une main, son fils de l'autre, elle allait leur réclamer son dû à ces messieurs importants. Elle allait se présenter chez eux, nous présenter, en réclamant « une place ». Elle se sentait sûre de son droit. C'est d'ailleurs une de ses caractéristiques que cette certitude que la société lui devait (nous devait) quelque chose. Et une telle conviction finissait par devenir payante. On se débarrassait toujours de cette quémandeuse en lui laissant quelques miettes qu'elle ramassait en remerciant à peine. « Ils » lui devaient bien ça !

Je ne sais d'où elle tirait cet orgueil et ce dédain « des autres ». Elle aura vécu toute sa vie dans une solitude hautaine, regrettant visiblement que je me compromette tant avec le monde.

Notre premier contact avec Nantes fut très dur. Nous n'y connaissions personne. Nous n'y avions ni logement ni travail. Le simple fait de se repérer, de se retrouver, dans tant de rues et de places, lorsque l'on vient d'une petite ville demeurée quasiment villageoise, est déjà paniquant.

En ce qui concerne le logement, nous fûmes assez vite casés au pied du château des ducs de Bretagne. Ma mère se fit en effet engager comme concierge dans un immeuble qui bordait les douves. Ainsi nous retrouvions la position clef de la famille maternelle qui semble avoir toujours dormi sur le paillasson des châteaux.

C'est que, la chose étonnera, mais nous sommes d'une lignée de gens qui n'ont jamais eu de maison. Nous sommes d'une lignée de gens qui n'ont jamais eu de logement décent jusqu'à une date fort récente, et pour qui la notion même d'habiter restait inconnue. Le droit à l'habitat est une revendication plus jeune et plus neuve que le droit au travail.

Nous qui étions des migrants, nous nous trouvions dans la même situation que les actuels immigrés : tout ce qui était bon à habiter se trouvait déjà pris. Il ne nous restait que les déchets. Se loger dans une grande ville, lorsque l'on n'y a pas de « passé », représente une gageure. Il faut s'y faire un trou. Expression on ne peut plus juste. La grande ville est un gros fromage qui craint les souris ; qui pose partout des pièges pour les dissuader de s'approcher de sa croûte, mais lorsque l'on est rat des champs et que l'on n'a pas d'autre ressource que de faire un trou dans ce fromage et s'y enfoncer, il faut passer coûte que coûte, dût-on sacrifier une patte dans un piège.

Le local concédé à la concierge se composait de deux pièces, la première ne disposant que de l'éclairement de la porte-fenêtre sur la cour, la seconde complètement obscure. Cette seconde pièce n'avait sans doute jamais été habitée et devait servir de débarras, voire même de fosse d'aisances car j'en tirais une quantité d'immondices. On en revient toujours aux bouses. Mais des bouses en plein air et des bouses dans un réduit étouffé par les cinq étages qui le surplombent n'ont rien de commun. Pas même l'odeur. L'odeur des bouses de vache, dans un pré, est bucolique. Celle des excréments humains dans une loge de concierge est à faire vomir. Seulement je m'étais mis dans l'idée d'avoir « ma chambre ». Alors je charriai vingt ans, cinquante ans, cent ans d'ordures accumulées dans ce réduit. Puis j'y mis le lit de fer que ma mère voulut bien acquérir chez un brocanteur, décarcassai quelques caisses pour en faire des étagères à livres et branchai tant bien que mal des fils électriques sur l'installation de la loge. Lorsque la lumière jaillit je m'aperçus que les murs vomissaient du salpêtre, que le plafond était si noir qu'il paraissait badigeonné de suie et que l'odeur de merde semblait imprégner le sol. Mais j'avais « ma chambre ». J'en fis les honneurs à ma mère qui commença par trouver la lampe électrique beaucoup trop forte. J'allais m'abîmer les yeux avec une telle lumière. Nous n'avions jamais utilisé que des lampes de 25 W et j'avais commis la prodigalité de mettre une lampe de 40 W. Revenir aux 25 W eut l'avantage de rendre le salpêtre des murs et la suie du plafond moins visibles.

Lorsque la propriétaire de l'immeuble vint visiter notre installation, elle se mit à protester en me voyant occuper le réduit.

— Mais c'est un débarras. Vous ne pouvez pas laisser votre fils coucher là. Ce n'est pas hygiénique. Il n'aura pas assez d'air. Et ce fil électrique qui court sur le mur ? Vous allez mettre le feu...

Ma mère lui coupa la parole :

— Comment voulez-vous qu'on mette le feu avec un fil. Un fil c'est un fil, non ! Et où il est ce débarras, dites-le-moi un peu ? La chambre de mon fils n'est pas un débarras. Et depuis le temps qu'on vit à la campagne, il a bien eu assez d'air.

La propriétaire partit en joignant les mains et levant les yeux vers ce premier étage où elle habitait et qui allait être pendant quelques années notre seul ciel.

Nous étions logés, il s'agissait maintenant de me trouver du travail. Comme ma mère refusait d'accepter tout ouvrage qui me « mettrait aux intempéries », c'est-à-dire tous les métiers de plein air : maçon, charpentier, couvreur, cantonnier, terrassier... et tous les métiers qui risquaient de m'abîmer les mains : mécanicien, plombier, menuisier, chaudronnier, soudeur... nous revenions rituellement faire la queue au bureau de placement tous les lundis matin.

— Mais enfin, madame, disaient les employés excédés, que voulez-vous en faire, de votre fils ? A quatorze ans il ne peut être qu'apprenti.

Elle se pinçait les lèvres :

— Il doit quand même bien y avoir des pharmaciens ou des coiffeurs qui ont besoin d'apprentis ?

— Non, non, nous n'avons pas de demandes dans cette catégorie. Il faut prendre ce que l'on trouve.

Dans ce refus des métiers de plein air et des travaux salissants, s'exprimait bien sûr la vieille peur paysanne des frimas, l'horreur de la nature toujours hostile à ceux qui sèment et qui plantent. Tout comme le mythe des belles mains blanches se superposait à tant de mains déformées par le travail de la terre, entaillées par les outils, brûlées par le soleil et le gel.

Tout cela restait inconscient chez ma mère. Comme elle ne pouvait expliquer les raisons de son refus, elle s'accrochait à lui avec d'autant plus d'énergie.

De semaine en semaine, nous finîmes par prendre nos habitudes dans la salle d'attente du bureau de placement. Nous y rencontrions d'autres habitués. Le ton montait. A la revendication succédait l'invective :

— Ils ont le beau rôle, eux, assis derrière leurs guichets.

— Qu'il pleuve, qu'il vente, ils ont les pieds au chaud.

— Ils gardent les meilleures places pour des privilégiés, nous on ramasse ce dont personne ne veut.

— C'est une place comme ça, qu'il faudrait pour votre petit.

Ma mère en eut le souffle coupé. Avant que quelqu'un d'autre puisse profiter d'un tel conseil, elle se précipitait, me tirant toujours par la main, dans le bureau du directeur où elle entra par surprise, sans frapper.

Finalement, lassés par cette quémandeuse obstinée et de plus en plus hostile, les employés du bureau de placement s'en débarrassèrent en m'embauchant comme garçon de courses.

Ma mère était ravie. Elle me disait : « On commence comme ça et puis après on devient employé de bureau. Tu verras, un jour tu seras toi aussi derrière un guichet et tu feras attendre le monde. »

En attendant, et en guise de place au chaud et à couvert, j'allais arpenter les pluvieuses rues de Nantes. J'allais patauger dans l'eau, ruisseler de toutes les gouttières, courir par tous les temps, d'un bout de la ville à l'autre. J'allais, l'hiver, allumer tous les poêles des bureaux, balayer les pièces dès le petit matin, avant que les employés n'arrivent.

Le soir, je retrouvais notre antre. Si obscur, si humide, qu'il me semblait que nous étions enfoncés dans les profondeurs du sol et que la loge devait communiquer avec les douves du château.

Nous nous sentions bien seuls dans cette immense ville où nous ne connaissions personne. A peine franchissions-nous la porte cochère de l'immeuble, sur une ruelle aux pavés de guingois, que nous recevions en plein visage la masse compacte des murailles du château, de l'autre côté des douves. Murailles sombres, sinistres, hostiles, signe omniprésent de nos anciens seigneurs et maîtres. Même si la duchesse de Bretagne était depuis longtemps inoffensive, son château nous écrasait encore de toute sa masse. « M'sieu not' maître... » Ainsi s'adressait-on, dans la famille de mon père, au châtelain propriétaire des fermes dont nous étions métayers. « M'sieu not' maître » nous semblait, derrière ces murailles, toujours là. Nous collions à ses bottes.

Je remarquai que lorsque nous sortions de l'immeuble, ma mère jetait un regard de biais au château, regard rapide, regard mauvais. Puis elle pressait le pas en me tirant par la main.

Ces premières années à Nantes, ces premières années d'adolescence, sont si obscures que je n'y vois rien. Obscures au sens propre du mot. C'est-à-dire dans la nuit de notre réduit si faiblement éclairé par nos 25 W. Dans la pénombre de la ruelle qui jouxtait le château. Dans la grisaille du brouillard, du crachin et de tous ces immeubles gris.

Enfoncés sous un immeuble, comme au fond d'un tiroir, il nous semblait que nous avions toute la ville au-dessus de nous.

C'est alors que ma mère découvrit qu'il existait une nature autre que la campagnarde, une nature non hostile, disciplinée, muséographique : le Jardin des Plantes. A Fontenay-le-Comte, elle pouvait se passer de nature, du moins elle le croyait. La nature affleurait de partout. Il suffisait d'aller se promener sur la place Viète pour faire sa provision de tilleul. Il suffisait de prendre le chemin de halage, le long de la Vendée, pour se trouver tout de suite au milieu des prairies et y cueillir tantôt des jonquilles, tantôt des violettes, tantôt des pâquerettes.

A Nantes, nous nous trouvions en plein centre avec un couvercle d'immeubles au-dessus de notre tanière. Au bout de quelques mois, nous étouffions. Par la force de l'habitude, ma mère alla se promener le dimanche vers la gare et, tout près, trouva le Jardin des Plantes dont elle ne soupçonnait pas l'existence.

Ce parc public lui causa sans doute l'un des rares plaisirs de sa vie, et des plus durables. Jusqu'à ce qu'elle ne puisse plus quitter hôpitaux et maisons de retraite, ce Jardin des Plantes fut, avec le Grand Magasin Decré, son lieu de prédilection. Il est singulier de voir cette femme, qui était le désordre même, qui laissait toujours traîner vaisselle et linge, fascinée par des systèmes où le rangement est extrême. Sans doute, depuis « le pays où fleurit l'oranger », n'avait-elle pas rencontré nature aussi accueillante. Les grands arbres aux essences variées, la pelouse, les cours d'eau où nageaient des poissons rouges, les petits ponts en arceaux, et toute la partie botanique du jardin avec cette multiplicité de plantes étiquetées, tout cela l'enchantait. Elle qui aimait herboriser (pour les tisanes) me montrait l'infinie variété des plantes, se perdait un peu dans le latin des étiquetages, s'extasiait devant l'inattendu de certaines herbes exotiques.

Bientôt elle connut le Jardin des plantes dans tous ses recoins : les serres avec les orangers, la statue de Jules Verne, le cèdre tricentenaire, les roseraies, l'immense saule pleureur du bassin aux carpes.

Nous ne prenions pas de chaises puisqu'il fallait payer une location, mais cherchions un banc à l'ombre. Il y faisait bon lire, sous le bruissement des branches et dans la jacasserie des oiseaux.

A cette époque, elle s'était plongée dans Delly, ayant lu et relu depuis longtemps tout Pierre l'Ermite. Quant à moi je découvrais avec ivresse Jean-Jacques Rousseau. Ce ne pouvait être plus à propos puisque ma mère manifestait le même goût de la nature que Jean-Jacques, c'est-à-dire d'une fausse nature, d'une nature policée, citadinisée, hygiénisée, rassurante. Ma mère m'a mené à Jean-Jacques Rousseau par le biais du Jardin des Plantes, cela est certain. Et toute ma vie en sera transformée.

Par le fait que je n'avais alors d'autre ami (d'autre amie) que ma mère et qu'elle ne fréquentait elle-même personne d'autre que moi, ces premières années de mon adolescence ont sans doute été les plus satisfaisantes qu'une mère puisse obtenir. Et ceci malgré la dureté de notre condition : logement infect, mon salaire insignifiant de garçon de courses, les heures de ménage que ma mère ajoutait à sa maigre pension.

Mais le dimanche après-midi nous retrouvions le paradis du Jardin des Plantes et nos lectures. Ma mère se montrait très contente de me voir lire les *Rêveries du promeneur solitaire.* Elle me prenait parfois le livre des mains pour le feuilleter et lisait à haute voix :

— *Je ne cherche point à m'instruire : il est trop tard. D'ailleurs je n'ai jamais vu que tant de science contribuât au bonheur de la vie ; mais je cherche à me donner des amusements doux et simples, que je puisse goûter sans peine, et qui me distraient de mes malheurs. Je n'ai ni dépense à faire ni peine à prendre pour errer nonchalamment d'herbe en herbe, de plante en plante, pour les examiner, pour comparer leurs divers caractères, pour marquer leurs rapports et leurs différences, enfin pour observer l'organisation végétale de manière à suivre la marche et le jeu de ces machines vivantes...*

Comme elle lisait Jean-Jacques avec le ton juste ! Il semblait que ce fût une lettre reçue hier. Je la remerciais du fond du cœur d'aimer celui que je reconnaissais pour un grand frère. La lecture de Rousseau m'aidait à faire le passage difficile entre l'état de nature et l'apprentissage de la ville, entre l'âge d'enfance et celui de jeune homme. Grâce aux *Confessions,* je compris mieux le déchirement qui était le mien puisqu'il fut celui de Jean-Jacques lors de son premier emploi : « grapignan », comme j'étais « courantin », deux mots pour dire ce que l'on appelle plus communément saute-ruisseau. On est si petit à quatorze ans, si frêle, si démuni face à tous ces adultes qui vous houspillent, qui se plaignent de vous avoir dans leurs jambes si vous vous tenez trop près et qui hurlent parce que vous n'arrivez pas dans la minute même où ils appellent, si vous vous tenez trop loin. Je n'osais dire à ma mère que mon travail au bureau de placement ne correspondait guère aux ambitions qu'elle se faisait pour moi. Je regardais mes mains rougeaudes, abîmées l'hiver d'engelures, noircies par le charbon des poêles.

— Mon pauvre petit, soupirait ma mère, tu n'auras jamais les belles mains blanches de ton père.

N'affabulons pas ! En regard de ce que fut le travail des enfants dans les filatures et dans les mines, au XIXe siècle, notre adolescence ouvrière n'eut rien de tragique. Seulement une jeunesse triste, trop écrasée par l'autorité des adultes. Non seulement nous étions des enfants mis au travail avec des vieux, privés de tout contact avec d'autres jeunes de notre âge, mais nous devions subir le rudoiement des adultes. L'enfant prolétaire, forcément travailleur non qualifié, se trouvait par voie de conséquence l'homme à tout faire, le taillable et corvéable à merci, le toujours disponible, la bête de somme, le chien.

Un seul camarade me faisait envie. Il était groom dans un hôtel, avec un uniforme rouge, toujours très propre, et on lui donnait des pourboires.

Ce que je pouvais comprendre alors, mais qui me donnait un malaise bien plus profond que cet asservissement des enfants prolétaires aux adultes, c'est que mon exil à Nantes signifiait la perte de mon identité rurale et mon entrée douloureuse dans un monde inconnu : celui de l'urbain et du moderne. Par là même je subissais, je participais à la révolution normale de mon siècle. Mais je l'ignorais. Je tirais encore de toutes mes forces pour m'accrocher à la civilisation du cheval et des bœufs. Mais les tramways de Nantes, les sirènes des bateaux dans le port, les sirènes des usines de locomotives des Batignolles, les sirènes de la Sucrerie Say, de la Conserverie Amieux, du chantier naval ; le sifflet de la locomotive qui traversait encore la ville en traînant derrière elle des kyrielles de wagons, les autos, les camions, tout ce tintamarre me disait que j'étais maintenant prisonnier de la ville.

De mon adolescence prolétarienne à Nantes, je ressens encore une impression de dérive. Dérive d'un monde paysan à un monde industriel, dérive de l'artisanat à l'usine, du cheval à l'auto, de l'individu à la foule. Dérive aussi de logement provisoire en logement provisoire, de logement d'infortune en logement d'infortune.

La solitude de Jean-Jacques était la nôtre, comme son dénuement. Je lisais *La Nouvelle Héloïse, Émile.* Je lisais... du moins, je lisais en morceaux choisis ne pouvant guère me payer que les petits classiques brochés achetés d'occasion passage Pommeraye.

Lorsque j'en arrivai au *Contrat social* une grande exaltation m'envahit. La révolution était pour demain. Nous allions entrer sans plus tarder dans le domaine des égaux. Je lisais des passages du *Contrat social* à ma mère, qui faisait la moue. Tant de promesses édéniques lui paraissaient suspectes. Elle préférait le romantisme de *Julie* ou le ton larmoyant des *Confessions.*

La lecture de Pierre l'Ermite et de Delly brisait ses élans. Belle mécanique réactionnaire que cette littérature démontrant que la résignation est la plus grande des vertus. Pendant que je lisais Jean-Jacques Rousseau, ma mère lisait de Delly : *Fille de chouan, Le Chant de la misère, Une misère dorée.*

Ma mère, comme les centaines de milliers de lectrices de Delly, était d'abord happée par la description de la misère. La misère de l'héroïne constituait en quelque sorte le piège où « l'ordre moral » faisait tomber le lecteur. L'héroïne du *Chant de la misère* est la fille d'un ouvrier éternellement chômeur et d'une mère qui se tue au travail à sa machine à coudre. Pourtant elle devient institutrice et épouse un fermier militant catholique. Quoi d'extraordinaire ? Mais une « institutrice laïque » qui épouse un militant catholique, ça ne se voyait alors que dans des romans !

Une fille de chouan qui épouse un directeur de fabrique, ça ne se voyait pas non plus dans tous les bocages. Ma mère se consolait de nos malheurs en lisant dans Delly des phrases comme celle-ci :

— *Les grands bonheurs sont silencieux — surtout lorsque planent sur eux de douloureux souvenirs...*

Ou celle-ci :

— *La souffrance est la monnaie de ce monde. Il ne faut jamais la regretter, c'est à elle que nous achetons le bonheur sans fin... Et c'est par elle que les âmes sont sauvées.*

Pas assez de souffrance dans le *Contrat social.* Elle ne voulait pas me décourager, mais pour elle ce livre ne tenait pas debout.

Dans nos premières années nantaises se place le début de la Seconde Guerre mondiale, mais il est bien évident que cet événement, capital dans l'Histoire, n'était qu'une péripétie mineure dans notre histoire à nous. Les guerres faisaient partie d'un fond de décor dans notre culture : guerres de Religion, guerres de Vendée, tranchée des baïonnettes, guerres du Tonkin, Clemenceau (« le Tigre ») dont j'avais visité la maison à Saint-Vincent-sur-Jar (visite annuelle du patronage), monuments aux morts dans tous les villages, sonneries aux morts le 14-Juillet et le 11-Novembre ; et tout ce recensement des « campagnes » de mon père sur son livret militaire. Pour les paysans, la guerre représentait une fatalité contre laquelle on ne peut rien. On la redoute comme la grêle qui saccage la floraison des arbres fruitiers, comme l'ouragan qui couche le blé, comme la sécheresse qui détruit la fertilité du sol, comme l'inondation, comme la peste, comme la tuberculose, comme la mort... Mais on ne s'en inquiétait pas trop tant qu'elle n'était pas là. Elle viendrait bien assez vite. La guerre ne paraissait tangible que lorsque les soldats ennemis commençaient à brûler les villages, à piller les fermes. Alors le moment venait de faire face. Et il y avait des millénaires que l'on faisait face, toujours battus, toujours vaincus ; étrillés, clopineux, bancals, estropiés. Ceux qui traînaient leur jambe de bois, ceux qui laissaient flotter une manche vide à leur veste, et les borgnes, et les gueules cassées, et les infirmes dans leurs poussettes, je les connaissais depuis ma plus lointaine enfance. Les deux premières peintures dont je me souvienne sont deux images de guerre : *Le rêve passe*, d'Édouard Detaille, en reproduction ai-je déjà dit chez le coiffeur de la rue des Loges et la *Tranchée des baïonnettes* peinte par le cafetier de la rue de la République et qui avait été solennellement exposée au musée de Fontenay.

C'était la première fois que nous allions dans un musée, ma mère et moi. Je m'en souviens comme d'une cérémonie à l'église. Tout le monde, endimanché, parcourait d'intimidantes pièces au plancher ciré où l'on voyait à la dérobée des « peintures à l'huile » : des portraits « d'époque » de Nicolas Rapin et de Tiraqueau, des paysanneries de Milcendeau et des allégories de Paul Baudry ; ces deux artistes étant les deux grandes gloires picturales vendéennes. Paul Baudry (qui s'en souvient ?) fut le peintre préféré de Napoléon III et l'inauguration à Paris de son décor du grand foyer de l'Opéra fut un événement national. On nous arrêta pour nous obliger à regarder les gravures de « Monsieur » Octave de Rochebrune, qui fut propriétaire au siècle dernier de ce château de Terre-Neuve où Nicolas Rapin recevait jadis Sully et Agrippa d'Aubigné. Puis enfin nous arrivâmes dans la pièce où la *Tranchée des baïonnettes* occupait tout un mur. Mais nous fûmes déçus. Le tableau nous sembla trop petit. On s'attendait à voir les personnages grandeur nature. Les soldats du 137e régiment d'infanterie étaient bien là, dans leur capote bleue, enfouis dans la tranchée qui allait devenir leur tombeau. Mais ils nous parurent raides, empesés, pas vivants du tout. Quelqu'un dit, grave : « Ils ont été enterrés vivants. » Un autre ajouta : « On est de la chair à canon, faut bien dire... » Mais une impression de gêne poussait au silence. La présence de ma mère avec son voile de veuve ne faisait qu'ajouter à ma morosité. Bien des années passeraient avant que je retourne dans un musée. Ma mère ne fit pas de commentaires, sinon que « c'était peint à la main ». Ce qui sous-entendait que ça avait de la valeur, cette valeur que l'on donnait à l'objet, lentement et artisanalement produit. Elle ajouta toutefois : « Ce cafetier, quand même, c'est un artiste ! » Quand même ! C'est-à-dire malgré la boisson, malgré le mauvais exemple du lieu où il vivait, « dans la vinasse ».

La guerre, d'abord lointaine, mythique, se rapprocha brusquement et se transforma, on le sait, en déroute, exode, défaite, occupation, collaboration, résistance, libération.

Au moment de l'exode et aux premiers temps de l'Occupation, un certain nombre de bourgeois nantais crurent plus prudent d'émigrer dans leurs terres. C'est ainsi que de concierge dans la rue du Château, ma mère devint gardienne d'appartements vides. Étrange travail, mais qui nous enchanta. Il nous permit d'abord de quitter notre cloaque médiéval pour aller habiter dans les beaux quartiers. Rien que des immeubles cossus. Nous couchions un jour dans un appartement, un autre jour dans un autre. Ma mère aérait, faisait le ménage, et surtout du remue-ménage, afin qu'il soit bien visible que ces appartements n'étaient pas vacants. Non seulement un appartement libre pouvait recevoir la visite de cambrioleurs, mais il risquait aussi d'être réquisitionné. La réquisition inquiétait plus les propriétaires que la cambriole, les compagnies d'assurances ne couvrant que le second sinistre.

Ce vagabondage dans les maisons des autres, où l'on trouvait le nécessaire en arrivant, et un confort qui nous « laissait baba » ;

ce furetage dans les appartements délaissés qui nous amenait de curieuses découvertes, quelle excitation ! Nous vîmes qu'il existait des salles de bains et des baignoires, de l'eau chaude au lavabo et à l'évier, des tapis dans les chambres, des fauteuils dans lesquels, disait ma mère, « on pouvait dormir debout ». Et puis des livres... Dès que j'arrivais dans un de ces appartements, je partais à la recherche de nouveaux livres. Il en traînait toujours, de-ci de-là. Certains appartements disposaient même de grandes bibliothèques vitrées, mais fermées à clef. Quel supplice de voir tant de dos de livres, sans pouvoir les sortir du rayon ! J'essayais toutes les clefs que je pouvais trouver. Parfois, une simple épingle à cheveux suffisait pour ouvrir une serrure. Alors quelle orgie ! Nous n'abîmions rien, nous remettions tout en place, mais nous passions, ma mère et moi, des demi-nuits à lire. Comme nous ne payions pas l'électricité, nous avions enfin une lumière convenable. C'est dans un de ces appartements que je lus *Les Fleurs du mal,* sous l'œil réprobateur de ma mère qui n'en voulait pas à Baudelaire dont elle n'avait jamais entendu parler, mais au titre qui « présentait mal ». Par contre, nous nous délectâmes ensemble avec les élégies de Lamartine.

L'Histoire nous montre le pays s'enfonçant dans les ténèbres de l'occupation, les premières lueurs vacillantes des foyers de résistance, les déportations, les exécutions, la torture, l'héroïsme et la trahison. Mais il en était de ces ténèbres comme des fameuses « ténèbres du Moyen Âge ». Combien de moyenâgeux, ignorants qu'ils étaient, n'ont jamais perçu ces ténèbres ? Combien, au contraire, ont été irradiés des lumières de la foi et de l'amour ? Les sculpteurs qui taillaient dans la pierre les images du portail de la cathédrale de Reims vivaient-ils dans les ténèbres ? Le paysan qui vannait son grain dans la splendeur du mois d'août vivait-il dans les ténèbres ? Paradoxalement, alors que tout allait si mal en France, jamais nous n'avions été aussi bien. Mais il faut dire que notre hérédité vendéenne est singulière. Les Vendéens sont foncièrement des ruraux, taciturnes, repliés sur eux-mêmes et sur leurs tribus, hostiles au changement, collant de toute la force de leurs sabots à la glaise, à la glèbe. On les dirait imperméables à l'aventure et pourtant régulièrement ils se lancent collectivement dans les équipées les plus folles. Ces sédentaires sont pris de temps à autre, et inopinément, de la maladie du vagabondage. D'où l'énorme recrutement de soldats de la coloniale et de missionnaires[1] en Vendée. D'où la passion avec laquelle les Vendéens se sont lancés par deux fois dans des guerres perdues d'avance contre le pouvoir parisien : la première fois contre le Roi, la seconde fois contre la République. La première fois, ils s'appelaient parpaillots, la seconde chouans. Mais on aurait pu penser qu'il s'agissait des mêmes, si les premiers n'avaient été massacrés. Sauf ceux qui s'enfuirent sur des voiliers et larguèrent vers l'Acadie.

De 1605 à 1628 (date à laquelle La Rochelle est vaincue par les troupes royales), les Vendéens passent la mer et s'installent sur la côte est du Canada. Ils y fondent l'Acadie, l'heureuse Arcadie avec une faute de prononciation. Qu'ils y aient trouvé l'innocence n'est pas sûr, mais leur bonheur certainement. Un siècle après, les Anglais arrivent et les Vendéens-Acadiens résistent aux Anglais comme ils avaient résisté aux troupes de Richelieu. N'en pouvant venir à bout, l'Angleterre décide tout simplement la déportation massive et totale des Acadiens. Sur trois mille quatre cent cinquante que l'on traîne à l'île Saint-Jean, mille trois cents meurent en mer. Un millier est transporté en Virginie, un autre millier au Maryland, mille cent quarante en Angleterre et deux mille trois cent soixante-dix sont ramenés dans « le vieux pays »[2], ou plutôt à la lisière du « vieux pays » puisqu'ils sont

1. Le premier missionnaire vendéen, le jésuite Jean-Venant Bouchet, né à Fontenay-le-Comte en 1654 est mort aux Indes anglaises en 1734. La Vendée dénombre quatre missionnaires martyrs : le premier massacré par les Indiens du Canada en 1703, un autre décapité en Corée en 1839, un troisième supplicié au Tonkin en 1843 et le dernier en Cochinchine en 1844. Treize missionnaires vendéens furent élevés à la dignité épiscopale. Les missions catholiques comprenaient deux cents missionnaires vendéens au XIXe siècle. On en dénombrait encore cent soixante-huit en 1944.

Cf. O. Denis, *Le livre d'or des missionnaires vendéens,* diocèse de Luçon, Fontenay-le-Comte, 1944.

2. Le gouvernement de Louis XV forma le projet d'installer la majorité des Acadiens rapatriés en Poitou. Mais beaucoup refusèrent les terrains incultes qui leur étaient proposés et partirent en Louisiane. Néanmoins une colonie acadienne se fixa dans la région de Châtellerault où elle mit en pratique une expérience physiocratique. Une dizaine de familles acadiennes perpétuent aujourd'hui, dans les mêmes lieux, la mémoire acadienne. Une des anciennes fermes a été transformée en un modeste musée acadien. Les descendants de ces colons qui mirent en valeur des terres délaissées du Poitou m'ont fait la surprise

parqués à Belle-Isle-en-Mer. Cette déportation totale d'une population, complétée par l'incendie systématique des maisons, des granges et la confiscation du cheptel, les Acadiens l'appelèrent « le grand chambardement ». Ils attendirent un siècle dans leurs exils puis, dans la deuxième moitié du XVIIIe siècle, ils recommencèrent individuellement par retourner dans leur Acadie. Ils y sont aujourd'hui près de deux cent mille. Et ils parlent le dialecte vendéen. Ils disent « il mouille » quand il pleut, il « mouillasse » quand il pleuvote. Ils *pigouillent* la vase avec une perche comme dans le marais vendéen. Ils appellent eux aussi une brouette une *berouette,* un oiseau un *ozo,* un merle un *marl,* des épluchures des *éplures,* une génisse une *taure,* du fromage du *feurmage.* Ils mettent des *eux* au bout d'une quantité de mots : *parleux, bouseux, radoteux, conteux, buveux, coureux, traîneux...* Avec ce que cette terminale *eux* contient de méprisant. Par contre les finales en *ouère* indiquent presque toujours un objet fonctionnel : *pressouère* (pressoir), *rasouère* (rasoir), *tirouère* (tiroir), *mirouère* (miroir). Ajoutons que tous ces mots-là sont aussi chez Rabelais. Mais nous reviendrons en Acadie où je suis allé un jour à la recherche de l'accent de ma mère...

« Le grand chambardement », une expression tranquille pour un drame aussi atroce. Les Anglais dépècent un peuple en Acadie, démantèlent ses tribus, ses familles, éparpillent une population à des milliers de kilomètres pour qu'ils ne puissent même pas avoir l'idée de se rejoindre. Ils expérimentent sur les Vendéens ce qu'ils feront deux siècles plus tard avec les Indiens. Mais on parle encore vendéen en Acadie.

Autre « grand chambardement », dont l'histoire de France fait peu de cas et que les Vendéens appellent « la grande virée de galerne ». C'est ce que d'une manière plus moderne on pourrait nommer « la Longue Marche » en faisant référence à celle de Mao. Cette longue marche, c'est celle des Vendéens de 93, vaincus, et qui cherchent une nouvelle fois à quitter la Vendée.

---

de m'y inviter en 1986, m'offrant en souvenir une soucoupe ornée d'un médaillon avec ce libellé : « Les cousins Acadiens du Poitou ».

Cf. Papuchon, *La colonie acadienne du Poitou,* 1908.

Ernest Martin, *Les exilés Acadiens en France au XVIIIe siècle et leur établissement en Poitou,* Hachette, Paris, 1936.

Ils se heurtent à la Loire le 18 octobre. Ils sont cent mille et derrière eux les villages brûlent, ceux qui ne sont pas partis sont massacrés par les Bleus. Cent mille, dont vingt mille non-combattants : dix à douze mille femmes, trois cents prêtres, des enfants par milliers, des vieillards, des religieuses, des aristocrates en familles complètes avec leurs domestiques. Ils sont cent mille qui traversent la Loire par groupes de dix sur ces longs bateaux plats, noirs, des passeurs et des pêcheurs d'alose. Des radeaux sont improvisés avec des futailles. La noblesse qui les suit, plutôt qu'elle ne les conduit, est épouvantée. Bonchamps et Lescure, blessés à mort, sont emportés sur des civières. La Rochejaquelein, furieux, refuse de partir. Mais on le nomme généralissime. Il se cache, pleure, répète qu'il n'est pas digne de cet honneur, qu'il est trop jeune, qu'il ne pourra pas imposer une discipline à une armée en déroute. De plus, il est blessé et porte le bras en écharpe. Il a vingt et un ans. On le pousse. On l'entraîne. Il sera généralissime malgré lui. La traversée dure vingt-quatre heures, entre Saint-Florent-le-Vieil et Varades. Très peu savent nager. Certains cavaliers lancent néanmoins leurs montures dans le fleuve. Des infirmes, des vieillards, sont piétinés par la foule affolée. Et les Vendéens ont avec eux cinq mille prisonniers républicains. Il n'est pas question de les emmener dans l'exode. La foule veut les massacrer quand Bonchamps et Lescure, mourants, s'interposent. « Grâce aux prisonniers ! » Dans l'église de Saint-Florent-le-Vieil se trouve aujourd'hui le tombeau de Bonchamps surmonté d'une sculpture très « romaine » de David d'Angers qui m'avait beaucoup impressionné lorsque, revenant du maquis, j'étais allé à vélo rendre mes dévotions à l'ancien chef vendéen. Et la carte postale que j'avais alors achetée, cette carte postale du tombeau représentant le pardon et la grâce, je l'ai toujours. Elle est là, dans mes papiers, parmi mes notes sur la « grande virée de galerne ». Et Bonchamps mourant, qui ressemble à Atala, me regarde toujours de ses yeux de marbre blanc.

Bonchamps mourut lorsqu'on le descendit sur la plage de la rive droite. Le lendemain les Républicains déterreront son cadavre, lui couperont la tête et l'enverront à la Convention.

La Vendée n'est plus, mais les Vendéens s'échappent. Les chefs qui les suivent sont désemparés. La Rochejaquelein voudrait attaquer Nantes. Stofflet pense qu'il faudrait se ruer sur Cholet. Mais les paysans sortent à découvert, montent vers les collines du Maine, puis bifurquent vers la Bretagne. La colonne fait seize kilomètres de long. Les quatre mille hommes de Stofflet forment l'avant-garde. La traversée de la Loire n'a permis d'emporter que quelques canons. Un millier de cavaliers seulement protègent les flancs de l'immense cohorte. Les paroisses se sont regroupées. On chante des cantiques. La plupart des marcheurs ont les pieds nus. On a emporté ce que l'on a pu et les vêtements sont si hétéroclites que l'on voit même des femmes enveloppées dans des morceaux de tapisseries de laine enlevées à des châteaux. L'exode paysan se fait par des milliers de charrettes à bœufs, mais il y a aussi une cinquantaine de carrosses, des bannières tenues à bout de bras, des crosses d'évêque, des croix d'argent et des reliques arrachées des églises.

Bizarrement, cette horde affamée, grelottante dans les premiers frimas d'automne, encombrée d'une multitude de non-combattants, enlève d'assaut toutes les villes qui se trouvent sur son passage : Candé, Segré, Château-Gontier. Comme à leur habitude, dans chaque ville les Vendéens brûlent les papiers administratifs et les arbres de la Liberté. Mais, contrairement à ce qu'avait toujours espéré Bonchamps, la Bretagne ne se soulève pas. Six mille jeunes paysans bretons viennent néanmoins se joindre aux Vendéens à Laval. Avec leurs longs cheveux, leurs vêtements en peau de chèvre, leur langue incompréhensible aux Poitevins, ils formeront un groupe à part. Mais ils se battent avec les Vendéens à Laval et les aident à repousser l'attaque de trente mille Mayençais. Comme d'habitude, une offensive des Bleus est une belle occasion de récupérer des canons. Une nouvelle fois les Mayençais sont en déroute, avec treize mille tués, blessés ou prisonniers. Les Vendéens ont récupéré dix-neuf canons, des caissons de munitions, des chariots chargés de pain et d'eau-de-vie.

La longue colonne va vers Fougères, précédée des tambours de Stofflet qui jettent la panique jusqu'à Rennes. Il est vrai que la Convention a affiché partout en Bretagne et en Normandie : « Toute ville qui recevra dans son sein des brigands ou qui ne les aura pas repoussés avec tous les moyens dont elle est capable sera punie comme une ville rebelle et, en conséquence, elle sera rasée et les biens des habitants seront confisqués. » A cette menace s'ajoute pour les citadins la terreur de voir arriver une population affamée, de cent mille personnes, qui ne peut s'approvisionner que sur l'habitant.

Le but, l'aspiration confuse de la foule vendéenne qui a fui son bocage, c'est de rejoindre la mer et, au-delà, les navires anglais qui les emmèneront vers une nouvelle Acadie. Le 13 novembre, ils arrivent devant les murailles fermées de Granville. Comme ils n'ont pas de matériel de siège, ils prennent une soixantaine d'échelles dans des fermes. Mais ces échelles sont trop courtes. Ils tentent alors d'escalader les murs en y plantant des baïonnettes. Mais Granville se défend avec la même énergie que Nantes, jadis. Après trente-six heures d'attaque, les murs ne cèdent pas. Dans les villages d'alentour l'hostilité de la population contre les Vendéens est très vive. On leur lance des pierres. On tire sur eux par les lucarnes des greniers. Les cent mille Vendéens se pressent sur les plages, s'entassent en bord de mer comme ils l'avaient fait un mois plus tôt au bord de la Loire. Les bateaux anglais ne viennent pas. La fusillade s'entend pourtant de Jersey.

Le futur Charles X, qui est en Angleterre, ne bronche pas. Ces noblaillons vendéens, aussi crottés, aussi loqueteux, aussi sanguinolents que les paysans, la haute aristocratie et la cour les méprisent. Pour les frères de Louis XVI ces chefs de « brigands » sont peu sûrs. Cette petite noblesse vendéenne aussi provinciale, aussi renfermée, aussi frondeuse que la paysannerie qu'elle est censée surveiller, la surveille bien mal puisqu'elle devint huguenote comme elle par esprit d'indépendance. Louis XIV la détestait cette noblesse vendéenne. Et c'est tout à l'honneur de ces noblaillons crottés que d'avoir suscité la colère du « Roi-Soleil » : « Entendrai-je toujours parler de la noblesse du Bas-Poitou ! » Puis le mépris désabusé du Régent : « La noblesse du Bas-Poitou est la plus misérable du Royaume[1]. »

Ils attendent sur la plage, après leur échec du siège de Granville, entassés, affamés, les blessés mourant en geignant

1. Parmi les généraux vendéens, trois s'apparentaient toutefois à la haute noblesse : le prince de Talmont, le marquis de Lescure et le comte de La Rochejaquelein.

contre les rochers. Ils attendent le bon vouloir de la famille royale en exil. Ils sont théoriquement « l'armée royale », la seule qui combatte la République. Mais la famille royale ne bouge pas. Pour elle, l'avenir de la France est à Coblence. Alors, quand ils comprennent qu'ils ne peuvent pas espérer une nouvelle Acadie, un cri retentit, se propage, déferle : « A la Loire ? A la Loire ! » Les généraux veulent aller en Normandie. Ils refusent. Ils prennent le chemin du retour.

Mais à Dol les Bleus attaquent. Comme la ville est formée d'une seule rue large, les femmes et les blessés se rangent en file le long des murs. Les bagages, les chariots, sont placés au milieu de la rue. La cavalerie se tient sur deux rangs, entre les canons et les femmes. Les Vendéens, pour la première fois, se sont laissé prendre dans une souricière. Cernés, sabrés, déchiquetés par les éclats d'obus, les paysans refluent dans la ville, foulant aux pieds les blessés. Les morts sont si nombreux qu'ils servent d'escaliers pour passer par-dessus les charrettes. Les bêtes d'attelage sont étouffées. Les officiers frappent les fuyards. Les femmes s'accrochent aux soldats pour les supplier de se battre. Les prêtres crient que ceux qui fuient iront en enfer, ceux qui meurent en se battant au paradis. Rien n'y fait. La panique est totale. La déroute complète. Les voitures passent sur les cadavres et les blessés dont on entend les os craquer.

Entre Dol et Le Mans les Bleus ont mis le feu à l'unique route possible en enflammant des arbres abattus qui forment un brasier. Les Vendéens doivent s'employer à éteindre ou à écarter les brandons pour frayer un chemin à la colonne, à son artillerie et à ses caissons de poudre. C'est un passage effrayant dans un terrain fumant, noirci, couvert d'étincelles, prémices de l'enfer qui attend les soixante mille survivants qui ne forment plus une armée, mais une confusion de soldats, de blessés, de malades. Ceux qui sont semés en chemin sont sabrés par les hussards. Des mères, désespérées, jettent leurs enfants dans les buissons, espérant qu'ils seront recueillis par des paysans. Dans les villages retraversés, on trouve les cadavres de la marche en avant, à demi dévorés par les loups.

On arrive à Laval. Ceux qui les avaient bien accueillis à l'aller ont été guillotinés ou fusillés, et tous les blessés laissés à l'hôpital jetés à la rivière ou sabrés dans leurs lits. Mais les deux mille défenseurs de la ville ayant pris la fuite, les Vendéens peuvent se reposer pendant deux jours. Affamés, ils se jettent sur le blé, l'eau-de-vie, le cidre. On se regroupe autour de grands feux de genêts et l'on dépèce des vaches que l'on mange par lambeaux sanglants. Le cidre, boisson inhabituelle pour les Vendéens, provoque coliques et dysenterie. Aux blessures, à l'épuisement d'une aussi longue marche et d'escarmouches incessantes, s'ajoute la déprime de la chiasse. Et puis, il fait froid. Pour ces hommes et ces femmes qui craignent tant le froid, aucun vêtement d'hiver. Ils s'accrochent des couvertures autour du cou avec des ficelles. Comme ils n'ont plus ni sabots ni chaussures, ils s'enveloppent les pieds dans des chiffons. Cette foule exténuée arrive le 3 décembre devant Angers qui ferme ses portes et se prépare à la résistance. Après trente heures d'attaques sans résultat, les Vendéens se replient, abandonnant au pied du mur deux mille femmes, vieillards et enfants, qui seront fusillés. Les cadavres empestent à tel point les rues angevines que l'on y brûle solennellement « l'encens de la Patrie, pour purger l'air infect qu'ont pu y laisser les brigands de la Vendée ». Sur la route de La Flèche, les fuyards sont rattrapés par la cavalerie hurlante du général républicain et ci-devant noble Jean-Fortuné Bouïn de Marigny. La piétaille paysanne est une fois de plus sabrée par un noble, au nom de la République. Les six mille Bretons sont partis dans le Maine où ils vont former ce que la République appellera « la bande noire des pillards ». Les Vendéens espéraient trouver des vivres à La Flèche. Mais pillée et repillée, La Flèche est exsangue. C'est une armée de fantômes, transis par le vent glacé, pouvant à peine tenir un fusil, qui arrive au Mans. A travers ses fenêtres, la population terrorisée voit déambuler cinquante mille gueux, hâves, déguenillés, traînant quand même trente pièces de canon, des charrettes chargées de blé et une cinquantaine de carrosses emplis de femmes. Le défilé ne fait plus que douze kilomètres, mais c'est quand même encore une colonne énorme, qui passe en silence dans les rues et se loge à quatre-vingts ou cent dans les maisons dont elle enfonce les portes à coups de crosse.

Kléber, Marceau, Westermann se ruent avec leurs troupes sur Le Mans. Les feux de peloton abattent les Vendéens entassés dans les rues, comme des quilles. Dans le carnage, les chariots et les canons renversés, beaucoup de personnes sont écrasées par les fourgons. Les fuyards poursuivis par la cavalerie jonchent de cadavres la route du Mans à Laval. Dix mille morts ensanglantent les rues du Mans. Les soldats Bleus retournent les cadavres pour les dépouiller de leurs montres, de leurs bijoux, de leurs assignats et de leurs pièces d'argent. Parmi les prisonnières, ils se répartissent les femmes les plus distinguées et les religieuses comme butin de guerre. Les mortes sont dénudées, alignées nues, jambes relevées. Les soldats s'amusent à, disent-ils, « mettre les femmes en batterie ». Puis ils introduisent des cartouches dans les vagins, qu'ils font exploser.

Ceux qui ont pu fuir Le Mans et qui s'égarent sur la route de Paris sont pris et exécutés, les autres font une course de cent quarante kilomètres en vingt-quatre heures. Ils passent à Sablé, se retrouvent à Laval pour la troisième fois. Comme il pleut à torrents, les chemins sont embourbés. Il n'est plus question de pouvoir conduire des chariots ou des carrosses. Les blessés sont abandonnés au bord des routes. Ils seront massacrés. Qui s'endort est massacré. Qui s'arrête pour manger est massacré. Qui tombe de fatigue est massacré. Dans tous les villages, les pelotons de prisonniers vendéens sont abattus à coups de pique et de sabre. Des rescapés refluent vers le nord de Nantes. Sur six cents enfants vendéens capturés, trois cents seront noyés comme des chatons dans la Loire et trois cents autres étrangement épargnés. Baptisés « Enfants de la Patrie », ces derniers, élevés en « patriotes », ne seront jamais rendus aux familles.

La panique est totale aux abords de la Vendée si proche, mais dont la Loire interdit le passage. Le 16 décembre, le plus gros des fuyards arrive néanmoins à Ancenis, s'empare des bateaux du port et construit des radeaux avec des barriques. La foule patauge dans la boue des berges. Les radeaux canonnés par les Bleus qui tiennent la rive gauche, bien peu de Vendéens réussiront à passer avant que n'arrivent les hussards qui les dispersent.

Un flot de Vendéens en déroute se meut sur Nantes. Ils sont cueillis aux portes de la ville comme du gibier cerné par des rabatteurs. Mais que faire de tant de prisonniers ? Les prisons de Nantes sont pleines et même les noyades de Carrier dans la Loire n'éliminent que dix mille personnes. Le typhus frappe les rescapés vendéens et les Nantais sont effrayés par l'épidémie. Lorsqu'il arrive à cet épisode, Michelet dira avec une horrible désinvolture littéraire : « On avait tué pour le péril, on tua pour la salubrité. »

Des cent mille Vendéens qui passèrent la Loire deux mois plus tôt, il ne reste plus qu'une colonne de quinze mille soldats, femmes, enfants, vieillards. Ils se dirigent vers Savenay, cherchant toujours à franchir le fleuve. Après une nuit de marche sous une pluie qui n'a pas cessé depuis un mois, ils se trouvent face à face avec quinze mille soldats républicains qui avancent sur trois colonnes, comme à la parade. Deux cents cavaliers seulement s'échappent dans la forêt du Gavre. Il faudra des semaines pour brûler à la chaux et enterrer quinze mille cadavres. Carrier fera afficher dans Nantes : « Les brigands sont foutus. Il n'y a plus de calotins et de royalistes. » Et Westermann écrira à la Convention : « Il n'y a plus de Vendée, elle est morte sous notre sabre libre, avec ses femmes et ses enfants. Je viens de l'enterrer dans les marais et les bois de Savenay. »

Cette « longue marche » n'aura duré que soixante-six jours, du 18 octobre au 23 décembre 1793, alors que la « Longue Marche » de Mao se poursuivra durant un an et couvrira douze mille kilomètres. Mais si, au lieu de monter au nord, vers l'Angleterre, les Vendéens étaient partis à l'est, peut-être seraient-ils arrivés eux aussi au Yen-an. Et nous y serions encore !

Tout ceci pour essayer de m'expliquer par les hasardeuses lois de l'hérédité la peur de l'inconnu chez ma mère, son côté lapin de choux et ses brusques accès de vagabondage. Son coup de foudre pour un sous-off de la coloniale et l'Acadie qu'elle trouva « au pays où fleurit l'oranger ». Puis son brusque repliement sur la terre vendéenne et son refus de suivre mon père « aux colonies ». Et toute sa vie j'observe le balancement entre le désir de se cacher dans un trou de souris et la brusque détermination de partir ailleurs, vers l'inconnu, sans rien regretter de ce qu'elle abandonnait. Sa mère, dont elle semblait ne pouvoir se passer, et qu'elle laisse à Fontenay pour partir avec moi à Nantes, sans logement, sans travail. La conciergerie près du château des ducs de Bretagne, délaissée brusquement pour un transbordement journalier d'un appartement vide à un appartement vide. Puis la facilité avec laquelle elle admit que je quitte ma place de garçon de courses pour entamer moi-même un vagabondage de travaux divers dont le moins que l'on puisse dire c'est qu'aucun ne présentait une perspective d'avenir.

Manutentionnaire dans un entrepôt près des quais de la Loire, expéditionnaire, débardeur au cul des camions, manœuvre ici et là, au hasard des besognes, voilà qui nous menait loin du préparateur en pharmacie et de ses belles mains blanches. De quinze à dix-neuf ans, j'ai vécu ainsi, dans ce que l'on appelle les bas travaux, compagnon d'autres paysans sans terre, d'autres bouseux devenus citadins d'infortune. On pourra s'étonner que ma mère, venue spécialement à Nantes pour ma réussite sociale, s'en soit soudain totalement désintéressée. Mais c'est que, tout comme moi, ou moi tout comme elle, tellement captivés par les livres que nous lisions, le monde de la vie quotidienne ne nous importait plus. Nous affabulions à tel point toutes les nuits que les travaux du jour devenaient sans importance.

Soudain, elle prit une décision inouïe : bazarder le phonographe et les disques de mon père. Décision inouïe parce que tout ce qui avait trait à mon père prenait valeur de relique. Nous transportions partout une de ses cantines militaires noires recouverte d'un treillis d'osier, bourrée de ses « souvenirs ». Parmi ceux-ci, le phono et les disques.

Il s'agissait bien sûr d'un phono dont on remontait le ressort avec une manivelle, flanqué d'un pavillon bleu. Depuis la mort de mon père, il ne fonctionnait plus. Jamais. Si je réfléchis bien, je dois avoir passé une dizaine d'années sans entendre aucune musique. Constatation étrange puisque, aujourd'hui, j'envisage difficilement de passer un seul jour sans écouter de la musique et que, si même je voulais le faire, celle des transistors et des télés des voisins viendrait certainement me rejoindre. Un soir donc, ma mère sortit le phono de sa cantine noire, vissa le pavillon, remonta le mécanisme et décida de passer tous les disques. Je me souvenais vaguement des « séances de phonographe » du temps de mon père. Le phono marchait assez souvent et l'on y entendait Bruant hurler je ne sais quoi, Déroulède déclamer *Le rêve passe* et je ne sais qui chanter *Le Credo du paysan.* Les disques de mon père étaient pour moitié militaristes et pour moitié populistes. Ceux de ma mère donnaient des extraits d'opérettes ou d'opéra-comique : *Mignon, Le Pays du sourire, L'Arlésienne, Fuliculi Fulicula...*

L'audition de notre discothèque familiale prit plusieurs soirées. Non que les disques fussent si nombreux, mais ma mère repassait plusieurs fois le même, comme si elle avait voulu s'en imprégner avant de s'en débarrasser à jamais. Ainsi *Les Millions d'Arlequin* revinrent-ils souvent, tout crachoteux et grésillants qu'ils fussent. Et *Lakmé, ton doux regard se voile...*

Elle me reparla de ces disques jusque dans son extrême vieillesse. Elle aimait les grands airs (le grand air du *Barbier de Séville*), les valses et opérettes viennoises, le violon lorsqu'il devenait extrême virtuosité. Elle disait du violoniste, estomaquée : « Il en met un coup ! »

Alors pourquoi voulut-elle s'en défaire ? Et pourquoi y mit-elle une certaine solennité, m'emmenant avec elle, presque triomphante, nous partageant tous deux la charge du phono, du pavillon et des disques ? L'événement était suffisamment d'importance et si bien préparé, que près de quarante ans plus tard je nous revois très bien, entrant chez un brocanteur du centre de la ville, fourguant notre camelote et repartant tout joyeux, allégés certes de la charge dont nous étions délestés, mais il s'agissait de bien plus que cela ! Je crois que ce jour-là, et dans le contexte du vagabondage qui était alors le nôtre, ma mère décida de se débarrasser un peu de l'encombrante dépouille de mon père. La preuve, pour la première fois depuis son veuvage, et avec l'argent que venait de lui donner le brocanteur, elle se paya (elle me paya) le cinéma.

7

DONC, après un an de vagabondages dans les appartements vides de bourgeois prudents, ma mère se remit dans un trou de souris : cette petite maisonnette au bord de l'Erdre, dans un quartier de blanchisseurs et de maraîchers qui nous faisait retrouver une semi-campagne. Mais, en même temps, si les bourgeois revenus retrouvaient le confort qu'ils nous avaient prêté, nous retrouvions, nous, l'absence d'eau courante, de w.-c. privés et d'éclairage généreux. Les w.-c. à la turque, dans des cabanes de bois au bord de la rivière, étaient communs à tout ce monde de blanchisseurs, de ravaudeuses, de repasseuses, qui logeait dans des petites masures semblables à la nôtre, maintenant démolies et remplacées par un lotissement de « villas » prétentieuses, toutes alignées au milieu de leurs pelouses[1]. Elles ont mangé le grand pré où les blanchisseurs étalaient les draps. De mon temps, comme disent les vieux, toutes les habitations se tenaient serrées en bordure de l'eau, laissant le plus de place possible pour le séchage du linge et les jardins potagers. Cette promiscuité donnait une certaine truculence à la vie de la communauté blanchisseuse. Le fait de puiser de l'eau à la même pompe commune et de déféquer dans le même « cabinet » devait aussi contribuer à nouer des relations de voisinage qui passaient de la plus grande cordialité aux plus violents orages.

1. Je suis retourné récemment dans mon ancien quartier. En réalité la maison que nous habitions n'a pas été démolie, mais elle est méconnaissable puisque réunie aux maisons des blanchisseurs voisins, dans une habile rénovation.

Ma mère, qui ne s'est jamais liée facilement, emmenant partout avec elle sa méfiance paysanne, se plut d'emblée dans ce milieu qui ne différait guère de celui de Fontenay. Nous étions encore à Nantes, tout en n'y étant plus. Bien loin du sinistre château d'Anne de Bretagne et de la concierge qui le flanquait, bien loin des beaux appartements du cours Saint-André ou de l'Ile-Feydeau. Nous étions à la campagne tout en étant en ville, blanchisseurs et maraîchers s'étant réservé un îlot de verdure dans le quartier Saint-Donatien. Et comme souvent, ce quartier un peu excentrique constituait en soi un bourg, avec son église, ses commerçants, son tissu de parentés et de copinages. A partir du moment où ma mère trouva ce petit logement au loyer modique, elle ne sortit pratiquement plus de ce quartier, sinon dans sa vieillesse où elle reprit goût au vagabondage.

Et les drames qui allaient éclater entre nous deux commencent avec cette phase casanière chez ma mère, juste au moment où j'étais saisi à mon tour par la bougeotte. Mais comment aurions-nous pu conserver ces moments privilégiés du Jardin des Plantes et des lectures communes alors que ma mère approchait de ses cinquante ans et que j'allais en avoir dix-huit ?

Non seulement ma mère trouva dans notre nouveau quartier un environnement qui lui convenait, mais nos voisins blanchisseurs l'embauchèrent aussitôt comme ravaudeuse. Ce sera son plus long métier, qu'elle continuera pour son propre compte bien après qu'il n'y eut plus de blanchisserie dans le quartier Saint-Donatien.

J'avais dix-huit ans. La fille d'un de nos voisins blanchisseurs en avait quinze. Quoi de plus naturel que de sortir enfin des livres et de mettre à l'épreuve tant de recettes amoureuses. La fureur de ma mère me surprit. Pourtant la littérature est pleine de mères possessives. Mais on applique mal la psychologie des livres à ses propres aventures. Du moins dans la spontanéité de ses premiers élans. Je ne reconnaissais pas ma mère. Ou plutôt si, je retrouvais avec stupeur et effroi cette mégère que j'avais aperçue un jour, bousculant mon père ivre. Et dans sa rage, elle me parlait patois, retrouvant d'instinct la langue de la dérision et du mépris :

— Tu t'es laissé *embibocher, enjominer* par cette *petasse*... Ça me turlupine de te voir aussi *beudat*... Ce n'est pas pour faire des *rapiamusses*, mais tu me *mines*, tu me *mines*...

Nos voisins s'appelaient Barbeau. Elle féminisait leur nom, en parlant de ma petite amie, comme il est d'usage dans le bocage :

— La Barbelle, c'est une grimaceuse...

Bien évidemment, ce rejet de mon premier amour par ma mère ne fit que lui donner plus d'importance. La Barbelle était apprentie coiffeuse. J'allais midi et soir l'attendre à la sortie de son « salon ». Nous musardions et nous nous becquetions tout le long de la rivière, nous séparant seulement à proximité de nos maisons voisines. Ma mère guettait notre retour, du haut de l'escalier de ciment :

— Tu crois que je n'ai pas compris votre manège... Pas la peine de vous cacher... Tu ne peux plus te passer d'elle mon pauvre *gâ*... C'est bien fini, maintenant, ta mère qui a tout sacrifié pour toi, ne compte plus...

L'expression des grands sentiments se faisait toujours en français académique. Ce reproche des sacrifices, faits en ma faveur, me blessait alors beaucoup. Si j'avais réfléchi j'aurais eu du mal à déceler de quels sacrifices il s'agissait. Car enfin je travaillais depuis l'âge de quatorze ans et donnais intégralement mon salaire à ma mère.

L'explication du drame était pourtant simple, mais lorsqu'on le vit tout s'embrouille. Depuis la mort de mon père, et surtout depuis que nous étions à Nantes, personne n'était venu s'immiscer entre ma mère et moi. Les après-midi des dimanches au Jardin des Plantes, les demi nuits de lectures dans les appartements vides des beaux quartiers, tout cela avait marqué les plus hauts sommets de l'amour filial et maternel. Maintenant, on ne pouvait plus que redescendre. Et voilà que cette *drôlesse* (comme elle disait) me tirait par la main pour que je descende plus vite.

Un jour elle me lança à brûle-pourpoint, sans hausser cette fois-ci le ton, avec une grande mélancolie dans la voix :

— Alors, toi aussi tu t'en vas ?

— Mais non, maman, tu vois bien que je suis toujours là.

— Si, si, tu t'en vas...

Et elle ajouta après un peu d'hésitation, et en baissant la voix :

— ... comme ton père... Je serai donc toujours seule.

Elle se mit à pleurer, d'abord doucement, puis en hoquetant, comme un enfant, puis en gémissant, enfin en poussant des cris.

J'étais effrayé par cette crise de larmes qui tournait à l'hystérie. Je m'approchai et lui touchai l'épaule. Mais elle me repoussa :

— Non, va-t'en, puisque tu ne m'aimes plus...

La jalousie de ma mère prit des proportions de plus en plus grandes, de plus en plus irraisonnées. La Barbelle produisait la première cassure. D'autres allaient suivre, jusqu'à notre séparation définitive. Les livres, qui nous avaient unis, devinrent soudain eux-mêmes des ennemis. Elle me reprochait maintenant de trop lire, de trop dépenser d'électricité, d'avoir de « mauvaises lectures ». Ces lectures, devenues des études sans fin, devenaient déplacées. Trop, c'est extravagant.

— A quoi ça te sert ? Tu t'abîmes les yeux...

Pourtant j'étais sorti des livres, mais là encore nous nous séparions. La lecture n'avait jamais été pour ma mère, malgré la passion qu'elle y mit, autre chose qu'un divertissement. Je découvrais qu'il s'agissait d'un moyen de connaissance et que le savoir, pour quelqu'un de ma condition, pouvait devenir une accession au pouvoir.

Ce qui me mena à l'action et bientôt à la clandestinité. L'Histoire n'eut pas de prise sur nous, tant que nous restâmes en marge. Mais maintenant que je devenais acteur, l'Histoire, après la Femme, me prenait, elle aussi, par la main.

Un soir, juste avant le couvre-feu, alors que la campagne « s'anuitait », je pris la vieille bicyclette des équipées de mon père, et pédalai vers la Loire, vers les ponts, vers la Vendée. Les Vendéens avaient repris déjà depuis longtemps le maquis dans le bocage. J'allais les rejoindre.

C'est ainsi que je renouai avec la chouannerie.

De la forêt de Mervent-Vouvant, chère à la fée Mélusine et aux Lusignan, aux bois de Tiffauges qui forment une corbeille verte au château de Gilles de Rais, les maquis vendéens étaient archipleins. Trop pleins. Dès que se formèrent les premiers maquis presque tous les paysans d'alentour affluèrent en effet, avec leurs fusils de chasse et leurs cartouches. Il fallut les dissuader en douceur, leur dire qu'ils n'avaient aucune raison de se cacher, que les maquis devaient être laissés en priorité aux réfractaires et aux pourchassés. Comme en 93 ils se tenaient prêts à repartir pour une autre folie collective.

C'est au maquis que je me découvris pour la première fois Vendéen. Il va sans dire qu'auparavant le Genève de Rousseau, le Grenoble de Stendhal, le Paris de Michelet et de Zola étaient plus vivants pour moi que le bocage vendéen. Que dis-je, les plaines enneigées de Tolstoï, les bouleaux de Tchekhov, le Weimar de Goethe, les loups de Jack London, la baleine de Melville, tout cela comptait bien plus que des souvenirs et des images d'une enfance encore trop proche.

Cette proximité empêchait d'ailleurs que ce retour fût une vraie redécouverte. Non seulement le patois ne me surprenait pas, au maquis, mais je le parlais encore avec naturel. Je passais sans problème de la langue de Rousseau à celle de Rabelais. Ma seule surprise fut de pénétrer, par le biais de l'histoire contemporaine dont j'étais devenu acteur, dans une histoire vendéenne que je connaissais mal. Le commandant du maquis, lui, la connaissait si bien qu'il s'identifiait à Monsieur de Charette. Il nous avait fait réapprendre l'imitation du ululement de la chouette, comme cri de ralliement.

D'où venait-il ? Qui était-il ? Certainement pas noble puisqu'il avait surtout retenu de l'épopée de 93 l'aspect démocratique de l'insurrection, le moins connu. Les aristocrates étaient plus nombreux dans l'armée républicaine que dans l'armée vendéenne, nous disait-il à notre grand étonnement. Qui a défendu Nantes avec efficacité contre la ruée vendéenne, sinon le marquis de Canclaux ? Qui commandait la garnison de Cholet lorsque la ville fut attaquée par les bandes du garde-chasse Stofflet, sinon un autre marquis : de Beauvau ? Qui défend Fontenay, sinon le général républicain Beaufranchet d'Ayat, fils d'une favorite de Louis XV ? Qui dirige l'armée républicaine de Luçon, sinon Louis de Beffroy, ancien page du roi ? Qui est maire d'Angers, sinon Jean Planche de Ruillé dont les titres de noblesse remontent aux Croisades ? Qui commande l'armée de La Rochelle, sinon Lauzun, duc de Biron, ex-favori de la reine ?

L'érudition de notre commandant, pour tout ce qui touchait à la chouannerie, nous stupéfiait. Il nous disait aussi, bien sûr, que les Vendéens n'étaient pas, en fait, « les chouans », que la guerre de Vendée et la chouannerie désignaient deux choses, la chouannerie étant avant tout bretonne et normande. Mais le terme a prévalu à tel point que nous nous sentions chouans. Nous faisions d'ailleurs une guerre de chouans, c'est-à-dire de guet-apens, de coups de main, notre commandant reprenant le vieux cri de guerre à l'approche des convois allemands : « Égaillez-vous, les gars ! »

Quel âge avait cet homme étrange, qui semblait émerger d'une très lointaine histoire, dont il se montrait encore si imprégné ? Nous qui avions vingt ans, nous le voyions vieux. Sans doute quarante ou cinquante ans. Jamais il ne nous parla de sa vie avant la guerre, ni d'où il venait. Nous ne savions bien sûr pas son véritable nom.

Il nous disait encore : « La chouannerie paysanne... d'accord. Mais c'est vrai et faux. On pourrait tout autant parler de chouannerie ouvrière. Le Choletais, région la plus manufacturière de l'Ouest, s'insurgea aussi totalement que le bocage poitevin. Si plus de la moitié des « chouans » vendéens étaient paysans, les deux cinquièmes étaient des artisans, surtout des tisseurs de lin dont les ancêtres avaient été huguenots sous la Ligue. Mes petits gars, nous sommes de tous les extrêmes et de toutes les passions. Nous avons été passionnément huguenots avec Henri IV, passionnément catholiques avec Grignion de Montfort, passionnément républicains en 1789, passionnément antirépublicains en 1793. »

De temps en temps nous nous déplacions, d'une cache à l'autre. C'est ainsi que nous aboutîmes un jour dans les ruines d'un château fort sinistre, dont il ne restait plus, haut levé, que le donjon.

— Allez, monte en haut de la tour, me dit le commandant, et guette, guette comme sœur Anne en te souvenant que nous sommes ici dans le château de Barbe-Bleue.

Et comme nous restions perplexes :

— Tiffauges... Ça ne vous dit rien, Tiffauges... En 1793 douze paroisses ont attaqué Tiffauges, tué le seigneur de l'Échasserie, bu son vin et jeté les républicains prisonniers dans les caves du château de Barbe-Bleue où nous sommes... Allons, ne restez pas bouche bée comme ça, vous allez avaler des mouches... Gilles de Retz (ou de Rais), vous connaissez, celui dont on a fait le Barbe-Bleue de la légende, le compagnon chéri de Jeanne d'Arc... Vous ne vous étonnerez pas si je vous dis qu'il se trouvait trois Vendéens parmi les compagnons de Jeanne d'Arc. Quand il y a des coups à prendre quelque part, nous sommes toujours là. Gilles de Retz, qui porta la sainte ampoule au couronnement de Charles VII, Arthur de Richemont, gouverneur de Fontenay, et Dunois, seigneur de Mervent... Après le martyre de Jeanne d'Arc, Gilles de Retz s'enferma à vingt-six ans dans ce château de Tiffauges et y fera venir sorciers, astrologues, alchimistes qui mettront toute leur science à tenter de faire apparaître le diable. Le diable n'apparaîtra pas, mais se logera dans le corps de Gilles qui sera brûlé comme Jeanne... Sorcière et sorcier... Étrange histoire, ne trouvez-vous pas ?

Heureusement, nous restâmes peu dans les ruines du château de Tiffauges, un peu trop visibles d'ailleurs pour l'ennemi.

C'est aussi notre commandant qui nous raconta « la longue marche ». Et lorsque nous l'interrogions sur cette curieuse ruée vers la Manche, alors que les Vendéens disposaient d'une autre mer à portée de la main, il nous fit encore une réponse qui nous laissa pantois :

— Qui sait si les Vendéens de la fée Mélusine n'allaient pas vers la forêt de Brocéliande à la recherche de l'enchanteur Merlin, qui ne se montra pas.

8

DÈS mes vingt et un ans, je quittai Nantes et ma mère, après avoir vendu le vieux vélo de mon père pour me payer le train jusqu'à Paris. L'autre culture, celle des livres, m'emportait définitivement. Où ? Je ne le savais pas et ne m'en souciais guère. Ne m'importait que ce grand air de liberté et de vacuité qui me fit passer pendant si longtemps d'un gagne-pain à l'autre sans problèmes ni remords. Les travaux manuels, même les plus durs, ne me rebutaient pas dans la mesure où ils ne gênaient en rien mon aventure intellectuelle.

De ce départ, de cette séparation définitive d'avec ma mère jusqu'à la mort de celle-ci, je compte avec stupéfaction trente années. Bien plus long que notre vie ensemble. Alors qu'en réalité, dans notre mémoire, dans notre chair, c'est notre vie « avant », à Fontenay et à Nantes, qui semble la plus longue.

Pendant ces trente années, les lettres hebdomadaires ont tissé un lien secret, plus sans doute que les séjours que ma mère vint faire à Paris chaque été, toujours contrariés par l'exiguïté de mes logements et la présence de brus découragées aussi bien par son excessive humilité que par ses exigences.

Trente années pendant lesquelles se répète une longue complainte de la solitude et de l'ennui. Trente années de double veuvage. Trente années où elle s'accrocha de toutes ses forces à mon absence, ne vivant pratiquement plus que dans l'attente de mes lettres et de nos brèves retrouvailles annuelles.

En même temps que je me séparais de ma mère, je m'éloignais de la Vendée. Mère et terre sont étroitement liées, on le sait.

Couper le cordon ombilical de l'un c'est couper le cordon ombilical de l'autre. Les retrouvailles de la Vendée dans le maquis n'étaient pas un vrai retour, mais la continuation, sous une autre forme, d'une enfance perturbée par l'exil.

Au fur et à mesure que je pénétrais plus profondément dans la culture française et que, Rastignac paumé, je n'en ambitionnais pas moins de conquérir Paris, la Vendée disparaissait peu à peu dans ses brumes. Il n'y a pas de quoi se montrer fier d'appartenir au département le plus réactionnaire de France lorsque l'on se croit de gauche. Ni de s'en vanter. La Vendée, comme ma mère, ne m'arrivait plus dans mon tohu-bohu parisien que comme une image désuète, folklo, minable.

J'étais plus misérable à Paris que je ne l'avais jamais été avec ma mère, et allais le rester longtemps, mais cette misère ne me semblait pas comparable à celle que nous avions connue à nos débuts à Nantes. Entre ce rez-de-chaussée humide, obscur, coincé contre les douves du château des ducs de Bretagne et mes mansardes parisiennes, rien de commun. Sinon l'inconfort. A Nantes, nous butions du nez sur un passé étouffant. A Paris, tout l'espoir m'était permis. J'avais coupé toutes les amarres avec mon passé, sinon ce fil ténu qui me reliait à ma mère par cette correspondance qui, par là même, me devenait de plus en plus pesante. J'avais l'impression d'être libéré, enfin. J'étais progressiste, techniciste et si heureux de l'être.

A la fin du Moyen Âge, lorsque naquirent les villes franches, tout serf qui réussissait à s'échapper de la glèbe et à vivre pendant un an dans la ville bourgeoise sans être repris par son seigneur et maître devenait un homme libre. J'étais ce serf, me faufilant dans la ville bourgeoise, m'appliquant à m'y rendre utile, à m'y faire des amis, tout en ayant l'angoisse d'être un jour « reconnu » et reconduit d'où je venais. Cette crainte ne m'a d'ailleurs jamais quitté. Autant je la sais aujourd'hui irraisonnée, autant régulièrement elle m'oppresse et je dois la vaincre au moyen de petits comprimés roses qui s'achètent, sur ordonnance, dans toutes les pharmacies.

Ma mère continua à Nantes son travail de ravaudeuse qu'elle agrémenta par la suite de celui de gardienne d'enfants. Les blanchisseurs ayant fermé leurs ateliers pour se transporter plus loin dans la campagne, ma mère se fit une petite clientèle de particuliers. Tous gens de la haute bourgeoisie ou de l'aristocratie qui l'adoptèrent bientôt comme on s'attachait autrefois les « gens de maison ». Si bien que ma mère se retrouvait un peu dans la situation de ses propres parents, domestiques d'un hobereau.

Mais les relations de ma mère avec ses employeurs ne cessèrent de devenir plus ambiguës au fil des ans. Elle n'acceptait plus de travailler « pour n'importe qui », choisissait ses maisons, avait ses têtes. Les « dames » qu'elle consentait à élire devaient passer par ses lubies et, le plus curieux, c'est qu'elles demeurèrent, pendant quinze ou vingt ans pour les plus privilégiées, d'une patience, d'une gentillesse et, on peut même le dire, d'une affection à toute épreuve. Ma mère s'intégra dans ces grandes familles le plus naturellement du monde. Elle allait y faire ses journées, mettant des pièces aux draps, retournant les cols de chemise, raccommodant les chaussettes, mais les dames l'invitaient à quatre heures pour prendre le thé avec elles. Et ça, elle y tenait. Pas de thé (et le thé pris au salon, bien sûr, pas à la cuisine), c'en était fini de cette famille mal élevée. Les années passant, on l'invita l'été à séjourner quelques semaines dans les châteaux. Elle continuait à y ravauder, à y repriser bien sûr, mais elle pouvait se promener dans les parcs dont elle appréciait tant les grands arbres aux essences exotiques qu'elle m'en parlait longuement dans ses lettres. Ils lui rappelaient notre cher Jardin des Plantes. Dans ces châteaux, elle se mit de nouveau à lire, et uniquement des nouveautés, sans doute avec quelque malignité pour épater ses hôtes, nouveautés que je lui envoyais ; en général des romans de mes amis. Ils l'intéressaient d'ailleurs en tant que tels. En les lisant, c'étaient un peu d'autres lettres de moi qu'elle recevait.

Et puis, certains de mes amis devinrent célèbres ou notoires. Elle pouvait donc recevoir de leurs nouvelles par les journaux. Elle me découpait de temps en temps de ces informations ou de ces anecdotes, sur l'un ou l'autre. De même qu'elle me donnait des nouvelles régulièrement de ses « dames », de leurs maris, de leurs enfants. Plutôt qu'une ravaudeuse, le rang qu'elle se donna dans ces grandes familles était celui d'une demoiselle de compagnie. Finalement, oui, dans sa vieillesse, ma mère devint la « demoiselle » espérée par ses parents. La demoiselle pauvre à laquelle les riches font une place à table. Mais je sais bien qu'en réalité elle considérait ces femmes riches, qui voulaient bien l'accueillir, comme ses propres dames de compagnie.

Au moment des cassures (la première femme, les études, le maquis) elle eut un sursaut de révolte et d'autorité. Mais à partir du moment où elle comprit que j'étais parti pour Paris sans idée de retour, elle se replongea dans la résignation. Pendant les trente ans qui lui restaient à vivre, je ne la vis plus jamais se mettre en colère, ni même s'indigner de quoi que ce soit. Tout ce qui m'arriva, pour aussi extravagant que ce fut parfois, elle le trouva naturel. De mes deux premiers mariages avec des étrangères, auxquels elle ne fut pas conviée, jamais elle ne fit de commentaires. Elle passa d'une bru à l'autre avec une indifférence désarmante. Il me sembla qu'elle affectait de ne pas s'apercevoir qu'il ne s'agissait plus de la même.

J'ai déjà dit qu'à Fontenay-le-Comte, dans mon enfance, nous suivions des itinéraires précis, si précis qu'ils ressemblaient au marquage du territoire par un animal. De la rue des Orfèvres et du pont des Sardines partaient ainsi des lignes de fuite qui aboutissaient en semaine dans la toute proche rue des Loges où ma mère travaillait dans une coopérative, et le soir au jardin du grand-père par-delà le Pont-Neuf et la passerelle du champ de foire. Le samedi était un peu jour de fête en raison du marché qui donnait une extrême animation de la rue des Drapiers à la place Viète. Enfin le dimanche, après l'aller et retour à l'église Notre-Dame pour la messe, ce qui occupait la matinée, nous consacrions l'après-midi à la visite du cimetière.

En dehors de ce tracé, rien. Du moins pour ma mère, car personnellement je vagabondais par toute la ville avec mes camarades d'école. Du temps où vivait mon père nous allions au cirque lorsqu'il s'en installait un sur la place du champ de foire, nous allions faire la grande promenade à la gare et parfois même jusqu'à Pissotte où se tenait un *préveil*. Mais, une fois veuve, ma mère se défendit tous ces divertissements. Ses itinéraires se rétrécirent, comme sa vie.

A Nantes, lorsqu'elle fut de nouveau seule (j'allais dire de nouveau veuve, mais il y a bien de ça), elle ne sortit plus guère de son quartier puisque les dames chez lesquelles elle allait travailler y habitaient toutes. Tant qu'il y eut des tramways, elle se hasarda le dimanche à aller jusqu'à la place Royale et à remonter la rue Crébillon jusqu'au théâtre Graslin. Mais lorsqu'aux tramways succédèrent les autobus, elle se refusa à les emprunter, sous prétexte qu'elle devenait malade en voiture à cause de l'odeur de l'essence. Bizarrement, elle se remit à prendre le chemin de la gare, comme du temps de mon père. Mais ce n'était pas la même gare et celle-ci aboutissait à Paris. Tout comme mon père, dans son attirance de la gare, à Fontenay, devait voir au-delà des locomotives les navires de Marseille qui appareillaient pour Saigon, ma mère, dans la salle des pas perdus, dans cette effervescence de voyageurs aux guichets et aux portillons, rêvait à la gare Montparnasse où elle retrouvait son fils une fois l'an.

En revenant de la gare, elle s'asseyait sur un banc du Jardin des Plantes, notre cher Jardin des Plantes... Mais c'était là certainement lieu de mélancolie. En revanche, elle se paya un vrai plaisir dans sa vieillesse, dont elle ne se lassa jamais tant qu'elle fut valide ; un plaisir qu'elle cultivait avec gourmandise ; sa petite folie en quelque sorte : une fois par semaine elle allait aux grands magasins Decré, montait par l'ascenseur sur la terrasse et s'y faisait servir un café. Comme une dame.

A Paris, bien que ses séjours y fussent brefs, elle réussit à trouver un substitut de Decré : la Samaritaine. Où que j'habite, et je changeais souvent de domicile, il lui fallait trouver le chemin le plus court pour aller à ce magasin. C'était toujours son premier souci, presque dès son arrivée :

— Mais maintenant que tu as déménagé, comment est-ce que je vais faire pour retrouver la Samaritaine ?

Il nous fallait l'y conduire au plus tôt. Et l'y laisser, car c'était là son domaine secret, son itinéraire de rêve. Quel rêve ? L'abondance d'objets, de linges, de vêtements, d'appareils électro-ménagers ? La foule anonyme qui la changeait de tant de jours de solitude ? Sans doute. Mais je crois bien que, plus encore, ma mère aimait des grands magasins leur modernité. Et sans doute aussi des gares.

Comme la plupart des paysans et des ruraux, elle n'aimait que le moderne. Seuls les citadins prennent goût au rustique, à condition toutefois qu'il soit confortable. Le rustique, n'ayant jamais été confortable pour les rustres, reste entaché pour eux des plus calamiteux souvenirs. Le goût de ma mère pour le moderne m'a aidé à comprendre pourquoi les paysans vendent leur fermette aux gens des villes et se font construire à la place un pavillon acheté sur catalogue. Cette accession à la modernité est pour eux le signe évident de la réussite sociale.

Avec quel dédain ma mère parlait des « vieilleries ». La maisonnette qu'elle habitait au bord de l'Erdre était une vieillerie. Ses meubles étaient des vieilleries. Elle n'aimait rien de toutes ces « reliques », comme elle disait. Le jour où elle me demanda de tout « bazarder », elle n'eut visiblement aucun regret.

Trop pauvre pour accéder à la modernité, elle y arriva néanmoins dans sa vieillesse, par le biais des hôpitaux et des maisons de retraite. Elle me répétait :

— Regarde comme c'est beau ! C'est tout propre. C'est neuf. On se croirait dans du corbusier.

Non, ce n'est pas moi qui lui ai donné le goût de l'architecture de Le Corbusier. Pour la bonne raison que je n'ai jamais pu arriver à lui faire comprendre que Le Corbusier était un homme. Pour elle, il s'agissait d'un immeuble, situé de l'autre côté de la Loire, et où habitait l'un de ses petits-neveux, facteur à Rezé (fils de ce Camille Godreau dont nous avons vu la photo-carte postale en militaire, datée de 1918). Et elle croyait de plus que tous les immeubles de grande hauteur s'appelaient des corbusiers. Lorsque la nouvelle gare Montparnasse fut construite et qu'elle sortit sur le parvis, elle fut éblouie :

— Ah ! c'est beau ! C'est plein de corbusiers.

Quand elle allait voir le fils Godreau dans l'Unité d'Habitation Le Corbusier de Rezé, elle m'écrivait :

— Dimanche, je suis allée me promener au corbusier de Rezé... Ils sont bien logés, eux. Ah ! que j'aimerais quitter mes vieilleries pour du moderne !

Elle qui eût pu faire de si exotiques voyages avec mon père semblait avoir fait le plein de ses dépaysements « au pays où fleurit l'oranger ». De ces orangers et de ces mimosas de la Côte d'Azur, elle allait en humer le parfum toute la vie. Je ne l'ai jamais entendue ensuite envier quelque voyage que ce soit, si ce n'est Lourdes où elle eût aimé participer à un pèlerinage. Elle n'aimait pas la campagne, elle n'aimait pas la mer, elle n'aimait pas le soleil. Les quelques fois où nous nous rendîmes, pendant mon enfance, au bord de l'Atlantique, cette immensité d'eau lui parut une fois de plus de l'extravagance. Et puis ce vent qui vous énerve n'a rien de bon. A tout prendre mieux valait les chemins creux et les ruisseaux du bocage.

Mais elle n'aimait que les villes, surtout les grandes villes. Toujours cette séduction de la modernité. Elle se plaisait bien à Nantes, elle se plaisait bien à Paris. Son seul regret venait de ce que j'y habitais toujours des logements sur cour et que l'on n'y voyait rien, que l'on n'y entendait rien. Elle descendait donc très vite dans la rue, à la recherche de l'animation, s'asseyait sur un banc des boulevards et regardait la foule passer.

Elle ne fit que deux longs voyages dans sa vie, mais je crois que les deux lui apportèrent beaucoup de plaisir. Le premier pour son propre mariage et le second pour mon troisième mariage où, là, elle fut invitée puisqu'il se faisait en famille et non pas dans l'intimité comme les deux premiers. Aller dans les Vosges, et de surcroît en plein hiver, lui demandait de traverser toute la France d'ouest en est. Mais bien qu'elle eût déjà soixante-quinze ans, et vécût de plus en plus confinée, elle se lança dans cette aventure avec le plus grand naturel.

Jamais elle n'avait vu autant de neige et, comme la mer, cette surabondance blanchâtre l'offusqua. Elle refusait de regarder dehors, tournant le dos à la fenêtre, pour, disait-elle, « ne pas voir ça ».

Fit-elle un rapprochement entre le corbusier où habitait son neveu et Le Corbusier qui avait construit la chapelle de Ronchamp où nous nous mariâmes, je ne crois pas. Tout cela devait plutôt lui confirmer, quoi que j'en dise, que toute construction très moderne est un corbusier.

Et de toute cette abondante famille de ma femme, rencontrée à la noce, elle vit tout de suite ce qu'elle pourrait en tirer : des correspondants. Recevoir des lettres devenait de plus en plus une obsession. Son goût de la lecture se détacha des livres, dans sa vieillesse, au profit des seules lettres. Elle aimait en écrire et elle aimait en recevoir. Mais tout son problème venait de la difficulté de se trouver des correspondants.

Lorsqu'elle séjournait chez moi, à Paris, on aurait pu penser que le courrier ne lui manquait plus. Mais il n'en était rien. Elle attendait alors avec inquiétude les lettres de ses « dames ».

— C'est quand même bizarre que Mme de X... ne m'ait pas encore écrit...

— Mais enfin, maman, elle n'a pas que ça à faire. Elle a un mari, des enfants, des domestiques, tout un train de maison à mener.

Elle pinçait les lèvres :

— Quand même, elle pourrait bien m'écrire.

La lettre de Mme de X... ne tardait d'ailleurs pas à arriver, débordante de nouvelles de la vie quotidienne de ses enfants et de sa maisonnée. Ma mère la lisait, la relisait, m'en faisait des commentaires. Puis quelques jours plus tard, elle commençait à se plaindre que Mme de Z..., elle, ne lui avait pas encore écrit, qu'elle était finalement beaucoup moins bien attentionnée que Mme de X...

— Si je ne lui manque pas, je n'irai plus chez elle.

A aucun moment elle ne paraissait s'apercevoir que ces dames avaient certainement peu besoin d'elle. Le ravaudage était déjà tombé en désuétude. Et les ravaudeuses ne manquaient pas. Leur attention envers ma mère partait certainement d'un sentiment charitable. Je crois aussi que, comme il est coutumier dans les familles aristocratiques, elles avaient fini par s'attacher à cette vieille femme qui, peu à peu, s'incorporait à leur famille.

On a dit du soulèvement vendéen de 93 que celui-ci, fomenté par les nobles et les prêtres, entraîna les paysans qui ne firent que suivre le mouvement. Rien de plus faux. Michelet lui-même, qui exécrait l'insurrection vendéenne, constate que la noblesse n'eut aucune part dans l'insurrection. « Les pieds au feu, dit-il, ils faisaient les morts. »

La révolte initiale a été foncièrement rurale. L'ennemi du paysan et de l'artisan villageois était le bourgeois des villes et le bourgeois s'affirmait républicain. Si le bourgeois avait été royaliste, la paysannerie vendéenne se serait insurgée au nom de la République. La ruée des paysans se fit immédiatement sur les villes, ces villes qui les pressuraient : sur Fontenay, sur Luçon, sur Cholet, sur Saumur, sur Nantes. Et pas une seule ville de l'Ouest n'a pactisé avec les insurgés. Bien au contraire, toutes ont résisté avec acharnement aux assauts des « brigands », comme les appelaient les bourgeois et les Parisiens.

Là encore, l'Histoire est à refaire. Ce que l'on a appelé les guerres de Vendée se place dans la suite des grandes jacqueries paysannes. La légende de l'insurrection catholique et royaliste a été entretenue par la Restauration, ce qui constituait une entreprise de récupération bien normale. Elle fut ensuite entérinée par la IIIe République pour d'autres raisons : comment la République bourgeoise aurait-elle pu faire de son ennemi chouan un héros de la liberté ? Récupérée par les uns, rejetée par les autres, la chouannerie devait y perdre toute sa personnalité.

Les premières dépêches des villes républicaines de l'Ouest, envoyées à la Convention, ne font d'ailleurs aucunement état d'une rébellion royaliste, mais d'une attaque par vingt mille brigands (le nom leur restera) dont le mot d'ordre est : « Point de roi, point de loi. » Ce qui emplit de terreur les villes républicaines, et de stupeur la Convention, c'est justement que ces insurgés n'ont aucun chef connu. C'est une insurrection anonyme, plébéienne. Une insurrection générale de la Vendée, du Choletais, du Saumurois, des Deux-Sèvres, de la Mayenne, du pays de Retz, qui est en fait la résultante d'une infinité de révoltes locales, non conjuguées. Aucun des premiers chefs ne se connaît. Aucun de ces premiers chefs n'est aristocrate.

Jacques Cathelineau est colporteur de laine et sacristain d'un village des Mauges. Son père est maçon. Lorsque les paysans viennent le chercher, il pétrit le pain familial. Les mains pleines de pâte, il sort, fait sonner le tocsin, et abat le drapeau tricolore sur le clocher. Ils sont vingt lorsqu'ils partent de leur village de Pin-en-Mauges, quatre-vingts lorsqu'ils réussissent à s'emparer d'un canon, quatre cents lorsqu'ils attaquent Chemillé.

Stofflet est le fils d'un meunier de Lunéville. Il a été quatorze ans caporal dans l'infanterie de Lorraine et se trouve en Anjou comme garde-chasse de son ancien colonel. Il rassemble aussi une troupe de paysans et rejoint Cathelineau. Ensemble ils attaquent et prennent Cholet. Puis, comme Pâques est là, les paysans retournent dans leurs fermes. Lorsque l'armée républicaine arrive, il n'y a mystérieusement plus de révoltés.

Joly, qui sera plus tard le rival puis le lieutenant de Charette, est un ancien sergent des armées royales, alors cordonnier et tailleur. Pajot est valet d'écurie. Guérin marchand de beurre, Gaston perruquier, Brignaud ouvrier sellier. Les trois frères Thoumazeau, laboureurs, sont faits capitaines. Le serrurier

Paviot, le maçon Marsaut, le greffier Gazeau, le cultivateur Lefebvre, sont lieutenants. C'est un forgeron, le Couvreur, qui commande l'artillerie de Charette et un ex-séminariste de dix-sept ans, fils d'un cordonnier, Forestier, qui est le premier général de la cavalerie.

C'est seulement après Pâques que la chouannerie vendéenne passe du coup de main à l'armée constituée. Et alors ces paysans, ces artisans, ressentent le besoin de se donner des chefs qui soient des militaires de carrière. Et comme les officiers, alors, ne se recrutaient que dans la noblesse, ils vont prier leurs nobles de se joindre à eux. En fait, ils font exactement la même chose que la République dont l'armée est presque entièrement encadrée par des aristocrates, officiers de carrière. Mais là se place le seul épisode comique de l'insurrection vendéenne : les nobles n'ont aucune envie de se battre et les paysans doivent les forcer, les menacer même, pour qu'ils acceptent de devenir leurs chefs. D'Elbée accueille les paysans qui viennent le chercher par des reproches : « Qu'avez-vous fait, mes enfants ? Pouvez-vous résister aux troupes de la République ! » Le marquis de Bonchamps leur dit que la lutte est perdue d'avance. Henri de La Rochejaquelein quitte son château en pleurant, poursuivi par les quolibets. Sapinaud de La Verrie tente d'empêcher les paysans de sonner le tocsin et résiste pendant trois jours aux menaces de mort des villageois. Le marquis de La Roche-Saint-André est enlevé de son château en robe de chambre. Cesbron d'Argonne postulait pour un grade dans la gendarmerie de la République. On lui en impose un dans l'armée vendéenne qu'il n'accepte qu'en geignant : « Que de potences tendues si nous ne réussissons pas ! »

L'aristocratie de l'Ouest suit les paysans révoltés à contrecœur, mais les premiers chefs vendéens les voient également arriver sans plaisir. Cathelineau et Stofflet aiment peu les nobles. Joly les déteste. Lorsque Cathelineau délivre les aristocrates des prisons de Bressuire, il leur dit : « Messieurs, en vous tirant de prison et en vous associant à nous, nous n'avons pas eu l'intention de nous donner des maîtres. Si notre manière de faire la guerre ne vous convient pas, séparons-nous. »

De même, lorsque le marquis de Bonchamps accepte de prendre part à l'insurrection, il saute sur son cheval. Mais les paysans l'en font descendre prestement et lui disent d'aller à pied, comme eux.

Le 18 août, deux mois après l'attaque catastrophique de Nantes, qu'ils avaient commandée, les nobles écrivent au comte d'Artois (le futur Charles X), pour l'informer qu'ils ont pris les armes pour défendre Louis XVII. En réalité ils affabulent et tentent de récupérer l'anarchie paysanne dont ils ont d'abord été prisonniers. Les émigrés et les princes, tout comme les Anglais, ne s'y trompent pas qui bouderont toujours la soi-disant « armée catholique et royale » et ne lui porteront aucun secours. Ils la laisseront même se faire massacrer à Granville.

Pourtant, après la mort de Cathelineau, les nobles et les prêtres réussiront à enrégimenter les paysans jusqu'alors groupés par familles, et les élections d'officiers par paroisse seront supprimées. A Londres et à Coblence on continuera néanmoins à se demander si ces bandes populaires ont des chefs respectables et s'il ne s'agit pas tout simplement d'une jacquerie.

Ni la noblesse ni le clergé n'ont eu aucune responsabilité initiale dans la chouannerie. La première phase de la prise de conscience sociale, en Vendée paysanne, s'est d'ailleurs manifestée comme « patriote » et « républicaine », pour autant que ces mots signifiaient quelque chose à des gens pour qui les problèmes locaux étaient évidemment plus importants que la politique nationale. Les Cahiers paroissiaux présentés aux états généraux de 1789 ne présentent des doléances que contre le clergé monastique, la noblesse dont on conteste la validité du droit de chasse, et les aumônes obligées aux vagabonds. Comme on le voit, le paysan ne conteste que ses trois parasites traditionnels.

Aux élections de 1790, la participation électorale de la paysannerie est intense. Parmi ses élus, ni noble ni prêtre, mais pour la moitié au moins de vrais paysans, les autres étant des artisans ou des marchands de foire. Ces premières élections montrent une unanimité paysanne et rurale contre les citadins qui ne va faire que s'amplifier.

L'année suivante, paysans et ruraux s'aperçoivent qu'ils ont été joués par un troisième larron qui tire les marrons du feu : le bourgeois. Aux nouvelles élections législatives, hommes de loi et marchands des villes enlèvent tous les sièges. Les paysans se sont plaints de ce que les couvents accaparaient trop de terres. Mais ce n'était pas pour les voir changer de mains. Les biens du clergé et de la noblesse, devenus biens nationaux, se transforment en biens bourgeois. Une identification entre national et bourgeois, entre « patriote » et bourgeois, entre « républicain » et bourgeois se fait donc tout naturellement dans la conscience paysanne. Et ils ont raison. Tous les bourgeois sont bien « républicains » et « patriotes ». Il n'y aura pas que des paysans dans la chouannerie, mais on serait bien en peine d'y compter nombre de bourgeois. Les trois quarts des acquéreurs des biens nationaux sont des bourgeois des villes et des bourgs, parfois gens de villes lointaines. La terre change de mains mais ce n'est pas celui qui la cultive qui en hérite. Lui ne fait que changer de maître. La Révolution bourgeoise est antipaysanne.

Puisqu'il en est ainsi, les paysans désertent les marchés. Ils font la grève de la production. La bourgeoisie des villes et des bourgs répond par des taxations et des réquisitions. Les appels à « piquer le bourgeois » commencent à retentir sur les places des villages. Dans les églises, les bancs des bourgeois sont cassés à coups de hache et, premier symptôme, les bancs des aristocrates épargnés. On veut bien accepter que l'aristocrate soit assis dans l'église, mais pourquoi le bourgeois ne serait-il pas debout dans la nef, avec les paysans ? Un glissement commence à se faire en faveur des nobles qui ont tout de suite accordé le droit de chasse à leurs métayers. Un glissement va aussi se faire au profit des prêtres lorsque les réfractaires sont remplacés par des assermentés l'été 1791. Les prêtres réfractaires sont en effet des gars du pays, fils de paysans ou d'artisans, que l'on arrache des villages au profit « d'étrangers ».

La révolte couve pendant trois ans, puis se propage de ferme en ferme, de village en village et éclate soudain comme la grêle lorsque le 10 mars 1793 des milliers de paysans en sabots, armés de faux, de serpes, de haches, de fourches et de quelques fusils de chasse s'ébranlent à la sortie des messes et se jettent sur les villes.

Le tocsin sonne dans six cents villages à la fois. Cholet, Bressuire, Thouars, Parthenay, La Châtaigneraie, tous ces gros bourgs, toutes ces villes, tombent aux mains des paysans les uns après les autres. Fontenay est pris à son tour, puis Saumur, Angers. L'armée de Westermann, envoyée pour annihiler les

« brigands », est complètement exterminée. Seulement cinq cents soldats républicains en réchappent, sur huit mille. Dans toutes ces villes, les Vendéens raflent cinquante canons, quinze mille fusils, des presses à assignats. Ils font des papillotes avec les assignats, brûlent tous les papiers des hôtels de ville, brûlent aussi bien les demeures des aristocrates que des bourgeois, ouvrent les prisons, emplissent toutes les charrettes disponibles d'armes et de victuailles. Puis s'en vont.

Jamais ils n'occupent aucune ville. Ils viennent seulement les « châtier ». Sauf lors de la « longue marche », ils ne formeront jamais une véritable armée. Ces paysans et ces artisans ne quittent en réalité leur ferme et leur établi que pour quelques jours, parfois même quelques heures, pour de brèves échauffourées. Ils ne veulent pas conquérir le pouvoir, mais le détruire.

Leurs généraux aristocrates, lorsqu'ils commenceront à former une armée, ne savent eux-mêmes où les conduire après leurs foudroyantes victoires. A Tours, dit La Rochejaquelein ; à Nantes, dit Charette ; à Paris, dit Stofflet. En réalité ils ne suivent aucun plan, sinon de bouter hors de leurs pays les « intrus » et les « bleus ». Aucune discipline non plus. Non seulement ils acceptent mal les ordres des chefs qu'ils se sont donnés, mais ils refusent de monter la garde ou de partir en éclaireurs, se livrent vite au découragement, abandonnent parfois en masse un cantonnement.

Lorsqu'ils se déplacent au loin, ils préfèrent bivouaquer plutôt que dresser des tentes. Paysans et gentilshommes mangent aux mêmes écuelles. Aucune complaisance pour la noblesse, mais une complicité. Ces paysans se disent et s'estiment aristocrates comme le noble. Leur mot de passe : « Aristocrati Victoria », ne signifie pas soumission à la noblesse, mais nous sommes tous aristocrates. Aristocrates ou brigands, les deux termes sont aussi bien reçus par eux.

Au début de l'insurrection, aucun signe distinctif ne différenciait officiers et soldats. Lors de la « longue marche », les écharpes blanches arborées par les officiers furent encore reçues avec hostilité.

Les premiers mois de l'insurrection constituent une grande fête populaire, une fête démentielle, horrible, dont ils paieront cher les bavures.

Ils étaient partis de chez eux en enfilant leur culotte bouffante des dimanches, leur veste de toile, un vaste chapeau. C'est-à-dire tels qu'ils étaient à la sortie de la messe, accrochant à leur boutonnière leur chapelet. En tête marchaient les hommes avec des armes à feu : arquebuses datant des guerres de Religion, fusils de chasse, lourdes canardières, fusils enlevés aux Bleus. Puis les armes blanches : faux emmanchées à l'envers, couteaux de pressoir, bâtons ajustés d'une pointe de fer, sabres et baïonnettes pris à l'ennemi. Puis venaient les cavaliers, la plupart des chevaux ayant été dérobés dans les gendarmeries. Pas de selles, et des cordes en guise d'étriers. Enfin l'artillerie, toute récupérée dans les villes républicaines.

Cette jacquerie paysanne, c'est Gargantua ressuscité, Gargantua qui, dans toutes les villes, fait des razzias d'assignats et de barriques de vin et qui brûle ce qu'il ne peut ni boire, ni manger, ni emporter. C'est Gargantua encore, dans sa cruauté énorme : les « intrus », les percepteurs, les maires, égorgés, coupés en morceaux, enterrés vivants ; le curé constitutionnel traîné à la queue d'un cheval et dont la tête éclate contre un mur ; un autre curé constitutionnel assommé à coups de fourche et émasculé par une femme. On organise même des chasses aux « patriotes » qui sont des parodies des chasses à courre de la noblesse. Le sonneur de cor sonne à la vue du « patriote » qui est coursé par les chiens, rattrapé et mis à mort.

Ces dévots sont, à ce moment-là, bien peu chrétiens. Ni lorsque, assiégeant Nantes sur la rive gauche de la Loire avec Charette, ils oublient de prendre d'assaut la ville. Pendant que les troupes de D'Elbée se risquent jusque sur la place Viarme, que Cathelineau est tué dans les faubourgs du nord, ils passent leur nuit à danser, à boire, à chanter des chansons grivoises au rythme des violons et des musettes. Puis ils s'en retournent chez eux.

Barbe-Bleue, Gargantua, Geoffroy la Grand' Dent, Grandgousier, l'Ogre, le Géant aux bottes de sept lieues, par quelles malices revenus...

9

A Paris, dans le métro, ma mère lit un journal puis en a assez et le jette avec dédain au beau milieu du compartiment.

Je n'ai jamais eu cette liberté du geste et cette indifférence aux autres. Je ramasse précipitamment le journal, le replie et lance un regard effaré aux autres voyageurs qui affectent de ne rien voir.

— Mais maman, il ne faut pas jeter comme ça, n'importe où...

Elle hausse les épaules :

— Pas intéressant, *ton* journal.

Comme si c'était *mon* journal ! J'avais cru lui faire plaisir en lui achetant *un* journal à la librairie de la gare.

Je suis souvent choqué de son dédain, de son mépris même, pour les autres. Dans une chambre d'hôpital, à trois lits, elle me disait à voix haute, en me montrant ses deux compagnes : « Celle-là est bien, l'autre n'est pas intéressante. » Comme ça, devant les intéressées, comme s'il s'agissait de meubles. Espérons qu'elles étaient dures d'oreille.

Sa solitude a toujours été extrême et entretenue. Je ne lui ai jamais connu d'amie. Du moins d'amie de sa condition. Seules ses employeuses aristocrates l'intéressaient. Et elle les considérait comme des amies. Qu'elles la traitassent comme une cousine pauvre ne l'affectait pas. Elle s'en trouvait même fort bien.

Mais les gens de son milieu, les voisins, elle passait entre, sans les voir. Elle ne les détestait pas. Mais pour elle ils semblaient d'une autre espèce. On aurait pu en conséquence croire qu'elle se sentait sortie de la cuisse de Jupiter. Mais non. Elle se montrait en même temps très humble. J'ai essayé vainement de lui faire fréquenter la mère d'un de mes amis, veuve d'un architecte et qui se trouvait elle aussi très seule à Nantes. Rien à faire. Elles se sont vues et la veuve de l'architecte était une femme très simple, vivant plus chichement que modestement, mais ma mère me disait : « Elle est gentille, mais je ne peux pas la fréquenter. Nous ne sommes pas du même monde. »

Sa conscience de classe ressemblait donc à celle des chouans. Aussi farouche et aussi irraisonnée. Et plutôt qu'une conscience de classe, parlons plutôt de la lucidité d'être d'une telle pauvreté, que celle-ci vous place en dehors de toutes les classes, dans la plus complète marginalité.

Oui, au fond, il lui plaisait de vivre aux crochets des gens de la haute, en cousine pauvre. L'état de personne assistée ne l'affectait pas du tout. Bien au contraire. Il semblait que tout lui soit dû, que le monde entier avait une dette à son égard et qu'elle pouvait ramasser les miettes des festins des autres sans remords ni sans honte. Elle n'eut d'ailleurs jamais le goût des festins, mais celui, très vif, de la récupération.

Sans doute vivait-elle encore, anachroniquement, dans la civilisation de la cueillette. Autant elle avait horreur de l'agriculture (pendant l'Occupation allemande, alors que nous pouvions cultiver un bout de terrain de nos voisins blanchisseurs, elle m'en laissa le soin, prétextant que ça la fatiguait), autant elle raffolait de la cueillette. J'ai déjà parlé de nos maraudages dans mon enfance et de sa joie d'aller à la recherche d'escargots, de champignons, de châtaignes, de plantes à tisanes et de plantes aromatiques, de fleurs sauvages, voire de fruits et légumes chapardés. On pouvait alors encore se nourrir en glanant. Et en y ajoutant le gibier braconné et la pêche.

Ma mère a toujours eu un goût aristocratique du non-travail. Elle a toujours détesté travailler. Prendre un emploi lui semblait une sorte de déchéance. C'est sans doute pourquoi très tôt, après ses espoirs déçus de me faire obtenir un emploi à mains blanches, elle ne s'opposa jamais à mon vagabondage du travail, à mon état de manœuvre non professionnalisé et finit par le trouver naturel. A part un poste de vendeuse à la coopérative alimentaire de Fontenay, je ne lui ai connu que des emplois marginaux : concierge, gardienne d'enfants, femme de ménage, ravaudeuse. Elle aimait ce vagabondage comme elle aimait le vagabondage de la cueillette. Cette fille de paysans avait le goût nomade. Mais je ne l'ai jamais entendue se dire paysanne, ni Vendéenne et encore moins Nantaise. Elle aurait pu vivre n'importe où, avec la même indifférence.

Et où elle vivait, elle campait. Je veux dire qu'elle ne semblait jamais installée. Venait-elle chez moi à Paris qu'elle ne déballait de sa valise que le minimum, laissant le reste en vrac, prêt à être remporté le lendemain. Et chez elle, à Nantes, dans cette maisonnette dont j'ai déjà décrit le délabrement, le désordre était extrême puisqu'elle ne jetait jamais rien. Ou plutôt, si, de la même manière qu'elle lançait le journal lu au beau milieu du compartiment du métro, elle balançait les boîtes de conserve ouvertes de la porte de sa cuisine et il se formait ainsi un tas d'ordures poussé sous l'escalier. Chaque fois que j'allais la voir à Nantes, je devais emprunter une brouette pour charrier les immondices accumulées pendant un an.

Je l'ai déjà dit, des deux pièces minuscules qui composaient la maisonnette, l'une d'elles ne servait que de débarras. Les journaux repliés, jaunis, s'y entassaient en piles depuis dix ou vingt ans. Les habits y étaient devenus chiffons et s'étageaient en monticules. Dans une boîte à chaussures je trouvai même des papiers de couleurs, découpés, et sur la boîte cette inscription qui me laisse encore perplexe : « Petits papiers ne pouvant servir à rien. »

Dans ce désordre insensé, donc parfois d'étranges soucis de rangements.

Mais une impression générale de laisser-aller. Tout traînait, tout était désaccordé, déboîté, mal assorti. Elle n'aimait faire ni le ménage ni la cuisine. Et pourtant elle disposait de temps à ne savoir qu'en faire, se plaignant d'ailleurs toujours de s'ennuyer. Elle aurait pu se fignoler des petits plats. Mais non. Elle gaspillait le peu d'argent dont elle pouvait disposer à s'acheter des plats tout préparés : aile de poulet rôti et même salade de carotte assaisonnée.

Il semble d'ailleurs que cet ennui, elle le traînait de loin, de très loin, de la nuit des temps. Il m'a longtemps *grappigné* moi aussi, m'entraînant dans d'immenses plaines de mélancolie.

Sans aucun doute, ce qui me paraît le plus long, dans ma vie, c'est mon enfance, une interminable enfance triste, avec d'interminables journées de pluie, de solitude dans le grenier à la recherche des souvenirs de mon père qui, eux, gardaient encore une aura ensoleillée. Entre mes deux femmes en noir (ma grand-mère et ma mère, le grand-père ne figurant qu'en fond de décor), que de journées grises.

Le spleen n'atteint pas que les dandys. Ou peut-être ma mère avait-elle une sorte de dandysme populaire. Une incurable mélancolie, en tout cas.

Mais qui n'a pas connu la lenteur du temps provincial, le ciel si souvent gris, le regard furtif derrière les rideaux soulevés de la fenêtre, la rue où ne passe âme qui vive, le silence si oppressant que les cloches de l'église sont enfin la preuve que l'on est encore de ce monde ; qui n'a pas connu cette civilisation rurale aujourd'hui disparue dans la pétarade des motos et des voitures, dans la tonitruance des transistors et où l'on n'est plus jamais seul puisque l'écran de télé vous relie au reste du monde ; qui n'a pas connu la solitude du pauvre dans un monde où chacun se renferme, se referme, ne sait pas ce qu'est l'ennui.

Ma mère avait horreur de la campagne « où l'on ne voit personne » et « où on ne trouve personne à qui parler ». Elle n'a jamais lu Louis-Ferdinand Céline, dont le style l'aurait beaucoup choquée, et pourtant se trouve dans *Voyage au bout de la nuit* une phrase qui me frappa de plein fouet, tellement je crus entendre ma mère ronchonner : « Moi, d'abord, la campagne, faut que je le dise tout de suite, je l'ai toujours trouvée triste, avec ses bourbiers qui n'en finissent pas, ses maisons où les gens ne sont jamais et ses chemins qui ne vont nulle part. »

Son appréhension de l'hiver m'a longtemps semblé un peu ridicule. Mais depuis que je vis souvent à la campagne, voilà que j'en viens moi aussi à trouver l'hiver interminable. Pendant si longtemps citadin, j'avais fini par croire naturel ce qui est artificiel. La ville estompe les altérations climatiques. La ville protège du temps et empêche même de voir le temps qu'il fait. Elle vise à la climatisation avec ses hauts immeubles soudés les uns aux autres, masses compactes, entre lesquels on se glisse en de longs couloirs propices aux bourrasques. Mais ces rues ne sont que des passages et l'on peut s'engouffrer dans des lieux couverts, s'enterrer dans le métro, se réfugier dans la climatisation mobile des autobus, des taxis, des voitures particulières. Les intempéries sont vite annulées dans la ville et il faut lever très haut le nez pour apercevoir le temps qu'il fait.

A la campagne, au contraire, et même aujourd'hui avec un meilleur chauffage des maisons, avec un bon éclairage, avec tout le confort intérieur urbain, l'hiver reste hostile. Visiblement hostile. La pluie fouette les vitres, le vent secoue les volets, la toiture semble parfois devoir céder aux coups de masse de la tempête, l'orage effraie, l'inondation menace, la neige bloque la circulation. La boue est collante, le pluie cinglante, le vent hurleur. Et les arbres restent si longtemps sans feuilles, la terre labourée demeure si longtemps sans herbe. La marche du temps semble arrêtée. Cette impression d'arrêt du temps devient angoissante. Et j'ai froid. De plus en plus froid. C'est mon propre hiver interminable qui s'approche. Il a quitté ma mère pour s'abattre sur mes épaules.

J'ai dit que ma mère se cherchait des correspondants, qu'elle les sollicitait. En réalité, là encore, son goût de la lecture était plus vif que celui de la vie. Les relations ne lui importaient que si elles devenaient génératrices de textes écrits. Et lorsque les lettres lui manquaient trop, elle s'en écrivait à elle-même, témoin celle-ci que j'ai retrouvée dans ses affaires, et intitulée, en haut à droite : *Lettre à moi-même.*

Dans ce titre, certainement une allusion consciente au livre de Françoise Mallet-Joris que je lui avais donné. Et qu'elle avait lu avec avidité puisqu'elle savait que Françoise était de mes amis. Cette lettre est datée du premier janvier 1974. Premier janvier ! Jour de l'an ! Toutes ces fêtes, elle les appréhendait. Seule, elle s'y sentait bien sûr encore plus solitaire que les autres jours. Et le facteur ne passe pas les jours fériés.

Voilà le texte de cette *Lettre à moi-même* :

« Jour semblable aux autres, seule dans ma chambre, sans famille pour égayer ma solitude ; je suis descendue une heure et demie à la télévision qui m'a fatigué le cerveau. J'attends demain pour avoir des nouvelles de mon fils qui doit être rentré à Paris venant de R...

« Tristes journées que les jours de fête pour les personnes

seules, un peu d'ambiance parmi les pensionnaires mais ce ne sont que des étrangers que l'on côtoie tous les jours.

« Voilà la vie du troisième âge avec ses complications de santé, surtout, qui ne font qu'augmenter.

« Triste vie, triste âge, et qu'il faut pourtant accepter. »

Ma mère avait alors quatre-vingt-un ans. Elle se trouvait en maison de retraite dans ce pays de Retz qui formait une marche entre Bretagne et Vendée jusqu'à ce que les ducs de Bretagne prennent prétexte des légendaires orgies de Gilles de Retz pour le capturer, le brûler place du Pilori et accaparer ses terres qui donnèrent ainsi à la Bretagne une assise de l'autre côté de la Loire[1].

La marquise de X... avait réussi à trouver à ma mère une « maison de vieux » assez exceptionnelle, qui ressemblait plus à un hôtel de vacances qu'à un « mouroir ». Elle s'y plaisait bien, dans la mesure où l'on peut évidemment se plaire dans une antichambre de la mort. En tout cas, j'étais rassuré par le fait qu'elle y trouvait tout le confort, n'y manquait de rien, pouvait y recevoir des soins en permanence. Avant que la marquise de X... fasse jouer ses relations pour obtenir ce lieu privilégié, ma mère avait dû passer par toutes sortes de maisons de retraite où elle ne restait jamais longtemps, reprenant très vite sa petite valise de carton bouilli et revenant dans sa masure des bords de l'Erdre.

Mais il devenait impossible de la laisser seule dans cet inconfort. Puisque le propriétaire attendait la mort de ma mère pour se débarrasser de cette maisonnette délabrée, aucune réparation ne s'y faisait. On ne pouvait plus ouvrir aucune

1. Le pays de Retz (ou pays de Rais) tire son nom de Rezé, son ancienne capitale. Son territoire correspond à peu près à la rive gauche du département de la Loire-Atlantique. Avant le IXe siècle, le pays de Retz s'incluait dans le comté du Poitou qui, lui-même, dépendait du duché d'Aquitaine. Mais le duc de Bretagne en fit la conquête, s'offrant ainsi une marche de l'autre côté de la Loire, qui lui fut concédée par Charles le Chauve en 851. Après la destruction de Rezé par les Normands, Machecoul devint la capitale du pays de Retz, avec des souverains indépendants aussi bien du duc de Bretagne que du duc d'Aquitaine. Gille de Retz en fut le dernier seigneur. A sa mort son domaine tomba dans l'escarcelle des ducs de Bretagne qui étendirent ainsi leur souveraineté au-delà de la Loire et aux dépens de l'Aquitaine. Pendant les guerres de Vendée, le pays de Retz sera l'un des hauts lieux de l'insurrection, sous le commandement de Charette.

fenêtre. L'odeur, à l'intérieur, suffoquait : un mélange de moisi et d'urine. La toiture d'ardoise, arrachée par une tempête et remplacée par de la tôle ondulée, ne constituait plus une protection, ni du chaud ni du froid. Le seul chauffage pour l'hiver venait de la cuisinière à charbon. Mais ma mère se chauffait presque uniquement avec sa chaufferette à charbon de bois, dont elle usait comme d'un brasero.

Même les pires des « maisons de vieux » valaient mieux que sa masure. Mais, en général, ces « maisons » tombaient dans deux excès : ou bien l'archaïsme d'une pension de bonnes sœurs à la bonne franquette où il était interdit d'être malade sous peine d'être envoyé immédiatement à l'hôpital, ou bien le modernisme aseptisé d'un établissement trop poli pour être aimable. Et toutes présentaient pour ma mère le grave défaut de se situer à la campagne.

C'est en effet une idée absurde que de construire les maisons de retraite à la campagne. Qu'il existe à la campagne des maisons de retraite pour la population rurale d'accord, mais que l'on y envoie les vieillards citadins n'est rien d'autre que de la déportation. Les maisons de retraite des citadins devraient se situer en plein cœur des villes. La vieillesse est justement l'âge où l'on a le temps de flâner, de visiter des musées, de lire dans des bibliothèques, de traînasser aux terrasses des bistrots. Ce sont les gens en pleine activité qui ont envie du calme de la campagne, pas ceux qui sont disponibles. Mais l'expulsion des vieux du cœur des villes est volontaire. Le spectacle de la vieillesse dérange. Il suggère trop la mort que l'on expulse elle-même dans des cimetières de plus en plus lointains. Nos asiles de vieillards sont comparables à ces nefs des fous que l'on faisait jadis descendre les fleuves, pour se débarrasser ainsi hypocritement des malades mentaux. Nous expulsons les vieillards des villes pour que le spectacle de leur décrépitude ne nous atteigne pas et qu'ils meurent en silence loin de nous, sans que l'on s'en aperçoive.

Si ma mère avait pu entrer dans une maison de retraite semblable à celle où elle a fini sa vie, mais qui se serait située à Nantes, son ennui aurait été moins grand et en tout cas elle y eût trouvé du plaisir. Le seul reproche qu'elle faisait à la maison de retraite trouvée par la marquise de X..., c'était sa situation dans les vignes et le maïs. « On n'y voit rien, se plaignait-elle, on n'y entend rien. On se croirait dans un désert. »

Sinon elle appréciait le modernisme de l'établissement, sa propreté. La variété et l'abondance de la nourriture, très certainement relative, lui paraissaient de la goinfrerie. Elle s'était tellement habituée à vivre chichement, que tous ces plats arrivaient à lui couper l'appétit. « Je ne sais pas comment elles font, les autres, pour avaler tout ça. Moi *ça me fait zire*. On dirait des ogresses. Et puis, elles mangent salement. »

Toujours cet esprit à dénigrer les autres, les « étrangers ». Mais qui n'était pas « étranger » pour elle, à part ses propres parents, son mari et moi !

Il est vrai que, malgré son désordre, son laisser-aller et la saleté de son propre logement, ma mère était quant à elle d'une grande propreté. Avec ses vieux vêtements bien reprisés, ses bas de laine ou de coton gris, son éternel chapeau de feutre noir, son *périmper*, ses cheveux qui n'ont jamais blanchi et sont devenus finalement d'un châtain grisâtre, elle réussissait à conjurer l'un de ses soucis : surtout ne pas présenter mal.

Le logement pouvait être une masure où s'entassaient les ordures, l'important c'est qu'elle en sorte bien débarbouillée et parfumée à l'eau de Cologne. Son insouciance complète de l'environnement lui fit abandonner sans regret et sa maisonnette et son contenu. Elle pouvait se transporter n'importe où, pourvu qu'elle puisse traîner avec elle sa petite valise avec ses papiers, les photos de mon père et quelques souvenirs essentiels.

La première fois que j'allai la voir dans son ultime maison de retraite, elle me fit les honneurs du lieu avec tant de plaisir, insistant sur la modernité de la construction, les portes-fenêtres à vitres pleines et leurs entourages de métal, les balcons, l'ascenseur, le chauffage central, l'éclairage électrique abondant. Cette accession à la modernité qu'elle ne put faire que dans sa vieillesse l'enchantait. Elle me montra aussi la salle de télévision et le réfectoire. Elle regardait peu la télévision, qui l'ennuyait, préférant lire, seule dans sa chambre.

J'allai rendre visite à la directrice pour la féliciter de la qualité de son établissement et lui dire tout le plaisir que ma mère y éprouvait.

— Votre mère est étrange, me dit-elle. Elle ne se lie avec

personne. Et nous avons dû la réprimander car elle cueille des fleurs dans les massifs. Vous pensez, si tous les pensionnaires en faisaient autant !

Je promis d'insister pour que ma mère ne cueille rien, mais je savais bien que ce serait impossible. Toujours ce goût du maraudage qui la reprenait. Comment faire comprendre que ma mère en était encore à la civilisation de la cueillette et que l'on aurait beau l'enfermer elle trouverait le moyen de chaparder quelque chose ! Mais en même temps une angoisse m'étreignait, une crainte qu'elle ne soit renvoyée.

Avant de repartir, j'insistai auprès d'elle pour qu'elle se contente de regarder les fleurs. « Tu comprends, elles sont un ornement pour la maison tout entière. Elles sont à vous toutes. »

Elle m'écouta bien sagement, prit une clef, ouvrit un placard et en sortit en pouffant de rire, comme une petite fille qui fait une farce, une carafe d'eau dans laquelle trempaient des dahlias. Puis elle referma prestement le placard sur les fleurs.

— Comme ça ils ne peuvent pas les voir. Mais moi je les regarde de temps en temps.

10

LONGTEMPS, après la mort de ma mère, je retrouvai par hasard dans un débarras, sous une pile de vieux journaux et de dossiers, la valise de carton bouilli, vert wagon, qui l'accompagnait dans ses voyages annuels à Paris.

Dès sa descente de la gare Montparnasse, oiseau effarouché, oiseau vite perdu dans la cohue des voyageurs, me cherchant du regard, craignant de ne pas me voir l'attendre (comme si j'avais manqué, une seule fois, ces rendez-vous !), éperdue de bonheur dès qu'elle m'apercevait puis, les embrassades accomplies, retrouvant son anxiété pour me demander :

— Ma valise est-elle arrivée ?

Car elle avait de curieuses idées de luxe (chacun a les siennes) et parmi celles-ci l'habitude de faire voyager son bagage à part, livré à domicile par camion direct. Elle voyageait par rail et sa valise par route. Toutes les deux se rejoignaient au jour dit dans mon petit logement parisien, mais ma mère était toujours si étonnée de cette merveilleuse convergence qu'elle ne se rassurait que lorsqu'elle pouvait enfin ouvrir sa valise dans sa chambre et en vérifier le contenu.

Par quel étrange cheminement cette valise se trouvait-elle encore dans ce placard ? Et pourquoi ne l'avais-je jamais remarquée au cours de ces dernières années où je venais pourtant si souvent farfouiller dans ce débarras ? A croire que ma mère l'avait déposée subrepticement « dans mes affaires », avec cette espièglerie qu'elle montrait parfois. En tout cas, l'impression que ma mère était « partie », en m'abandonnant sa valise, me fut extrêmement désagréable.

Car pourquoi aurais-je conservé une valise aussi minable, aussi peu réutilisable ; éraflée, décolorée, les coins déglingués s'en allant en lambeaux, l'anse métallique raccommodée avec un bout de ficelle effiloché ?

En l'ouvrant, je m'aperçus qu'elle n'avait jamais été vidée. Tout y était. Tout le nécessaire habituel des voyages de ma mère. D'abord la bouillotte en caoutchouc vert, marque Unis France Leglot, avec son bouchon vissé et un curieux relief en Z sur les parois qui lui donnait une allure de radiateur. La bouillotte, c'était l'objet à ne pas oublier, la source individuelle de chaleur que l'on n'était jamais sûre de trouver lorsque l'on s'en allait chez les autres, où toujours il fait plus ou moins froid. Habitude paysanne modernisée puisque la bouillotte remplaçait la chaufferette à braises que, dans mon enfance, ma mère transportait partout. Bouillotte apparemment en bon état, presque neuve, comme cette brosse à habits au poil noir et en bois jaune, qui alliait la propreté au confort.

Bon, la bouillotte et la brosse, je comprends, mais pourquoi ma mère avait-elle placé dans sa valise une lampe de poche bleue ? En quoi avait-elle besoin d'une lampe de poche dans mon logement qui, sans être spacieux, disposait néanmoins d'une installation électrique ? Peur de manquer de lumière, bien sûr, mais peur vraiment irraisonnée, vieille peur de pauvre. Ma mère traînait une telle vie de pauvreté, de privations, de vexations, qu'elle finissait par s'effrayer de tout.

Peur de manquer le train de son voyage annuel si attendu, qui explique la présence de cet énorme réveil, marque Japy Alouette, dont les aiguilles marquent cinq heures trente. Sans doute un lever hâtif pour ne pas rater le train de huit heures. Mais ensuite, qu'avait-elle besoin de réveil ? Peur, installée chez moi, de ne pas se lever à l'heure ? Mais quelle heure ? Rien ne l'obligeait. Il est vrai que, tout au long de la journée, je la voyais regarder perpétuellement l'heure, la lisant mal sur les aiguilles de sa montre-bracelet, trop miniaturisée. Aussi ce gros réveil mastoc, solide, devait la rassurer dans l'aventure de son voyage annuel.

Et elle ne partait pas sans biscuits, je veux dire sans son matériel de ravaudeuse. Le ravaudage, son dernier métier, métier déjà anachronique, qu'elle s'obstinait à vouloir pratiquer malgré des gains de plus en plus dérisoires, elle le continuait chez moi, pour le plaisir, bien que j'eusse préféré lui éviter ce travail qui lui abîmait les yeux. Je trouvais donc une pelote de coton blanc, « Coton à la Ruche » dix grammes, « modèle déposé » ; une pelote de coton beige, plus petite, à moitié utilisée ; une pelote de coton bleu-noir ; un rouleau de fil vert d'eau, très clair ; un petit porte-aiguilles, avec des aiguilles, acheté aux Nouvelles Galeries de Nantes, 7 francs 95 ; une pochette à pression ornée de dessins de fleurs rouges, lilas et vertes, contenant huit épingles de nourrice ; une pochette à fermeture éclair dans un très moche matériau, sorte de toile cirée avec des motifs géométriques fades (pochette ouverte et vide). Deux épingles à nourrice et une aiguille à broder, en os, se baladaient par ailleurs dans la valise, peut-être sorties malencontreusement de la pochette ouverte et vide.

Se baladaient également une ficelle en plastique, verte ; un stylo à bille noir ; un stylo à bille bleu ; un crayon au bout de bois mâchonné et deux petites clefs plates qui, vérifications faites, correspondaient aux serrures de la valise.

Étrange idée de mettre les clefs d'une valise à l'intérieur de celle-ci, mais passons... Les stylos, c'était bien sûr pour écrire ses notes de voyage sur ces petits agendas des Chemins de Fer Français et des Territoires d'Outre-Mer, qu'elle semblait posséder en abondance et avait trouvés je ne sais où, et aussi des lettres à ses « dames ». D'ailleurs, dans la valise, les timbres-poste n'étaient pas oubliés : un timbre vert à 0 fr 60 et trois timbres rouges à 0 fr 80.

Mais pourquoi diable apportait-elle une taie d'oreiller à jours, qui n'avait jamais servi comme tant d'autres linges conservés dans son armoire de merisier, dont les pliures montraient le jaunissage du temps, et qu'elle entendait certainement remporter aussi neuve. Pourquoi aussi ces deux serviettes de table blanches, également brodées, sinon pour se faire accompagner des restes de son trousseau de noces ? Pourquoi ce gant de toilette minuscule, où il serait même impossible de glisser une main d'enfant ; et ce gant de toilette de taille normale, rose et blanc ?

Car enfin ma mère ne manqua jamais de linge chez moi et il était invraisemblable qu'elle eût pu supposer qu'une taie d'oreiller, qu'une serviette de table, qu'un gant de toilette lui manquent !

Par contre, la profusion des mouchoirs s'explique par une autre peur, plus légitime, celle des rhumes : un petit mouchoir à dentelle, brodé et marqué R (qui, visiblement, lui non plus n'avait jamais servi, emporté pour le plaisir, pour le luxe), un mouchoir blanc bordé d'un liseré rouge, marqué C (l'initiale du prénom de mon grand-père), un mouchoir à carreaux rouges et blancs, deux mouchoirs à carreaux bleus et blancs, un mouchoir à dentelle blanc, déchiré.

Enfin quelques vêtements qui, eux, se justifiaient : une très ancienne chemise écrue, brodée, tissée à la main sans doute au début du siècle par le grand-oncle tisserand de village ; une moderne combinaison à épaulettes, bleu clair, ornée d'un semis de fleurettes bleues et rouges ; un grand cache-nez neuf en laine, noir, avec des liserés rouges et verts, pour se protéger du vent (elle craignait les courants d'air des rues de Paris) ; et dans un sac de plastique transparent un beau châle noir à franges et une jupe noire faufilée de fils blancs à la taille. Trop ample, sans doute, étant donné l'état de maigreur de ma mère, empirant avec l'âge, elle se proposait de la resserrer. Un bon travail de couture en perspective. Elle n'aimait pas arriver les mains vides. Ses mains inactives, elle s'ennuyait vite et on devait, de toute urgence, lui apporter quelque chose à coudre ou à repriser.

Que faire de cette valise et surtout de son contenu ? Cette valise réapparue, si loin du temps des obsèques, détachée de son contexte mortuaire, posée là comme une farce ou comme un piège. Que faire des vêtements des morts, de leurs objets trop familiers, trop personnels, pour que l'on puisse s'en servir soi-même d'objets usuels ? Les Anciens n'avaient pas tort qui enterraient leurs défunts avec leurs habits, leur vaisselle, leurs bijoux, leurs armes. Ils ne les laissaient pas partir sans bagages. Ils n'oubliaient ni les réserves de nourriture pour l'ultime voyage ni la menue monnaie pour le pourboire au portier du paradis.

11

Très étrangement, l'odeur spécifique de la masure nantaise je l'ai retrouvée à Fontenay-le-Comte. Nous étions face à la maison de mon enfance, ma femme et moi, et en observions la décrépitude. Elle semblait abandonnée. Pas de rideaux aux fenêtres. Par la porte d'entrée, vitrée, j'apercevais tout au fond, dans ce qui fut la cour où mes grands-parents élevaient des poules et des lapins, de vieilles machines rouillées qui semblaient elles aussi à l'abandon.

— Regarde, me dit Françoise, les rambardes des fenêtres en fonte. Y étaient-elles lorsque tu habitais là ?

Je ne les avais pas reconnues. Et pourtant, que de rêves à travers les fenêtres sur ces entrelacs qui finissent en épis de maïs. Et ces deux paons qui becquettent une jardinière de fleurs, je les avais oubliés. Pourtant ils m'étaient aussi familiers que celui de la pendule à balancier de ma grand-mère. Je suis précipité quarante ans en arrière. La rue des Orfèvres n'a pas changé. S'y trouve toujours le café, face à la maison de mes grands-parents, et le magasin d'alimentation au coin du pont des Sardines. Mais un barrage en amont de la Vendée fait ressembler maintenant la rivière à un canal. Jadis coulait beaucoup moins d'eau. Nous descendions sous le pont des Sardines et allions jusqu'au Pont-Neuf en barbotant entre les pierrailles et les nénuphars.

Je cherche à lire notre passé sur la façade de cette maison qui semble morte. Et soudain je sens une odeur, une odeur qui me rappelle...

Je dis à Françoise : « Tu ne sens pas une étrange odeur ?

— Si, c'est la même odeur qu'à Nantes, chez ta mère. »

C'est bien ça. C'est cette odeur de moisi et d'urine qui vous saisissait à la gorge dès que l'on entrait dans la masure. Comment se peut-il qu'ici aussi... Et il ne s'agit pas d'une impression puisque ma femme sent la même odeur. Aucune autre maison ne sent comme ça. Serait-ce l'odeur de notre tribu, ineffaçable dans le temps ? Ou bien l'odeur de la vieillesse, de la décrépitude et de la mort ?

Je suis venu à Fontenay voir si les travaux funéraires ont bien été effectués au cimetière et payer l'entreprise. Mais en même temps c'est un pèlerinage.

Dans la petite rue qui aboutit à la fontaine des Quatre-Tias, je vais voir ce qu'il en est du Café du Cerf tant fréquenté par les deux hommes de la famille. Il n'existe plus. Un garage privé occupe ce qui devait être la salle de café. L'inscription, Café du Cerf, subsiste, mais effritée[1].

La fontaine des Quatre-Tias, chère à Rabelais et à ma mère, n'a pas changé, sans doute protégée en tant que monument assez exceptionnel de la Renaissance. Ce qui n'a pas empêché de flanquer en plein centre des sculptures une plaque bleue avec l'inscription « Eau non potable », beaucoup plus visible que le « Fontanacum Felicium Ingeniorum Fons et Scaturigo » écrit par Rabelais comme on le sait et auquel s'ajoute une date : 1542. En fond de décor de la fontaine, les grands arbres de ce qui est agressivement spécifié : « Propriété privée. » D'autres panneaux indiquent : « Défense d'entrer », « Chantier interdit au public », « Défense de stationner »[2].

Derrière ces grands arbres, les ruines du château fort des comtes du Poitou. Du temps où Fontenay était la capitale du Bas-Poitou, ce qui lui valut la spécificité « le Comte ». On s'est servi des remparts pour construire une usine, avec une haute cheminée de brique. Mais elle semble à son tour abandonnée. Tout le long du château monte une voie serpentine,

1. Elle n'existe plus, complètement effacée. Plus aucune trace du Café du Cerf, sinon dans ce livre.

2. Après la publication de la première version de *L'Accent de ma mère*, tous ces panneaux ont été enlevés et la fontaine très bien restaurée. Comme quoi, finalement, les livres sont utiles.

la rue du Marchoux, sans doute survivance du quartier populaire qui devait flanquer la demeure seigneuriale. Ma mère me disait :

— Ne va pas rue du Marchoux, c'est mal fréquenté.

L'histoire de cette petite ville, qui fut importante dès l'époque mérovingienne, qui devint capitale du Bas-Poitou sous Louis IX, et enfin l'un des grands foyers de la culture humaniste sous la Renaissance, est inscrite dans son plan. On peut aussi la suivre par ses noms de rues. Le Moyen Âge y est encore très présent. La rue des Loges, qui va du pont des Sardines à l'église Saint-Jean, est l'ex-faubourg des Loges où, pendant cinq siècles, drapiers, chapeliers, tanneurs, cloutiers, potiers, couteliers tinrent échoppes. Tout comme le Marchoux, où les tisserands en fil de lin travaillaient dans leurs caves, le faubourg des Loges est à l'origine de la ville industrieuse, au pied de cette forteresse devenue un parc sauvage qui fut si longtemps le fief des Lusignan, ces ogres de la forêt de Vouvant, jusqu'à ce que Saint Louis vînt lui-même le leur enlever pour le donner à son frère Alphonse de Poitiers.

La rue des Loges a-t-elle changé depuis la fin du Moyen Âge ? Il ne semble pas. Des maisons à colombages sont restaurées. En fortifiant les fondations, on trouve même des pieux de bois qui sont des pilotis de maisons, remontant à l'âge du bronze.

Au XVe siècle, les corporations des drapiers et des tanneurs étaient si florissantes que Louis XI put ériger la ville en commune bourgeoise. Tout comme la rue des Orfèvres, la rue des Drapiers subsiste. Dans mon enfance, au rez-de-chaussée de la maison de ma grand-mère, un drapier s'installait tous les samedis et déroulait dans la cour ses pièces de toile. Le marché envahissait la ville. Et si les foires de Fontenay ont été fameuses dès le Moyen Âge, elles le demeuraient encore avant la Seconde Guerre mondiale. Un jour par semaine Fontenay devenait vraiment une ville-marché, non seulement le marché aux légumes, aux fruits, aux volailles, aux vêtements, qui descendait de la place Viète jusqu'à la rue des Orfèvres, mais aussi le marché aux bestiaux sur le champ de foire, avec ses troupeaux de bœufs, ses chevaux frisons, ses chevreaux aux pattes entravées qui pleuraient comme des enfants. Souvenir encore de ces marchés que la rue du Marché-aux-Herbes, près de l'église Notre-Dame, et la rue du Pont-aux-Chèvres.

Quant à la place Belliard, elle serait une des plus jolies places de France, avec ses maisons à arcades de la Renaissance, si la Caisse d'Épargne n'en avait pas détruit le quart pour se construire une prétentieuse et consternante pâtisserie. Forum de la cité au Moyen Âge, puis marché, puis pilori, elle redevint forum pendant la Révolution sous le nom de place de la Réunion. De nouveau marché pendant mon enfance, il semble aujourd'hui qu'elle serve surtout de parking. Moins que le champ de foire, en partie asphalté et qui a perdu ses grands arbres, devenu gare autoroutière.

Souvenir encore du Moyen Âge que le faubourg d'Enfer, au nord de la place Viète, avec sa serpentante rue de la Tuée.

Du temps où nous faisions nos dominicales promenades à la gare, avec mon père, il arrivait que nous contournions les rails pour aller à Jéricho. Jéricho ! Jéricho ! Ce nom prenait une connotation magique, orientaliste et biblique. Nous aboutissions devant une grande muraille nue et une tour rectangulaire. Sans doute était-ce tout ce qui restait de la ville écroulée sous les éclats des trompettes de Josué.

Je n'ai pas retrouvé ces ruines mais une zone industrielle qui s'appelle Jéricho-Nord.

Pourquoi ce nom de Jéricho ? Le nom existait au Moyen Âge et en ce lieu s'assemblaient à époques fixes des milliers de bohémiens qui venaient y élire leur roi. La réputation des bohémiens de Vendée était si bien faite que Tallemant des Réaux racontant les aventures d'une bohémienne, la belle Liance, dit : « Elle est de Fontenay-le-Comte, en Bas-Poitou. C'est une grande personne qui n'est ni trop grasse ni trop maigre, qui a le visage beau et l'esprit vif ; elle danse admirablement. »

On raconte aussi que l'argot aurait pris naissance aux foires de Fontenay-le-Comte et de Niort où affluaient des marchands de tout le royaume, des étrangers, des jongleurs, des soigneurs d'herbes et une ruée de bohémiens dits argotiers, cajoux, francs-mitoux, sabouleux, gloutons, mercandiers, piètres, hubins, rufez, callots.

Sur toutes les routes, ces argotiers qui épouvantaient les campagnes, et les fascinaient, trouvaient des refuges désignés, sortes de ghettos-relais où ils recevaient logement et nourriture. Aux portes de Fontenay, c'était Jéricho.

Ces êtres étranges qui pullulaient dans la plaine devaient fatalement s'attirer la haine, aussi bien des paysans (qui se retrouvera dans les doléances aux états généraux) que de la bourgeoisie de Fontenay. Lorsque celle-ci devint protestante (tous les artisans de la rue des Loges l'étaient), l'une de leurs premières suppliques à Sully fut de les débarrasser des vagabonds et bohémiens qui recevaient droit de cité à Jéricho. Sully les traquera comme des bêtes, faisant pendre les uns, brûler les autres. Mais un grand nombre se réfugiera en forêt de Mervent où des battues seront organisées de temps à autre par les paysans pour les débusquer. En 1639, leur dernier chef, dit Chevalier à la Plume Rouge, sera capturé avec ses deux lieutenants et tous les trois rompus vifs sur la place du Marché-aux-Porches.

Mais tant de bohémiens, pendant tant de siècles, doivent bien avoir égaré leur semence dans des utérus paysans. Et ce goût de l'errance, des « colonies », cette maladie de la bougeotte, cette attirance pour l'exil, ces longs périples de nomades qui affectèrent l'armée chouanne, n'auraient-ils pas leur origine dans une symbiose entre paysans et bohémiens ? Cela expliquerait mieux, aussi, l'étrange comportement de ma mère, à la fois lapin de choux et renarde.

Au XVIe siècle, les fils et petits-fils des artisans et commerçants de la rue des Loges sont devenus hommes de loi, magistrats, hommes de science et hommes de lettres. En un mot la classe bourgeoise, de plébéienne devint intellectuelle. Face à l'inculture de la noblesse, elle se grise de lectures latines et ce savoir nouvellement acquis la venge de sa situation sociale inférieure. D'autant plus qu'au savoir elle ajoute la richesse. Bientôt elle saura se servir de ce savoir et de cette richesse pour, à son tour, asservir.

Centre littéraire, artistique et scientifique, Fontenay qui dispose jusqu'au XVe siècle d'un art local, spécifiquement poitevin, va accueillir à partir du XVIe siècle des artistes flamands et italiens, artistes ambulants qui propagent l'art de la cour. Cet art aristocratique et bourgeois va peu à peu se substituer à l'art populaire local qui n'existera plus dès le XVIIIe siècle.

Mais au XVIe, la chose n'est pas si simple. Rabelais, dans son couvent des cordeliers du Puy-Saint-Martin, traduit Hérodote, mais il lit aussi les almanachs de colportage. Il peut converser en grec avec ce bourgeois érudit qu'est Tiraqueau, mais il parle aussi patois avec les paysans des foires.

Fontenay a su mettre à l'honneur sa bourgeoisie érudite de la Renaissance. La rue Tiraqueau est une grande artère qui part de la place Viète et va vers Cholet-Bressuire. Près de la zone industrielle Jéricho-Nord, on trouve aussi un C.E.S. Tiraqueau. Le mathématicien François Viète a donné son nom à la place dont nous parlons souvent et au collège Viète. Le jurisconsulte Barnabé Brisson, conseiller de Henri III, nommé président du Parlement de Paris par la Ligue, a aussi sa rue non loin de la place Viète et qui prend dans la rue Rabelais. Nicolas Rapin, poète ami de Ronsard, nommé prévôt général de l'armée en Poitou par Henri III, rallié à Henri IV et comme tel devenu connétable de France, maire de Fontenay lorsque la ville fut protestante, n'a reçu qu'une rue montante, tortueuse, étroite, qui prend dans la rue du Puy-Saint-Martin, mais qui se justifie par le fait qu'elle aboutit au très beau manoir de Terre-Neuve, que Nicolas Rapin fit construire en pur style Renaissance et qui a été fort bien conservé.

Viète, Rapin, Tiraqueau sont des noms familiers à mon enfance, mais j'ignorais ce qui se tenait derrière la façade de ces noms. Viète représentait pour moi une place, belvédère ombreux tout en haut de la rue Georges-Clemenceau, faisant le pendant à la gare aux volets et portes verts, tout au bout de la rue de la République. Gare verte/Place Viète. Gare viète/Place verte devenait une comptine.

Tout petit, ma mère m'emmenait jouer aux billes place Viète. N'était-ce pas un peu l'esquisse de notre futur Jardin des Plantes ? Parfois, le dimanche, nous allions écouter avec mon père le concert qui se donnait sous le kiosque à musique. Toutes les dames portaient des ombrelles claires, les messieurs des canotiers. On y jouait *Cavaleria Rusticana* et *Le Beau Danube bleu*. Il me semble que le bonheur ressemble à ces dimanches où le soleil perlait sous les grands marronniers.

Nous avons pique-niqué, ma femme et moi, sur un banc de la place Viète. Il y reste encore des bancs et des arbres. Mais le kiosque à musique rouille lamentablement et l'on est allé jusqu'à goudronner le centre de cette place ombreuse pour en faire un parking rationnel, avec places de voitures peintes en blanc comme il se doit. Face au kiosque à musique se trouve encore un bassin (sans eau) avec un fronton où l'on retrouve l'inscription de Rabelais : « Fontanacum Felicium Ingeniorum Fons et Scaturigo. » Puis trois noms gravés dans la pierre en très grandes lettres : André Tiraqueau, François Viète, Nicolas Rapin. Dessous, en plus petit : Rabelais, Pierre Lamy (celui sans doute que Rabelais appelait Pierre Amy), Barnabé Brisson (puni d'avoir été ligueur et condamné à mort comme tel), Julien Collardeau et six autres noms qui ne m'évoquent rien.

Rabelais a reçu pour rue une très grande artère, égale à celle de Tiraqueau. C'est la N. 148 qui part de la place Viète (encore) et qui va vers La Roche-sur-Yon/Luçon. On y rencontre à la fois le théâtre et la prison. Le couvent des Cordeliers, détruit, ne se situait pas là mais dans ce qui s'appelle toujours la rue du Puy-Saint-Martin, rue que j'empruntais souvent puisqu'elle conduisait au patronage. Ce dernier a été transformé en « Stade Dieu Patrie ». Tout près de la rue du Puy-Saint-Martin se trouve bien sûr la rue des Cordeliers, ainsi que la rue Pierre-Lamy (vérifications faites c'est bien de Pierre Amy qu'il s'agit) et la rue Collardeau. Les Collardeau ? Cette dynastie bourgeoise fontenaisienne qui compta, au XVIe et au XVIIe siècle, un théologien, un juriste et un poète.

Ce qui me paraissait le grand hôtel de Fontenay, pendant mon enfance, s'appelait hôtel de Fontarabie et sa grille d'entrée s'ouvrait rue de la République (disons en passant que cette rue de la République fut une route royale construite en parallèle au faubourg des Loges au XVIIIe siècle pour dégager le centre commerçant de la ville. Elle devint rue Nationale sous la Révolution). L'hôtel de Fontarabie devait son nom espagnol au fait qu'il fut jadis le rendez-vous des marchands de mules basques. Il a toujours aussi agréable allure avec sa cour intérieure et sa grille d'entrée couverte de glycines. Quatre chambres avec balcons donnent sur la rue. La tentation était grande de s'offrir une revanche sur une enfance pauvre en demandant une de ces chambres avec balcon, ce que j'obtins sans difficulté. Je revoyais les beaux équipages qui dételaient dans la cour, les chevaux attachés aux anneaux de la façade et qui hennissaient lorsque passaient dans la rue des fardiers de grumes arrivant de Vouvant. Cet hôtel de Fontarabie représentait pour moi l'image même de la réussite sociale. Autant le Café du Cerf, où allaient s'enivrer mon grand-père et mon père, respirait le péché, autant l'hôtel de Fontarabie exprimait la grâce. Il m'arrivait de rester planté là, face à la grille, fasciné par les allées et venues des « voyageurs » et des domestiques.

On nous a conduits dans la belle chambre sur la rue. J'ouvre les persiennes et vois passer dans la rue de la République, tout en bas, tout près, une femme en noir qui tient un petit garçon par la main. Je les reconnais. C'est ma mère et moi.

Et aussitôt l'hôtel de Fontarabie de mon enfance disparaît. La « belle chambre » se révèle en réalité une pièce minable, sans aucun confort et le prix affiché est d'ailleurs des plus bas. Nous descendons au restaurant. C'est une grande salle aux trois quarts vide, sorte de réfectoire pour voyageurs de commerce de dernière catégorie. Il n'y a pas de carte, seulement un menu de pension avec la sempiternelle soupe aux légumes vermicelle et le poulet frites si cher à ma mère. En réalité, oui, elle eût aimé ce menu et cet hôtel. C'est moi qui ai changé de culture, qui ai changé de goût, qui ai changé... L'hôtel de Fontarabie est sans doute toujours le même que du temps des muletiers espagnols. Mais les bourgeois de Fontenay n'y vont plus. J'apprends qu'il existe un nouvel hôtel, très chic, très snob, qui s'appelle bien sûr « Le Rabelais ». Je me procure un dépliant qui, en allemand, en français et en anglais donne ce programme bien contemporain : « Dans la tranquillité d'un parc, à trente minutes de la mer, là où vécut François Rabelais, près de la forêt aux légendes. A quelques pas de la Venise Verte et sur la route des Abbayes un magnifique ensemble hôtelier et restaurant gastronomique climatisé. Bar, club, T.V. Salons particuliers pour séminaires, lunchs, repas d'affaires. Terrasse panoramique. Piscine chauffée. Ascenseur. Parking et garage privés. »

Tout y est. Du moins sur le dépliant. Nous allons y dîner un soir mais je suis ainsi fait, le cul entre les deux chaises de mes deux cultures, que je ne me trouve bien ni parmi les pauvres ni parmi les riches.

Dans la salle de restaurant (où la nourriture est aussi prétentieuse que minable) deux grands panneaux rappellent qu'il s'agit de Rabelais. L'un retranscrit le poème de la Dive Bouteille, l'autre montre des moines paillards zyeutant les dessous d'une dame. Pauvre Rabelais qui parcourait les rues de Fontenay nu-pieds, dans sa robe de bure, sanglé de sa ceinture de corde et mendiait des aumônes pour son couvent. Mais tout finit par la parodie et le dérisoire. Il était aussi fatal que Fontenay offre un « restaurant gastronomique climatisé Rabelais » que Rouen une « rôtisserie Jeanne-d'Arc » et la rue Saint-Louis-en-l'Isle, à Paris, une « poissonnerie au Rouget de l'Isle ».

12

Je reprends sa collection de petits carnets qui forment une sorte de Journal Intime, où rien n'est vraiment intime. C'est plutôt une sorte de mémorandum, de notes en vrac inscrites pour se souvenir ensuite lorsqu'elle se trouvait seule. Je feuillette l'un d'eux qui ne contient qu'une seule date (1964), et qui visiblement a été rédigé lors d'un de ses séjours chez moi, à Paris.

Ce carnet est, bien sûr, du papier de récupération. Toujours ces agendas de l'Orphelinat des Chemins de Fer Français et des Territoires d'Outre-Mer. D'où, diable, pouvait-elle sortir ces opuscules ? Ces notes sont relatives aux spectacles que nous voyions ensemble (en général des films, mais nous n'aimions pas les mêmes films et je me forçais à l'emmener voir des spectacles susceptibles de l'intéresser, mais où je ne me barberais quand même pas trop. Ce qui avait pour résultat de tomber toujours sur des films « moyens » qui ne plaisaient finalement ni à l'un ni à l'autre). On y trouve aussi des relevés de dépenses, des comptes, des listes de médicaments à prendre et, mélangés à tout ça, des aphorismes et pensées diverses relevés au fil de ses lectures.

Prenons par exemple ce petit carnet d'une époque parisienne. Il s'ouvre par : « Lino Ventura avec *La Peau des autres* côté gauche » et se ferme par : « Rex. *Le Crépuscule des aigles* 6 et 700 francs. 20 h 50 Grand film. »

Que signifie ce « côté gauche » ? L'emplacement où nous étions assis dans la salle ? Mais pourquoi aurait-elle attaché de l'importance à cette situation ? Il y a plein de petits mystères, ainsi, dans ces carnets, car ces choses avaient certainement de l'importance pour elle...

Je trouve aussi, dans les premières pages, la liste des cartes postales à envoyer. Toutes les adresses de *ses* dames. Puis : « Self-service Bonne-Nouvelle. » Plus loin : « Valise. Imper. » Une liste de dépenses : « Gâteau 105. Fleurs 130. Timbre 75. Journal 30. Total 340. »

« Voiture 2 chevaux, marque allemande. Wolgashen. » (Il s'agit de notre 7 chevaux Volkswagen.)

« Visite dispensaire samedi à neuf heures. 1 080 francs consultation, remboursée par les Assurances sociales, ce qui me reste à 200 francs la consultation après remboursement. »

« Vu film Beckett par Richard Burton avenue Bosquet. Film à grand spectacle. De neuf heures à minuit la durée. »

« Sucre n° 4. Pain. Café décaféiné. »

« Ce ne sont pas les richesses qui font le bonheur. C'est l'usage qu'on en fait... Regretter le passé, c'est courir après le vent... Les amis véritables se reconnaissent à l'épreuve du malheur... Bonbon 80. Journal 30. Timbre 50. Total 160... Reçu mandat assurances sociales (elle ne disait jamais Sécurité sociale, tout comme elle comptait toujours en anciens francs ; mais ma grand-mère comptait bien en sous et en louis alors qu'il n'y avait plus ni sou ni louis depuis belle lurette)... Acheté chaussures chez Raoul. 4 500 francs, je crois en chevreau doublé. Écrit à Mme de X... Ne demande pas que les choses se fassent comme tu veux. Borne-toi à vouloir les événements comme ils arrivent. C'est le secret du bonheur... *Elle* 100. Brioche 120... Timbre 1,55 franc. 19 juillet. Dimanche. *Pèlerin* 50... Michel part en Grèce à Athènes, par avion, une dizaine de jours. Voyage gratuit. Chez un sculpteur grec très riche dont il va voir l'exposition... » (Là, on voit qu'elle s'excite à l'idée de ce voyage gratuit chez un Grec très riche. Le romanesque réapparaît. En réalité le Grec en question, sans être pauvre, n'était pas Onassis.)

« Docteur dans deux mois au début de juin. Tension artérielle 13 1/2. Cœur et poumons bien. Ce sont quand les calculs se déplacent qu'ils donnent des crises... Ordonnance 29 mars. Deux flacons Sorbitrythline. 2 cuillerées à café délayées dans un demi-verre d'eau... Un mètre cinquante tringle pour rideaux en plastique... Le café est l'alcoolisme des femmes ; il active la digestion en luttant contre la torpeur qui suit les repas ; accélère le rythme cardiaque et a une action diurétique. Pris en excès il peut provoquer une sorte d'ivresse avec vertiges, battements de cœur, suivie de fatigue, irritabilité extrême. Sucrez très fort le café, ceci neutralise un peu l'action de la caféine. Ou bien buvez du décaféiné. »

Ma mère faisait en effet un emploi irraisonné de café très sucré ; ce qui ne l'a pas empêchée de vivre octogénaire. Toujours patraque, certes, mais jamais gravement malade, sauf dans les dernières années de sa vie où le cancer et les opérations qui s'ensuivirent firent passer le côté comédie de ses maladies à la tragédie la plus affreuse. Auparavant, ses maladies de femme seule tenaient de la manie et aussi du désir de se faire plaindre. Toujours sur son carnet :

« L'eau de mélisse des Carmes Boyer, sur du sucre, est un réconfortant et un digestif. En avoir toujours un flacon sur soi pour le voyage. Ou bien de l'alcool de menthe Ricqlès... »

Les recettes morales s'entremêlent aux recettes de guérison.

« Que ce soit la joie ou la peine, l'une comme l'autre te viendront toujours du côté que tu les attendras le moins... Prendre au cours des repas une ou deux dragées de Pantozyme. A la fin des repas deux tablettes de Laproxye. Un flacon à renouveler... Regretter le passé c'est courir après le vent (une nouvelle fois, comme pour bien se mettre cette pensée en tête)... Dramamine une à deux dragées par jour pour mal des transports. Trente minutes avant départ. » (L'inquiétude du train à reprendre pour Nantes.) A la fin du carnet, elle y est de retour. Et elle écrit :

« Poulet à acheter. Céleri. Gâteau. »

Un second carnet, vert, cette fois-ci pris à l'état neuf, doit dater de 1970. J'y vois inscrites en effet les adresses de plusieurs maisons de retraite. Après un séjour dans l'une d'elles, de retour dans sa masure de Nantes elle écrit : « Ne pas faire de demande pour retourner. Ce sera inutile. » Puis quelques pages plus loin, après un amoncellement de soustractions et d'additions : « Peut revenir si à demeure. »

Entre ces deux notes, tout son avenir se joue. Son nomadisme la poussait en effet à s'amener dans une maison de retraite au début de l'hiver et à en repartir au début de l'été. J'étais toujours angoissé à l'idée que l'on ne veuille pas la reprendre plus tard ailleurs. Heureusement *ses* dames intervenaient. Elle jouait en fait à cache-cache avec la vieillesse inévitable. L'hiver l'effrayait, dans l'inconfort de son logement et dans sa solitude et elle se précipitait alors vers une maison d'accueil, suppliait pour qu'on l'y accepte. Mais comme les hirondelles, elle repartait aux beaux jours, sa petite valise de carton bouilli à la main, contente de rentrer « chez elle », de retrouver *ses dames*. L'été elle ne pensait plus à sa vieillesse. Sa santé devenait meilleure. Elle retrouvait le Jardin des Plantes et les petits cafés très sucrés des magasins Decré. Au mois de juillet ou août elle irait à Paris me rejoindre. La vie reprenait. Seulement novembre revenait avec ses brumes, sa pluie interminable. Et elle note, résignée : « Peut revenir si à demeure. » Mais aller à demeure dans une maison de retraite c'est entrer délibérément dans l'antichambre de la mort. Elle le savait bien. Elle cherchait à en reculer au plus loin l'échéance.

Ce carnet est d'ailleurs jalonné d'adresses de maisons de retraite ou d'offices pour personnes âgées :

« Personnes âgées valides, hiver au chaud, ambiance sympathique. 18 et 15 francs. Foyer N.-D. de Sauvagnac... Maison organisée pour personnes âgées. Confort. Parc agréable. Avenue de l'Éperonnière... La Garnache 2 500 francs par jour... Union des femmes seules et chefs de famille. Écrire 56 rue de... Office des personnes âgées, 15, rue Voltaire à Nantes... Sœurs gardes-malades à Saint-Clément... »

Ce qu'elle recherche là, ce sont des lieux d'accueil pour l'hiver, le plus longtemps possible.

Dans ce petit carnet vert apparaissent régulièrement son poids (45 kilos, parfois 43), sa tension (15-9 1/2). Toujours les relevés de comptes : « Payé 2 900 francs ramonage... Blanchissage 950 francs... Pantoufles 440... » Les dates des lettres qui me sont envoyées. Cette curieuse réflexion : « Ne pas prendre n'importe quoi pour aller à Paris. » Toujours d'interminables listes de médicaments et leurs modes d'emploi. Puis, à Paris, en visite, les relevés des menus de repas de fête et heureusement elle avait été très fêtée cette année-là, y compris par certains de mes amis puisqu'elle a soigneusement noté ce qu'elle avait mangé chez eux : « Dîné chez Guitet. Crevettes. Dinde, endives et purée. Fromage, dessert... Dîné chez X..., gigot de mouton, liqueurs, fromages, tarte aux pommes... Dîné chez Y..., foie gras avec gelée. Coquelet, champignons. Fromages. Gâteaux secs. Cocktail chez Casterman avec les auteurs. Champagne. Je n'en avais jamais bu depuis la naissance de Michel... Dimanche on fête la Saint-Michel. Quatre langoustes. Gigot de mouton (toujours le mythique gigot de mouton du grand-père, enfin visualisé), haricots verts, flageolets. Fromage, gâteaux. Kirsch. Café. Vins assortis. Suis allée à la messe à Sainte-Cécile. Très belle église. » (C'est évidemment, puisqu'elle la trouve belle, une église « moderne » construite avec des piliers de fonte, par Boileau, sous le second Empire.)

Cet été heureux se continue visiblement l'hiver dans la maison de retraite où elle note aussi les menus de fête :

« 5 janvier. Réunion à Champfleuri. Gâteau. Vin blanc. Café. Deux heures. La vieillesse c'est la richesse du passé... 27 mars. Réunion des anciens du bourg. Cent cinquante personnes. Messe et causerie à onze heures et demie. Projection de vues... »

Au premier janvier elle avait noté (mais toutes ces « pensées » sont-elles recopiées ? Celle-ci semble plutôt de son style) :

« Un an nouveau est toujours plein d'espérance. Malgré les déceptions qui jalonnent son existence, il ne renonce jamais à sa foi en l'avenir. Au fil des jours nous connaîtrons ce que nous réserve l'avenir, l'année dont nous allons franchir le seuil. Qu'elle soit heureuse et pacifique, souhaitons-le. »

Hélas ce bel été, ce bon hiver devaient déboucher sur le drame. Il se résumait en quelques phrases brèves sur le petit carnet vert :

« Radio, mercredi 29 à quatre heures... »

Plus loin :

« Prendre contact avec famille avant opération. Polype dans l'intestin. Garder l'anus. »

Prévenu, je téléphone au chirurgien qui ne me laisse aucun doute. C'est un cancer de l'intestin. Mais ma mère n'en sait rien. Elle n'en saura jamais rien, malgré toutes les opérations qui s'ensuivront. Ou du moins nous jouerons tous les deux à ceux qui ne savent pas. Lorsque je la vis à l'hôpital, après l'opération, elle me dit presque aussitôt :

« Quelle chance que ce n'était pas un cancer ! Il y a tellement de gens maintenant qui ont des cancers.

— Toi c'est un polype. C'est une sorte de champignon. Maintenant qu'il est enlevé tu n'as plus rien à craindre. »

En bonne autodidacte, elle note dans son carnet des mots nouveaux, entendus sans doute à la dérobée, pour en chercher le sens dans un dictionnaire : Proctologie. Électrocardiogramme. Anesthésie.

Sous la mention : Consultation 1 600 francs : « Quelques petits ennuis pour aller à la selle. Électrocardiogramme. Six jours goutte-à-goutte après une heure d'opération. 15 tension. Je vous trouve bien. Le cœur est bon. »

Après chaque visite de médecin, elle note ainsi leurs réflexions : « C'est un rétrécissement des intestins. Il faudra vous faire suivre pour les intestins. Cœur bon. Tension 16. Entérocolite. »

Ailleurs :

« Quand on a eu une opération comme ça, vous devez penser que les organes ne se remettent pas d'un seul coup. »

Viennent ensuite des réflexions qui ont précédé l'opération, mais qu'elle a dû noter ensuite, qui ont dû lui revenir. A moins qu'elle n'ait pas rempli les pages à la suite :

« Vous avez un rétrécissement à l'intestin. Il faut couper ça et rajouter. Il faut que l'intestin soit très propre. Autrement je serais obligé de faire un anus artificiel... La convalescence sera très longue. Régime avec légumes et fruits. Voir aumônier pour demander à dire une messe du 11 à 6 h 30 le matin, à l'intention d'une opérée ce jour. »

Ont été recopiées deux prières, la première est spécifiée pour le matin, la seconde pour le soir :

« Sainte Vierge, mère de Dieu, ma mère et ma patronne ; je me mets sous votre protection et me jette avec confiance dans le sein de votre miséricorde. Soyez, ô mère de bonté, mon refuge dans mes besoins, ma consolation dans mes peines, mon avocate auprès de votre fils. Aujourd'hui, tous les jours de ma vie, particulièrement à l'heure de ma mort. Grand saint dont j'ai l'honneur de porter le nom, protégez-moi, priez pour moi, afin que je puisse servir Dieu comme vous sur la terre ; et le glorifier dans le ciel. Recommandons-nous à Dieu, à la Sainte Vierge et aux saints. »

« Soir... Bénissez ô mon Dieu le repos que je vais prendre pour réparer mes forces, afin de vous mieux servir. Vierge sainte, mère de mon Dieu, et après lui mon unique espérance, mon bon ange, mon saint patron, intercédez pour moi. Protégez-moi pendant cette nuit, tout le temps de ma vie et à l'heure de ma mort. »

Ces prières ou pensées religieuses sont rares sur ses carnets où apparaissent plutôt des citations littéraires et des sentences de ce que l'on appelle la morale laïque. Comme la plupart des Vendéens, et contrairement à ce que l'on croit, ma mère était peu portée à la religiosité. Elle allait à la messe, mais toujours en coup de vent. Comme elle disait : « Je vais en attraper un morceau. » Sauf dans les chapelles des maisons de retraite, où cela se serait trop vu, je ne crois pas qu'elle ait souvent entendu une messe de l'*Introït* à l'*Ite missa est.* Mais comme les Vendéens encore, elle entretenait d'excellentes relations avec les prêtres, comme avec les aristocrates. Dans les maisons de retraite, comme dans les hôpitaux, elle réussissait toujours à accaparer l'aumônier. Ce qui lui faisait d'agréables visites et conversations, voire par la suite des correspondances. Surtout les vieux prêtres, ceux qui avaient aussi lu Pierre l'Ermite. Et je lui connus, dans ses maisons de retraite, deux relations devenues presque des amies, qui étaient d'anciennes bonnes de curé.

« Avec elles on peut parler. Elles ont beaucoup lu. »

La lecture restera toujours pour elle un critère de qualité.

J'ai rencontré une de ces bonnes de curé, voisine de chambre d'une maison de retraite et à laquelle elle voulait absolument me présenter. Une toute petite vieille, d'une maigreur si extrême que l'on eût dit un squelette d'oiseau. Elle ne sortait pratiquement plus de sa chambre, une cataracte inopérable l'ayant rendue presque aveugle.

« Ah ! monsieur, me dit-elle, le Bon Dieu a été bien sévère avec moi ! Mon seul plaisir était de lire et il me l'a enlevé. Je ne peux qu'écouter la radio. Tous les jours j'attends avec impatience cinq heures. C'est la visite de M. Chancel. Oui, c'est comme une vraie visite tous les jours. Il m'en fait défiler des beaux esprits, dans ma chambre. »

Ces aumôniers, ces bonnes de curé et plus encore la marquise de X... contribueront à amener ma mère vers la religion, comme on dit, au fur et à mesure qu'elle se rapprochera de la mort.

Sur le petit carnet vert, toujours : « Poids 42. Gilet gris, jupe p. de Galles, chaussures... Bismolugeais, une cuillerée à dessert avant et après les repas... Hépagrume, matin à jeun une ampoule... Contalax, un à prendre le soir au coucher en cas de constipation... 9 h 50 France-Culture avec Cabanne et Claude Samuel... Brosse à dents 225... Facteur pour calendrier 600 francs... Livre à paraître *L'Art pour quoi faire ?*... Piles 600 francs le 24 février... Cataracte. Se faire opérer dans un an, peut-être avant... Oculiste 2 700 francs... Une goutte matin et soir dans les deux yeux... Lunettes pour voir de loin O D G X4... 8 000 francs chenets (le patrimoine de la tribu, peu à peu liquidé chez les brocanteurs). Pastilles 455... France-Inter, midi trente, Pierre de Lagarde Ondes Longues... Pulvérisation trois fois par jour dans le nez... »

Finalement toutes les petites misères de l'âge occupent de plus en plus de place et leur accumulation finit par donner l'impression d'une grande misère, d'un corps qui se délabre peu à peu de partout, d'une ruine des organes et des sens. Elle enregistre ces lézardes, imperturbablement :

« Pour les yeux, petits vaisseaux qui rompent... Dentiste jeudi pour appareil... Pommade trois fois par jour sur les mains... Troubles circulation. Artériosclérose... Deux hémorroïdes. Une interne, qui saigne, une externe. Injections ou piqûres sclérosantes... Piqûre, 2 janvier... Cœur nerveux... »

La peur des accidents : « Si vous vous êtes brûlé, même légèrement, buvez beaucoup ; les brûlures provoquent une déshydratation à combattre. Pommade pour brûlures. Huile d'olive. Talc. Oxyde de dizine dix grammes. Vaseline cinquante grammes. »

Et aussi le réconfort des grands malades qui s'en sortent. Ce qui, dans un autre petit carnet, provenant encore de l'Orphelinat des Chemins de Fer Français et des Territoires d'Outre-Mer, qui doit dater de 1972, la conduit à écrire :

« Pensées du Père Boulogne (il s'agit d'un greffé du cœur qui survécut à l'opération). Il faut avoir beaucoup voyagé en soi-même, avoir frôlé l'abîme et sentir sur soi l'haleine glacée du désespoir pour mesurer le véritable sens de l'Espérance. »

Sur le dernier carnet, le seul qui comporte une suite de pages blanches, le cancer réapparaît et la nouvelle opération qui s'ensuit :

« 13 août. Très mauvaise santé. Mauvais moral... Consultation le 16 août. Porter à analyser pour savoir si le polype est infecté... Opération jeudi 31 août... (Mon adresse et celle de la marquise de X..., avec nos téléphones)... En arrivant à la clinique demander la prise en charge par les assurances sociales... Je ferai tout mon possible pour vous garder votre anus, mais je n'en suis pas sûr. Il s'est formé d'autres polypes... Une chemise de nuit d'été à manches... Demander si la maison de retraite pourra me prendre pour ma convalescence... Messe 31 septembre, mille francs... Michel est venu le 25 octobre... »

Elle me demande tout de suite : « Est-ce qu'ils ont pu garder l'anus ? »

Le chirurgien m'avait dit que le cancer rongeait peu à peu l'intestin, qu'il fallait couper le plus possible, en espérant que cela retarderait l'apparition d'autres tumeurs. « Votre mère a près de quatre-vingts ans... Même deux ans de gagnés, c'est toujours ça. » Mais ils ne lui avaient rien dit pour l'anus artificiel, me laissant la pénible charge de le lui apprendre. Alors, dans ces cas-là, on ne sait qu'être brusque.

« Non, ils n'ont pas pu... Mais tu sais, un anus artificiel on s'y fait très bien. Il y a des gens jeunes qui vivent avec, qui font du sport. C'est une habitude à prendre... »

En même temps, on ressent comme un vertige à prononcer de telles paroles. Et le malade, loin d'être aidé par autant de fausse certitude, se sent repoussé, incompris, rejeté dans sa solitude de malade, dans sa saleté de maladie, dans sa vacherie de vieillesse ; repoussé par les bien-portants, les jeunes, les actifs. Et sans doute n'a-t-il pas tort. Il est vrai que le bien-portant a peur d'être entraîné par le malade, le vieux, le mourant ; qu'il refuse d'être agrippé par ses doigts tremblants ; qu'il voit déjà la mort sur lui et qu'il recule, se détache, fuit pour ne pas être entraîné, englouti.

Alors ma mère, tristement, écrit seulement sur son carnet : « Demander au docteur une ordonnance pour petits sacs. »

Rien de plus difficile que de faire admettre un vieillard qui a subi une opération grave et qui est suspecté d'avoir une maladie mortelle, dans une maison de retraite aussi agréable que celle où ma mère termina sa vie. Dès le moindre symptôme de grippe la plupart des maisons de retraite envoient le malade à l'hôpital. Tout cela pour ne pas alourdir les statistiques des décès dans l'établissement. Encore une fois, la marquise de X... fut la bonne fée qui veilla sur ma mère. Comme dans les histoires des gros livres à reliure rouge de l'armoire de grand-père, l'Ogre cancer était déjoué par la Fée marquise. Après un séjour dans une maison de convalescence, ma mère put regagner sa belle maison moderne du pays de Retz, pays de l'Ogre Barbe-Bleue, mais l'était-il autant que l'affirma le duc de Bretagne au sinistre château, ce gentil Gilles de Retz (ou si l'on préfère : de Rais) que Jeanne de Lorraine aimait bien, à ce que l'on dit ?

Combien je comprends le goût du « moderne » de ma mère ! Je me répète, mais sans doute est-il utile, à ce propos si mal compris, de me répéter. Ce goût, n'est-ce pas celui de la plupart des gens de la campagne, et de la plupart des pauvres en général ? Il sous-entend une aspiration à sortir de la merde, à s'évader de cette odeur de moisi qui a été celle de mon enfance.

Hélas ! la vieillesse a plongé ma mère, si désordre dans son environnement, mais si soignée de sa personne, dans la merde complète. Le cancer de l'intestin, l'anus artificiel, toutes ces opérations qui se sont succédé. Je la retrouvais à l'hôpital, bardée de tuyaux, de sondes, être presque artificiel à force d'être mis en survivance. Mais que faire ? Alerté par la maison de retraite du nouveau départ de ma mère pour l'hôpital, je téléphonais au chirurgien en lui disant : « Est-ce vraiment nécessaire de la faire encore souffrir ? Faut-il vraiment opérer ? » Il me répondait : « Si je n'opère pas, votre mère sera morte dans huit jours. » Alors quoi dire, sinon : « Opérez. »

L'horreur qu'elle éprouvait pour son anus artificiel n'est pas explicite dans ses carnets, la pudeur devant l'horrible l'arrête. Mais on devine son dégoût à certaines notes brèves, rapides :

« Un désinfectant pour nettoyer anus. Éther ou alcool... Pour changer la poche : un journal, un papier hygiénique, éther pour nettoyage autour d'anus, passer le doigt dans le trou et enlever une enveloppe près du trou. Attention de bien décoller cette deuxième enveloppe. Coton hydrophile à mettre en boules... Épingle sûreté pour retourner linge, flanelle et combinaison... Un tube de pommade pour anus... Ne pas enfoncer le tampon. L'anus pourrait saigner. Juste au bord, deux par jour si possible... Changer la poche tous les jours. Ne rien prendre en cas de constipation... »

Le mot anus revient aussi souvent, dans ce carnet, que le mot polype dans le carnet précédent. Mirage des mots. Si le médecin avait dit tumeur au lieu de polype, une connotation cancéreuse serait aussitôt apparue.

Puis le carnet ne comporte plus que des adresses, inlassablement répétées : la mienne, celle de la marquise de X..., celles de quelques autres *dames,* nos téléphones et ce leitmotiv : « Je désire avoir ma sépulture à la chapelle de l'établissement avant l'inhumation à Fontenay-le-Comte. »

13

JE devais avoir douze ans, treize ans, en tout cas mon enfance tirait sur sa fin. C'est sans doute pourquoi tante Victorine me donna cette photo de son jeune frère, prise en Indochine, aux temps fastueux de nos gloires coloniales, photo qui m'a tant bouleversé et me fascine encore.

Ce jeune frère, c'était mon père que j'ai si peu connu. La dysenterie, le paludisme, l'absinthe détruisaient très tôt ces fringants militaires qui retournaient dans leurs provinces couverts de décorations et de maladies. Ils vivaient quelques années en sursis, tout auréolés de leurs campagnes tropicales, buvant l'argent de leur pension au Café du Commerce où ils retrouvaient d'autres retraités de l'infanterie de marine ou des régiments de zouaves. On les regardait de la rue, jouer aux cartes sur des tapis verts. Le jaune du Pernod dans les verres ressemblait à des petits soleils. Ils parlaient très fort en gesticulant de leurs mains blanches. Car ces anciens soldats se singularisaient aussi par leurs mains blanches (restées dans le souvenir de ma mère inaltérables), dans une quotidienneté d'hommes aux mains calleuses, gercées par le froid de l'hiver et durcies par les outils.

Ces mains blanches étonnaient autant que les médailles qu'ils accrochaient sur leurs poitrines les jours de fête. Ces hommes étranges, si bizarrement inoccupés, faisaient beaucoup rêver dans nos petites villes sédentaires. Ils revenaient de loin. On disait qu'ils sentaient le sable du désert ou la moiteur de la brousse. On les excusait de boire tant et parfois de se battre avec de grands cris. Ils revenaient de si loin et ils en avaient tant vu...

Ma mère, elle-même, disculpait son mari de passer le plus clair de son temps à d'interminables parties de manille coinchée.

J'ai peu de souvenirs de mon père, sinon son petit képi noir, passablement mité, que j'ai accroché dans mon bureau comme une relique et cette photo qui m'a suivi partout.

Mon père demeure pour moi un personnage d'autant plus fabuleux qu'il mourut très vite et que ma mère, obstinément veuve, ne vécut que dans son souvenir. On pourrait même dire dans son culte. « Si tu l'avais vu, me disait-elle, dans son uniforme bleu marine orné d'ancres dorées, arborant fièrement sur ses manches ses galons de sergent, ah ! qu'il était beau ! »

Quinze ans pour les gagner, ces galons, quinze années de Cochinchine, d'Annam, de Cambodge, de Tonkin, dans des cagnas de brousse, harcelé par les moustiques à malaria, abruti de chaleur humide, guetté par les coupe-coupe des pavillons noirs.

Cette photo donnée par la tante Victorine montre mon père à ses débuts à la colonie, sans doute du temps où il était simple soldat. On ne remarque aucune sardine sur ses manches. Pourtant, il plastronne déjà en seigneur. Il se redresse de toute sa petite taille (1,58 mètre sur son livret militaire), une cigarette entre les doigts, le cou sanglé dans un « col officier » bien fermé malgré la chaleur tropicale, son beau casque blanc en forme de cloche à melon à ses pieds. Il pose pour le photographe, devant un fond de décor de palmes. Et ce soldat debout domine d'autres soldats qui se tiennent à croupetons. Des soldats indigènes au curieux couvre-chef ressemblant à des galettes. Ils sont accroupis parce que le soldat blanc, de si petite taille, aussi petit qu'eux, doit être plus grand sur la photo, obligatoirement plus grand puisqu'il est le maître. On savait marquer son rang, en ce temps-là. Pour qu'il n'existe pas de contestation, les vassaux se rabaissaient vers la terre et marchaient pieds nus. On voit leurs orteils sur la photo. Des va-nu-pieds. Les soldats de chez nous, qui venaient juste de quitter leurs sabots emplis de paille pour des brodequins cloutés leur blessant les chevilles, s'apercevaient mieux ainsi de quelle promotion la mère patrie les comblait.

Il y a dans ces trois Tonkinois (des Tonkinois ou des Annamites ?) qui nous regardent, dans ce petit paysan sans terre devenu soudain un aristocrate par un coup de baguette magique, une étrange juxtaposition. Les yeux de ces quatre hommes nous interrogent.

Mon père avait fui la misère paysanne. Il avait tant couru pour qu'elle ne le rattrape pas qu'il se trouvait presque aux antipodes. Et ces Tonkinois (ou bien ces Annamites ?) qui s'accroupissaient à ses pieds, fuyaient eux aussi leur misère, bien sûr. Ils étaient frères de misère, mais ne le savaient pas. Ils se croyaient différents. Leur alliance reposait sur une sorte de malentendu qui ne durerait pas. Un jour, ces soldats indigènes se mettraient debout et le malheureux colonial s'apercevrait qu'en réalité tous les quatre mesuraient la même taille. Il s'apercevrait aussi qu'il restait seul contre trois. Heureusement mon père ne connut pas ce bouleversement. Il mourut dans la sérénité d'un monde qui inaugurait à Paris l'Exposition coloniale de 1931. Son univers, l'univers qu'il contribua bien modestement il est vrai à édifier (mais quand même !) arrivait à son apothéose. Le temple d'Angkor reconstitué en grandeur réelle à Vincennes, les danseuses sacrées du roi du Cambodge firent le voyage jusqu'à la Seine. Toutes nos colonies envoyèrent à Paris leurs merveilles. Peut-être même, j'aime à le croire, nos trois Tonkinois (ou Annamites ?) furent-ils transportés dans les pavillons de l'Indochine française, avec leurs curieux chapeaux en forme de galette, pieds nus, pour regarder étonnés, par la mince fente de leurs yeux bridés, ces hommes blancs coiffés de canotiers qui, étonnés, venaient aussi les contempler.

Aristide le Cochinchinois n'a pas survécu à l'Exposition coloniale de 1931. Et, même si je regrette qu'il ne soit pas resté près de moi plus longtemps, je sais bien que sa chance fut de n'avoir pas connu la suite, de n'avoir pas vu la photo de son triomphe (cette si étrange, si cruelle, si exotique, si absurde photo des beaux temps de la colonie) déchirée par les soubresauts de l'Histoire.

Il y a dans le regard de ce marsouin (c'est ainsi que l'on désignait les « marines ») beaucoup de souvenirs que je devine. J'ai tant rêvé sur cette photo depuis près de cinquante ans qu'il me semble même les avoir vécus.

Mon père avait ramené avec lui une telle profusion d'images que celles-ci virevoltaient devant ses yeux comme des papillons de nuit. Des images qui se brûlaient les ailes dans l'alcool des bistrots. Comment peut-on reprendre l'existence monotone des pékins quand on s'est promené dans les corbeilles des pousse-pousse tirés par des coolies aux jambes nues, sur le boulevard Norodom à Saigon ? Quand on a baguenaudé tant d'années dans la belle rue Catinat, ombragée de platanes et bordée de vérandas fleuries d'amaryllis.

Mon père dormait peu. La nuit, ce damné pays d'Asie revenait le visiter et il se réveillait en sursaut, trempé d'une mauvaise sueur, poursuivi par les grimaces des chimères, par les rires des dragons, par les contorsions des démons tireurs de langue. Le charme étrange, languide, morbide, pervers de l'Asie le plongeait dans des rêveries malsaines. Il en arrivait à regretter les rues fangeuses, défoncées, aux paillotes délabrées et nauséabondes où des congaïs chiquant du bétel souriaient aux visiteurs blancs de toutes leurs petites dents noires, pointues comme des incisives de panthère.

Le matin, pour chasser ces cauchemars, il se livrait à d'extravagantes ablutions dans la cour de notre maison, s'éclaboussant le torse avec l'eau du chaudron. Pratique étrange ramenée de sa vie de garnison et qui étonnait tant dans notre famille paysanne où l'on se lavait peu, sinon le bout du nez.

Mais toute l'eau de la Vendée (et Dieu sait si la Vendée ne manque pas d'eau !) n'aurait pas suffi pour le décrasser de cette prégnante odeur de musc et d'opium, de camphre et de kapok, qu'il sentait encore sur sa peau basanée. Les arroyos, les ponts de lianes, les aloès piquants, les nhaqués pataugeant dans la boue des rizières, les Chinois à tresse avec leurs calottes noires et leurs robes bleu azur, les buffles, les jonques, les sampans, les canonnières, comment oublier tant d'images vécues là-bas, si loin, si loin que personne ne s'intéressait plus à ses histoires, sinon les copains des jeux de cartes, anciens de la colonie comme lui et qui retrouvaient tous les jours dans le goût de leur Pernod une réminiscence trouble de l'absinthe frelatée des épiciers chinois. Ils vivaient à part, reclus dans leurs souvenirs, auréolés de mystères, mais héros radoteurs qui faisaient un peu sourire.

Le soir, à la veillée, mon père ne parlait plus. Homme frileux, je le voyais mettre délicatement, en tremblant de fièvre, une pincée de poudre dans une feuille de papier à cigarette : sa quinine.

Et il allait se coucher d'un air las, vacillant, de cette démarche chaloupée que conservent ceux qui ont beaucoup bourlingué sur des navires, sachant bien qu'il rejoindrait dans la nuit son petit théâtre de danseuses cambodgiennes pailletées d'or et ces rues d'Hanoi avec leurs vendeurs de graines de lotus, de canne à sucre, de pâte aux graines de sésame, de riz à la guimauve, de soupe de poumon de buffle. Ces rues d'Hanoi qui puaient l'excrément, l'opium, l'encens et le santal, où des chiens cuisaient sur des braseros et où des vieillards en haillons se pelotonnaient dans la boue, comme des momies desséchées au soleil.

Mon père mort, son exotisme onirique m'a poursuivi. Pendant longtemps, je me suis réveillé moi aussi dans l'obscurité, glacé par une fièvre qui me faisait claquer des dents. Les médecins m'ont assuré que le paludisme n'est pas héréditaire. Mais la nostalgie de l'Asie ne serait-elle pas contagieuse ? Toujours est-il qu'il m'arrive encore de rêver de trois soldats tonkinois (ou annamites ?), coiffés de curieuses galettes de cuir bouilli attachées à leur chignon par des rubans de couleur, sortis de la nuit des temps et qui m'observent, accroupis au pied de mon lit, comme des magots de bronze.

14

FONTENAY, entre la forêt de Mélusine aux grands chênes et le « marais mouillé » où les ruines de l'abbaye de Maillezais se dressent à l'orée de la Charente.

Terre étrange que cette Vendée, pendant longtemps pays excentrique et perdu, mangée par l'eau du ciel et l'eau de la mer, par le sel ; à la végétation couchée par l'âcre souffle marin. Curieux mélange de terre et d'eau, avec ses interminables pluies tièdes, ses marais salants qui prolongent l'infini de l'Océan, qui piègent la mer et la retiennent loin des plages, derrière les dunes et les pins parasols. Vues d'avion, la terre et l'eau se confondent, s'effilochent en de multiples méandres. Aux canaux des marais, où se glissent les *yoles* noires entre les joncs et les osiers, répondent les chemins creux du bocage enfouis entre deux haies de ronces, d'ajoncs, de houx, coupant le vent et retenant les bêtes au pacage.

Pays de l'eau et pays du vent, des rafales de la galerne qui font craquer les ormes des bords de route comme des mâts de navire.

Pays de l'Océan que de partout on sent si proche, que de partout l'appel du large aspire la population vendéenne vers la mer ; l'Océan où le soleil disparaît chaque soir pour éclairer ce que l'on appela pendant longtemps « la terre des délices du cœur ».

Villages couchés, aux petites maisons ornées d'une croix blanche peinte à la chaux, courtes et trapues comme leurs habitants, couvertes de ces tuiles romaines rouges qui rappellent que la Vendée, à l'extrême limite des langues d'oïl et d'oc, fut incluse dans la grande Aquitaine et que, pour un tiers, les mots de son patois se retrouvent en Occitanie.

Ces maisons tournent le dos à la rue, c'est-à-dire aux étrangers. Elles s'ouvrent par-derrière, sur la cour ou le jardin. Un insolite palmier y résiste comme il peut aux hivers, en perd ses feuilles et ressemble à un plumeau déplumé. Mais toute maison, toute métairie qui se respecte présente un palmier près de sa porte d'entrée, voire quelques agaves.

Le goût des « ailleurs », toujours, dans cette végétation « coloniale ». L'insolite, sur le seuil de la demeure.

15

SUR l'un des carnets de ma mère, cette mention : « Fin juin 72, départ Canada, Université McGill, deux mois. »

J'allais comme professeur à Montréal et pensais y découvrir le Canada. Or, j'y rencontrai l'accent de ma mère. Disons que le Québec et l'Acadie m'ont aidé à retrouver mes racines. Francisé, parisianisé, internationalisé, modernisé, j'avais sinon oublié mes origines vendéennes, du moins elles m'importaient peu. Et puis soudain, exporté au Canada pour y enseigner justement la modernité de l'art et de l'architecture, *voilà-t'y pas* que ma langue maternelle réapparaît de la nuit des temps dans toute sa verdeur et sa franchise.

Alors qu'en Vendée, nous l'avons vu dans mes exemples paternels et maternels, conformes à la généralité des us et coutumes, le paysan avait honte de son patois, ne s'en servait que dans la plus stricte intimité, ou dans les invectives et la dérision, au Québec mon vendéen devient langue nationale. On dit en France que les Québécois ont un drôle d'accent. Ils répondent : « Quoi ! Mais c'est vous, du vieux pays, qui avez un accent ! »

Bien sûr, moi aussi j'ai trouvé d'abord qu'ils avaient un drôle d'accent. J'avais même du mal à comprendre les gens de la rue. Mais il faut dire que le Québécois de Montréal a parfois l'accent de Rabelais, mais souvent aussi l'accent sicilien, pied noir, yiddish ou tout simplement yankee.

L'accent de ma mère, je l'ai plutôt retrouvé en Gaspésie. Vingt mille Acadiens vivent en Gaspésie.

Lorsque le matin, dans un petit hôtel de la Baie des Chaleurs, au petit déjeuner, la serveuse m'a demandé : « Vous voulez des rôties ? », j'ai d'abord compris rôti de viande, puis soudain la connexion s'est faite. J'ai entendu ma grand-mère me dire : « Mange tes rôties, mon drôle. » C'est-à-dire tes tartines de pain grillé.

Des rôties... Depuis au moins trente ans que je n'avais pas entendu ça ! Est-ce que ma mère disait « rôtie » ? Elle ne disait en tout cas pas toast. Tout simplement, je crois qu'elle ne faisait jamais de pain grillé.

Puis, tout au cours de mon séjour, les mots anciens, les mots d'autrefois, les mots oubliés, me sont revenus en pleine figure, parlés sans complexe, parlés naturellement comme du temps de Rabelais, comme du temps de Louis XIV. *Prends ton syo et va kri d' lo...* C'est comme une voix d'outre-tombe qui parle. On se retourne pour voir si la paysanne porte sa coiffe et son tablier à bavette. Mais non. C'est une accorte personne en mini-jupe et aux cheveux blonds bouclés à l'afro. Elle ajoute à l'intention d'un môme morveux qui piaille, assis par terre : « *Viens-t'en, brailloux, et ferme ton guerlo.* »

Jacques Cartier, parti pour explorer les Indes, découvrait par hasard le Canada. Et moi, parti pour le Canada, je butais sur ma petite enfance. Comme un parcours à rebours dans le temps, avec la fameuse machine de Wells.

Dans les fermes de Gaspésie, on ne trait pas les vaches, on les *tire* ; on ne conduit pas les bœufs, on les *touche* ; on ne fait pas boire les chevaux, on les *abreuve* (et l'abreuvoir s'appelle un *taimbre*) ; on ne s'embourbe pas, on *s'avase* ; on n'habite pas quelque part, on y *demeure* ; on n'étend pas le linge, on l'*épare* ; on n'astique pas, on *fourbit* ; on ne cause pas, on *jaze*. Une taie s'appelle un *d'sus d'oreiller*, un couvercle un *couvert*, une cruche en terre un *jar*, un verre à boire un *goblé*, un fagot une *brassée d'bois*.

Tout cela est l'évidence même. Comment ai-je pu oublier qu'en Vendée nous parlions la même langue.

Ma mère disait, l'hiver, en se frottant les mains : *J'ai la grappe*. Puis elle riait, comme si elle venait de prononcer une inconvenance et murmurait : « La grappe ? Pourquoi la grappe ? » Eh bien, en Gaspésie, comme en Acadie, lorsque l'on a froid aux mains on a aussi la grappe et l'on trouve ce mot naturel.

Et n'est-il pas plus éloquent de *mettre de la douceur* dans son café, plutôt que du sucre, de faire *grâler* des *patates* dans un *diable,* de *brasser* la salade plutôt que de la tourner.

L'Acadienne Antonine Maillet a publié un roman, *Les Cordes de bois,* qui obtint un grand succès en France puisqu'il ne manqua le Goncourt que d'une voix, en raison peut-être de l'étrangeté de son vocabulaire. Mais moi, maintenant que j'ai retrouvé l'accent de ma mère, je l'ai lu d'une traite ce roman vendéen de l'exil. Quoi, ces galvaudeux humant l'air du large au bord de l'Océan et guettant l'arrivée des navires, comme je les connais bien. Ces *coureux de Galipote* comme dit Antonine Maillet (et la Galipote est une bête nocturne du bocage que les Acadiens ont emportée aux Amériques) lisent eux aussi le *Grand* et le *Petit Albert,* comme nous les lisions clandestinement sous les ombrages de l'ancien parc du château des comtes du Poitou. Le vocabulaire des *Cordes de bois* est du vendéen tout craché. Personne n'en a parlé à la sortie du livre, sauf l'Antonine qui a déclaré que peut-être bien, du côté de la Vendée, on disait aussi *ça me fait zire.* Bien sûr qu'on le dit. Ma mère le disait encore. Comme on dit, comme vos personnages, *icitte, asteur, tretous, tricoler.*

Il y a un autre livre d'Antonine Maillet que j'ai lu au Québec. C'est sa thèse publiée par les Presses de l'Université de Laval en 1971 : *Rabelais et les traditions populaires en Acadie.* Antonine Maillet a recherché dans l'œuvre de Rabelais les mots et les locutions qui pouvaient être identiques chez Rabelais et dans le parler acadien actuel. Elle en a trouvé assez pour en faire un gros livre. Rien d'étonnant puisque la langue de Rabelais et le patois vendéen sont une seule et même chose pour au moins un tiers du vocabulaire et que l'acadien et le vendéen sont cousins germains.

Tels quels, à la fois dans Rabelais, en Acadie, et en Vendée : *chartier* (charretier), *darrière* (derrière), *devanteau* (tablier), *merlu* (morue), *pâtir* (souffrir), *pivar* (pivert), *présent* (cadeau), *quérir* (chercher), *tretous,* ou *tertous* (tous), *somme* (sommeil).

L'Antonine qui parle, elle, avec l'accent de sa mère, mais qui est devenue quand même universitaire, a voulu savoir ce qui se trouvait derrière cet accent. Et elle a rencontré, elle aussi, la langue de Rabelais.

Rappelons, pour mémoire, que Rabelais est l'exact contemporain de Jacques Cartier ; tous les deux sujets de François Ier ; et que *Pantagruel, Roy des Dipsodes, restitué à son naturel, avec ses faictz et prouesses espoventables* ne précède que de trois ans la rencontre de Jacques Cartier et du roi des Micmacs.

16

AI-JE rêvé ? Il me semble avoir lu dans un livre de Glucksmann une allusion élogieuse à la jacquerie vendéenne. De surprise, le livre m'en est tombé des mains. Mais quel livre ? J'ai beau relire *La Cuisinière et le Mangeur d'hommes* et *Les Maîtres Penseurs* je n'y trouve pas autre chose qu'une identification de Mao et de Gargantua (ce qui n'est déjà pas mal) et une préoccupation de la plèbe paysanne qui n'apparut jamais chez les marxistes justement avant Mao. Mais voyons, là je ne rêve pas. Je lis bien sous la plume d'un autre maoïste ou ex-maoïste, Michel Le Bris (un maoïste breton, il est vrai !), cette comparaison audacieuse : « La Vendée, notre Cambodge ! » Placer le génocide vendéen dans une perspective historique est tout nouveau. Mais que cette idée vienne de l'extrême gauche est encore plus nouveau. L'holocauste vendéen anticipe bien, en effet, sur les futurs génocides des Peaux-Rouges, des Arméniens, des Kurdes, des Juifs, des Biafrais, des Bengalis, des Khmers. Mais ce génocide vendéen avait été gommé par l'Histoire. La Restauration se montrait si embarrassée par cette jacquerie que les descendants de la petite noblesse vendéenne insurgée restaient tenus en suspicion. Les guerres de Vendée firent trois cent mille victimes, Blancs et Bleus confondus. D'autres disent neuf cent mille. Des familles entières avaient été exterminées. Renée Bordereau, femme soldat dans la cavalerie de Stofflet, vit ainsi périr quarante-deux de ses parents, dont son père, massacré sous ses yeux. La mort de Cathelineau fut suivie de celle de ses trois frères, de ses quatre beaux-frères, et de seize de ses cousins germains.

L'extermination des Vendéens avait été délibérée. Après le massacre des survivants de la « longue marche », une malédiction totale, absolue, fut prononcée contre tout un peuple. Robespierre n'aimait pas plus les paysans que Lénine les moujiks. Mais c'est son ami Barère qui est chargé des anathèmes. Celui qui se flattait de son surnom : « L'Anacréon de la guillotine », ne cessait d'aboyer contre la Vendée : « Louvois fut accusé par l'Histoire d'avoir incendié le Palatinat, et Louvois devait être accusé ; il travaillait pour les tyrans. Le Palatinat de la République, c'est la Vendée : détruisez-la et vous sauverez la patrie... Exterminez cette race rebelle de Vendéens, faites disparaître leurs repaires, incendiez leurs forêts, coupez leurs récoltes... »

Bertrand Barère de Vieuzac était noble.

A la mi-janvier 1794 il lâche sur la Vendée déjà en ruine, et dont les armées ont été défaites au Mans et à Savenay, les douze colonnes infernales de Turreau. Les dragonnades qui terrorisèrent la Vendée, quatre ans avant la Révocation de l'édit de Nantes, au siècle précédent, n'avaient été qu'un prélude empirique à ce qui va être une destruction systématique. Six colonnes d'incendiaires s'avancent en effet l'une vers l'autre à travers la Vendée et pillent, tuent, brûlent tout ce qu'elles rencontrent. Six cents villes et bourgs, des milliers de fermes isolées sont ainsi rasés. On met le feu aux métairies en tirant dans la paille. Puis on revient pour incendier les décombres. On brûle les moulins à vent. On détruit les fours à pain. Les réserves de blé, de laine, les barques des pêcheurs, tout est brûlé. On emmène les bestiaux par immenses troupeaux. Hommes, femmes, enfants sont enfermés dans les églises et fusillés. L'église est ensuite brûlée pour s'assurer qu'aucun blessé ne s'échappera. Les soldats républicains font aussi des razzias de femmes qui, après avoir été violées, sont empalées. On s'amuse à couper les doigts des religieuses, à arracher les langues, à crever les yeux, à couper les oreilles. On écorche des « brigands » pour tanner leur peau et s'en faire des culottes collantes. On envoie par barils, pour les hôpitaux de Nantes, de la graisse de femmes. Turreau appelle l'incendie de la Vendée « la grande illumination ». Les villes et les villages « patriotes » seront brûlés aussi bien que les autres. « Il n'y a rien de bon en Vendée », a décrété la Convention. Les

« patriotes » survivants sont déportés à Angers, à Tours, à Poitiers. Paris leur est interdit, tout comme les départements côtiers. Quarante mille républicains vendéens seront ainsi exilés. Fontenay-le-Comte, si délibérément républicain sous le nom de Fontenay-le-Peuple, sera néanmoins puni et déclassé de son rang de préfecture au profit de la ville nouvelle de La Roche-sur-Yon (Napoléon sous l'Empire) chargée de surveiller le bocage. Ville de garnison, sentinelle de l'administration parisienne, La Roche-sur-Yon gardera sa mission, même sous les Bourbons, qui refuseront de redonner à Fontenay son rôle historique. Quant à l'abominable Turreau, il sera fait baron d'Empire, puis chevalier de Saint-Louis par Louis XVIII.

Parmi tant de noms cités dans les mémoires et les dossiers que j'ai dépouillés pour essayer d'y voir clair dans une aventure dont le premier historien a été Turreau, ce qui est tout un programme, ni Ragon ni Sourisseau. Mes tribus paternelle et maternelle ont participé, subi, souffert, sans laisser de traces. On ne se souvenait dans la famille que d'un mythique Ragon Duchêne, rescapé des colonnes infernales parce que caché pendant des mois dans le creux d'un gros chêne. Ma mère ne manquait jamais de me dire, lorsque nous rencontrions un arbre à glands : « Tu vois, c'est du bois dont on fait les Ragon Duchêne[1]. »

1. Mon roman, *Les Mouchoirs rouges de Cholet,* est né de cet événement familial mythique. Grâce à ce chêne, et aussi parce que ni les puces, ni les poux, ni les rats, ni les bacilles de Kock n'ont réussi à me dévorer, je témoigne...

Toute ma lignée paternelle est exclusivement paysanne, de 1666 à 1830. Après 1830, mes arrière-grands-parents directs sont toujours des petits paysans, mais dans les branches collatérales, on trouve des forgerons, des maréchaux-ferrants. Le plus lointain de mes ancêtres directs, dont on a trouvé trace, est Mathurin Ragon, né en 1666 à La Salissonnière de Saint Philbert de Pont Charrault, commune du Bas-Bocage, près de Chantonnay. Un siècle plus tard, ma famille se trouve toujours à La Salissonnière où mon arrière-arrière-grand-père, Pierre Ragon (1750-1831) est d'abord bordier, puis laboureur. Il a huit enfants, dont le cadet, Jacques, descend à une vingtaine de kilomètres, jusqu'aux confins de la plaine, pour s'établir cultivateur à Saint-Martin-des-Fontaines. Mon père est son petit-fils, né en 1887, toujours à Saint-Martin-des-Fontaines. A cinq kilomètres de Saint-Martin-des-Fontaines, Saint-Valérien, mon petit cousin, Alix Ragon, continue la tradition paysanne.

17

DANS les carnets de ma mère, aucune allusion à ses brus. Après le choc dû à l'avènement de la première femme dans ma vie, lors de mon adolescence nantaise, après l'affrontement qui s'ensuivit et la première cassure dans notre affection, elle garda certainement une amertume ineffaçable de ce qu'elle devait considérer comme une première trahison de ma part. Le reste ne fit plus partie que de la fatalité.

Déjà, dans mon enfance, lorsque je jouais sur la place Viète avec des petites filles, ma mère s'agaçait parfois, me disant avec brusquerie : « Tu ferais mieux de t'amuser tout seul, plutôt que de traînasser avec ces mijaurées. »

Mais jamais elle ne s'affronta avec ses brus, se montrant plutôt prévenante à leur égard, toujours humble, trop humble, s'appliquant à composer un peu trop ostensiblement avec ces ennemies.

Son grand auteur, Pierre l'Ermite, ne lui avait-il pas recommandé la résignation lorsqu'il écrivait dans *Comment j'ai tué mon enfant :* « Votre fils, madame, vous sera toujours pris... par une femme ou par Dieu. »

Du côté des brus, beaucoup de prudence aussi. De toute manière, elles voyaient peu ma mère, dont la moitié de la France les séparait, et ma mère offrait quand même l'avantage de représenter la totalité de ma famille. L'invasion conjugale de la famille de l'autre, si oppressante pour tant de couples, leur était ainsi évitée. Il est vrai qu'elles s'apercevaient ensuite à l'usage que si ma mère était seule il lui arrivait de peser autant qu'une tribu dans sa totalité.

Si bien que, lorsque je quittai ma première femme pour la seconde, le suprême argument de l'évincée fut de lancer à sa rivale :

— Tu verras, tu seras obligée de recevoir sa mère tous les ans !

Et aussi de lui écrire toutes les semaines, elle oubliait ça, mais sans doute était-ce moins pénible. Non pas que j'imposais cette corvée hebdomadaire, mais lorsque les brus me voyaient submergé par tant de lettres et tant de reproches de ne pas répondre par retour du courrier, elles finissaient elles-mêmes par reprendre la situation en main. Elles écrivaient une première lettre et, dès lors, se trouvaient prises au piège. Car ma mère leur écrivait ensuite personnellement, les prenant à témoin de mon ingratitude, les priant, les suppliant d'avoir la générosité de lui écrire. Elle avait la présence d'esprit de leur demander non pas de mes nouvelles mais de leurs nouvelles, des nouvelles de leurs familles. Si bien qu'elles se voyaient entraînées à une correspondance qui ne me dispensait pas, moi, de devoir donner de mes propres nouvelles.

L'exiguïté de mes logements, jusqu'à une date très récente, rendait impossible une cohabitation totale. Je réservais donc pour ma mère une chambre dans un hôtel proche, mais il n'empêchait qu'elle se tenait ensuite dans notre logement toute la journée. Cette présence continue, dans des logements trop petits, n'était pas le moindre problème des séjours de ma mère à Paris.

Chacun a ses habitudes qui, toujours, gênent les habitudes des autres. Celles de ma mère ont surpris, pour ne pas dire, stupéfié, l'une et l'autre de ses brus. Il faut dire que souvent il y avait de quoi. Par exemple, lors d'une première visite de ma mère à Paris, elle revint dans notre petite mansarde de la rue des Saints-Pères, son cabas à la main, tout agitée et joyeuse, s'exclamant : « Regardez ce que j'apporte ! » Et elle sortit du sac un pigeon vivant.

La bru d'alors se mit à crier : « Mais il va s'envoler. Il va mettre des plumes partout. Que voulez-vous qu'on fasse de ça ? »

Et moi qui la connaissais bien :

— Voyons, maman, j'espère que tu ne l'as pas attrapé dans la rue.

Elle dodelina de la tête, de l'air de celle qui vraiment n'est pas comprise :

— Mes enfants, un pigeon c'est comme une alouette, ça ne tombe pas tout rôti dans le gosier.

Et à mon adresse :

— Tu vas le plumer et on le fera cuire aux petits pois.

— Moi, le plumer, pourquoi moi ?

— Tu sais bien que je n'ai jamais su plumer les volailles. Mais tu as bien dû observer ta grand-mère qui...

Comme la bru d'alors était anglaise, à sa stupéfaction se mêlait l'horreur d'imaginer que l'on allait plumer vivant un oiseau sous ses yeux.

Elle bégayait d'indignation, comme font toujours les Anglais en pareille circonstance :

— Si... si... cette chose... moi je m'en vais...

Je pris le pigeon des mains de ma mère, ouvris la fenêtre et le lançai dans les airs.

Elle bouda pendant plusieurs jours, jouant à l'incomprise. Toujours cette civilisation de la cueillette qui la poursuivait, l'habitude de ramasser, de ne rien laisser perdre. Il était difficile de ramasser des escargots ou des champignons dans les rues de Paris. Elle avait cru bien faire en attrapant un pigeon. Elle se disait, dans sa bouderie, que l'on n'est jamais récompensé de ses peines.

A la suite de cette algarade, elle ne recueillit plus que les pièces de monnaie qu'elle avait l'art de trouver. Finalement, elle ne revenait jamais d'une promenade dans Paris sans avoir quand même glané quelque chose : la plupart du temps une pièce de un franc, mais aussi un bracelet, une montre, une bille en verre, et des tas d'articles inutiles du genre bout de caoutchouc, vieux journal, ficelle. Comme elle savait que les brus n'aimaient guère cette manière d'être, elle s'empressait de cacher ses trouvailles dans son éternelle valise de carton bouilli. Mais, parfois, elle me prenait à part, avec un air de complicité, pour me dire à mi-voix : « Tu veux que je te montre ce que j'ai trouvé aujourd'hui ? » Et elle ajoutait en riant sous cape : « Faut pas l' dire. »

Ce qui déprimait le plus ses brus, c'était son absence ou plutôt son refus d'enthousiasme. En réalité, nous l'avons vu, ma mère se laissait périodiquement aller à des enthousiasmes, à des lubies, mais elle n'en laissait rien voir. Elle se méfiait, comme disent les Vendéens, de « ne pas faire rire le monde ». Ce qui l'amenait à une réserve, à une perpétuelle autocensure de ses enthousiasmes et de ses plaisirs.

Si bien que l'on avait l'impression qu'elle ne trouvait jamais rien beau, jamais rien bon.

— As-tu aimé ce film ?

— C'est pas mal.

— Comment trouves-tu ce vin ?

— Il n'est pas mauvais.

Je lui disais parfois, agacé : « Il ne manquerait plus que ça, qu'il soit mauvais. Je ne te demande pas s'il est mauvais, je te demande si tu le trouves bon. »

Alors, poussée à bout, mais refusant toujours de se laisser aller, elle avait ce suprême compliment :

— Ça vaut mieux que de recevoir des coups de bâton !

Des réflexions qui remontaient ainsi de la nuit des temps (une nuit pas si lointaine). Pour les paysans la bastonnade laissait encore des souvenirs dans les os.

Au bout de quelques jours, nos logements prenaient l'allure de la masure nantaise. Un logement exigu, pour rester agréable, demande une surenchère de rangement et de propreté. Très vite, ma mère laissait traîner ses affaires n'importe où et réussissait à mettre les nôtres sens dessus dessous. Impossible de retrouver quelque chose. Impossible également de tenir propre. Ma mère aurait transformé en taudis n'importe quel palace. Outre l'instinct de la cueillette qui la reprenait, nous l'avons vu, dans ses maisons de retraite, son goût de l'accumulation lui valait aussi d'être tenue à l'œil par les infirmières. Régulièrement, on enlevait de sa chambre tous les déchets qu'elle réussissait à y introduire. Ce dont elle se plaignait bien sûr dans ses lettres.

L'habitude de ne jamais rien réparer, de tout laisser brinquebalant ; de préférer rester dans le noir plutôt que de changer une ampoule grillée ; de manger dans des assiettes ébréchées alors que des piles d'assiettes n'avaient jamais servi depuis la mort de mon père ; de mettre dans son lit des draps si raccommodés, si rapiécés, qu'ils finissaient par ressembler à de la tapisserie, alors que des piles de draps de lin, dans l'armoire, jaunissaient de vieillesse ; de ne pas balayer « pour ne pas faire de poussière » ; tout cela demeurait parfaitement incompréhensible pour les brus, qu'elles soient anglaise ou française.

Lorsque le désordre arrivait à son comble, qu'il apparaissait évident que la lutte contre le désordre et la saleté devenait impossible, je lisais dans les yeux des brus le commencement du désarroi bientôt suivi par la brillance du désir de la fuite. Il me fallait lutter sur deux fronts, temporiser, gagner du temps. Ma mère trouvait toujours des arguments irréfutables. Lui disais-je qu'elle obligeait ses brus à un surcroît de travail, qu'elles devaient la suivre à la trace pour nettoyer et ranger derrière elle, qu'elle répondait :

— Mais pourquoi tout nettoyer comme ça ? On peut bien vivre dans la saleté.

— Tu n'aimes pas être sale, maman. Alors pourquoi tout transformer autour de toi en *capharnaüm* (un mot qu'elle employait souvent) ?

Elle prenait un air offusqué :

— L'important c'est d'être propre sur soi.

De temps à autre (mais heureusement très rarement) elle se disait qu'il lui fallait quand même aider un peu ses brus. La catastrophe pointait à l'horizon. Sa manière de mettre le couvert ne correspondait pas à celle des belles-filles. Ce qu'elle jugeait de belles assiettes et sortait précautionneusement un jour où nous avions des invités, se révélait être pour nous des ustensiles que nous ne comprenions pas ne pas avoir mis au rebut depuis longtemps. Alors que nous avions peu de meubles et peu de vaisselle, elle réussissait à trouver des objets que nous avions complètement oubliés et à les mettre en évidence, pour notre plus grande confusion. Mais nos invités aimaient bien ma mère, qu'ils trouvaient pittoresque. Quant à elle, ces soirées qui paraissaient aux brus complètement ratées lui laissaient d'agréables souvenirs.

Comme ma mère ne se plaisait pas dans nos logements qui ne donnaient jamais sur rue et « où on voyait rien », elle sortait beaucoup, ce qui donnait quelque répit aux brus. La Samaritaine remplaçait le magasin Decré de Nantes. Elle aimait aussi y prendre un café. Puis elle découvrit que les bureaux de poste de quartier, du moins ceux qui ne sont pas trop exigus, s'étaient transformés en salles de réunion pour les vieillards du coin. Ils y accaparaient les sièges et les tables, et s'y faisaient de petits salons, complètement indifférents au va-et-vient des usagers. Ma mère fréquentait beaucoup ces salons improvisés. Elle disait y rencontrer des gens de son âge et de sa condition. Elle partait chaque jour au bureau de poste comme d'autres vont à leur club.

Elle n'aimait pas se lier avec des gens, mais elle aimait bien voir du monde, converser avec des inconnus. L'avantage de ces rencontres impromptues et sans lendemain, c'est que l'on peut y parler de tout et de rien. Ma mère, justement, répugnait à parler de quelque chose. Pour tout ce qui était profond, grave, elle se référait au domaine secret des livres. Par contre elle se plaisait à bavarder de ce qui, pour les brus et moi-même, paraissait de la futilité, parler pour ne rien dire. Lorsqu'elle lisait un journal elle sautait les pages de politique et d'informations générales, pour en venir tout de suite aux accidents et aux crimes. Elle connaissait à peine le nom du Premier ministre, mais pouvait vous citer une longue liste de repris de justice.

Ces gens qu'elle rencontrait lui parlaient de leurs maladies. Il se faisait ainsi entre vieillards des échanges de récits de maladies. Elle nous en rapportait chaque soir de nouvelles, avec gourmandise :

— La fille de la dame que j'avais déjà rencontrée hier, elle a eu « la totale » (ce que d'autres appellent « la grande opération »)...

Ou bien :

— X... est tombé du haut mal.

Les opérations tenaient toujours une grande place dans ses propos (malheureusement, elles en tinrent ensuite une grande dans sa vie). Celles des autres, puis les siennes. Elle comptait ses opérations comme d'autres leurs guerres, mettant sur le même plan l'appendicite et les polypes.

Elle refilait à ses interlocutrices les recettes de médecine par les plantes (de ma grand-mère) et revenait avec de nouvelles formules qu'elle voulait immédiatement expérimenter. Comme s'il était facile de trouver à Paris de l'écorce de bourdaine comme laxatif, des queues de cerise comme diurétique, et du houx en poudre pour « susciter les facultés intellectuelles » !

Les médicaments faisaient partie de ses phantasmes. Elle se

récitait les slogans publicitaires pharmaceutiques comme d'autres se rappellent les vers de Mallarmé. Et dans sa bouche, ces noms de médicaments devenaient en effet une sorte de poème : le Vermifuge antinerveux du docteur Treille, l'Elixir tonique antiglaireux du docteur Guillié, les dragées Gélineau contre l'épilepsie, les produits du Curé Béraud contre les goitres, la Poudre laxative Vichy contre la constipation, la Poudre Montavon qui guérit radicalement de l'ivrognerie, etc. Plus ces remèdes semblaient émaner de charlatans, plus ils la séduisaient.

Le soir, devenue raisonnable, elle nous faisait l'éloge de la pomme qu'il faut manger quotidiennement avant de s'en aller coucher.

Malgré tous ces problèmes dus à la cohabitation, il nous arrivait de temps en temps de retrouver une vieille complicité, avec des références ou des plaisanteries seulement perceptibles pour nous, et donc incompréhensibles et irritantes pour les brus.

Elle avait alors des fous rires de petite fille et se laissait aller à des calembours et à des expressions drolatiques où l'on retrouvait encore Rabelais. Si l'un de nous deux disait : « Le temps se couvre », il était entendu que l'autre répondait invariablement : « Il a froid. » Si je disais : « C'est merveilleux. » Elle enchaînait toujours : « Amiral Merveilleux du Vignaux. »

Je croyais qu'elle avait inventé cet amiral pour le plaisir des mots. Mais non. Recherches faites il s'agit bien d'un amiral, évidemment « colonial », qui conquit ses galons au Tonkin et à Madagascar et se fixa en Vendée le moment de la retraite venu.

C'est seulement avec la seconde bru que les relations avec ma mère eussent pu tourner au drame. D'abord ma mère, à peine le temps de faire connaissance avec sa nouvelle belle-fille, nous annonçait que l'ancienne l'invitait à séjourner chez elle. Curieuse invitation venant de quelqu'un qui n'avait su trouver comme suprême catastrophe à l'adresse de sa remplaçante que l'obligation du séjour annuel de la belle-mère. Bien sûr, la nouvelle bru, loin de se sentir soulagée, se crut obligée de se montrer vexée. Et l'ancienne ne tarda pas à regretter son initiative car ma mère passa le plus clair de son temps chez elle à faire l'éloge de « l'autre » : « Mais si, mais si, vous savez, elle ne se débrouille pas si mal... Je ne dis pas qu'elle ne soit pas coquette, mais elle sait s'habiller... C'est toujours ce qui vous a manqué, à vous, ma pauvre petite. Vous ne preniez pas assez soin de vous. Je me disais toujours : elle devrait faire attention, on va finir par la prendre pour sa bonne. »

Réexpédiée chez nous, ma mère ne trouva rien de mieux, une nouvelle fois, que de parler sans cesse de « l'autre », avec des comparaisons tout à fait inopportunes du genre : « Pour ce que je vous en dis, moi, vous faites comme vous voulez. Mais S... ne s'y serait pas prise comme ça. Tenez, la semaine dernière encore, chez elle, et malgré toute la difficulté que l'on a à vivre seule, je peux vous en dire quelque chose, eh bien, S... »

La nouvelle bru encaissait sans répliquer, mais c'est moi qui, le soir, devais surmonter l'orage.

— Qu'elle retourne chez S..., si elle s'y trouve si bien. Moi, j'en ai assez de ces commérages !

Je prenais ma mère à part :

— Voyons maman, tu ne devrais pas parler de S... à ta nouvelle belle-fille. Tu dois bien penser que ça ne lui fait pas plaisir.

— Pourquoi ? Si on ne peut plus causer, maintenant...

— Si, mais d'autre chose.

Elle faisait la moue, boudeuse :

— Peuf ! Si je cause d'autre chose, on ne s'intéresse pas à ce que je dis.

En réalité, c'est la seconde bru qui commença à me mettre sur la voie de cette autre culture qui me liait à ma mère plus que je ne le croyais. Fille de riches, ce qui nous sépara de plus en plus, au cours des ans, c'est ce qu'elle appelait ma mentalité de pauvre. Et elle se mit à détester ma mère qui était comme un révélateur de ce qui, pour elle, constituait mes plus graves défauts. Sous le vernis intellectuel ma nature plébéienne affleurait. Elle détestait ma mère en moi. Et lorsqu'elle la voyait, ce qu'elle considérait comme mes faiblesses ou mes ridicules lui était souligné. Ma mère apportait avec elle tout un monde sordide, tout un passé assez effrayant pour une très jeune citadine fascinée par le luxe et la modernité. Ma mère lui paraissait vieille, vieille... vieille comme *l'Angélus* de Millet, comme les images d'Épinal, comme les fables de La Fontaine, comme le *Roman de Renart,* comme *Pantagruel...* Et moi-même me mettais à vieillir, rapproché de ma mère, me mettais à blanchir comme l'hiver, me mettais à me courber vers la terre comme un arbre rabougri, m'empêtrais dans tant de boue et de bouse accumulées depuis des siècles.

Je voyais la seconde bru s'éloigner, courir en sautillant sur ses hauts talons, s'enfuir dans un froufroutement de beau linge. Et je me retrouvais, petit garçon à col marin et bonnet à pompon, tenu en laisse par la mère ogresse, descendant la rue de la République à Fontenay-le-Comte, sous les balcons de l'hôtel de Fontarabie.

18

Mais que sont devenues les puces d'antan ? Plus de puces dans la conversation de ma mère, plus de linge blanc entrebâillé dans lequel s'introduisent des mains fouineuses à la recherche de l'insecte familier. Plus de dompteurs de puces dans les foires, ces puces savantes que l'on voyait traîner des carrosses miniatures et qui, ensuite, recevaient leur récompense en venant paître le sang du dompteur sur son bras congestionné. Plus de tableaux de la Belle à la puce, dans les expositions. Plus de tournoi poétique comme celui qui, aux Grands Jours de Poitiers, permit à Nicolas Rapin de se faire remarquer par le président Achille de Harlay avec son poème sur *La Puce de Mademoiselle Des Roches.* Grâce à la puce de cette pucelle, notre ami Nicolas Rapin fut nommé par Harlay lieutenant criminel à Paris. Ce qui lui permit de rencontrer Henri III qui le renvoya en Poitou comme prévôt général de l'armée. Voilà où pouvait mener une puce, en ce temps-là. Mais que sont les puces devenues ?

Où sont passées les mille deux cents espèces recensées par les naturalistes ?

La linguistique nous apprend que le mot puce vient du latin *pulex,* qui vient lui-même du sanscrit *pulaka,* voire du persan *pûlah ;* que la racine *pul* (ou *pûl*) signifie multiplier, croître en grand nombre. La puce et la pullulation seraient donc cousines germaines. Tellement la puce et toutes autres sortes de vermine ont longtemps paru sécrétées par la peau elle-même, cette peau qui était à la fois leur habitacle et leur prairie nourricière.

Mais la puce est-elle un insecte ? Les naturalistes en ont

longtemps douté. Le Danois Johann Christian Fabricius la rapprochait des hémiptères ; Antoine-Louis Dugès, auteur en 1838 des trois volumes du *Traité de physiologie comparée de l'homme et des animaux,* la rapprochait des hyménoptères ; Pierre-André Latreille, auteur en 1810 de *Considération sur l'ordre naturel des animaux composant les classes des crustacés, des arachnides et des insectes,* lui voue un ordre spécial : les syphonaptères ; l'Anglais William Kirby lui invente aussi un ordre spécial : les aphaniptères. Finalement les naturalistes semblent s'être résignés à lui trouver des affinités avec les diptères qui, comme on le sait, constituent dans la classe des insectes le groupe d'animaux arthropodes, embranchement intermédiaire entre les vers et les mollusques.

Tous ceux qui se sont si vigoureusement grattés, depuis que la puce de l'homme *(pulex irritans)* existe, tous ceux qui ont vu les chats s'arracher les poils du ventre en cherchant à mordre leur *pulex felis,* ne s'étonneront pas d'apprendre que ce petit être qui mesure deux à quatre millimètres de long et dont les mœurs sexuelles sont ambiguës (c'est la femelle qui monte sur le dos du mâle) ait exercé une si grande fascination sur les humains dont ont témoigné les poètes depuis Ésope et Ovide.

Les poètes chante-puce abondent en France à partir de la Renaissance où l'abandon de la pratique des bains favorise la cohabitation de l'homme et de la puce, ou plutôt de la femme et de la puce puisque tous les naturalistes s'accordent (pour une fois) à dire que la puce préfère de beaucoup introduire son appareil bucal piqueur dans la peau de la femme que dans celle de l'homme, la première étant moins dure.

François Rabelais (toujours lui) qui avait eu maille à partir avec les puces de son couvent (les couvents étaient si aimés des puces que l'un d'eux, à Paris, s'est appelé tout bonnement Picpus ; et les robes des moines se teignaient couleur puce afin que les insectes puissent y passer inaperçus), Rabelais, dis-je, fait prononcer à Panurge qui enchâsse une puce dans l'anneau de son oreille droite : « J'ai la puce à l'aureille. Je me veux marier. » Quarante ans après, une *Chasse aux Puces,* éditée en 1573 à Strasbourg remporte un énorme succès. Puis en 1583 c'est, à Poitiers, l'*Anthologie de la Puce,* sorte de Guirlande de Julie, que composent les humanistes qui fréquentent la maison de deux femmes savantes, auteurs elles-mêmes de vers, Madeleine Des Roches et sa fille Catherine.

Catherine Des Roches, dite « la Belle Langagière de Poitiers », dite aussi « perle de nostre pays poitevin », suscita la verve poétique non seulement de Nicolas Rapin mais aussi de Barnabé Brisson et d'Agrippa d'Aubigné.

Nicolas Rapin, dans la guirlande de poèmes tressée pour Mademoiselle Des Roches, versifie en fait une « Contre-Puce ». Car, dit-il :

J'aimerois mieux chanter le poux ;
Qui s'engendre et se paist de nous,
Plus amy de nostre nature.

C'est un paradoxe. On aurait bien du mal à faire une anthologie des poèmes du pou, alors qu'avec les poètes chante-puce, rien de plus facile. Ce qui a toujours fasciné les poètes chante-puce, c'est en fait ce qui m'intriguait moi-même dans mon enfance pucière, face aux linges entrouverts et aux chairs blanches aperçues.

On conte que, de guet à pens,
Peu à peu glissant et rampant
Du bas où tu fais ta retraite,
Tu t'estois penchée en un lieu,
Duquel Prince ni demi-dieu
N'approche la main indiscrète...

Quantefois j'ay veu, au matin
De ma maîtresse le tetin
Picoté de tes noires traces !
Et si là j'en voyois l'effet,
Dieu sçait si tu n'avois point fait
Encore pis en d'autres places.

Chères dames Des Roches, si aimées des puces qu'elles moururent le même jour de la peste...

La Renaissance chante la puce, mais c'est néanmoins le « siècle de Louis XIV » qui pourrait aussi bien, et sans doute mieux, être appelé « le siècle de la puce ». Louis XIV, enfant, jouait dans la Galerie du Louvre avec un canon miniature attaché par un cheveu à une puce. La vermine abonde à un tel point que l'on se rase les cheveux dévorés de poux et que l'on porte perruques. Puisque l'on ne peut se débarrasser des puces, on les apprivoise, on les dompte, on en fait des colifichets. Les puces enchaînées sont à la mode et se paient dix sols. Tallemant des Réaux, dans ses *Historiettes,* montre un dompteur de puces qui avait enchaîné une puce à un chariot. La Bruyère parle de « quatre puces célèbres que présentait un charlatan, subtil ouvrier, dans une fiole où il avait trouvé le secret de les faire vivre ». Ces puces étaient habillées d'une cuirasse, de brassards, de grenouillères et coiffées d'un casque. « En cet équipage elles allaient par sauts et par bonds dans leur bouteille. » La marquise de Sévigné évoque aussi un petit chariot traîné par des puces :

Monsieur le Dauphin dit à Monsieur le Prince de Conti :
— *Mon cousin, qui est-ce qui a fait les harnois ?*
— *Quelque araignée du voisinage, dit le prince.*

Le galant, qui réussissait à saisir une puce sur une personne aimée l'introduisait dans un médaillon de cristal et la portait au cou. On attachait aussi des puces aux meubles, par des fils d'or.

La Fontaine, Boileau, Molière, tout le monde, bien sûr, parle des puces.

La Fontaine, dans sa fable *L'Homme à la puce,* nous montre « un sot » qui, par une puce « eut l'épaule mordue ». Et qui implore les dieux de « lui prêter leur foudre et leur massue » :

Puissant dieu du tonnerre, extermine les puces !

Orgon dit du dévot Tartufe :

Il s'impute à péché la moindre bagatelle ;
Un rien presque suffit pour le scandaliser ;
Jusque-là qu'il se vint l'autre jour accuser
D'avoir pris une puce en faisant sa prière,
Et de l'avoir tuée avec trop de colère.

Si les puces de Mademoiselle Des Roches étaient notoires au XVIe siècle dans notre Poitou, celles de Marion de Lorme furent célèbres au XVIIe siècle dans la France entière.

Pierre de Marcassus assure qu'il n'y en eut jamais de si prospères :

Sitôt que Pyraenion aperçoit la cruelle
Sauter impunément sur le sein de la belle,
D'une subite main il la suit, et la prend,
L'enferme dans un gland de cristal transparent ;
Lui même qui l'a prise, à peine ose-t-il croire
Qu'on en ait jamais vu de si grosse et si noire.

Au XVIIIe siècle, un ouvrage tout entier est consacré à la puce par l'abbé Jean-Jacques Barthélemy, de l'Académie française : *La Chanteloupée* ou *La Guerre des Puces*, péripéties se déroulant au château de Chanteloup où s'est retiré le duc de Choiseul sous Louis XV. Par ailleurs, Bernardin de Saint-Pierre, qui ne manque aucune occasion de louer la Providence, assure que, si la puce est noire, c'est pour être en contraste avec la blancheur des draps et de la peau et ainsi pouvoir être plus facilement attrapée. J'aurais aimé lui poser la question : les nègres ont-ils des puces blanches ?

Enfin l'illustre Réaumur ne dédaigne pas de construire une voiture roulante traînée par six puces, dont il sera fait présent à la reine d'Espagne.

Au XIXe siècle les puces se démocratisent. Beaucoup de puces savantes, dans les foires où elles se battent en duel, sont revêtues de costumes militaires, dansent, puisent de l'eau avec des seaux. Des foires aux puces apparaissent, puis des marchés aux puces où les puces sont vendues par surcroît. La couleur puce qui, de la robe des moines, glissa sur les colifichets des dames de la cour sous Louis XVI, retrouve une vogue vers 1830. Les teinturiers s'ingénient à inventer des couleurs pucières : dos de puce, cuisse de puce, tête de puce, ventre de puce. En 1861, un inventeur crée la jarretière tue-puces. Les femmes disposent aussi d'un piège antipuces qu'elles se mettent sur la poitrine. Il s'agit d'une flanelle que l'on appelle le pistolet et qui attire les puces.

Lorsque le pistolet en est garni, on le met à la lessive et on le remplace.

Je ne sais pas comment vous vous sentez, après ces quelques pages de lecture pucière, mais moi il faut que je m'arrête d'écrire un instant, pour me gratter.

19

NICOLAS RAPIN me ramène à Maillezais.

De très loin, dans la platitude du marais mouillé, on remarque les ruines de la cathédrale de l'abbaye qui se profilent en dentelle de pierre. Jadis, ces terres basses étaient submergées chaque hiver par le reflux de l'Océan, plus le débordement des eaux de la Sèvre et de ses affluents la Vendée et l'Autize. La confusion des eaux et de la terre, si typique de la Vendée maraîchine et côtière, s'y produisait encore plus qu'ailleurs. Dans ce désordre de la nature, les moines bénédictins voulurent apporter l'ordre de leurs levées, de leurs chaussées, de leurs canaux, de leurs écheneaux, de leurs biefs. Près de mille ans se sont écoulés depuis lors, et près de cinq cents ans depuis que l'abbé, monseigneur d'Estissac, recueillait le demi-hérétique Rabelais et en faisait son secrétaire et le précepteur de ses neveux.

La protection de Geoffroy d'Estissac suivra Rabelais à Montpellier, lorsqu'il ira y étudier la médecine, et à Rome où il sera médecin d'un cardinal. Pour remercier son bienfaiteur, Rabelais, comme ma mère, chaparde. Il va faire clandestinement la cueillette dans le jardin secret du pape et envoie à Maillezais des graines de salade, une salade jusqu'alors inconnue en France et qui depuis s'appellera la romaine.

Du cloître de cette immense abbaye il ne reste que des fouilles : des pierres tombales éparses, des puits, une cave, les tombes ouvertes des abbés. Des cuveaux en pierre servent maintenant de bacs à fleurs. Sous un petit préau, couvert de tuiles romaines, l'entrée de la cave à sel. On descend trente marches et l'on aboutit à un grand bâtiment souterrain, de sept pas de large sur trente-deux de long, avec de belles voûtes en tiers-point éclairées par quatre soupiraux.

Près de la cave à sel le réfectoire des moines et la cuisine octogonale transformée en un petit musée lapidaire où sont entreposés des chapiteaux du XIe siècle, des modillons à copeaux et à palmes, un cadran solaire, des fragments d'impostes et de rinceaux et le blason de Geoffroy d'Estissac avec la mitre et la crosse.

Au-dessus du réfectoire le dortoir auquel on accède par vingt-sept marches formées de grosses pierres. De l'unique fenêtre conservée on domine le marais que les guides touristiques appellent la Venise Verte.

En contrebas de l'abbaye subsiste une belle échauguette en brise-lame. A ses pieds, une petite guinguette sert du vin gris avec des crêpes. Des *yoles* noires sont amarrées en bordure du marais. Elles emmènent les touristes le long des anciennes douves, puis à travers les conches bordées de roseaux et de fraigneaux, dans lesquelles nichent les sarcelles.

Voilà tout ce qui reste de l'abbaye chère à Rabelais. Mais ces restes sont splendides. De 1791 à 1840 un bourgeois qui acquit l'abbaye comme bien national s'employa à la dépecer. Il n'arriva pas à venir à bout de tant de pierres. On dit même qu'il s'y ruina. En tout cas il ruina aussi l'abbaye.

Rabelais était arrivé à Maillezais en 1524. En 1589, trente-six ans après la mort de l'auteur de *Gargantua,* c'est un autre écrivain qui s'y installe, Agrippa d'Aubigné. Mais d'Aubigné en chasse les moines et les remplace par ses soldats huguenots. Pendant trente ans, il restera gouverneur de Maillezais transformé en plate-forme protestante. Il y écrira *Les Tragiques* et son *Histoire universelle.*

Nicolas Rapin qui, après avoir été maire de Fontenay la protestante, vit dans son manoir de Terre-Neuve construit, tout comme les maisons à arcades de la place aux Porches, par l'architecte Jean Morisson, est un ami d'Agrippa d'Aubigné. Ils se rendent visite, s'écrivent, se communiquent leurs vers, naviguent en *yole* dans le marais. Nicolas Rapin, coauteur de la *Satire Ménippée,* dont il a écrit les harangues de d'Espinac, de Roze, d'Engoulvent, a aussi publié des traductions d'Horace et d'Ovide. Il compose d'ailleurs plus volontiers des vers latins et en a dédié certains à Sully qui vient aussi le visiter à Terre-Neuve.

Nicolas Rapin et d'Aubigné à Maillezais... Étrange rencontre que celle de ce roturier lettré et de cet aristocrate baroudeur dans l'abbaye de Rabelais ! Mais tous les deux sont humanistes, tous les deux sont poètes et disciples de Ronsard, tous les deux sont huguenots et « républicains ».

Les guerres de Religion sont l'occasion de la première grande jacquerie vendéenne. C'est même, pourrait-on dire, la première manche des guerres de Vendée et qui durera trois quarts de siècle. La première insurrection vendéenne contre la Convention, le 23 août 1792, qui mettra en armes huit mille hommes de quarante paroisses, n'éclate-t-elle pas curieusement le jour anniversaire de la Saint-Barthélemy ? Et la répression dans les deux cas n'est-elle pas aussi atrocement semblable ? De même, la révolte protestante est d'abord, en Vendée, foncièrement plébéienne. Les premiers protestants seront des tisserands, des tondeurs de draps, des petits manufacturiers. La paysannerie suivra très vite, les messes cessant dans toutes les églises transformées en granges. Le bocage forme des bandes armées de bâtons, de haches. Les prêtres catholiques et les dévots sont massacrés, les églises pillées, les monastères incendiés. Paysans et artisans « enragés » mutilent les statues des porches, renversent les autels, brûlent les reliques, violent les tombeaux, emportent les reliquaires, les croix, les calices, les ornements d'or et d'argent que les forgerons fondent pour en faire des pièces de monnaie. Les premiers chefs que se donnent ces hordes sont des prêtres apostats et des paysans. Ils s'en prennent aux nobles auxquels ils dénient tout droit « naturel », arguant que ces privilèges ne sont pas spécifiés dans la Bible. Ils réfutent aussi l'autorité royale. Lorsqu'on leur parle de Charles IX ils répondent : « Quel roi ? Nous sommes les rois. Celui que vous dites est un petit royat de rien ; nous lui donnerons des verges et lui baillerons un métier pour lui apprendre à gagner sa vie comme les autres. » Même lorsque, de plébéienne, la révolte huguenote deviendra bourgeoise et aristocratique, la noblesse poitevine, se jetant avec allégresse dans la Ligue, comme elle se ralliera à la chouannerie, elle n'en demeurera pas moins « républicaine ». Dans les vers d'Agrippa d'Aubigné royauté est synonyme de tyrannie. Les protestants lutteront pendant quatorze ans contre la monarchie, jusqu'à ce que, en devenant roi, Henri de Navarre récupère le mouvement au profit de la couronne. Mais à La Rochelle survivra jusqu'au fameux Siège la première des républiques françaises. Le couronnement de Henri IV détruisait le rêve d'une république du Bas-Poitou Saintonge. Théodore-Agrippa d'Aubigné, l'ancien écuyer de Henri de Navarre, ne s'y trompait pas lorsqu'il s'accrochait à sa forteresse-abbaye de Maillezais en signant « le bouc du dézert ».

Déjà, sous Charles VII, des moines libres-prêcheurs annonçaient Luther et enthousiasmaient les villageois. L'un d'eux, nommé Philippe Bertin, cordelier au couvent de Fontenay-le-Comte, fut brûlé vif le 7 mai 1448. On a dit de l'église protestante de Fontenay qu'elle était l'une des plus anciennes de France et qu'elle naquit en fait dans la cellule de Pierre Amy, dans ce même couvent des Cordeliers. Pierre Amy, si cher à Rabelais et dont Érasme dira : « Je n'ai jamais vu mœurs plus pures que les siennes. »

La Vendée sera recatholicisée non pas par l'évêque de Luçon devenu cardinal-dictateur mais, au début du XVIIIe siècle, par un humble prêtre breton, Louis Marie Grignion de Montfort, prêcheur aux portes des églises, sous les halles, aux carrefours des chemins. Le Père de Montfort, comme on l'appelle encore avec affection, composera des cantiques sur des airs de chansons à la mode, érigera ces hauts calvaires qui s'imposent aux croisées des routes, et finira sa vie en ermite dans la forêt de Mélusine. J'ai gravi bien souvent l'étroit sentier rocailleux qui monte à sa grotte et qui est un lieu de pèlerinage. C'est le Père de Montfort qui refera la Vendée pieuse, qui la reconvertira, qui la préparera à la chouannerie.

Si bien que mon père chantait encore la défaite de Soubise :

Chantons tertous à pleine tête
La défaite dos parpaillaux...
Vive le ré, notre bau sire
O n'en fut jamez in itau !

Iquidon bea monsiour de Soubise
Qui s' dit le ré dos parpaillaux,
Tot embriffé do vent de bise
A monti su sez grous chivaux...

Les paysans de mon enfance avaient oublié avec quel acharnement leurs ancêtres s'étaient battus contre le *ré,* avec Monsieur de Soubise. Lors du premier siège de Fontenay, les paysans qui s'étaient introduits dans la ville, sous prétexte de denrées à apporter au Marché aux Porches, sonnent le tocsin et se précipitent dans les églises à la recherche des ciboires en or. Avec les linges d'autel, ils feront des robes de noce pour leurs promises. Six ans plus tard, lorsque la ville sera protestante, l'inventaire des biens de l'église sera maigre : *cinq touailles de linge sale... une fort vieille chesible de damas figurée de blanc toute deschirée... un grand ciel neuf...*

Un grand ciel neuf... Quel programme en un temps de guerres de Religion !

Déjà les paysans s'acharnent sur la ville, même s'ils se disent parpaillots comme les bourgeois de Fontenay. Quatre cents bourgeois pour une ville de cinq mille habitants. Quatre cents bourgeois qui font et défont l'Histoire, qui se faufilent si bien parmi les troubles et les pillages qu'à la fin des guerres de Religion certains se trouveront anoblis et les autres fort enrichis avec les dépouilles des « engagés ». Dans cette première manche des guerres de Vendée, la bourgeoisie tire donc, déjà, les marrons du feu. Les paysans, eux, n'auront guère pour souvenirs que plaies et bosses et un morceau de drap d'autel à dentelle, pour faire un jupon.

20

Au début du XIXe siècle, malgré toutes les destructions, mille sept cents moulins fonctionnaient encore en Vendée. Mille deux cents à vent et cinq cents à eau. En 1900 il en restait encore un millier. On n'en trouve plus guère aujourd'hui que trois, symboliques, avec leurs grandes ailes qui ne tournent plus, sur le Mont des Alouettes, « la colline inspirée » du bocage.

« Colline inspirée » ? Au sommet, la route nationale traverse le site, coupant la chapelle des deux moulins et du calvaire. Au fond, un restaurant minable bordé de cars de touristes d'où s'échappent à pleins sons des airs disco. Sur un poteau blanc, une boîte aux lettres jaune, isolée, entre un gros projecteur et la lunette longue-vue traditionnelle. En plus il pleut, une petite pluie fine, interminable, qui doit tomber du ciel depuis la création du monde.

21

Je ne possède qu'une dizaine de photos de ma mère. Là encore je n'ai disposé d'un appareil que récemment. La plupart de ces images, de très petit format, sont de mauvaises photos d'amateur, plus ou moins floues. Mais quelle énigme, toujours, que ces portraits qui vous regardent, muets, interrogateurs. Tout photographié qui pose ressemble à Œdipe devant le sphinx.

Une photo d'identité, encore agrafée sur un morceau de carte jaunie, date sans doute des débuts de notre arrivée à Nantes. Ma mère doit alors avoir quarante-cinq ans. Elle porte un corsage noir, très peu décolleté, est coiffée assez court, les cheveux ramenés en bandeaux sur le front. Elle fait très jeune. Je m'étonne de cet air de jeunesse. C'est donc cette femme avec qui j'arrivais à Nantes, en 1938, à la recherche d'une situation sociale. C'est donc cette femme avec qui je m'enivrais de lectures ! Rien d'étonnant. Quelle passion dans ce regard noyé de tristesse ! Quelle crispation dans cette bouche si fébrile que l'on a l'impression que cette image va bouger, s'animer ! J'interroge cette photo qui m'interroge. Dialogue impossible. Trop tard.

1942. La mère et le fils. Photographiés tous les deux comme un couple d'amoureux. Nous sommes de la même taille et j'ai la main posée sur l'épaule de ma mère. Un manteau vague qui lui donne un air sport. Une écharpe négligemment nouée autour du cou est rejetée par le vent en arrière. Elle a toujours son air jeune. Elle paraît heureuse.

Une photo dont l'envers porte : mai 1945. J'ai essayé, avec un fort mauvais appareil, de photographier ma mère à l'intérieur de la masure de Nantes, éclairée par la fenêtre. Assise, engoncée dans un tablier, elle ravaude. Soudain, elle n'est plus jeune. Son visage n'est pas triste, mais résigné.

Une photo avec moi à Paris puisqu'en fond de décor je reconnais le Louvre. C'est peut-être son premier voyage à Paris. Un grand sourire est revenu. Elle a une robe noire, un sac noir à la main et un étonnant col blanc « claudine ».

Août 1958. La meilleure photo. Je disposais enfin d'un Foca-Sport. J'ai photographié ma mère accoudée sur un parapet de la Seine, tout à côté de mes boîtes de bouquiniste. En fond de décor, un grand saule et, au premier plan, une pile de livres avec cette pancarte : « Tout à cinquante francs. » Ma mère, qui a soixante-cinq ans, paraît ravie de mon petit commerce. Elle sourit, le visage plissé par une infinité de rides.

Dix ans plus tard. C'est la sortie de mon mariage à Ronchamp, dans la neige. Elle a un visage tout apeuré, dont on ne voit guère que les yeux tellement elle est enfouie dans un cache-nez. Cette neige et ce froid l'effraient. Elle a soixante-quinze ans. Ce sera son dernier grand voyage. Elle ressemble à une toute petite chose malhabile, dépaysée, au milieu de ma belle-famille hilare.

La dernière photo. Une photo de groupe dans une maison de retraite. Avec trois autres vieilles femmes. Elle se trouve au premier plan, assise sur des marches de pierre. Derrière, d'autres pensionnaires, debout. Tout ce monde est frileux, engoncé dans des manteaux et des lainages. Photo d'une infinie tristesse que tous ces vieux entre eux, édentés, l'air hagard, le regard morne. Ma mère a le visage tout crispé. Elle est d'une maigreur qui ne fera que s'accentuer. Je l'ai souvent soulevée pour la porter de son fauteuil à son lit, dans les dernières années où elle devint grabataire et je m'étonnais toujours de son extrême légèreté. Elle ressemblait de plus en plus à la vieille bonne de curé qui, tous les jours, attendait à cinq heures la visite de Jacques Chancel. Comme elle, elle devenait oiseau décharné, oiseau mourant de froid et de faim dans un dernier hiver.

Mais ces vieilles femmes s'aidaient à vivre, ou plutôt à mourir. Il m'est arrivé de déjeuner au réfectoire avec ma mère et ses compagnes. Une vraie petite fête. Ma mère ne se montrait pas peu fière de m'avoir près d'elle. Il s'ensuivait un vrai jacassage de perruches, mais de perruches qui, provisoirement, s'évadaient de leur cage.

Je retrouve une carte postale qui lui avait été envoyée à l'hôpital lors d'une de ses opérations. Elle est signée par cinq pensionnaires et son libellé est émouvant : « Du foyer nous vous envoyons toute notre sympathie. Votre départ nous a surprises et peinées. Mais nous avons maintenant l'assurance que vous serez bientôt parmi nous ; que nous allons pouvoir chasser cette vision de chaise vide à notre table. Toutes unies nous vous embrassons affectueusement. »

Elles étaient toutes là, le jour de la messe mortuaire dans la chapelle de la maison de retraite. Elles étaient toutes là, certaines se traînant sur des béquilles ou poussées dans des fauteuils roulants. Elles étaient toutes venues chanter les cantiques des morts, en un dernier adieu dont la foi chrétienne vous donne la chair de poule. Toutes unies autour de leur vieux prêtre, lui-même vieillard venu échouer ici pour un dernier service à rendre. Ce vieux prêtre et ces vieillards chantant à l'unisson devant le cercueil de ma mère, on eût dit une résurrection de la Vendée clandestine de 93, groupée autour de ses curés en attendant la fin du monde. Ce vieux prêtre qui m'a dit après l'office :

— Avant de mourir, votre maman m'a fait appeler et m'a demandé : Quoi ? Je lui ai répondu en levant la main très haut : Le ciel !

22

RIEN de changé à Fontenay. En apparence, mais en fait une grande zone industrielle s'étend derrière la gare qui n'affecte en rien le Fontenay historique dont les maisons du XVIe siècle sont en de nombreux points en cours de restauration. Et en allant à la recherche du jardin de mon grand-père une surprise de taille : à sa place une autoroute débouche sur un nouveau pont qui mène à l'ancien champ de foire devenu parking.

J'ai remonté aussi la rue Tiraqueau pour voir ce qu'était devenue l'école des Frères des écoles chrétiennes où j'ai appris à lire et à compter. A l'entrée se dresse toujours un immense calvaire où Madeleine et Marie sont prostrées au pied de la croix. Mais l'appellation de l'école est changée. C'est maintenant : École mixte du Sacré-Cœur.

École mixte ? Quelle révolution sous l'emblème du Sacré-Cœur !

23

Le Québec et l'Acadie m'ont aidé à retrouver le dialecte vendéen. J'essaie de me souvenir. Je pars à la pêche des mots. J'en tire quelques-uns de l'eau des oublis.

Ma grand-mère avait un *fis* sur la joue gauche. Mais, en fait, moi aussi. C'est en français une verrue. Pourquoi appelait-on les étincelles d'un feu de bois dans la cheminée : des *bretons ?* Et faire des étincelles en tisonnant : *bretonner*[1] *?* Une *dornée,* c'est une mesure dans le tablier replié qui s'appelle une *dorne* (on trouve ce mot chez Agrippa d'Aubigné). Un plat *rimé* est un plat qui a commencé à brûler ; des pommes de terre *grâlées* ont été cuites dans la cendre ou bien dans un *diable ;* un *papot* est un gros pansement au doigt (enfant, j'avais toujours des *papots* que je finissais par assimiler à une sorte de poupée pour petit garçon) ; les échelles n'ont pas des barreaux, mais des *rollons,* les chaises aussi ; faire *do boué,* c'est couper des branches pour faire des fagots ; l'*éclaircie* c'est à la fois l'aube, la clairière dans le bois

1. Pourquoi invoquer les Bretons à propos de ces étincelles dans la cheminée ? Cette expression m'a longtemps intrigué. Jusqu'à ce que je demande à mon ami Pierre Jakez Hélias comment se disait, en breton, « faire des étincelles dans la cheminée ». *Broudan,* me répondit-il. Ainsi le bretonner vendéen n'est autre qu'une déformation du breton : *broud* (bruit) *tan* (feu). On trouve dans le dialecte poitevin d'autres mots bretons qui, parfois, sont passés tels quels : galerne (le vent du nord-ouest, c'est-à-dire soufflant de Bretagne) vient de *gwalarnn ;* garocher (jeter) vient de *garo* (rude) et *rok* (rocher) ; graffignier (égratigner) vient de *krafigna ;* pigouille (perche pour faire avancer la barque) vient de *pik-oul ;* veze (cornemuse) vient de *vezou* (bignou).

Cf. *Dictionnaire étymologique du patois vendéen,* par Gabriel Lévrier, 1867.

et le rayon de soleil entre deux averses ; la *basse heure* c'est le crépuscule...

Il y a, dans tout patois, des mots spécifiques, du français déformé et des locutions particulières.

Mots spécifiques : *aive*[1] (eau), *calais* (noix), *baillage* (orge), *friquet* (écumoire), *buffer* (souffler), *achalé* (fatigué par la chaleur), *bader* (perdre son temps), *enjominer* (envoûter), *ébobé* (abasourdi), *grucher* (grimper), *garocher* (lancer), *grâler* (griller), *petasser* (cancaner), *petouner* (bougonner), *guener* (gémir), *virouner* (tourner en rond), *subler* (siffler), *riper* (glisser)...

Mots déformés : *berouette, nik, arère, boué, fumelle,* qu'il n'est pas besoin de traduire puisqu'il s'agit d'un simple accent. Ou *avouène* (avoine), *canesson* (caleçon), *assette* (assiette), *peuné* (panier), *crere* (croire)...

Quant aux manières de parler, ma mère qui n'utilisait, on l'a vu, qu'exceptionnellement le patois, n'appelait jamais un pantalon autrement qu'une culotte (les Vendéens n'ont jamais été et ne seront jamais des sans-culottes), une chèvre autrement qu'une bique, un porc autrement qu'un goret, une pomme de terre autrement qu'une patate, un enfant autrement qu'un drôle (drôlesse pour une fille), et un cache-nez autrement qu'un cache-cou. Elle disait de quelqu'un qui se donnait des grands airs qu'il « faisait des grimaces » ou qu'il était un « grimacier » ; d'un débrouillard qu'il était « éveillé » ; d'un reste de quelque chose : « un petit requiem » ; de se mettre en bel ou bon état : « se requinquer » ; d'être gêné aux entournures : être *empené.* Elle ajoutait : « empené comme une poule qu'a qu'un poulet... » Elle appelait un avare *rapyat,* une bavarde *bavasse,* un dégoûtant *zyrou,* un imbécile *beudat...* Elle mettait dans l'emploi de tous ces mots dialectaux une certaine allégresse, mêlée de malignité.

1. Petite leçon étymologique à propos du mot *aive* ou *ève* dans *Sodome et Gomorrhe* de Marcel Proust. Brichot dit à M. de Charlus : « En revanche, le mot *if* peut être simplement la racine *ave, ève,* qui veut dire humide, comme dans Aveyron, Lodève, Yvette, et que vous voyez subsister dans nos *éviers* de cuisine. »

Autres mots du dialecte vendéen : miné (usé), déjabotté (décolleté), devantière (tablier), rimer (brûler le fond de la casserole), anaque (récipient), panerée (plein panier), do rogatons (des restes), cive (ciboule), appétit (ciboulette), castille (groseille).

Dans son esprit « ça faisait vulgaire », ou comique. On se retrouvait dans l'esprit des fabliaux, dans l'esprit de Rabelais. Mais elle ne le savait pas. Il ne lui serait jamais venu à l'idée que l'on eût pu faire de la littérature avec ce patois. Pour elle, le beau langage, c'était Pierre l'Ermite ou Pierre Loti.

24

Comment se fait-il que ma mère ne se soit jamais aperçue que ce Belliard, qui donna son nom à l'ancienne place aux Porches, n'était pas le docteur Octave Belliard, mais un général de la République et de l'Empire. Deux grandes plaques attestent pourtant ses exploits ! Un Vendéen « bleu » ! Rien d'étonnant qu'un « bleu » se trouve en buste au milieu de l'ancien forum de Fontenay, juste au-dessus d'une immémoriale fontaine, ainsi obstruée par ce bouchon de carafe. Fontenay a été républicaine pendant la Révolution, comme elle fut protestante sous la Ligue. Comme on le sait les révolutions se satisfont souvent de mots et changer un nom de rue donne l'illusion d'avoir changé de maître.

La transformation des noms de rues de Fontenay, de 1793 à 1800, est parfois logique, souvent comique. Logique lorsque le faubourg des Loges, dont les artisans sont des républicains convaincus, devient rue de la République, lorsque le pont Royal (actuel Pont-Neuf) devient pont de la Fraternité, lorsque la place Royale (actuelle place Viète) devient place de la Révolution et la place aux Porches place de la Réunion. Mais le pont des Sardines transformé en pont de l'Égalité et la rue des Orfèvres en rue de la Loi, c'est déjà pousser un peu loin la démagogie verbale. Quant à la rue de la Tuée qui devient la rue Civique en un temps de si grandes tueries, qu'en penser ? Et la rue des Filles-de-Notre-Dame qui s'appelle alors rue des Préjugés-Vaincus...

25

Malgré les colonnes infernales, malgré le massacre systématique de la paysannerie vendéenne et la déportation de sa bourgeoisie pourtant républicaine, la Vendée osa encore relever la tête et mordre plusieurs fois. Il y eut ce que l'on appela une « troisième guerre de Vendée » lorsque Bonaparte fut Premier consul, une quatrième en 1815, une cinquième en 1832. Puis plus rien. Une sorte de paralysie générale, d'entropie. Une position de refus systématique consistant à voter « contre » à toutes les élections. Un refus qui se manifestait aussi par la « petite église ». On appela ainsi les prêtres réfractaires qui n'acceptèrent pas le Concordat et les fidèles qui les suivirent. Mais le dernier évêque schismatique vendéen mourut en 1828, le dernier prêtre en 1847. Sans prêtres, sans autres sacrements que le baptême et le mariage, trois mille fidèles aux anciens prêtres existaient encore dans le bocage vendéen en 1958. Ils chômaient toujours les fêtes de l'Ancien Régime et travaillaient bien sûr très ostensiblement dans leurs champs le 14-Juillet. Vingt ans après, il doit bien en rester encore, survivants fantômes de la guerre des Chouans.

Et puis soudain, voilà peu de temps, la Vendée se réveille. On la retrouve à la une des journaux. Des paysans se ruent de nouveau sur les villes, brûlent les perceptions, jettent du fumier dans les cours de la préfecture. Des petits commerçants lâchent des vipères dans les supermarchés. La Ve République, comme la Ire, a envoyé ses troupes. Mais on s'est seulement bombardés avec des tomates et des artichauts.

26

PARMI les photos compulsées, classées, des inconnus qui, de toute évidence, ne font pas partie de notre tribu. Parce que trop grands, trop minces, trop élégants. La plupart sont des photos de mariage, en couleurs, ce qui implique une date récente. Sur l'une d'elles je reconnais la marquise de X..., coiffée d'un immense chapeau rouge. Au verso, une main qui n'est pas celle de ma mère a écrit : « François et Anne, le jour de leur mariage, 30 juillet 1973. »

Ces enfants de la marquise de X..., je les ai rencontrés un jour et un malaise m'en est resté.

J'étais venu à Nantes pour l'une des opérations de ma mère, retrouvée une fois de plus immobilisée dans un lit d'hôpital et bardée d'un invraisemblable attirail de tuyauteries. Dans le nez, dans le bras, dans la vessie, tout son pauvre corps de plus en plus amaigri ne semblait plus survivre que grâce à ces mystérieux tuyaux reliés à des bouteilles de sérum, de sang, d'urine. Elle finissait par ressembler à un être artificiel imaginé par un auteur de science-fiction, dont l'existence eût été commandée par une machine centrale distributrice d'énergies vitales liquides. Bien qu'elle pût à peine parler, en raison à la fois des tuyaux qui s'enfonçaient dans ses narines et de son absence de dentier qui donnait à son visage le fameux rictus de Voltaire, elle parvint à me dire : « Téléphone à madame de X..., pour lui dire où je suis. »

La marquise de X... reçut mon message avec beaucoup de délicatesse et d'émotion. Et puisque je restais quelques jours auprès de ma mère, elle me proposa : « Monsieur, vous nous feriez plaisir si vous acceptiez de venir dimanche au château partager notre repas. »

Bouleversé par cette nouvelle vision de ma mère, une fois de plus hospitalisée, j'acceptai aussitôt, me raccrochant précipitamment à ces vivants.

Le château n'avait rien de ces bâtisses prétentieuses construites au XIXe siècle par des bourgeois fraîchement enrichis qui voulaient jouer aux seigneurs. Constructions qui, on le sait, ponctuent les bords de Loire de leurs étrons. Comparé à ces monuments vaniteux, le château du marquis et de la marquise de X... aurait plutôt dû s'appeler manoir. Il se situait non loin de Nantes, un peu en retrait de la Loire, au milieu d'un bois de chênes.

C'est là que ma mère venait autrefois l'été. Elle m'avait parlé de ces arbres qui lui rappelaient Ragon Duchêne et la forêt de Mélusine, de cette pièce d'eau et de ces tours d'angle.

La marquise de X... me présenta à son mari. Il n'en était jamais question dans les lettres de ma mère, si bien que je fus tout surpris d'apprendre qu'il existât un marquis de X... Réaction absurde puisque la noblesse des enfants de la marquise de X... ne les dispensait pas d'avoir un père.

Ces enfants se trouvaient aussi au château. Deux garçons et trois filles, dont les âges devaient aller de dix-sept à vingt-cinq ans. Tous ces gens me reçurent avec simplicité et naturel. Je remerciai les parents pour tout ce qu'ils faisaient pour ma mère, visitai quelques pièces du château avec discrétion. Le marquis apprécia que je reconnusse au passage des meubles de Boulle.

Je m'aperçus seulement au cours du repas que j'étais tombé dans un piège. Oh, un piège enrubanné, certes, un piège qui ne voulait surtout pas me faire mal, mais un piège quand même dans lequel on espère capturer pour quelques instants seulement une bête curieuse pour la montrer aux enfants.

La marquise de X... me demandait en effet de parler de ma vie, de mes études. Je racontais, je racontais, jusqu'au moment où je m'aperçus que l'on me donnait en spectacle. Et que l'on me donnait en spectacle pour les enfants. Les interruptions de la marquise de X... sans être aussi précises (elle était trop bien éduquée pour cela) sous-entendaient : « Vous voyez, mes enfants, vous qui n'avez jamais manqué de rien, ce qu'un jeune homme pauvre peut faire avec du courage et de la volonté... »

Peu à peu, un malaise s'établit entre les enfants et moi. Ils étaient aussi gênés que je l'étais. Je me retrouvais dans la peau de mon cher Jean-Jacques. Allait-on me demander de danser, au dessert, le menuet du *Devin de village ?*

— Mais enfin, monsieur, me demanda la marquise de X..., qui vous a aidé ?

— Personne... ou beaucoup de gens... ou beaucoup de hasards... de chance aussi, sans doute.

— Vous savez que nous aimons beaucoup votre mère. C'est une femme attachante, un peu étrange parfois. Elle est sensible et intelligente. Votre hérédité est facile à déceler là. Mais comment avez-vous fait pour devenir aussi instruit ?

— Oh ! cela n'a rien d'extraordinaire ! Et il y a bien plus instruit que moi.

— Vous êtes docteur ès lettres.

— Oui.

— Qu'a dit votre mère lorsque vous lui avez annoncé cette extraordinaire promotion ?

J'hésitai :

— Elle m'a dit... : Ça t'avance à quoi !

Il y eut un moment de stupeur autour de la table. J'enchaînai :

— Et elle avait raison. Ce titre est venu bien tard. Il m'eût tellement aidé à vivre vingt ans plus tôt. Et elle aussi, sans doute.

A partir du moment où je m'aperçus que je devais jouer un rôle, l'éternel rôle, pour le fils intelligent des pauvres, de précepteur des enfants des riches, je pris malgré moi un plaisir masochiste à rabaisser les faits de mon existence qui auraient pu être au contraire enjolivés en images d'Épinal. Je m'efforçai de faire de ma vie la chose la plus banale qui soit.

La marquise revenait à la charge :

— Racontez-nous comment se sont déroulées vos premières années à Paris.

— Oh ! comme pour tout le monde, vous savez ! On cherche du travail et on a bien du mal à en trouver.

— Vous avez publié votre premier livre à vingt-trois ans. (Se tournant vers ses fils.) Vous entendez, messieurs, vous qui trouvez l'école trop longue, et les diplômes trop difficiles...

— Messieurs, rassurez-vous, ce livre est bien mauvais. Je ne savais pas encore écrire. Publier ce livre était à la fois de la présomption de ma part et de l'inconscience. Je ne sais d'ailleurs toujours pas bien écrire. Je peine comme un bœuf.

— Vous n'aviez pas d'argent vous-même pour publier vos œuvres. Donc ce sont des éditeurs qui les ont lancées. S'ils l'ont fait c'est qu'ils croyaient dans votre talent.

— On publie tellement de choses, madame, qu'il faut être vraiment dépourvu de tout talent pour n'être pas publié. Ou bien être un génie. Comme j'ai sans doute un peu de talent et, de toute évidence, ne suis pas un génie, on m'a accordé une petite place, bien moyenne.

Et la conversation s'empêtra de plus en plus dans un dialogue absurde entre la marquise de X... et moi. Plus elle s'acharnait à vouloir démontrer à ses enfants que je représentais l'exemple vivant du jeune homme pauvre qui réussit dans la vie grâce à son travail et sans doute à sa vertu, plus je répliquais qu'il n'y avait rien d'extraordinaire dans mon aventure. Je ravalais ma vie à une telle banalité que je finissais par m'en écœurer moi-même. Ces jeunes hommes et jeunes filles s'ennuyaient, tout en s'efforçant de n'en rien laisser paraître. On leur avait promis un phénomène et ils se trouvaient devant un vieux professeur plutôt minable. De me rabaisser ainsi, de refuser à ma vie tout pittoresque et toute aventure, alors qu'elle en a à revendre, finissait par ramener ce pittoresque et ces aventures à un niveau de médiocrité auquel ils n'échappaient sans doute pas. Les invectives de la seconde bru me revenaient à la mémoire : « Tu es aussi mesquin que ta mère... Jamais tu ne sortiras de ta merde... Tu as beau briller pour les autres, moi je te vois bien comme tu es... Tu as peur de tout... Avoue-le, les aventures te font peur... Et moi aussi je te fais peur... »

Ma mère, à la fois lapin de choux et renarde...

De tant décevoir la marquise de X... privée du spectacle de son prodige me décevait à mon tour. Oui, la seconde bru avait raison. J'étais vraiment minable.

Curieusement, le marquis de X... ne prononça pas une seule parole pendant tout le repas. Il m'observait à la dérobée. Je crois bien qu'il décelait mon manège. Lorsque nous passâmes au salon pour boire le café, il me demanda :

— Êtes-vous chasseur ?

— Non, monsieur, je suis plutôt gibier.

Il rit d'un grand rire sonore et me flanqua une tape amicale sur l'épaule.

27

Si souvent, lorsque j'allais du pont des Sardines aux frondaisons du parc de l'ancien château des comtes du Poitou, par l'ancienne rue de la Poissonnerie qui longe un instant la Vendée et qui butait jadis sur la Porte aux Canes, mon attention était attirée par une tour ronde, insolite au milieu des pauvres maisons basses.

Personne ne m'a jamais dit qu'il s'agissait des restes de l'hôtel particulier où François VI de La Rochefoucauld, l'auteur des *Maximes*, vécut la plus grande partie de son enfance. Julien collardeau III, le poète, y fut son précepteur. Ma mère connaissait Rabelais, La Fontaine et Madame de Sévigné, mais ignorait l'existence de La Rochefoucauld, un si proche voisin pourtant.

Cet hôtel de la Sénéchaussée, construit au XVIe siècle, pour le représentant du roi, est en effet presque accolé à ce qui fut la maison de ma grand-mère. Peut-être avons-nous vécu, sans le savoir, dans les communs de La Rochefoucauld ?

François V de La Rochefoucauld avait été nommé par Louis XIII gouverneur du Bas-Poitou pour surveiller la frondeuse noblesse poitevine. Frondeuse comme les paysans vendéens qui se reconnaissaient en elle. D'ailleurs, le François des *Maximes* qui, comme tous les Foucauld de la Roche descend des Lusignan (ces Lusignan dont l'un fut le mari de la fée Mélusine et un autre roi de Jérusalem), fut à son tour frondeur lors de la Fronde des princes et même lieutenant général de l'armée rebelle au roi.

En cette même année 1648 où la noblesse défie Mazarin et l'enfant Louis XIV, Molière qui n'a que vingt-six ans arrive à Fontenay-le-Comte. La ville possédait deux jeux de paume, l'un dans le faubourg des Loges, l'autre près des fossés du château des Comtes, donc tout près de l'hôtel des La Rochefoucauld. Tous les deux ont été détruits, sinon Molière aurait peut-être eu droit à une plaque commémorative.

Molière, qui avait créé avec la famille Béjart l'Illustre Théâtre en 1643, est lui aussi, par ricochet, une victime de Mazarin. Les acteurs italiens appelés par Mazarin retiennent en effet toute l'attention du public et Molière doit renoncer à l'Illustre Théâtre pour s'engager dans la troupe ambulante de Charles Dufresne. Pendant douze ans, il ne cessera de sillonner la province. C'est ainsi qu'il donne des représentations au Jeu de paume de Nantes du 23 avril au 16 mai 1648. Comme dans la troupe se trouve le frère d'un imprimeur fontenaisien de la rue des Loges, Pierre Régnault Petit-Jean, dit La Roque, celui-ci poussa sans doute ses associés à s'arrêter à Fontenay lors de la Foire de la Saint-Jean qui durait du 19 au 29 juin. Toujours est-il que l'on a trouvé trace de la requête d'un procureur pour retenir le « Jeu de Paulme » de Fontenay-le-Comte pour Charles Dufresne du 15 juin au 6 juillet 1648. On aurait aimé savoir comment cette troupe de comédiens, si voisine alors d'aspect d'une tribu de bohémiens, put traverser la Vendée, si dangereuse au XVIIe siècle avec ses hordes de soldats déserteurs, de mendiants, d'argotiers, que l'on ne se risquait pas entre Nantes et La Rochelle sans former des caravanes. Mais de son passage en Poitou, Molière semble ne s'être souvenu que de George Dandin de la Dandinière.

28

La mer sera toujours liée pour moi à une idée de sable blond, de sable fin humecté de mousses marines ; de rochers au loin que la marée basse découvre habillés d'algues glissantes ; de vagues qui arrivent à la marée montante avec un bruit de chevaux galopant ; de ciel infini à la douce lumière ocre, de ciel infini où, dans le lointain, l'eau et le firmament se confondent ; d'un arrière-pays de pins et de marais-salants ; d'une odeur âcre amenée par un vent qui vous tanne le visage.

Et cette mer c'est l'Océan de mon enfance, entre La Tranche et le Puits d'Enfer. C'est cette côte du Sud-Vendée que j'ai connue quasiment déserte, avec ses plages immenses où j'aimais tant me promener seul ; cette côte aux huîtres sauvages, aux sourdons arrachés au sable humide, aux énigmatiques étoiles de mer et aux fabuleux hippocampes.

Nos Anciens disaient qu'au-delà de l'Océan se tenait la Terre des Délices du Cœur. Mais pour moi les délices du cœur sont à jamais fixés dans cette frange de Côte de Lumière.

29

ENCORE une petite liasse de cartes postales retrouvées. Et ces quelques vieilles images me ramènent dans le passé lumineux de ma mère. La première, vierge de toute inscription au verso, montre un couple pudiquement enlacé, dans un décor de rocailles, avec une fontaine et deux cygnes au premier plan. Il est mentionné qu'il s'agit d'une « sculptochromie ». *Copyright by A. Noyer 1914.* Titre : « Abandon. » 1914 ! L'époque de Monsieur Emmanuel, le fiancé tué à la guerre.

La seconde est plus « moderne ». Elle nous montre, en couleurs, encore un couple qui semble sorti d'un film muet de la belle époque d'Hollywood. Les deux têtes se rapprochent et les lèvres s'avancent. Légende : « Sur le cœur de l'être qu'on aime. On goûte le bonheur suprême. » Au verso l'écriture hardie de mon père : « Ce matin tu n'auras pas ma visite, mais ma pensée va vers toi... » Date : 14 novembre 1922.

Un nouveau fiancé est venu, de la lointaine mer de Chine, comme dans les romans de Pierre Loti.

Toutes les autres cartes postales comportent une correspondance signée de mon père. L'une est la reproduction d'une peinture très chromo montrant des grands arbres autour d'un lac et a été adressée, toujours en 1922, de Saint-Martin-des-Fontaines où l'on remarque bien quelques mares, mais aucun lac. Une autre est une photographie de la cheminée Renaissance du château de Terre-Neuve, la demeure somptueuse où Nicolas Rapin recevait son ami Agrippa d'Aubigné. Cette cheminée ne date pas de l'origine du château. Elle provient en effet du castel ruiné de Coulonges que Guillaume d'Estissac se fit construire du temps où il était abbé de Maillezais. Rabelais doit s'y être chauffé les pieds. Je ne sais si mon père et ma mère connaissaient l'histoire de cette cheminée, mais toujours est-il qu'ils devaient y attacher quelque importance puisque mon père a choisi cette carte parmi d'autres pour sa correspondance de fiançailles et que ma mère l'a conservée.

Bien sûr une carte de la forêt de Vouvant-Mervent, chère à Mélusine et aux Lusignan. Elle nous montre une cabane en planches, au milieu de grands chênes. Légende : « Au repos des pèlerins. Restaurant de la grotte du Père de Montfort. » Au verso, mon père a écrit : « En souvenir d'un des meilleurs jours de ma vie. »

Dernière carte, datée du 7 décembre 1922. La promenade de la Corniche à Marseille. C'est une photo en noir et blanc coloriée aux crayons. Elle est adressée à Mademoiselle Sourisseau, rue des Orfèvres à Fontenay-le-Comte, qui ne va plus rester longtemps demoiselle. Mon père précise : « Promenade située à deux cents mètres de la rue de Suez, qui est celle où j'ai loué un appartement. L'air n'y fait pas défaut. »

Ces paysans sans terre ont toujours peur de manquer d'air.

Et voilà que je retrouve une fois de plus ma mère dans sa maison de retraite. Bien que l'établissement soit d'une impeccable hygiène, l'air paraît raréfié dans sa chambre où flotte une odeur d'éther et d'urine. La directrice m'a dit : « Elle ne se relèvera plus jamais. Elle n'a plus de force. Elle est si maigre. De plus, le cancer a repris. Il faudrait l'opérer de nouveau. Mais il n'y a plus d'espoir. »

Ma mère me regarde avec une grande attention. J'ai beaucoup de gêne à soutenir ce regard qui me scrute, m'interroge. Pressent-elle que c'est la dernière fois qu'elle me verra ? Sans doute. Elle me prend les mains, les regarde longuement :

— Toi aussi tu as fini par avoir de belles mains blanches. Comme ton père.

Je lui ai apporté des fleurs. Maintenant qu'elle ne peut plus en chaparder, je pose ce bouquet dans un vase, près de son lit. Elle me demande de les lui faire sentir, mais les repousse avec découragement :

— Je ne sens plus rien. Tous ces médicaments, ces opérations m'ont enlevé l'odorat. Je m'extermine.

J'essaie de parler d'autre chose, lui montre la grande baie vitrée de sa chambre et la vue sur les vignes et le maïs.

Elle regarde à peine :

— Ça fait très campagne.

Une de ses réflexions péjoratives, ce « ça fait très campagne ». Ce qu'elle aimait, c'était l'intérieur de la maison de retraite, en tournant le dos à la nature, et regardant vers les salles de jeux, la télévision, les cuisines nickelées, l'ascenseur, la moquette. Tout ce moderne qui faisait riche.

Malheureusement sa maladie la clouait au lit, près de cette baie vitrée où l'on ne voyait que la campagne, non loin de la boue, de la bouse, de la pluie qui frappe aux carreaux, du vent qui fait ployer les arbres. Comme la neige dans les Vosges, le jour de mon troisième mariage, qu'elle se refusait à regarder, tournant le dos à la fenêtre... Elle me dit : « Veux-tu mettre mon oreiller un peu de côté pour que je ne voie pas ça. » C'est-à-dire tourner la tête vers l'intérieur de la chambre.

Je sentais aussi dans mon corps ce qu'elle devait ressentir. La boue, la bouse, la pluie donnent à qui vit trop longtemps l'impression d'être happé par les pieds, aspiré par la terre. Ce qui demande une lutte perpétuelle, un effort physique continu pour ne pas s'enliser dans cette boue bouse, pour ne pas se noyer dans toute cette eau qui à la fois tombe du ciel et remonte du sol.

Ces derniers moments avec ma mère ont été d'une grande tristesse, mais aussi d'une infinie douceur. Nous étions enfin revenus l'un près de l'autre, sans ces intrus que furent les brus et l'autre culture.

Cette autre culture, cet autre accent, qu'elle avait détestés d'abord, puis qu'elle voulut récupérer, lisant avidement les livres de mes amis, me demandant dans ses lettres de leurs nouvelles, comme s'il s'agissait de cousins, en trouvant elle-même dans les journaux et m'envoyant les coupures. Finalement, elle finit par ne vivre elle-même que dans, et par, cette autre culture, mais en restant sur le seuil, comme une pauvresse sur un escalier d'église.

Lorsqu'elle venait à Paris, ses incursions dans mon domaine

demeuraient de vifs souvenirs, presque égaux à ceux du « pays où fleurit l'oranger ». Quelle disparité entre une vie comme la sienne et la vie de tant de gens qui m'entourent ! Disparité qui se révélait par des petits riens, comme ce jour où elle but du champagne dans un cocktail, ce champagne si commun dans mon nouveau milieu qu'il en devient vulgaire, et qu'elle écrivit dans son petit carnet, enthousiaste : « Bu une coupe de champagne dans un cocktail pour la sortie d'un livre de Michel. Je n'en avais pas bu depuis sa naissance. »

Oui, elle fit dans sa vieillesse un suprême effort pour pénétrer dans une culture où elle espérait me rejoindre. Mais elle resta sur le seuil. Elle connaissait, du fait de mes fréquentations, la plupart des peintres et sculpteurs aujourd'hui illustres, me demandait de leurs nouvelles, m'en donnant à la suite de ses lectures, mais elle me disait :

— Tu te souviens du *Rêve passe* d'Édouard Detaille, chez le coiffeur de Fontenay. On ne fait plus de peinture comme ça. C'est dommage. Et *l'Angélus,* et *les Glaneuses !* Monsieur Hartung ou Monsieur Soulages c'est bien, mais ça ne parle pas autant.

De toute la statuaire, seuls les monuments aux morts lui plaisaient. Elle ne pouvait s'empêcher d'être émue devant. Mais elle avait un regret :

— C'est dommage que ton père soit mort de maladie, autrement il aurait eu son nom dessus. Quand même, il a bien fait assez de guerres aux colonies, on devrait bien lui mettre son nom.

Jamais je n'avais ressenti si fortement combien nous étions des paysans sans terre. Dans cette maison de retraite, ma mère se trouvait loin de son village. Mais il n'était plus depuis longtemps, mais il n'avait jamais été *son* village. Loin de sa petite ville, alors ? Mais Fontenay lui importait-il sinon à cause de son cimetière ? *Sa* terre était bien à Fontenay, mais seulement dans ces deux mètres carrés de concession qui devenaient une obsession dans ses carnets. Paysans sans terre, donc nomades. Paysans sans terre et nomades sans troupeau. Ma mère, en perpétuelle vacation, sans propriété, sans terre, sans maison, rêvait néanmoins comme tout le monde d'être propriétaire et s'acharnait à réclamer, à me réclamer dans ses carnets, une ultime propriété *post mortem*, celle de sa tombe « en concession à perpétuité ».

Elle en est aujourd'hui propriétaire *in aeternam*, de ses deux mètres carrés de terre vendéenne.

Je suis passé de l'autre côté du lit de fer, de manière que son regard ne soit pas tourné vers la fenêtre. Nous ne parlons presque pas. Nous n'avons plus rien à nous dire. Nous savons que maintenant tout est joué, qu'il n'y a plus qu'à attendre le dénouement de la pièce.

Je n'arrive pas à me détacher de la vision du pourrissement biologique de l'intérieur des entrailles, de ce cancer qui ronge l'intestin. Et cette odeur d'urine, de moisi, de caca... Ma mère n'aura pas pu se détacher de cette odeur sordide. Elle mourra avec. Comme les cent mille Vendéens de la « longue marche » avec leur dysenterie pantagruélique.

Je lui ai apporté des livres et des revues, mais elle les a repoussés doucement :

— Non, je ne lis plus. Ça me fatigue les yeux. Et puis ma tête aussi. Tout s'embrouille. Je préfère penser. Je passe mes nuits à penser. C'est comme du cinéma : Fontenay, Marseille, ton père. Toi quand tu étais petit.

En même temps que me reviennent à l'esprit des bizarreries dans sa culture. Elle, qui avait tant lu, croyait que l'on apprenait l'histoire de France dans tous les pays du monde et fut fort étonnée lorsque je cherchai à l'en détromper. Nationalisme et racisme innés qui lui firent aussi me dire lorsque je m'embarquai sur un cargo japonais pour aller au fin fond de l'Asie : « Les officiers sont bien français, quand même ? » Et comme je lui assurais qu'il n'y aurait pas d'autre Français que moi sur ce bateau elle fit le signe de croix comme si j'étais condamné d'avance au naufrage.

Elle soupire et rompt notre long silence, par une phrase assez énigmatique qu'elle disait souvent :

— On ne peut pas être et avoir été.

Et puis des images insolites lui reviennent :

— Tu te souviens de ton grand-père qui mangeait du pain même avec des gâteaux ? Aujourd'hui on jette le pain. Moi je te faisais des panades, avec les restes. Tu aimais beaucoup les panades. Et le mou ? On donne ça aux chats ! Nous, on en faisait des civets.

Et comme la pluie et le vent fouettent la fenêtre :

— Ah ! ce vent, ce vent ! S'il n'y avait pas ce vent… Mais peut-être que ça se lèvera sur midi.

Curieux, quand même, de tant détester le vent et la pluie lorsque l'on est depuis un temps immémorial d'un pays de pluie et de vent. Toujours l'espoir que le beau temps vienne sur le coup de midi. Combien de fois dans mon enfance ai-je entendu ressasser ce leitmotiv ! Et souvent le vent chassait en effet la pluie au milieu de la journée. Mais il est cinq heures du soir. Ma mère, qui ne sort plus, qui ne veut plus regarder vers la fenêtre, n'a plus la notion de l'heure. Elle me dit encore :

— J'ai l'abîme dans la tête.

Peu à peu le jour tombe et l'obscurité place les objets de la chambre dans une demi-pénombre. Je veux allumer, mais ma mère, comme autrefois, m'en empêche, voulant prolonger la durée du jour. Nous autres gens de l'Ouest, nous autres gens du bout de la terre, avons marché jusqu'à ce que l'Océan arrête notre périple, le plus loin que nous avons pu, vers le soleil couchant… Ma mère, de son lit de grabataire, a le même instinct. Et elle aime ce moment indéfini entre jour et nuit, comme nous aimons ce pays incertain entre la terre et l'eau.

Le jour lutte contre la nuit, la chèvre contre le loup, la fée contre l'ogre, l'attardé contre la galipote, le vent contre le volet mal clos. Mais, une fois de plus, la nuit dévore le jour.

Épilogue

Lorsque fut inauguré, en 1972, à Paris, le Musée des arts et traditions populaires, j'ai ressenti en le visitant un choc tel que je ne m'en suis pas encore remis. En effet, tous les objets exposés, tous ces colliers de chevaux, ces jougs de bœufs, ces cannes de bergers, ces ustensiles de cuisine, ces poteries, ces vanneries appartiennent au monde de mon enfance. Ce sont mes objets de famille, placés sous vitrine, répertoriés, analysés, comme ceux des civilisations hottentotes et esquimaudes du Musée de l'homme. J'avais l'impression, j'ai conservé l'impression d'être le survivant d'un cataclysme, d'une civilisation engloutie dont les seuls témoignages subsistent au musée. Retrouver muséifié l'environnement quotidien du monde familial de son enfance, la vaisselle dans laquelle on a mangé, les outils dont on s'est servi, les vêtements que l'on a vu porter, est une étrange aventure.

Si le téléphone m'a révélé l'accent de ma mère, le Musée des arts et traditions populaires m'a rappelé avec force ma culture première.

Homme de deux cultures, je suis aussi, comme nombre de mes contemporains, homme de deux civilisations : la civilisation rurale de mon enfance et la civilisation urbaine de mon âge mûr. Civilisation donc de l'exil, du déracinement. J'ai emporté la terre de ma famille paysanne à la semelle de mes souliers et les pavés de la ville ont longtemps gardé l'empreinte de cette glèbe...

J'ai raconté plus haut que ma première image du travail restait associée dans mon souvenir à celle des deux grosses mains de mon grand-père jardinier. Ma seconde image du travail est celle d'un métier pratiquement disparu, alors très prospère : celui du bourrelier. L'un de mes cousins germains était bourrelier, à deux pas de la maison de mes grands-parents. Très vite, je me mis à revêtir un tablier de cuir et à m'adonner aux travaux subalternes de la bourrellerie.

Les outils du cousin bourrelier battaient à plate couture (c'est le cas de le dire) les outils de mon grand-père. Ils étaient multiples et chacun d'eux requérait une adresse particulière que je m'efforçais d'apprendre. J'étais bien sûr destiné à devenir bourrelier, comme cousin Gaston, ce qui paraissait d'ailleurs une remarquable promotion par rapport au travail de journalier du grand-père.

La Seconde Guerre mondiale me mena vers d'autres voies. Je l'échappai belle puisque, comme on le sait, après 1950, les chevaux se mirent à disparaître et, avec eux, les bourreliers. En 1936, cousin Gaston, emporté par le vent du farniente, acheta sa première auto : une Citroën 5 CV d'occasion qui datait déjà de plus de dix ans, et nous nous y entassâmes pour aller à la mer. La joie ! Mais le pauvre cousin Gaston ignorait qu'il sciait la branche sur laquelle nous étions assis. Cette auto allait être une des premières intruses qui, dans notre petite ville, tuerait le cheval et, par là même, le bourrelier. Après la guerre, il tenta bien de s'accrocher, se fit sellier dans un garage (on garnissait encore les autos de coussins de cuir rembourrés qui participaient d'une technique voisine de la confection des colliers de chevaux), puis périclita en réparateur de matelas qu'il éventrait sur les trottoirs, n'ayant pu conserver son atelier, pour finalement vieillir et mourir gardien de nuit dans une entreprise de stockage de pétrole. Gardien de pétrole ? Le comble pour un bourrelier.

Aux deux grosses mains de jardinier (et d'ancien cocher) de mon grand-père, viennent se superposer les mains plus fines, bien que déformées par les travaux ménagers, de ma grand-mère. Moins spectaculaire en effet, moins pittoresque que celui des hommes, le travail féminin se remarquait peu car il ne s'arrêtait jamais. Cuisinière, lingère, repasseuse, femme de ménage, couturière, fabricante de conserves et de confitures, pâtissière, charcutière à l'occasion, infirmière, laveuse, ma grand-mère assumait toutes ces fonctions au simple échelon familial et, de surcroît, trouvait le temps de m'apprendre à lire.

Jadis laveuse à domicile, grand-mère arrivait chez ses bourgeois de bon matin, allumait un grand feu, mettait à bouillir le linge dans une lessiveuse. Le jour de la lessive était chez ses employeurs un jour de grand remue-ménage. On préparait du pot-au-feu pour nourrir la laveuse qui, travaillant dur, avait grand-faim. Elle allait rincer le linge à la rivière (ou au lavoir municipal), l'étendait dans un pré, le ramenait sec, le pliait, le rangeait dans les armoires. Chaque employeur se faisait un devoir de servir à ma grand-mère un pot-au-feu bien gras. On savait que les pauvres ne mangeaient de la viande qu'une fois par semaine. Alors chaque bourgeois se croyait obligé, lorsque venait « son jour », de la gaver de viande. Et personne n'a jamais pensé que tous les jours (sauf le vendredi où, en raison de l'abstinence, on ne l'employait pas comme laveuse) elle devait absorber du pot-au-feu et s'en extasier comme si elle ne s'en était pas rassasiée la veille.

Découragée peut-être par l'activité incessante de sa propre mère, et de plus pratiquement prise en charge par celle-ci jusqu'à ce que nous émigrâmes à Nantes, ma mère consacrait peu de temps à la cuisine et au ménage.

Mais que mangions-nous ? Et comment ?

Entre mon grand-père et sa fille (c'est-à-dire ma mère) les goûts et le comportement différaient beaucoup. Ma mère s'alimentait peu. Elle n'aimait que les dînettes, les goûters. Mon grand-père mangeait beaucoup. Il avait toujours faim. Il lui fallait écluser des siècles de famine. Non seulement il mangeait beaucoup, mais il avalait goulûment et bruyamment, ce qui choquait sa demoiselle de fille. Grand-père mastiquait comme un bœuf et rotait après les repas. Il partait du principe que si l'on ne cale pas la nourriture, bien dans les joues, si on ne la fait pas gargouiller, si on ne claque pas la langue, si l'intestin ne répond pas à tant d'attentions par des borborygmes et des pets, c'est que l'on n'apprécie pas ce que l'on mange. Tous les repas du dimanche, tous les repas de fête étaient ainsi gâchés par la zizanie entre la fille et le père. En semaine, heureusement, ma mère et moi mangions seuls, dans notre petite cuisine, au premier étage. Alors qu'au rez-de-chaussée mon grand-père pouvait s'empiffrer à son aise de soupe aux choux et de poumon de bœuf en ragoût, ma mère versait un petit carré de bouillon Kub dans une casserole d'eau chaude et nous préparait ainsi une poule au pot préalablement industrialisée. Alors que mes grands-parents se nourrissaient essentiellement des produits de leur jardin, de leur basse-cour, de leurs clapiers, ma mère n'aimait que les comestibles pour lesquels on faisait de la réclame et que l'on trouvait dans l'épicerie voisine sous de beaux emballages. Le bouillon Kub, mais aussi le potage Maggi, les nouilles La Lune fabriquées par Bozon-Verduraz, les pâtes alimentaires Rivoire et Caret, le rhum Négrita en prévision des rhumes. Sinon, nous mangions beaucoup d'œufs au plat et du poisson. La mer était si proche ! Les Sablaises, avec leur grande coiffe blanche à dentelle, leurs jupes plissées qui leur découvraient les genoux gainés de bas noirs, venaient vendre leurs sardines, pêchées le matin, dans des paniers d'osier recouverts de fougères. « A la fraîche ! A la fraîche ! » Je revois ma mère nous partageant une limande ou faisant sauter dans la poêle une tranche de merlu. Le poisson n'était pas cher en ce temps-là. Ni les huîtres. Nombre de nourritures, de luxe aujourd'hui, furent hier nourritures de pauvres.

Mon grand-père, bien sûr, rendait au pain un véritable culte. Il ne supportait pas de me voir émietter du pain, ni de ne pas finir un morceau commencé. De toute manière, personne ne jetait le pain rassis. On le transformait en pain perdu, ou en panade. Grand-père racontait que, dans son enfance, quand il travaillait comme domestique de ferme, les grands valets exigeaient de recevoir quotidiennement leur miche de deux kilos. Les fermiers boulangeaient tous les quinze jours. Pour augmenter la pâte, ils ajoutaient parfois de la pomme de terre en purée. La seconde semaine, le pain devenait dur comme du bois. Grand-père ne mangeait pas deux kilos de pain par jour, mais il en consommait néanmoins beaucoup, en engloutissant déjà de larges tranches le matin, avec sa soupe. Car il mangeait de la soupe trois fois par jour, comme du temps qu'il besognait dans les fermes. L'addition du pain dans la soupe s'opérait de deux manières. Ou bien on versait le bouillon sur le pain préalablement coupé dans l'assiette et cela se disait : « tremper la soupe », ou bien on jetait le pain dans le bouillon et cela se disait « tailler la soupe ».

Grand-mère, quant à elle, se souvenait que, du temps qu'elle était chambrière, lorsqu'il restait un peu de pâte, trop peu pour enfourner une miche, on en faisait un petit pain croustillant appelé l'allise et qu'elle se le partageait avec les autres filles de service, comme une friandise.

Non seulement on rendait chez mes grands-parents un culte au pain, mais on vénérait aussi le sucre. Sans doute parce que, dans leur jeunesse, on n'utilisait pas de sucre dans les fermes, mais uniquement du miel et de la cassonade. Un kilo de sucre valait le prix d'un kilo de beurre, soit le salaire d'une journée de travail pour un bûcheron. Le miel était alors le sucre du pauvre.

Ma mère conserva toujours cette appréhension de dépenser trop de sucre qu'elle achetait « en pierres » ou « en semoule ». Elle fractionnait les « pierres de sucre » en petits morceaux, en très petits morceaux.

Nombre d'aliments n'apparaissaient jamais, ni le dimanche sur la table de mes grands-parents, ni a fortiori sur la table à toile cirée de la cuisine de ma mère. Le filet de bœuf, le gigot de mouton, le ris de veau, la dinde, l'oie, le saumon, les asperges, nous savions que cela existait, mais par ouï-dire. A la noce de mon cousin bourrelier, toute la famille venue des fermes s'était esclaffée en voyant que l'on servait des glands avec les apéritifs. Il s'agissait d'olives, mais personne n'en avait jamais vu.

En réalité, mes souvenirs de nourriture d'enfant sont vagues, car à cet âge on n'accorde que peu d'importance à ce que l'on mange, sinon aux desserts. Et là j'ai tout retenu. Tout. A part les œufs-au-lait, le tapioca, le mil et les entremets Franco-Russe, ma mère faisait peu de desserts, mais ma grand-mère suppléait à cette carence. L'année se ponctuait de friandises merveilleuses. La chandeleur apportait ses crêpes et ses « tourtisseaux », Pâques la brioche pâcaude, l'Ascension les caillebottes (lait caillé servi avec un peu de crème et une cuillerée de café noir), l'été la tarte aux prunes, immense, coupée aux dimensions du four du boulanger où on la portait à cuire.

La tarte aux prunes (aux prunes rondes, violettes, acides) demeure pour les Vendéens aussi importante que la brioche (que l'on pétrissait aussi soi-même, en l'additionnant de quelques gouttes d'eau-de-vie et que l'on confiait également au four du boulanger) ; que les mojettes et les choux verts (la tête des choux à vaches, particulièrement savoureux après les premières gelées et mangés en « embeurrée »).

Cette soudaine abondance de biens ne doit pas faire illusion. On ne vivait que dans une économie de survie. On économisait sur tout. On économisait l'eau dans le broc, la soupe, le pain, le savon, ses forces, son énergie, son argent bien sûr. On portait ses vêtements jusqu'à ce qu'ils soient usés, rapiécés, en loques. On ne jetait rien. Il n'existait pas de bouteille vide qui ne puisse trouver un emploi, ni de caisse, ni de carton, ni d'étui, ni de quelconque emballage.

Jusqu'à ce qu'intervienne, dans les années 25, la mode des cheveux courts, ma mère n'alla jamais chez le coiffeur. Pour la bonne raison que, jusqu'à la Garçonne, il n'existait pas de coiffeur populaire pour femme. Ma mère frisait sa chevelure au fer, ce fer qu'elle mettait à chauffer sur la cuisinière et qui lui roussissait un peu plus les cheveux.

Autant que je me souvienne, je l'ai toujours vue habillée tristement, avec des étoffes de mauvaise qualité et sans éclat. Elle obéissait ainsi à la coutume qui voulait que les veuves ne se fassent pas remarquer, sauf celles « qui avaient mauvais genre ». Je ne crois pas qu'elle ait jamais porté de bas de soie, ni de nylon. Toujours du coton. De même, elle ne montrait jamais sur elle aucun bijou, sauf à sa main gauche son alliance et la chevalière en or de mon père. De temps en temps, elle regardait les vestiges du temps de ses fiançailles et de son mariage, soigneusement enfouis dans la grande armoire à linge. Un seul grand collier, dit « esclavage », dont la chaîne principale (le « jaseron ») était formé de plaques recouvertes d'émaux. Sa bague de fiançailles, avec un cœur gravé sur le chaton et un L qui signifiait « mon cœur à elle ». Regardant ce petit trésor, son seul trésor, sans rien dire, elle rêvait un peu et le réenfouissait dans l'armoire à linge, sans grande précaution, avec même quelque brutalité.

Ma mère avait en effet des gestes brusques, maladroits, qui lui venaient sans doute d'une nervosité mal contenue. Je l'ai toujours entendue parler de ses nerfs, de son foie, de sa tête, de son estomac, avec agacement, comme si elle entretenait un perpétuel conflit avec son corps. Et dans ce dialogue déprimant avec ses organes, elle employait des tournures paysannes, elle réutilisait le vocabulaire du mépris et de la dérision. « Ne pouet êt bin » (Ne pas être bien) signifiait que la maladie la guettait, que bientôt elle serait « en capilotade », mais qu'il ne fallait pas trop « s'écouter » puisque notre destin nous demandait de « pâtir » (souffrir).

Façon de parler, car je l'ai toujours vue « s'écouter », écouter justement les murmures de son corps et se plaindre perpétuellement d'être « enchiffrenée » (enrhumée), de « romasser » (toussoter), d'avoir le « tournis » (des vertiges), une « oralgie » (névralgie), des élancements (« ça me zague »), un nerf de froissé (« tressauté »), une « démanchure » (luxation), etc.

Constipation, brûlures d'estomac, insomnie, rien de bien grave jusqu'au cancer de sa vieillesse, mais de perpétuels malaises, une telle santé précaire qu'elle en arrivait à dire, découragée par tant d'indispositions : « Y a de quoi donner sa démission. »

Elle se consolait un peu tous les soirs où, à défaut de pouvoir retourner dans le Midi de ses rêves, elle buvait lentement une infusion de fleur d'oranger.

S'apitoyant sur tant d'épreuves, elle ajoutait sentencieusement :

— Je tiens debout parce que c'est la mode.

Certains de mes amis, qui ont bien connu ma mère, me la décrivent comme une femme étrange, extrêmement passionnée, fantasque. Comment ont-ils pu la voir ainsi ? L'image de ma mère a toujours été celle d'une femme très simple et banale que personne ne pouvait remarquer.

La peur, non pas du scandale qui se plaçait vraiment à des hauteurs inaccessibles, mais du qu'en-dira-t-on, la maintenait dans un conformisme hérité certainement de ses ascendants domestiques. Ces deux expressions : « Qu'est-ce que les voisins vont penser ? » et « Rien ne vaut son chez-soi », me paraissent résumer, un peu trop grossièrement il est vrai, sa philosophie de la vie. Mais ne regardait-elle pas le monde à travers les rideaux ajourés de ses fenêtres ?

De la lecture des journaux (elle ne lisait que le journal local et

Le Petit Écho de la Mode) elle ne retenait que les catastrophes et les meurtres. Elle prisait plus un meurtre passionnel qu'un meurtre vénal, plus une catastrophe naturelle (éruption de volcan, raz de marée, inondation) qu'une catastrophe mécanique. De l'information, elle ne retenait que l'anecdote. Elle lisait avec beaucoup d'attention l'horoscope et le courrier du cœur. Ne représentaient-ils pas la part du rêve ? Comme les loteries qui évoquaient la chance.

Partant du principe qu'elle n'avait jamais eu de veine et qu'elle n'en aurait jamais, que sa destinée était ainsi, que l'on ne pouvait rien contre, elle ne participait jamais aux tombolas. D'ailleurs, nous étions trop pauvres pour risquer de perdre une somme si petite fût-elle. Mais elle aimait entendre parler des loteries, de ceux qui gagnaient, des destinées transformées par la chance.

La couleur de ses yeux, de ses cheveux ? Je l'ai dit, nous étions de la même taille, donc pour une femme une taille moyenne, plus grande que mon père de cinq centimètres. Je serais incapable de décrire exactement la couleur de ses yeux, des yeux clairs, en tout cas, un peu pâles. On ne remarque pas les signes d'identité des êtres qui vous sont les plus proches. Des yeux clairs, masqués très tardivement par des lunettes cerclées d'une mince armature de fer, qu'elle ne prenait d'ailleurs que pour coudre ou pour lire. Par contre, je me souviens beaucoup mieux de la couleur de ses cheveux parce qu'ils eurent l'anomalie de ne jamais devenir blancs : des cheveux blond-roux, châtains avec l'âge.

A bien y réfléchir, dans son conformisme, dans son hypocondrie, dans sa banalité, ne se glissait-il pas quelque humour froid, quelque malignité ? N'exagérait-elle pas son humilité, son ignorance, sa passivité, comme tant de paysans, au cours des âges, surent le faire avec ruse ?

Elle me stupéfia, souvent, par son goût très sûr. Une fois que ma femme cherchait à accorder deux couleurs d'étoffe, elle lui dit le plus naturellement du monde de regarder le tableau de Poliakoff qui se trouvait accroché dans la pièce et de prendre modèle sur le bleu et le jaune qui s'y conjugaient si bien.

Il y avait aussi son rire étrange, moqueur, celui d'une petite fille qui s'amuse, d'une vieille petite fille.

Un vague souvenir concorde assez mal avec ce portrait de ma mère, tel que je le vois dans sa vieillesse. Un vague souvenir qui n'est fait que de lambeaux, que de morceaux volés à la vie conjugale de mes parents. Ce père et cette mère jeunes m'évoquent quelque chose d'assez tumultueux et tendre. De la tendresse, mais aussi une sensualité tendre.

Lorsqu'elle envoyait des cartes postales, il s'agissait toujours de vieilles cartes, dénichées on ne sait où, démodées, grises, sans doute sorties de quelque tiroir, ou du fatras du grenier, montrant invariablement des scènes de plage, avec des dames lourdement vêtues se trempant les jambes dans les vagues, jusqu'aux mollets ; ou bien encore des petits ânes près des mulons de sel et des paysannes en coiffe.

Aux loteries, à l'horoscope, au courrier du cœur, au romanesque des feuilletons, s'ajoutait le merveilleux des voyantes, tireuses de cartes, guérisseuses. Le médecin était un personnage sans mystère, qui tenait sa science d'années d'études dans les grandes écoles. On le respectait (d'abord parce qu'il était un bourgeois) ; on recevait avec inquiétude ses ordonnances truffées de mots latins et, de toute manière, d'une écriture illisible ; on se conformait à sa médicamentation ; mais il restait un être à part, loin de nous, d'une autre classe sociale, d'une autre culture. Les guérisseurs, eux aussi gens de la campagne, présentaient sur le médecin la supériorité du don occulte. Ils ne devaient pas leur savoir à l'instruction, mais à une sorte de devination. Ils ne pratiquaient pas un métier, ils exerçaient une vocation. Le médecin et l'instituteur étaient gens de même espèce. Le guérisseur, lui, se rapprochait du prêtre. Il soignait par attouchements, par son souffle, par son fluide. Une vieille paysanne d'un village proche acquit une célébrité qui dépassa de beaucoup les limites du département. C'était une « dormeuse ». Elle recevait ses patients en étendant les mains et tombait dans un profond sommeil. Dans sa torpeur, elle voyait la maladie et la combattait. Lorsqu'elle se réveillait, le malade se levait guéri.

Je me souviens aussi d'une tireuse de cartes qui faisait sa tournée dans notre petite ville à des dates fixes. Ma mère, prévenue on ne sait comment, se livrait à de mystérieux conciliabules avec ma grand-mère. Cette cartomancienne venait à domicile, mais j'eus beau la guetter, tout se passait alors si vite et si bizarrement dans la chambre où les trois femmes se renfermaient que je ne la vis jamais. Était-ce une bohémienne ou quelqu'un du pays qui s'octroyait ainsi une position sociale ?

L'étrange, c'est qu'une fois quitté Fontenay-le-Comte, tout ce merveilleux du monde rural disparut en même temps et que ma mère, à Nantes, ne ressentit pas le besoin de recourir à des diseuses de bonne aventure, ni à des guérisseurs qui, pourtant, existaient aussi dans les grandes villes.

Pratiquante, mais d'une piété aléatoire, ma mère, comme tant d'autres femmes de la campagne, trouvait plus d'attraits à la superstition qu'à la religion. Elle vouait un culte particulier à la « petite sainte Thérèse de l'Enfant-Jésus » et à saint Antoine de Padoue. Pourquoi sainte Thérèse, je l'ignore, sinon que c'était alors une sainte à la mode. Saint Antoine de Padoue montrait une supériorité manifeste sur les autres bienheureux : il récupérait les objets perdus.

Elle accordait un grand pouvoir aux gris-gris, me munissant de médailles bénites, d'un scapulaire d'images pieuses à insérer dans mon missel. Elle regrettait que je ne fusse pas une fille, non pas seulement parce qu'elle avait déjà choisi son prénom avant ma naissance (Mireille, bien sûr, à cause du pays où fleurit l'oranger ; toujours le romanesque) mais parce que, si j'avais été une fille, elle m'aurait voué au bleu en l'honneur de la Sainte Vierge.

Ce romanesque l'entraînait à des habitudes étranges, comme de s'approvisionner en produits portant tous des noms d'animaux : le thé de l'Éléphant, la laine Pingouin, le savon Le Chat, le cirage Lion Noir. A part le chat, exclusivement, bien sûr, des animaux exotiques.

Mais, à propos, je n'ai jamais vu ni chat, ni chien, chez mes grands-parents et mes parents, ni chez ma mère veuve. Pas d'oiseaux en cage, non plus.

Dans son vocabulaire, redisons-le, toujours des phrases exprimant la résignation, l'indifférence, le fatalisme : « Si ça ne fait pas de bien, ça ne fait pas de mal. » « C'est comme pour tout, il y a à boire et à manger. » « Ça fait passer le temps. » « Pendant qu'on fait ça, on ne pense pas à autre chose. »

A Fontenay-le-Comte, ses relations de voisinage se limitaient à quelques rares personnes, des femmes simples et humbles comme elle. La femme du plâtrier, qu'elle accompagnait parfois pour un bout de promenade, m'intriguait non pas tant pour elle-même que pour son mari, si blanc de la tête aux pieds et que ma mère appelait, avec beaucoup de respect, Monsieur Théo.

Ma mère revenait de ces sorties, où je ne l'accompagnais jamais, tout excitée, volubile, méconnaissable. Elle fréquentait aussi la caissière de la coopérative, une veuve qui élevait une fille mais avait placé ses deux garçons à Nantes dans un orphelinat. De cet orphelinat, elle faisait toute une histoire, en profitant pour me seriner qu'elle, malgré sa pauvreté, ne m'abandonnait pas ainsi, qu'elle se sacrifiait pour moi et que jamais je ne lui en serais reconnaissant.

A Nantes, exilés, nous n'avions plus d'amis. Il fallut attendre d'habiter dans la maisonnette au milieu des prairies de maraîchers et de blanchisseurs pour que s'ébauchent quelques fréquentations. Mais je ne sais par quelle fatalité, ou par quel goût du malheur, ma mère s'arrangeait pour dénicher toujours des cas pathétiques. Après la veuve qui plaçait ses garçons à l'orphelinat, elle s'enticha d'une malheureuse divorcée dont la fille de quinze ans était mère célibataire comme on dit aujourd'hui. Elle invitait souvent à la maison cette toute jeune femme, qui avait mon âge, son bébé accroché à son cou. Elle lui parlait comme à une malade et me disait d'être gentil avec elle. Et moi je ne savais trop quelle contenance prendre devant cette madone des faubourgs qui me décochait des œillades.

Une exclamation de ma grand-mère m'obsède : « Garde pour toi, mon pauvre petit ! »

Lorsqu'elle se retrouva seule à Fontenay-le-Comte, après la mort de mon grand-père, quand ma mère et moi vivions à Nantes, et que j'allais parfois lui rendre visite (deux cents kilomètres aller et retour, sur le vieux vélo de mon père), lui apportant un bien modeste cadeau, elle exprimait toujours son étonnement et son embarras par ces mots : « Garde pour toi, mon pauvre petit ! » Ce n'était pas parole en l'air. Elle qui manquait de tout sursautait à l'idée que je puisse me priver de quelque chose.

Nous subissions alors les années de guerre, l'occupation allemande et des pénuries de toutes sortes. Les restrictions alimentaires nous affectaient peu, ma mère et moi, puisque nous avions toujours eu l'habitude de nous restreindre. Nous mangions des abats de volaille (le cou, les ailes), des topinambours, des rutabagas. L'orge grillée remplaçait le café. Je réussissais à me procurer du sucre, denrée aussi rare que le beurre, que j'apportais à ma grand-mère. Pour qu'il dure plus longtemps, pour qu'elle ne l'utilise qu'en pincée et non en morceaux, elle cassait ceux-ci avec son fer à repasser et les réduisait en poudre en roulant, dessus, une bouteille.

Outre le chromo des *Différentes positions sociales,* de mes grands-parents j'ai hérité de deux assiettes à figurines. L'une est intitulée « Le Dimanche des Bourgeois, promenade au Bois ». L'image nous montre un couple, lui en redingote bleue et pantalon rayé, canne dans une main, chapeau haut de forme dans l'autre ; elle en caraco vert, relevant légèrement sa robe prune sur un dessous en dentelle. Ils saluent un cavalier, qui passe au galop, monocle à l'œil, et leur répond. Un petit garçon à col marin, son cerceau sur l'épaule, soulève son canotier. L'autre assiette, bien sûr, réponse à la première, est légendée : « Le Dimanche aux champs ne diffère guère des autres jours. » Au premier plan, un chien tire une voiturette de laitier. La laitière en coiffe, sa mesure à la main, chemine en compagnie d'un paysan qui va porter deux paniers de légumes au marché. Au loin apparaît une maisonnette. Dans un champ, un laboureur appuie sur les bras d'une charrue tractée par un homme de peine.

On en revient toujours aux différentes positions sociales. Les bourgeois et l'aristocrate sur la première assiette. Les paysans cossus et les valets esclaves sur la seconde. A quel échelon mes grands-parents estimaient-ils se situer ? Un peu plus haut que l'homme de peine qui tire la charrue, assimilé au bœuf ou à l'âne, mais moins haut que le laboureur. Quant aux bourgeois, ils représentaient l'inaccessible. Et ma mère, comment voyait-elle sa position sociale ? Se posait-elle ce problème ou n'en était-ce pas un pour elle ? Veuve d'un sous-officier, fille de domestiques, ne pratiquant que des travaux de petite main, payés à l'heure, où pouvait-elle bien figurer dans le grand livre de l'économie et de la sociologie ? Nulle part, j'en ai bien peur.

L'habitude des hiérarchies dans la vie quotidienne, c'est-à-dire garder précieusement ses beaux habits pour le dimanche, manger aussi, ce jour-là, une meilleure nourriture, attendre les jours de fête pour boire une bouteille de « vin bouché », ne déguster du café que dans les grandes occasions, faisait que, lorsque ma mère séjournait chez moi à Paris, elle étonnait toujours ma femme en lui demandant, chaque fois qu'elle voulait l'aider à mettre le couvert : « On met les grandes ou les petites assiettes ? » Que les grandes assiettes soient sorties pour le jour de son arrivée, passe encore, mais les utiliser à tous les repas lui semblait du gaspillage ou de l'ostentation. Quant à ma femme, cette idée des petites assiettes (qui ne servaient que pour les entremets) lui paraissait de la mesquinerie. Exaspérante. Dix ans après la mort de ma mère, elle m'en parle encore. Toujours aussi étonnée et rétrospectivement agacée.

Nous sommes si accoutumés aujourd'hui à ce que, lorsque le temps s'assombrit, la lumière électrique jaillisse à flots dans toutes les maisons et toutes les rues ; à ce que l'eau chaude et l'eau froide coulent en abondance par tous les robinets des salles d'eau et des cuisines ; à ce que nos aliments se conservent au frais dans les réfrigérateurs, qu'ils cuisent très vite sur des cuisinières à gaz ou à l'électricité, que l'inconfort de notre enfance et de notre jeunesse paraîtra invraisemblable. Je ne sais de quand dater l'installation du courant électrique dans la maison de mes grands-parents à Fontenay-le-Comte. Je me souviens, en tout cas, des lampes à pétrole dont on remontait la mèche avec beaucoup de précautions et de tous les insectes qui venaient se brûler les ailes sur le cylindre brûlant. Je me souviens de cette désagréable odeur de pétrole et de la fumée noire qui sortait du verre de lampe. Je me souviens avec plus de plaisir des petites lampes Pigeon, en beau cuivre jaune, que ma mère brandissait devant elle comme le saint sacrement, lorsqu'elle me précédait pour monter l'escalier qui donnait accès à notre chambre. Je suivais son halo de lumière. Au détour de l'escalier, la lumière disparaissait parfois et je me trouvais épouvanté dans l'obscurité. J'appelais maman, de toutes mes forces. La faible lueur de la loupiote réapparaissait. Jamais matelot ne fut plus heureux d'apercevoir le phare qu'il avait perdu.

A ses débuts, la lumière électrique ne nous sembla pas un progrès sur ces lampes vivantes. Les ampoules électriques qui pendaient au bout de fils ridicules diffusaient une si faible lumière que toutes les pièces restaient dans une demi-pénombre. L'idée d'acheter des ampoules électriques de plus de 25 watts ne serait venue à personne, dans notre milieu. La consommation d'électricité effrayait autant que la consommation d'eau, lorsque nous eûmes l'eau courante. Ces compteurs installés dans les maisons ressemblaient à des mouchards. On ne s'y habituait pas. Intrus, ils comptabilisaient tous nos faits et gestes. Ils nous épiaient. Les factures d'électricité et d'eau passaient pour un impôt supplémentaire ; pire, pour une brimade.

Pendant tout le temps que j'ai vécu à Fontenay-le-Comte, je n'ai jamais vu une baignoire, ni un bidet. J'ignorais même totalement que de tels accessoires existaient. Avant l'installation de l'eau courante, les ustensiles hygiéniques dans la chambre de mes parents se limitaient à une bassine et à un broc posés en permanence sur une table de toilette recouverte d'un marbre blanc. On remplissait le broc dans la cour, à la fontaine, et on n'utilisait cette eau qu'avec parcimonie puisqu'il fallait non seulement la transporter, mais aller ensuite jeter l'eau sale dans le caniveau de la rue.

De même, on devait descendre à la cave chercher les boulets de charbon qui chaufferaient la cuisinière pour la cuisson des repas.

Cette cuisinière était la seule source de chaleur pour notre logement, il est vrai fort petit. Mais personne n'aurait imaginé de chauffer les chambres à coucher. Si bien que l'hiver nous cassions souvent la glace dans le broc pour esquisser un brin de toilette.

Toutes ces allées et venues faisaient de la maison de mes grands-parents une sorte d'organisme, avec des lieux obscurs et redoutés (la cave), des espaces de transition, inquiétants, dans lesquels j'avais l'habitude de courir, la peur au ventre (le grand couloir du rez-de-chaussée qui reliait la porte de la rue à celle de la cour, l'escalier), des espaces de refuge (la grande pièce où vivaient mes grands-parents au rez-de-chaussée, la cuisine du premier étage où je prenais mes repas avec ma mère), des espaces de jeux et de rêve (la cour avec ses poules et ses lapins, le grenier où personne, à part moi, n'allait jamais).

Cette maison de mes grands-parents, si étroite qu'elle paraît coincée entre deux immeubles plus cossus, cette maison comme un nid au beau milieu de la petite ville de mon enfance, fut bien le lieu où, pour une brève durée, ma famille jeta l'ancre. A partir du moment où ma mère et moi en sortîmes, j'observe une sorte de dérive. Notre exil à Nantes ressemble à une fuite. Notre vie fut faite ensuite d'une accumulation d'arrachements, de dérobades, de ruptures, de retrouvailles et de déchirements. Nous ne savions pas que, dans cette tragédie, notre identité s'effilochait, qu'elle perdait son sang par trop de blessures ; mais qu'il nous resterait à tout jamais le lien ténu et fantasmagorique de la mémoire.

MA SŒUR
AUX YEUX D'ASIE

A James Guitet

Les livres, même ceux qui s'oublient le plus vite, durent encore plus que les existences humaines ; je voudrais fixer dans les feuillets de celui-ci quelque chose d'elle qui lui survive un peu.

Pierre LOTI.

POUR une surprise, on peut dire que c'est une surprise ! Alors que j'avais pris la fuite, les frisés aux fesses ; alors que j'étais tout naturellement revenu dans la petite ville de mon enfance : Fontenay-le-Comte, en Vendée ; alors que j'accourais, comme à chaque fois, dans la bourrellerie de cousin Gaston (où j'aurais bien pu devenir bourrelier si ma mère ne m'avait ambitionné des mains blanches), j'y trouve une jeune femme rieuse, aux lèvres rouges, trop peintes, comme c'était la mode en ce temps-là, les cheveux noirs, raides, coiffés à la Jeanne d'Arc et des yeux en amande qui s'étiraient comme ceux d'un chat. Et cette jeune femme, cette jeune fille, qui devait être mon aînée de quatre à cinq ans, se précipite et m'embrasse :

— Je suis Odette, tu ne me reconnais pas ?

Et elle m'ébouriffe les cheveux en me tirant la langue.

Oui, pour une surprise, elle était de taille ! Odette, je l'avais presque oubliée, Odette ma sœur ; enfin, plus précisément la petite Annamite ramenée par mon père des colonies et qu'il avait adoptée en lui donnant le nom de notre tribu. Et un prénom chrétien : Odette.

Dans la bourrellerie de cousin Gaston l'introduction d'Odette paraissait irréelle ; une sorte de décalage dans le temps et l'espace. Décalage dans le temps puisque Odette me ramenait brusquement à ma petite enfance, au temps où vivait encore notre père ; décalage dans l'espace parce que Odette, malgré son prénom bien de chez nous, avait un regard d'ailleurs, un regard félin, un regard d'Asie, un regard qui n'était pas celui de notre tribu.

Déjà ses cheveux noirs détonnaient dans notre famille aux cheveux blonds ou roux. Et son regard noir parmi tant d'yeux noisette ou verdâtres. Et puis il y avait son surprenant engouement et ses brusques éclats de rire.

Du coup, Odette faisait basculer la bourrellerie de cousin Gaston dans l'insolite. Je ne m'y sentais pas immédiatement à l'aise, immédiatement chez moi, comme à l'ordinaire. Odette, sous l'accumulation des colliers de chevaux, des selles, des licols, des brides, des fouets suspendus au plafond ; au milieu du bric-à-brac habituel de cuirs cisaillés, d'attelles de bois, de jougs de bœufs, d'éponges de Syrie, de pièces de basane, de toiles, de bourre, ne semblait pas à sa place. Peut-être aussi, inconsciemment, éprouvais-je l'impression jalouse d'une intrusion dans mon domaine à moi.

Cousin Gaston avait à peine tourné la tête à mon arrivée, tout occupé à son méticuleux travail, assis sur son tabouret de bois, devant son veilloir. Il serrait sa pince à coudre entre ses jambes, les mâchoires de bois bloquant deux pièces de cuir qu'il appointait ; le pied gauche surélevé par une cale de bois.

Pareille position, et un travail à effectuer toujours au galop, rendaient les effusions impromptues difficiles. Il me salua simplement d'un :

— Tiens, te voilà, toi !

La porte qui reliait l'atelier au petit logement contigu s'ouvrit et cousine Suzanne apparut, suivie par sa mère, tante Victorine, sœur redoutée de mon père et qui, depuis l'éclatement de notre famille paysanne, s'était imposée sans discussion ni contestation comme le chef de notre tribu.

Embrassades, cris, exclamations, grands gestes... Tout le rite féminin habituel des retrouvailles.

Puis tante Victorine m'attrapa par l'épaule en me pinçant sans ménagement, agrippa de son autre main Odette et nous mit tous les deux face à face, comme si nous ne nous étions pas vus :

— Alors, vous voilà, mes drôles ! Vous voilà !

Elle nous regardait d'un curieux air en hochant la tête :

— Ah ! si le pauvre Aristide vous voyait !

Juin 1940. Je venais juste d'avoir seize ans. A l'approche de l'armée allemande, j'avais enfourché la vieille bicyclette de mon père et fui de Nantes en Vendée, suivant la cohorte des réfugiés qui passaient sans discontinuité les ponts de la Loire, avec leurs voitures à chevaux, leurs charrettes à bras, leurs vélos, leurs brouettes et quelques privilégiés en auto ; interminable rivière humaine qui prenait sa source dans les Flandres et coulait jusqu'à la Garonne.

Première étape, Fontenay-le-Comte. Deux jours plus tard, des soldats allemands investissaient la ville, la quadrillaient de leurs side-cars, puis de leurs tanks et de leurs camions bourrés d'hommes de troupe chantant en chœur, comme s'ils participaient à un voyage de plaisir.

Après la perturbation dans la bourrellerie de cousin Gaston, causée par les yeux de chat d'Odette, notre petite ville, à son tour, perdait son aspect habituel. Les claquements de bottes dans les rues, les uniformes vert-de-gris, les exclamations gutturales, tout ce remue-ménage de soldats affairés, de véhicules guerriers, de cliquetis d'armes, rendaient Fontenay méconnaissable.

C'était bien la même ville, les mêmes rues, les mêmes maisons, mais peuplées différemment, détournées de leur commun usage ; perverties en quelque sorte ; dénaturées.

Et voilà que la bourrellerie de cousin Gaston devenait le point de ralliement des occupants. La bourrellerie, elle aussi, changeait d'aspect. Je m'y sentais de plus en plus exclu par cette kyrielle de soldats et d'officiers allemands qui ne la quittaient plus, y commandant des étuis à revolver, des ceinturons, des baudriers.

Plus de paysans avec leurs chevaux attachés aux anneaux de fer du trottoir ; plus de charrettes ni de cabriolets ; mais des soldats pressés, qui regardaient Odette avec gourmandise. Et elle, devant les compliments balourds de cette soldatesque, riait de ses yeux d'Asie. Ce qui me déplaisait. Je ne savais trop pourquoi, mais ça me déplaisait. A peine avais-je retrouvé ma sœur (ou plutôt l'avais-je trouvée, car je la connaissais si peu) que déjà je la voyais devenir la proie de ces étrangers et, glissant contre ce danger, sembler y prendre un malsain plaisir.

— Pourquoi te peins-tu les lèvres si rouges ?

Comme elle sentit le reproche dans cette interrogation, elle me répondit avec désinvolture :

— Tu n'y connais rien. C'est comme des fruits. Les hommes ont envie de mordre dedans.

Et elle riait, riait.

A la fin, ce rire d'Odette me paraissait indécent. Trop de rire, trop d'engouement. Je n'allais pas lui demander de pleurer parce que nous avions perdu la guerre mais, quand même, il me semblait qu'elle en rajoutait.

Je m'en ouvris à tante Victorine qui me dit d'un air sentencieux :

— Que veux-tu, mon pauvre drôle, c'est un oiseau des îles, Odette. Un papillon. Madame Butterfly ! Elle n'a pas notre lourdeur de cul-terreux. Parfois, elle me fait envie. Mais en même temps, j'ai peur pour elle. C'est une créature si fragile que ton père nous a laissée. Une bien grosse responsabilité, tu sais. J'ai fait ce que j'ai pu. J'ai voulu lui donner notre éducation. Mais en même temps, on n'est pas riches. Il fallait bien qu'elle travaille. Puis elle est tombée si vite malade. Pauvre petite ! Le climat ne lui convenait pas. Ces oiseaux des îles, c'est fragile, tu sais. Avec toutes ces années de sana, elle est devenue un colibri en cage. Un petit oiseau des îles qui chante dans sa cage. Tu la connais bien peu, Odette. On vous a séparés si tôt. Ta mère ne l'a jamais acceptée, bien qu'elle eût promis d'en faire sa fille. Mais on sait ce que valent les promesses de « promises ». Après la mort d'Aristide, c'est moi qui suis devenue le tuteur d'Odette. Comme si je n'avais pas déjà suffisamment à faire, avec une fille toujours patraque et un gendre incapable.

La tante Victorine cultivait ses fantasmes. Sans être vaillante comme une vraie paysanne, la cousine Suzanne, sa fille, n'était pas valétudinaire, mais seulement de complexion délicate. Fragile. Rêveuse. Jeune fille du Café du Cerf, du temps où la tante Victorine en était la tenancière, elle y apparaissait comme une demoiselle plutôt jolie que guettait ce qu'on appelait le mal de poitrine.

Je retrouve deux photos de Suzanne. L'une est signée Vve P., Fontenay-le-Comte. Sur la première, sa coiffure frisée au fer, le cou très dégagé, le nez retroussé lui donnent un air malin. Sur l'autre, assise dans un affreux fauteuil à franges, elle porte un joli tailleur à jupe plissée, un grand collier de fausses perles qui lui pend jusqu'au ventre, et tient à la main une brochure un peu écornée à force d'avoir servi à tous les clients du photographe.

Suzanne, je l'ai déjà dit, avait été élevée par sa mère comme une demoiselle. Elle jouait de la mandoline, ce qui, certains dimanches, arrivait à émouvoir les clients du Café du Cerf, entre deux beuveries et manilles coinchées.

Cette mandoline, preuve de son accession au monde du loisir, donc presque à celui de la culture savante, et par là même au monde de l'argent et de la considération sociale (c'est du moins ce que l'on croyait à la base) ; cette mandoline, objet de fierté pour la tante Victorine, allait être bientôt la cause d'un chagrin que les années n'apaiseraient pas.

L'un des clients du Café du Cerf, un « étranger » que tout le monde appelait « le Berrichon », ouvrier bourrelier de son état, mais aussi flûtiste dans la fanfare municipale qui jouait sur la place Viète, les dimanches après-midi d'été, ce Berrichon musicien joua sans doute furtivement de son air de flûte à cousine Suzanne qui rangea sa mandoline et se mit à dépérir de langueur.

Tante Victorine eut beau faire : tempêter, menacer, hurler, pleurer, cousine Suzanne dépérissait. Le médecin ne voyait d'autre remède que la marier, au Berrichon ou à un autre, peu importait, mais la marier d'urgence ; sinon il ne pouvait répondre des suites funestes de cette langueur amoureuse qui ne pourrait que la rendre poitrinaire.

Comme cousine Suzanne ne voulait entendre parler d'aucun autre « futur » que son Berrichon flûtiste, elle finit par l'épouser.

Mais tante Victorine (quel mari espérait-elle pour sa fille ? D'ailleurs il ne s'en présenta pas d'autre) ne pardonna jamais au Berrichon d'être son gendre, lui vouant un mépris ostentatoire. Pour qu'il puisse, ce misérable, s'établir artisan, elle céda son fonds du Café du Cerf et, bien sûr, ne quitta pas sa fille.

Dans la bourrellerie de la rue du Docteur-Audé, tante Victorine régnait en souveraine absolue, ce qui lui permettait de proclamer que son gendre était un incapable puisqu'elle ne lui laissait prendre aucune initiative. Elle régnait sur le Berrichon, sur sa fille, et aussi sur son mari, le bel Hubert, qui depuis longtemps avait perdu toute envie d'ouvrir la bouche, confiné dans un mutisme résigné, le plus souvent disparu dans la cave où il se livrait à on ne sait quelles besognes et d'où il remontait comme un diable à ressort, régulièrement à l'heure des repas.

Oui, décidément, tout était bouleversé dans la petite ville de mon enfance : ces troupes allemandes qui remplaçaient la garnison coloniale de jadis ; cette folle activité dans l'atelier du cousin Gaston où l'on ne travaillait plus pour des paysans, soudain évanouis dans leurs prés, mais pour des soldats ; et surtout cette inimaginable présence d'Odette.

A cause d'Odette, je ne retrouvais pas mes habitudes dans la bourrellerie. D'ordinaire, dès que j'arrivais à Fontenay, après avoir posé mon bagage chez ma grand-mère et être resté près d'elle juste le temps que la décence des retrouvailles commandait, je me précipitais chez la tante Victorine, comme on disait, enfilais un tablier de cuir et m'adonnais aux travaux subalternes de la bourrellerie.

La multiplicité des outils, la gamme étendue de leurs formes, l'adresse particulière requise pour chacun d'eux, m'émerveillaient. Je savais, bien sûr, depuis mes douze ans où j'étais venu travailler régulièrement avec cousin Gaston tous les jeudis et les fins d'après-midi, après l'école, je savais me servir de l'alêne à manche de bois avec laquelle on perce les trous dans le cuir pour préparer le chemin de l'aiguille ; je savais me servir du couteau à pied en appuyant le pouce sur le tranchoir, la main bien engagée sur le manche ; je savais me servir du couteau à main qui se tient comme un crayon, les doigts sur la lame ; je savais me servir du formoir que l'on empoigne à pleine main, au centre de l'outil, pour former les filets des pièces de cuir ; je savais mandriner, goupiller, brédir, parer, surtailler, tracer, clouer, border, mais je m'arrêtais au seuil de la besogne d'un compagnon qui, comme cousin Gaston, aurait su fabriquer en entier cette merveille qu'est une selle à troussequin, après avoir tracé et découpé les modèles des quartiers de la selle dans des patrons en papier, sur le plancher de l'atelier ; façonner un collier de cheval avec ses attelles de bois peintes joliment en bleu ; assembler des brides à œillères, des guides à porte-mors, des courroies de reculement, des dessus de croupière, tout un harnachement destiné à cet animal fabuleux qu'était le cheval de labour et de trait.

Comment tant d'objets ont-ils pu disparaître si vite, étiquetés désormais dans quelques musées ? Mais encore je doute que tous les outils du bourrelier soient dans un musée, tant il y en avait. L'encombrement des outils et des pièces en cours de montage ou en réparation prenait une place inimaginable. Le plafond était entièrement garni de pièces suspendues. Pour le seul rangement des outils, l'armoire d'atelier comprenait douze tiroirs. Les petits établis, que l'on appelait des veilloirs, car ils servaient en effet souvent aux veillées où on les tirait sous la lampe pour terminer une besogne urgente, s'accompagnaient de tabourets. Les établis étaient faits de bois épais, si souvent meurtris par les lames coupantes qu'il leur fallait opposer leur grosseur à l'agressivité des tranchoirs. Seul l'établi du coupeur était placé à la bonne lumière. Pour un métier qui demandait tant d'adresse et de précision, et qui sanctionnait tout faux mouvement par une piqûre ou une coupure aux mains, la lumière était dispensée chichement, comme partout. On se complaisait alors dans la pénombre. Rares étaient les bourreliers (et les cordonniers) qui ne portaient pas de lunettes, leurs yeux étant vite fatigués dans ces ateliers sombres où ils étaient enfermés dès l'enfance.

Dans la pénombre et l'odeur écœurante du cuir et de la bourre, je me sentais parfois si oppressé que je sortais sur le trottoir, finissant mon travail à la bonne lumière. Et j'ai pu voir récemment à Fontenay-le-Comte que si l'on avait gardé un souvenir de moi, après quarante ans d'absence, c'était celui d'un garçonnet en tablier de cuir qui paradait devant la bourrellerie du cousin Gaston.

La bourrellerie n'existe plus. A sa place se tiennent les guichets de la Sécurité sociale et des Allocations familiales. Quant aux hangars et écuries qui la continuaient, ils ont été rasés pour faire place à des parkings. Plus de chevaux, plus de bourrelier. Cousin Gaston a tristement fini sa vie comme gardien de nuit dans un dépôt de carburant à La Rochelle. Plus de bourrellerie ni plus personne de ce qui peuplait le territoire de la tante Victorine. La si autoritaire tante Victorine a trouvé plus coriace qu'elle en la personne de cet ogre qui l'a croquée, avalant à la suite le bel Hubert, cousine Suzanne, cousin Gaston ; qui a dévoré aussi, sans doute, bon nombre de ces soldats allemands qui pétulaient avec leurs baudriers, leurs ceinturons et leurs étuis à revolver ; qui avait déjà dévoré mon grand-père ; qui s'apprêtait à dévorer Odette.

Ma mère ne parlait jamais d'Odette. Je n'ai pas voulu l'importuner *post mortem* en mettant Odette dans un précédent livre qui était d'abord le sien. Si j'ai publié alors la plupart des lettres échangées entre mon père et ma mère au temps de leurs fiançailles, ainsi que les petits carnets de ma mère, j'ai supprimé la lettre suivante que voici :

« Fontenay-le-Comte, 9 heures du soir

« Monsieur,

« Votre lettre m'a donné beaucoup à réfléchir ; quoique l'enfant soit irresponsable des actes de ses parents, cela est naturellement s'imposer un grand devoir à remplir que remplacer le rôle d'une mère, mais l'amour maternel n'impose-t-il pas peines et joies ?

« Si j'accepte les conditions extraordinaires qui s'offrent à moi, c'est en vous demandant dans l'avenir de m'assurer une solide et durable affection.

« J'espère et prends votre parole au sérieux, comptez de même sur la mienne... »

(Toujours les grandes phrases et les grands sentiments ! Si mes plébéiens de parents parlaient dans leur vie quotidienne leur langue populaire, voire leur patois, ils écrivaient par contre comme dans les livres de Delly et de Pierre l'Ermite.)

Mon père avait craché le morceau. Il avait parlé d'Odette et demandé à ma mère de l'élever comme si elle était sa fille. Mais aussitôt la mort de mon père, et peut-être avant puisque j'ai si peu de souvenirs d'Odette, ma mère ne tint pas sa promesse. Odette n'apparaît pas dans le livre consacré à ma mère puisqu'elle ne tenait aucune place entre ma mère et moi. Odette n'a pourtant cessé de m'accompagner, depuis près de quarante ans que l'ogre l'a prise. Mais elle n'avait que faire dans l'histoire de ma mère. Elle y eût été incongrue.

Elle n'avait aussi que faire dans le petit logement obscur où je retrouvai ma grand-mère, veuve et seule, en cet été 1940. La maison de mon enfance, la maison de la rue des Orfèvres, près du pont des Sardines, avait été vendue à la mort de mon grand-père.

Sans autre ressource que la liquidation parcimonieuse de ses meubles et de ses objets familiaux, ma grand-mère s'était retirée dans un rez-de-chaussée du Puy-Saint-Martin. Elle s'y tenait comme tapie, guettant l'arrivée de l'ogre, méconnaissable depuis l'abandon de sa *grisette,* cette petite coiffe blanche toute simple du bocage. Sans sa coiffe, son orgueil de pauvre, elle paraissait misérable dans ses vieilles robes noires délavées. Elle ne savait d'ailleurs plus très bien quelle contenance prendre dans ce rez-de-chaussée où elle se sentait dépaysée, sans sa cour de la rue des Orfèvres qui, avec ses poules et ses lapins en liberté, lui donnait un simulacre de basse-cour ; sans le jardin du grand-père ; sans la vigne. Sa vie s'était soudain rétrécie comme son logement. Plus de cave, plus de grenier, plus de cour, plus de rue animée. L'ogre avait aplati tout cela dans ses grosses mains, réduisant l'espace à vivre de ma grand-mère à deux pièces minuscules, en contrebas de la rue.

Ses deux mains posées bien à plat sur sa *dorne,* ayant conscience d'être devenue vieille, elle voyait sans effroi, mais avec un pincement au cœur, ce rétrécissement perpétuel de son espace à vivre, depuis le temps de sa jeunesse où elle était chambrière dans un vaste château, puis l'espace déjà plus réduit de la petite borderie où elle s'établit après son mariage, pour passer ensuite dans cet espace urbain encore vaste mais bien plus étroit que la plus petite des fermettes : la maison de la rue des Orfèvres ; et enfin cet espace de la vieillesse qu'elle croyait ultime et qui serait encore plus réduit lorsque, valétudinaire, elle irait rejoindre ma mère à Nantes, enfermée dans une seule chambre minuscule. En attendant l'espace minimal définitif du cercueil.

Je lui parlais d'Odette, retrouvée chez tante Victorine. Elle parut surprise, elle aussi :

— Ah ! Odette est revenue !

Puis elle enchaîna, après un silence pensif :

— Quand tu écriras à ta mère, ne lui parle pas d'Odette.

Tante Victorine nous avait logés dans une des chambres aménagées dans le grenier, une sorte de case au plafond bas et aux cloisons faites de planches non équarries. Deux lits, très hauts, accaparaient tout l'espace. Si bien qu'une fois dans la chambre, Odette et moi, nous ne sûmes plus trop quelle attitude prendre, ni (au sens propre comme au figuré) comment nous retourner.

Mais avec nos coutumes paysannes, encore toutes fraîches, les chambres n'avaient d'autre fonction que d'être des pièces à lits, dût-on y emmagasiner plus de lits que nécessaire. La prospérité se comptait en lits et en armoires à deux portes.

Nous avions tout naturellement accepté la proposition de tante Victorine de partager une chambre chez elle, pensant spontanément que nous ferions ainsi mieux connaissance, mais maintenant que nous occupions un espace aussi exigu, encore rétréci par l'amoncellement de couettes et d'édredons sur les lits, nous nous apercevions avec une certaine gêne que nous ne nous étions vraisemblablement jamais trouvés dans une telle intimité.

Et puis Odette était-elle vraiment ma sœur ? Dans les très brèves allusions faites par ma mère, il ressortait que mon père sous-off de la coloniale avait ramené « des colonies » une petite fille qu'il avait adoptée. Odette était donc une de ces Annamites que l'on pouvait arracher au paganisme en collectionnant les papiers argentés des tablettes de chocolat. Était-ce la famille qui avait collecté suffisamment de papiers argentés pour que mon père puisse obtenir Odette ?

Je ne voyais aucune objection à considérer Odette comme ma sœur. Mais sa soudaine présence, devenue maintenant si intime, me troublait et me rendait perplexe.

Je cherchais à me souvenir d'Odette. Les images qui me parvenaient demeuraient floues. Dans ma petite enfance, avant la mort de mon père, je revoyais vaguement cette sœur qui ne me semblait pas une vraie sœur. Le personnage d'Odette comportait une obscurité que ma mère, ma grand-mère, et même toute une tribu semblaient avoir entretenu à dessein. Après la mort de mon père, Odette avait été « adoptée » par la tante Victorine (toujours ce terme d'adoption). Mais moi, qui passais le meilleur de mon temps dans la bourrellerie, je ne me souvenais guère, là non plus, d'Odette. Où se trouvait-elle alors ? Que faisait-elle ? Je savais que, très tôt tombée malade, on l'avait envoyée en sana. Des sanas, elle ne revint jamais, s'étant transformée, après sa guérison, de malade en infirmière. Était-ce la première fois qu'elle revenait en Vendée ?

Comme si Odette devinait mes pensées, elle me dit brusquement :

— Tu sais que je suis ta vraie sœur. Enfin, demi-sœur si tu veux, puisque nous n'avons pas la même mère. La mienne est restée là-bas.

Là-bas ? Sans doute parlait-elle de l'Indochine. Affabulait-elle ? Et qui mentait ? La famille que j'entrevoyais soudain liguée contre cette intruse, ou Odette qui reprit :

— Bien sûr, ta mère ne t'a jamais avoué la vérité.

Il faut dire que l'on parle peu, dans les familles populaires. Ou plutôt si, on parle, on bavarde, on criaille, mais pour ne rien dire. On ne s'éloigne jamais de banalités qui ne portent pas à conséquence. Dès que l'on risque d'aborder un problème essentiel, un problème grave, on s'arrête brusquement ; on le noie dans un mutisme agressif. Tout ce qui risque d'achopper est d'instinct écarté, passé sous silence, renvoyé à plus tard. On ne peut pas parler de ça maintenant ; ce n'est pas le moment ; il faut attendre. Et sauf le jour où l'on ne peut éviter l'écueil du problème à résoudre, du secret à lever, ce qui provoque alors drames et pleurs, on attend indéfiniment.

C'est ce qui se passa avec Odette. Ma mère n'en parlait jamais, ou si allusivement qu'il était impossible d'accrocher l'attention sur un sujet aussi évanescent. Et, chez la tante Victorine, on prenait des airs d'enterrement pour parler de la pauvre petite qui finirait ses jours en sana. La tuberculose faisait si peur que l'on ne prononçait jamais ce mot. Le frère aîné de Suzanne était mort de tuberculose, mon père était mort de tuberculose. Maintenant Odette vivait en sana. Et Suzanne restait fragile de la poitrine. La terreur de la tuberculose empêchait, autant que l'origine suspecte d'Odette, que l'on prononçât son nom. Recluse dans un sana, comme jadis les lépreux dans une maladrerie, on cherchait plutôt à l'oublier. Et la hantise de la contagion faisait craindre son retour.

Je repris ma place à la bourrellerie, servant d'apprenti (ou plutôt de manœuvre) à cousin Gaston. Il n'était en effet pas question de rester inactif, d'attendre « les événements », de se croire en vacances. Le travail, le train-train régulier de la quotidienneté n'attendaient pas.

Nous étions donc séparés toute la journée, Odette et moi. Elle restait avec cousine Suzanne qu'elle aidait aux travaux de ménage et de cuisine. Mais Suzanne ne voulait pas qu'Odette fasse des travaux trop fatigants. Un tuberculeux guéri restait un individu fragile. Odette m'avait dit que, lorsqu'elle avait quitté le sana en tant que malade, pour le réintégrer aussitôt parmi le personnel, le médecin avait réuni les « guéries » pour leur dire :

— Mesdemoiselles, souvenez-vous que vous êtes désormais des fleurs de serre.

Elle s'insurgeait d'ailleurs contre cette limitation faite à une vie de plénitude et d'insouciance, me disant qu'elle préférait mourir à trente ans plutôt que de vivre au ralenti, en faisant attention au moindre faux pas. Trente ans lui paraissait le bout du monde. Elle en avait vingt et un.

Donc lorsque mon père (notre père ?) l'avait amenée avec lui en France elle n'avait que trois ans. A la mort de notre père elle en avait treize. Moi huit.

Quand tout le monde était couché et qu'un silence oppressant tombait sur la petite ville paralysée par le couvre-feu, Odette et moi, perchés sur nos lits, enfouis dans les couettes, nous interrogions à voix basse, comme si nous craignions de déranger ce silence. Mais sans doute aussi, ce que nous avions à nous dire demandait-il le murmure, le chuchotement. Nous allions lentement l'un vers l'autre, à la découverte l'un de l'autre. Et le reflet que chacun de nous donnait de notre père était différent. Un autre homme apparaissait, plus complexe, plus ambigu que celui dont je me souvenais.

Je n'avais retenu de mon père que le côté rigolard, l'amuseur des noces, le conteur patoisant, le farceur et, en toile de fond, le colonial légendaire. Je voyais mon père à la fois par les yeux de ses chères nièces et par ceux de ma mère : Aristide le Cochinchinois aux belles mains blanches si phénoménales dans une famille de travailleurs manuels. Je le voyais comme me le montraient les photos dans l'album de ma mère : impeccable dans son costume de toile immaculée, les galons dorés de sergent sur les manches, le haut casque colonial blanc sous le bras ou posé sur une console.

Odette, elle, possédait plus de souvenirs vivants de mon père puisqu'elle était plus âgée au moment de sa mort. Mais ils éliminaient le patoisant, l'amuseur de foire. Apparaissait un homme plus grave, plus dur ; le Cochinchinois plus que le Vendéen ; le militaire plus que le retraité que j'avais connu réabsorbé par la civilisation rurale de sa jeunesse. Autrement dit, et c'était bien normal, pour moi mon père ne se détachait pas de notre tribu paysanne, dont il constituait l'un des plus pittoresques ornements, alors que ma sœur l'enlevait de ce contexte pour l'épingler dans un autre cadre qui m'était tout à fait étranger : celui de sa vie avant, là-bas.

Mais lorsque je l'interrogeais sur l'Indochine, sur sa vie avec mon père (ou avant mon père si on l'avait vraiment adoptée), elle détournait la question.

— Tu sais, j'avais moins de quatre ans. On ne se souvient de rien quand on est môme.

Je n'osais dire moi-même que je me souvenais si peu d'Odette du temps où elle devait pourtant vivre avec notre père et ma mère. Et pourtant ce blanc, ce flou, m'intriguaient.

Incidemment Odette me parla de sa vie au pensionnat. Comment on l'y avait surnommée Joséphine Baker et combien elle en avait souffert. Maintenant ce surnom l'amusait et la comparaison avec Joséphine Baker ne lui déplaisait pas. Bien que, disait-elle, je ne vois pas en quoi je ressemble à une négresse.

Pensionnaire, elle ne venait donc à la maison que les dimanches. Ainsi s'expliquaient les images décousues que je gardais d'Odette. Elle apparaissait et disparaissait de mon enfance, au rythme des congés scolaires. Et encore, m'apprenait-elle, lorsque venaient les grandes vacances étions-nous séparés, notre père l'emmenant à la campagne dans les fermes de son frère ou de ses nièces.

Voilà pourquoi nous n'avions que bien peu vécu ensemble. Et même maintenant nous nous sentions trop séparés, accaparée comme elle l'était par le monde ménager des femmes, et moi par le monde de cuir des hommes.

C'est seulement à la veillée, trop courte, que nous pouvions interroger ensemble tante Victorine.

Nous la harcelions de questions car, pour Odette aussi, le personnage de notre père comportait des zones obscures. Tante Victorine répondait en grommelant, nous disant que nous la fatiguions avec nos questions. Ou bien elle ne savait rien, ou bien elle répondait de mauvaise grâce. Un soir, comme excédée, elle nous dit avec une brutalité inhabituelle :

— Vous me bassinez avec vos interrogatoires. Puisque vous êtes toujours en train de rabâcher à propos du défunt Aristide, je vais vous montrer quelque chose dont je n'ai jamais parlé à personne.

Elle nous entraîna dans le grenier contigu aux chambres, fouilla dans un amoncellement de vieux journaux et de chiffons et découvrit une petite malle noire recouverte d'un croisillon de raphia. Je reconnus l'une des cantines militaires rapportées par mon père, identique à celle que nous conservions dans le grenier de notre maisonnette nantaise, ma mère et moi.

Tante Victorine ouvrit la malle et nous montra son contenu : des enveloppes gonflées et ficelées, quelques livres.

— Après tout, ça vous revient, à vous deux. Il y a toutes les lettres que le défunt Aristide adressa à son frère, le défunt Alfred. Et puis celles qu'il m'envoya à moi. Ah ! il m'aimait bien, le défunt Aristide. Et il vous aimait bien tous les deux, chacun à sa manière. Comme ça vous ne serez plus en train de vous seriner des rêvasseries.

Nous prîmes les paquets de lettres, les livres, et nous enfermâmes dans notre chambre.

Il y avait cinq livres : le *Guide des Engagés et Rengagés*, l'*Almanach du Marsouin* de 1921, l'*Annuaire Officiel des Troupes Coloniales pour 1924*, le *Manuel Religieux du Soldat Français* et le *Guide Officiel de l'Exposition Coloniale Internationale* de 1931.

Odette prit le *Guide de l'Exposition Coloniale*, le feuilleta lentement, sans dire un mot, fit une moue de sa belle bouche rouge, hocha la tête et me le tendit :

— Tiens, il y a de belles images.

Sur la couverture on voyait un nègre aux grosses lèvres, un cipaye, un Arabe à barbe blanche et turban rouge, une Annamite.

En première page, le général Lyautey, commissaire général de l'Exposition, posait, drapé dans une pèlerine de spahi. On voyait aussi les photos de Paul Doumer, président de la République et ancien gouverneur général de l'Indochine, et de Paul Reynaud, ministre des Colonies.

Odette ouvrait les paquets de lettres. Ils étaient classés par année, chaque enveloppe portant une date bien calligraphiée.

Les plus anciennes, remontant à 1909, avaient été postées à Saigon. Mais il s'agissait de simples cartes, d'une banalité décourageante, griffonnées d'une écriture malhabile.

Notre père, qui s'était engagé à Rochefort dans l'infanterie coloniale, en 1907, et qui avait appris à lire et à écrire au régiment, ne savait pas encore que l'écriture peut véhiculer tout un monde. Il se contentait de comptes rendus laconiques : « le moral est bon », « la soupe est bonne », « il fait chaud », etc.

Nous étions plutôt déconfits par ces premiers déchiffrages. Puis, dès 1910, apparut cette écriture appliquée, régulière, bien formée ; écriture à la plume sergent-major, sans fautes d'orthographe ; quelque peu ampoulée et solennelle dont mon père, si j'en crois la correspondance de ses fiançailles, se départissait rarement.

C'est l'ancien ouvrier agricole (on disait valet de ferme) qui se révèle d'abord. Il est encore tout près du travail de la terre, qu'il n'a quitté que depuis trois ans, et ce qu'il remarque ce sont les paysans cochinchinois et leurs méthodes de culture. Bien sûr, les uns et les autres lui paraissent extravagants.

« Mon cher Alfred,

« Figure-toi qu'ici nos légumes et nos fruits sont inconnus. A part la citrouille et le melon. Et encore nos beaux charentais sont remplacés par des melons d'eau qu'ils appellent des pastèques. Tiens-toi bien, il n'y a pas de champs de blé. A la place on cultive du riz dans des marécages, les pieds dans l'eau. Même les Chinois riches, il y en a, ne mangent pas de pain et ne boivent pas de vin. Peux-tu imaginer un pays sans pain et sans vin, eh bien ! c'est celui-ci. Nous, bien sûr, on en a. Les bœufs sont petits et tout bossus. Les vaches n'ont pas de lait. On voit des ânes, des chèvres, des cochons, comme chez nous, mais aussi des éléphants et des tigres. Remarque bien qu'on le dit, mais j'en ai pas encore vu. A la place de nos bonnes petites pommes, on mange de gros pamplemousses qui vous agacent les dents et des ananas trop sucrés. Et la meilleure, c'est que les choux poussent dans les arbres. Oui, dans des palmiers, qu'on appelle des aréquiers, on cueille des espèces de choux. Les copains se moquent de moi en disant : “ T'as vu, ventre à choux, faut monter aux arbres dans ce damné pays pour se faire une embeurrée. ”

« Je pense bien à vous et au pays.

« Votre affectionné

Aristide. »

Deux choses l'émerveillent : la nourriture abondante dispensée à la caserne et Saigon, première grande ville qu'il découvre. D'une lignée de crève-la-faim, comme d'ailleurs la très grande majorité des autres soldats, il n'en revient pas de tout ce qu'on lui donne à manger. L'armée coloniale avait eu le bon sens de comprendre qu'elle pouvait s'attacher indéfectiblement de pauvres diables qui s'étaient engagés pour quatre ans, comme d'autres se jetaient dans les puits, en les gavant de viande. Cette viande que les paysans ne pouvaient alors s'offrir qu'une fois par semaine, le dimanche, ils en recevaient d'énormes portions deux fois par jour. Il est absolument stupéfait des menus à la caserne. Ceux-ci occupent un grand nombre de ses lettres. Car il croit d'abord qu'on leur a fait un repas de noces pour leur arrivée, ou pour leur première semaine ; mais les vieux soldats le rassurent : c'est toujours comme ça. On est nourris comme des princes :

Soupe à l'oignon
Poisson bouilli
Bœuf rôti
Haricots
Fromage
Banane
1/4 de vin

De vrais repas de noces, en effet. Et non seulement on est nourris comme des princes, mais on est aussi servis comme des princes. Des boys annamites servent les soldats à table, lavent la vaisselle, nettoient les chambrées. Et lorsque l'on part dans la brousse en marches d'exercice, on ne porte pas son sac ; des coolies sont prévus pour cette corvée.

De cul-terreux harassé de travail et qui n'avait comme seul lieu de repos qu'un coin de l'écurie, au-dessus des vaches, notre père est donc soudain transformé, par un coup de baguette magique, en seigneur. Nous n'avons pas les réponses de son frère Alfred, mais nous voyons bien à l'insistance que notre père doit y mettre, à ses répétitions de lettre en lettre, qu'à Saint-Martin-des-Fontaines on le prend pour un hâbleur et que l'on ne veut pas être dupe de ses vantardises. On sait ce qu'est la caserne. Tous les paysans qui sont passés par là en ont gardé de cuisants souvenirs, faits d'humiliations et d'ennui. Plus il donne de détails sur la vie de rêve, plus il paraît mentir. Ne parle-t-il pas de blanchisseurs chinois qui lui lavent et lui repassent son linge, de tireurs de pousse-pousse qui le promènent dans les rues de Saigon. Comment un jeune soldat de la coloniale aurait-il pu s'offrir de tels luxes ?

« Mon cher Alfred,

« Notre caserne ne ressemble pas aux casernes de Rochefort, ni à celles que tu as pu connaître quand tu étais au régiment. Nous sommes logés dans trois pavillons à vérandas de trois étages, au milieu d'un parc où poussent des bambous, des pins, des tamariniers et des lauriers-roses. Nous sommes seize par chambre. Le biniou nous réveille à cinq heures. Non, ne crois pas que c'est un vrai biniou. Mais comme il y a beaucoup de Bretons, à la coloniale, ils ont pris l'habitude d'appeler le clairon un biniou. Et tout le monde dit comme eux. Exercices, marches, tirs, revue. Nous sommes de retour à la caserne à huit heures. Il fait déjà très chaud. Corvées jusqu'à neuf heures puis distribution du pain et du vin. Repas à onze. Sieste de midi à deux heures. Gymnastique l'après-midi et liberté à cinq heures.

« Lorsque l'on quitte les casernes de l'infanterie de marine, on débouche tout de suite dans le boulevard Norodom qui est la plus jolie voie de Saigon. Norodom, c'est le nom de l'ancien roi du Cambodge, mais ce qui amuse tout le monde c'est que la statue qui se trouve sur le boulevard Norodom n'est pas celle du roi mais d'un Français avec un pardessus de fourrure qu'ils appellent Gambetta. Le pardessus de fourrure, avec le temps qu'il fait ici, ça nous fait bien rire. Le palais du gouverneur se trouve boulevard Norodom, derrière ses hautes grilles.

« On va aussi se promener rue Catinat, de la cathédrale au port. C'est une rue très large, aux trottoirs ombragés de platanes ; la rue des beaux magasins et des grands cafés. Les maisons qui bordent la rue Catinat ont des façades blanches, des terrasses et des vérandas fleuries d'amaryllis. Tous les riches marchands chinois habitent rue Catinat.

« Le dimanche, on va écouter la musique du onzième régiment d'infanterie de marine qui joue dans un petit kiosque au milieu du lac du jardin zoologique, parmi les flamants roses et les ibis... »

Plus on avance dans le temps, plus il s'éloigne de sa terre natale, plus ses lettres sont précises et ornées de mots du cru. Ces mots qui désignent des plantes, des animaux, des coutumes, inconnus en Vendée, et qu'il se croyait à juste titre obligé d'expliquer, de donner en quelque sorte avec une traduction, dans ses premières lettres, voilà que peu à peu ils abondent. Des mots vietnamiens apparaissent même. Il voit bien qu'on ne le comprend pas dans son village qui devient de plus en plus lointain, qu'il agace avec ses prétendues merveilles, mais il continue d'écrire parce que, visiblement, il a pris goût à ce moyen d'expression, tout nouveau pour lui, et qu'il a besoin de se raconter à quelqu'un.

« Mon cher Alfred,

« Le pays serait beau s'il n'y avait pas les indigènes qui sont tous laids et repoussants. Tu ne peux pas imaginer comme ils sont sales et comme ils sentent mauvais. En plus, ils sont tout petits, maigres et jaunes. Sans doute, une fois de plus, ne me croiras-tu pas si je te dis qu'il est impossible de distinguer les hommes des femmes. Ils portent les mêmes vêtements, une longue lévite de soie fendue des deux côtés, un pantalon ample et marchent pieds nus. Les hommes, comme les femmes, enroulent leurs longs cheveux noirs en chignon et les retiennent avec des peignes d'écaille.

« Ils ressemblent à des singes habillés. En plus, ils se coiffent de chapeaux pointus, tout à fait comiques, qui ressemblent à des abat-jour. Hier, comme nous faisions une marche dans la brousse, nous sommes passés près d'un village. Les indigènes repiquaient du riz dans un marécage. Ils se sont mis à piailler en nous voyant, dans leur langage de singes. Un soldat de ma section, qui a toujours le mot pour rire, s'est détaché des rangs et s'est approché d'un groupe de femmes annamites (lui, c'est un vieux de la vieille et il arrive à les reconnaître) qui le regardaient en grimaçant ce qu'elles croyaient sans doute des sourires. Le copain s'est mis à agiter les bras et à se gratter comme font les singes. Il s'est approché tout près d'une Annamite et lui a dit : " Alors, la singesse, on fait ses yeux doux ? Si j'étais un ouistiti, je ne dis pas que je ne me laisserais pas aller... Mais un marsouin, sac à puces, ça ne grimpe pas aux arbres ! " »

Odette jeta la lettre rageusement sur le plancher. Nous étions tous les deux côte à côte, à plat ventre sur le même lit, lisant ensemble les mêmes lettres. Fasciné par l'exotisme de ma lecture, je fus stupéfait par le geste d'Odette.

Elle me regardait d'une curieuse façon. Ses yeux d'Asie semblaient encore plus noirs à travers les minces fentes de ses paupières. Un regard assez inquiétant, un regard qui n'était pas de chez nous.

— Alors, tu trouves que je ressemble à une singesse ?

Je tombais des nues. Enragé lecteur, j'avais complètement oublié que je lisais des lettres de notre père. Tout absorbé par l'exotique histoire qui se dégageait peu à peu de ces missives, il ne m'était pas venu à l'idée que ma sœur puisse en être choquée. Mais en même temps j'en concluais qu'elle n'était bien que ma demi-sœur (si encore elle l'était réellement) puisqu'une moitié d'Odette réagissait en s'identifiant à cette Annamite insultée grossièrement par ce camarade de mon père, trente ans auparavant.

— Moi... je te trouve très jolie.

J'étais sincère. Si sincère que je me mis à rougir en m'apercevant en même temps de notre position ambiguë, sur ce haut lit de couettes molles. Je connaissais si peu Odette — je n'avais en fait jamais vécu avec elle — que notre si soudaine et si totale intimité, pour aussi naturelle qu'elle me parût d'abord, me donnait tout à coup une impression de gêne, même d'impudeur.

— Il est très tard, dit Odette.

Et elle éteignit la lampe à pétrole.

Je remarquai seulement alors qu'elle éteignait toujours la lumière avant que nous soyons déshabillés. Je n'y avais pas prêté attention, mais ce soir-là il me parut qu'elle aussi devait éprouver une certaine gêne ; et que ce geste l'indiquait.

Depuis l'histoire du marsouin et de la singesse, Odette boudait les lettres de notre père. Je n'osais continuer seul ma lecture, sinon celle des livres. Mais l'*Almanach du Marsouin,* tout comme l'*Annuaire Officiel des Troupes Coloniales pour 1924* (la dernière année de service, pour mon père) n'offraient guère d'attrait. Sinon que l'*Almanach du Marsouin* montrait sur sa couverture le dessin d'un officier, appuyé sur son sabre, casque colonial sur la tête, et celui d'un soldat médaillé, appuyé au canon de son fusil à baïonnette.

Le *Manuel Religieux du Soldat Français pour l'usage uniforme de l'armée,* publié à Paris chez F. Wattelier et C°, Librairie des Agrégations, 5 rue du Cherche-Midi, était un minuscule ouvrage, 7 × 11 cm, illustré de curieuses vignettes : « Notre-Dame des soldats, protégez notre armée », « Saint Louis, patron de la France et de son armée », « Saint Martin, patron de la cavalerie », « Saint Georges, général de cavalerie », etc.

Outre ces soldats vedettes, un insolite calendrier affichait un saint militaire pour chaque jour de l'année, depuis les « trente sold. m. sous Dioclétien, le 1er janvier », jusqu'à Régimbert, « intrépide off. p. abbé VIe siècle, le 31 décembre ». Que les saints guerriers, que les militaires martyrs, totalisent juste le nombre des jours de l'année me stupéfiait. Il est vrai que, de temps en temps, comme au 1er janvier, on en fourrait toute une ribambelle, anonyme. Je me souviens aussi que l'abondance des patronymes germaniques m'avait rendu perplexe : « S. Gerlach, off. ermite, XIIe siècle ; S. Frédéric, chev. relig., XIe siècle ; S. Aldrich, chev. aum. milit. év., IXe siècle ; S. Aldalbaud, général de Clovis, VIe siècle ; S. Ansbert, chancelier de Clotaire III ; S. Herménigilde, prince wisigoth, m., IVe siècle ; S. Gengoul, off. du roi Pépin, VIIIe siècle ; S. Ulrich, off. de l'emp. Bened., XIe siècle ; S. Léonard, soldat de Clovis p. ermite ; S. Radbod, off. de Charles le Chauve ; S. Romaric, O., ab. VIIe siècle »...

Étrange nomenclature barbare, au seuil de ce petit livre de piété qui se définissait comme un contre-poison à ce que tout soldat voyait et entendait « du matin au soir dans vos chambrées et ailleurs ».

A la fin se trouvait cette Prière du soldat que je m'appliquais à apprendre par cœur :

Jeune soldat, parti de ta chaumière
Pour te ranger sous un noble drapeau
Ah ! garde-toi d'oublier la prière
Que l'on t'apprit au sortir du berceau...

Elle se terminait sur cette profession de foi qui concordait mal avec la liste des trois cent soixante-cinq soldats énumérés plus haut, la plupart martyrs et sanctifiés pour objection de conscience.

Un bon chrétien fut toujours bon soldat

Mais je trouvais néanmoins ces vers presque aussi beaux que du François Coppée.

Cet opuscule à la couverture déchirée, aux pages écornées, semble avoir été souvent consulté, souvent ouvert, par notre père pourtant peu dévot. Aussi étrange qu'il fût, il présentait néanmoins pour moi beaucoup moins d'attraits que le *Guide Officiel de l'Exposition Coloniale Internationale.* Son slogan : « Le tour du monde en un jour pour trois francs » ne devait pas être un bluff, à en juger par les dessins et les photos. N'avait-on pas reconstruit à Paris, grandeur nature, ce temple d'Angkor Vat reproduit sur la couverture du guide ? Tout près du temple, sur un petit lac, un village de pêcheurs laotiens était bâti sur pilotis et les bateliers circulaient sur l'eau dans leurs sampans. Plus loin, le marché chinois de Cholon était reconstitué. Puis une rue tonkinoise avec ses artisans costumés sculptant des bonshommes d'ivoire dans des défenses d'éléphant.

L'Exposition se tenait en bordure du bois de Vincennes, autour du lac Daumesnil. A gauche de la Porte Dorée, on avait édifié un palais permanent des Colonies. Toutes les taches roses de l'atlas du monde se trouvaient représentées. Le guide soulignait, non sans quelque fierté, une anomalie : la présence d'Haïti dans l'Exposition. Bien que Haïti ne fût plus une colonie française depuis 1804, son gouvernement avait en effet insisté pour « en être », se considérant comme « le porte-drapeau de la culture française au Nouveau Monde ».

André Demaison, dont j'avais lu *Le Livre des bêtes qu'on appelle sauvages*, préfaçait ce prodigieux catalogue :

« La France, écrivait-il, a maintenant cent millions d'habitants, une superficie de onze millions de kilomètres carrés, trente-cinq mille kilomètres de côtes, sept cent mille kilomètres de routes et soixante-dix mille kilomètres de rail. C'est une nouvelle France, solide et nettement délimitée dans sa variété et sa grandeur, que vous avez voulu connaître... Ce tour du monde vous coûterait une fortune et une absence de deux ans. »

Que l'on puisse le faire en un jour et pour trois francs enfonçait Jules Verne.

Autant que les images, les placards publicitaires m'entraînaient dans de merveilleuses rêveries :

Les camions Laffly... les cargos du désert.

Compagnie Nantaise des Bois Déroulés et Contre-plaqués Océan.

Alger-Dakar-Alger — 16 000 km en 32 jours avec une 201 Peugeot.

Maurice. Exécute pour les militaires de toutes armes, de tous grades l'uniforme irréprochable. 7, bd Saint-Michel, Paris.

Félix Potin, la plus grande maison d'alimentation du monde, soigne particulièrement ses envois à destination des colonies.

Profitez de votre séjour en France pour faire la cure de Vichy. Nécessaire à tous les coloniaux.

Mais j'en revenais toujours à l'Indochine à laquelle me liaient indissolublement à la fois mon père et Odette. Cette Indochine, présentée comme le plus beau fleuron colonial. Je lisais et relisais le texte de M. Maurice Tranchant, l'un des auteurs du catalogue qui me paraissait un homme extrêmement important puisqu'il y signait aussi une bonne partie des illustrations :

« Enfin, l'Indo-Chine (c'était écrit en deux mots) se dresse, superbe. Le gigantesque temple d'Angkor Vat, au bout de sa chaussée dallée, suffit à lui seul à l'évoquer tout entière.

Reconstituée dans ses moindres détails, cette merveille de l'art khmer, avec ses cinq coupoles, son escalier vertigineux, ses vingt-trois salles, forme un tableau de l'activité et des merveilles infinies de l'Extrême-Orient. Les rizières, les mines à ciel ouvert, l'industrie de la soie, tout y est. Le soir, les danseuses cambodgiennes dansent autour des pagodes. Ruisselantes de pierreries, la tête surmontée d'une tiare, elles ondulent de leurs bras dessinant dans l'air des courbes harmonieuses. Le tumulte de la fête, traversant les bains sacrés, parvient jusqu'au village tonkinois, endormi près de son dinh et de son marché. Sous le feu des projecteurs, le temple embrasé semble taillé dans un bloc d'or resplendissant. »

Ah ! si mon père avait pu écrire comme ça ! Quel régal ! Avait-il vu le temple d'Angkor dévoré par les figuiers géants ? Avait-il senti, dans les ruines, l'odeur enivrante des jasmins, des gardénias, des tubéreuses ? S'était-il reposé sur les dalles du temple, sous les guirlandes de lianes fleuries, avec à ses pieds les bassins de lotus et de roseaux ?

Mon imagination vagabonde fut ramenée brutalement à mes problèmes présents par cette légende, sous une photo d'un groupe d'Annamites :

« On n'a choisi pour les photographier ni les plus sales ni les plus propres. »

Je refermai très vite le *Guide Officiel de l'Exposition Coloniale Internationale* et le jetai sous un lit craignant qu'Odette n'ait un jour la fantaisie de le parcourir.

J'interrogeai Odette sur sa vie dans les sanas, sur son travail d'infirmière.

— On dit que je suis infirmière... Je le dis... C'est plus simple... Mais pour être infirmière il faut avoir fait des études. J'essaie. J'y arriverai. Mais c'est long. Et lorsqu'on n'a pas eu d'instruction, c'est difficile de rattraper des filles qui sont bachelières. Il n'y a d'ailleurs pas tellement de vraies infirmières, dans les hôpitaux. Nous, on est les filles de salle, comme ils disent. On vide les pots de chambre ; on lève les malades ; on fait les lits ; on distribue les thermomètres ; on apporte les cuvettes pour ceux qui vomissent ; on ramasse les crachoirs pleins de glaire et de sang ; on change de chemise ceux qui se sont salis de vomissures ou de caca ; on nettoie, on décrotte, on astique les malades pour qu'ils soient bien présentables lorsque passent les médecins.

« Mais ça ne me déplaît pas. Le sana, c'est chez moi. C'est seulement lorsque je suis entrée au sana que j'ai commencé à respirer. Ça paraît absurde, hein ! parce que pour ce qui était de respirer avec mes poumons, j'étouffais plutôt. Mais tout en étouffant, tout en toussant, j'avais pour la première fois l'impression de respirer. Tout en étant enfermée dans une sorte de caserne, comme papa l'a été presque toute sa vie, eh bien, j'avais l'impression d'être libre. Mais lui, ne crois-tu pas qu'il n'a été libre que soldat, pendant qu'il devait obéir à un règlement strict ? Et non pas après sa retraite, où il était devenu soi-disant libre, mais avec un drôle de fil à la patte.

Elle s'arrêta brusquement :

— Tu vois ce que je veux dire ?

Sans doute voulait-elle parler de ma mère. Choqué, je détournai la conversation :

— Avant d'être malade, qu'est-ce que tu faisais ?

— Comment ? Tu ne te souviens pas ? J'étais vendeuse aux Galeries.

— Après la mort de papa ?

— A la mort de papa tu sais que la tante Victorine m'a adoptée. J'avais treize ans. Elle m'a aussitôt placée comme petite bonne à tout faire chez des bourgeois de Fontenay, en me disant que c'était pour mon bien, qu'il fallait que j'apprenne à être ménagère.

« En fait d'apprendre à être ménagère, mes bourgeois ne m'apprenaient que deux choses : ouvrir la porte et servir à table. Pour ces deux fonctions je faisais office de curiosité. Ils m'avaient obligée à me tresser une natte et ils m'habillaient en Tonkinoise. Avoir une bonne indigène, c'était le grand chic. A Fontenay, les étrangers, ça ne courait pas les rues. Il y avait bien un Sénégalais, à la Coopé, qu'on appelait Banania et qui avait failli être renvoyé sur dénonciation des chômeurs, parce qu'il mangeait le pain des Français. Mais on s'aperçut que c'était un ancien tirailleur, médaillé de l'armée française et pensionné. On l'a gardé. C'était le seul Fontenaisien noir. Et moi j'étais la seule Fontenaisienne jaune. Jaune ? Est-ce que je suis jaune ? En quoi est-ce que je suis plus jaune que toi ? Il y a des tas de Français qui sont jaunes avec leur foie malade. Moi j'ai un bon foie. Mais le Sénégalais et moi on représentait les colonies françaises au complet. L'Afrique et l'Asie. Un cordonnier belge et cousin Gaston le Berrichon complétaient le quarteron de métèques. Il m'a toujours bien aimée, cousin Gaston. On ne s'est jamais dit grand-chose, mais on se comprenait. On était tous les deux les canards dans la couvée de poulets. Qu'est-ce qu'il a pu en déguster de vacheries, et ça continue. Il n'a pas eu la chance d'être tuberculeux, lui. Le cordonnier belge était tout blond. Les cheveux, les sourcils, la peau, plutôt blancs que blonds. Une sorte de Sénégalais en négatif.

« Joséphine Baker ! Ils voulaient même que je chante : *J'ai deux amou... Mon pays et Paï...* Oui, mes bourgeois de Fontenay. Leur petite Tonkiki, leur petite Tonkinoise, c'était ma pomme. Leur petite singesse...

Je l'interrompis :

— Ce n'est pas papa qui disait ça. Il rapportait seulement la plaisanterie d'un copain.

(J'avais beaucoup réfléchi sur ce passage de la lettre qui avait blessé Odette et sur la manière dont je pourrais excuser notre père.)

— Oh ! tu sais, dit Odette en riant, au début il a trouvé que les singesses sentaient mauvais, mais après il a appris à monter aux arbres pour aller les cueillir. Et puis quoi, les Jaunes trouvent aussi que les Blancs puent. Ils disent qu'un Blanc, ça sent le cadavre. C'est pourquoi moi, pour chasser à la fois mes odeurs de Jaune et de Blanche, je m'inonde de Soir de Paris.

Paris... C'est une blonde...

« Tu te souviens, papa chantait une chanson qui commençait comme ça.

Oui, je me souvenais. Vaguement. Mais je réentendais l'air. Il chantait surtout le matin, en se lavant à grande eau dans la cour, torse nu, utilisant pour ce faire le chaudron de grand-mère. Les ablutions de mon père amusaient tout le quartier, en un temps où personne, sauf sans doute quelques rares bourgeois, n'avait de baignoire ; où tout le monde ne se lavait que le nez et les oreilles ; juste ce qu'il fallait d'eau froide pour se réveiller. Les toilettes matinales, éclaboussantes et chantantes de mon père, habitude ramenée des colonies, ne contribuaient pas peu à faire de lui un original.

— Et celle-ci, dis-je, tu te souviens :

C'était une petite blonde
Avec des yeux de velours
Et tous les soleils du monde
N'égalaient pas ses atours...

— Ah ! mais oui ! Ah ! mais oui ! Pauvre papa, il en avait sa claque des congaïs au poil noir.

Je voyais qu'Odette avait fini par prendre la chose du bon côté. Nous allions pouvoir entamer un nouveau paquet de lettres.

Les lettres s'échelonnaient régulièrement tous les quarante-cinq jours. Comme il avait droit à la franchise de deux lettres par mois, on pouvait supposer qu'une troisième rejoignait l'oncle Ernest, le maréchal-ferrant, son second frère.

Nous reprîmes notre position nocturne à plat-ventre sur les couettes de l'un ou l'autre des deux hauts lits de bois. La lettre suivante nous montrait un colonial qui avait perdu de sa superbe par sa première maladie tropicale.

« Ma chère Victorine,

« J'ai le paludisme. Tu sais ce que c'est puisqu'on attrape aussi la palu dans notre marais lorsqu'on va mettre les bêtes à l'herbage. Mais en Vendée c'est une petite palu. Ici, c'est terrible. On sue tellement qu'on a l'impression d'être vidé comme un cochon saigné. On a la fièvre et on est glacé. On a l'impression de coucher dans un lit de glace. On nous donne pourtant des doses préventives de quinine. Mais le climat, les plantes, les gens, tout ici semble empoisonné. Si on n'avait pas notre bonne absinthe, on n'arriverait jamais à tenir le coup. Il fait si lourd, si humide, que l'on attend toujours l'orage qui ne vient jamais. Le temps d'orage est permanent. On reste souvent réveillé la nuit, longtemps, espérant un peu de fraîcheur. Je rêve à notre pluie fine et fraîche. Il pleut encore plus que dans notre bocage, ici, mais c'est une pluie lourde, chaude, torrentielle, qui inonde les rues et charrie des monticules de pourriture. On pense qu'il fait toujours beau, aux colonies, que l'on se dore au soleil. Le soleil, on ne le voit même pas, toujours caché derrière des nuages. Le ciel est visqueux et blanchâtre, comme de la laitance d'huître. On est si vite en sueur qu'il faut changer de veste et de pantalon trois fois par jour. Les colons appellent le cimetière " notre jardin d'acclimatation ". Ils disent qu'on ne s'acclimate que là... »

Comme Alfred a dû lui poser des questions sur ce damné climat, il y revient dans la lettre suivante et ajoute à la malédiction de la chaleur la tyrannie des insectes. Il est allé pour la première fois en exercice dans la brousse, à une centaine de kilomètres de Saigon, avec un fort contingent indigène de cavaliers pieds nus, pouce dans l'étrier, vêtus de kaki, de tirailleurs aux habits rouges et de miliciens en bleu. Le costume de campagne des Français est aussi de toile bleue. Même le casque blanc est recouvert d'un manchon azuré. C'est dans un village de paille, de roseaux et de bambous où la troupe était cantonnée que se produisit dans la nuit l'invasion des insectes. D'abord le vrombissement obsédant des moustiques, qui tient éveillé ; puis des petites mouches courant sur la peau. Et peu à peu un déferlement de bestioles qui recouvrent les mains et le visage, entrent dans les vêtements, inondent les lits de camp, pénètrent dans les oreilles, le nez, la bouche. On en avale. On se gratte la tête et on s'aperçoit que des criquets sont accrochés dans vos cheveux, pourtant extrêmement courts. La terreur d'être dévorés vivants par ces bestioles pousse soudain dehors, dans une panique à laquelle assistent impassibles les soldats indigènes, tous ces soldats blancs qui d'ordinaire jouent aux seigneurs. Et les voilà qui gigotent, qui se déhanchent, qui sautent comme des diables blancs dans la nuit, dans leurs caleçons de flanelle. Ils courent dans tous les sens, frappent l'air de leurs bras. Certains même roulent à terre. Réveillés par ce tapage, les chiens hurlent dans le village. Les sous-offs aboient aussi, courant après leurs hommes, et se débattant eux-mêmes malgré tout contre les bestioles ; s'efforçant de faire rentrer dans les paillotes les soldats indigènes qui se sont assis sur le sol pour regarder danser les Blancs, comme au spectacle. « Les salauds, se disent les marsouins, ils nous narguent. Pas étonnant qu'ils ne soient pas piqués, eux, avec leur odeur de bouc... Ils pourraient nous aider, mais non, ils regardent, comme des imbéciles... Ça n'a même pas l'air de les amuser. Ils regardent. Ils sont assis par terre, comme des singes, et de temps en temps on entend leur jacassement de ouistitis. » Nuit de cauchemar, passée à guetter, à écraser, dans une bouillie d'insectes qui vous colle au visage et aux mains. Le lendemain, à voir le calme du village enfoui dans un bois de cocotiers et de bananiers, on pourrait croire avoir été le jouet de la fièvre. Les paillotes, recouvertes de feuilles de palmier, n'ont pas de fenêtre. Seulement deux portes, l'une devant, l'autre derrière, assurant l'aération, la ventilation. Des filets de pêche sont suspendus à des fourches de palétuvier. Des petits cochons gris fouillent la vase de leur groin. Personne dans les paillotes. Les soldats y passent l'inspection. Le mobilier et les ustensiles y sont si succincts que la visite est vite faite : sur une large planche, élevée à quelques centimètres du sol, une natte, des escabeaux, une table, un fourneau en terre, un coffre en bois. Où sont donc passés les indigènes ? Tout est propre dans les cases, tout est en ordre. Aucune trace de fuite précipitée. Mieux, la haute palissade de bambous effilés comme des baïonnettes qui entoure le village pour le protéger des tigres est entièrement close. On est partis et l'on a poliment refermé la porte derrière soi. Le capitaine qui commande la compagnie est furieux. Il parle de brûler le village. Au moins ça enfumerait ces nom de Dieu d'insectes. Un marsouin a attrapé un poulet étique qui pousse des cris d'égorgé. Mais un sergent lui ordonne de le remettre en liberté : « Souviens-toi, tête de mule, qu'un poulet annamite ne peut être mangé que par des chiens chinois. »

Notre père raconte aussi ses virées à Cholèn. Il écrit Cholèn, comme ça se prononce, alors que la géographie française orthographie Cholon. Cholèn (ou Cholon) est reliée par un tramway à Saigon (qu'il n'écrit pas Sègon, comme ça se prononce sans doute parce que son orthographe est plus courante). Aller à

Cholon, c'est voyager en Chine. La ville est entièrement chinoise, avec ses maisons de bois d'un seul étage devant la façade desquelles se balancent de grosses lanternes à glands rouges décorées de dragons. Autant les maisons des Annamites sont pauvres, autant les maisons des marchands chinois reflètent le luxe. Les marsouins qui déambulent dans les rues de Cholon, de leur pas colonial, lent et lourd, un pas d'anémique, perdent l'assurante supériorité qu'ils affichent devant les Annamites de Saigon. Le mépris narquois des Chinois, leur obséquiosité exagérée, leur richesse surtout, les snobent. Ils ne sont plus dans Cholon des conquérants, mais des visiteurs furtifs. Ils regardent, par les fenêtres ouvertes, l'intérieur des maisons avec leurs lampes à perles, leurs paravents, leurs objets de jade, leurs brûle-parfum en bronze dans lesquels se consument lentement des bâtonnets de santal, les vases de porcelaine énormes, les crachoirs, les écrans d'anniversaire. Ils n'ont jamais vu tel déploiement de luxe. Les rues sentent l'encens et l'opium. D'une pagode hérissée de dragons retentissent des coups de gong. Au loin, des tam-tams imposent leur musique répétitive, monotone et obsédante.

Les marsouins s'attardent devant la boutique du fabricant de cercueils, sans réussir à trouver le mot pour rire. Ils longent le parc à caïmans. Les caïmans y sont élevés dans une intention culinaire, les Chinois raffolant de leur queue grillée à la broche. Ils regardent dans les arroyos la procession de jonques qui amènent à Cholon toutes les richesses de la Cochinchine. Cholon est un ogre qui dévore la Cochinchine et l'Annam. Ses usuriers prêtent des piastres aux paysans, ses marchands lui achètent son riz, ses industriels vont chercher dans la brousse le fils du paysan pour le faire trimer dans ses douze usines à décortiquer le paddy.

Les Chinois avec leurs tresses, leurs calottes noires, leurs robes bleu azur, leurs pantalons lilas serrés au bas de la jambe, leurs fins bas de soie et leurs babouches brodées, intimident les marsouins qui se sentent bouseux, péquenots, et pas du tout fiers de l'être. Les Annamites leur paraissent des singes maltraitables et corvéables à merci, mais les Chinois sont d'une autre espèce, inquiétante, maîtres dans l'art de vous fiche mal à l'aise. La manière dont ils vous saluent dans la rue en se cassant en deux et en vous appelant « noble étranger », est-ce que ce n'est pas une façon de se foutre de votre gueule ? Les marsouins en ont bien le sentiment. Ils ne sont pas dupes. Mais quoi faire, sinon porter la main à son casque pour le salut militaire ? Les officiers ont bien dit : « Surtout pas d'histoires avec les Chinois. Soyez polis avec eux et ne vous mêlez pas de leurs affaires. Pas touche aux Chinois, compris ! »

Ce que ne savait pas notre père, mais ce que les officiers savaient, du moins les hauts gradés, c'est que, pour dix mille soldats et colons français occupant l'Indochine, il y avait alors deux cent mille Chinois ; que les Chinois étaient en fait les vrais maîtres de l'Indochine. Nous avions envoyé des soldats, eux des marchands. Ils nous laissaient la tâche antipathique de l'administration de la colonie, se réservant celle de l'exploitation en douceur. A nous la trique, à eux le tiroir-caisse. Ils avaient obtenu non seulement le monopole des rizeries, mais aussi celui de la batellerie à vapeur. Leurs chaloupes assuraient aussi bien les transports sur le fleuve Jaune que sur le Mékong. Des chaloupes malpropres, aux tôles rouillées prêtes à s'éventrer, hâtivement peintes de couleurs criardes qui donnaient le change et toujours bondées de passagers et de marchandises. Marchands de tout et de n'importe quoi, gros et petits négociants, usuriers, tenanciers de bordels et de fumeries, travailleurs inlassables, ingénieux, envahissants, prolifiques, inassimilables, ils constituaient dans la colonie une force sur laquelle s'appuyaient les prétendus colonisateurs blancs qui n'auraient rien pu coloniser sans leur accord. L'état-major ne se faisait aucune illusion. Si les Chinois de Chine attaquaient l'Indochine, celle-ci serait impossible à défendre. D'où le grand ménagement pris envers les Chinois d'Indochine, vingt fois plus nombreux à occuper déjà le pays que les Français.

De leur côté les Annamites disaient ne redouter et ne respecter que l'Oncle Chinois et le Seigneur Tigre. Comme le tigre, le Chinois était un ogre, mais un ogre aimable, qui ne rugissait jamais, qui ne sortait jamais ses griffes, mais qui se faufilait frileusement, les deux mains dans les larges manches de sa robe de soie, les yeux si bridés qu'ils paraissaient clos ; imperturbable, poli, doucereux, mais qui menait ses affaires avec des mains aux ongles si longs et si pointus que l'on aurait pu les confondre avec des pattes de tigre.

A la fin du mois de janvier 1911, une lettre de notre père à son frère parle de la fête du Têt à Cholon :

« Le sapin de Noël est ici une tige de bambou au sommet de laquelle, dans une cage de jonc tressé, on enferme des jouets, des fruits, des gâteaux. Mais ces offrandes ne sont pas pour le Petit Jésus. C'est pour le diable qui pourra ainsi festoyer sans déranger les mortels. Les Chinois sont obsédés par le diable, ce qui est bien normal puisqu'ils ne sont pas baptisés. Pendant une semaine ils font éclater des pétards pour chasser les mauvais esprits. A tous les coins de rue, ils dressent des petits autels à Bouddha, avec des jouets, des fruits, des fleurs. Puis ils les font brûler. Ils appellent ça la fête du Thêt. C'est leur jour de l'An. A Saigon, il y a un restaurant qui n'est pas pour nous en raison du prix du menu ; un restaurant français qui a pour enseigne : " Au goujon qui Thêt. " Ça nous fait bien rire lorsqu'on passe devant. »

Odette et moi attendions le dimanche avec gourmandise. Non pas pour le déjeuner, solennel, compassé, où oncle Hubert et le Berrichon enfilaient des chemises propres et ajustaient des cravates qui leur plissaient le cou ; où la tante Victorine paradait en passant les plats, commentant sans contradicteur les événements de la semaine ; comparant Pétain à Clemenceau avec la réserve néanmoins capitale que Pétain, hélas ! n'était pas vendéen — mais pour nos échappées du dimanche après-midi.

Nous les passions la plupart du temps sur la place Viète, un peu en retrait des joueurs de palet, près du grand bassin toujours à sec. Le kiosque à musique où, avant « les événements », cousin Gaston jouait de la flûte, gardait ses grilles fermées que des enfants tentaient d'escalader en se chamaillant. Je pense que beaucoup auront conservé de cet été 1940 un souvenir de temps lourd, aux nuages noirs, un souvenir d'éclairs et de tonnerre. Peut-être en réalité cet été fut-il pluvieux ou doux ? Je ne sais. J'avais pensé rechercher la vérité historique dans les archives météorologiques. Mais *ma* vérité, c'est seulement ma mémoire et ma mémoire a conservé le souvenir d'un été splendide, d'un des plus beaux étés qu'il m'ait été donné de vivre, un été bref, lumineux et velouté comme un premier amour.

Le soleil filtrait peu à peu à travers les hauts marronniers de la place Viète et une douce fraîcheur nous mettait dans un état d'euphorie. Nous n'en finissions pas de bavarder en nous complaisant dans cette lente découverte que nous faisions de notre père à travers la lecture de ses lettres et, plus confusément, de la propre découverte du plaisir que nous avions à être ensemble.

Odette s'inquiétait de mon avenir. J'aurais aussi dû m'inquiéter du sien. Mais il est vrai que je distinguais mal la différence entre infirmière et fille de salle et que pour moi, bien qu'elle me l'eût expliqué, elle demeurait infirmière, c'est-à-dire personnage auréolé d'un halo scientifique mystérieux, dans sa blouse blanche et son voile ; un peu proche d'une religieuse en raison du costume et de la vie en collectivité dans ces hôpitaux qui la retenaient semi-recluse.

J'étais alors manutentionnaire dans un entrepôt à Nantes, déchargeant des sacs de grain au cul des camions et les amenant pour la pesée aux bascules.

— Tu ne vas pas continuer à faire ça toute ta vie, me disait Odette.

Et elle cherchait par quel subterfuge je pourrais m'introduire dans le secteur des travaux peu fatigants et bien payés.

— Tu devrais étudier la chimie. Je vois à l'hôpital des hommes qui travaillent dans les laboratoires. Tu passerais un concours. Peut-être qu'on n'a pas besoin du bachot, si tu es assez fort.

La chimie ? Je répondais oui, pourquoi pas ? Je me voyais déjà maniant des éprouvettes et des cornues. J'avais rejoint Odette dans son hôpital.

— Quand tu étais petit, papa disait toujours que tu irais à Saint-Maixent ; que tu serais officier... Sauf dans les mauvais moments, où tu étais vraiment trop insupportable et où il menaçait de t'envoyer aux enfants de troupe.

Cette perspective d'être enfant de troupe, loin de me terroriser, me plaisait plutôt. Je me voyais bien dans ce costume de serge bleue, le béret de chasseur alpin sur la tête et une large cape sur les épaules. Le fils d'un des copains de mon père était enfant de troupe. Lorsqu'il venait en congé chez ses parents, dans notre petite ville, il nous en mettait plein la vue, à nous, les élèves terrorisés de l'École des frères. Nous ne savions pas que la discipline était encore plus dure dans son école que dans la nôtre. Il crânait. Il paradait. En réalité nous enviions son uniforme.

Après la mort de mon père et l'abandon de ma scolarité après le certificat d'études primaires, la perspective de Saint-Maixent s'envola. En 1939, j'allai me présenter à la caserne de la rue Desaix, à Nantes, offrant de m'engager. *De Bara, de Viala, le sort nous fait envie.* J'avais leur âge : quinze ans. Il ne semble pas que l'âge fût légal, pourtant les officiers tergiversèrent, me firent revenir plusieurs fois, pas du tout moqueurs, plutôt ennuyés par l'obstination de cet adolescent, fils de sous-officier et de surcroît pupille de la nation, ne trouvant finalement d'autre solution que de me dire d'attendre encore trois ans.

Il y avait un an de cela.

Je dis à Odette :

— Dans deux ans, je m'engagerai.

Que l'armée française fût effondrée, disloquée, et qu'à l'heure où nous parlions de notre avenir sur la place Viète, d'interminables colonnes de prisonniers marchassent vers l'est, que les tanks allemands ne cessassent de descendre vers le sud en traversant Fontenay de part en part, ébranlant les maisons de la rue de la République dans un roulement de tonnerre, tout cela ne me semblait pas contrarier cette perspective. Dix-huit ans, c'est loin, lorsque l'on en a seize. Mon père mort, je n'avais cessé de poursuivre son rêve exotique. Moi aussi, je serais dans la coloniale. Ce rêve exotique que je trouvais soudain tangible dans la correspondance de mon père et dans les yeux d'Asie d'Odette.

Nous étions assis dans l'herbe, sous les grands marronniers. Odette portait une robe blanche qui donnait encore plus d'éclat à ses cheveux et à ses yeux noirs. Ses lèvres trop rouges accentuaient la pâleur de son teint. Elle n'était pas jaune, en effet (mais existe-t-il une race jaune ?). Seulement elle avait un teint mat, inhabituel chez les gens d'Ouest, rosis ou rougis par le vent de la mer. Ce qui lui donnait mauvaise mine, par comparaison. Des yeux un peu cernés aussi, qui avouaient une certaine fragilité. Il m'arrivait d'avoir des bouffées de tendresse irraisonnées pour Odette et je laissais reposer ma tête sur ses genoux. Elle ne me repoussait pas, me caressant les cheveux comme une mère fait à son petit enfant. Et nous parlions. Nous parlions de quoi ?

Comment se souvenir ? Seuls les moments difficiles, les dialogues dramatiques, laissent des traces ineffaçables dans la mémoire. Nous nous encombrons d'une multitude de scènes désagréables, de mots durs, blessants, et les moments de douceur, d'abandon, de rêverie, les dialogues sans dialogue, où l'on se laisse porter par le plaisir d'être, où les mots sont musique, calme euphorie, ces moments se perdent dans le flou. On dirait que, pour la mémoire, seul le malheur a de l'importance.

Au terme de ses quatre premières années de service, mon père s'était rengagé et avait été envoyé au Tonkin. Ses lettres parlaient de son voyage de Saigon à Hanoi. Trois jours de paquebot.

Adieu Saigon et ses senteurs de musc et d'opium, ses verdures malsaines, ses plaines herbagères parsemées de tombeaux. Notre père, encore trop proche de sa Vendée, trop proche de sa paysannerie, ne semble pas en avoir goûté le charme étrange, languide, morbide, pervers. La seule perversité qu'il en connut se limita sans doute à ce que les coloniaux appelaient *le Bambou*, ce quartier des bordels annamites et japonais près des Messageries maritimes, avec ses rues fangeuses, défoncées, bordées de paillotes délabrées et nauséabondes. Suffisant pour prendre conscience que le diable vous mettait facilement le grappin dessus, dans ce damné pays où partout grimaçaient des dragons, des chimères, des démons tireurs de langue. Rien de rassurant. Les coolies à demi nus qui se faufilent avec leurs fardeaux au pas de course en bousculant les soldats de chez nous, lourds et pâles sous leurs casques blancs, ne sont-ils pas eux aussi des diables ? Comme tous ces singes cireurs de souliers, plumeurs de poules, avec leur langue si criarde que l'on dirait qu'ils éructent.

Le paquebot chemine lentement sur la rivière Saigon. Il passe tout près du vieux cuirassé *Redoutable,* si peu redoutable sous la paillote où il rouille lamentablement. Le climat l'a bien eu, lui aussi. Il pourrit dans l'eau, comme tout pourrit ici, les choses et les hommes. L'arsenal, quasi abandonné, semble baigner dans le sang d'on ne sait quelle guerre, avec son sol rouge à l'ombre des arbres d'un vert agressif. Verdures malsaines, parfums et pourriture mêlés. Les soldats crachent dans l'eau, par-dessus le bastingage. La côte, basse, est parsemée de palétuviers. Autour, toujours ces marécages à moustiques et à paludisme. Puis apparaît la forêt avec sa verdure superposée en trois étages : d'abord les roseaux et les bambous, puis la végétation d'un vert profond parsemé de taches de fleurs rouge et or et, au-dessus, les grands panaches flottants des aréquiers.

Longtemps, grâce aux méandres du fleuve, les soldats voient apparaître, disparaître et réapparaître les deux flèches de la cathédrale de Saigon. Lorsqu'ils l'ont perdue de vue, un petit pincement au cœur leur indique que maintenant ce qui les reliait encore d'une manière tangible à la métropole, cette ville de Saigon quand même très européanisée, n'est plus qu'un souvenir.

Apparaît en mer l'archipel de Poulo Condor, dont on ne prononce pas le nom sans répugnance. L'une de ces îles est un pénitencier où les indigènes déportés sont condamnés à une mort lente mais irrémédiable, un lent pourrissement dans les fièvres et la dysenterie.

Le paquebot ressemble à une chaudière. Une chaleur mouillée, oppressante, fait rechercher une ombre illusoire. Les soldats sont entassés sous les canots de sauvetage, essayant de fuir le soleil. Il paraît qu'au Tonkin il y a des saisons. Voilà trois ans qu'ils suent et grelottent de fièvre. Le froid, le frais, ils en rêvent. Et d'une petite pluie fine sur le visage, comme une caresse de femme.

La lettre officielle de bonne arrivée est, bien sûr, pour la tante Victorine.

« Ma chère Victorine,

« La traversée Saigon-Hanoi s'est bien passée. Hanoi est une grande ville, mais moins aimable que Saigon. Les rues paraissent désertes. Pour te donner une idée de cette désolation, on avait construit un théâtre tout au bout de la rue principale ; on est en train de le détruire parce que l'on s'est aperçu qu'il n'y aurait jamais assez de public pour les représentations. La seule belle chose, c'est le pont Doumer qui traverse le fleuve Rouge sur plusieurs kilomètres, avec ses arceaux de fer. Autour de la ville, toujours ces rizières recouvertes d'eau qui donnent une impression de perpétuelle inondation. Les charrues sont traînées par des buffles, qui sont des gros bœufs avec des cornes gigantesques. Ce sont toujours les femmes qui repiquent le riz dans la boue. Les Annamites sont malins. Ils disent que le riz planté par les hommes pousse mal. Peut-être bien que si, chez nous, le blé était semé par les femmes, il grandirait plus vite. Il va falloir que je parle de ça à Alfred.

« Maintenant que je me suis rengagé, la vie va être plus agréable. On est dispensé de la garde du dimanche et on a quartier libre jusqu'à dix heures du soir. En plus, on peut avoir une petite caisse à bagages pour y mettre ses effets et ses objets. Un rengagé, c'est pas encore un caporal, mais ça y conduit. Comme tu vois, le moral est bon.

« Ton affectionné

Aristide »

Ce que ne disait pas notre père, à propos de son rengagement, je le trouvai dans son *Guide des Engagés et Rengagés dans les Troupes Coloniales*. Pour être admis à se rengager dans les troupes coloniales, il fallait « présenter une denture suffisante » et mesurer au minimum un mètre cinquante-quatre. Le livret militaire de mon père m'apprend qu'il mesurait un mètre cinquante-huit. Une taille normale alors pour un paysan de l'Ouest puisque finalement, faute de géants (mais l'armée coloniale n'était-elle pas, par essence, une armée de géants qui mettait à ses pieds l'univers ?), on acceptait dans l'infanterie coloniale des hommes de moins d'un mètre cinquante-quatre. « Les hommes de moins d'un mètre cinquante-quatre, dit le *Guide des Engagés et Rengagés*, doivent racheter ce défaut de taille par une constitution extrêmement vigoureuse et une aptitude spéciale à la marche. » Quant à l'artillerie coloniale, si elle prétendait à des hommes d'un mètre soixante-dix, elle s'empressait d'admettre des diminutions de taille pour les maréchaux-ferrants, les selliers, les bourreliers, les bottiers, les ouvriers du fer et du bois.

Tous ces petits hommes trapus, lourds, pataugeant dans la boue avec leurs godillots, boudinés dans leurs uniformes, la tête maintenue bien droite par les « cols officier » amidonnés, marchaient sans se plaindre sous un soleil d'enfer. Suants, bedonnants, mais infatigables. Depuis les débuts de la conquête, ce que l'on appelait la « division bleue », c'est-à-dire l'infanterie de marine, tenait la Chine en respect. Elle seule, au Tonkin, avait résisté à la poussée des Pavillons noirs. En 1911 encore, les renforts n'étaient envoyés que chichement par la métropole qui n'avait d'yeux que pour le Maroc. Seulement six bataillons d'infanterie de marine, trois bataillons de la légion étrangère, et douze bataillons d'auxiliaires annamites conjuguaient la double tâche d'occuper le pays et de veiller à intercepter les bandes chinoises contrebandières d'opium et trafiquantes d'armes.

La phase conquérante du Tonkin avait duré de 1872 à 1895. Mais lorsque notre père arrivait au Tonkin ce n'était pas encore la paix. En 1908, celui que l'on appelait un chef pirate, le De Tham, et qui n'avait cessé avec ses bandes armées de défier les troupes françaises depuis 1888, avait bien failli reconquérir Hanoi, son complot pour empoisonner la garnison de la ville et s'emparer des magasins d'armes n'ayant échoué que de peu.

Notre père n'aura pas le temps de s'ennuyer à Hanoi. Très vite, il est envoyé dans le haut Tonkin.

« Mon cher Alfred,

« Nous sommes partis en baleinière, dans la nuit. Lorsque le jour est revenu, il nous a trouvés étendus sur le pont, nous battant avec les moustiques qui, comme d'habitude, réussissent à nous piquer à travers le gros drap de nos vareuses. La terre s'est rapprochée. Avec ses dunes basses, ses arbres comme les nôtres, on aurait très bien pu se figurer arriver dans un petit port de France. Mais dès que l'on a débarqué et que l'on s'est approchés d'une maison qui, au loin, nous semblait familière, elle s'est faite bizarre, grimaçante, avec un toit tout cornu, tout griffu et plein de diableries. Et autour de cette pagode, c'est ainsi qu'ils appellent leurs églises qui n'ont pas de clocher, les aloès avec leurs piquants avaient aussi l'air de monstres. On est entrés dans la pagode et je te dis que ce n'est pas le père Grignion de Montfort qu'on y voit, ni la Vierge de Lourdes, mais d'horribles bonshommes qui tirent la langue qu'on croirait Gargantua en personne. Des bêtes de cauchemar, comme on nous dit qu'il y a en enfer, avec partout des griffes, des crocs. A croire qu'ils ont imaginé tout ça pour nous faire peur.

« Le lieutenant nous a fait avancer à l'intérieur du pays. Nous avons fini par trouver un fort abandonné, envahi par les cactus et les ananas sauvages. Tout en haut d'un mirador dressé sur des perches de bois, une sentinelle annamite nous a aperçus et s'est mise à taper comme un fou sur un tam-tam de cuivre. Avec sa robe et son chignon, on se demandait si c'était un soldat ou une bonne femme.

« Ainsi annoncés en musique, si on peut parler de musique pour ces bruits de casserole, les indigènes ont fini par sortir de leurs trous, à la queue leu leu, poussant devant eux leurs vieillards ratatinés comme des momies. L'un d'eux, qui devait être leur chef et qui ne s'était pas coupé les ongles depuis au moins dix ans, s'est agenouillé devant notre lieutenant en joignant ses mains à la hauteur de son front et en inclinant la tête jusqu'au sol. Puis il a posé aux pieds du lieutenant un cadeau dans un sac de soie. Lorsque le lieutenant a regardé dans le sac, quand les indigènes sont repartis, il s'est mis à jurer, à gueuler. Si bien qu'on est tous accourus regarder. Je te donne en mille ce qu'il y avait dans le sac : un chat sauvage vivant, capturé sans doute dans la nuit, et dont ils avaient cousu les deux mâchoires pour l'empêcher de mordre. C'est te dire la cruauté de ces gens-là et qu'il ne faut pas s'y fier.

« Je pense bien à vous et au pays.

« Votre affectionné

Aristide »

Le petit détachement auquel était incorporé notre père montait vers Ha Giang. Le succès de la révolution de Sun Yat-sen en Chine provoquait des remous à la frontière chinoise et les Méos des montagnes à pavots s'étaient soulevés. Au passage, dans les villages thos de la vallée, des miliciens indigènes avaient été requis. Comme gage de leur tranquillité, les Blancs, envoyés inconsciemment par Paris si peu nombreux dans ce pays hostile et aux marches de l'immensité chinoise, armaient les Thos contre les Méos, c'est-à-dire l'homme de la vallée contre le montagnard, ou inversement. Et s'il advenait que ces deux ennemis traditionnels s'entendent, on armait alors les Nouns sinisés. On arrivait ainsi à tenir, mais ça bougeait de partout. La piraterie des Pavillons noirs et des Pavillons jaunes n'était plus qu'un lointain souvenir que rappelaient les minuscules forteresses tout le long de la frontière. Mais meurtres de colons isolés, d'officiers ou de sous-officiers de trop petites garnisons, razzias de villages, provoquaient une mise en alerte perpétuelle.

Après quelques courses-poursuites dans la brousse, sans anicroche avec les Méos qui se contentèrent cette fois-là d'une partie de cache-cache, notre père se retrouva en casernement à Lang Son.

A cent kilomètres au nord d'Hanoi, Lang Son faisait figure de ville coquette avec de larges avenues où l'on retrouvait les flamboyants de Saigon, tout en fleurs et formant au-dessus des rues des voûtes de grappes écarlates. Une vieille citadelle annamite restaurée servait de casernement confortable. Comme la caserne se trouvait près de la gare, l'un des amusements des marsouins consistait à aller se planter devant le chef de gare pour rigoler un bon coup. Car ce chef de gare indigène était bien sûr vêtu d'une longue robe de soie noire et ses cheveux relevés en chignon lui donnaient un air de pipelette.

Lang Son donnait aux militaires une impression de sécurité. Ils se retrouvaient là presque entre eux, sauf les jours de marché où la foule indigène apportait sa note pittoresque : Annamites aux vêtements bruns, Méos en bleu, Chinois aux robes de soie claire. Les longues robes de couleur des congaïs élégantes, fendues, laissaient apparaître leurs pantalons de soie noire. Provocantes, rieuses, elles faisaient tinter leurs colliers d'or, cherchant à aguicher les marsouins qui commençaient à trouver un certain charme aux singesses.

Ils savaient que les légionnaires étaient pour la plupart mariés à des congaïs qui habitaient des petites maisons autour de la caserne. Les légionnaires mariés obtenaient trois permissions de nuit par semaine. Tout cela faisait rêver. Mais la discipline des légionnaires, pour aussi dure qu'elle fût, comportait des accommodements que l'infanterie coloniale ne recevait pas. Par le fait même que l'infanterie coloniale était perpétuellement mobile, toujours sur le qui-vive, destinée à venir à la rescousse de tous les coups durs, alors que les légionnaires avaient pour tâche de tenir les blockhaus qui se succédaient sans interruption le long de la frontière chinoise. Les légionnaires étaient des sédentaires, les marsouins des nomades. Accrochés à leurs postes, ils finissaient par les entourer de vraies fermes, avec d'immenses jardins potagers qu'ils cultivaient et des troupeaux de bêtes à cornes qu'ils faisaient garder par des enfants thos tout nus, vêtus de leurs seuls longs cheveux raides.

Le va-et-vient des militaires, revenant ou repartant pour les postes qui s'échelonnaient le long de la frontière du Kouang-si, créait dans Lang Son une animation perpétuelle. On y voyait les légionnaires défiler dans un alignement impeccable, vêtus de kaki, au son des clairons et des fifres. Les mulets des artilleurs transportaient des pièces de 80 de montagne. Les tirailleurs tonkinois, pieds nus, un chapeau plat comme une galette retenu à leur lourd chignon par des rubans bleus et rouges, montraient une certaine coquetterie.

« Ma chère Victorine,

« Tu me demandes comment on peut s'habituer à manger du riz et à supprimer le pain et le vin. Ne crains rien, nous avons toujours notre quart de vin et nos miches de pain. Mais les officiers nous disent que c'est mauvais pour la santé, avec le climat d'ici. Ils nous obligent à mettre du thé dans notre vin, histoire de nous en faire passer le goût. Mais ça ne prend pas. On sait bien ce qui est bon. Tant pis si on a la chiasse. On a toujours de la viande à profusion. Non, il n'y a pas à dire, la nourriture est bonne. Je suis bien curieux de voir ta petite Suzanne. Elle aura un an quand je viendrai en permission l'année prochaine. Imagine tout ce que j'aurai à vous raconter. Par exemple, vous ne pouvez pas vous figurer ce que mangent les indigènes. Si je te dis qu'ils aiment autant les vers à soie, les fourmis et les abeilles que nous les escargots, tu vas penser que je te dis des menteries. Mais alors quand je vais t'écrire que dans le bœuf ce qu'ils préfèrent, c'est la peau qu'ils font frire, qu'ils aiment bien le veau mais s'il est mort-né, qu'ils enterrent les œufs pour les manger tout vieux et noirs, qu'ils aiment les nids d'hirondelle et les ailerons de requin, tu risques de te fâcher, telle que je te connais, en te disant que l'on ne respecte plus les aînés. Eh bien si, on s'est amusés à goûter les nids d'hirondelle avec les copains et je peux te dire que ça ressemble au tapioca, en plus gélatineux. Quant aux ailerons de requin, ça tient le milieu entre le vermicelle mal cuit et le poil de brosse à dents.

« Je compte bien que pour mon retour tu nous feras bouillir toute une matinée un bon pot de mojettes, avec une tranche de jambon poêlée. Je m'en lèche les babines.

« Ton frère affectionné,

Aristide »

Les attelages qui, parfois, dans l'attente de passer leur commande chez cousin Gaston, bouchaient toute la rue, de l'hôtel de France à la place des Marronniers, avaient brusquement disparu. Plus de lourds fardiers ramenant des grumes de la forêt de Mervent, plus de charrettes à ridelles ni de chars à bancs transportant les familles. Les véhicules se pressaient, toujours mouvants à l'arrêt, en raison des sautes d'humeur des chevaux qui s'énervaient les uns les autres, hennissaient, s'ébrouaient en faisant craquer les limons et grincer les roues cerclées de fer. Charretiers et rouliers s'interpellaient en s'époumonant. Quelques cabriolets, et de plus rares charrettes anglaises, se tenaient un peu à l'écart de cette exubérance populacière. Les chevaux de ces attelages eux-mêmes, alezans ou truités, semblaient regarder avec quelque dédain les gros percherons pommelés attelés à des tombereaux ou à des limonières. Cet afflux d'attelages, les jours de marché et de foire, dans un brouhaha de jurons, de piaffements, de sabots raclant le macadam dans une odeur âcre de sueur et de crottin, cette affluence qui se déversait sur la bourrellerie comme un orage et mettait en émoi toute la maisonnée, qu'était-elle devenue ? Paysans et chevaux s'étaient évanouis. Il semblait que les Allemands les avaient chassés pour les remplacer par tous leurs engins mécaniques ; side-cars, automitrailleuses, tanks, camions transporteurs de troupes ou tractant des canons. Nous étions passés en un clin d'œil de la civilisation du cheval à celle du moteur à explosion. Le bourrelier ne savait pas encore que, du même coup, son métier avait été renversé « dans les poubelles de l'histoire », comme disent les beaux esprits. Il continuait imperturbablement à accourcir des courroies, corroyer du cuir, embourrer, mandriner, coudre au carrelet. La clientèle ne manquait pas. Elle avait simplement changé d'aspect. Aux paysans taciturnes, moustachus, engoncés dans leurs paletots de velours, la lanière du fouet passée sur l'épaule, succédaient des sous-officiers allemands bavards, agités et tout joyeux de leur facile et fulgurante victoire. Ils avaient tellement raflé d'armes sur leurs innombrables prisonniers (vraiment innombrables car leur grand souci était actuellement de les compter et de les recompter, ne trouvant jamais le même chiffre et s'en exaspérant) qu'ils s'en faisaient des trophées. Et pour ces trophées il leur fallait des gaines de cuir, des sangles, tout un harnachement humain qui prenait insidieusement la place du harnachement animal. Cousin Gaston ne s'apercevait pas non plus, occupé à trancher et à coudre, que les occupants l'amenaient à passer de la civilisation hippomobile dans laquelle il pensait vivre et mourir à la civilisation automobile qui venait de déferler de la lointaine Germanie. On lui commandait en effet des coussins de voiture en cuir, on lui faisait réparer les housses des side-cars et des canons, les capotes et les bâches des camions. La défaite de l'armée française était en même temps la défaite de son métier. Ce qu'il ne savait pas encore, c'est qu'en travaillant avec empressement pour l'armée allemande, ce même empressement qu'il mettait toujours à se ruer au travail et à l'exécuter au galop, il devenait du même coup le premier « collaborateur » de Fontenay.

Mais l'Histoire n'est claire qu'après-coup, lorsque les dés sont joués. Pour l'instant nous nous trouvions en pleine confusion. Il ne venait à l'idée de personne, pas plus au cousin Gaston qu'à la tante Victorine, que la guerre puisse encore durer quatre ans ; qu'il puisse y avoir par conséquent une occupation allemande, une collaboration et une résistance. Il était bien évident que les troupes allemandes stationnées dans notre petite ville n'étaient là que de passage. L'Angleterre allait être envahie incessamment, ce qui mettrait enfin à genoux notre ennemi héréditaire. Un jeune soldat allemand qui venait chaque jour dans la bourrellerie, claquant des bottes à chacune de ses entrées et demandant aussitôt si la « mademoiselle » était là, nous avait dit qu'après la paix signée, en échange de l'Alsace-Lorraine, la France recevrait les parties « françaises » de la Belgique et de la Suisse. De quoi se plaindrait-on ? D'autant plus que l'Alsace-Lorraine, la Belgique et la Suisse étaient bien loin de la Vendée. Tout cela demeurait aussi abstrait que des cartes de géographie.

N'était pas abstrait, par contre, ce jeune soldat allemand, si poli, parlant si correctement français, et qui revenait bien trop souvent voir Odette. Le temps qu'Odette lui accordait était du temps perdu pour nous, comment ne le comprenait-elle pas ?

Et puis moi, pendant qu'elle bavardait (je me demandais bien de quoi) avec ce soldat allemand dont la seule séduction me paraissait être la croix de fer épinglée sur son uniforme feldgrau, il me fallait battre la campagne pour courir à la poursuite des paysans qui profitaient « des événements » pour ne plus reparaître à Fontenay, concluant hâtivement que l'armistice les dispensait de payer leurs factures.

A vélo, je m'égarais dans des chemins creux, trouvais la plupart du temps les fermes désertes ; ou bien la fermière s'y trouvait seule, regardait d'un air hébété la facture que je lui tendais et jurait ses grands dieux qu'elle ne pouvait lire, ayant cassé ses lunettes ; ou bien que seul son mari savait de quoi il en retournait avec cette facture. Je réenfourchais mon vélo et partais à la recherche du mari, à travers champs. Si j'arrivais à le trouver, l'accueil n'était en général pas très cordial. Rien n'exaspérait plus un paysan, en ce temps-là, que la vue d'une facture. Pourquoi écrire tous ces chiffres sur un papier d'instituteur alors qu'il suffisait d'en parler entre hommes ? Et en plus faire porter ce grimoire par un gamin, qui certainement perdrait l'argent si on avait l'imprudence de le lui donner. Non, non, le Berrichon il n'avait qu'à venir lui-même et on lui paierait son travail.

Comme je parlais patois et que j'étais le neveu de la tante Victorine, il m'arrivait quand même de ramasser quelques billets, jamais la somme exacte. Parfois des fermiers m'identifiaient sur ma seule ressemblance avec mon père :

— T'es pas le gars au défunt Aristide le Cochinchinois ?

— Si.

— C'était un bon bougre, ton père. Avec toujours le mot pour rire. Un bon vivant.

Là, c'était gagné. Cette fois le paysan payait sa facture. Mais il la payait plus à Aristide le Cochinchinois qu'au Berrichon.

Odette et moi, nous continuions le soir à dépouiller la correspondance du Tonkin, toujours allongés sur nos hauts lits de plume, à la lueur clignotante d'une lampe Pigeon.

« Mon cher Alfred,

« Tu me demandes s'ils parlent français. Certains le baragouinent. Mais il ne fait pas bon à ce qu'ils ne comprennent pas nos ordres. Une bonne claque et le français leur entre dans la peau. Leur petit-nègre est parfois amusant. L'autre jour, un boy appelait son rasoir “ le couteau à couper poils la gueule ”.

« Ce qui est horrible, c'est leurs dents noires. Surtout les femmes, ces dents peintes en noir, exprès, ça me fait zire.

« Nous sommes pour l'instant stationnés dans un petit poste commandé par un lieutenant, près de Cao Bang. La majorité de la troupe est formée de miliciens indigènes. Les seuls Français, en plus du lieutenant, sont des sous-officiers et, les quelques secondes classes que nous sommes, espérons bien que cette situation va nous faire passer caporaux. Le poste est correctement défendu avec ses murailles à meurtrières. On a bien besoin de murailles car à perte de vue s'étale la plaine, avec ses buffles noirs si enfoncés dans la vase des mares que seuls émergent leurs naseaux et leurs cornes, ses paysans à demi nus qui pataugent dans les rizières, et de temps en temps des villages de paillotes pouilleuses. Au bord de la seule route qui va se perdre en Chine, trois cabaretiers chinois se sont fait construire des maisons neuves. Avec toutes les piastres que nous leur donnons pour l'absinthe, ils ne sont pas à plaindre. Ils sont aussi gras que les rats des rizières que les Annamites leur attrapent. Ces porcs-là les mangent. Ce ne sont pas eux qui accepteraient d'être payés avec des bouteilles vides, comme on le fait avec les Thos qui en sont très contents.

« Il paraît que, de l'autre côté de la frontière, le général chinois vient de faire placarder une proclamation demandant à ses zigotos de se couper leurs tresses. Ce général chinois, qui n'a pas l'air d'un imbécile, aurait déclaré : “ Avec cet appendice, non seulement on est gêné pour le travail, mais encore on se salit. La tresse est antihygiénique, de plus elle provoque le rire des autres nations qui la comparent à une queue de porc. ”

« Voilà qui est envoyé ! Mais je t'ennuie peut-être avec toutes mes singeries.

« Je pense bien à vous et au pays.

« Votre affectionné

Aristide »

« Ma chère Victorine,

« Parle-moi de ta petite Suzanne. N'as-tu pas une photo d'elle à m'envoyer ? L'an prochain j'aurai ma première permission. Depuis quatre ans déjà que je me suis engagé, j'ai bien changé, tu verras. Je ne suis plus le gamin de Saint-Martin-des-Fontaines.

« Tu me dis que j'ai bien de la chance d'avoir des boys. Mais si tu savais comme ils sont sales, voleurs et paresseux ! Tu ne peux pas t'imaginer une crasse pareille. Ils sont rongés de gale et de vermine. Impossible de leur faire laver la vaisselle entière. Ils croient que laver l'intérieur, c'est bien suffisant. Pour essuyer les tasses à thé, ils dénouent le chiffon graisseux qui relie leur chevelure et essuient la porcelaine avec. Tu comprendras pourquoi je ne bois jamais de thé. Au marché, ils ne payent jamais les victuailles qu'ils achètent pour nous, ou bien alors au quart du prix, menaçant ceux qui protestent de les dénoncer comme pirates à leurs grands chefs. Les grands chefs, c'est nous. Mais bien sûr ils nous font ensuite payer les mêmes victuailles au prix fort. Pour te donner une idée de la filouterie de ces gens-là, il suffit de regarder les curieuses cornes des buffles. Au début je pensais que ces cornes bizarres, qui leur tombent sur les oreilles, étaient malgré tout naturelles. Mais non. C'est que les buffles sont toujours volés. Pour que leurs propriétaires ne les reconnaissent pas, on chauffe les cornes pour les ramollir et les déformer. Je te passe le tuyau. Ça doit être faisable aussi avec nos bœufs.

« Ton frère affectionné

Aristide »

« Mon cher Alfred,

« Nous sommes partis en expédition, avec une compagnie de tirailleurs tonkinois pour dégager le poste de Dien Bien Phu occupé par les Siamois. Le temps d'arriver, les Siamois avaient déjà décampé. Mais le lieutenant nous a fait tendre une embuscade dans la nuit et lorsque des silhouettes sont apparues, on a fait feu. L'ennemi s'est volatilisé, comme d'habitude. Le matin, on a fouillé les abords du sentier et l'on a trouvé le butin abandonné par les pirates : quatre grands sacs que l'on a emportés au poste. Lorsqu'on les a vidés, on a bien été étonnés ; ils étaient seulement pleins d'ossements humains. Notre lieutenant a fait fouiller les villages, interroger les habitants *manu militari* et il a fini par apprendre que des villageois de la montagne, voulant fuir les pirates, mais ne pouvant se résoudre à abandonner le cimetière de leurs ancêtres, avaient déterré les cadavres pour les emporter avec eux. Pour éviter les mauvaises rencontres, ils les transportaient la nuit. Et ils étaient tombés sur notre embuscade. Comme on n'est pas méchants, on leur a rendu leurs os.

« Maintenant on est revenus à Cao Bang. Tout est calme. Je pense bien à vous et au pays.

« Votre affectionné

Aristide »

« Ma chère Victorine,

« Tu veux que je te parle des femmes annamites. Comme elles chiquent du bétel du matin au soir, elles ont des dents noires, ce qui est déjà pas mal repoussant. Plus elles sont riches, plus ça empire, puisque les riches se font laquer de noir toute la mâchoire. En plus de ça elles sentent le rance à vingt pas parce qu'elles s'enduisent tout le corps d'huile de coco. Enfin, leurs longues chevelures sont infestées de poux. Lorsqu'on voit dans la rue un groupe de femmes accroupies, c'est qu'elles s'épouillent mutuellement. Puisque décortiquer le riz est un dur travail, ce sont les femmes qui le font. Comme pour les semailles, les hommes ont dû les persuader que c'était bénéfique. Ils sont malins, ces singes.

« J'ai vu l'autre jour des pauvresses, avec des chaînes de fer aux pieds, qui nettoyaient la route. On m'a dit qu'elles étaient condamnées pour dettes. On a beau être différent de ces gens-là, ça vous fait quand même mal au cœur. Ce n'est pas comme pour la vieille entremetteuse que l'on a surprise en train d'emmener des fillettes pour les vendre en Chine et qui a été condamnée à vingt ans de bagne à Poulo Condor. Celle-là, on ne la plaint pas.

« Ton frère affectionné

Aristide »

« Mon cher Alfred,

« Tu me demandes comment on se ravitaille pendant nos expéditions. On prend toujours quatre jours de vivres : du sel, du café, du sucre, des boîtes de singe, des biscuits. Le chapardage est interdit mais on se débrouille. Par exemple notre lieutenant a une méthode épatante pour nous faire du pot-au-feu. Lorsque l'on arrive près d'un village, il envoie une patrouille capturer discrètement un bœuf dans un champ. Puis il envoie une autre patrouille ramasser le premier paysan venu. Il présente le bœuf au paysan et lui offre de l'acheter. Le paysan est toujours d'accord sur le prix. Bien sûr, puisque ce n'est pas son bœuf. Le lieutenant se demande s'il lui est arrivé une seule fois de tomber sur le vrai propriétaire. En tout cas il trouve toujours un vendeur.

« Mais nous, on ne fait pas autant de chichis. Quand le lieutenant nous envoie au marché, on soulage de son panier de victuailles le premier *nha qué* venu, rencontré sur la route. S'il piaille, on lui fout un bon coup de pied dans le ventre. Quand le lieutenant nous envoie à la pêche, on s'assoit bien tranquillement près d'un pêcheur qui lance ses filets et l'on attend que sa nasse soit pleine. Alors on la lui confisque, au nom de la loi. Si le pêcheur a le culot de protester, on le flanque à l'eau.

« Avant de partir dans la brousse, toute la troupe est vaccinée et on prend tous les jours de la quinine préventive. Adieu l'alcool jusqu'au retour. Interdiction de boire de l'eau aux fontaines. Il faut filtrer l'eau qui est pleine de bestioles. Les marches à découvert sont suspendues de onze heures à trois heures. Mais en forêt on arrive à faire trois kilomètres à l'heure malgré les embûches.

« Les marches de nuit, en forêt, sont impraticables. Mais avec des torches de bambou enduites de résine, on peut marcher trois heures. L'ennui, c'est que, tout comme les feux de camp pour chasser les moustiques et les tigres, ça indique nos positions à l'ennemi.

« Ce qui tente les pirates, ce sont surtout nos munitions. Il arrive que des soldats indigènes auxiliaires décampent avec leurs armes pour les vendre aux pirates. C'est pour ça qu'on ne leur donne que deux cartouches par homme. Et que la nuit on leur reprend leurs armes qui sont attachées toutes ensemble sous la tente du chef de détachement.

« C'est ça qui est le plus fatigant, c'est la méfiance. Toujours être aux aguets. Et pourtant il ne se passe jamais rien. Notre lieutenant dit toujours : " J'aimerais mieux que ça pète un bon coup. " Mais non, c'est comme un feu qui couve sous la cendre, invisible, sans odeur, sans fumée. A croire que ce danger dont nous parlent toujours nos chefs est imaginaire et seulement destiné à nous faire tenir tranquilles, nous les marsouins.

« Enfin, on verra bien. Mais les jours sont longs.

« Je pense bien à vous et au pays.

« Votre affectionné

Aristide »

J'avais tendance à délaisser ma pauvre petite grand-mère dans son triste logement du Puy-Saint-Martin. Une seule fois Odette m'accompagna. Mais c'est étrange comme, chez grand-mère, Odette restait en retrait. Elle l'appelait « madame », ce qui me paraissait absolument invraisemblable. Je n'avais jamais entendu personne appeler ma grand-mère madame. Les gens l'appelaient la mère Léonie. Cette familiarité, dont je ne percevais pas la condescendance, me semblait beaucoup plus aimable que ce madame, coupant comme un tranchet. Grand-mère n'était pas une madame. N'était-ce pas se moquer d'elle que de lui affubler ce qualificatif chapeauté et ganté ? Depuis qu'elle avait abandonné sa coiffe, grand-mère était une « femme en cheveux », comme on disait des femmes trop simples, trop pauvres et trop humbles pour passer de la coiffe au chapeau. La coiffe marquait l'attachement au monde paysan. Une coiffe portée en ville affichait son origine rurale. Un chapeau indiquait son appartenance à la bourgeoisie ou, plus souvent, son désir d'y accéder, en tout cas de prendre la bourgeoisie et la citadinité dès maintenant comme modèle. Entre les deux, se trouvaient les paysans sans terre, les exilés du monde rural, non encore insérés dans la civilisation des villes ; celles qui avaient jeté leur coiffe par-dessus les moulins, mais qui n'osaient pas encore arborer le chapeau. Tante Victorine gardait sa coiffe dans une armoire, la regardait de temps en temps, la sortait même pour la repasser avec ces petits fers spéciaux qui permettaient de se glisser dans les boucles et les replis, mais ne la remettait jamais sur sa tête. Elle avait osé accéder au chapeau, mais elle n'en usait qu'avec beaucoup de parcimonie, dans les seules grandes occasions, par exemple pour la messe chantée du dimanche à l'église Notre-Dame. Le reste du temps, pour qu'on ne la confonde pas, quand même, avec les « femmes en cheveux », elle se couvrait la tête d'un fichu.

Dans le logement exigu de grand-mère, Odette ne savait où se mettre, ni quoi dire. Je m'apercevais de la complexité de notre situation. Ma grand-mère n'était pas sa grand-mère puisqu'elle était la mère de ma mère. Il pouvait donc y avoir des membres de ma famille (la moitié) qui n'avaient aucune parenté avec Odette. Mais que grand-mère, qui m'était si proche, ne soit pas aussi familière avec Odette que je l'étais, me dépassait. Toutes les deux marquaient leurs distances. Notre immédiate complicité, entre grand-mère et moi, se trouvait tout à coup perturbée. Entre nous deux apparaissait... mais oui, c'était bien le mot, mais comme il m'était cruel : une étrangère.

Dans ce logement sombre du Puy-Saint-Martin, où grand-mère elle-même ne se trouvait guère chez elle, s'y voyant « remisée », Odette semblait en visite de convenance. Elle me paraissait soudain beaucoup moins ma sœur, beaucoup moins vraisemblablement ma sœur. En un bref instant je songeai que peut-être nous jouions au frère et à la sœur, mais que tout cela n'était qu'invention, fantasmagorie. J'eus soudain très peur de perdre Odette, d'être arraché à ce rêve exotique et tendre que nous vivions ensemble dans cet été tragique qui nous avait réunis d'une manière si soudaine et si inattendue.

J'ai su, depuis, tout ce que mon père ne racontait pas dans ses lettres. Sauf lorsqu'il s'était laissé aller à parler de sa crise de paludisme, il n'abordait jamais le chapitre des maladies, ni celui, pourtant obsessionnel dans les troupes coloniales, de la mort.

Compulsant les archives de l'ancien ministère des Colonies,

j'ai pu voir les rapports faits aux alentours de l'an 1910 par les médecins militaires. Le paludisme était plus fréquent et plus meurtrier que la dysenterie, les soldats cantonnant surtout dans le pays de la fièvre. Dans le haut Tonkin, près de la frontière chinoise, la malaria ravageait les postes. Les légionnaires, qui faisaient la police des régions les plus troublées et les plus malsaines, accusaient une mortalité considérable. Il mourait en moyenne sept légionnaires, contre trois soldats de l'infanterie de marine. Et trois Européens contre un Annamite. Et pourtant les Annamites importés du delta tonkinois et envoyés au pays des Méos, des Thos et des Nouns, considéraient eux aussi le haut Tonkin comme un pays d'exil. Ils supportaient moins bien ce climat montagneux, relativement froid l'hiver, que les Européens. Et dans leurs chansons les Annamites parlaient de la tristesse du soldat qui doit quitter les riches plaines du fleuve Rouge pour les redoutables forêts du pays où rôdent le tigre et la fièvre.

Sur 1 000 décès dans l'infanterie de marine, 460 (soit presque la moitié) relevaient du paludisme, 201 de la dysenterie, 150 du choléra, 55 de blessures de guerre et le reste (134) de maladies diverses.

Parmi ces pudiques maladies diverses : la peste, la lèpre. Tous les ans apparaissaient des pestiférés, mais ces cas isolés ne dégénéraient jamais en grandes épidémies. La lèpre était par contre assez répandue au Tonkin où les lépreux vivaient regroupés dans des villages spéciaux. N'ayant d'autre ressource que la mendicité, il leur arrivait de forcer la main des commerçants en menaçant de souiller les étalages si on ne leur faisait pas la charité. A l'époque où mon père se trouvait aux frontières de Chine, se répandit chez les lépreux l'idée que la lèpre pouvait se guérir avec un lavage fait du sang de petit enfant. Les enlèvements et les meurtres d'enfants terrorisèrent pendant un temps les villages jusqu'à ce qu'un général chinois fasse une razzia des lépreux, les enferme dans une grande paillote et y mette le feu.

La police de la frontière était ainsi indécise et fort dangereuse, dans la mesure où l'armée régulière chinoise coopérait de temps en temps avec l'armée française pour chasser et détruire les pirates, mais opérait aussi parfois pour son propre compte en territoire tonkinois.

Du parapet des remparts du poste de Ta-lung, dominé par un donjon à échauguette et protégé par de larges fossés maçonnés, on avait vue directe sur la Chine. Entre le fortin et la Chine, à quelques centaines de mètres, un énorme rocher avait été surnommé le Lion de Belfort. Lorsque les soldats du poste sortaient pour assurer leurs patrouilles, ils marchaient sur des milliers de tombes, disséminées dans la plaine : celles des légionnaires alsaciens, allemands et suisses, tués en 1895 par les Pavillons noirs ; celles des marsouins fauchés par une épidémie de typhus en 1902 ; celles de tous les tués dans les embuscades, par petits groupes, presque un par un, depuis 1872. Des petites croix de bois, à demi pourries, apparaissaient dans les ronces, avec des débris de crosses de fusil, des morceaux de casque. Depuis quarante ans que le premier corps expéditionnaire s'était arrêté au pied de ces montagnes chinoises et que, de Paris, l'ordre était venu de s'incruster dans ce pays d'abord violemment hostile, puis devenu apathique et comme indifférent, les tombes avaient été creusées nombreuses, si nombreuses qu'elles formaient comme une frontière en pointillé, une vraie frontière désormais visible, une frontière de croix de bois, dont la défense prenait une signification. Défendre la frontière, c'était défendre ses morts. S'accrocher au terrain, c'était refuser d'abandonner ses morts. Ces légionnaires et ces marsouins, si loin de la métropole, minés par les fièvres et la dysenterie, et qui finissaient par avoir des mirages à force de scruter indéfiniment la « porte de la Chine » devenaient des vivants qui semblaient n'assurer que la seule garde des morts. Ils n'entretenaient pas les tombes, mais ils se promenaient le soir en les recherchant dans les lianes, déchiffrant leurs inscriptions toujours laconiques : un prénom et un nom, deux dates. Un laps de vie de vingt à trente ans. Déjà deux générations s'étaient écoulées depuis que les premiers Français avaient débarqué à Haiphong et que le colonel Gallieni était venu jusqu'à Lang Son. Son « palais », résidence qui se voulait fastueuse dans ce pays perdu et qui arrivait juste à la redondance d'une architecture de sous-préfecture, commençait à se délabrer.

Comme se délabraient tous les fortins, écartelés par les racines et les lianes, effondrés par les torrents de pluie et que les légionnaires remettaient sans cesse en état avec une patience de fourmis.

Pas de guerre. Il n'y avait pas de guerre. Il n'y avait plus de guerre. La conquête était terminée. On assurait seulement l'ordre. Jamais le mot de guerre n'était prononcé. De temps en temps l'ordre était seulement troublé. On signalait le De Tham. Lorsque l'infanterie de marine arrivait sur place il s'était enfui dans les bois. Les marsouins tuaient les buffles des gens du De Tham, ou supposés tels, incendiant leurs villages. Et tout rentrait dans cet ordre monotone de la quotidienneté banale.

Un autre jour, on voyait dans la brousse deux taches bleues. C'étaient deux gardes indigènes tailladés au coupe-coupe et délestés de leurs carabines et de leurs cartouchières.

Lorsque l'on découvrait le corps des pirates tués dans un engagement avec nos troupes, ils étaient toujours sans tête, les hommes du De Tham décapitant leurs morts afin que leur identité ne puisse être établie.

Il n'y avait pas de guerre. Il n'y avait qu'un ennemi invisible qui fuyait au moindre contact, qui se dérobait, puis qui réapparaissait au seul moment où l'attention des sentinelles se relâchait. A chaque fois, une dizaine de sous-officiers et de soldats tombaient sous les balles des pirates et allaient rejoindre ce peuple des morts, vrai gardien de la frontière.

Une nouvelle expédition courait à la poursuite du De Tham, brûlait les paillotes, tirait au hasard dans les fourrés et revenait à son cantonnement, sans un seul prisonnier, sans avoir réussi à contacter l'ennemi ; à croire que cet ennemi était imaginaire s'il n'y avait ces nouvelles tombes fraîchement creusées autour du fortin.

Comme si rien ne s'était passé, comme si ces soldats suants et haletants n'étaient que des ombres, les coolies passaient interminablement dans la plaine, transportant leurs fardeaux au bout des longues perches de bambou qui leur servaient de balanciers. Des files de charrettes à bœufs chargées de minerai de zinc et d'étain remontaient des mines de Cao Bang. Le long de la rivière, de grandes roues en bambou, mues par le courant, élevaient l'eau jusqu'aux rizières. Le paddy séchait au soleil. De gros Chinois ricanaient obséquieusement. Des enfants, vêtus d'un simple collier de métal, ou d'une chemise qui leur arrivait au milieu de leur ventre obèse, la tête rasée ne conservant qu'une touffe de cheveux, se vautraient dans la poussière en jouant à attraper de petits porcs gras. Un mandarin à cheval, suivi d'un porteur de parasol qui l'abritait du soleil, s'avançait vers le fortin, calme comme un bouddha et fier comme un pape.

Du haut du parapet, les marsouins harassés le regardaient venir. La plupart s'étaient déchaussés, les pieds meurtris, voire ensanglantés par leurs lourds brodequins réglementaires dans toute l'armée française mais impropres à la marche dans la rocaille ou la brousse. Ils buvaient de l'absinthe au goulot des bouteilles. Certains se graissaient les pieds avec des couennes de lard. D'autres cautérisaient avec du *choum choum* brûlant leurs plaies aux jambes, grouillantes de vers. Ils regardaient, fascinés, le mandarin à cheval, sous son parasol de soie bleue d'où pendaient des glands multicolores. Une cigogne rouge brodée sur sa longue robe serrée à la taille par une ceinture à plaquette d'or, les mains croisées cachées sous de larges manches, le mandarin s'approchait lentement du fortin.

Devant ce mandarin superbe, l'impression confuse, fugitive, leur venait de cette absurdité qui les conduisait à pourchasser de pauvres diables ; encore plus pauvres diables qu'eux. Leur véritable ennemi n'était-il pas ce mandarin à cheval qui, lui, ne souffrait ni de faim ni de fatigue et qui finalement s'entendait fort bien avec leurs officiers ? Ne venait-il pas faire la noce avec leur lieutenant ?

Mais demain ils n'y penseraient plus. Cette haine de classe qui avait soudain affleuré leur conscience s'évanouirait avec les fumées de l'alcool, et pour certains de l'opium. Un bref instant redevenus péquenots devant le spectacle de la suffisance de ce mandarin coiffé d'une calotte de brocart, rutilant dans son vêtement de soie comme un roi mage, ils se réveilleraient après une nuit d'un sommeil lourd, de nouveau seigneurs blancs régnant sur un peuple de singes.

Les journaux, qui avaient cessé de paraître au plus fort de la débâcle, réapparaissaient, tout maigres, à l'image des futures restrictions qui nous attendaient. L'*Ouest-Éclair* et *Le Phare de la Loire* semblaient tout dégonflés. Pourtant ce que l'on avait à nous annoncer était de taille : le maréchal Pétain et les ministres avaient quitté Bordeaux pour Clermont-Ferrand et s'apprêtaient à installer un nouveau gouvernement à Vichy. Une première réunion de la Commission d'armistice s'était tenue à Wiesbaden. L'armée russe occupait la Bessarabie. Les îles Jersey et Guernesey venaient d'être prises d'assaut par les troupes allemandes, prélude à l'envahissement de l'Angleterre. Le général Weygand rendait hommage à la vaillance de nos vingt-deux mille soldats qui continuaient à résister dans la ligne Maginot, tout en leur intimant l'ordre de se rendre. Dans une ville de l'ouest de l'Allemagne un avion anglais mitraillait les sapeurs-pompiers occupés à éteindre un incendie.

— Voilà bien la perfidie des Anglais, s'exclamait tante Victorine qui, après le dîner, commentait les nouvelles du journal pour toute la maisonnée.

Assiettes, couverts et plats repoussés du côté du Berrichon et du bel Hubert, comme s'il était évident que les deux hommes ne savaient pas lire, elle étalait sur la toile cirée le journal grand ouvert. En détachant bien les mots, elle procédait à une lecture collective, solennelle, que tout le monde écoutait religieusement, cousin Gaston le Berrichon se mordant les doigts pour tenter de chasser son envie de fumer puisqu'il était bien entendu que l'on ne fumait pas à table et qu'il n'était pas question que quiconque puisse se lever de sa chaise avant que la tante Victorine en ait fini avec son journal.

Tout à coup elle tomba comme un chien d'arrêt sur un gibier, s'arrêtant net sur un article qu'elle déchiffra d'abord pour elle-même. On voyait ses lèvres qui épelaient les mots. Elle hochait la tête. Puis elle nous lut d'un ton quelque peu triomphal :

« Avant la démobilisation complète, l'armée doit aider le pays à se remettre au travail. Le gouvernement dresse le plan de restauration de la France. Le retour à la terre et la mise en valeur du sol en sont les éléments essentiels. »

— Le retour à la terre ! Ah ! je savais bien que ça finirait par arriver ! Enfin, on a compris ! Avec toutes leurs usines, leurs autos, leurs bas de soie, leurs manières, ils nous tenaient la dragée haute, à nous, les paysans. Pendant qu'ils y étaient, avec toute leur machinerie, ils disaient qu'ils allaient inventer une machine à refouler les péquenots. Parce que non seulement ils nous méprisaient, non seulement ils prenaient nos terres, mais encore ils ne voulaient pas de nous dans leurs villes. Ils trouvaient qu'on sentait le purin. Ah ! ils vont voir maintenant s'ils ne seront pas contents de nous trouver ! Le Maréchal l'a bien compris, lui ! « Le retour à la terre et la mise en valeur du sol... » Voilà qui est dit et bien dit.

La tante Victorine claironnait toujours « nous autres paysans », bien qu'elle n'eût été paysanne que dans sa jeunesse, chez son père. Elle avait épousé un ouvrier puisque le bel Hubert, avant de se livrer à des occupations mystérieuses dans la cave, était chauffeur de four dans une briqueterie. Mais elle passait l'éponge sur cet épisode. Être paysan, pour elle, n'était pas seulement travailler la terre, mais affaire de caste. Bien que notre tribu comptât un certain nombre d'artisans, comme l'oncle Ernest le maréchal-ferrant, il est vrai que dans sa presque totalité notre famille vivait à la terre ou vivait de la terre. Car finalement, en effet, le maréchal-ferrant ou le bourrelier étaient des auxiliaires du paysan. Même mon père, avec sa carrière militaire, n'offrait pas une anomalie puisque toute famille paysanne vendéenne comptait au moins un sous-off de la coloniale et un curé, le plus souvent missionnaire lui aussi aux colonies. L'un et l'autre représentaient le trop-plein des familles paysannes. L'un et l'autre se sentaient, malgré leur exil, paysans : paysans sans terre.

Lorsque nous nous retrouvâmes dans notre chambre, Odette et moi, elle me demanda :

— As-tu lu *La Terre qui meurt* de René Bazin ?

Je fus tout surpris par cette question et bredouillai un oui confus. Sauf avec ma mère, je ne parlais jamais de livres avec personne. Ma mère partageait mon goût de la lecture et nos livres constituaient notre meilleure complicité. Mais qu'Odette, elle aussi, connaisse ce monde enchanté, du moins qu'elle connaisse même un seul livre, me stupéfia. Car il n'y avait de livres nulle part, à ma connaissance, sauf dans les armoires de grand-mère ces prix à tranches dorées dans lesquels elle m'avait appris à lire, sauf les quelques bouquins lus et relus, tout écornés, que ma mère transportait partout, sauf ces livres achetés à Nantes chez les bouquinistes avec d'abord mes pourboires de garçon de courses, puis mon salaire de manutentionnaire.

René Bazin ? Il parlait de notre terre, des paysans de chez

nous. Bien sûr que je connaissais. Mais comment un tel livre avait-il pu parvenir à Odette ? J'osai demander :

— Tu aimes lire ?

— Tous les tuberculeux aiment lire. Au sana on n'avait que ça à faire, lire du matin au soir. Alors ou bien on lit bêtement, n'importe quoi, pour s'abrutir, pour s'empêcher de penser à sa maladie, ou bien on lit pour s'instruire. J'ai beaucoup lu. Je lis toujours beaucoup. Et toi ?

Comment lui dire ? La lecture était ma part si secrète, un domaine strictement réservé à ma mère et à moi. Faire entrer Odette dans ce domaine, n'était-ce pas un peu trahir ma mère ? La lecture, les livres représentaient pour moi quelque chose de si extraordinaire, de si étranger dans le monde du travail qui était le mien, qu'en parler avec Odette risquait de perturber cet enchantement. Mais, en même temps, qu'Odette puisse partager ma passion de la lecture, qu'un autre élément vienne fortifier notre intimité, me donnaient une joie proche de l'ivresse. Nous ne parlâmes pas davantage de lecture ce soir-là pour en revenir au dépouillement des lettres de notre père.

« Ma chère Victorine,

« Hier le poste était en grand branle-bas car nous devions recevoir la visite du commissaire des Douanes impériales chinoises, notre voisin d'en face. Ces gens-là sont toujours pleins de salamalecs et notre lieutenant se tenait sur son trente et un. Eh bien, figure-toi que ce fonctionnaire chinois, habillé en Chinois, avait une peau blanche et parlait français comme toi et moi. C'était ni plus ni moins qu'un ancien officier de marine français devenu chinois. Il a même fait venir de France sa femme et ses enfants et tout ce beau monde vit en Chine. Il paraît que d'autres Européens ont ainsi choisi de passer de l'autre côté. C'est assez incroyable.

« Le temps est bien long et maintenant je pense tous les jours à ma prochaine permission. Après trois ans ce sera bon de retrouver la France. On se distrait comme on peut en faisant la chasse aux rats, aux poux, aux moustiques. La chaleur est revenue avec l'été. Tous les soirs, à la tombée de la nuit, éclatent des orages terribles. A croire que c'est la fin du monde ou que l'empereur de Chine, en personne, nous tombe sur le râble. On ne peut même pas se rafraîchir le corps à l'eau froide qui vous donne tout de suite des bourbouilles. On ne peut se laver qu'à l'eau tiédie au soleil. Et puis il y a toujours cette maudite diarrhée qui vous coupe les jambes. Sans ceinture de laine sur le ventre ce n'est pas tenable avec les coliques que l'on a ; mais la laine attire aussi les bourbouilles. On n'en sort pas. Ou bien la chiasse ou la grattouille. Comme tu vois, le moral est bas.

« Ton frère affectionné

Aristide »

« Mon cher Alfred,

« Tu me demandes ce qu'il en est des pirates et des troupes indigènes et comment nous arrivons à distinguer les uns des autres. C'est très simple, les pirates, on ne les voit jamais. Pourtant ils sont au moins deux à trois mille dans la région. Quant aux troupes indigènes, il y a les tirailleurs tonkinois qui forment avec nous l'armée régulière, puis les partisans. Les partisans, ce sont des auxiliaires qui nous servent de coolies pour porter nos sacs dans les déplacements, de guides, d'émissaires. Bien que ce ne soient pas des réguliers, les partisans sont plus sûrs que les tirailleurs. Ils font eux-mêmes la chasse aux pirates et nous rapportent parfois des têtes coupées. On les plante sur des tiges de bambou, dans la plaine, histoire de rappeler aux indigènes qu'ils feraient mieux de se tenir tranquilles. Les pirates sont armés de lances, de coupe-coupe, mais aussi de fusils à tir rapide qu'ils volent dans les postes où ils font des coups de main ou qu'ils achètent aux tirailleurs. C'est pourquoi on ne peut jamais avoir confiance dans les tirailleurs. Même quand on leur distribue de la quinine, il faut les obliger à l'absorber devant nous, sinon ils vont la revendre aux commerçants chinois.

« Quand on vient inspecter un village, comme par hasard il n'y a jamais personne. Mais cette semaine on a eu une surprise dans les paillotes d'une bourgade. Il y avait bien du monde, mais dans quel état ! Les pirates étaient passés avant nous et dans les cases on trouvait des femmes éventrées, des hommes tailladés comme de la viande de boucherie, des enfants assommés comme des lapins. Horrible ! On en a dégueulé tout notre repas de midi. On n'a trouvé qu'un seul rescapé, un gosse de sept à huit ans, tout seul dans une case, accroupi sur une natte, les yeux devenus ronds par la frousse. Près de lui, sa mère morte baignait dans son sang. Le lieutenant a sorti de sa poche un sou tout neuf et l'a donné à l'enfant. Il l'a regardé, l'a retourné, a regardé le lieutenant comme un oiseau tombé du nid regarde un chat, a avalé la pièce, puis s'est mis à hurler. Mais à hurler si fort que ça a fini par nous donner une véritable panique et que l'on s'est sauvés, malgré les gueulantes du lieutenant. On courait comme des fous, en rond, tout autour du village. Finalement le lieutenant et les sergents ont réussi à nous rattraper et à nous cogner dessus pour qu'on s'arrête. Il paraît qu'il y a des cas où des légionnaires sont devenus fous devant des spectacles bien pires que celui-là. Je ne sais pas ce que le lieutenant a fait du gamin. Mais parfois il me semble l'entendre encore hurler et je me réveille en sursaut dans la nuit.

« Comme tu vois, la quille sera la bienvenue.

« Je pense bien à vous et au pays.

« Votre affectionné

Aristide »

« Ma chère Victorine,

« Nous revenons d'une expédition sur la rivière Noire. On nous avait entassés dans la grosse canonnière *Bobillot* et nous traînions en remorque une jonque pour nos bagages et nos munitions. Je ne sais pas si c'est le mal du pays qui me prend, mais je ne vois plus ici que choses hostiles et dangereuses. Les jonques que nous croisons, avec à l'avant leurs deux yeux peints et leurs proues relevées, ressemblent à des requins. Tous les villages que nous visitons sont clos de bambous effilés comme des sabres. Les indigènes se protègent ainsi des tigres. Mais leurs vilains chiens maigres sont si hargneux que les tigres, en comparaison, nous apparaissent comme des gros chats ronronnants. Tu me diras que nous ne nous sommes jamais trouvés nez à nez avec un tigre, que nous n'avons même jamais vu l'ombre de sa queue. Mais pourquoi ce peuple met-il partout des choses horribles ? Ses pagodes sont des chapelles à diableries, avec plein de petits vieux gnomes dans l'obscurité. Sa musique est un tintamarre de sons si aigus qu'ils vous font grincer des dents. Tous leurs instruments jouent faux et on dirait même qu'ils jouent faux exprès. C'est à devenir fou. C'est le monde à l'envers. Ils ne mangent pas dans des assiettes, mais dans des petits bols. Ils ne se servent pas de fourchettes, mais de baguettes de bois avec lesquelles ils attrapent leurs aliments. Ils ne s'assoient pas, ils s'accroupissent. Nous avons vu un de leurs chefs qui s'était laissé pousser les ongles d'une longueur inimaginable, au moins vingt-cinq centimètres, comme des sortes de minces lames s'enroulant d'elles-mêmes en spirale et qu'il protégeait avec de grands dés. Un seul de ses dix doigts avait un ongle court, pour qu'il puisse se gratter avec. Est-ce qu'il n'y a pas de quoi dérailler dans un monde aussi fou ? Plus je les regarde, ces magots, plus ils me font penser à des vieilles poupées ratatinées, à des fantômes d'un monde mort... »

Et les lettres continuaient sur ce ton de plus en plus désenchanté. Aux approches de sa première permission, le colonial se laissait de plus en plus envahir par le mal du pays. Il regrettait aussi Saigon qui, vu de ces gourbis tonkinois perdus face aux montagnes chinoises, lui paraissait une ville miraculeuse. Que n'aurait-il pas donné pour retrouver, ne serait-ce qu'un seul soir, les belles routes cochinchinoises au macadam rougeâtre empruntées par des voitures élégantes et même des automobiles. Il revoyait l'animation des rues de Saigon où civils et militaires portaient le même uniforme blanc, les rubans rouges des décorations, les aiguillettes des officiers d'ordonnance, l'or des galons sur les manches et aux collets des costumes. Il n'avait jamais vu d'aussi grande ville que Saigon, ni aussi animée. Fontenay-le-Comte était une petite cité semi-rurale, avec son marché hebdomadaire où la population paysanne apportait directement ses produits : légumes, fruits, animaux de basse-cour ; avec ses grandes foires à bestiaux, son bourrelier, ses sabotiers, ses marchands de grains et de draps. Rochefort-sur-Mer n'était qu'une ville de garnison, sinistre, comme une grande caserne. Jamais le petit paysan du bocage n'aurait imaginé ville aussi vaste, aussi fastueuse, aussi divertissante que Saigon. En existait-il en France de semblables ? Paris peut-être ? Mais vu de la Vendée, Paris lui paraissait aussi loin que Saigon et aussi exotique.

Pour lui, Saigon demeurera toujours la révélation de la ville, de la ville de plaisir. A tel point que, malgré toutes les années qu'il allait vivre au Tonkin, puis au Cambodge, il restera tellement lié à Saigon, où il séjournera finalement bien peu, qu'il sera pour les siens « le Cochinchinois ».

Jamais il n'oubliera les tireurs de pousse-pousse aux jambes nues du boulevard Norodom. Ni les blanchisseurs chinois de la rue Catinat aux joues toujours gonflées par l'eau amidonnée qu'ils expulsaient sur le linge en fine buée, à travers leurs lèvres serrées. Les boutiques chinoises, annamites et françaises du centre de la ville l'émerveillaient. Les facilités de crédit chez les commerçants étaient telles que toute la colonie s'endettait, du simple troufion aux fonctionnaires les plus huppés ; dettes contractées sans trop de souci puisque, en fin de compte, ne pas payer les commerçants indigènes était une faute mais pas un délit.

Dans sa dernière lettre du Tonkin, avant son premier retour en France, notre père parlait d'un sergent français qui avait été tué par les pirates. Il racontait ainsi les choses :

« Ce sergent vivait avec une congaï dans une canha proche de notre cantonnement. C'est l'habitude ici. On achète une congaï, comme on achète un lit, un chien. Ça fait partie du matériel colonial. La congaï est, pour le sous-off, à la fois sa servante et sa bourgeoise. C'est tout bénéfice. On les a trouvés tous les deux embrochés, la congaï sur le corps du sergent. Elle s'était fait tuer en le protégeant de son corps, son Fankouaï. Ce qui prouve que les femmes servent à quelque chose, même lorsqu'elles ressemblent à des singes. »

Je n'osais regarder Odette, atterré. Mais elle fut ce soir-là étonnamment désinvolte :

— Après tout, je ne suis pas tonkinoise, moi, même si on m'a toujours seriné : « Ma Tonkiki, ma Tonkini... » Je suis cambodgienne, tu le sais, ça ?

Non, je ne savais rien. Mais je fis celui qui savait. Il ne me déplaisait pas de découvrir Odette cambodgienne, à cause du temple d'Angkor. Allons, cette cantine de lettres ficelées en petits paquets avait encore beaucoup à m'apprendre.

Ça y est ! La guerre recommençait. Et tout ça par la faute des Anglais, disait la tante Victorine. Ne venaient-ils pas d'attaquer nos navires à Mers el-Kébir, ouvrant le feu sur nos cuirassés *Dunkerque* et *Provence*, coulant le *Bretagne*. Si bien que le Conseil des ministres du maréchal Pétain décidait de rompre nos relations diplomatiques avec l'Angleterre.

— Si les Anglais nous avaient aidés en 39, nous n'en serions pas là, disait la tante Victorine. Mais ils font toujours faire leur guerre par les autres. C'est eux qui nous ont poussés à déclarer la guerre et, après, ils ont attendu les événements bien tranquilles dans leur île. Maintenant ils nous tirent dans le dos. Mais il ne faudrait pas qu'ils nous chatouillent trop les oreilles. Notre armée n'est pas à genoux. Tenez, les enfants (elle appelait toute la famille « les enfants », oncle Hubert et cousin Gaston compris), écoutez ce que je vois dans le journal : « Les soldats ont forcé l'admiration de leurs adversaires, déclare le général von Reichenau, chef suprême des troupes d'attaque sur le front de l'Ouest. » C'est beau, ça, non ? Reconnaître le mérite de l'adversaire. C'est chevaleresque !

— Mais, dit cousine Suzanne qui seule osait interrompre ou contredire sa mère, si les Allemands ne reconnaissaient pas le courage des soldats français, quel mérite auraient-ils eu à les vaincre ?

— Oh ! toi, tu veux toujours avoir le dernier mot. Tenez, écoutez-moi ça : « Hier après-midi, près de Clermont-Ferrand, le général de Lattre passe en revue un de nos glorieux régiments de l'Est. Au cours de cette cérémonie plusieurs officiers, sous-officiers et soldats ont été décorés de la croix de guerre. De la foule montaient les cris sans cesse répétés : " Vive l'armée ! Vive la France ! " » Vous savez qui c'est, le général de Lattre ? C'est un monsieur de chez nous. Il est de Mouilleron-en-Pareds. C'est un de Tassigny. Peut-être bien que nous allons aider les Allemands à finir la guerre contre les Anglais, puisqu'ils coulent nos bateaux.

Cousin Gaston, obsédé par son désir de fumer, mâchonnait sa serviette. Tante Victorine le remarqua :

— Voilà le Berrichon qui confond le chanvre et la galette pâcaude.

Elle ricana sur une note aiguë, sèche, si désagréable que cousin Gaston faillit en perdre ses lunettes. Elle l'appelait toujours le Berrichon. Et bien que la serviette de table soit en coton, elle avait dit chanvre parce que, depuis un temps immémorial, on tissait le chanvre en Vendée et que ce n'était pas une raison, parce que des manufactures étrangères vous inondaient de pièces de coton, de perdre son vocabulaire. De même, à la bourrellerie, on ignorait l'invention du système métrique, les mesures étant faites à la ligne et au pouce. De même ma grand-mère comptait en sou et non en franc : cinq sous, dix sous, vingt sous, quarante sous, cent sous. De même les coupes de bois dans la forêt de Mervent se mesuraient à la corde, la terre s'évaluait en arpents et les distances en lieues.

Nous ne savions pas que nous vivions les derniers moments d'un monde déjà bien ébranlé avant-guerre, mais que les blindés allemands avaient définitivement écrasé, ce monde justement des pieds-pouces, des cordes de bois, des arpents ; ce monde d'avant la civilisation machiniste qui s'était maintenu pratiquement tel quel en Vendée jusqu'en 1940 et qui, virtuellement, n'était déjà plus qu'anachronisme.

Nous ne le savions pas. Mais nous n'étions pas les seuls. Le maréchal Pétain qui prêchait le retour à la terre, les généraux qui exaltaient les vertus de l'armée française, les évêques qui prônaient le retour à la religion, tout ce beau monde était déjà moribond. Nous nous trouvions dans une étrange époque de sursis, une sorte d'entracte de l'Histoire. Rien n'était clair. Chaque jour ajoutait à la confusion. La population du nord de la France avait basculé dans le Midi. Nos alliés de la veille devenaient nos ennemis d'aujourd'hui. Et nos ennemis d'hier se pavanaient dans nos rues, dans leurs uniformes feldgrau, bien élevés, bien polis, tapotant la joue des petits enfants, offrant des cigarettes aux joueurs de palet sur la place Viète, constituant une clientèle facile et payant comptant chez le cousin Gaston.

Le jeune soldat à la croix de fer s'amenait tous les jours à la bourrellerie, demandant des nouvelles de la « mademoiselle » qui ne consentait pas toujours à venir faire la causette. Ce manège m'exaspérait et je ne comprenais pas qu'Odette puisse y prendre goût. Assis sur mon tabouret et occupé à séparer en deux branches un fil coulissant dans un crochet placé au mur, que je roulais ensuite sur la cuisse droite, par légères pressions pour bien l'enduire de poix, tout en évitant de le rouler trop serré ce qui amenait des nœuds, tout en évitant de casser les pointes pour un parfait enfilage, il m'était difficile de me mêler aux rencontres d'Odette et du soldat et d'entendre ce qu'ils pouvaient bien dire. Il n'était évidemment pas question qu'Odette puisse sortir dans la rue avec son soupirant, tante Victorine ne l'eût pas permis ; et d'ailleurs l'idée n'en serait sans doute pas venue à Odette tellement elle paraissait alors inconvenante. Non pas inconvenante parce qu'il s'agissait d'un Allemand, mais parce qu'il s'agissait d'un homme.

Le soir venu, je ne pouvais quand même m'empêcher de reprocher à Odette sa complaisance envers ce soldat allemand.

— Bah ! me dit-elle, il m'amuse. Et puis au moins, eux, ils ne sont pas racistes !

Manquait dans la correspondance de notre père, et pour cause (à qui l'eût-il écrit ?), le récit de son premier retour en France, de sa première longue permission. Manquaient aussi les descriptions de la traversée, alors si longue (quatre semaines) et si inconfortable, mais qui ne semble pas l'avoir incommodé.

Pour combler ce « blanc », les archives de l'ex-ministère des Colonies m'ont encore été précieuses, s'ajoutant opportunément à mes empiriques archives familiales.

Ces transports de troupes coloniales ressemblaient, au début du siècle, à une déportation de forçats. Sur le pont du navire, fait pour cinq cents personnes, douze cents hommes s'entassaient, plus cinquante bœufs et deux cents moutons pour la popote. Dans l'odeur infecte du parc à bestiaux et des cages à volaille, les soldats étaient rangés par escouades, à une place désignée qu'ils ne quitteraient plus de toute la traversée. Qu'il vente, qu'il pleuve, que les vagues en tempête recouvrent le pont, que les nuits soient fraîches et les après-midi torrides, ils resteraient un mois sur le pont, sans abri, à la même place. A sa première traversée, en 1909, mon père ne disposait pas d'eau pour sa toilette, ni pour laver son linge. Mais comme ses camarades il n'avait pas encore pris l'habitude de l'hygiène et cette absence d'eau de lavage, qui nous paraît aujourd'hui invraisemblable, dut lui sembler naturelle. En 1909, sur le pont des bateaux transporteurs de troupes, l'eau douce était si précieuse qu'elle ne se trouvait que dans un tonneau cadenassé. Autour du tonneau, une guirlande de suçoirs en bois permettait aux mille deux cents soldats d'aspirer de temps en temps une gorgée d'eau tiédie par le soleil. En 1912, lors de sa seconde traversée, un bond considérable dans le confort du troupier s'était accompli puisque chaque marsouin recevait tous les matins un litre d'eau pour boire et une fois par semaine quatre à cinq litres pour laver son linge. Mais la rareté de l'eau douce les obligeait encore à se laver à l'eau de mer, sans savon. Des douches collectives avaient néanmoins été installées sur le gaillard d'avant. C'est-à-dire qu'une toile hissée par des cordes improvisait une salle de douches où un matelot arrosait les marsouins au jet, douzaine par douzaine.

Si l'armée se souciait peu de l'hygiène du troupier pendant une aussi longue traversée, elle veillait par contre à la qualité de sa soupe, comme à l'abondance de sa nourriture. Les repas se prenaient sur le pont puisque les marsouins mangeaient, dormaient, jouaient aux cartes, à la même place pendant trente jours. Café le matin ; bouillon à midi avec de la viande ; bouillon, lard et fromage le soir ; parfois deux sardines en supplément. La nourriture était servie dans des baquets de bois gras, sales, souvent moisis et dont les cercles de fer étaient mangés par la rouille. Chaque baquet devait nourrir huit à dix hommes sous la surveillance d'un caporal temporaire qui veillait à la distribution équitable. Chaque baquet disposait en plus d'un homme de corvée qui distribuait le pain et le vin.

Les règlements militaires continuaient imperturbablement à bord : réveil au clairon, revues d'appel, revues de propreté corporelle et d'habillement. Quelles que fussent les conditions d'inconfort, il n'eût pas été toléré que tous les boutons de cuivre des uniformes ne soient pas impeccablement astiqués.

De Marseille à Port-Saïd, le vapeur mettait quatre jours. A Port-Saïd, première escale, première rencontre avec l'exotisme et les « indigènes » pour les nouvelles recrues, le bateau était pris d'assaut par une nuée d' « Arabes » qui apportaient dans des petits sacs de toile des objets de bazar égyptien de fabrication allemande. Méfiants, curieux, alléchés, les marsouins marchandaient les « souvenirs », surtout dans les trajets de retour vers la France où Port-Saïd représentait l'ultime étape avant l'arrivée au pays. Ne serait-ce que pour épater les bleus, les anciens marchandaient outrancièrement, allant jusqu'à donner quarante sous pour un objet proposé à dix francs et menaçant le colporteur de leur crosse de fusil s'il regimbait. Il arrivait que certains marchands, craignant un pillage complet de leur éventaire par un groupe de marsouins agressifs, sautent par-dessus le bastingage avec leur camelote, préférant une baignade forcée à la ruine.

De Port-Saïd à Suez, il fallait quinze heures. Le bateau glissait lentement dans l'étroit canal entre les déserts de sable. Au loin on apercevait quelques tentes et les silhouettes monstrueuses des chameaux. La terre, l'eau, les machines au ralenti, tout tombait dans un étrange silence qui ne rendait que plus énervants les meuglements des bœufs et les bêlements des moutons sur le pont du bateau. Presque tous fils de paysans et habitués dès l'enfance à la proximité de l'étable et du logis, les marsouins ne trouvaient rien que d'ordinaire à cette cohabitation avec des bêtes qu'ils consommaient à mesure, assistant chaque jour aux abattages et aux dépeçages, dans une odeur de bouse et de sang.

Au sortir de la mer Rouge, les sirènes poussives du vapeur saluaient le drapeau français qui apparaissait au fond d'une rade abritée. Djibouti ! Djibouti, seule escale française entre la France et l'Indochine, seul lieu d'abordage où ne flottait pas le pavillon britannique, se profilait à gauche de l'entrée du golfe de Tadjoura, bordé de hautes falaises, face aux petites îles Maskali et Musha.

La ville symétrique ne datait que d'une quinzaine d'années. Elle comptait déjà treize mille habitants, dont six cents Européens. Une longue ligne de toits rouges ou blancs soulignait le quartier européen que surmontait le promontoire du palais du gouvernement. Autour, en masses serrées, les cases indigènes coiffées de chaume rond emplissaient la presqu'île nue.

Le vapeur mouillait assez loin de la terre mais une ruée d'embarcations diverses le cernait rapidement : gros chalands charbonniers avec des débardeurs noirs de poussier, vedettes automobiles, bateliers somalis. Les marsouins étaient autorisés à descendre à terre et leur transbordement demandait beaucoup de temps, d'ordres hurlés, de bousculades malgré l'habitude de la discipline. Le besoin de se dégourdir les jambes, la curiosité de voir le premier pays « colonial », le fait que l'escale à Djibouti était la seule où les marsouins puissent toucher terre, tout contribuait à une excitation un peu folle après tant de jours somnolents, passifs, résignés.

Entassés dans les grandes barques que des Somalis bronzés, à demi nus, conduisaient rapidement à la rame, les marsouins regardaient avec des yeux d'enfants les boutres peints de couleurs criardes amarrés à une longue jetée. Un steamer anglais, qui faisait la navette avec Aden, obligeait les rameurs à ralentir. Une canonnière, comme ils en verraient tant en Indochine, *Le Pingouin,* désaffectée et remisée dans un coin du port, servait à l'occasion d'hôpital flottant.

Les marsouins mettaient pied à terre en chancelant, comme ivres après tant de jours de houle et de tangage. Une âcre odeur d'algue et de marée les prenait à la gorge. Ils se mettaient alors à respirer, à battre des bras, à gesticuler, à gambader, à courir, se poursuivant en se faisant des croche-pieds comme des gosses à la sortie de l'école. L'odeur des algues et de la marée les revigorait. Ils retrouvaient tout à coup cette odeur d'Atlantique qu'ils avaient perdue depuis Marseille, cette odeur de Bretagne et de Vendée, l'odeur du pays. Ils se mettaient à pousser des cris de plaisir, à chantonner, esquissaient des pas de danse. Mais très vite l'austérité, l'aridité de Djibouti les ramenaient au silence. Cette ville désertique, noire, avait un air terrible. Des caravanes de chameaux, venant d'Éthiopie, les obligeaient à se ranger le long des maisons de boue séchée. Des charrettes attelées à des ânes maigres transportaient des madrépores qui servaient à la construction dans cette ville où les pierres étaient rares. Il n'y avait pas de foule dans les rues écrasées de soleil où des chiens faméliques et des vautours dévoraient les ordures. Mais de temps en temps apparaissaient des Arabes aux longues robes blanches, avec une barbe à collier, qui ressemblaient à saint Joseph ; des Indiens bruns, pansus, aux yeux noirs ; des Somalis, grands, osseux, la peau brune, leurs longs cheveux décolorés à la chaux séparés en deux parties par une raie.

Sur le port, des grues déchargeaient des sacs de charbon ou des balles de café (la ville de Moka était en face). Curieusement, les rails du chemin de fer étaient peints en blanc. Des soldats somalis gardaient les installations portuaires, vêtus d'une veste courte, d'une ample culotte aux jambières blanches et coiffés d'une chéchia à gland bleu ciel.

Étourdis par le soleil et le vent brûlant qui leur plaquait du sable grisâtre sur le visage, ahuris par ces hommes étranges et ces animaux fabuleux (chameaux, vautours), la bleusaille rentrait au bateau sans regret, contente de se retrouver dans le troupeau des anciens. Le premier « dépaysement » avait opéré sans douceur.

Les jours suivants, ils ne redescendaient même pas à terre, préférant regarder les barques qui amenaient au bateau du bétail et du poisson frais, s'amusant à jeter des pièces de monnaie aux négrillons qui plongeaient le long du navire, sans souci des requins.

Puis le bateau repartait en franchissant Bab el-Mandeb (que certains traduisaient par Portes de la Mort et d'autres par Portes des Lamentations). A gauche, Aden apparaissait avec ses toits rouges, ses hangars de tôle, son sémaphore sur un piton, son fort aux canons pointés.

La troupe s'assoupissait sur le pont du vapeur jusqu'à ce que quelqu'un, après des jours et des jours d'ennui, s'écrie : « Ceylan ! »

Une masse verte émergeait des flots, fugitive, vite disparue.

La prochaine escale, la dernière avant Saigon, était Singapour (que l'on appelait alors Singapore) où l'on refaisait le charbon. Les marsouins, qui n'étaient pas autorisés à quitter le pont, restaient bouche bée devant la quantité inouïe de navires et l'opacité de la foule chinoise, au loin, dans les rues du port, dont les robes noires se détachaient comme des silhouettes sur les maisons peintes en bleu.

Trois jours et demi après Singapour, apparaissait le cap Saint-Jacques, la plus haute terre de la côte indochinoise avec ses cent quarante-neuf mètres d'altitude. Le vapeur mettait ses machines au ralenti pour entrer dans une des bouches du Mékong et hissait ses pavillons au-dessus de la passerelle. Après les rochers abrupts du cap, apparaissait la riante baie des Cocotiers avec ses jonques de pêche. Les berges s'abaissaient. On naviguait parmi les palétuviers rabougris. A grands coups de barre, le paquebot manœuvrait pour suivre les méandres du fleuve. Le clocher de

Saigon apparaissait et disparaissait, salué à chaque fois par les exclamations réjouies des mille deux cents hommes de troupe. La remontée du fleuve durait cinq heures. Aux palétuviers succédaient les rizières aux eaux troubles. Des paillotes, sur la rive, sortaient les premiers petits hommes jaunes.

Mais dès que le vapeur abordait l'appontement de Saigon, il semblait que l'on fût revenu à Marseille. Saigon, de prime abord, paraissait une ville française, élégante, avec une foule d'hommes en blanc venus à la rencontre du courrier.

Les marsouins destinés à l'Annam et au Tonkin ne descendaient pas à terre. Le même vapeur allait les remonter vers le nord, lâchant les premiers à Tourane et les seconds à Haiphong.

Odette et moi demandâmes à la tante Victorine si elle se souvenait de cette première permission de notre père, ce qu'il faisait alors en Vendée, ce qu'il racontait.

— Ah ! si je m'en souviens, mes drôles ! C'était en 1912, l'année du naufrage du *Titanic.* Suzanne avait deux ans et elle était déjà bien chétive. Nous habitions encore Saint-Martin, en ce temps-là. Je travaillais à la ferme avec Alfred et Hubert faisait cuire ses briques à l'usine. Le défunt Aristide est arrivé dans son bel uniforme, fier comme Artaban. On était bien contents de le revoir, après si longtemps.

— Qu'est-ce qu'il faisait pendant sa permission ?

— Ben ! que voulez-vous qu'il fasse ! Il travaillait à la ferme avec nous. Ça lui remettait les membres en place, depuis le temps qu'il fainéantait avec ses boys. Mais il n'était pas manchot. Le dimanche, il allait au bal et il tournait la tête aux filles.

— Dis, tante, et l'Indochine, qu'est-ce qu'il en disait ?

— Il disait que les gens sentaient mauvais et que les femmes et les hommes étaient tous habillés avec des jupes. Impossible de les reconnaître. Il disait qu'il ne fallait pas s'y fier, sinon on pouvait rester sur le carreau.

— Et le voyage, sur le bateau ?

— De l'eau, de l'eau, toujours de l'eau, qu'il disait. De l'eau à n'en plus finir. Un jour il y avait eu une tempête et tous les soldats du pont (ils devaient bien être un millier) avaient été brouettés par le roulis d'un bord à l'autre, dans un fouillis de bras, de jambes, glissant sur la vomissure ; cependant que les bêtes entravées gueulaient à mourir. D'ailleurs le lendemain ils avaient fait ripaille de viande, pas mal de bœufs et de moutons s'étant étranglés en voulant se désentraver. Il disait : « As-tu jamais vu un millier d'ivrognes, titubant, tombant par terre, dégobillant. Eh bien, c'était nous. » Ça ne devait pas être beau à voir. Il parlait aussi des nuées de sauterelles qui tombent comme de la grêle, des monstres marins, des poissons volants. Il disait que la mer Rouge n'était pas rouge, mais une fournaise bleue. Il disait qu'à Djibouti grouillaient des dockers nus, avec juste un linge autour des reins, comme les christs des calvaires. Il disait qu'on commençait à sentir la Chine à partir de Singapore : une odeur d'église, de cartouche brûlée, de fumier, tout ça mélangé. Il disait qu'on en avait la nausée pendant au moins six mois, puis après on s'habituait.

Le dimanche après-midi, grand-mère crut bon de reprendre le rituel des visites au cimetière, comme nous le faisions avec ma mère du temps où nous vivions à Fontenay-le-Comte. Aucun dimanche ne s'écoulait sans cette approche muette de mon père enterré, invisible sous les gravillons qui recouvraient la tombe. En réalité, depuis que nous nous étions mis à la recherche réelle de notre père, Odette et moi, il nous était infiniment plus présent en nous-mêmes qu'au cimetière. Mais je ne voulais pas peiner ma grand-mère, qui croyait bien faire, et Odette m'accompagnait.

Odette connaissait la tombe. Elle y venait souvent autrefois avec la tante Victorine. Mais nous ne nous y étions jamais trouvés ensemble. La tombe de mon père était si indissolublement liée au culte que lui rendait ma mère (et je savais qu'elle y avait sa place « qui l'attendait », comme elle disait) que je n'imaginais pas possible, mis à part ma grand-mère, une présence étrangère en ce lieu. Mais pourquoi penser « étrangère » à propos d'Odette puisque nous avions le même père, ce père qui justement reposait là, après tant d'errances...

Nous marmonnions une prière et repartions vite de ce lieu sinistre. Nous nous séparions de grand-mère en haut de la rue de la République et montions rapidement l'escalier qui nous conduisait à la place Viète.

Nous y avions déjà nos habitudes, près du grand bassin

toujours à sec où les noms des grands Fontenaisiens étaient inscrits sur le rebord. En très grosses lettres : André Tiraqueau, François Viète, Nicolas Rapin. En plus petites : Rabelais, Pierre Lamy, Barnabé Brisson, Julien Collardeau...

J'osai un jour réaborder ce domaine enchanté des livres, que par miracle Odette connaissait donc aussi, surprise si inouïe que j'en demeurai, la fois où elle m'en parla, tout interdit.

— Alors, toi aussi, tu aimes lire ? Comment ça t'est venu ?

— Je t'ai dit, le sana... Toutes ces journées, allongée à ne rien pouvoir faire, sinon ruminer son mal. Les autres filles lisaient. Je me suis mise à lire. J'y ai pris goût. Un jour une de ces dames bienfaitrices qui venaient nous rendre visite voulut faire un cadeau à l'orpheline tuberculeuse qui aimait s'instruire. Elle m'a apporté une trentaine de livres reliés. J'ai lu rapidement les noms sur la tranche : Balzac, Zola, Lamartine, Hugo... D'un seul coup on me léguait une bibliothèque. Je ne savais comment remercier. J'étais rouge de confusion et émerveillée. Puis ensuite j'ai déchanté en regardant les livres de plus près. Tous les volumes étaient dépareillés. Un tome deux de l'*Histoire des Girondins*, un tome premier des *Misérables*. Pas une seule publication en entier. Et, avec ça, obligée de remercier ma bienfaitrice à chaque fois qu'elle faisait sa visite au sana. Un jour, je me suis enhardie à lui demander l'origine de ces livres, histoire de voir si elle pourrait récupérer les volumes manquants. Elle me répondit qu'il s'agissait d'un héritage fait par son frère et elle et qu'ils avaient scrupuleusement partagé le lot par moitié. Tu vois ça, chacun son Zola, chacun son Balzac, chacun son Lamartine, sans se soucier, ni même sans doute s'apercevoir qu'un même titre, qu'un même auteur, ça ne se coupe pas en tranches, comme du saucisson. J'ai vite compris qu'elle n'avait jamais lu un livre de sa vie. Eh bien, moi, je les ai lus dépareillés. Ça m'a fait des morceaux choisis.

J'avouai à Odette que ma mère m'avait donné à lire Pierre Loti et Pierre l'Ermite. Mais que j'avais rencontré tout seul Jean-Jacques Rousseau ; que j'avais lu une dizaine de livres de Jules Verne ; presque autant de livres de Victor Hugo ; que j'aimais *David Copperfield, Le Robinson suisse, Les Mystères de Paris* et *Le Roman d'un spahi.*

Odette me parla de livres que je ne connaissais pas : *Ondine* de Giraudoux, *La Possession du monde* de Georges Duhamel, *Terre des hommes* de Saint-Exupéry. Quelle aubaine ! L'une des grandes difficultés pour l'autodidacte est l'absence de points de repère, la carence de critères qualitatifs, le manque d'échanges, l'absence de discussion. L'autodidacte plébéien avance seul, se vautrant dans la pléthore des titres, voulant tout lire, lisant tout, le meilleur et le pire. A seize ans, ma boulimie de lecture m'avait fait dévorer tout Racine, tout Corneille, mais aussi Max du Veuzit et Georges Ohnet. Il ne me paraissait pas incongru de passer sans transition de *La Divine Comédie* à *Ben Hur* et des *Lettres persanes* à *Mon curé chez les riches.*

Odette s'aperçut vite de cet embrouillamini, et entreprit d'y mettre de l'ordre. Elle était passée par là. Ou bien l'autodidacte sombre dans le déluge des titres, ou bien il découvre, par hasard, comme le reste, qu'il existe des histoires de la littérature, des études littéraires, toute une méthode. J'y parviendrais plus tard, mais pour l'instant Odette fut mon premier mentor. Et pour qui, perché dans un des grands marronniers de la place Viète, eût pu nous voir et nous entendre, le spectacle eût été sans doute singulier de nous observer, allongés dans l'herbe courte, petits prolos sans instruction, sans métier, sans avenir, discutant de livres et d'auteurs avec une telle passion que l'on eût pu croire à des disputes d'amoureux.

Nous nous interrogions aussi sur ce que notre père avait bien pu lire. Enfant, j'avais trouvé deux livres lui appartenant, dans le grenier de la maison de mes grands-parents : *La Chanson de Roland, L'Évolution de la terre et de l'humanité.* Le second livre, sorte d'encyclopédie très didactique des origines du monde, était le livre type de l'autodidacte. Mais *La Chanson de Roland*, dans sa version originale en français du XIIe siècle, l'avait-il vraiment lue et comment ce vieux livre lui était-il parvenu ? Ces deux bouquins constituaient de bien faibles vestiges de l'hypothétique culture livresque de notre père. Mais pour nous, qu'il aimât lire ne souffrait pas discussion.

Glissée dans *La Chanson de Roland*, je me souvenais d'une enveloppe oblitérée, adressée à ma mère, qui, pendant longtemps, constitua pour moi le seul souvenir tangible de la fabuleuse Exposition coloniale. Le timbre de 50 centimes, rouge brique, commémoratif de l'Expo, montrait en effet le profil d'une tête de négresse à l'opulente chevelure, femme Fachi du

Niger, avec en toutes lettres, très Arts Déco 25, ces mots qui me conduisaient dans le monde exotique de mon père : *Exposition Coloniale Internationale. Paris 1931.*

Combien avons-nous vécu de dimanches après-midi ensemble, en ce seul été 1940 ? Pas plus de huit. Et pourtant comme ils me semblent pleins. Toute notre vie commune, à Odette et à moi, est contenue dans ces deux mois. Je l'emmenai dans les lieux familiers de mon enfance, comme si j'avais eu à lui faire découvrir ma petite ville sans réfléchir qu'elle était aussi la sienne. Mais nos itinéraires différaient. La fontaine des Quatre-Tias et son inscription de Rabelais si chargée pour moi d'une force poétique la laissaient indifférente. Sur le pont des Sardines, elle regardait couler la Vendée sans que cela parût lui évoquer quoi que ce soit. Par contre, elle aimait beaucoup, elle aussi, et la place Viète et le chemin du halage qui débouchait brusquement dans des prairies fleuries de scabieuses et de trèfles roses.

Nous jouions à nous poursuivre, à nous rouler dans l'herbe. Mais très vite ses pommettes rosissaient. Elle s'affalait, essoufflée, courbée en deux par une quinte de toux.

Je m'inquiétais :

— Tu tousses !

— Mais non, j'ai avalé de travers.

Odette était un peu voûtée, ou plutôt, les pneumothorax lui avaient affaissé une épaule. Cette dissymétrie lui donnait un air fragile qu'elle amplifiait par cette habitude frileuse de se serrer les épaules des deux mains, les bras croisés sur sa poitrine.

Nous restions étendus dans l'herbe, serrés l'un contre l'autre, regardant dans le ciel la course des gros nuages blancs. Sans rien dire.

Seul, l'humour avait parfois raison de notre pudeur. Comme lorsque tante Victorine nous demandait de plier les draps qui revenaient de la lessive et que nous le faisions avec un cérémonial qui ressemblait à une danse, tirant les draps par petits coups secs, pour défaire les plis, et nous embrassant à chaque fois que nous étions ramenés l'un vers l'autre par le pliage. Le rouge à lèvres d'Odette finissait par me faire tout un maquillage sur les joues. Nous nous en amusions si fort que tante Victorine venait voir ce qui se passait et nous reprochait de trop nous embrasser :

— Qu'est-ce que vous avez, à vous biser comme ça ? Ça rime

à quoi ? On s'embrasse une fois par semaine le dimanche, avant la messe, ça suffit bien.

Nous pouffions de rire dès que tante Victorine disparaissait et Odette, de ses lèvres, me barbouillait encore plus le visage, malgré mes cris.

Je lui demandais :

— Est-ce que tu as un bon ami ?

Elle répondait, mutine :

— Si je te dis oui, tu seras jaloux.

Elle savait bien que j'étais déjà jaloux du jeune soldat allemand à la croix de fer.

Elle me disait :

— Tu connais Gavroche ?

— Gavroche ? Dans *Les Misérables* de Victor Hugo ?

— Oui, tu lui ressembles. Tu es un petit Gavroche. Je t'appellerai Gavroche, désormais.

Et, d'une bourrade, me faisant tomber à terre par surprise, elle ajoutait :

Le nez dans le ruisseau
C'est la faute à TON *Rousseau.*

Les lettres suivantes nous parlaient de la réinstallation de notre père au Tonkin ; de la baie d'Along avec ses gigantesques pierres debout sortant de la mer, des mines de Hong-Haï, où des milliers d'Annamites et de Chinois extrayaient des blocs de charbon transportés par des files interminables de coolies ; du village du papier que l'on allait visiter aux portes de Hanoi au terminus du tramway électrique. Toute la population du village était occupée à fabriquer du papier, en plein air, sous des abris de palmes. Le sol, déformé à coups de pilon, suintait d'une eau boueuse que les femmes tamisaient dans des plateaux à claire-voie.

Les rues d'Hanoi, disait notre père, puaient. Aux odeurs d'excréments se mêlaient les parfums lourds de l'opium, de l'encens, du santal. Cette odeur d'encens agaçait les marsouins qui, inconsciemment sans doute, recevaient comme une profanation ce parfum d'église répandu dans ces rues païennes. Aussi dispersaient-ils à coups de godasse les bâtonnets fumants plantés dans le sol.

Les rues d'Hanoi bruissaient de toute une activité frénétique de marchands ambulants : vendeurs de graines de lotus, de canne à sucre, de sapèques de pâte sucrée aux graines de sésame, de riz à la guimauve, d'olives confites, de soupe de poumon de buffle, de raviolis à la pâte de riz. On voyait des chiens cuire sur de la braise, des coiffeurs en plein air nettoyer les oreilles et les dents de leurs clients avec de fines tiges de bambou.

Accroupis dans la boue, des vieillards en haillons, à la face ratatinée brûlée par l'opium, semblaient des momies desséchées au soleil.

Après un bref séjour à Hanoi, notre père reprit la direction du haut Tonkin, sa compagnie étant transportée cette fois-ci par chemin de fer. Par la portière du train qui, de Haiphong, rejoignait les « Portes de la Chine », il regardait le paysage désolé, ses collines arrondies, sans arbres, peu habitées. Des rizières occupaient les rares espaces horizontaux. Parfois, des troupeaux de canards, surveillés par des gardiens, couvraient des champs entiers qui paraissaient matelassés de plumes. De lourds papillons noirs voletaient autour des wagons.

La compagnie descendit à une gare qui paraissait en rase campagne. Mais aussitôt à terre, on apercevait le drapeau français accroché en haut d'un mirador perché sur quatre échasses de bambou. Des casemates, qui servaient de caserne, se glissaient entre des aréquiers faméliques et des cocotiers empanachés. Notre père allait rester toute l'année 1913 dans ce poste isolé, insalubre, exposé aux incursions des pirates.

La France négligeait de plus en plus l'Indochine, se préparant à sa guerre européenne. Il faut dire que, comme d'habitude, il n'existait pas d'événements en Indochine, à peine des incidents. Depuis trente ans nos troupes poursuivaient le De Tham et ses pirates sans aucun succès. A croire que ce démon, qui passait son temps à passer et à repasser la frontière chinoise, poursuivi d'un côté par les casaques rouges, de l'autre par les uniformes bleus, était le loup-garou en personne.

Les pirates ne manquaient pas d'audace. On en captura sept dans une jonque, tout près d'Hanoi, sur le fleuve Rouge. Mais les pirates ne se découvraient jamais pour ces batailles rangées auxquelles légionnaires et marsouins étaient préparés. Ils arrivaient une nuit, dans le plus absolu silence, tuaient et repartaient sans que personne ne les aient vus. C'est ainsi que l'on trouva en cette seule année 1913 le douanier Bellie assassiné à Trung-Ha, l'ingénieur Delboca assommé à coups de bâton, M. Manu, prospecteur à Ngân-Son, tué à coups de pelle et de pioche, sa congaï et leur enfant poignardés.

Les marsouins partaient de leur cantonnement en catastrophe, marchaient de jour et de nuit dans la brousse, et lorsqu'ils arrivaient au lieu du crime, il ne leur restait plus qu'à creuser un trou pour la victime, planter une croix de bois sur la tombe refermée et tirailler dans les arbres d'où tombaient des singes.

Singes pour singes, on se vengeait comme on pouvait.

Tout cela n'était finalement que de la routine. Nouveauté par contre pour notre père, qui l'émerveillait, dont il parlait avec une si naïve satisfaction : ses galons de caporal :

« Je dispose dans la chambrée d'un lit isolé par un rideau suspendu à une tringle. On m'a aussi attribué une armoire fermant à clef. Je peux sortir le soir avec les sous-officiers puisque j'ai maintenant une permission permanente de dix heures. »

Mais ce qui l'étonnait le plus, ce qui lui paraissait une extravagance, mais ce que, en même temps, visiblement, il recevait comme une marque de promotion sociale, c'était son accession aux bains-douches : « Les caporaux sont envoyés aux bains-douches comme les sous-officiers. »

Il commence à parler en « ancien », en vieux colonial, confirmé dans cette « ancienneté » par le fait qu'il soit délivré de ces éruptions de peau causées par la chaleur et la transpiration abondante qu'il appelle la *bourbouille* et qui tourmente tous les « bleus ». Il crâne :

« Une bonne ceinture de laine pour se garantir le ventre, surtout pendant la nuit et des comprimés de quinine, avec ça on est paré. Il n'y a pas de meilleur médicament, si ce n'est notre amie l'absinthe. »

Un mot revient souvent dans ses lettres, mot qui m'était très familier car ma mère l'employait si souvent que je le croyais d'un français courant : cagna. (Notre père l'écrit canha, à la manière annamite, qui est le terme pour maison.) Les militaires avaient fini par dire cagna pour tout abri.

« Les Thos ont en général deux canhas, l'une dans la vallée qu'ils cultivent, l'autre dans les rochers où ils cachent leurs récoltes par crainte des pirates. Ces canhas en bambou, recouvertes de paillotes, n'ont qu'une seule pièce. Ils font leur cuisine dans des petites marmites, le feu étant allumé sur une dalle de pierre. Pas de lit. Ils couchent sur le plancher qui est fait de gros bambous écrasés. »

Maintenant qu'il est un vétéran, un rengagé, il devient plus observateur des mœurs indigènes. A ses débuts à la colonie celles-ci lui paraissaient si extravagantes qu'il ne pouvait que les rejeter en bloc comme autant de singeries. Il les perçoit toujours comme une sorte d'agression faite à ses habitudes, mais il commence à faire un petit effort pour les comprendre. Les premiers qu'il observe avec, sinon sympathie, en tout cas affinité, ce sont les *nha qué*, ces étranges paysans qui passent leur vie à patauger dans la boue des rizières. Des trois monopoles français qui pressurent la vie annamite : l'alcool, le sel et l'opium, c'est celui du sel qui lui réveille des souvenirs enfouis au plus profond de sa culture populaire et presque oubliés. Il s'en inquiète et en parle dans les lettres avec son frère Alfred. Celui-ci lui répond qu'il existait en effet jadis en Vendée un impôt du sel qui s'appelait la gabelle et « qu'on s'est beaucoup tués pour ça ». Comme la principale industrie indochinoise est le poisson séché ou salé, le sel est non seulement monopolisé par le pouvoir colonial mais il coûte légalement trois fois plus cher que le sel de contrebande. Ceux que l'on appelle les « pirates » ou les « bandits » sont, entre autres choses, des faux-saulniers. Que l'on se tue pour le sel en Indochine, comme on s'est tués pour le sel en France et qu'il porte cet uniforme bleu, qui fut si longtemps en Vendée la couleur de la répression, le rendent soudain mal à l'aise. La correspondance qui s'ensuit avec son frère est confuse, l'un et l'autre arrivant mal à dégager des souvenirs historiques incertains. Mais notre père raconte que le monopole de l'alcool conduit à pousser les indigènes à la consommation, obligation étant même faite à chaque village d'acheter telle quantité d'alcool par tête d'habitant. Les villageois qui n'obtempèrent pas ou ceux qui n'arrivent pas à payer sont punis de travaux forcés et l'on voit sur les routes du Tonkin de longues processions de prisonniers, où les femmes et les enfants sont plus nombreux que les hommes, ces derniers ayant la détestable propension à préférer la piraterie au bagne.

Son complexe de supériorité reprend néanmoins vite le dessus. Il dit qu'il est difficile de ne pas s'emporter contre les boys qui sont menteurs et paresseux ; que les coolies sont peu sûrs, presque toujours affiliés aux inquiétantes sociétés secrètes chinoises ; que la musique annamite est à se gondoler de rire ou à hurler au fou ; que leur nourriture n'est pas une nourriture de chrétiens puisqu'ils mangent du chien et du rat, et qu'à la place des ciboulettes ils mettent des larves de mouche dans leurs omelettes.

Après les journaux, reparus, les émissions radiophoniques rétablies le 7 juillet diffusaient de nouveau des informations et de la musique. Tante Victorine n'avait pas de poste de radio, mais le bandagiste, dont la boutique faisait face à la bourrellerie, lui assura avoir entendu aux émissions anglaises un général français, dont il ne se souvenait plus du nom, récuser l'armistice et appeler à la continuation de la guerre.

— Il en a du toupet, celui-là, disait tante Victorine. Brailler dans le poste chez les Engliches alors que ces salauds-là viennent de nous tuer et de nous blesser des centaines de marins à Mers el-Kébir. Vous avez vu ça, dans le journal. Une honte !

Mais une autre nouvelle retint beaucoup plus notre attention, à Odette et moi. Les trains étant remis en service, les réfugiés allaient pouvoir retourner chez eux. Réfugiés, ne l'étions-nous pas aussi ? Et si toutes les choses rentraient dans l'ordre, il nous faudrait repartir, reprendre moi mon travail de manutentionnaire à Nantes et elle celui d' « infirmière » dans son sana de la région parisienne. Cette découverte soudaine que nous pouvions être brutalement séparés, et dans un bref délai, nous bouleversa. Tout occupés de nous-mêmes et de notre père que nous ressuscitions lentement, comme si nous avions l'éternité devant nous, il ne nous était pas venu à l'idée que nous nous trouvions en quelque sorte en vacances puisque notre liberté ne comportait pas à l'avance de limite dans le temps, que l'état de guerre, et surtout l'effondrement du pays, nous avaient placés dans un contexte très particulier de « temps ouvert », indéterminé. Et voilà que ce temps ouvert allait inéluctablement se refermer ! Déjà ! Que n'avions-nous mis plus de hâte à dépouiller la correspondance de notre père ! Se pourrait-il que nous puissions interrompre soudain notre lente et si prégnante découverte ? Tante Victorine nous abandonnerait-elle les paquets de lettres ? Et même en ce cas, comment les lirions-nous ? Séparés ? Cette seule idée de séparation nous fit soudain très mal. Odette, toujours si enjouée, désinvolte, et dont j'aurais pu penser qu'elle ne partageait pas le débordement d'affection qui me poussait vers elle, si je n'avais surpris tant de fois la brillance humide de ses yeux, tomba dans une sorte de prostration. Le jeune soldat allemand à la croix de fer se fit vertement rabrouer.

Le soir, sur nos hauts lits de couettes parallèles, étendus sur le ventre comme à l'accoutumée, nous nous acharnâmes à trouver une solution de rechange. Rester à Fontenay-le-Comte était impossible, nous n'y avions pas de travail, ne pourrions pas en trouver et ni ma pauvre grand-mère ni la tante Victorine (qui n'était pas pauvre mais qui avait des principes) ne pourraient nous prendre en charge.

— Et si je t'emmenais avec moi ? dit Odette.

L'aventure entra aussitôt dans notre pièce sombre, à grand fracas. Stevenson, Walter Scott, Fenimore Cooper arrivèrent à la rescousse. Puis, plus réalistes et plus appropriées, les *Scènes de la vie de bohème* de Murger. J'irais vivre à Paris avec Odette ; nous logerions dans une mansarde ; je travaillerais comme porteur aux Halles ; et le dimanche nous irions au café-concert.

— Oui, bien sûr, tu ne réponds pas. Tu es mineur et ta mère ne voudra jamais.

Pourquoi n'avais-je pas répondu oui d'emblée ? Mais toujours je me laissais aller à des rêveries qui prenaient le pas sur le réel et, lorsque j'essayais de rattraper ce tangible que je m'étais attardé à regarder passer, il était souvent trop tard.

Odette avait pris mon silence pour un refus alors que je m'étais déjà installé avec elle dans une chimérique vie de couple. Elle reprit, d'un ton amer :

— Si tu n'oses jamais, tu resteras toute ta vie manœuvre. Tu seras un lapin de chou, comme ta mère. Regarde comme notre père n'avait peur de rien.

J'avais envie de pleurer. Mais à quoi aurait servi maintenant d'essayer de lui expliquer mon mutisme ? Et il était bien vrai aussi que ma mère m'attendait, qu'elle avait besoin de moi, que sans mon maigre salaire elle ne pourrait vivre seule à Nantes.

Odette avait retiré un nouveau paquet de lettres de la cantine militaire. Je me rapprochai d'elle, à plat ventre sur le même lit, nos têtes se touchant afin de pouvoir lire ensemble les mêmes mots, au même moment. Nous nous arrêtions parfois dans notre lecture pour commenter des passages. Nous aimions la bonne humeur et l'humour de notre père. Lorsqu'il écrivait, par exemple, à son frère :

« Tu n'imagines pas la chaleur qu'il fait l'été, au Tonkin. Si tu soulèves ton casque pour saluer une dame, dans la rue, tu tombes raide mort. On appelle ça le coup de bambou. Heureusement il n'y a pas ici une seule dame à saluer. Et pour le salut militaire, la providence a prévu de ne pas enlever sa coiffure. »

Qu'aucune femme indigène ne puisse être considérée comme une dame entrait tellement dans le contexte du temps qu'Odette elle-même ne s'en offusquait pas.

Mais parfois, souvent, son ton devenait trop grinçant, trop méprisant. Ce monde jaune, incompréhensible, l'horripilait. Il en détestait l'odeur qu'il disait un mélange de fiente de poule et de patchouli. L'incessante agitation des foules annamites et leurs cris l'exaspéraient :

« On les voit toujours affairés, accoutrés dans leurs robes de femme, ridicules. Non seulement ils ont des voix de singe, mais encore ils en ont la queue, ces longues nattes qu'ils se font avec leurs cheveux et qui leur pendent dans le dos. »

Il faut dire que la situation en Indochine devint soudain très tendue, en 1913. Après avoir refusé de « payer l'impôt aux Français » des milliers de paysans tonkinois se massèrent devant la résidence de l'administrateur, à Hanoi. On envoya les tirailleurs brûler leurs villages et les lettrés qui protestaient furent déportés à Poulo Condor. En mars, un complot éventé à Saigon permit de découvrir huit bombes artisanales placées près de monuments publics. Un bonze, Phan Xich Long, conduisit à l'assaut de Cholon ses partisans vêtus de blanc. Tous furent capturés et exécutés. Mais un nouveau complot, découvert en Cochinchine en mai, amena l'arrestation de nombreux professeurs et instituteurs qui pourtant, disait notre père, « nous doivent tout ». A Hanoi une bombe, jetée à la terrasse du Hanoi-Hôtel à l'heure de l'apéritif, fit deux morts et de nombreux blessés. Réflexion de notre père : « Ce pays devient de plus en plus impossible. On ne peut même plus y boire notre absinthe tranquilles. »

Suite à la bombe du Hanoi-Hôtel, cent vingt arrestations, quatorze condamnations à mort, une aux travaux forcés à perpétuité. A Saigon, comme à Hanoi, des têtes coupées plantées au sommet de tiges de bambou étaient exposées dans les rues.

Dans ce contexte la mort du De Tham, pourchassé depuis trente ans, devenu personnage légendaire, passa presque inaperçue. Ce « bandit » avait trouvé plus bandit que lui en la personne de deux émissaires chinois qui s'enrôlèrent dans sa bande, le tuèrent pendant son sommeil à coups de pioche, et apportèrent au résident de Nha-Nam sa tête tranchée au coupe-coupe en échange d'une prime si mince qu'ils se crurent autorisés à protester. Ce qui leur valut leur expulsion immédiate vers la Chine.

Isolé dans son poste perdu dans la brousse tonkinoise, immobile au milieu de tant de remous, ne recevant les nouvelles des troubles qu'avec beaucoup de retard et toujours d'inquiétantes déformations, beaucoup de lettres n'étaient plus que de brefs billets où l'on sentait la lassitude et une exaspération avivées par des crises de plus en plus violentes de dysenterie.

Odette s'en inquiétait comme si elle eût notre père en charge à l'hôpital : « Il ne faudrait pas qu'il boive tant d'eau de Seltz. Ces coloniaux, ils croyaient que leur absinthe tuait tous les microbes. Et ils mettaient dedans des morceaux de glace pleins d'amibes. C'est de ça qu'il est mort, tu sais. La tuberculose, on aurait pu la soigner. Mais tous les médicaments qu'on lui donnait partaient en diarrhée. »

Dans un coin de la bourrellerie, masqué par un amoncellement de licols, de mors, de bridons, de grelottières et de muserolles, j'aperçus un long rostre dentelé, d'un mètre de long, qui m'intrigua. Interrogé, cousin Gaston avoua ne pas en savoir l'usage. Odette, consultée, n'eut pas la moindre hésitation. Il s'agissait d'un éperon nasal de poisson-scie. Étrange présence que cette pièce anatomique digne d'un musée d'histoire naturelle dans cette boutique d'artisan et qui paraissait avoir échoué là sans que personne ne s'en fût aperçu. Tante Victorine, alertée, vint voir l'objet et s'esclaffa :

— C'est toujours le défunt Aristide. Il nous en a fait, des beaux cadeaux, des jardinières et des brûle-parfum en cuivre... Mais il lui arrivait aussi de rapporter plein de saloperies qu'on n'a jamais jetées pour ne pas lui faire de la peine. En cherchant bien, tu pourrais en trouver dans toutes les écuries de tes cousins : des cornes, des dents, des os de je ne sais quoi.

Ainsi le Cochinchinois ensemençait la famille de son exotisme. Mais toutes les graines ne levaient pas.

Il faut dire que l'attention de la famille, comme des autres Fontenaisiens, se portait plutôt sur les événements du jour. Dans cette période floue, entre l'armistice et la future occupation institutionnalisée, les nouvelles étaient aussi rares que le bobard florissant. L'*Ouest-Éclair* et *Le Phare de la Loire* paraissaient avec des blancs, ce mitage de la censure qui faisait dire à la tante Victorine :

— Voilà maintenant qu'ils nous font payer le papier blanc au prix de l'imprimé.

Une affiche, collée près de la mairie, nous montrait un marin français se noyant en pleine mer tout en brandissant un drapeau tricolore. Texte explicatif : « N'oubliez pas Mers el-Kébir. »

La France qui, selon la presse, portait « le deuil de vingt et un ans d'illusions » relevait le défi. On nous informait que des avions français venaient, à leur tour, d'attaquer des navires anglais à Gibraltar.

On apprenait rétrospectivement que, le 23 juin, le chancelier Hitler venu à Paris « se rendit tout d'abord à l'Hôtel des Invalides et descendit dans la crypte de Napoléon où il médita longuement devant le tombeau de l'Empereur ». Une prime de démobilisation de mille francs était allouée à nos poilus. On pouvait lire dans *Le Phare de la Loire, de Bretagne et de Vendée* le nouveau feuilleton de Max du Veuzit : *Le Vieux Puits.*

Finalement tout semblait aller pour le mieux. Les Allemands n'occupaient qu'une fraction du territoire français et, dans la zone nono, notre armée « blessée mais invaincue » ne cessait de défiler devant ses généraux et son maréchal. Tous nos chefs de guerre étaient d'ailleurs mobilisés pour cette croisade de la renaissance française que lançait le maréchal Pétain : Jeanne d'Arc bien sûr, mais aussi Vercingétorix :

« Devant Vercingétorix, symbole de l'unité nationale, une émouvante prise d'armes a eu lieu hier à Clermont », pouvait-on lire dans le journal.

Et voilà que les évêques reprenaient eux-mêmes en main leur troupeau :

« Mgr Rodié, évêque d'Agen, déclare que le relèvement moral de la France ne sera réalisé que par l'action catholique organisée, disciplinée et conquérante. »

« Trop de Français étaient dans l'incapacité de croire. C'est une des raisons de notre défaite, déclare Mgr Piguet, évêque de Clermont. »

Tante Victorine exultait :

— On l'avait pourtant dit et redit que l'école sans Dieu menait à l'abîme !

Jamais la presse n'avait été aussi optimiste qu'en ce temps-là. Il semblait que toutes les conditions soient enfin remplies pour que la concorde s'instaure entre des Français trop longtemps désunis ; pour que la morale, l'ordre et la prospérité s'installent parmi nous. Un million quatre cent mille prisonniers attendaient dans des camps leur transfert en Allemagne ; des centaines de ponts étaient détruits ; les chemins de fer ne fonctionnaient plus ; sans essence, autos et camions restaient dans les garages ; trois millions de Parisiens et une bonne partie de la population du Nord et de l'Est avaient déferlé sur le Sud et le Sud-Ouest dans un exode sans précédent ; les vivres étaient sur le point de manquer... Mais les journaux, réduits pour la plupart à une feuille recto verso, entonnaient des hymnes à la joie, à l'espérance et au patriotisme béat. Qu'importe qu'il n'y eût plus d'essence ni de mazout, on allait rouler au gazogène. « Nos belles forêts de France, déclaraient avec ravissement les journalistes, fourniront le combustible, c'est-à-dire le charbon de bois. »

Un entrefilet dans la presse passa pratiquement inaperçu, personne ne connaissant ce militaire :

« Le général de Gaulle a été condamné à quatre ans de prison par le Conseil de guerre de la 17e région et à cent francs d'amende pour violation de la loi sur la presse, pour refus de s'être présenté, refus d'obéissance devant l'ennemi et excitation de militaires à la désobéissance. »

« Le gouvernement compte sur la classe paysanne pour sauver le pays. »

On en revenait toujours là. La religion et la paysannerie redevenaient les deux mamelles de la France. Quelle revanche ! Tante Victorine était aux anges :

— Ah ! les bouseux, les culs-bénits, les péquenots, on est bien content de les trouver, au jour d'aujourd'hui... Avant la guerre, il n'y en avait que pour leurs usines, que pour leurs fonctionnaires. Nous, on était les innocents de village, les Bécassines, les mal dégrossis. On laissait mourir la terre et le *pésant* avec. Tiens, mes drôles, si le défunt Aristide avait vécu de notre temps, il n'aurait pas eu besoin de s'engager et d'aller attraper la maladie chez les sauvages.

Les lettres de notre père le montraient ressuscité. Muté au Cambodge, il échappait à son pourrissoir tonkinois. L'attrait du nouveau, un climat meilleur, tout concourait à redonner à sa correspondance un ton allègre. De Saigon à Phnom Penh un service régulier de mouches à vapeur assurait les liaisons. Le bateau passait très près des rives du Mékong, si près que l'on pouvait y voir des soldats en vêtements de toile blanche faire leur promenade du soir et entendre leurs accents breton, vendéen, charentais. Puis, au fur et à mesure que l'on s'éloignait de Saigon, le rivage devenait opaque avec ses hauts bambous, ses manguiers, ses cotonniers, ses aréquiers. Des hérons et des pélicans pataugeaient dans les bancs de boue. La fin de la Cochinchine s'annonçait par une disparition des plaines basses, une végétation plus abondante et un climat plus sec. La brousse cambodgienne était si opaque que l'on eût pu croire le pays inhabité, si des foulées, comme des traces de cheminements de fauve, ne dénonçaient la présence de villages dont on apercevait au loin, au milieu de manguiers et de palmiers à sucre, les pagodes au triple toit de tuiles rouges et à bordure dentelée se relevant aux extrémités en forme de trompe d'éléphant.

Le Cambodge présentait un visage plus aimable que le Tonkin, plus riant dans sa végétation, plus agréable dans son climat. Ce contraste donne aux lettres de notre père, postées à Phnom Penh, une écriture éveillée.

« Ma chère Victorine,

« Phnom Penh est une grande ville de soixante mille habitants, mais avec seulement un millier d'Européens. Là encore les Chinois sont nombreux. Pas un marchand n'est cambodgien, tous sont chinois. Depuis l'année dernière, les Chinois ont coupé leurs tresses. Contrairement aux Annamites, les Cambodgiens ont des cheveux courts, ni tresse ni chignon et aussi bien les femmes que les hommes. Ça fait tout drôle de voir des indigènes qui ressemblent plus à des hommes qu'à des singes.

« Enfin, ça y est, j'ai vu les tigres et les éléphants. Tu pourrais regarder comme moi les tigres, sans danger, au jardin public, où ils dorment bien sagement dans des cages. Quant aux éléphants, ils sont aussi naturels ici que les vaches chez nous. Le roi ne voyage qu'à dos d'éléphant. Près du palais royal, on voit sur la route les larges empreintes de la promenade quotidienne de ces énormes bêtes. On trouve, à l'intérieur du palais, un éléphant sacré que les Laotiens ont offert à Sisowath et qui est tout blanc. Du moins, les indigènes le disent blanc. Je l'ai vu, il ne m'a pas paru plus blanc que les autres, qui sont plutôt gris souris. Mais s'ils veulent le voir blanc, ça les regarde. Moi, j'ai acheté au bazar un petit éléphant vraiment blanc, en marbre, agenouillé comme ils le sont au repos. Je ne sais pas pourquoi, je l'aime beaucoup. Il tient dans ma main. La pierre est froide comme l'eau de chez nous. »

Notre père est content de retrouver une grande ville où tant de choses sont à voir, à découvrir. Tant de surprises ! Phnom Penh n'a pas la séduction trouble de Saigon. C'est une cité plus provinciale, beaucoup moins peuplée, moins bruyante. Une ville lacustre, coupée de multiples canaux où glissent sans bruit des barques chargées de légumes et de fruits. Dans les rues droites, où circulent des bicyclettes, des charrettes à bœufs bossus, des victorias, et un seul autobus à dix places tout juste mis en service par des Chinois, des colporteurs de thé chaud et des restaurateurs ambulants s'annoncent par un bruit sec : deux lattes de bambou frappées l'une contre l'autre. Les marchands de soupe au vermicelle, avec leur longue perche sur l'épaule, semblent se tenir en équilibre sur un fil, comme des funambules.

Mais ce spectacle populaire, commun à toute l'Asie, retient moins l'attention d'Aristide le Cochinchinois que le palais royal et ses abords dont il admire la magnificence. Devant la pagode aux dalles d'argent, avec la statue de Norodom en or, grandeur nature, portant les bijoux et les diamants du défunt roi, il montre le même étonnement craintif que, jadis, lorsqu'il apercevait le riche intérieur des maisons chinoises dans les rues de Cholon. La richesse tape-à-l'œil du palais royal qui domine la ville, avec ses pyramides à clochetons, l'escalier creusé dans la colline et orné de statues copiées sur celles d'Angkor, la statue équestre de Norodom et le monument polychrome à Sisowath, tout cela l'émerveille.

Ce qu'il ignore (mais son émerveillement eût-il été moindre ?) c'est que la statue équestre de Norodom n'est, en fait, qu'une ancienne statue de Napoléon III, désaffectée par la République et à laquelle, avant d'en faire l'envoi de Paris à Phnom Penh, on a remplacé la tête de l'Empereur des Français par celle du roi du Cambodge. Quant au monument à Sisowath Ier, alors roi septuagénaire en exercice, toujours vêtu de blanc à l'européenne, il associe autour du monarque la représentation des danseuses sacrées à celle d'un troupier français du futur style monument aux morts.

Lorsque notre père parle, dans ses lettres, de toutes ces merveilles, il en fait néanmoins une curieuse transcription à travers le moule de sa culture paysanne. Des sept parasols royaux qui surmontent le phnom (la pagode), il dit que ce sont des « boudins », et il compare la flèche à une « sonnette ». Il parle de « statues bizarres » et dit des toits cambodgiens qu'ils dépassent en extravagance toutes les toitures cornues asiatiques, véritables « cornes du diable ».

Est-ce l'habitude qui le gagne, après cinq ans d'Indochine, en tout cas ses critiques sont peu agressives. Ou bien serait-ce l'air moins accablant qu'à Saigon, moins étouffant qu'au Tonkin qui le rassérène ? Toujours est-il qu'il regarde autour de lui sans acrimonie, sans moquerie. Mais peut-être, tout simplement, ce changement tenait-il à ce qu'il venait de pénétrer dans le pays d'Odette.

Je reprends la photo du mariage de mon père et de ma mère, pour bien m'imprégner de tous ces visages, de toute cette famille qui pose sur trois rangées dans une cour sinistre, le voile blanc de la mariée faisant une tache claire sur tout ce magma sombre. Vingt-six hommes et femmes, dont il ne reste actuellement que trois personnes vivantes : deux de mes cousines germaines, paysannes épanouies tout en haut, à gauche de la photo et le mari de l'une d'elles.

La tante Victorine, si « importante », est toute petite près du bel Hubert, bien cravaté, qui ne paraît pas du tout son mari mais plutôt un bourgeois du genre Chamberlain. Elle, bizarrement « en cheveux » pour une circonstance aussi solennelle (ma grand-mère porte sa coiffe), n'a pas le sourire de circonstance que l'on voit aux visages de la brochette des cousines, tout en haut de la photo, sans doute juchées sur un banc. Son regard est dur, quelque peu méprisant. Suzanne, délicieusement romantique *(Mignon, ton doux regard se voile...)* avec des cheveux qui tombent à l'Ophélie et une petite fourrure d'hermine jetée négligemment sur ses épaules, paraît vraiment privée de sa mandoline.

On ne veillait pas chez tante Victorine. Le travail reprenait le matin de très bonne heure, habitude paysanne de se lever à l'aube et de se coucher comme les poules. Nous disposions donc de longues soirées dans notre chambre, Odette et moi, pour continuer le dépouillement des lettres. Mais parfois nous préférions différer cette lecture, nous interrogeant mutuellement au lieu d'interroger notre père. Je voulais tout savoir de sa vie à son arrivée en France, et ce qu'elle remarqua alors, ce qui l'étonna, ce qu'elle aima. Je n'osais l'interroger sur « avant » puisqu'elle ne m'en parlait pas. Se souvenait-elle du Cambodge ? A-t-on des souvenirs des quatre premières années de sa vie ? J'en faisais l'exercice sur moi-même et trouvais bien sûr peu d'images, sinon celles de me voir porté au cou par ma grand-mère ; celles d'interminables maladies dans mon petit lit à barreaux de fer où l'on m'apportait un lapin blanc pour me tenir compagnie ; celles assez floues d'un père rigolard et d'une mère heureuse dans les jambes desquels se faufilait comme une ombre (chinoise) une fillette qui ne pouvait être qu'Odette.

Manifestement, Odette ne voulait pas parler du Cambodge. Pour elle, tout commençait « au bateau ». Je l'aurais pu croire née sur ce paquebot par un tour de passe-passe de mon père.

— Tu vois, je m'en souviens du bateau. *L'Azay-le-Rideau,* qu'il s'appelait. Drôle de nom ! Un bateau énorme, avec beaucoup de militaires, mais aussi des passagers civils. Papa me promenait par la main sur le pont. Il m'expliquait les manœuvres de l'équipage. Les soldats le saluaient. J'étais fière comme une petite peste. Les dames me donnaient des gâteaux. C'était la fête tous les jours.

« Après, quelle dégringolade ! Papa m'emmena d'abord chez tante Victorine qui me fit très peur. J'étais sûre qu'il s'agissait d'une sorcière. Elle a un côté un peu sorcière, quand même, tu ne trouves pas ? Tous ces gens parlaient, parlaient, dans un drôle de français que je ne comprenais pas. Et ils pensaient que c'était moi qui ne parlais pas français alors que j'avais appris chez les sœurs de la Sainte-Enfance un français impeccable, comme on ne le parle plus...

Elle s'arrêta brusquement, comme si elle en avait trop dit, me voyant mis en éveil par cette allusion à son éducation « chez les sœurs » en Indochine. Pourquoi ne voulait-elle rien dire ? Elle reprit :

— Papa m'a emmenée chez l'oncle Alfred et m'y a oubliée. J'ai été très très malheureuse, comme s'il m'avait vendue, donnée. Un brave bonhomme, l'oncle Alfred. Il essayait de me consoler le soir quand il revenait à la ferme. Mais je pleurais, pleurais. Je redemandais papa, toujours. Un matin, papa est revenu. Il m'a reprise par la main et m'a dit : « Maintenant tu n'auras plus de chagrin. Je t'ai trouvé une maman et un petit frère. » Le petit frère, ça me plaisait assez, mais je l'aurais préféré sans maman avec.

« Enfin, on ne choisit pas, s'exclama-t-elle, changeant soudain de ton comme cela lui arrivait fréquemment, et passant sans transition de la mélancolie à l'engouement. Finalement, je l'ai, mon petit frère !

Et elle se mit à m'ébouriffer les cheveux, comme le premier jour où nous nous étions retrouvés dans la bourrellerie.

« Mon cher Alfred,

« Le Cambodge est un pays de cultivateurs. Mais le cultivateur cambodgien fait aussi le charron, le forgeron, le charpentier. Très adroit de ses mains, il fabrique aussi bien ses outils que sa charrette et sa barque. Les charrettes à bœufs sont faites en partie en rotin, comme de grands paniers. On les entend de loin à cause du coui-coui de leurs roues. Ce qu'on cultive ? Eh bien, du riz, toujours, dans ces maudits marécages à moustiques ; mais aussi du tabac, du poivre, de l'indigo. On commence à semer du maïs avec profit.

« C'est pas comme les Annamites qui vivent toujours en villages, les Cambodgiens, eux, aiment disperser leurs canhas dans les rizières ou les forêts. Ils sont un peu comme nous, tu vois, ces *nha qué,* solitaires comme des sangliers. Ils sont bien plus pauvres que les Cochinchinois. En Cochinchine, les maisons sont couvertes de tuiles, ici elles sont garnies de chaume, comme les bourrines de nos maraîchins.

« Il n'y a que trois saisons : la saison de la chaleur, la saison des pluies, la saison du froid. Ce qui veut dire qu'il n'existe pas de printemps. Ni non plus d'hiver, car ce qu'on appelle ici le froid ne donne même pas aux gens l'idée de se construire des cheminées. »

« Ma chère Victorine,

« C'est le Jour de l'An, ici. Figure-toi que le troisième jour de l'année, dans toutes les maisons, les enfants baignent leur père et leur mère, leur grand-père et leur grand-mère. C'est pas un beau spectacle que tous ces asticots jaunes ratatinés qui se font asperger par leur progéniture. Imagine-toi la tête que feraient les grand-mères, chez nous, si on voulait les baigner, toutes nues. Tu vas me dire que je raconte des horreurs et que j'aime toujours la blague. Pourtant c'est la vérité, je le jure... »

Les lettres de Phnom Penh continuaient ainsi, du grave à l'espiègle. Aristide le Cochinchinois prenait plaisir à décrire les belles rues droites, peu animées ; la ville commerçante du Nord avec son marché et son minuscule quartier français ; les maisons des fonctionnaires cambodgiens dissimulées sous les arbres fruitiers de leurs jardins.

Visiblement, il regardait les Cambodgiens avec une certaine sympathie, alors que les Annamites et les Chinois, si nombreux à Phnom Penh, continuaient à l'exaspérer. Un tiers seulement de la population de Phnom Penh était alors cambodgien, un second tiers annamite et un troisième chinois. Les Chinois pressuraient le pays, le saignaient, avec l'agrément des Français. Tout comme à Saigon, là encore la France mettait ses cartes sur cet auxiliaire sournois. Et pour s'attirer ses bonnes grâces, elle le dispensait du service militaire, l'exemptait des corvées et autres tracasseries.

La douceur des Cambodgiens présentait un tel contraste avec l'agitation des Annamites, leur passivité une telle anomalie au regard de la rapacité des Chinois, que tous les voyageurs d'alors s'étonnent. Pourquoi ces Cambodgiens sont-ils si craintifs ? Pourquoi se laissent-ils prendre toutes les bonnes places par les

Annamites et les Chinois, se bornant à cultiver paresseusement une terre dont ils savaient très bien qu'ils ne pouvaient en attendre nulle richesse ? Pas de discussions vives dans les rues, pas de rixes. Mais, non plus, pas de gaieté apparente. Une douceur morne, triste. Seule marque d'animosité envers l'Annamite, la fuite des Cambodgiens lorsqu'un Annamite venait s'installer dans un village. Ils ne l'affrontaient pas, ne le chassaient pas. Ils préféraient s'en aller.

Pourtant, ce pays pacifique avait lui aussi son De Tham qui s'appelait Sena Ouch. En mars 1913, les pirates de Sena Ouch attaquèrent une mission catholique, blessant un religieux. Ouch proclama vouloir rendre au Cambodge son indépendance. Il se disait non seulement doué d'une force surnaturelle, mais se croyait invulnérable. Ses partisans n'étaient qu'une centaine. Bien armés, tatoués, parés d'amulettes, ils faisaient autant de bruit qu'un régiment. Réfugiés dans la forêt, d'où ils ne sortaient que pour des coups de main, leur capture était pratiquement impossible. D'autant plus que les autorités, peu gênées par ces agitations sporadiques dans la brousse, ne l'envisageaient que très mollement.

Phnom Penh se situait loin de Sena Ouch, si bien que notre père n'en parle pas. Les événements de France l'inquiétaient bien plus. Pour lui, comme pour tous les militaires français, la frontière à laquelle il pensait désormais n'était ni celle de la Chine ni celle du Siam, mais la ligne bleue des Vosges. La guerre, dont on ne pressentait pas encore qu'elle serait la « Grande Guerre », mais dont on savait qu'elle était la vraie guerre, retenait autant l'attention des coloniaux que des gens de la métropole. Plus peut-être dans la mesure où les nouvelles n'y parvenaient qu'avec un long retard. Il fallait un mois et demi, deux mois, pour pouvoir se réjouir d'une victoire ou se morfondre d'une défaite. L'heureuse issue de la bataille de la Marne fut fêtée à Phnom Penh par une retraite aux flambeaux. Ensuite vint le temps des adieux aux officiers et aux soldats rappelés en France.

Phnom Penh changeait d'aspect et, d'apathique, devenait presque bruyante avec ses appels de clairons dès l'aube, les salves de canon des navires de guerre qui saluaient le palais royal, les sifflets des paquebots et des mouches à vapeur. Le trafic avec

Marseille (via Saigon) prenait, du fait de la guerre européenne, une intensité imprévue.

Mais, pour notre père, la vie de garnison suivait son train-train. Seul incident, qui lui fit prendre contact avec l'épaisse forêt dans laquelle il vivrait plus tard de si longues années : une rapide mission en baleinière, à force vapeur, pour rejoindre un poste de légionnaires où s'était produite mort d'hommes. Cinq légionnaires allemands ayant lardé de coups de baïonnette un de leurs camarades belges, les marsouins avaient été appelés d'urgence pour étouffer une mini-guerre à l'européenne dans ce poste perdu près de la frontière siamoise. Mais le temps d'arriver, le cadavre était enterré, les meurtriers fusillés et les autres légionnaires tranquilles comme Baptiste.

En 1915, une lettre triomphale :

« Ma chère Victorine,

« Tiens-toi bien, garde-à-vous, fixe : sergent ! On me les a donnés, mes galons dorés. Tu imagines ma satisfaction. On s'est offert une drôle de nouba, hier soir, avec les copains, pour enterrer ma vie de caporal. Sous-officier ! Je suis sous-officier ! Jamais je n'aurais pensé y arriver si vite. Voilà seulement huit ans que je suis engagé et je connais bien des *pays* qui restent encore deuxième classe.

« J'ai maintenant droit à une chambre privée à la caserne que je peux arranger à ma façon. Pour les meubles, on en trouve en rotin qui sont bon marché. Les sous-offs soupent à six heures... »

Notre père allait mettre à profit ses longues soirées libres et cette oisiveté d'une vie de garnison pour découvrir une Asie masquée, une Asie feutrée, douillette, languide : l'Asie des militaires gradés et des fonctionnaires célibataires ; l'Asie blafarde des nuits de tripots et de bouis-bouis à la lueur pâle des lanternes de papier, à l'heure où le couvre-feu et la pauvreté retenaient les soldats dans les chambrées des casernes.

Sergents et adjudants l'entraînent dans leurs virées des grands ducs. Ils lui feront connaître les maisons de jeu clandestines, lui apprendront le jeu des trente-six bêtes. Il y verra des fonctionnaires cambodgiens, qui fréquentent les mêmes lieux qu'eux, s'y ruiner, y parier jusqu'à leur femme et la perdre. A certains jeux, à certaines loteries, on pouvait aussi bien gagner un paon qu'un tigre. Le paon était mangé et le tigre écorché pour sa fourrure vendue un bon prix. De joyeuses parties, dans les restaurants de Phnom Penh, amélioraient l'ordinaire du mess. Les tables y étaient ventilées par des *pankas,* immenses éventails d'étoffe suspendus au plafond que tractaient des boys par un jeu de cordes et de poulies.

Après les repas, on allait prendre le café dans un petit salon attenant, assis sur des paillasses à même le plancher pour y fumer de l'opium.

Notre père pensait que cette accession à l'Asie nocturne, délétère, malsaine, avec son goût trouble de péché, marquait le signe évident de sa promotion. Elle lui donnait droit aux « plaisirs », à la « grande vie ». Il pourrait maintenant s'acheter une congaï s'il voulait se mettre en ménage, au lieu de se contenter des virées de luxe dans les bordels japonais. Ses compagnons de joyeusetés se livraient avec d'autant plus d'avidité à la recherche des sensations fortes, des parties fines, qu'ils en bavaient depuis tant d'années dans des postes de brousse et qu'ils se savaient cantonnés dans cette ville du plaisir que pour un temps très provisoire, qui pouvait, chaque nuit, s'achever à l'aube par la mutation sur le front allemand, dans la boue et le froid des tranchées. Ils savaient que l'enfer des obus, des shrapnels, des charges à la baïonnette sous les tirs de mitrailleuse les attendait en Europe et qu'ils ne vivaient qu'une sorte de sursis de condamnés à mort dans la douillette et morbide moiteur de Phnom Penh.

Deux affiches, collées par les Allemands devant la mairie, la poste et le collège, suscitèrent bien des discussions. L'une, titrée « C'est l'Anglais qui nous a fait ça », montrait dans une ville en ruine un soldat français le bras en écharpe, au pansement ensanglanté. En arrière-plan, immense, goguenard, un officier anglais, pipe au bec, les mains sur les hanches. L'autre, titrée « Populations abandonnées, faites confiance au soldat allemand », représentait un soldat de la Wehrmacht, tête nue, jovial, tenant dans ses bras un petit garçon hilare, mangeant une tartine de confiture.

Le journal avait en effet annoncé que Dakar (après Mers el-Kébir) venait d'être bombardée par des avions britanniques. Décidément, disait-on, les Anglais nous faisaient une guerre sans merci. Quel retournement de situation !

A Vichy, les événements se précipitaient. L'Assemblée nationale s'était prononcée pour une nouvelle Constitution par une majorité stupéfiante. Comment diable les députés avaient-ils réussi cette fois-ci à se mettre d'accord aussi massivement ? Ça ne s'était jamais vu sous la IIIe République ! Votée à une voix de majorité, la IIIe République allait être dissoute par 569 oui en 1940. Fallait-il qu'elle soit mauvaise pour qu'une telle unanimité se fasse pour la condamner !

Tante Victorine nous lisait le journal, au dîner, comme à l'accoutumée :

— « Le maréchal Pétain prend le titre de chef de l'État français... M. Albert Lebrun a mis ses pouvoirs à sa disposition... Le gouvernement siégera en territoire occupé. Il a été demandé au Reich de libérer Versailles et les quartiers des ministères à Paris... A l'issue de l'Assemblée, M. Pierre Laval se rend chez le maréchal Pétain... La Constitution devra garantir les droits du Travail, de la Famille et de la Patrie... Le 14 juillet sera une journée de deuil et de recueillement... »

Le claquement sec d'une vaisselle fêlée nous fit sursauter. A chaque fois, nous étions aussi surpris et pourtant, ce coup de manche de couteau sur le sucrier ponctuait pratiquement tous les repas, à l'heure du café. La plupart du temps, les doigts de cousin Gaston étaient visés, ou ceux du bel Hubert. Non pas qu'ils fussent plus gourmands que les autres, mais ils se révélaient moins adroits, ou moins rusés, pour subtiliser ce second morceau de sucre dont tante Victorine considérait la consommation comme du superflu.

Le sucrier présentait un curieux aspect. Comme tante Victorine n'arrivait jamais à taper sur les doigts convoiteurs, elle ébréchait à chaque fois la faïence. Le col du sucrier ressemblait ainsi à une couronne de gâteau des rois.

L'intermède du coup sur les doigts passé, tante Victorine reprenait sa lecture, comme si de rien n'était. Et personne ne bronchait autour de la table. Il arrivait qu'au cours de la soirée, un autre doigt se tendît vers un sucre tentateur, pensant mettre à profit la lecture attentive de tante Victorine. Mais elle avait l'œil à tout, n'étant pas chef de tribu pour rien, et un second coup sec sur la faïence crissante réveillait les somnolents.

Tonitruante, s'adressant soudain à Odette et à moi :

— Écoutez ça, mes drôles, c'est pour vous ; écrit dans le journal comme je vous le dis : « Le libraire, comme le pharmacien, vend des remèdes et du poison. » Je vous l'ai bien toujours seriné : lire, c'est s'instruire, mais trop lire abîme les yeux et dissipe l'esprit. Je voudrais quand même savoir, tous ces livres dont vous parlez, de quoi ils causent. Et comment vous faites, à vos âges, pour vous y reconnaître dans ce qui est remède et ce qui est poison. C'est comme les champignons, bien malin celui qui n'arrive pas un jour à en crever. Quand on n'a pas d'instruction, faut savoir se contenter de son nez ; oui, son nez (elle montrait son nez, un peu crochu, avec son doigt). Faut savoir flairer le vent. Faut deviner. Faut être malin. Mais jamais vouloir péter plus haut que son cul. Oui, mes drôles, ne rêvassez pas tant.

Si nos lectures en étaient venues à prendre presque autant de place dans nos conversations que les lettres de notre père, précisons qu'il s'agissait de nos souvenirs de lectures, car chez tante Victorine ne se trouvait aucun livre, mis à part l'*Almanach Vermot* et le missel. *Le Phare de la Loire* nous fournissait la lecture quotidienne du feuilleton de Max du Veuzit, mais nous relisions surtout mentalement nos lectures antérieures, si l'on peut dire ; nous échangions nos mémoires livresques : *Amour de page* de H.-J. Magog contre *Salammbô* de Flaubert, *Le Roman d'un spahi* de Pierre Loti contre *Mes vols* de Mermoz, *La Belle de Vera Cruz* de A. Bonneau contre *Le Roman de la momie* de Théophile Gautier. Étrange salade littéraire où le pire côtoyait le meilleur et où, comme le font tous les autodidactes balbutiants, nous mettions n'importe quoi sur le même plan. Où aurions-nous su, qui nous aurait dit, que A. Bonneau et H.-J. Magog (dont je ne sais aujourd'hui absolument rien, pas même les prénoms) fussent moins connus et moins indispensables à notre pedigree littéraire que Théophile Gautier ou Flaubert ?

Plus âgée, et ayant disposé des bibliothèques composites des sanas, Odette me parlait néanmoins d'auteurs que je ne connaissais pas, mettant un peu d'ordre dans mon fouillis de lectures.

C'est d'elle que j'entendis pour la première fois parler de

Péguy, de Bernanos, de Giono, qui devaient occuper plus tard une si grande place dans ma vie et qui, aujourd'hui encore, restent pour moi indissociables du souvenir d'Odette.

Aucun livre chez tante Victorine... Sauf, bien sûr, ceux de la cantine militaire de notre père, ces manuels de sous-officier et ce guide de l'Exposition coloniale dont j'ai déjà parlé.

De temps en temps, Odette feuilletait distraitement, semblait-il, le *Guide de l'Exposition Coloniale* qu'elle avait retrouvé sous le lit en balayant et restait songeuse, ce livre sur ses genoux, triste, si triste que je n'osais lui en demander la raison.

Les lettres de Phnom Penh ne parlaient plus que du plaisir d'être sous-off, des copains, de la solde et posaient surtout des questions. Que disait-on en France de la guerre ? Combien de temps allait-elle durer ? Que pensait-on des colonies ?

Les marsouins de Phnom Penh, faute d'insertion dans la tragédie européenne, s'installaient dans le farniente. Le nouveau sergent se montrait tout fier d'être invité au mess des officiers sans paraître s'apercevoir que ceux-ci, qui ne le faisaient venir que pour chanter *Le Temps des cerises* et raconter des histoires en patois, se servaient de lui comme d'un bouffon.

En novembre, il assista à ce que les Français appelaient la fête des Eaux et que les Cambodgiens nommaient fête de la Joute des pirogues. Les eaux, qui inondaient le pays depuis six mois, ne cessaient de croître de juin à octobre. Le grand lac Tonlé Sap montait de quatre mètres et débordait jusqu'à trente kilomètres dans les plaines. A partir de novembre, charriée par le Mékong, la crue se retirait. Pour saluer ce reflux, des fêtes nautiques duraient une semaine.

Le roi qui, chaque année, séjournait à la saison des crues dans sa maison flottante amarrée face au palais, était d'abord purifié par une aspersion d'eau puisée dans le fleuve avec une conque marine. Puis venait la fête des Feux flottants. Des pirogues à la poupe et à la proue redressées en pointe défilaient sur le Mékong, ornées de représentations d'animaux grandeur nature, en papier, qu'éclairaient les lanternes vénitiennes. Mais ce qui mettait la foule cambodgienne en liesse, ce que saluait l'immense cri des spectateurs, c'était la fête de la Course des pirogues, cent pirogues creusées à la hache dans des troncs d'arbre ouverts au feu, luttant de vitesse au rythme violent des rames peintes en rouge.

Les militaires et les fonctionnaires français assistaient à la fête, installés à une tribune, à la fois intéressés et goguenards, souriant d'un air supérieur lorsque les entraîneurs qui se tenaient dans chaque pirogue se levaient en passant devant eux pour hurler des simagrées incompréhensibles. Seuls, les fonctionnaires cambodgiens, réunis dans une tribune proche, ce qui pouvait laisser supposer que ces cris s'adressaient aussi à eux, se mordaient les lèvres pour ne pas rire devant les Français, ce qui eût pu paraître une insolence. D'autant plus insolente qu'étaient salées les invectives :

— Vos femmes sont de jolies poupées, ô Français, leur figure est blanche comme la mort ; mais elles ont un nez de tapir, s'écriait un premier diable farceur en se dressant debout dans la pirogue.

— Les Cambodgiennes sont amoureuses toutes les nuits. Mais qui nous a dit que les Françaises n'étaient amoureuses que le samedi ? hurlait le suivant.

— Avez-vous vu les chiens se saluer en se reniflant au cul, et les Français se renifler en se serrant la main ? aboyait le troisième.

Et les invectives continuaient. Cent invectives, une par pirogue, devant les seigneurs blancs impassibles, aucun colonial ne pouvant encore imaginer qu'une langue indigène puisse être comprise et parlée par quelqu'un d'autre qu'un interprète, toujours indigène lui-même, évidemment.

En février, notre père assista également à la fête de la Nuit. Étrange représentation populaire qui faisait converger sur le palais royal une foule venue de toutes les provinces. Des mandarins, bien loin d'afficher la superbe de leurs collègues du Tonkin, pieds nus, ressemblant avec leurs barbiches à des chèvres costumées, se mêlaient dans les rues aux paysans et aux bonzes affluant de tous les monastères. Des femmes aux cheveux drus, coupés court, portaient gracieusement des paniers sur leurs hanches. Les hommes trapus, dont les faces rondes contrastaient avec les visages annamites souvent émaciés, facilement reconnaissables dans la foule, avaient revêtu leurs plus beaux *sampots*, cette étoffe de coton passée entre les cuisses et nouée autour des reins. Par milliers, ils convergeaient à midi, de toutes les rues de Phnom Penh, vers le palais royal, et s'y entassaient lentement jusqu'à ce que, à la tombée de la nuit, s'allument les guirlandes de verres à graisse. Des feux d'artifice, de gros ballons de papier lancés dans les airs comme des montgolfières, des danses, des concerts de gongs et de cymbales de bronze occupaient cette foule jusqu'à minuit.

Alors le spectacle s'arrêtait. Dans les cours intérieures des temples, dans les cours publiques du palais, chaque famille se cherchait une place au sol et s'installait pour y dormir. Hommes, femmes, enfants s'enveloppaient de leurs écharpes, de leurs ceintures d'étoffe. Silencieuse, pêle-mêle, cette foule s'endormait dans une paix étrange.

Les marsouins, venus voir cette population endormie, enjambaient des bras, des jambes, s'attardant parfois à regarder ces corps de femmes aux bras croisés sur leur poitrine comme les statues des temples, si profondément endormies qu'elles ne bougeaient même pas lorsque parfois les heurtaient les godillots maladroits des soldats.

Seuls éveillés, au-dessus de ces milliers de corps étendus, les marsouins se retiraient avec une curieuse gêne, comme s'ils abandonnaient un amoncellement de cadavres, résultat d'on ne savait quel carnage, ou s'ils avaient entr'aperçu un rite inquiétant, auquel ils n'étaient non seulement pas conviés, mais où il semblait qu'ils fussent invisibles et même inexistants.

Le lendemain, les serviteurs du roi Sisowath distribuaient des vivres à la foule éveillée, dans un banquet aux mille bols de riz. Danseuses et chanteuses apparaissaient dans leurs costumes de scarabées dorés. On sortait cinquante prisonniers des geôles et on brisait leurs chaînes, cependant que des centaines de colombes s'envolaient de cages d'osier ouvertes. La journée s'achevait dans la bousculade et la confusion lorsque le roi, du haut de son éléphant tintinnabulant de clochettes et de grelots, lançait dans la foule des poignées de piastres en monnaie d'argent et de bronze.

La boutique du bandagiste, face à la bourrellerie de cousin Gaston, m'intriguait beaucoup. Ce que l'on voyait à la vitrine pouvait laisser à penser que ce magasin constituait une sorte de réponse « chic » à la bourrellerie puisque l'on était tenté d'identifier des espèces de selles, de mors, d'œillères, de guides ; en tout cas des genouillères, des colliers, des courroies, des ceintures.

Je ne me livrais qu'en catimini à l'examen de ces objets étranges : jambes de bois, corsets de fer, béquilles, appareils de cuir moulé, claies en osier, gouttières, tourniquets, garrots, sondes, pelotes en bec de corbin — avec l'impression de regarder quelque chose de pervers. D'ailleurs à peine jetais-je un regard sur cet étalage que le bandagiste sortait de sa boutique, comme s'il n'eût été occupé toute sa journée qu'à guetter un client pour le happer au passage et lui jeter dessus son assortiment de bandages circulaires, obliques, spiralés, croisés, noués, récurrents, invaginés, en té, en croix, en fronde, en gaine, en suspensoir, lacés, bouclés à ressorts, compressifs, mécaniques, enfin que sais-je... Lui-même claudiquait sur un pilon, comme un pirate de roman d'aventures. Il me faisait aussi peur que sa boutique. Et pourtant il n'en sortait pas pour m'agresser, mais pour « tailler une bavette », comme il disait. A défaut de parler à la tante Victorine, avec laquelle il tenait, entre les deux boutiques, des dialogues animés. Spectacle que je n'appréciais pas alors à sa juste valeur que celui de ce ballet véhément, en plein milieu de la rue, de la « sorcière » et du « pirate à la jambe de bois ».

Moi, je ne savais que dire au bandagiste. Lui, qui écoutait Radio-Paris (lui qui avait entendu l'appel du 18 juin, à Londres, de ce général français aujourd'hui condamné) possédait toujours des nouvelles fraîches qu'il semblait pressé de distribuer de peur sans doute qu'elles ne s'avarient.

— Ça y est, me dit-il, le gouvernement est constitué. Weygand devient ministre de la Défense nationale, Laval vice-président du Conseil.

Le lendemain, tante Victorine nous montra dans le journal la photo de Laval. Elle s'esclaffait :

— Mais c'est le portrait du Berrichon !

Il ressemblait en effet à cousin Gaston, avec sa tête de bougnat moustachu.

Malgré cette fâcheuse ressemblance, la tante Victorine trouvait bien des mérites à ce M. Laval. Le journal ne le disait-il pas né dans le Puy-de-Dôme d'une famille « de souche paysanne », ancien familier et protégé de *notre* Georges Clemenceau.

— On aurait bien besoin d'un nouveau Clemenceau, reprit tante Victorine.

Puis elle ajouta en aparté, pouffant dans sa main qui lui cachait le bas du visage :

— Ça fait rien, quand même, un Clemenceau qui ressemble au Berrichon, on aura tout vu !

Une lettre de notre père annonçait brièvement sa prochaine venue en France. Il avait en effet été rappelé à Saigon pour convoyer un détachement de tirailleurs envoyés sur le front français.

La difficulté de recrutement des troupes indigènes tenait chez les Annamites à la modicité de la solde et chez les Cambodgiens à une sorte de résistance passive. L'armée attachait peu d'importance à cette allergie des Cambodgiens à la conscription (d'ailleurs toujours corrigible par la réquisition), ce peuple lui paraissant trop apathique pour produire de bons soldats. Mieux valait les Tonkinois nerveux qui constituaient le meilleur apport parmi nos tirailleurs. Familier de ces Tonkinois, notre père devait faire le voyage en France avec eux.

Plaisir de revoir Saigon, de prendre un pernod à la terrasse d'un café de la rue Catinat. Surprise de retrouver les Chinois habillés à l'européenne, les cheveux courts. Mais les Annamites conservaient leurs robes noires et leurs chignons.

Le jour du départ, les sept cents tirailleurs encadrés par des officiers et sous-officiers français furent conduits à l'embarcadère des Messageries maritimes, musique en tête, dans une ambiance de fête. Ensuite, ils déchantèrent vite. Parqués pendant des heures devant le paquebot, au milieu des malles, des ballots, des caisses sans cesse déchargés de charrettes traînées par des petits chevaux hargneux, les soldats trempés de sueur ne finirent par gravir les passerelles que le soir, en longues files, harassés par dix heures d'inutile exposition au soleil. Comme d'habitude, la troupe s'amassait à l'avant et à l'arrière du bateau, les passagers civils et les officiers se réservant le centre.

A l'escale de Singapour la cargaison humaine fut consignée. Seuls les sous-officiers purent descendre à terre, emprunter des pousse-pousse et marchander quelques souvenirs dans des bazars chinois. C'est là que notre père acheta la jardinière en cuivre, aux anses formées par deux chimères qui s'agrippent au bord et le mordent et dans laquelle j'aime mettre aujourd'hui de la bruyère, comme je l'ai toujours vu faire par ma mère.

Notre père resta peu en France, juste le temps de conduire ses Tonkinois dans les vignes champenoises, de patauger quelques mois avec eux dans la craie, de savourer une permission en Vendée, puis de reprendre le chemin de Marseille.

De retour à Phnom Penh il recevait son affectation à un fortin de la frontière siamoise. Le lieutenant qui allait commander le détachement lui dit, d'un ton rogue :

— Alors, déjà de retour ! La guerre est gagnée contre les Boches, ou quoi ?

— Mon lieutenant, ça barde dur, là-bas. Et ça ne semble pas prêt de finir.

— Et nos tirailleurs, tous caput ?

— Presque, mon lieutenant.

— Les obus, ou le foutu temps d'hiver ?

— Les deux, mon lieutenant. Il faut dire qu'ils avaient froid. Je crois aussi qu'ils avaient peur et qu'il y a de quoi.

— Peur ? A un contre un ? On est aussi nombreux que les Boches dans ce foutu jeu de cons. Alors, à la loyale, hein ! Tandis qu'où on va, mon vieux, c'est à un contre mille. Vous avez entendu parler des monts des Cardamomes ?

— Oui, mon lieutenant, c'est du côté du Siam.

— Exact. On part demain relever un poste frontière dans la brousse. Nous y serons cinquante. Moi, l'adjudant Morisseau, le sergent Raymond, vous et quarante-six caporaux et soldats. De l'autre côté de la montagne, six millions de Siamois. Vous faites parfois votre prière ?

— Pas souvent, mon lieutenant.

— Vous aurez le temps et vous pourrez prier pour qu'il ne prenne pas envie à ces putains de Siamois de venir de notre côté. Bon, rompez, préparez votre barda.

— A vos ordres, mon lieutenant.

— Ah ! encore une chose. Nous reviendrons Dieu sait quand. Vous pouvez dire adieu au temps des cerises.

Sur un petit vapeur des Messageries fluviales, la section rejoignit d'abord le golfe du Siam par Kampot, ville portuaire tout odorante de son trafic du poivre. Puis elle s'embarqua de nuit sur de grosses jonques chinoises qui prirent la mer en profitant de la marée descendante. A l'aube, les jonques se trouvaient à l'embouchure du delta de l'arroyo de Pursat. La petite troupe vit se détacher du rivage une vingtaine de pirogues et de gros sampans à rames qui venaient les chercher pour la dernière partie du voyage.

Ils allaient parcourir pendant vingt heures une forêt inondée, mais d'une végétation si dense qu'elle paraissait opaque. Des bandes de perruches bleues passaient rapidement entre les cimes des banians immergés jusqu'à la naissance des branches. Lorsque les sampans heurtaient les épais feuillages, des lézards et des petits serpents tombaient dans les embarcations. Mais cette pluie de reptiles, aussi répugnante fût-elle, causait plus de jurons et de rires que de désagrément. Elle constituait au contraire une amusante diversion à l'obsession des moustiques piqueurs qui suivaient en nuages les embarcations. Tout était excès : la forêt, l'inondation, les insectes, les reptiles, la chaleur, les odeurs, les bruissements confus, indistincts et incessants. Les rameurs, aux trois quarts nus, qui ne semblaient pas incommodés par les moustiques, s'égaraient parfois dans ces arroyos confondus par la crue. Ils s'interpellaient de barque en barque, s'arrêtaient, dégageaient à la godille les gros sampans empêtrés dans les lianes, discutaient entre eux à n'en plus finir.

Le lieutenant perdait vite patience, engueulant le caporal interprète :

— Mon lieutenant, c'est pas qu'ils sont perdus. Mais ils disent qu'ils ont rien à bouffer. Ils en ont la claque.

Le lieutenant fit distribuer aux rameurs, en maugréant, des quignons de pain dur et des carcasses de poulet. Mains jointes, avec force courbettes, les rameurs remercièrent le lieutenant qui haussait les épaules.

— Rien à foutre de leurs singeries. Sont payés pour ramer, non ?

Restaurés, les rameurs reprirent leur mystérieux itinéraire de leurs gestes lents qui étonnaient tant les anciens du Tonkin et de la Cochinchine habitués à l'agitation énervée des Annamites.

En pleine nuit (il devait être vers deux heures du matin), la troupe fut doucement réveillée par une musique étrange... Des tympanons, des flûtes, des cithares et sans doute des carillons de clochettes et de gongs. Les villages qui entouraient le poste saluaient ainsi l'arrivée des nouveaux maîtres.

Les sampans débouchaient dans une sorte de lac. Au fond, par-dessus les paillotes, flottait le drapeau aux trois couleurs. Des uniformes bleus et blancs apparurent sur la berge. Des exclamations joyeuses. Les partants saluaient les arrivants avec une exubérance moqueuse. Seuls les tirailleurs indigènes ne plaisantaient pas, criaillant entre eux, de leurs voix gutturales, on ne savait quelles mauvaises nouvelles.

Tante Victorine me fit un plaisir immense. Elle me retrouva une photo pâlie de son frère, sous verre dans un cadre de cuivre, qui le montrait debout avec, à ses pieds, accroupis, trois tirailleurs indigènes. Odette et moi regardions et regardions cette photo, cherchant à y lire tout ce que les lettres ne disaient pas.

Elle m'a accompagné partout, cette image, aujourd'hui encore dans son encadrement terni, sur la table où j'écris ce livre.

Notre père n'a aucun galon sur les manches de sa veste de toile, bien boutonnée jusqu'au ras du cou. Mais c'est néanmoins un chef. Tête nue, ses cheveux rejetés en arrière, une raie impeccable sur le côté droit, sa veste est sans doute bleue. Son pantalon blanc (aux courtes pattes de cul-terreux) dénonce sa petite taille qui ne serait pas, sinon, perceptible ; non seulement parce qu'il se tient très droit, le torse bombé, mais parce que les trois tirailleurs indigènes, à ses pieds, s'écrasent littéralement, les bras pendant au sol, dans une attitude en effet simiesque, coiffés de leurs étranges galettes à pointes. Aux pieds du colonial, entre les tirailleurs accroupis, son haut casque blanc. En fond de décor, des palmiers.

En cardant les poils de veau et de chèvre, seul dans la remise du fond de l'impasse, je n'arrivais pas à me détacher de cette image. Assis sur un tabouret de bois, devant la cardeuse à balancier dont j'actionnais à la main les deux roues, j'arrêtais fréquemment mon travail pour reprendre et scruter la photo mise dans ma poche de blouse. Moi aussi, je partirais bientôt aux colonies. Encore deux ans et je pourrais m'engager dans l'infanterie de marine comme « lui ». J'irais dans le pays d'Odette. Le « pays d'Odette » ? Si Odette était ma vraie sœur, son pays n'était-il pas le même que le mien, cette Vendée où nous nous étions retrouvés ? Ne faisait-elle pas partie de notre tribu ? Rien ne la distinguait du reste de la famille à la table de la tante Victorine, sinon ses yeux d'Asie et ses cheveux noirs.

Le soir, dans notre chambre, je lui demandai si elle se sentait vendéenne.

Elle rit. Puis changeant brusquement d'humeur, comme si souvent :

— Je me serais sans doute sentie vendéenne, comme les autres, si on ne m'avait pas toujours fait remarquer que je ne l'étais pas. Moi, je me sentais vendéenne, bien sûr, comme mon papa. Enfant, on ne se voit pas différent. Je me croyais une petite Fontenaisienne, comme les autres. Mais les autres me repoussaient non seulement de Fontenay, non seulement de Vendée, mais hors d'Europe. Je ne sais si tu te rends compte de la stupéfaction que je ressentais. Je me voyais Odette, fille d'Aristide du bocage et eux me voyaient Joséphine Baker, fille d'Aristide le Cochinchinois. Ce n'est pas moi qui me suis voulue différente, mais les autres qui m'ont imposé ma différence. C'est dans leurs yeux que, peu à peu, je me suis sentie d'une autre race. Sans plaisir. Les enfants détestent les particularités trop évidentes. Si tu savais comme j'ai pleuré de ne pas être blonde, de ne pas avoir les yeux clairs. Et puis, une moitié de moi n'était pas d'ailleurs, mais d'ici. Et cette moitié, personne ne la voyait, personne ne voulait la voir. J'étais pourtant plus vendéenne que cambodgienne, si on compte le temps passé ici et là-bas.

J'osai enfin demander :

— Tu te souviens du Cambodge ?

— Rien. Absolument rien. Je ne connais le Cambodge que par ce qu'on en dit. Angkor, les éléphants, les danseuses sacrées, tout le tremblement. Si je garde quelques souvenirs d'Indochine, c'est seulement de Hanoi.

— Hanoi ?

— Oui, quand papa a quitté le Cambodge, j'avais deux ans. Après, nous sommes restés à Hanoi jusqu'à son retour en France. Tu vois, j'ai commencé très tôt à être une étrangère. Pour les bonnes sœurs annamites, pour les boys tonkinois, j'étais moitié française, moitié khmère. Donc, pour eux, aussi étrangère qu'ensuite pour les Vendéens. Mais, au fond, papa aussi devenait étranger partout. En Indochine on l'appelait *Fankouaï,* mais en France il devenait le Cochinchinois. On ne se frotte pas quinze ans à l'Asie sans en attraper quelque chose.

Odette dénoua la ficelle d'un nouveau paquet de lettres.

« Ma chère Victorine,

« Me voilà installé dans ce poste, en pleine brousse. C'est un petit fortin entouré d'une ceinture de murs de brique, avec des créneaux par lesquels on observe la frontière siamoise toute proche. Autour, des fossés pleins d'eau et de serpents. A l'intérieur, le petit pavillon du lieutenant et le blockhaus de la troupe. Les cuisines, la boulangerie, les communs disposent de quelques autres pavillons où vivent aussi les boys.

« Les règlements sont moins stricts qu'à Phnom Penh et nous disposons de loisirs après les trois heures d'exercice du matin, de cinq à huit. Le reste de la journée, on fait de la gymnastique, du jardinage, l'entretien du poste et les rondes de routine.

« Le climat est meilleur ici, à cause de la montagne proche, moins humide.

« Quant à l'ordinaire, on est comme des rois *dans une basse.* Tous les deux jours, les cuisiniers tuent un bœuf. Nous touchons chacun un kilo de viande de boucherie par jour, plus des œufs, de la volaille, des légumes. On a de tout à profusion.

« Le soir, après le souper, avec l'autre sergent qui s'appelle Raymond et qui est un bon type, on va se promener jusqu'à la pagode cornue, à l'extrémité du village indigène. Ça sent bon l'odeur des citronniers et des mandariniers. Avant le couvre-feu, on prend le frais sur des chaises longues en rotin, sous la véranda. Tu vois, on a la vie belle. Surtout lorsqu'on pense aux copains qui font la guerre aux boches. Mais il faut bien que quelqu'un empêche ici les Siamois de passer. A chacun sa croix, comme on dit.

« Ton frère affectionné

Aristide »

Comme toujours, les lettres à Alfred comportent des comptes rendus agricoles :

« Pour fertiliser le sol, les indigènes n'y vont pas de main morte. Ils foutent carrément le feu à la forêt. Ça produit de la bonne cendre à engrais, gratuite, mais ça me fait mal au cœur de voir autant de chênes-lièges détruits, sans parler des pins et d'un arbre à beau bois de menuiserie qu'ils appellent le teck... Ce qui est très cultivé, ici, c'est le cotonnier. On récolte autant de coton que de riz... Il y a aussi de drôles de saloperies, comme ce grand ficus empoisonné dont on extrait une sorte de strychnine... De onze heures à deux heures, le travail est impossible à cause de la chaleur. Tout le monde fait la sieste, même les pirates... Les charrues sont attelées à deux buffles, plus puissants que nos bœufs, mais moins dociles. Le bizarre, avec les buffles, c'est que dès qu'ils voient un Français ils deviennent furieux et baissent les cornes, prêts à charger. Les indigènes disent que les buffles deviennent furieux parce qu'ils ne peuvent pas nous sentir, que les Français sentent le cadavre. Les chiens aussi nous détestent. Ce sont des sales cabots maigres, méchants comme la gale. Plus dangereux que des serpents... Quand les hirondelles partent de chez nous, elles arrivent ici, en novembre, et restent jusqu'en mai. C'est le monde à l'envers, tu vois... »

« Ma chère Victorine,

« J'ai bien ri en apprenant que ton anis étoilé, que tu aimes tant boire en infusion et que l'on récolte ici, c'est la même chose que mon absinthe que tu me reproches de siroter. Mais oui, l'anis étoilé, c'est la fleur de badiane. Et avec cette fleur on fait aussi bien de la tisane que de la liqueur d'absinthe. Donc, tu vois, tu es aussi alcoolique que moi, sans en avoir l'air. Je t'entends d'ici crier, mais c'est comme ça, ma pauvre Victorine.

« Oui, les femmes comme les hommes portent ici les cheveux courts. Ni tresses ni chignons. Mais avec leurs cheveux coupés en brosse dure, les Cambodgiennes ont l'air de servir à enlever les toiles d'araignée dans les coins. Si elles ne chiquaient pas toujours leur maudit bétel, on pourrait quand même leur trouver parfois le sourire agréable. Mais ces bouches noires sont affreuses. Tu vois, ce n'est pas demain la veille où j'oublierai nos payses.

« Nous ne sommes que six Français dans le poste et quarante-quatre soldats indigènes, plus le personnel de cuisine et les boys qui sont tous cambodgiens. Pas un autre Français à cent kilomètres à la ronde. Il n'y a qu'à Pursat que l'on trouve le résident et trois ou quatre fonctionnaires. Les cinq autres Français, ici, sont le lieutenant Le Pen, qui est une peau de vache, l'adjudant Morisseau qui serait un bon zigue s'il ne se saoulait pas comme un Polonais, le sergent Raymond qui est mon copain, le caporal Robin le Nantais, et un deuxième classe, Lebesque, forte tête qui n'arrive pas à garder un galon plus d'un mois, toujours cassé pour indiscipline. Il faut apprendre à se supporter dans un espace clos pas bien grand et où on se retrouve toujours les uns sur les autres. Autour du poste, l'espace ne manque pas, bien sûr ; trop d'espace, trop de vide. Et dans ce vide se glissent sans bruit, invisibles, les pirates. Il n'y a pas longtemps que l'esclavage a été supprimé, au Cambodge, et les anciens esclaves qui ne savaient plus comment vivre ont souvent rejoint les pirates dans la forêt. Leurs coups les plus habituels consistent à voler des bœufs dans les villages et à les acheminer vers le Siam où ils les vendent un bon prix. La frontière que nous devons surveiller est immense et comme les Siamois sont complices des pirates, et qu'il faut éviter d'avoir des engagements avec les soldats siamois, ce qui pourrait mal tourner, c'est comme si on demandait à Alfred de s'amuser à interdire aux mulots de traverser ses champs de maïs. Heureusement, on est tranquilles du côté de la montagne qui est inhabitée et où les pirates, pas plus que les Siamois, n'osent s'aventurer parce qu'ils la croient peuplée d'esprits malfaisants.

« Tu embrasses la petite Suzanne et salue bien Hubert.

« Ton frère affectionné

Aristide »

« Mon cher Alfred,

« Me voilà chasseur, comme les messieurs de chez nous. C'est la coutume au poste et on a repris les fusils laissés par nos prédécesseurs : des carabines rayées pour les gros taureaux sauvages et les éléphants et de vieux hammerless calibre douze à chevrotines. La chasse est entièrement libre, ici, sauf pour les indigènes qui doivent demander le droit à une arme à feu. Comme on n'est pas assez fous pour leur donner de quoi nous tirer des pruneaux dans les fesses, on a tout le gibier pour nous.

« L'herbe est trop dure et trop haute pour pratiquer le chien couchant, mais des chiens courants seraient bien pratiques. Seulement les chiens indigènes nous détestent à tel point qu'ils sont impraticables. Je n'ai jamais vu de pareilles teignes. Le lieutenant nous dit que les chiens de chez nous ne résistent pas au climat. Sauf les bassets griffons vendéens. Tu vois, les chiens du pays sont aussi durs à cuire que nous. Le lieutenant nous a dit aussi avoir fait la chasse avec des chiens importés d'Europe, au Tonkin, qu'ils ne tenaient pas plus d'une heure au soleil et que ceux qui ne mouraient pas d'insolation étaient bouffés par des tigres. Si bien qu'ici on a compris : on se passe de chiens. A la place, on emploie des *nho,* qui sont de tout petits gosses finalement plus dociles et plus rapides que les chiens, et qui présentent l'avantage de ne pas étrangler le gibier.

« On ne chasse que le matin, avant la grande chaleur. Dans les rizières, on lève facilement cent bécassines. Deux chasseurs peuvent alimenter en un rien de temps tous les hommes du poste. L'autre jour, Raymond et moi avons tué soixante-douze sarcelles en trois heures.

« Tout ce gibier vient en supplément à notre ordinaire. C'est te dire si on s'en met plein la panse.

« Tu vois, on ne s'en fait pas. On est *comme le messieu not' maître.*

« Ton frère affectionné qui pense bien à toi et au pays.

Aristide »

Les lettres se banalisaient peu à peu, en décrivant de plus en plus laconiquement le train-train de la vie au poste, réglée comme du papier à musique, avec ses exercices à l'aube (et parfois ses chasses), son jardinage, ses interminables siestes, ses gargantuesques repas, revanches sur des siècles de fringale.

Le poste restait pratiquement coupé de toute nouvelle. Une fois par mois, une patrouille remontait jusqu'à Pursat pour chercher le courrier, c'est-à-dire essentiellement les ordres d'un très lointain état-major. Du conflit européen, les hommes du fortin ne savaient pratiquement plus rien, sinon que la guerre de tranchées s'éternisait. Par contre, la marche inattendue de cent mille Cambodgiens sur Phnom Penh, des Cambodgiens soudain révoltés contre les prestations, eux d'ordinaire si placides, mit le poste en émoi. La garde fut renforcée, les exercices intensifiés et des patrouilles allèrent faire les matamores dans les villages voisins. L'agitation secoua le Cambodge tout l'hiver. Trente mille *nha qués*, armés de bâtons et de hachettes, exigèrent d'être reçus par le roi qui sut les calmer.

Les Cambodgiens avaient beau être doux, les réquisitions, amplifiées depuis la guerre européenne, finissaient par secouer leur apathie. Les Français n'avaient pourtant que repris à leur compte la plupart des impôts préexistant à la colonisation, mais les propriétaires fermiers et les mandarins n'en ajoutaient pas moins leurs propres prestations. Lorsqu'en 1910 la France subit des inondations catastrophiques, le gouverneur général du Cambodge trouva tout naturel de lever un impôt spécial pour les victimes des inondations en France, dans un pays où les inondations revenaient en catastrophe chaque année. Lorsque les P.T.T. construisaient les lignes en forêt, on réquisitionnait sur tout le parcours coolies, pirogues, jonques, éléphants, buffles à charrois. Certains indigènes enlevés à leur village, sans préavis, devaient faire quatre jours de marche, à charge pour eux de pourvoir à leur retour, sans convoi, dans des régions infestées de fauves et de pirates.

Chinois et Annamites dépassaient largement les Français dans l'escroquerie et la fraude. Des Annamites se spécialisaient dans la fausse monnaie et la vente de billets de loterie périmés. Des Chinois parcouraient les villages en répandant des nouvelles alarmantes pour faire baisser les cours du riz dont ils monopolisaient le marché. Mais comme les exactions de la colonisation apparaissaient plus spectaculaires et plus brutales, toutes les calamités retombaient sur le dos des *Fankouaï*.

Dans leur petit fortin isolé, les cinquante hommes n'auraient pu tenir que trois jours si les Siamois avaient pris fantaisie de l'attaquer. Chacun en prenait bien conscience, mais tout le monde faisait comme si ce poste perdu dans la brousse valait

Douaumont ou Verdun. Les marches matinales, les mises en rang, les garde-à-vous, le démontage et l'astiquage des armes, les plis impeccables des pantalons blancs, le boutonnage des cols officier obligeant les mentons à se tenir hauts et droits, rien ne se relâchait dans une discipline immuable, malgré la chaleur, le manque de spectateurs, l'absence d'officiers supérieurs. Le lieutenant Le Pen valait à lui seul tout un état-major. Isolé dans son pavillon, où il prenait seul ses repas, ne se permettant aucune familiarité avec ses sous-officiers, il n'apparaissait que pour hurler des ordres brefs, répercutés aussitôt par les sergents.

Le soir, le village chinois, qui comptait une trentaine de feux, constituait le principal attrait avec son épicerie, sa fumerie d'opium et sa distillerie de *choum choum*. Les soldats indigènes aimaient autant cet alcool de riz qu'ils appelaient du « lait de tigre », que les marsouins l'absinthe frelatée de l'épicier chinois.

Le *biniou* sonnait le coucher. Notre père retrouvait sa chambre. Il ne manquait pas de prendre dans ses mains le petit éléphant de marbre blanc dont il aimait l'étrange fraîcheur immuable. Puis il se glissait nu sous sa moustiquaire, seulement ceinturé de cette longue bande de flanelle jaunâtre, protection illusoire contre une dysenterie endémique. Insomniaque, il guettait l'arrivée des margouillats, ces petits lézards chasseurs de moustiques sur les rideaux de gaze et qui, s'empêtrant dans les mailles, sifflaient comme des serpents en colère. Le pas sonore des sentinelles sur le chemin de ronde apportait une note rassurante, vite contrariée par les hurlements des chiens errants et les cris horribles d'oiseaux inconnus. Souvent, trop peu fatigué par ses journées paresseuses, il ne s'endormait que quelques minutes, juste avant la sonnerie du *biniou* matinal. Il se levait en titubant, allait se baigner le visage et le torse dans l'arroyo tout proche et revenait en toute hâte pour ne pas manquer la distribution du jus, un café saumâtre qui lui faisait toujours regretter, malgré dix ans de caserne, les soupes au chou bien trempées de sa jeunesse.

Je mangeais ce soir-là sans appétit chez tante Victorine. Malgré plusieurs lavages au savon noir mes mains sentaient trop la poix et la nourriture elle-même en semblait imprégnée. La poix, qui sert à enduire le fil, est d'abord cassée en petits morceaux et mise à fondre dans une grande marmite avec du suif et, si l'on veut que le fil glisse encore mieux, une noix de cire d'abeille. J'apportais la marmite dans la cuisine et la mettais à feu doux sur le fourneau, malgré les cris de tante Victorine qui protestait à chaque fois contre l'intrusion de la bourrellerie dans son domaine privé.

— Vous n'allez pas m'apporter vos saloperies dans ma cuisine.

— Mais, tante, où voulez-vous que je fasse fondre la poix ?

— Ah ! ça, le Berrichon, il n'en fait pas d'autre. Comme s'il ne pouvait pas chauffer un poêle dans sa remise !

Cousin Gaston se gardait bien d'apporter la poix lui-même. J'étais toujours chargé de cette délicate besogne, ma parenté inattaquable me donnant des privilèges.

Mais, pas dupe, tante Victorine ajoutait une nouvelle perfidie, à l'adresse de sa fille qui jugeait inutile de protester :

— Le Berrichon, ça coud comme une femme. C'est pas moi qui en aurais voulu pour mari.

Je tournais la pâte nauséabonde avec une spatule de bois, jusqu'à ce qu'elle devienne bien liquide. Puis je versais la poix dans un seau d'eau fraîche, la coupais en petites boules en prenant soin qu'elle ne me colle pas aux mains (sinon gare à la brûlure) et laissais le tout dans l'eau, prêt à servir le lendemain pour poisser le fil en le roulant sur le tablier de cuir qui me protégeait les cuisses.

La malchance voulait qu'il y eût des caillebottes au dîner et que leur odeur aigre, si gouleyante, n'arrivât pas à surmonter cette senteur de poix et de savon noir qui m'écœurait.

Et comme, on le sait, un malheur n'arrive jamais seul, tante Victorine nous annonça sur un ton quelque peu triomphal :

— Les chemins de fer ne marchent pas encore, avec tous ces ponts cassés sur la Loire, mais des autobus commencent à rejoindre Paris. Ma petite (dit-elle à Odette) tu vas pouvoir repartir bientôt. D'ailleurs la guerre n'en a plus pour longtemps ; les Allemands ont commencé à bombarder Londres.

Nous n'eûmes pas envie de lire les lettres ce soir-là. Allongés sur l'un des hauts lits, pelotonnés l'un contre l'autre, frileux malgré la nuit d'été, rendus muets par l'inéluctabilité de notre séparation, nous retenions notre souffle, comme si cet effort pouvait arrêter le temps. A intervalles réguliers, les claquements des bottes des soldats allemands sur l'asphalte nous ramenaient à notre tristesse. Odette me dit alors cette phrase étrange, enfantine, qui me revient souvent et qui, à chaque fois, m'émeut encore :

— On est comme deux petits enfants perdus dans le bois.

Je racontais à grand-mère, lorsque j'allais la voir avant dîner, certains épisodes des lettres de mon père. Je ne me rendais pas bien compte, car grand-mère apparaissait pour moi trop liée à l'autre clan, celui de ma mère, qu'en réalité mon père était son gendre et qu'elle pouvait peut-être plus m'apprendre sur lui que ces lettres bien vieilles.

Mais grand-mère restait très discrète. Sa peur de déplaire, de choquer, l'empêchait d'émettre quelque jugement que ce fût. Aristide le Cochinchinois existait peu pour elle, ne voyant mon père que sous l'aspect d'un retraité, en civil, qui manquait de sérieux et rentrait le soir trop souvent éméché.

Autant dire qu'il ne s'agissait pas du même homme. L'image la plus tangible du colonial, autant pour ma grand-mère que pour la tante Victorine, se trouvait exclusivement dans ses extravagantes ablutions, tous les matins, dans le chaudron de la cour ; et dans ce geste étrange, journellement répété, d'un homme frileux, mettant délicatement en tremblant de fièvre une pincée de poudre dans une feuille de papier à cigarettes : sa quinine.

Si je pressais de questions ma grand-mère sur ce que mon père devait bien quand même raconter parfois de sa vie de soldat, elle se mettait alors à divaguer, à affabuler, me décrivant des chasses au tigre à dos d'éléphant, des descentes de fleuves rapides sur des bateaux de guerre avec des singes hurleurs sur les rives, des réceptions chez le roi et ses princesses ; toutes choses dont les lettres de mon père ne parlaient absolument pas.

Serait-ce lui qui en rajoutait dans sa morne vie de petit pensionné ? Tante Victorine tenait sur son frère des propos un peu semblables. Elle me montra un jour une sorte de diplôme.

— Tu vois, c'est le roi du Cambodge qui lui a donné ça.

On lisait seulement sur le papier tout froissé à force d'être roulé et déroulé : « Sisowath Ier, roi du Cambodge ». J'avais entendu parler de ce diplôme par ma mère et même ma grand-mère qui répétaient, comme tante Victorine ne manqua pas de me le dire, que seuls les mandarins avaient le droit de porter cette décoration. Où avaient-elles pris ça ? Pas sur ce diplôme où, à part la mention déjà citée, on ne voyait que des caractères aksâr (ou moûl ?) pour nous illisibles.

Bien sûr, j'avais cru moi aussi que le roi Sisowath Ier en personne avait décoré mon père. Mais cela ne signifiait-il pas simplement que l'armée coloniale exprimait son mépris des institutions indigènes en obligeant la monarchie collaboratrice à ravaler ses mandarins à un rang de sous-officier ?

Un autre jour, comme je parlais à grand-mère de l'abondante nourriture dont mon père se réjouissait si souvent, et en particulier de ses orgies de viande, elle me dit que dans sa jeunesse, lorsqu'elle travaillait comme laveuse chez les bourgeois de Fontenay, elle mangeait elle aussi du pot-au-feu tous les jours, mais qu'aujourd'hui elle ne pouvait plus en sentir l'odeur sans en avoir des haut-le-cœur.

— Tu sais, en ce temps-là, on ne mangeait de la viande que le dimanche. Sauf les bourgeois qui, eux, ne faisaient maigre que le vendredi. Laver le linge, pour toute une famille, représente un gros travail. Il faut allumer un grand feu, mettre à bouillir le linge dans une lessiveuse, aller le rincer à la rivière avec une brouette, revenir l'étendre dans un pré. Et le linge mouillé, ça pèse son poids double, si c'est pas plus. Alors, les bourgeois savaient qu'il fallait donner du remontant à la laveuse et bien la nourrir pour qu'elle ne s'endorme pas sur l'ouvrage. On arrivait chez son bourgeois le matin et on en repartait tard le soir. Ça prenait toute une journée, la laverie, et on vous nourrissait à midi. L'habitude voulait, chez les bourgeois, que le jour de la laveuse soit le jour du pot-au-feu. Personne ne voulait être en reste. C'était à qui ferait le pot-au-feu le plus gras. Puisque les pauvres ne mangeaient de la viande qu'une fois par semaine, eh bien, chaque bourgeois se croyait obligé, lorsque venait « son jour », de me gaver de viande à m'en faire péter la sous-ventrière. Et personne n'a jamais pensé que tous les jours (sauf le vendredi où personne ne m'employait comme laveuse), je devais manger du pot-au-feu et m'en extasier comme si je n'en recevais qu'une fois par semaine.

« Mon cher Alfred,

« Je n'avais encore jamais fait une si longue virée dans la brousse. Comme ça s'agitait un peu trop le long de la frontière, le lieutenant nous a envoyés en inspection, sous les ordres de l'adjudant Morisseau. Presque la moitié du contingent du poste, avec le caporal indigène qui nous sert d'interprète et le seconde classe Lebesque. La piraterie se multiplie dans le Nord-Ouest. On ne sait pas ce qu'ils ont, mais les Cambodgiens si calmes jusque-là n'arrêtent pas de déconner. Comme nos toubibs sont passés dans les villages pour les vacciner contre la peste, ces idiots se sont monté le bourrichon et croient que les médecins sont venus leur extirper tu sais quoi ? Le fiel ! Je te demande un peu. Résultat, ils nous ont tué un toubib.

« Seul moyen de remettre un peu d'ordre, montrer notre canonnière et lâcher un pétard de temps en temps sur un village suspect.

« Nous en avons sillonné des arroyos, avec notre " machine à feu ", comme ils disent, et deux grosses chaloupes bâchées pour les hommes au repos et les bagages.

« L'interminable forêt aux arbres à huile, à résine, à vernis, est une bénédiction comparée à ce qui nous attendait après quatre jours de navigation : des arbres rabougris, clairsemés, n'offrant ni abri ni ombre. Drôles d'arbres squelettiques au tronc rugueux, à l'écorce cendrée, lépreuse, aux feuilles larges, dures et si rigides qu'on dirait des tôles peintes en vert.

« L'adjudant Morisseau est resté dans la canonnière avec la moitié des hommes et j'ai pris le commandement du détachement qui s'est enfoncé dans la forêt. Pendant quinze jours, j'ai vécu seul avec ma petite troupe indigène. C'est la première fois qu'une pareille chose m'arrivait. Heureusement que le caporal Caï parle bien français. On a appris à se mieux connaître. C'est pas un mauvais type. Au fond, ces gens-là ne sont pas si différents de nous.

« Comme les pirates nichent toujours dans la forêt, notre

mission consistait à les débusquer. Tu penses que c'est facile et qu'ils ont le temps de déguerpir pendant que l'on fait un boucan de tous les diables à couper les lianes et les broussailles qui nous empêchent de passer. Car le chemin, il faut le faire nous-mêmes. Les ponts aussi. Les soldats indigènes sont très habiles à jeter des petits ponts de lianes au-dessus des arroyos. Parfois un arbre coupé à la hache suffit. Ou bien encore il nous arrive de traverser des rivières à gué, à mi-corps, fusils tendus à bout de bras.

« Le soir, les hommes construisent des gourbis de branchages, en quelques minutes. Comme on ne peut pas allumer de feux qui signaleraient notre position aux pirates, on entend rôder les fauves toute la nuit autour du campement. A choisir entre les tigres et les pirates, on préfère les tigres.

« On a inspecté une dizaine de villages. Le caporal Caï a gueulé de bons coups pour leur faire peur. On a reçu en cadeaux des poulets et des œufs. Puis on est revenus à la canonnière où l'adjudant Morisseau était saoul comme une bourrique.

« C'est la vie.

« Ton frère affectionné qui pense bien à toi et au pays,

Aristide »

« Ma chère Victorine,

« Tu ne peux pas imaginer tous les animaux horribles qui fourmillent ici. On s'habitue et pourtant c'est comme on dit qu'est l'enfer. Avec le feu du ciel y compris. Tu commences à dormir et il te tombe sur le nez un gros lézard flasque comme une bouse. Tu prends tes godillots le matin et tu as intérêt à les secouer parce que, dedans, on trouve toujours ces maudits lézards ou bien des crapauds, si ce n'est pas un serpent. Car les serpents, ça grouille comme la vermine sur le pauvre monde : dans l'herbe, aux cuisines et de préférence aux cabinets.

« Lorsque l'on va en patrouille dans la forêt, c'est moins les boas et les pythons que l'on craint, bien qu'ils puissent étouffer un bonhomme ou un bœuf d'un tour de queue en cinq sec, que les sangsues. Tu ne me croiras pas si je te dis que les sangsues mesurent une main, voire un pied, qu'elles se tiennent sur les branches humides des arbres et qu'elles vous tombent sur la *goule* dès que l'on a le malheur de frôler un tronc. On a beau faire, elles arrivent à entrer dans les chaussures, à s'introduire par le col, les manches, les boutonnières. Lorsqu'on rentre au poste, on a les pieds en sang. Il faut les tuer une à une, en les brûlant avec le tison d'une cigarette. C'est dégoûtant.

« Et quand on a fini avec les sangsues, ce sont les fourmis rouges qui arrivent des bois, en procession, et qu'il faut détruire au pétrole avant qu'elles ne prennent d'assaut le fortin. Sans parler des moustiques avec lesquels il faut bien s'accommoder, même s'ils vous foutent la palu.

« Ah ! vous ne connaissez pas votre bonheur, au pays.

« Ton frère affectionné,

Aristide »

Depuis son expédition dans la forêt, avec le caporal Caï, notre père s'aperçut qu'il pouvait tenir une conversation avec un indigène. Tout le monde l'appelait Caï, bien que ce ne fût pas son vrai nom, *caï* traduisant tout simplement caporal en annamite. D'ailleurs, le caporal Caï lui rendait la pareille, ne l'appelant jamais autrement que le sergent Doï (*doï* signifiant sergent). Quant au lieutenant, il l'appelait « mandarin deux », à cause des deux galons, un capitaine étant appelé communément par les indigènes « mandarin trois » et un commandant « mandarin quatre ».

Le caporal Caï l'obligea à goûter du *choum choum*, au village chinois, qu'il trouva insipide, et à manger des boulettes de hachis de poulet au *nuoc-mâm*. Lorsque notre père sut qu'il s'agissait d'un jus de poisson pourri, il faillit se fâcher. Mais le caporal Caï se moqua :

— Sergent Doï, j'ai bouffé une fois du fromage de *Fançais*. C'était pourri kif-kif, et ça gigotait de vers blancs. Pourtant vous vous léchez la gueule.

Que dit-il, cet imbécile ? Comparer notre fromage à leur saloperie ! Bien qu'au fond il n'ait pas tout à fait tort.

Ces conversations avec le sergent Caï lui ouvraient des portes curieuses. Il en restait toujours à ce qu'il avait entendu à son arrivée à la colonie : les indigènes sont des singes habillés en gonzesses qui poussent des cris incompréhensibles et qui sentent mauvais. Et voilà qu'un de ces singes parlait, accédait au grade de caporal et trouvait même le moyen, de temps en temps, de le faire rire. Il l'interrogeait :

— Pourquoi on nous appelle *Fankouaï ?*

— *Kouaï,* ça veut dire diables de l'Ouest. *Fan Kouaï,* c'est les *Fançais,* diables de l'Ouest.

Et le caporal Caï riait de ses dents noires.

— Pourquoi as-tu des dents noires, c'est moche ?

— Sergent Doï, tu sais ce qu'on dit, chez nous : les *Fançais* ont des dents blanches, comme les chiens.

Il trouvait toujours réponse à tout, ce macaque.

Le caporal Caï était, lui aussi, fils d'un petit paysan et engagé volontaire. Comme mon père. Cette similitude troubla beaucoup ce dernier. Il se disait bien qu'il ne s'agissait pas de la même chose, que l'on ne pouvait pas comparer Saint-Martin-des-Fontaines et un village à paillotes de bambou, que les paysans vivaient ici comme des bêtes de somme. Mais son père, au sergent Doï, fermier bouseux mort alcoolique ; son frère Alfred si misérable dans sa petite borderie ; lui-même, ancien valet couchant dans les écuries, avec les bêtes... qu'avaient-ils de plus que ces *nha qué* poussant leurs charrues dans les rizières ? Il se révoltait contre une telle analogie. N'étaient-ils pas ici les maîtres, à quelques-uns, tenant en respect tout un peuple et de surcroît le protégeant contre son ennemi siamois qui, sans les « machines à feu » des Français, aurait achevé de dévorer ce Cambodge depuis si longtemps convoité ?

Le caporal Caï lui parlait des paysans cambodgiens qui, lorsqu'ils ne peuvent plus rien espérer des terres cultivables, par temps de trop longue sécheresse, doivent s'engager comme ouvriers ou coolies dans les pêcheries du Grand Lac ou dans les poivrières de Kampot. Combien de paysans vendéens partaient également travailler dans les conserveries des Sables-d'Olonne ou les sucreries de Nantes ?

— Sergent Doï, le *nha qué* toujours pauvre type. On se crève pour récolter le riz et le coton et quand la récolte réchauffe notre cœur, les chefs des villages et les percepteurs se radinent pour prendre leur boni. Puis les bonzes. Puis les pirates. A la fin, ne reste plus que quelques grains de riz pour le marchand chinois qui fait la gueule et les achète pour trois fois rien. T'as vu, au marché de Phnom Penh, ces *nha qué* venus de si loin échanger du sucre de palme contre des poissons secs. T'as vu tous ceux qui crient la ruine et qui font les mendiants. Moi j'ai couru très vite devant la misère, jusqu'à la caserne des *Fançais* et la misère ne m'a pas rattrapé.

« Et la misère ne m'a pas rattrapé »... Cette petite phrase trottait dans la tête de notre père. Il avait beau vouloir la chasser, vouloir l'entendre avec l'accent du caporal Caï, elle devenait sienne ; elle résumait sa propre aventure. Oui, finissait-il par se dire, moi aussi j'ai fui devant la misère et la misère ne m'a pas rattrapé. Que serait-il devenu sans son engagement dans l'armée, paysan sans terre, valet de ferme sans maison, loué de ferme en ferme aux foires de la Saint-Michel, travaillant seize heures les jours d'été et laissant le dimanche au cabaret la paye de la semaine ?

Il se regardait dans la glace encadrée de bambou qui ornait sa chambre, ajustait bien serré son col officier, lissait sa moustache et ses cheveux, caressait ses galons dorés. Ces galons lui donnaient des bouffées de plaisir. Ils lui confirmaient qu'il avait su courir vite et loin, que la misère s'était lassée de le suivre. Sergent Doï... Le caporal Caï l'amusait. Mais il ne fallait pas non plus se laisser attendrir par ses jérémiades. Ce n'était qu'un indigène, après tout.

« La France aux Français ! » tel était le gros titre du journal que tante Victorine nous mettait sous les yeux avec jubilation.

— Écoutez-moi ça ! Pour occuper un emploi dans l'administration il faudra désormais être de père français... Décret-loi pour la déchéance de la qualité de Français... Enfin, les métèques vont être mis au pas...

Je regardai Odette qui ne bronchait pas. Bien sûr son père, notre père, était français. Mais pourquoi ne pas exiger le pedigree de la mère, la prochaine fois ? Et alors, s'il fallait que la mère soit française pour rester employée de l'État, Odette pourrait-elle continuer son métier d'infirmière ?

— L'offensive allemande contre l'Angleterre est imminente,

poursuivait tante Victorine. Des canons de trente-six mètres sont installés à Calais pour bombarder Londres...

Puis elle nous lut un article sur « l'héroïque résistance des Cadets de Saumur ».

Toujours les hauts faits de l'armée française, à tel point que l'on eût pu penser, en lisant le journal, que nous avions gagné cette guerre haut la main et que les soldats allemands qui patrouillaient dans nos rues n'étaient en réalité que nos invités.

« Mon cher Alfred,

« Je reviens d'une chasse à la surprise, en char à bœufs. J'ai pourtant bien eu l'habitude, autrefois, des chars à bœufs, mais j'en suis revenu le corps tout endolori. Il faut te dire qu'on abandonne vite les chemins tracés et qu'on roule comme on peut dans la brousse. Les boys font passer leurs bœufs à bosse n'importe où, en forêt comme en marécage. Roule ou crève. Nous, les chasseurs, on se tient à l'arrière de la charrette, calés avec de la paille pour ne pas se casser les côtes avec les cahots et on fait gaffe aux branches et aux épines qui vous arrivent comme un fouet sur la gueule. Pour découvrir les bœufs sauvages, dans les grandes herbes *tranh,* il faut avoir de bons yeux parce qu'ils y disparaissent presque en entier. L'avantage, c'est, bien sûr, qu'on est peu vu non plus et que le gros gibier, plus intrigué qu'effrayé par cette charrette silencieuse, se laisse approcher de très près et que parfois on peut même tirer des bœufs sauvages et des cerfs couchés.

« Mais notre chasse consistait, cette fois-ci, en une expédition punitive contre les éléphants qui causent des dégâts considérables dans les plantations et arrachent les poteaux télégraphiques. Il faut te dire que si les éléphants sont domestiqués à Phnom Penh, si l'on voit dans les pagodes des éléphants sacrés vénérés par les bonzes comme la statue de la Vierge chez nous (mais c'est une dévotion plus encombrante et plus remuante), si dans la forêt il existe des pistes pour les éléphants dressés à ramasser des grumes avec leurs trompes, par contre la brousse est surpeuplée d'éléphants sauvages et le chemin de fer ne circule pas la nuit de peur d'entrer en collision avec ces mastodontes.

« La chasse à l'éléphant est dangereuse parce que ces animaux ne sont pas des imbéciles et que, si on en tue un, les autres, au lieu de se défiler, peuvent rappliquer et vous charger comme des malpropres. Mais ça s'est bien passé. On a pu réussir à tirer les deux plus gros du troupeau et à disperser les autres. L'astuce est de les faire passer au Siam en espérant qu'ils y restent.

« En tuant quelques éléphants, ça satisfait les paysans qui voient que l'on est aussi là pour protéger leurs récoltes et qui, par-dessus le marché, reçoivent en cadeau un beau paquet de viande. Avec la graisse d'éléphant ils fabriquent un médicament qui guérit je ne sais quoi. Les boys coupent les trompes comme du saucisson, les font cuire à petit feu sur un brûlot de fougères, de palmes et de palétuviers et nous les servent bien à point. Ma foi, on croirait goûter de la langue de bœuf. Le lieutenant a ordonné aux boys de scier les huit énormes pieds dont il a l'intention de faire des cache-pot à fleurs. Quant aux défenses, on les portera à la Résidence, à Pursat, la prochaine fois que l'on ira. Ça n'est pas pour nous.

« Tu vois ce que sont nos lapins de garenne.

« Ton frère affectionné, qui pense bien à toi et au pays.

Aristide »

Aristide le Cochinchinois avait donc fini par approcher les éléphants de plus près. Il devait aussi s'apercevoir que les tigres n'étaient pas aussi mythiques qu'il le pensait, ne serait-ce qu'en raison de la peur des soldats indigènes lorsque le crépuscule, qu'ils appelaient l'heure du tigre, obscurcissait les alentours du poste. Pas question de les faire alors sortir du fortin. Tout en conservant l'impression que les indigènes exagéraient avec leur panique du tigre, tous les villages ne s'entouraient pas moins de palissades de bambous terminés en pointes de sabre, de trois mètres de haut, flanquées d'un piège à tigre, fosse recouverte de branchages avec un veau comme appât, souvent empoisonné à la strychnine de vomiquier.

Le lieutenant Le Pen recevait parfois ses sous-officiers dans son pavillon, qu'il invitait pour le café. Mais ces réceptions n'offraient rien d'agréable, le lieutenant n'organisant ces rencontres que pour exprimer ses mécontentements. Ainsi, il reprocha à notre père de fréquenter le caporal Caï.

— Un peu de retenue, que diable ! Gardez votre rang. Le caporal Caï est un faux jeton. Aussi vachard avec ses compatriotes qu'insolent avec nous. Je l'ai vu agir à Phnom Penh, comme interprète. Pour être considéré, il était bien considéré par l'état-major. Avec lui, les interrogatoires ne faisaient pas long feu. Simplement, il ne savait pas que le capitaine Deloncle comprenait le cambodgien. Alors, je vais vous raconter ce que ça donne un interrogatoire avec le caporal Caï comme interprète.

« Le prévenu commençait toujours par s'emberlificoter dans de longues explications. Le caporal Caï l'arrêtait sec : “ Tu ennuies le capitaine, avec tes boniments. Tu sais bien que tu es coupable. Alors ferme-la et dis que tu es coupable. ” Puis il s'adressait au capitaine : “ Il dit que c'est lui, mon capitaine, il reconnaît tout. C'est un pirate. ” Le capitaine essayait d'en savoir plus, demandait en français au prévenu, qui n'y comprenait rien, où il se trouvait tel jour à telle heure, s'il connaissait tel complice, s'il était passé par tel village. Enfin un interrogatoire en règle, comme ça doit se faire. Mais le caporal Caï traduisait : “ Tu vois bien que tu ennuies le capitaine. Il est pressé d'aller bouffer et moi aussi. ” Et comme l'animal protestait, voulait s'expliquer, il lui répliquait : “ Tu es aussi bavard qu'un avocat français. Ferme ta gueule, sinon il va t'en cuire. ” Puis, se tournant vers le capitaine : “ C'est un vrai moulin à prières. Il répète toujours la même chose. ”

« Le capitaine Deloncle comprenait tout mais faisait comme s'il n'entendait rien. Ce n'était quand même pas à lui de montrer qu'il comprenait une langue de sauvages. On a sa dignité. Mais il n'en méprisait pas moins le caporal Caï. Alors, sergent, faites comme lui, servez-vous de Caï, nous en avons besoin, mais ne lui montrez pas d'amitié. Ces gens-là ne sont pas comme nous. Laissons-les se débrouiller entre eux. Du moment que l'ordre règne, c'est le principal. Le reste ne nous regarde pas.

De quoi se plaignait le lieutenant ? On n'allait quand même pas reprocher au caporal Caï de ne pas aimer les pirates. Et le capitaine Deloncle ne se vantait-il pas en disant qu'il comprenait le cambodgien ? Ça ne s'était jamais vu, un gradé qui parlait indigène ! D'accord, notre père entendait bien qu'il devait se méfier du caporal Caï. Le lieutenant avait raison de le lui rappeler. Avec leurs yeux bridés on ne voit jamais bien leur regard. Ils sont comme des chats. On croit les entendre ronronner et ils sont prêts à griffer. Ils marchent si silencieusement qu'on ne les entend jamais arriver. On se retourne et on a la stupeur d'en trouver un dans votre dos qui vous regarde bizarrement à travers les si minces fentes de ses paupières.

Notre père prenait goût à la chasse qu'il pratiquait toujours avec son copain Raymond. Un jour, ils abattirent un paon de huit livres qu'ils dévorèrent à six (les six Français du poste, tous grades confondus, et même le sans-grade Lebesque qui, tant de fois dégradé, finissait par devenir une sorte de sous-off honoraire). Un autre jour, ils s'amusèrent à tirer un singe, assis sur une branche, qui les regardait passer. Le singe tomba, les reins cassés. Aussitôt, de tous les arbres jaillirent des cris, des sifflements, des bruits de branches brisées. Une multitude de singes descendit en chapelets le long des troncs et, cependant qu'une dizaine d'entre eux couraient ramasser le mort et l'emportaient dans les futaies, les autres, en trépignant et en montrant leurs dents avec d'affreuses grimaces, se précipitaient sur les deux chasseurs ahuris qui, saisis de panique, s'enfuirent vers le poste avec à leurs trousses une meute de singes hurleurs.

Aristide le Cochinchinois devait garder longtemps un mauvais souvenir de ce singe abattu, une sorte de remords, comme d'un assassinat. Il en parlait dans plusieurs de ses lettres. Et les singes hurleurs, qui ornaient ses récits de retraité, devaient sans doute sortir de ce peu glorieux épisode.

Étrange qu'un singe mort lui soit resté en reproche sur la conscience alors qu'il n'apparaît dans aucune de ses lettres le moindre trouble moral à propos des villages canonnés, des paillotes brûlées et des cadavres d'indigènes retournés face au ciel d'un coup de godillot.

Deux photos, non datées, non localisées, qui me sont parvenues seulement après la mort de ma mère, proviennent sans aucun doute du fortin cambodgien. Seuls, les galons sur les manches me permettent d'identifier les compagnons de mon père qui, lui, sur les deux photos, se croise les bras, ce qui met bien en valeur ses sardines obliques de sergent. Tête nue, une petite moustache retroussée accentue cet air espiègle qu'on lui voit si souvent. Le lieutenant Le Pen tient les jambes écartées, bombe le ventre et arbore aussi des moustaches, mais à la gauloise. Il fume un gros cigare. Son visage rubicond et veule est celui d'un maquignon qui a réussi à fourguer à la foire une haridelle. L'adjudant Morisseau est coiffé du képi noir à ancre de marine dorée, insolite sur ces photos où tous les participants, qui se sont découverts pour la pose, ont à leurs pieds (comme cela semble une habitude coloniale lors des séances photographiques) leur haut casque blanc. Morisseau, moustachu, les yeux vifs, n'a pas l'air plus ivrogne que les autres. Il montre même, plutôt, une bonne tête d'artisan campagnard. Le sergent Raymond est le seul qui, sur les deux photos, affiche un sourire qui ressemble à un rire. Que mon père en eût fait son copain va de soi. Il demeure encore, soixante-cinq ans après, étonnamment vivant sur ces photos. Comme on dit de certains acteurs qu'ils crèvent l'écran, le sergent Raymond crève ces vieux clichés, sort du cadre. Il me semble entendre son rire. Il représente le type même du colonial qui ne devait pas s'en faire, prenant la vie du bon côté, comme on dit. Raymond, avec qui mon père passera encore de bons moments à Marseille, où ils vivront leur ultime vie de célibataires, à la veille de la retraite, faisant ensemble leur popote de vieux garçons... Le caporal Robin se tient bien sûr au second plan, près du soldat Lebesque. Ils se font si discrets, derrière les sous-offs, que leur regard en perd toute expression. Lebesque est coiffé de son casque blanc, comme d'une cloche à melon.

« Mon cher Alfred,

« Non, ne crois pas qu'il n'y a que des éléphants et des paons comme gibier. On tue aussi des chevreuils, des cerfs, des sangliers, des faisans, des grosses perdrix, des cailles, comme chez nous. C'est le paradis du chasseur. On n'arrive pas à tout boulotter, bien qu'on y mette un rude coup, ce qui nous oblige à distribuer du gibier aux indigènes. Mais ces imbéciles font la fine bouche. Ils préfèrent leur insipide poisson séché.

« Le caporal Robin le Nantais est tombé dans une de ces trappes creusées par les indigènes dans la forêt pour attraper les tigres. Encore heureux que ne se trouvaient pas, au fond, des pieux de bambou empoisonnés. Il s'en tire avec un mois d'invalidité. On a dû le conduire à Pursat, dans un char à bœufs, comme un roi fainéant. Ici, comme tu penses, il n'y a pas de médecin.

« Les pièges des indigènes, dans la forêt, c'est la plaie. Non seulement ils creusent des chausse-trapes camouflées par du feuillage, mais ils dressent des assommoirs en coupant des arbres qu'ils couchent au-dessus des sentiers, dans un équilibre instable. Si un gros animal fait une simple pression sur les lianes, le tronc l'écrase. Mais si cet animal c'est Bibi, me voilà moi aussi transformé en galette. Il faut vraiment regarder où on met les pieds... »

« Ma chère Victorine,

« Rien à dire pour la bouffe sinon que le foie digère tout ça assez mal. Heureusement l'absinthe des Chinois est là pour nous nettoyer l'estomac. Je sais bien que tu vas encore me dire que je m'esquinte les boyaux avec mon alcool, mais c'est un ordre du lieutenant : interdit de boire de l'eau pure. L'eau, ici, est un poison. Mais oui, comme je te le dis. Seul l'alcool tue les bactéries.

« Si les victuailles sont toujours fraîches, par contre la vaisselle aurait bien besoin d'être remplacée. Toutes les assiettes sont ébréchées et les soupières n'ont plus d'anses. Si ça continue on finira par manger dans des feuilles de bananier comme certains indigènes trop pauvres pour se servir de bols. Le lieutenant devrait bien nous acheter de la vaisselle neuve à Pursat, mais il est radin, comme si ce que le résident lui donne pour l'économat sortait de sa poche. Ce n'est pas qu'il s'en serve pour lui. Mais il aime faire des économies. C'est sa fierté. Mettre des piastres de côté pour le régiment. Lorsque viendra la relève, il veut pouvoir offrir un magot à son successeur. Chacun prend son plaisir où il le trouve. Mais en attendant, manger du paon dans des assiettes fendues qui perdent leur sauce, ça la fout mal. Le soldat Lebesque m'a dit que le lieutenant était un ancien sous-off, sorti du rang. C'est pour ça qu'il crâne tant.

« J'ai acheté des cadeaux pour la famille au marché de Pursat : des pièces d'étoffe de soie, des nattes souples en bambou tressé très fin, des éventails en plumes d'hirondelle et pour ta petite

Suzanne une mandoline à long manche que les indigènes appellent *chappey*. Mais quand pourrai-je vous les apporter ? La guerre s'éternise en France et, ici, loin de tout dans notre fortin, nous avons l'impression que le temps est immobile. Chaque jour ressemble au précédent, réglé comme du papier à musique. Les exercices du matin, la sieste de l'après-midi, les patrouilles, la chasse, l'insomnie la nuit, le cafard souvent. Et, par-dessus le marché, notre linge que les boys lavent dans l'eau saumâtre de l'arroyo sent le Chinois... »

Je ne me lassais jamais de regarder travailler cousin Gaston. Bien qu'initié au métier de bourrelier, autant qu'un apprenti pouvait l'être, je trouvais inimaginable de pouvoir arriver à connaître le maniement de tous les outils que je lui voyais employer, d'acquérir des tours de main aussi divers et aussi complexes. Outils aux noms bizarres et charmants : la lissette en os, bombée sur une face et plate de l'autre, ayant un côté rond et un côté pointu, avec laquelle il lissait à la fois les cuirs et y traçait des traits ; le mandrin, petit outil en bois de l'épaisseur et de la largeur d'une courroie, servant à donner la forme aux passants ; la plane, outil en acier garni de bois à ses deux extrémités, pour travailler les attelles ; la rainette en forme d'U, dont la pointe recourbée et tranchante sert à tracer les coutures sur le cuir ; la tricoise qui sert à arracher les pointes.

Confectionner un collier, une selle, et même une simple bride ou un licol me semblait tenir du tour de force, une telle accumulation de savoirs devant se conjuguer pour arriver à ces chefs-d'œuvre. Une bride comporte en effet un frontal, un dessus de tête, un porte-œillères avec sanglon, une sous-gorge, un mors dit lorrain, plus le grand et le petit côté des rênes ; à la fois parure et mécanique ; cuirs articulés bardés d'œillets, de boucles en cuivre et en nickel, de dés, d'anneaux, de passants, de coutures.

Un collier demandait d'ajouter à ceux de bourrelier des dons de menuisier et de peintre-décorateur — le bois de hêtre des attelles, choisi pour sa légèreté et sa résistance à la pose des boulons, des vis et des rivets de ferrure, étant finalement amoureusement peint en bleu ou en rouge vif, avec parfois des figurations de guirlandes de fleurs ou d'oiseaux.

Avant de confectionner un collier ou une selle, cousin Gaston découpait un patron dans des feuilles de journal qu'il posait sur le plancher de la bourrellerie. Puis il sciait les pièces de bois, tranchait le cuir, tassait les bourrians dans la toile, ajustait les quartiers sur l'arçon, garnissait la bossette avant, enchapait le pommeau à contre-sanglon et la bâtine, posait le croissant qui est l'arcade de la selle et le chanteau qui en est la corne. Merveilleux assemblage, avec force coutures à deux aiguilles, surtaillages, enchapures, mandrinages, chantournages à la scie, maniement expert de l'alêne et du carrelet courbe, lissages, clouages, encuirages, liures, pertuis, surtaillages au morceau de verre à vitre, brunissage au rouge, affilages, chamoisages. J'en passe. Tante Victorine se montrait vraiment trop injuste de considérer son gendre comme un imbécile. J'aurais aimé devenir un aussi bon ouvrier et je songeais parfois à revêtir définitivement ce tablier de cuir que j'étais si fier de porter. Mais déjà, monter une simple accouple sur un manche de fouet en micocoulier, ou confectionner un simple collier de chien, ces deux épreuves du parfait apprenti me paraissaient au-dessus de mes compétences.

Et puis Odette me houspillait lorsqu'elle me surprenait à rêver de bourrellerie.

— Tu ne vois pas que ce pauvre cousin Gaston se crève du matin au soir pour gagner trois sous. Regarde les Allemands, ils n'ont plus de chevaux. Tout est motorisé chez eux. Les uhlans roulent en side-cars. Bourrelier, ce n'est pas un métier d'avenir. Il y aura toujours des chevaux dans les cambrousses, bien sûr, pour tirer les charrues, mais tu vois quand tu vas dans les fermes avec tes factures comme les campagnards sont sourds du portefeuille. Non, enlève-toi ça de la tête. C'est en ville qu'on peut faire son trou. Ah ! si je pouvais t'emmener avec moi !

L'adjudant Morisseau n'était pas seulement saoul d'alcool. Il entraîna un soir notre père dans une petite cagna, isolée sous les palmes. Une congaï aux dents noires les reçut, qui parlait français. L'adjudant Morisseau l'appelait Bernadette. Bernadette, annamite, avait appris le français à la Sainte-Enfance de Saigon, maison de religieuses recueillant les métis de femmes indigènes et de soldats de la coloniale. Les garçons devenaient boys ou interprètes. Mais comme les missionnaires croyaient bien faire d'enseigner d'abord la langue liturgique, il fut un temps, en Indochine, où les Annamites occidentalisés parlaient plus facilement le latin que le français. Les filles, elles, héréditairement, devenaient congaïs à soldats, comme leurs mères.

Bernadette, dans un jacassement de perruche, préparait les pipes d'opium pour ses visiteurs. Les pipes, faites d'une tige de bambou, se terminaient par un fourneau en métal. L'adjudant Morisseau convia son complice à s'étendre sur un lit de camp en bois, recouvert d'une natte. Puis à poser sa tête sur un traversin de poterie. Fasciné et inquiet, notre père regardait Bernadette plonger une aiguille à tricoter dans un flacon où du suc de pavot ressemblait à du miel de blé noir. Elle ramenait à l'extrémité de l'aiguille une gouttelette qu'elle présentait à la flamme d'une lampe à pétrole. La goutte s'enflait. En la replongeant dans le flacon et en la chauffant à chaque prise la goutte grossissait, grossissait, finalement ronde comme un noyau de cerise. Bernadette s'approcha alors des deux hommes allongés et introduisit la « cerise » dans le fourneau de la pipe de l'adjudant Morisseau. Il aspira. Une fumée bleue se dégagea en volutes. Bernadette préparait une seconde pipe pour l'invité qui regardait Morisseau, toujours silencieux, le regard brillant.

Dehors la forêt bruissait de froissements de végétaux et de cris stridents d'oiseaux. Peu à peu le regard de Morisseau se voila, devint opaque. L'adjudant était parti ailleurs, dans cet ailleurs qui lui donnait perpétuellement cet air égaré, mis sur le compte de la boisson.

Le 19 juillet 1940, *Le Phare de la Loire* titrait en gros caractères : « Nombreuses protestations pour le non-tirage de la Loterie nationale en juin. » Le 20, le chancelier Hitler rendit solennellement hommage à l'armée française et lança parallèlement un appel à l'Angleterre pour qu'elle cesse les combats. Le 22, Churchill répondit par un refus de négocier. Aux États-Unis,

Roosevelt acceptait d'être candidat à la présidence. Les trois pays baltes, dont on n'arrivait jamais à se souvenir des noms, votaient leur rattachement à l'U.R.S.S. Mais ce n'étaient pas ces nouvelles qui mettaient en émoi les Fontenaisiens. D'autres événements retenaient en effet toute leur attention. D'abord, les Allemands ayant annoncé qu'ils donneraient un concert dans le kiosque à musique de la place Viète, le dimanche suivant, chacun débattait pour savoir s'il serait incorrect de s'y rendre, ou impoli de ne pas y assister. Ensuite, les premières restrictions qui se concrétisaient par l'interdiction de vendre des croissants et des brioches dans les boulangeries nous posaient un réel problème ethnique. La brioche vendéenne n'était-elle pas l'une des plus glorieuses spécialités du pays, dont la renommée dépassait de beaucoup notre département ? Interdire la brioche portait atteinte à notre honneur. Le vent de la révolte et de la clandestinité, toujours prêt à souffler en Vendée, commençait à se lever.

Tante Victorine n'était pas la dernière à proclamer, à qui voulait l'entendre :

— Eh bien, si les boulangers ne font plus de brioche, on la cuira nous-mêmes. Il ne manquerait plus qu'ils nous suppriment la galette pâcaude, pendant qu'ils y sont. Moi, dans ma vie, j'en ai fait lever des miches de pain, j'en ai enfourné des livres et des livres. Qu'on me donne de la farine et je fournis tout Fontenay en brioche. Et même en pain polka par-dessus le marché !

Ce que n'imaginait pas tante Victorine, ni personne d'ailleurs, c'est que très bientôt la farine allait manquer, puis le pain. Nous nous trouvions toujours dans ce temps suspendu, autour de l'armistice, dans l'attente imminente de la fin de la guerre qui ne tenait plus, croyait-on, que dans l'obstination désespérée des Anglais isolés dans leur île. Déjà les réfugiés de la région parisienne se préparaient à rentrer. Les trains ne circulaient toujours pas, mais quelques autocars à gazogène remontaient vers Paris.

Le 26, le maréchal Pétain reçut le grand collier de la Légion d'honneur. Les usines Citroën, Renault et Peugeot annoncèrent qu'elles allaient rouvrir leurs portes.

Le 28, la R.A.F. bombarda Nantes.

— Ça y est, dit tante Victorine, les Anglais nous attaquent chez nous. Ah ! on a beau dire, ils ne nous feront jamais de cadeaux. Jeanne d'Arc brûlée, Napoléon sur son rocher, Fachoda... Je l'ai bien toujours dit.

Odette, les yeux plissés par un imperceptible sourire, me dit très haut, pour être entendue par toute la famille attablée :

— Tu vois, ce n'est pas le moment de rentrer à Nantes. Il faut encore attendre un peu, que la guerre finisse.

— La gamine a raison, approuva tante Victorine. Écoutez, c'est écrit dans le journal : « L'offensive allemande contre l'Angleterre est imminente. La semaine des grands préparatifs est achevée. Le coup final n'est plus qu'une question d'heures. » Si ce n'est plus qu'une question d'heures, vous n'avez pas à vous presser, mes drôles. On est bien contents de vous avoir avec nous. Ça me rappelle le pauvre défunt Aristide. Ah ! s'il voyait cette guerre, qu'est-ce qu'il dirait, lui qui a usé sa santé à défendre l'Indochine contre les Anglais !

Tante Victorine possédait de curieuses notions d'histoire, qu'il n'eût pas fait bon de contredire. De Vercingétorix à Pétain, elle voyait dans une parfaite continuité l'Angleterre assaillante et la France martyre. Et comme je m'enhardis un jour à tenter de développer l'histoire des Romains et de la guerre des Gaules, elle me répondit sans hésitation :

— Les Romains, c'étaient pas des espèces d'Anglais, peut-être !

Autres ennemis non moins permanents : les Prussiens. Nous ne finissions pas un repas sans qu'elle se frotte les mains en disant avec une certaine espièglerie qui, en raison de son âge, apparaissait un peu ridicule : « Encore un que les Prussiens n'auront pas ! » Elle répétait toujours que grâce à *notre* Clemenceau les Prussiens « avaient été battus en 14 », et que maintenant le maréchal Pétain ayant « sauvé notre honneur », la France « gardait la tête haute ». Les Prussiens circulaient certes dans nos rues, mais qu'ils en décousent avec les Anglais renvoyait nos deux « ennemis héréditaires » dos à dos. « Qu'ils se débrouillent ensemble et s'ils pouvaient s'étriper mutuellement, bon débarras ! »

Tante Victorine avait été l'une des premières à soutenir qu'il ne fallait pas se rendre au concert « des Prussiens » sur la place Viète. On l'écouta. Les Allemands jouèrent leurs morceaux sans public. La place Viète, toujours très peuplée le dimanche, resta déserte. Même les enfants transportèrent ailleurs leurs parties de saute-mouton et de colin-maillard. Seuls quelques vieux, que leur surdité excusait, à l'écart du kiosque, assis sur de vieilles chaises en fer rouillé, continuaient leurs habituelles parties d'aluette.

« Ma chère Victorine,

« Mon copain Raymond vient de s'installer dans une canha, près du poste, avec une congaï. Il l'a achetée à sa mère pour la durée de notre séjour. C'est ainsi que se font les mariages, ici. Si jamais la congaï devient infidèle, ou s'en va, eh bien, la mère doit rembourser le prix d'achat. Elle s'appelle Sinoun. »

La suite de la lettre ne comportait que des banalités. Une autre lettre à tante Victorine parlait d'une épidémie de choléra :

« Le lieutenant s'est improvisé médecin. Nous avons eu un mort indigène. Le soldat Lebesque, paniqué par une dysenterie, pire encore que celle dont on a l'habitude, a été sauvé par le lieutenant qui lui a fait avaler du ratafia. Nous étions renfermés dans le poste comme pour soutenir un siège. Car autour, dans tous les villages, le choléra faisait des victimes. Et ces imbéciles accrochaient les cadavres dans les arbres, ce qui empoisonnait l'atmosphère, ou les jetaient dans les arroyos, ce qui contaminait une eau déjà pleine de saloperies. On a été obligé d'envoyer des tirailleurs pour brûler les morts sur des bûchers. C'est assez effrayant de se sentir cerné par l'épidémie, surtout que l'hôpital le plus proche se trouve à Phnom Penh, c'est-à-dire à plusieurs jours de brousse, de pirogue et de vapeur. On a le temps de clamser avant d'arriver.

« Le petit cimetière du poste, entouré d'une clôture de bambous pour que les fauves ne déterrent pas les cadavres, nous rappelle que trente marsouins, avant nous, ne sont jamais repartis. »

Une lettre à Alfred relatait des cas de désertion dans les rangs des soldats indigènes :

« Le caporal Caï s'est fait drôlement engueuler par le lieutenant. Je lui ai demandé pourquoi les *pains d'épice* s'étaient tirés et il m'a répondu que les Cambodgiens sont de mauvais soldats, qu'il s'agissait de recrues tirées au sort et qui n'étaient venues servir que contraintes. Et puis, ils ont peur des pirates. Ils disent qu'un de ces jours le poste sera cerné et qu'on nous zigouillera tous.

« Sans doute les nouvelles de Saigon, parvenues avec six mois de retard, ont-elles jeté la panique. Il s'est produit une révolte au pénitencier de Thai-Nguyen et une partie de la garde indigène a fait cause commune avec les bagnards, ce qui est un monde ! L'inspecteur Martini, pris par les rebelles, a été décapité. Ce sont les zouaves qui ont dû dégager le poste. Mais les évadés du bagne et les mutins de la garde indigène forment maintenant une nouvelle bande de pirates bien armée. On dit qu'ils seraient passés au Cambodge. »

Une autre lettre à Alfred parlait de femmes indigènes tuées par des villageois qui les accusaient de sorcellerie et de bandes de pirates recherchées par nos canonnières.

« Nous quittons le poste en pleine nuit, sans bruit, pour ne pas alerter les villages voisins qui, finalement, sont de moins en moins sûrs. On pousse les canots dans la lagune. On se parle à voix basse. Nos armes sont enveloppées d'étoffes pour éviter les cliquetis. Et on s'enfonce comme des chats sauvages dans les méandres des arroyos de la forêt. A l'aube, on tombe sur les villages par surprise. Seulement on ne trouve jamais rien et on ne fait peur qu'aux petits cochons noirs et aux oies. Mais on sait bien que, quelque part, derrière les kapokiers et les camphriers, les pirates nous regardent. Si bien que le lieutenant nous interdit de faire les feuillées à plus de vingt mètres d'un bivouac. »

Lors d'une de ces expéditions nocturnes, le seconde classe Lebesque disparut. Le lieutenant Le Pen ne décolérait pas : « Que les indigènes désertent, passe encore. Un de perdu, dix de retrouvés. Mais un de chez nous, ça ne s'est jamais vu. Il doit être tombé dans une fosse à tigre. Vous avez mal cherché. Ratissez-moi votre itinéraire au peigne fin, nom de Dieu ! »

L'adjudant Morisseau d'un côté, le sergent Raymond d'un autre, notre père ailleurs, la section se divisa pour fouiller les sous-bois. Le caporal Caï avait été envoyé avec une autre patrouille dans les villages pour interroger les *pains d'épice*, comme disait Aristide le Cochinchinois qui ne parlait jamais de Jaunes. Personne ne savait rien, n'avait rien vu.

Il se passa une semaine puis, un matin, en descendant faire ses ablutions matinales, notre père vit face au poste, cloué sur un aréquier, comme un épervier sur une porte de grange, le seconde classe Lebesque, les bras en croix. Son visage tuméfié était méconnaissable. Son uniforme bleu, taché de sang, déchiré par endroits, ressemblait à un habit de pantin en chiffon. Il n'avait plus son casque et, sur ses cheveux ras, s'affairaient déjà des fourmis rouges.

Une trente et unième tombe fut creusée pour le soldat Lebesque. Le lieutenant chargea notre père de trier le contenu de la cantine du défunt, de brûler ses vêtements et ses objets et de ne conserver que ses papiers militaires qui seraient envoyés à la famille. Bizarrement, notre père n'a pas remis ces papiers aux autorités puisque je les ai retrouvés mélangés au livret militaire et titres de pension de ce dernier.

J'en déduis que le seconde classe Lebesque avait déjà fourni, au moment de sa mort, plus de quinze ans de service. Il s'était donc maintenu, sans grade, bien au-delà des séjours normaux à la colonie. Natif d'une commune de Franche-Comté, à la rubrique profession de son livret militaire, on lit : boulanger. A la rubrique campagnes : la Cochinchine au 3e régiment de marche ; l'Annam en guerre au 2e régiment d'infanterie de marine ; la Cochinchine de nouveau ; le Tonkin en guerre ; encore la Cochinchine ; puis le Cambodge. A la rubrique blessures, actions d'éclat, citations : néant. A la rubrique décorations : la « médaille commémorative de l'expédition du Tonkin, de la Chine et de l'Annam instituée par la loi du 6 septembre 1885 et décernée par le ministre de la Marine » ; la médaille coloniale au ruban bleu et blanc, « instituée par la loi du 26 juillet 1893 » et décernée par le vice-amiral, commandant en chef, avec agrafe Tonkin. Le soldat Lebesque était encore de ces vétérans refusant leur retraite à l'âge légal, qui avaient connu Gallieni au Tonkin.

Une note indiquait même que Lebesque lui servit de planton à Langson.

Le plus étonnant est la feuille des relevés de ses punitions, sur un bordereau recto verso, d'une fine écriture noire à la plume sergent-major, et qui finissait, de son incorporation à son arrivée au Cambodge, où bizarrement il ne reçut plus de blâmes, par totaliser 260 jours de retenues, se décomposant en 44 jours de consigne au quartier, 66 jours de salle de police, 142 jours de prison, et 8 jours de cellule.

Ce tableau, avec la futilité de la plupart des motifs et la lourdeur des peines, représente trop bien la discipline militaire au début du siècle pour ne pas être retranscrit. Observation complémentaire : seuls les officiers ont droit au titre de Monsieur[1].

Dans la cantine noire, notre père trouva aussi une chevalière en or qu'il porta au lieutenant.

— Pauvre Lebesque, dit l'officier, il avait oublié de prendre sa bague à poison. En conservez-vous une par-devers vous, sergent ?

Le sergent n'en possédait pas. Mais il vit à l'annulaire du lieutenant une bague à grosse tête qu'il n'avait pas remarquée auparavant.

— Eh bien, gardez-la. Dans le chaton doit se trouver de la strychnine. Si par malheur vous étiez fait prisonnier par les pirates, un bon coup de dent et vous évitez les tortures. Personne n'est jamais ressorti vivant des mains des pirates. Ils vous étripent et vous mangent le foie. Souvenez-vous de ça. Alors pas d'hésitation, hein, vous mordez dans la bague un bon coup.

Cette bague à poison, du seconde classe Lebesque, m'est parvenue, via mon père, puis ma mère. Des griffes d'or, en arabesques, enserrent l'enveloppe à poison qui ressemble à un ventre de scarabée.

Tous les vendredis, un vieil homme mal rasé, chaussé de sabots de bois, et que l'on n'appelait jamais autrement que le bracon-

1. Cf. page 411.

nier, venait vendre du poisson à tante Victorine qui le marchandait âprement. Lorsqu'il apportait des anguilles, dans un panier d'osier garni de fougères, je restais dans la cuisine pour assister à une suite d'opérations où tante Victorine devenait vraiment sorcière.

Le braconnier vidait son panier d'osier dans un seau en fer. Tante Victorine plongeait tranquillement sa main dans le seau, en ressortait une poignée de serpents noirs qui se tordaient autour de son bras, cherchant à la mordre et à glisser du poing. Elle les jetait sur la table, leur tranchait la tête d'un rapide coup de hachoir, puis les dépouillait de leur peau.

Je pensais aux serpents d'Indochine, à tous ces animaux visqueux dont mon père parlait souvent dans ses lettres avec répugnance, aux crocodiles qui feignaient de dormir dans les arroyos, aux caméléons, aux tortues d'eau, aux lézards et aux scorpions, à tous ces reptiles et ces rats qui se promenaient sur les vêtements des soldats et nichaient dans leurs chaussures.

Dans *Le Phare :*

« Tous les clochards de Nantes et autres errants de la rue devront dorénavant être internés dans une Maison du Travail... La France sera divisée en vingt-sept provinces avec des gouverneurs... Des avions anglais ont bombardé Le Bourget... Suppression de la semaine de quarante heures portée à cinquante et une heures... Moins d'alcool pour les hommes, un peu plus pour les moteurs. 40 % d'alcool mélangé à l'essence... Pas de chasse cette année... »

Sur un mur de la rue des Loges une affiche à demi déchirée me rappela soudain deux anomalies fontenaisiennes (la troisième étant Odette). Qu'étaient devenus le nègre Banania et le cordonnier belge ? L'affiche Banania représentait un tirailleur sénégalais au visage réjoui, aux dents blanches, bon nègre jovial et en bonne santé, dont la grosse tête était coiffée d'une chéchia rouge avec un pompon à franges bleues. Son corps était invisible. On voyait seulement sur l'affiche l'énorme tête du nègre et sa main tenant une cuillère. De grosses lettres proclamaient :

Y'A BON BANANIA
PETIT DÉJEUNER FAMILIAL

Interrogée, tante Victorine me dit que *notre* nègre Banania était « mort au champ d'honneur » dès les premiers jours de la guerre. Quant au cordonnier belge, mieux valait ne pas s'en souvenir. Il avait d'ailleurs quitté Fontenay, ayant pris peur après une manifestation sous ses fenêtres, conspuant la « trahison » de Léopold.

« Mon cher Alfred,

« En ce mois d'octobre, où la pluie doit bien vous ennuyer en Vendée, c'est la saison sèche qui commence ici avec les typhons. Le caporal Caï m'a emmené voir une curieuse fête dans un village où on le connaît bien. Il dit que ça s'appelle la fête de l'Avalage du paddy grillé et du Salut à la lune. Le paddy, c'est le riz non décortiqué, comme nos grains de blé enveloppés dans la balle. Dès neuf heures du matin, les femmes indigènes font griller le paddy gluant en plein air, dans de vieilles marmites. Puis elles le remuent avec un bâtonnet pour qu'il ne brûle pas. Une fois bien grillé, elles l'écrasent dans un mortier avec un pilon. La nuit venue, lorsque la lune est bien ronde, les femmes emplissent deux bols de paddy grillé et écrasé et les placent sur une natte pour les exposer aux rayons de la lune. Les plus jeunes, à genoux, font des courbettes comme si la lune était le Saint-Sacrement.

« Il y a ici plein de coutumes bizarres dont je me suis seulement aperçu depuis que le caporal Caï me les a fait remarquer. Ça sent un peu la sorcellerie, avec beaucoup de simagrées... »

« Ma chère Victorine,

« A chaque fois que le lieutenant Le Pen revient de Pursat, il ne décolère pas pendant deux jours. Il déteste les civils, dit que le Cambodge est le dépotoir des fonctionnaires français et que le résident lui-même se vend aux mandarins. Il nous a raconté que des indigènes, venus se plaindre à la résidence d'être trop pressurés par un de leurs magots, ont reçu vingt coups de rotin de la part du résident qui les a ensuite renvoyés sans vouloir les entendre. Il punit aussi d'amendes, ou de réquisitions, les villages qui ne consomment pas assez d'alcool. Le lieutenant Le Pen dit qu'il ne faut pas s'étonner si, après, les indigènes font cause commune avec les pirates.

« Il n'y a que cinq fonctionnaires français à Pursat, mais ils s'y engraissent comme des porcs. Seulement, le jour où les *nha qué* viendront pour les saigner, c'est nous qui devrons aller protéger leur bedaine.

« Le lieutenant Le Pen maronnait aussi contre le receveur des douanes. Il nous dit que, dès six heures du matin, les commerçants indigènes arrivent devant la recette des douanes et régies, s'assoient sur le trottoir et attendent avec leurs ballots que Sa Majesté Monsieur le receveur leur délivre un permis de circulation. S'ils arrivent le samedi soir, et que le receveur est à la chasse, ils doivent attendre sur le trottoir jusqu'au lundi ; si c'est un autre jour et que Monsieur le receveur est au café, ou en promenade, ils doivent attendre qu'il rentre ; s'il fait la sieste ou la grasse matinée, ils doivent attendre qu'il se lève. Et s'ils perdent patience et vont vendre leurs marchandises dans les rues, les douaniers les arrêtent comme contrebandiers. Le lieutenant Le Pen dit que ces poussahs nous feront perdre l'Indochine et que, nous, on est bien trop cons de se crever la peau pour de pareils fumiers. Je trouve quand même qu'il exagère et que le soleil lui a un peu trop tapé sur le ciboulot. Il se met dans de telles rognes que parfois on prend peur. On se demande s'il ne va pas devenir fou. Surtout que son second, l'adjudant Morisseau, est de plus en plus abruti. Non seulement sa congaï lui fait de plus en plus fumer d'opium, ce qui lui donne une tête toute boursouflée, mais elle lui pique sa solde. Ça devient une véritable loque. Si bien que, Raymond et moi, on a finalement tout le poste en charge. Entre le lieutenant qui se renferme dans son pavillon et cuve ses colères et l'adjudant qui devient une épave, on doit rester solides pour tenir le coup. Heureusement, le caporal Robin le Nantais est revenu guéri de Pursat. Ce qui permet d'équilibrer un peu le pouvoir du caporal Caï qui deviendrait, sans ça, général des singes... »

La saison sèche, qui allait durer jusqu'en avril, demandait au fortin plus de vigilance puisque, depuis des siècles, les Siamois conservaient l'habitude de pousser des incursions au Cambodge. Avant la colonisation, les Siamois et les Annamites terrorisaient les Khmers. Les Siamois profitaient de la saison sèche pour venir enlever des esclaves et, à la saison des pluies, les Annamites s'abattaient sur le pays avec leurs jonques. Pris en tenaille entre deux peuples agressifs qui, peu à peu, réduisaient son territoire (au début de la colonisation, Angkor, l'ancienne capitale khmère, ne faisait même plus partie du Cambodge, le Siam l'ayant annexée), on comprend que les rois Norodom et Sisowath aient été les seuls souverains indochinois à accueillir les Français non seulement sans hostilité, mais à accepter leur protectorat avec un certain empressement.

Les quelques fortins qui surveillaient la frontière du Siam devaient surtout éviter que les coups de main siamois n'assurent pas de liaison avec les pirates cambodgiens qu'ils ravitailleraient alors en armes modernes.

Chaque jour, des patrouilles naviguaient sur les arroyos. Comme la seule canonnière du poste ne pouvait servir partout à la fois, de longues chaloupes, de cinq à six mètres, recouvertes d'une toiture en natte pour protéger les soldats du soleil, glissaient entre les rives opaques de la forêt, saluées par les cris aigus des singes au sommet des arbres et, à leur base, par le flop des caïmans plongeant dans la vase.

Si les soldats passaient une nuit dans ces chaloupes où l'on bricolait un armement surtout destiné à impressionner l'adversaire qui, à travers le rideau des aréquiers, surveillait leur itinéraire, le lendemain matin ils se retrouvaient trempés par la rosée, comme après une averse, et grelottaient jusqu'à ce que le soleil lourd les sèche.

De temps en temps, les chaloupes s'amarraient à la vue d'un sentier. Cependant que quelques hommes restaient à garder les embarcations, le gros des patrouilles s'enfonçait dans la forêt, jusqu'au village le plus proche. Ne serait-ce que pour bien marquer la présence des postes frontière, leur vigilance, et qu'ils pouvaient tomber à tout moment, dans n'importe quel village, comme la foudre.

Mais tous ces villages visités montraient un calme paradisiaque. Les *ba-ghia* (les vieilles femmes), accroupies en haut des échelles donnant accès aux paillotes sur pilotis, mâchaient du bétel. Des jeunes filles, la poitrine nue ornée d'un long collier de perles, bracelets aux chevilles, s'esquivaient prestement. Du riz bouillait dans des marmites en terre posées sur des trépieds d'un bois dur comme du métal. Des manguiers, des papayers, des pamplemoussiers, des goyaviers, des mûriers à soie, des mangoustaniers, cultivés dans le village, formaient un grand verger, sorte de clairière clairsemée bordée des rangées touffues de la forêt, hostiles comme des murailles sombres.

Un teinturier colorait des étoffes avec des écorces et fixait la poudre obtenue par de la vase prise dans l'arroyo. Des poissons vidés, enfilés sur de fines tiges de bambou, allaient se dessécher en quelques heures. Parfois, un groupe de bonzes vêtus de leurs robes safran, une épaule nue, le crâne rasé, les accueillaient en joignant les mains qu'ils élevaient à leur front.

Ces villages semblaient si pacifiques et si heureux, malgré leur pauvreté, qu'ils paraissaient irréels.

Même à table, cousin Gaston restait coiffé de son éternel béret bleu marine. Et je m'étonnais que tante Victorine ne fît jamais un éclat contre ce qui eût dû lui apparaître comme une inconvenance.

Étrange aussi qu'elle laissât le sucrier sur la table pendant la lecture du journal, obligée de surveiller nos doigts, au risque de briser définitivement la faïence avec ses coups de manche de couteau, alors qu'il eût été plus simple d'enlever ce sucrier dès les premiers morceaux de sucre pris.

Mais la vie de famille est ainsi faite de coutumes étranges, d'habitudes immuables et souvent irraisonnées, auxquelles les membres de la tribu se plient tous dans un curieux accord, incompréhensible pour les « étrangers ».

Notre famille avait conservé, devenue citadine, ses habitudes de la ferme : le pot de mojettes bouillotant perpétuellement sur le feu, le jambon suspendu dans la salle à manger dont on coupait cérémonieusement des tranches, la soupe le matin au réveil. Cousin Gaston, qui se confectionnait, à force de pain trempé, une peu ragoûtante pâtée, dans son assiette calotte, montrait vis-à-vis d'Odette un curieux complexe, se cachant dans la souillarde pour manger sa soupe à sa manière, dès que ma sœur apparaissait.

Le bel Hubert montait inlassablement de la cave, dans des brocs en tôle rouge, le charbon qui alimentait la cuisinière. Il montait aussi du vin, qu'il mettait en bouteilles lui-même, et que ni Odette ni moi ne buvions, montrant une même répugnance due sans doute inconsciemment à notre ascendance alcoolique.

L'interdiction de la vente du pain frais fit suite à la prohibition de la brioche. Cette mesure parut bizarre puisque, dans notre milieu, par souci économique immémorial de limiter la consommation, on ne mangeait que du pain rassis, voire carrément du pain dur.

— Qu'est-ce qu'ils vont chercher, pouffait de rire tante Victorine. Du pain frais... Je vous demande un peu. Qui mange du pain frais ? D'abord, ceux qui en mangeraient, ça leur ferait une boule sur l'estomac (elle disait *estomaque*), le docteur Clemenceau me l'a dit. Car le médecin de famille s'appelait Clemenceau, comme « Le Tigre », auquel il se disait bien sûr apparenté.

Un gros titre apparaissait en première page du journal, illustré par la photo d'un laboureur avec son cheval, légendée : « La terre qui ne meurt pas. » « Pour refaire la France, il faut refaire des paysans. » Puis suivait un article, que tante Victorine nous lut en savourant ses mots et où l'on disait que le maréchal Pétain allait prendre contact avec le peuple de France et que son premier visiteur serait un paysan du Rhône, père de huit enfants.

La lecture du journal ressemblait à un roulement de tambour. On se serait cru perpétuellement devant le monument aux Morts, les jours de commémoration, lorsque le clairon va sonner « Aux champs ! » Pas un seul jour sans remises de décorations, sans relation d'un fait d'armes (rétroactif) de nos militaires. Pas un jour sans que soit publié en première page le portrait d'un général à képi ou d'un amiral à casquette. On ne parlait jamais de défaite, à peine d'armistice. Le maréchal Pétain, appuyé sur sa canne, le regard azur tourné vers l'est, demeurait à jamais le rassurant « vainqueur de Verdun ».

1917... 1918... 1919... Les lettres de notre père devenaient moins longues, plus évasives. Isolé depuis si longtemps dans la brousse, les événements de France ne le touchaient plus guère. La défaite de l'Allemagne, les cérémonies de la Victoire, tout cela semble avoir glissé dans cet engourdissement, cette irrésistible langueur tropicale enveloppant ce poste que le conflit mondial semblait avoir fait oublier et qui vivait dans un circuit presque fermé, mais dans une perpétuelle mise en alerte.

On bâfra encore plus que de coutume, on but plus que de raison, pour fêter la victoire mais, dès le lendemain, il fallut relancer des patrouilles dans la brousse, enterrer un soldat indigène mort de fièvre typhoïde. Ici, on le savait bien, la guerre ne finirait jamais. D'autant plus qu'elle n'était pas commencée, qu'il n'y avait pas de guerre ; seulement des Siamois trop nombreux derrière la frontière et, dans la brousse, des pirates invisibles. Cette tension nerveuse, due à un danger réel mais diffus, devenait débilitante. En France, les canons s'étaient arrêtés de tirer au jour dit. On avait pu fêter une réelle fin des combats. Les soldats, démobilisés, rentraient chez eux. On ne craignait pas, en traversant un bois, qu'un ennemi vous tombe dessus, sautant d'un arbre, et vous égorge. La paix, c'était la paix. Inutile de laisser des sentinelles éveillées. On pouvait dormir sans crainte.

Alors que, dans leur fortin, les nuits chaudes n'en finissaient pas. Dès qu'ils s'engourdissaient, la chute répugnante d'un lézard sur le visage les éveillait. Et ces cris d'égorgement que lançaient certains oiseaux nocturnes et qui les faisaient se jeter sur leur séant, le cœur battant, ruisselants de sueur.

A la sécheresse succédaient les longs mois d'inondation. Les paillotes, dont les pilotis disparaissaient sous les eaux, semblaient flotter. On ne craignait plus les Siamois, mais toutes ces eaux que le Mékong charriait depuis la Chine, déferlant entre le Laos et le Siam et courant vers Phnom Penh où elles s'épanouissaient en quatre bras d'un delta, apportaient dans leurs boues les miasmes de la fièvre, de la dysenterie, du choléra.

Le caporal Caï appelait le Mékong « mère fleuve », ou encore « capitaine des eaux ». Il aimait cette submersion annuelle que notre père, comme ses camarades français, redoutait autant que les typhons, se sentant encore plus prisonniers de leur fortin, encore plus isolés, avec cette végétation folle, ces herbes épaisses, qui luttaient de croissance rapide avec la montée du fleuve. Les cinq Français du poste, tous pourtant hommes proches de la nature, anciens paysans ou ruraux, ne reconnaissaient plus le monde de la terre en cette nature démentielle ; avec en plus cette absence de printemps et d'automne, saisons préférées de leur jeunesse. Presque toujours renfermé dans son pavillon, le lieutenant Le Pen se mit à y collectionner des images bouddhiques, peinturlurées de bleu, de rouge et d'or, que ses sous-officiers trouvaient horribles et devant lesquelles ils le surprenaient (lorsqu'il les convoquait « au château », comme ils disaient entre eux) en train d'arranger dans des coupelles de cuivre des lotus, des nénuphars, des jasmins. Si bien que le pavillon du lieutenant commençait à ressembler à une pagode dont il prenait même l'odeur de santal et d'encens.

Notre père et son ami le sergent Raymond s'inquiétaient de ce qu'ils considéraient comme un dérangement du cerveau chez leur chef de poste. D'autant plus que le second, l'adjudant Morisseau, de plus en plus bouffi d'opium, passait le plus clair de son temps dans la cagna de sa congaï.

Les deux sergents et les deux caporaux (Robin le Nantais et Caï le Cambodgien) s'entendaient suffisamment bien pour que la défection de plus en plus grande de leurs supérieurs ne se répercute pas sur la discipline. Mais Raymond, à cause de sa congaï, ne passait plus, lui aussi, que quelques nuits au fortin.

Tous les après-midi, la torpeur méridienne éteignait les bruits, figeait les choses. Seules les fourmis blanches s'activaient dans les poutres de charpente et les planchers qu'elles finissaient par réduire en poudre. Ce seul moment de paix se trouvait donc lui aussi perturbé par des craquements furtifs. Là encore, un ennemi invisible poursuivait inlassablement son but. Toutes les semaines, une poutre, une planche de cloison ou de parquet s'effondraient. Il fallait colmater, lutter semaine après semaine contre la destruction inéluctable du fortin que seules des réparations incessantes pouvaient, sinon éviter, en tout cas différer. Les boys devaient aussi se battre contre la forêt qui, sans des abattages perpétuels de lianes et de racines, s'avançait vers les bâtiments pour les dévorer. Contre cette nature ogresse, les hommes du poste frontière ressemblaient à des Petits Poucets s'amusant dérisoirement à jouer aux soldats.

Les indigènes des villages proches, eux-mêmes, redoutaient fort cette nature perpétuellement hostile, mais ils composaient avec l'ogre par toute une série de manipulations : sacrifice d'un buffle pour provoquer la pluie en temps de sécheresse, grigris pour conjuration de la maladie, pour conjuration du malheur, pour expulser les esprits malins.

Aristide le Cochinchinois se montrait de moins en moins sarcastique à propos des coutumes indigènes. Le caporal Caï lui en expliquait-il les motifs ? Seule chose qu'il n'arrivait pas à admettre : la cacophonie des orchestres, dont il disait que tous les chiens de chez nous, s'ils les entendaient, hurleraient à la mort. Qu'on appelle ce tintamarre de la musique le mettait hors de lui.

Même les *pains d'épice,* soldats et boys, il commençait à les regarder d'une autre manière. Peut-être même, tout simplement, à les regarder. Toujours nu-pieds, même pour les longues marches dans la forêt, insensibles semblait-il aux herbes coupantes, aux cailloux, à la boue ; leur curieuse coiffure en galette (qu'il comparait, dans ses lettres, à la bouse de vache maraîchine de chez nous) toujours impeccablement posée sur leur tête et y tenant on ne sait comment, en parfait équilibre ; ne montrant jamais de lassitude ; n'ayant jamais aucun mouvement d'humeur ; silencieux ; chiquant leur bétel avec des mouvements de mâchoire de rongeurs ; s'accroupissant simplement aux étapes ; prêts à se relever prestement au premier ordre bref ; ces *pains d'épice* étaient des soldats d'une mécanique parfaite.

Leur frugalité, que notre père mit jadis sur le compte d'une infériorité de peuple pauvre, et qui contrastait tant avec la voracité des Blancs, lui paraissait maintenant étrange. Car aux ripailles des butins de chasse, à l'empiffrement des Blancs qui n'arrivaient jamais à calmer cette faim héréditaire de descendants de paysans aux famines chroniques, les *pains d'épice,* aussi immémorialement faméliques, répondaient par un refus des viandes proposées, semblant se satisfaire de leurs bols de riz où surnageaient quelques petits morceaux de poisson séché et de légumes. Cette sobriété lui paraissait maintenant une supériorité.

Il s'apercevait bien que ces abus de viande et d'alcool le rendaient, ainsi que ses compatriotes, fréquemment malade. Mais il n'arrivait pas à se modérer, le ventre tenaillé entre la boulimie et la dysenterie.

Le caporal Caï lui raconta une coutume de son pays qui l'impressionna beaucoup, car il en parle plusieurs fois dans les lettres à son frère Alfred :

« Autrefois, dans ce curieux pays, un laboureur était roi. Chaque année, le roi-laboureur ouvrait devant son peuple un sillon royal dans la Sainte Rizière en appuyant sur la Sainte Charrue. Parce que, figure-toi, ils croyaient que leur charrue et leur rizière étaient des saintes, de vraies saintes ! De nos jours, le roi Sisowath, qui est le petit-petit-fils de ce laboureur, ne veut plus manier la charrue. C'est son toucheur de bœufs qui ouvre le sillon à sa place. A cause de ça, il n'est plus un vrai roi et il nous doit obéissance. »

De son horrible magasin, le bandagiste me faisait des signes. Je m'approchai avec répugnance de cet étalage de ceintures en caoutchouc, de bandes herniaires, d'appareils pour pieds bots, de bassins de cuivre hydrothérapiques, de tuyaux et de poires à lavement, de pansements et de linges suspects. Au milieu de cette machinerie pour corps détraqués, le bandagiste à la jambe de bois montrait une extrême surexcitation :

— Ta tante n'est pas là ?

— Non, elle est au jardin.

— Tu lui diras que ça barde. Je l'ai entendu au poste. Le général de Gaulle, tu sais, celui qui a filé à l'anglaise, eh bien ! on l'a condamné à mort, à la dégradation militaire et à la confiscation de ses biens. Pour sa propagande criminelle faite à la radio de Londres, a dit le gouvernement.

Je courus au jardin apporter la nouvelle fraîche à tante Victorine. Elle cueillait des framboises, en compagnie d'Odette. Ma sœur, en chapardant des fruits, s'était barbouillé le visage et ses lèvres, toujours trop rouges, semblaient maintenant démesurément agrandies.

Sans doute cette image m'a-t-elle marqué puisque je l'intègre aujourd'hui immédiatement à l'un des passages d'une lettre de notre père où il parle de la congaï de son ami Raymond : « J'ai toujours du mal à m'habituer à la vue de sa bouche rendue sanguinolente par l'abus des chiques de bétel. »

Car notre père parlait de plus en plus du ménage de Raymond.

« Sinoun, comme presque toutes les Cambodgiennes, ne sait pas lire. Mais elle parle bien français, l'ayant appris chez les bonnes sœurs de la Sainte-Enfance. Avec sa robe de cotonnade échancrée sur les côtés, c'est une jolie poupée d'Orient. Mais pourquoi s'enlaidir avec ce maudit bétel et cette huile de noix de Coco avec laquelle elle se lustre les cheveux et dont l'odeur est à faire vomir ?

« Raymond l'avait remarquée au village où elle rangeait des bananes dans des paniers d'osier. La banane, c'est le pain des tropiques. Quand la disette de riz intervient, les indigènes trouvent la ressource des bananes. Et avec la tige du bananier, ils construisent leurs radeaux ou nourrissent leurs porcs. Raymond et Sinoun font un bon petit ménage. Le seul point noir avec les congaïs, c'est la progéniture. Lorsque le colonial rentre en France, la congaï ne peut pas garder l'enfant qui la désigne à ses compatriotes comme une chienne de Blancs. Alors elle abandonne toujours le petit métis aux bonnes sœurs qui reçoivent ici la mission de les recueillir et de les élever dans notre religion. »

Quelque temps plus tard notre père qui, décidément, ne semblait plus quitter la cagna de Raymond, annonce que Sinoun vient d'accoucher d'une petite fille.

« Toute la famille de Sinoun accourue, la canha est envahie d'une foule bavarde. Raymond, qui se sent tout à coup bien étranger chez lui, avec ces coutumes incompréhensibles des *baghia,* se dit bien content que je sois près de lui. Le quatrième jour après la naissance, la sage-femme est venue raser les cheveux sauvages du bébé, sauf un petit toupet sur le front. Au sommet du crâne, elle a malaxé une sorte de mastic jaunâtre à base de gingembre pour rafraîchir la tête de la môme, à ce qu'il paraît, et lui éviter la méningite. Sur un plateau de cuivre, la famille dépose pour la sage-femme une mesure de paddy et quelques babioles.

« Pendant vingt jours, la femme en couches reste étendue, avec son nouveau-né, sur un bat-flanc de treillis de bambou et, dessous, on allume un brasero. Un fil de coton entoure le lit pour empêcher les mauvais esprits de venir troubler l'accouchée.

« Le baptême a lieu dans les deux semaines après la naissance. Le marmot est aspergé avec un bol de cuivre par la sage-femme qui lui arrose l'épaule, la tête et finalement tout le corps. On fait boire à l'enfant un peu d'eau de noix de coco.

« Mais c'est leur baptême païen, à eux. Plus tard, Raymond fera baptiser sa fille par un missionnaire. Il en passe parfois un à Pursat.

« Pour l'instant, la famille de Sinoun accapare la mère et l'enfant et on fait bien sentir à Raymond qu'il est de trop. On le bouscule, on lui marche sur les pieds. Toute cette basse-cour criarde l'ignore complètement, fait comme s'il n'était pas là, semble même ne pas le voir. Nous regardons ce remue-ménage avec amusement car, on le sait bien, lorsque leurs simagrées seront finies, ils seront bien contents de retrouver Raymond et surtout sa solde. »

Le 1er août, *Le Phare de la Loire, de Bretagne et de Vendée* nous apprit que des courses cyclistes étaient de nouveau organisées à Paris : « Le vainqueur de la course de vitesse, Ungier, est félicité par Ginette Leclerc, l'artiste bien connue. »

Le 6, la mairie annonça que des cartes d'alimentation seraient distribuées aux Fontenaisiens. Nous allâmes chercher nos coupons donnant droit à cinq cents grammes de sucre, cent grammes de riz, deux cent cinquante grammes de pâtes alimentaires, deux cents grammes de margarine. La vente des fromages frais, de la crème, des glaces et sorbets était interdite.

— Voilà, dit tante Victorine, ça commence avec la brioche et ils vont finir par nous prendre nos patates. Avec les Prussiens faut s'attendre à tout. Feraient mieux d'en finir une fois pour toutes avec les Anglais. Mais ça traînaille. Moi je vous dis que ça ne sent rien de bon. Le journal écrit encore aujourd'hui : « L'offensive allemande contre la Grande-Bretagne serait imminente. » Ça va faire presque un mois qu'on nous chante la même antienne. Qu'est-ce qu'ils attendent pour la faire, leur offensive ? S'ils avaient coursé les Anglais dans leur île, quand ils les ont rejetés à la mer, à Dunkerque, ça n'aurait pas fait long feu. Voulez-vous que je vous dise, moi, je flaire du louche, là-dedans. Est-ce qu'ils ne seraient pas de mèche, en train de s'entendre sur notre dos ? Parce que, si la guerre devait finir demain, pourquoi ces tickets d'alimentation ? Moi je vous le dis, ça va durer. On est mal partis. Et ce rapatriement des réfugiés dont on nous parle tout le temps et qui ne se fait toujours pas ! Pourquoi ne veulent-ils pas que les gens rentrent chez eux ? Les Anglais et les Prussiens, c'est du kif-kif bourricot. Vous verrez, on va encore se trouver les dindons de la farce.

Imperturbablement, *Le Phare* continuait à publier en feuilleton *Le Vieux Puits* de Max du Veuzit.

Enfin, le Commandement militaire s'était souvenu du petit poste oublié à la frontière siamoise. Une section vint opérer la relève. Notre père et son ami Raymond furent affectés ensemble au 3ᵉ régiment d'infanterie de marine du Tonkin.

La réacclimatation dans une ville comme Hanoi qui, en quelques années, agrandie et modernisée, prenait des allures de capitale, fut aussi dure que leur première adaptation à la colonie lorsque, voilà douze ans, ils arrivaient de France. Douze ans déjà ! Dans trois ans, ils pourraient prétendre à la retraite et rentrer au pays.

Aristide le Cochinchinois avait trente-deux ans. Sur ses photos d'Hanoi il en accuse cinquante. Ces quatre années passées dans l'isolement, l'attente, l'abandon dans leur petit poste de brousse, l'avaient prématurément vieilli. Très amaigri, il semble grand sur une photo où on le voit très droit, entouré de soldats annamites minuscules. La barbe, qu'il s'était laissée pousser dans la brousse, et qui ne se voit que sur cette photo, lui émacie le visage. Il a perdu son regard malicieux. C'est un homme dur et las qui apparaît, qui disparaîtra vite des autres images en ma possession où on le voit retrouver un embonpoint qui deviendra obésité et son air rieur et bon enfant.

Ses lettres d'Hanoi sont courtes, désabusées. Elles expriment une évidente amertume de broussard frustré devant l'opulence de Hanoi, les commerçants chinois de la ville ayant fait fortune pendant la guerre en écoulant le riz indochinois au Japon, au risque d'affamer les Annamites. La pêche, devenue monopole des Chinois, apportait également de gros bénéfices qui se répercutaient dans des investissements somptuaires.

Alors qu'au sortir de la guerre européenne, l'Asie tout entière se trouvait en proie à des troubles (l'émeute grondait aux Indes anglaises, des grèves paralysaient les Indes néerlandaises, la Chine sombrait dans des guerres féodales, le Japon vacillait sous la poussée d'une crise économique et sociale inattendue), l'Indochine se portait bien.

Deux seuls points chauds : la frontière chinoise où deux ou trois cents pirates continuaient à créer un climat d'insécurité et la plaine de Dien Bien Phu, entre le fleuve Rouge et le Mékong, dans le haut Tonkin, près de la frontière du Laos, où les Méos devenaient sporadiquement turbulents.

Les postes frontière de Binh-Lieu et de Hoan-Mô venaient d'essuyer une révolte de soixante-dix tirailleurs, sous la conduite d'un caporal indigène. Deux sergents français avaient été tués par les mutins qui, refoulés par les soldats chinois, allèrent grossir les bandes pirates de la brousse.

Notre père et le sergent Raymond revivaient ce qui aurait pu se passer dans leur petit poste cambodgien, le caporal Caï étant alors tout-puissant sur ses tirailleurs et les deux sergents assumant pratiquement le commandement du poste devant la carence du lieutenant Le Pen et de l'adjudant Morisseau.

A Hanoi, notre père trouva un nouvel ami, l'adjudant Gauthier, bien différent du pauvre Morisseau. Je suppose qu'il s'agit de cet adjudant à la bonne tête pensive, photographié médaille militaire sur la poitrine en 1922 par Yon-Tchuong, 85, rue des Paniers. Il m'est difficile de savoir maintenant si la rue des Paniers, certainement débaptisée, se trouvait à Hanoi, à Saigon ou à Phnom Penh ; mais j'opte pour Hanoi, ce qui m'arrange dans cette reconstitution difficile des faits et gestes de mon père.

Ni Raymond ni mon père, qui commençaient à devenir trop vieux pour participer à des missions dangereuses, ne furent envoyés mater les Méos qui, une fois de plus, terrorisaient les Thaïs. Ils accompagnèrent seulement les deux convois jusqu'à la canonnière qui, d'arroyo en rivière et fleuve, pousserait jusqu'à la plaine de Dien Bien Phu. Le premier convoi buta sur une centaine de rebelles, enleva d'assaut le repaire méo, mais laissa sur le terrain sept morts et six blessés, dont trois Français : un caporal, un sergent et un sous-lieutenant.

Le second convoi, conduit par le capitaine Vinet, réussit à capturer le chef des rebelles au nord de Dien Bien Phu, ainsi que son frère et son oncle. La seconde bataille de Dien Bien Phu se soldait donc par une victoire incontestable de nos armes, mais chèrement payée puisque le capitaine Vinet, tué d'une balle au front, ne revint pas à Hanoi.

Le sergent Raymond avait fait venir sa congaï et sa fille au Tonkin. Notre père parle toujours d'eux, plus que de toutes ces coutumes indigènes qui, pendant longtemps, émaillèrent ses lettres d'exotisme. Sans doute a-t-il maintenant peu à peu assimilé les mœurs indigènes et celles-ci lui apparaissent-elles presque naturelles. En tout cas, ses lettres du Tonkin n'y font pas allusion. Si ce n'est aux fêtes du Têt de 1922. Mais il ne les décrit pas comme des curiosités. Seuls leur éclat et leur opulence le frappent :

« Quelles belles fêtes du Thêt, cette année ! La première nuit s'est ouverte par une débauche de pétards. Personne n'a dormi. Comme il faisait très beau on s'est promenés dans les rues, avec Raymond et Gauthier. Tous les Annamites étaient habillés de neuf. Les congaïs avaient empilé cinq à six tuniques de couleurs différentes l'une sur l'autre. Tout le monde semblait heureux.

« Ici, le nouvel an, c'est quatre jours de fête. Les marchés regorgent de sacs de riz, de poulets, de porcs, de bananes, d'ananas.

« Il y a aussi une sorte de mascarade où un char traîne un

dragon en carton peint et des processions de trompettes, de tam-tams, de gongs, à vous défoncer les tympans.

« Raymond avait amené à la fête sa petite Odette pour l'anniversaire de ses trois ans. »

Sa petite Odette ? Nous butâmes aussitôt sur ce prénom, ma sœur et moi.

— Raymond, demandai-je, avait *aussi* une petite fille qui s'appelait Odette ?

— J'ai connu le sergent Raymond. Je ne me souviens pas...

Rien de plus clair : mon père avait adopté la fille de Raymond. La version familiale était la bonne. Qu'Odette ne soit pas ma vraie sœur ne changeait rien à mon affection pour elle. De toute manière, après ce merveilleux été de notre vraie rencontre, n'était-elle pas réellement et à jamais devenue ma sœur !

Après la suppression de la brioche, l'établissement des cartes d'alimentation et des bons d'essence, voilà que *Le Phare de la Loire* annonçait la dissolution des sociétés secrètes.

Cette mesure, tout comme la dénaturalisation des Français pas très catholiques, ne semblait toucher ni les gens de notre ville ni même ceux du département. Elle passa donc sans commentaires jusqu'au moment où l'on apprit que la vitrine d'un bistrot de la rue du Puy-Saint-Martin venait d'être brisée dans la nuit. Des inscriptions à la peinture rouge maculaient la devanture : « A bas les juifs ! Mort aux rouges ! »

Tout le monde se précipita vers le lieu du sinistre. Des morceaux de verre, éparpillés sur le trottoir, des planches hâtivement clouées sur la vitrine, et ces inscriptions d'une écriture maladroite, avec des coulées de peinture, nous donnèrent soudain l'impression que la guerre venait jusqu'à nous, qu'elle ne s'était pas arrêtée avec l'armistice, comme nous l'avions cru, mais qu'au contraire un conflit dans lequel nous allions être impliqués commençait peut-être maintenant. Comme pour nous le confirmer, une patrouille allemande arriva au pas de course et dispersa les curieux en hurlant ces mots que nous devions entendre si souvent pendant quatre ans : *Raus... Raus...* Étonnés par cette brusquerie inhabituelle chez nos

« occupants » jusqu'alors si courtois, nous restâmes un moment sans bouger. Mais les soldats, surexcités, nous bousculèrent brutalement. *Raus... Raus...* Eux si polis d'ordinaire, si bien élevés, que leur arrivait-il ?

On se souvenait maintenant qu'au temps du Front populaire le cafetier de la rue du Puy-Saint-Martin plantait des drapeaux rouges à ses fenêtres. Tante Victorine assurait qu'il devait être franc-maçon. Mais que l'on touchât à *notre* franc-maçon nous paraissait absolument incorrect. Tout le monde connaissait le cafetier de la rue du Puy-Saint-Martin, avec son gros ventre et ses bésicles ; notre bouffeur de curés qui mangeait ostensiblement du saucisson sur le pas de sa porte le vendredi midi. Le cafetier de la rue du Puy-Saint-Martin faisait partie de notre folklore, comme le diable de la religion.

Puis on apprit que, sous le coup de l'émotion, le cafetier de la rue du Puy-Saint-Martin était tombé malade, qu'il vivait seul et que personne n'osait aller, malgré tout, lui rendre visite.

Ma grand-mère habitait tout près. Un jour elle enleva son tablier de cuisine, mit un fichu sur ses cheveux bien lissés, et dit au petit attroupement qui se tenait en permanence devant le bistrot pour voir « ce qui allait arriver » :

— Tant pire, j'y vas.

Ce « tant pire » (plus fort que tant pis) faisait sans doute allusion à l'excommunication qui frappait les francs-maçons. Ma grand-mère, si pieuse, passait outre.

Nous la vîmes traverser la rue en trottinant, pousser la porte du bistrot et disparaître (elle qui, de sa vie, n'était jamais entrée dans un bistrot, cet enfer où les hommes buvaient et devenaient méchants). Le temps où elle resta dans le café nous parut infini. Certains disaient que nous aurions dû l'empêcher de commettre une pareille imprudence. D'autres louaient son courage. Puis nous la vîmes reparaître, telle que d'habitude, de son petit pas décidé. Elle regarda tout ce monde assemblé dans la rue, haussa les épaules et marmonna :

— Ben quoi, un franc-maçon, ça chie comme tout le monde. Vous feriez mieux de venir m'aider à lui changer ses draps.

Par la suite, elle traversa tous les jours la rue du Puy-Saint-Martin pour aller soigner son franc-maçon, dont elle disait qu'il valait bien certains culs-bénits.

Les lettres d'Hanoi reprenaient leurs leitmotive : la bouffe, la chasse, l'absinthe. Première génération paysanne à manger à sa faim, ces coloniaux se montraient insatiables, ajoutant le gibier à l'ordinaire de la caserne, déjà trop riche en viande. L'extension des rizières, qui avait à la fois fait reculer la forêt et les tigres, rendait plus aisée la chasse à la sauvagine. Mais toutes ces hécatombes de canards, de bécasses, de coqs de bruyère sont à la longue lassantes.

L'apparition des premiers avions dans le ciel tonkinois nous vaut par contre d'inattendus commentaires. Ces avions, qui volent à basse altitude, prennent des photos aériennes et exécutent des raids préparatoires aux futures lignes régulières ; notre père, comme sans doute ses camarades, est très conscient de ce que l'aviation va apporter comme bouleversements dans la vie militaire. Et il se sent vieillir. N'est-il pas en effet un vieux colonial, habitué aux longues marches dans la forêt, aux interminables raids en canonnière sur les arroyos ? Ces appareils qui franchissent en quelques heures fleuves, montagnes, forêts, vont bouleverser le temps. Ce ne sera plus *son* temps.

Il parle d'un sous-off, qu'il a vu dans une rue d'Hanoi, rouge de colère, engueulant un indigène stupéfait, parce que celui-ci ne comprenait pas le français. Il ne se souvient plus qu'il eut des réactions semblables et s'offusque.

L'adjudant Morisseau fait un bref passage à Hanoi et, là encore, notre père se scandalise. Comme il demandait à Morisseau où se tenait Bernadette, l'adjudant lui répondit, comme d'une chose sans importance que, rappelé à Phnom Penh, il ne se souvint qu'en cours de route d'avoir oublié de faire ses adieux à sa congaï. « Tant pis, les consolations ne lui feront pas défaut. »

Il raconte encore qu'il a vu embarquer sur le *Roberto Figueras*, petit vapeur sans hublots ni manches à air, bon pour transporter du charbon mais pas des passagers, mille Annamites recrutés pour les mines de nickel de Nouvelle-Calédonie. Entassés en vrac, comme du bétail sans valeur, ne disposant au maximum que d'une place pour trois, ces malheureux, résignés à leur sort, l'écœurent.

Il dit aussi, dans une lettre à sa sœur, que Raymond espère, une fois pensionné, ouvrir un petit café dans la région parisienne, qu'il va sans doute se marier avec sa congaï et l'emmener en France avec leur enfant.

Je lis, dans le livret militaire de mon père, à la rubrique des règlements, que « les hommes de troupe ne peuvent se marier sans l'autorisation préalable du conseil d'administration de leur corps (qui) doit s'assurer que la future jouit d'une moralité irréprochable et qu'elle possède des ressources suffisantes pour ne pas être à la charge de son mari ». Et plus loin : « Les familles des sous-officiers mariés ne peuvent être logées dans les casernes, et les femmes de ces sous-officiers ne peuvent tenir ni café, ni cabaret, ni billard, ni débit ou cantine. »

La quille allait permettre à Raymond de lever cet interdit.

Visiblement, les deux sergents ne pensent plus qu'au départ. Cette Indochine, qui se modernise, n'est plus leur Indochine.

Tout à coup, sans crier gare, cette ultime lettre d'apparence si semblable aux autres que nous aurions pu la lire distraitement, voire en omettre la lecture, un peu lassés par une correspondance qui n'offrait plus de surprise, cette dernière lettre à tante Victorine qui nous pétrifie :

« Ma chère Victorine,

« Je vais rentrer en France en juin prochain. Je n'osais pas te le dire, mais cette petite Odette dont je t'ai parlé, ce n'est pas la fille de Raymond, c'est la mienne. Et Sinoun, c'est ma femme que j'ai ramenée du Cambodge. Maintenant je dois prendre une décision grave et te demande conseil. Est-ce que je peux venir dans la famille avec Sinoun et Odette ? Je me marierais avec Sinoun ici, avant de partir. Comme ça tout serait légal.

« Réponds-moi vite.

« Ton frère affectionné,

Aristide »

Le lendemain, nous nous précipitâmes vers la tante Victorine, la dernière lettre de notre père à la main. Elle la lut attentivement et, sans manifester la moindre émotion, nous la rendit.

— Qu'avez-vous répondu, tante ? demanda Odette.

— J'ai répondu : amène ta fille, mais pas la femme. Je lui ai dit que je lui trouverais ici une femme comme il faut.

Et elle nous tourna le dos, pour s'affairer dans la cuisine, dans un grand bruit de casseroles.

— Viens, me dit Odette, je partirai demain.

Nous ne prîmes même pas de petit déjeuner, marchant silencieusement dans les rues presque désertes à cette heure matinale. Je remarquai pour la première fois, comme si on les avait posés dans la nuit, que beaucoup de balcons s'ornaient d'asters et de fuchsias et qu'en encadrement de certaines portes des massifs d'hortensias bleus prenaient un air pompeux.

Comme nous arrivions à la place Viète, en montant les escaliers, Odette dit :

— Il a obéi. Il a toujours obéi. A ses frères aînés quand il était valet de ferme, aux sous-officiers quand il était soldat, aux officiers quand il est devenu sergent. Il n'a jamais pris une seule initiative lui-même, sauf de s'engager dans la coloniale.

Je ne savais que dire. La tante Victorine m'apparaissait comme un monstre. Et, en même temps, je comprenais bien que, sans ce refus de la mère d'Odette par tante Victorine, sans l'arrangement qu'elle fit pour son frère du mariage avec ma mère, je n'aurais pas existé.

Je lis aujourd'hui sur le livret militaire de mon père qu'il s'embarqua à Haiphong, le 21 juin 1922, sur le vapeur *Angers* pour le transbordement à Saigon, qu'il voyagea ensuite sur le vapeur *Azay-le-Rideau* et débarqua à Marseille le 5 août 1922. La première lettre à ma mère, trouvée dans les papiers de cette dernière, est datée du 28 août 1922. Le mariage eut lieu l'hiver suivant. La tante Victorine menait les choses rondement.

Nous tournions en rond, toujours silencieux, sous les hauts marronniers. Odette dit brusquement :

— Allez ! viens, on va dire au revoir à notre pauvre père.

Elle dit « pauvre père », comme on disait « le pauvre Aristide », en parlant du défunt. Mais je sentais bien que dans sa bouche ces mots prenaient une autre signification. Odette disait « pauvre père » comme elle eût dit « pauvre type ». Et ce dénigrement me faisait mal.

Nous nous rendîmes au cimetière, par cette rue droite qui ne mène nulle part ailleurs, comme si elle voulait signifier que le domaine des morts est forcément un cul-de-sac.

Devant la tombe, Odette se mit à pleurer, s'essuyant les yeux d'un coup de coude rageur. Elle me dit une nouvelle fois :

— Je partirai demain.

L'étrange est que je ne me souviens plus du tout comment elle partit, par quel moyen, ni de quelle manière nous nous fîmes nos adieux. Il me semble qu'après cette visite au cimetière Odette disparut, que je n'y attachai pas trop d'importance, persuadé de la retrouver bientôt. Notre jeunesse est pleine de ces inconséquences, de ces étourderies, de ces irresponsabilités, qui nous paraissent incompréhensibles dans notre âge mûr et que l'on doit ensuite traîner tout le reste de sa vie, comme autant de regrets ou de remords.

J'ignorais que ces deux mois passés ensemble, l'été 1940, seraient nos dernières grandes vacances ; que nous allions, elle dans la région parisienne, moi à Nantes, vivre un interminable temps de guerre ; et qu'après nous être aimés si fugitivement nous ne nous reverrions jamais.

Nous nous sommes écrit, mais des lettres si banales que j'ai brûlé celles d'Odette voilà quelques années, après les avoir néanmoins conservées longtemps, attachées par un ridicule ruban noir. En 1942, Odette retomba de nouveau malade. La tuberculose l'a tuée en janvier 1943. Elle avait vingt-quatre ans.

Au printemps de la même année, je décidai de me rendre au sanatorium de Villepinte, où elle mourut, et de visiter sa tombe.

Nous nous trouvions alors au plus noir de l'occupation allemande, des bombardements anglo-américains, des pénuries de toutes sortes. Les trains eux-mêmes circulaient mal, fréquemment arrêtés en pleine campagne, parfois mitraillés par des avions anglais, archipleins d'une foule bruyante et brutale, si entassée qu'elle débordait sur les marchepieds, toutes les portières restant ouvertes ; la circulation dans les couloirs étant bien sûr impossible, tout comme l'emploi des W.-C.

Mon premier contact avec un Paris sinistre, qui paraissait désert, fut furtif ; ma préoccupation étant surtout de m'y retrouver dans ces autobus qui, à la porte de Pantin, pouvaient me mener à Villepinte.

Je préfère éviter de retourner dans cette banlieue située

aujourd'hui entre deux autoroutes et deux aéroports. Dans mon souvenir confus, je revois une désolante plaine à betteraves, sous la pluie. Très matinal, j'entrai dans un bistrot ruisselant d'eau de lessive et commandai un café (manière de dire en un temps où l'orge, voire les pois chiches, étaient devenus des succédanés du café). Une jeune fille, de quinze à seize ans, traînant ses savates, vint me servir. Toute pâle, maigrichonne, elle essayait de compresser de sa main des quintes de toux. Une grosse femme avec un tablier bleu de jardinier, qui ressemblait à celui du bel Hubert, et qui devait être sa mère, me demanda :

— Vous montez là-haut ?

— Là-haut ?

— Ben oui, au sana, quoi !

— Justement, je voulais vous demander le chemin.

— Vous n'avez pas à vous tromper. En sortant du village vous prenez la route à main droite et vous y arrivez tout droit.

— Et le cimetière ?

— Il est juste derrière. Vous avez quelqu'un là-bas ?

— Oui, ma sœur, morte cet hiver.

La grosse femme se mit à hurler :

— Tu vois, Juliette, je te le dis tout le temps qu'il faut faire attention. Rentre vite près du feu, tu vas attraper du mal.

La jeune fille me jeta un regard furtif de chien battu et ce regard, je n'ai pu l'oublier. C'est comme si ç'avait été celui d'Odette, ce dernier regard d'Odette dont j'étais (dont je suis) privé ; mourant seule dans son sana, sans famille, abandonnée de tous.

Au sanatorium une bonne sœur pressée me reçut :

— C'est vous le frère ? Bon, je vais vous donner ses affaires. Les vêtements et les objets ont été brûlés. A cause de la contagion, bien entendu. Puisque vous aviez écrit que vous viendriez, je vous ai gardé ce petit coffret. Vous y trouverez ses photos et des papiers personnels. Sa tombe est dans la troisième rangée à gauche en entrant au cimetière. Numéro 20.

Sinistre cimetière sous la pluie, avec des tombes toutes semblables, comme dans un cimetière militaire : un petit monticule de terre et une croix de bois noire. Quelle présence espérer en un tel lieu ? Visite absurde, dérisoire. La seule survie d'Odette, outre la mémoire que je gardais de ce merveilleux été où notre père nous raconta, de lettre en lettre, sa vie en Indochine, devait se trouver dans ce petit coffret en marqueterie. Les photos, peu nombreuses, me montraient néanmoins Odette enfant.

A part une seule, signée Lucien Bédart, 84 rue Blomet, Paris (mais que pouvait bien faire alors Odette, qui semble âgée de douze ans, à Paris, ville que personne ne connaissait dans notre famille ?), aucune des autres n'est datée, ni localisée. La plus ancienne, toute tavelée, me montre une petite fille d'environ trois ans, dans un parc tropical, vêtue d'une robe blanche, chaussettes blanches bien tirées, un ruban blanc dans ses cheveux rejetés en arrière (à l'européenne), un collier autour du cou se terminant par une croix chrétienne. Vivait-elle alors chez les sœurs de la Sainte-Enfance ?

Sur la seconde, elle doit avoir à peu près le même âge, elle est toujours coiffée d'un énorme ruban blanc, qui contraste avec ses cheveux noirs et pose ses mains sur une table recouverte d'une étoffe à dentelle.

La troisième, minuscule, a certainement été découpée dans une photo de groupe. Qui a-t-on voulu cacher ? Odette doit être âgée de huit ou neuf ans. Ses traits asiatiques se sont accentués. Sa coiffure à la Jeanne d'Arc les affirme. Son regard, vif, entre les fentes des yeux bridés, est grave. Sur ces trois photos, elle semble guetter quelque chose. Le petit oiseau qui doit sortir de la boîte, comme lui a promis le photographe ? Non, on voit trop de sérieux et trop de tristesse dans ce regard. Et soudain un sourire un peu pincé, mais un sourire tout de même, sur cette photo prise à Paris. Ses cheveux sont ramenés en frange sur son front. Encore un ruban dans sa coiffure, mais cette fois-ci sans doute de couleur. Et autour du cou (pour faire petite femme) une espèce de renard blanc. Dans les mains, elle tient un bouquet de roses. Regardons mieux ce visage. Oui, un petit sourire espiègle lui ourle les lèvres. Je reconnais ce sourire.

Odette adulte. Une photo d'amateur nous la montre infirmière, dans le parc d'un château que l'on voit en fond de décor. Certainement un sanatorium. La photo est de si mauvaise qualité que le visage ne révèle aucune expression. Une autre photo, sépia, nous la restitue joyeuse, vêtue d'un boléro et d'une longue jupe, un énorme foulard noué en papillon autour du cou.

La photo d'un bal costumé. Elle porte une robe de mariée et ses cheveux sont roulés à l'anglaise. On l'a (ou elle s'est) maquillée pour ne pas « faire indigène ». Son visage est d'une telle tristesse que j'ai bien envie de brûler cette photo ridicule.

Enfin une photo à laquelle elle devait tenir puisque je retrouve à la fois l'original 5 × 5 et un agrandissement en 12 × 18. Le contraste est absolu puisque, ici, elle s'est bien encore déguisée, mais en Japonaise, avec une ample robe de soie drapée, voulant imiter un kimono mais qui se rapproche plus d'un sari. Une ombrelle ouverte, jetée par-dessus l'épaule, lui fait comme une auréole que l'on imagine multicolore. Elle s'est également maquillée, mais là en outrant ses traits asiatiques. Les sourcils sont très hauts et réduits à deux simples accents circonflexes. Les yeux sont étirés à l'extrême. Sa bouche, trop soulignée de rouge, me rappelle son maquillage de l'été 40 qui me donnait des réactions pudibondes. Odette est magnifique sur cette photo, mais trop belle, trop parée, trop épanouie, trop exagérément resplendissante, comme une fleur dans son plus bel éclat et qui ne pourra plus, très vite, que s'étioler et mourir.

Un calepin noir, entièrement couvert d'une écriture rapide, portait, calligraphié sur sa page de garde : « A envoyer à mon frère. » Le plus simple n'est-il pas de transcrire tel quel ce texte d'Odette, puisqu'il constitue à la fois un complément au portrait de mon père et à celui de ma sœur ? Et, par là même, l'épilogue de ce récit.

Le calepin noir

MON petit frère chéri,

Je suis de nouveau malade. J'aurais tant aimé que tu sois près de moi, mais je sais bien que ce n'est pas possible. D'ailleurs, je suis de nouveau contagieuse et ce serait mauvais pour toi. Alors je t'écris de mon lit. Je vais essayer tous les matins de t'expliquer ce que je ne t'ai pas dit lorsque nous faisions les fous sur les couettes de la tante Victorine.

As-tu conservé ce catalogue de l'Exposition coloniale ? Tu le regardais souvent. J'ai visité cette exposition avec notre père en 1931. Mes seules vacances avec papa. Courtes, mais quelle singulière équipée, qui ressemblait à une évasion.

Pauvre papa, il ne s'est pas échappé comme il tenta de le faire avec moi. La mort l'a agrippé l'année suivante.

Tu ne te souviens plus de ce voyage à Paris, de papa et moi, qui fit tellement enrager à la fois ta mère et la tante Victorine ? Tu avais sept ans. On ne t'a rien dit. D'ailleurs, papa et moi disparaissions si souvent dans les fermes des oncles et nièces que cette fuite n'a pas dû te sembler anormale.

Que notre père veuille visiter l'Exposition coloniale, rien de plus naturel pour un ancien de l'infanterie de marine. Mais qu'il choisisse de seulement m'emmener moi, qu'il écarte à la fois ta mère et toi, voilà qui faisait jaser.

Je m'en souviens, de l'Expo, comme si c'était hier. Et des affiches : « La grande France exotique vous accueille. »

J'étais émerveillée. Notre père aussi. Je ne le savais pas si gravement malade ; cette même tuberculose qui aujourd'hui me ronge. Pourtant sa maigreur aurait dû m'inquiéter, ses joues si creuses, et les os décharnés de ses doigts que je sentais comme à vif lorsqu'il me prenait par la main.

Près de l'entrée de l'Expo, on passait devant le pavillon de Madagascar puis, en allant vers l'Afrique occidentale française, on rencontrait l'Indochine. Le petit théâtre des danseuses cambodgiennes pailletées d'or séparait les pavillons de l'Annam et du Cambodge. Papa me dit que le pavillon de l'Annam reproduisait le palais des empereurs annamites de Hué. Mais le pavillon le plus extraordinaire, celui que l'on voyait partout, sur les couvertures des catalogues, sur les affiches, c'était le temple d'Angkor, avec ses si hautes tours. Au premier étage se tenait une exposition racontant l'histoire de l'Indochine elle-même.

Papa me promena longtemps dans ces expositions, m'expliquant, me faisant remarquer des détails. J'étais très contente, mais plus de me trouver avec lui, toute seule, de le tenir par la main, que de regarder toutes ces choses trop nombreuses et trop compliquées.

Et puis, tout à coup, tout bascula. Devant une grande photo de paysannes cambodgiennes, pieds nus, avec leurs curieux cheveux en balai-brosse, il me parla de ma mère.

Il me dit qu'elle s'appelait Sinoun, qu'elle était restée *là-bas* ; qu'il avait voulu que je voie le Cambodge ; qu'après tout c'était aussi mon pays.

Quelle stupéfaction ! Je n'avais jamais pensé alors que je pouvais n'être pas aussi française que les autres. Même si on m'appelait Joséphine Baker, à l'école, ça m'agaçait, bien sûr, mais de la même manière que les rouquines l'étaient d'être appelées « Poil de carotte ». J'étais une Française avec une tête un peu différente, voilà tout. Et je m'identifiais vraiment mal à ces indigènes que l'on voyait sur les photos.

Papa me parlait du Cambodge avec tant de détails que je n'en retenais rien. Sinon que c'était un bon peuple, qui avait été autrefois une grande nation (Angkor en témoignait) ; que tout comme le Nil fertilisait l'Égypte, le Mékong vivifiait le Cambodge ; qu'il faudrait que je me souvienne que je n'étais pas annamite, mais cambodgienne ; qu'en réalité les Cambodgiens s'appellent des Khmers et leur pays le royaume de Kampuchéa.

Je ne comprenais pas pourquoi papa me disait tout cela, ni

surtout la gravité qu'il prenait pour me le raconter. Je prenais peur qu'il lui soit venu l'idée de me ramener au Cambodge et de m'abandonner parmi des indigènes avec lesquels je ne me sentais aucune parenté. Ma famille se trouvait en Vendée. J'étais vendéenne, moi aussi. Que venait-on m'importuner avec ces Khmers qui ressemblaient à des sauvages !

Tout près des pavillons des colonies, le parc des attractions m'attirait bien plus avec ses fanfares, ses sirènes de manèges, ses grands chevaux de bois peinturlurés, ses baraques de phénomènes, ses loteries et ses marchands de bonbons. J'y entraînai papa qui dépensa sans compter, m'offrant tout ce qui me tentait. A voir mon plaisir il retrouvait un peu de gaieté.

L'Exposition se prolongeait par un parc zoologique, avec un grand rocher des singes et tous ces fauves qui semblaient en liberté derrière des fossés d'eau. Devant les éléphants, papa me dit qu'au Cambodge les éléphants vivaient en liberté, qu'il ne fallait pas voir ces animaux comme des anomalies ; simplement ce qui nous paraissait anormal ici était normal *là-bas*, et inversement.

Comme les visiteurs plaisantaient lourdement sur les trompes et les oreilles de ces grosses bêtes, papa s'agaça, m'entraîna par la main d'un geste brusque et me dit :

— Ils trouvent comique tout ce qui n'est pas coutumier. Moi aussi, j'étais comme eux, à mes débuts à la colonie. Et maintenant ce sont les Français que je trouve souvent comiques. Tristement comiques ! Regarde tous ces imbéciles qui se sont coiffés d'un casque colonial pour visiter l'Expo. Tu as vu tout à l'heure la queue devant le marchand de casques blancs, à la porte d'entrée. Des guignols ! Nous, on en bavait de devoir toujours coiffer ce maudit casque. Seulement, on mourait plus vite en Indochine d'une insolation que de la balle d'un pirate. J'aurais tellement de choses à te dire ! J'avais cru qu'il ne fallait pas te parler du Cambodge, que chez les sœurs tu deviendrais une vraie petite Française. Et c'est vrai, tu es devenue une vraie petite Française. Sans l'Expo, je n'aurais sans doute pas pensé à te montrer ce qui est quand même, aussi, ton pays. Enfin, le pays de ta mère. Alors ça m'a pris tout d'un coup. Je me suis dit : il faut que je l'emmène voir le Cambodge.

Puis papa m'a promenée dans Paris. Derrière la gare de Lyon, il a cherché longtemps, je ne savais quoi, dans des ruelles sales où trottinaient de vieux Chinois frileux. Nous sommes entrés dans une boutique rouge qui ressemblait à un bistrot. Personne ne se tenait aux tables qui me parurent crasseuses. Papa appela. Un homme apparut, vêtu d'une blouse incroyablement maculée de taches. Papa et l'homme se mirent à crier, à tel point que je crus qu'ils allaient se battre. Mais non, ils se tapaient dans le dos, se tiraient les cheveux, se secouaient les épaules, mais dans une sorte de danse joyeuse. Papa me dit :

— C'est Raymond ! Tu vois, c'est Raymond...

Je n'avais jamais entendu parler de ce Raymond. Sinon bien plus tard, avec toi... Tu te souviens, dans les lettres, du copain de papa : le sergent Raymond...

Une vieille femme toute ridée, comme ces pommes conservées l'hiver dans les celliers, vint à son tour dans la boutique, sortant d'un trou noir qui devait être une cuisine car elle aussi portait une blouse graisseuse. Raymond, tout en continuant à flanquer des coups de poing à papa (mais je voyais bien maintenant que c'était une manière, curieuse, de le recevoir amicalement), s'exclama :

— Et voilà Dara ! Tu reconnais Dara... Vous vous reconnaissez tous les deux... Ah ! il en a coulé de l'eau, sous les ponts, depuis la colonie !

Le sergent Raymond, qui rêvait à Hanoi de tenir un bistrot à Paris, réalisait son rêve. Enfin, à peu près. Avec sa congaï, comme disait papa dans ses lettres, ils avaient monté un petit restaurant chinois, minable, où ils vivotaient.

— Tu vas rester déjeuner, dit Raymond à papa. Tu vas voir, ça va te rappeler quand on allait au village khmer et qu'on rigolait bien.

— Oui, oui, dit papa, soudain exalté, tout joyeux, comme ça la petite va goûter de la nourriture de *là-bas*.

Ils se racontaient des tas d'histoires que je suivais mal et que j'ai un peu retrouvées dans les fameuses lettres que nous lisions ensemble.

A l'heure du déjeuner, le restaurant s'emplit de quelques clients, tous annamites, qui mangeaient leur bol de riz aux légumes en rotant très fort. J'étais choquée et je trouvais les plats que la congaï de Raymond nous servit absolument infects. Mais j'essayai quand même d'en manger un peu, avec des haut-le-cœur, pour faire plaisir à papa qui se montrait si content de me désigner les pousses de bambou, les germes de soja que je prenais pour des vers blancs et que je repoussais sur les bords de mon assiette, les champignons noirs que je croyais empoisonnés.

Je me sentais toute désorientée, non pas tant à cause de cette nourriture étrange, inimaginable, ni de cette ambiance de boui-boui sinistre, mais par la transformation de papa. Il n'était plus du tout le même que dans notre famille... J'allais écrire dans *ta* famille, car maintenant j'ai compris, je l'avais déjà compris quand nous nous sommes rencontrés, que cette famille est bien peu la mienne, que je n'y suis qu'acceptée, que mes cheveux noirs et mes yeux bridés ont toujours été, pour la tante Victorine, comme pour ta mère, le rappel de celle qui était restée abandonnée *là-bas* ; et peut-être leur remords ; que le seul lien qui m'unit à cette famille, c'est toi ; parce que nous avons le même père et que, malgré ses faiblesses, nous l'aimerons toujours, tous les deux, d'un même amour.

Raymond voulut absolument que l'on revienne dîner le soir. L'après-midi, papa m'emmena chez un photographe qui prit cette photo de mes douze ans, que tu trouveras dans mon petit coffret et qui est la seule où j'ai l'air heureux. Papa, qui ne savait que faire pour me gâter, avait acheté deux ou trois roses à une pauvresse, dans la rue, et me les avait mises dans les mains.

Nous trouvâmes un peu plus de monde à dîner chez Raymond. Mais, cette fois-ci encore, seulement des Annamites. Aussi, lorsque l'on vit entrer tout à coup un grand Français barbu, vêtu d'un costume bleu marine délavé, une médaille jaune avec des liserés verts attachée par une épingle de nourrice à sa veste déguenillée, on aurait pu penser que tout le monde serait surpris. Mais non. Sauf papa et moi. Les Annamites, eux, continuaient imperturbablement à pousser le riz compact des bols dans leurs bouches, par des mouvements de leurs baguettes, comme des mandibules d'insectes. Quant à Raymond et à sa congaï, ils donnaient au barbu un cornet de papier huileux qui semblait préparé à l'avance.

— C'est un ancien de la colonie, dit Raymond à papa. Lui, il a eu la chance de me trouver et on lui fourgue de quoi bouffer tous les soirs. Mais d'autres sont de vraies épaves. On a retiré de la

Seine, la semaine dernière, un ancien du Tonkin qui s'était jeté du haut du pont de Bercy. Juste la veille de l'Exposition coloniale, ça la foutait mal. Aussi la police a-t-elle raconté qu'il s'était fait trucider par des autonomistes indochinois. Tu parles ! Ça existe, c'est sûr. J'en connais qui travaillent comme ouvriers chez Renault et qui viennent parfois bouffer ici. Mais de là à dire qu'il existe aussi des pirates à Paris, minute ! Ce qu'on ne raconte pas dans les journaux, c'est que les anciens soldats de la coloniale, on en trouve des tas, à Paris, qui dorment dans la rue sur les trottoirs et l'hiver sur les bouches chaudes du métro. Tu sais ce qu'on touche comme pension, nous, les sous-off. Sans le restaurant, je ne m'en tirerais pas. Mais un simple soldat, après quinze ans de colonie, qu'est-ce qu'il reçoit, lui, comme pension ? Des clopinettes. Juste de quoi se payer son litron de rouge. Tu te souviens du vieux Lebesque, avec son record de dégradations, si les pirates ne lui avaient pas fait son affaire, peut-être qu'il serait clochard à l'heure qu'il est. Rappelle-toi ce qu'on nous disait quand on arriva à la colonie, en 1909 : « Vous, fils de paysans, soldats et laboureurs... » L'œil fixe sur la casquette du père Bugeaud. Les officiers nous assuraient qu'après notre temps nous deviendrions soldats-laboureurs. Tu as vu ça quelque part, toi ? J'en connais qui ont la médaille militaire et qui couchent sous les ponts. La médaille, ils se l'accrochent sur la poitrine, comme le zèbre que tu as vu tout à l'heure. Comme ça, les flics leur foutent la paix. Il leur arrive même de recevoir, des sergents de ville, le salut militaire. C'est bien la seule chose qu'ils reçoivent. Mais ça les calme. Ils sont même assez cons pour en être fiers.

Une fois les clients partis, Raymond et sa congaï débarrassèrent de ses tables un coin du restaurant et nous installèrent des couvertures sur le dallage pour que l'on puisse y passer la nuit. J'avais de plus en plus envie de vomir, à cause de l'odeur de graillon, mais je me retenais tant que je pouvais pour ne pas faire de peine à papa qui toussait beaucoup mais dont les yeux retrouvaient toute leur brillance depuis que Raymond ressuscitait leur passé.

Avant de m'endormir, je dis à papa :

— Pourquoi n'as-tu pas ramené maman ? Raymond, lui...

Il m'empêcha de poursuivre :

— Raymond, ce n'est pas pareil. Moi, je n'ai pas pu. Allez, dors. Il est tard. Tu es fatiguée et moi aussi.

Tu sais comme moi, par sa dernière lettre, pourquoi il n'avait pas pu. Mais c'est seulement il y a trois ans que j'en ai appris les vraies raisons, en même temps que toi.

Le lendemain matin, nous reprenions le train à la gare Montparnasse.

J'ai souvent repensé à ce voyage, depuis que nous avons lu les lettres de papa. J'y repense encore plus depuis que je suis immobilisée par la maladie. Et je revois aussi ce trop court été que nous avons vécu ensemble. L'un et l'autre restent des moments inoubliables. Il me semble même que je n'ai vraiment vécu ma vie qu'à ces deux moments-là.

Tu ressembles beaucoup à notre père. Et, dans l'été 40, ne m'en veux pas mais c'était lui que j'avais l'impression de retrouver. Ce qui me navre, c'est que j'ai aperçu en toi une faille : cette même faiblesse désabusée de notre père masquée par un si grand appétit de vivre. Que faire pour t'en guérir ? Moi, je suis trop malade maintenant pour songer à guérir qui que ce soit.

Pauvre papa qui toussait tant, comme moi maintenant, si maigre et si fatigué, qui n'avait plus qu'un an à vivre, et qui crut bon de m'amener devant ce temple d'Angkor factice du bois de Vincennes.

Était-ce le remords de l'abandon de ma mère, dont je ne saurai jamais rien, pas même si elle vit aujourd'hui en Asie ou ailleurs ; était-ce complexe, incertitude ; était-ce simplement nostalgie de la colonie ; qu'avait bien pu pousser papa à quitter brusquement sa tribu, *ta* tribu, à laquelle vous êtes si viscéralement attachés, pour courir après son passé, sa fillette métisse à la main ?

J'ai essayé, l'an dernier, de retrouver le restaurant de Raymond, derrière la gare de Lyon. Raymond avait certainement connu ma mère. Il aurait pu enfin me dire... Mais aucun *Blanc* (pour parler comme *eux*) ne tenait un commerce dans le quartier. Les Annamites m'ont reconnue aussitôt comme métisse et se sont braqués, presque hostiles. Là non plus je n'étais pas de la tribu.

Mon petit frère chéri, je ne connaîtrai jamais le soleil du Cambodge, si chaud. Ici, le temps reste bien gris et ces immenses champs labourés qui entourent le sana ressemblent à une mer de boue. Du balcon, où je suis enfouie dans mes couvertures, allongée sur une chaise longue, comme une rentière, je reçois tous les jours la visite d'une mésange bleue, à tête noire. Elle ne reste pas longtemps, me regarde de côté de son œil rond, puis s'envole.

Je crois qu'elle vient pour me dire quelque chose, mais quoi ?

Le cerveau s'égare lorsqu'on reste trop longtemps seule. On imagine des choses. On se raconte des histoires. Tu te souviens des lectures dont nous parlions. Eh bien, je n'ai plus envie de lire. Je préfère me raconter mes propres histoires. J'aurais tant aimé que tu sois avec moi. Nous nous serions lu des lettres imaginaires, jamais écrites, inventées dans l'instant et fugitives comme cette mésange à tête noire qui me regarde d'un si curieux œil fixe. Et cette guerre qui n'en finit pas, qui s'enlise, qui devient de plus en plus affreuse. Il nous faudrait beaucoup de viande rouge, au sana. On en reçoit un peu plus que vous autres, c'est sûr. Mais l'ordinaire est quand même fait de rutabagas et de topinambours. Comment reprendre des forces avec du sang de navet ? J'ai souvent l'impression que cette guerre ne finira jamais, que les guerres ne finissent jamais ; que c'est seulement nous qui nous lassons de temps en temps, qui les oublions, comme dans ce mois de juillet 40 à Fontenay ; mais qu'elles nous rattrapent et que, nous, nous finissons par finir, mais pas elles. Je revois parfois papa, dans son uniforme bleu, coiffé de son casque blanc, comme s'il se tenait vraiment dans le dortoir, montant la garde près de mon lit comme à la frontière siamoise, dans ce fortin d'où il nous écrivit tant de lettres. J'aimerais qu'il nous écrive encore et que nous soyons tous les deux, tête contre tête, à déchiffrer sa claire écriture. M'entends-tu ? Voilà encore que l'hiver revient. Mon Dieu, qu'il fait froid.

3e RÉGIMENT D'INFANTERIE COLONIALE

IIe Compagnie

RELEVÉ DES PUNITIONS

du nommé Lebesque Louis, soldat de 2e classe, N° Mle 1665, depuis son admission au Corps le 20 décembre 1896 jusqu'à ce jour.

Dates des punitions	*Nombre de jours*					*Par qui les punitions ont été infligées*	*Motifs des punitions*
	Consignes au quartier	Consignes à la chambre	Salle de police	Prison	Cellule		
1897							Comme soldat de 2e classe.
10 février	4					Chauvin, caporal	A répondu à ce caporal qui lui faisait une observation au sujet de sa capote : « Je m'en fous. » (1re fois.)
d°	•	•	4	•	•	M. Leclerc, capitaine	En échange.
12 avril	4					Marcelin, sergent	Étant de garde de nuit dans la batterie, s'est couché et a ainsi manqué à ce service (1re fois).
d°			4			M. Hardy, sous-lieut.	En échange.
1898							
18 juillet			4			Francœur, adjudant	S'est dit malade pour l'exercice des employés et ne s'est pas présenté à la visite du docteur (1re fois).
3 août			2			M.O.	S'est esquivé de l'école dans les chambres (1re fois).
29 septembre			2			M.O.	S'est couché pour l'appel de retraite sans demander la permission (1re fois).
26 octobre			2			Majorité générale	N'a pas porté l'arme au passage de la ronde major.
29 septembre	4	•	•	•	•	Beauclair, serg. four.	N'a pas salué ce sous-officier et a haussé les épaules lorsque ce sous-officier lui en faisait l'observation (1re fois).

Dates des punitions	Nombre de jours					Par qui les punitions ont été infligées	Motifs des punitions
	Consignes au quartier	Consignes à la chambre	Salle de police	Prison	Cellule		
1899 6 mars			4			M. Diguet, capitaine	A élevé la voix pendant la distribution (2ᵉ fois).
20 avril	4					Prost, sergent	Pour excitation à l'indiscipline en disant à un de ses camarades, devant ce sous-officier : « Il faut être fainéant et n'avoir pas de sang dans les veines pour faire un sale métier pareil. J'aimerais mieux tirer le pied de biche pour avoir un morceau de pain. » (2ᵉ fois.)
30 mai					8	Chef de bataillon	En échange.
8 avril	4					Sergent	Réponse déplacée (3ᵉ fois).
d°				8	•	Lt Ct le détachement	En échange.
1900 25 juin	8					M. de Guimard, capitaine	S'est esquivé de la compagnie au moment de la théorie (2ᵉ fois).
1901 27 août	4					Jarly, sergent	Excessive mauvaise volonté au gymnase et attitude arrogante vis-à-vis de ce sous-officier (1ʳᵉ fois).
d°				8	•	M. de Guimard, capitaine	En échange.
28 août				7	•	M. Nainville, chef de bataillon	En augmentation.
5 octobre				8	•	M. Berthouin, sous-lieut.	Étant permissionnaire de la nuit n'est rentré que le lendemain à 8 heures du soir.
6 octobre				7	•	Lieut. col. cdt	En augmentation.

Dates des punitions	*Nombre de jours* Consignes au quartier	Consignes à la chambre	Salle de police	Prison	Cellule	*Par qui les punitions ont été infligées*	*Motifs des punitions*
1902 24 mars	4	•	•	•	•	Mallot, adjudant	Inattention à l'exercice (1re fois).
31 d°				8		Colonel Boissière	Étant en faction, insolence envers un officier (4e fois).
13 avril				8		Général cdt en chef	A adressé au général cdt en chef une réclamation au sujet d'une punition qui lui avait été infligée et qui a été reconnue parfaitement fondée (1re fois).
13 mai			4	•	•	M. Olive, lieutenant	A manqué sans motif à la théorie et à l'observation que lui en faisait cet officier a répondu sur un ton narquois : « Eh bien, je me fais porter malade du jour. » (2e fois pour réponse.)
13 mai				8		M. Lelong, capitaine	En échange
1903 27 mai			8	•	•	M.O.	A ri sur les rangs à une observation faite par cet officier.
24 juin			8	•	•	M.O.	Mobilité continuelle à l'exercice et avoir murmuré lorsqu'un sous-officier lui faisait une observation sur les rangs à la manœuvre (6e fois).
12 août			8			M. Lenoir, médecin major de 1re classe	Réponse très indisciplinée au médecin-major dans la salle de visite (7e fois).
24 août			•	8	•	M. Boulard, colonel	En échange.
11 septembre				8	•	M. Lelong, capitaine	S'est fait apporter de l'absinthe dans le camp et lorsque l'adjudant de la Cie lui ordonnait d'apporter la bouteille contenant le liquide a répondu sur un ton

Dates des punitions	*Nombre de jours* Consignes au quartier	Consignes à la chambre	Salle de police	Prison	Cellule	*Par qui les punitions ont été infligées*	*Motifs des punitions*
							arrogant : « Vous ne l'aurez pas » et a cassé la bouteille en la jetant violemment à terre (8e fois).
13 d°				7	•	Colonel Cdt	En augmentation.
18 septembre				30	•	Colonel Cdt 2e brig.	Indiscipline persistante et en dernier lieu pour son attitude arrogante et grossière à l'égard de l'adjudant de sa compagnie.
18 octobre				8	•	M. Lelong, capitaine	A fait des difficultés pour prendre sa douche journalière et a mis le sergent qui le conduisait dans l'obligation de lui lire le code pour obéir (2e fois).
1905 14 janvier	•	•	4	•	•	M.O.	A obtenu à la visite la mention non-malade (1re fois).
7 mai			4			M.O.	Observation déplacée à la distribution des effets (9e fois).
1906						*Comme soldat de 1re classe*	
14 septembre			2			M. Lévy, capitaine	Mauvais entretien de ses effets.
6 octobre	4					M.O.	Ne s'est pas fait raser pour la revue du capitaine (1re fois).
d°				4	•	M.O.	Ayant été puni de consigne par cet officier pour sa mauvaise tenue, s'est présenté chez lui 2 heures après en disant : « Mon capitaine, je viens vous demander ce que j'ai fait pour mériter votre malveillance. » (10e fois pour réponse.)

Dates des punitions	*Nombre de jours*					*Par qui les punitions ont été infligées*	*Motifs des punitions*
	Consignes au quartier	Consignes à la chambre	Salle de police	Prison	Cellule		
1907 1er avril	4	•	•	•	•	Matéo, serg. de sem.	Retard de 30 minutes au rassemblement de la théorie.
1908 27 juillet				15	•	Lt colonel, Cdt le régim.	Ivresse et scandale aux locaux disciplinaires.
1909 1er décembre			2	•	•	Adj. Vadel	Est parti du champ de tir sans qu'il lui en soit donné l'ordre et n'a pas répondu lorsqu'on le faisait rappeler (1re fois).
1910 5 avril						*Remis soldat de 2e classe le 5 avril 1910 pour indiscipline*	
12 juillet			4	•	•	Chef État-Major	N'avoir pas arrêté une ronde à temps.
Totaux	44	•	66	142	8		

Total général : Deux cent soixante jours.

Vu
Le Chef de bataillon

Certifié conforme au registre du corps, le 25 janvier 1911
Le capitaine.

ENFANCES VENDÉENNES

A Jean Duvignaud

Et voici comment était le monde à l'époque de mes douze ans. Le monde palpitait et brillait. J'étais tout neuf avec mes ailes. Je n'ai jamais vu d'ombre sur les choses, car les choses de la vie sont comme les choses de notre âme, brillantes et qui palpitent.

Charles-Louis PHILIPPE,
La Mère et l'Enfant.

1

Le père Sourisseau, sa brouette et ses sabots

LE père Sourisseau, oui, je le revois très bien. C'était un petit bonhomme, en sabots, toujours revêtu d'un grand tablier bleu et qui poussait une brouette dans les rues de Fontenay-le-Comte.

Voilà ce que j'entends un jour sur France-Culture, où une équipe de reporters interroge en Vendée des gens qui m'ont peut-être connu enfant, ou qui ont connu ma famille. Le père Sourisseau, c'est mon grand-père, le père de ma mère. Vrai que, pour moi aussi, mon grand-père Sourisseau est avant tout un tablier bleu qui lui remonte sur les épaules et qui descend presque jusque dans ses sabots. Un tablier bleu de jardinier avec, sur le ventre, une grande poche d'où il sortait un nombre incroyable de choses lorsqu'il arrivait à la maison. La poche de son tablier bleu était une vraie besace de magicien. Je me tenais devant lui, attentif, impatient, et il puisait lentement dans le tablier bleu, sortant précautionneusement quelques graines, qu'il posait méticuleusement sur la large table de chêne. Une poignée de petits pois, quelques fèves, des haricots noirs, une gousse d'ail, un oignon, puis une pêche, une poire, un couteau, un bout de ficelle, un nid tapissé de plumes. Je regardais toutes ces merveilles alignées sur la table, un peu déçu qu'un petit kangourou ne pointe pas sa tête par la fente de cette poche ventrale. Mais mon grand-père, malgré toute sa bonne volonté à m'éblouir, n'était pas un australipède. Il ignorait d'ailleurs qu'il existât une Australie et ne s'en portait pas plus mal. Il appartenait encore à cette espèce d'hommes pour laquelle la terre était plate. Lorsqu'il se déplaçait avec sa brouette dans les rues de Fontenay, le mouvement de la terre suivait son propre mouvement. C'est lui qui faisait marcher la terre en marchant. Dans la roue de sa brouette l'univers tournait et il poussait l'univers devant lui. Lorsqu'il lâchait les brancards et s'arrêtait pour éponger la sueur de son front d'un revers de manche, l'univers s'arrêtait. La terre, sous ses sabots, observait une tranquillité rassurante. Des gens passaient dans la rue, qui le saluaient familièrement. Il élevait la main à la hauteur de la visière de sa casquette, pour répondre d'un geste désinvolte. Désinvolte, mais respectueux. Tout le monde le connaissait et il connaissait tout le monde. On le voyait en effet journellement, hiver comme été, pousser sa brouette dans les rues de Fontenay, une brouette qui ne contenait le matin que quelques outils et qui, le soir, était alourdie d'un amoncellement de légumes, de fruits, voire de fagots et de rondins, suivant la saison. Mon grand-père cultivait son propre jardin, d'où il tirait l'essentiel de notre nourriture et « faisait » en plus les potagers de quelques Fontenaisiens qui le payaient moitié en argent, moitié en nature.

D'aussi loin que je me souvienne, c'est étrange, mais je n'entends pas mon grand-père parler. Ma grand-mère, ma mère, oui ; tout un babillage de femmes. Un babillage agréable, comme un jacassement d'oiseaux. Mon univers d'enfant est essentiellement féminin et cet homme, dans la maison, avait l'air de se trouver là en plus. Il partait tôt le matin, revenait tard le soir et une portion du logis, le long de la cour, lui appartenait en propre. Il y posait ses outils, ses paniers, ses boîtes à semences. Cette partie de la maison, où les deux femmes ne pénétraient jamais, était la plus étrange. A demi obscure, avec son odeur entêtante de fruits blets et de cosses sèches, elle ressemblait à un magasin farfelu. Des javelles de mojettes, des bouquets d'oignons, des pelotes de thym et de sarriette, du raphia, de la sauge, pendaient du plafond. Contre les murs, des étagères avec des récipients pour les graines.

J'ai passé beaucoup de soirées à trier ces graines, avec mon grand-père. Nous nous asseyions sur des bancs, autour de la large table de chêne et il s'agissait simplement de classer les haricots par couleurs, dans des boîtes séparées. Il y en avait des noirs, des blancs, des rouges. Nous jouions ainsi, sans rien dire, grand-père et moi, à une sorte de jeu dont les graines étaient les pions. J'aimais ces soirées de long silence. Non, grand-père ne parlait pas. Il fut un temps, sans doute, où les gens qui n'avaient rien à dire ne parlaient pas. Ils ne savaient pas que l'Australie se trouvait aux antipodes, que la terre était ronde et ne parlaient pas s'ils n'avaient rien à dire. Cela paraîtra étrange, je le sais, et pourtant cela a existé.

Ce monde est bien loin, si loin qu'il semble d'un autre temps, d'un autre siècle. Bientôt, oui, il sera d'un autre siècle, mais pour l'heure il ne remonte guère qu'à une cinquantaine d'années. Et cependant... Si la petite ville de mon enfance n'a guère changé en ce qui concerne sa topographie, son architecture, si son plan est à peu près le même, une autre manière de vivre est apparue. Le grand-père Sourisseau, poussant sa brouette dans la rue de la République, relèverait aujourd'hui du folklore. Les brouettes ne sortent plus des jardins. On ne porte plus de sabots de bois, garnis de paille pour protéger les pieds nus. Il n'y a plus de foires aux bestiaux sur le champ de Mars transformé en parking d'automobiles. Les chevaux ont disparu, et les charrettes, emportant avec eux des métiers hier florissants : le bourrelier, le sellier, le charron, le maréchal-ferrant. La petite ville de mon enfance bruissait d'une activité artisanale intense. Il y avait les hommes du cuir et les hommes du drap, les hommes de la laine et les hommes du fer. Tous travaillaient à moitié dehors, un pied à couvert et un pied dans la rue. Les chevaux hennissaient devant la boutique du bourrelier, mon cousin. Sur le trottoir, des colliers peints en bleu, des attelles, des harnais, attiraient les chalands. Le savetier, assis à la fenêtre de son échoppe, taillait une bavette avec les passants. On voyait le forgeron sortir de son antre, ruisselant de sueur, un énorme marteau à la main. Toutes les fonctions fournissaient des emplois. L'église employait un sacristain, une chaisière, un bedeau, un organiste. Rien n'était perdu, rien ne se jetait. On entendait tinter toutes les semaines la cloche du chiffonnier. Le marchand de peaux de lapin jetait son cri (d'écorché). Le chasseur de vipères apportait au pharmacien ses reptiles accrochés au bout d'un bâton. Le tueur de taupes commerçait avec le tanneur. On cardait les matelas en plein air. Des femmes s'assemblaient pour plumer les oies. D'autres descendaient vers la rivière pour laver leur linge. Une activité joyeuse, pleine de cris, de rires, d'exclamations.

Aujourd'hui, Fontenay-le-Comte a doublé son nombre d'habitants et l'on ne voit plus personne dans les rues. Le désert. Personne ne chante. On se renferme. On s'évite. On sait maintenant que la terre est ronde et qu'elle tourne sur elle-même. C'est moins rassurant. On est devenu un minuscule grain dans l'immensité des astres. Pareille constatation n'incite pas à la convivialité. On se rassure comme on peut en se calfeutrant chez soi, l'œil fixé sur l'écran lumineux de la télévision qui vous montre la terre dans tous ses états et le bonheur de vivre dans un univers où Persil lave plus blanc.

Revenons encore au père Sourisseau, à ses yeux bleus comme son tablier et comme ses mains l'hiver. Un homme petit et rond, avec des moustaches tombantes à la gauloise et un crâne aux cheveux ras. Sa voix, non, vraiment, je ne l'entends pas. Mon grand-père m'a légué son silence. C'est sans doute à lui que je dois mon goût du silence. Il avait gardé le mutisme des domestiques. Attaché dès l'enfance à la maisonnée du baron de la V., il y avait fait ses classes, montant peu à peu dans la hiérarchie jusqu'au grade de cocher. Cocher du baron de la V. ce n'était pas rien. On a à la fois la responsabilité des chevaux et du maître. On conduit le maître, on le ramène, on l'écoute. Les châtelains aimaient bavarder avec leur cocher. C'est-à-dire qu'ils aimaient que les cochers écoutent leurs confidences et en gardent le secret. Le grand-père Sourisseau avait ainsi appris à écouter, sans jamais interrompre les bavards. Il écoutait maintenant sa femme. Il écoutait sa fille. Il m'écoutait, moi aussi, qui lui posais des questions auxquelles il ne répondait que par un sourire complice. La domesticité lui avait enseigné à être muet. Pour les bourgeois de la ville, dont il entretenait les jardins, il était d'ailleurs encore un domestique. On lui donnait des ordres qu'il n'avait pas à discuter.

C'est lui qui s'appelait Sourisseau et c'est sa femme, ma grand-mère, qui ressemblait à une souris. Petite, menue, trottinante, toujours occupée à ranger (à ronger) quelque chose. Elle aussi venait du château du baron de la V..., où elle était chambrière. Mais la chambrière est une domestique parlante. Elle est la servante de Madame, qui aime parler, qui aime aussi qu'on lui parle, qu'on lui raconte les potins. Donc ma grand-mère se plaisait à parler. Elle en avait pris l'habitude. Pour compenser peut-être le mutisme de son mari, elle n'arrêtait pas de parler avec ma mère, de parler dans la rue, sur le seuil de la porte. Elle avait une jovialité et une bonne humeur qui portaient à la conversation. Il venait, fort heureusement pour elle, beaucoup de monde dans notre maison. On lui confiait des volailles à plumer, du linge à repasser, des vêtements à repriser. Elle accomplissait toutes ces tâches avec allégresse, secondée, sans grand empressement, par sa fille, ma mère.

Oui, dans cette maison de mon enfance, coincée entre de hauts murs, où le soleil pénétrait rarement dans la cour peuplée de lapins et de poules, la personnalité dominante était sans conteste ma grand-mère, véritable animatrice du foyer, papotant, caquetant, virounant de sa fille veuve et maussade à son mari placide et muet.

Pourtant, sans rien dire, mon grand-père m'a appris la saveur de la terre et des fruits de la terre, les odeurs de l'humus et du terreau, de la boue et du limon. Il m'a appris le poids du calme. Il y a dans le silence une sorte de bienfaisante pesanteur. Le globe terrestre ne bouge plus. Tout est immobile. La vie ne va plus vers la mort. Le temps s'arrête. Faire durer le silence, c'est arracher un morceau d'éternité.

Le grand-père Sourisseau était silencieux comme la glèbe, comme les arbres, comme les plantes ; en harmonie avec cette nature dont il était le jardinier. Il conversait silencieusement avec les plantes, aérant leur sol, coupant au sécateur, délicatement, leurs rameaux malades. Il se contentait de corriger les dévergondages de la nature, d'un coup de serpette. Je l'accompagnais souvent, non pas dans les jardins des bourgeois, ce qui eût été mal vu, mais dans son propre carré, là où il était le maître ; m'y gavais de fruits en saison ; ou bien apprenais à me servir de la binette pour désherber les allées tirées au cordeau.

C'était un beau jardin que celui du père Sourisseau. D'autant plus soigné qu'il servait de modèle, d'appât pour obtenir des « journées » chez les autres. Il n'était pas immense et pourtant il produisait tout ce dont nous avions besoin : des petites pêches jaunes en abondance, des poires, des pommes, des fraises, des castilles (qu'ailleurs on appelle des groseilles), des prunes. Je place en premier les fruits qui, pour un enfant, se situent tout en haut de la production jardinière. Mais pour notre survie, les pommes de terre, les poireaux, les carottes, les bettes, les haricots, les choux, les tomates, avaient bien plus d'importance et mon grand-père savait mignonner les légumes.

Donc le père Sourisseau n'était pas causant, bien qu'il parlât le langage des plantes. Cette perpétuelle conversation muette, tout le long de la journée, lui suffisait. Lorsqu'il rentrait à la maison le soir il n'avait plus rien à dire.

Le grand-père Sourisseau, c'était l'arbre. La peau de ses mains ressemblait à l'écorce. Boursouflée, écaillée. Il versait sur ses gerçures, sur ses plaies, de la cire brûlante. Ses mains devenaient encore plus dures, plus grumeleuses. Lorsqu'il pratiquait cette opération, les deux femmes s'enfuyaient en poussant des cris. Une odeur de corne brûlée, l'odeur de l'atelier du maréchal-ferrant, emplissait la cour.

La maison, une maison de ville, en plein cœur de Fontenay, était étroite et longue. Coincée entre deux autres immeubles, elle paraissait un peu écrasée. Presque pas de façade, mais une sorte de boyau qui s'avançait dans les arrières, éclairé par une petite cour. Grand-père vivait dans ces arrières et les deux femmes se tenaient plutôt vers la rue, là où l'on peut voir passer le monde.

Ma mère et moi logions au premier étage, mes grands-parents au rez-de-chaussée. En réalité, nous ne montions au premier que pour dormir, tout le reste du temps se prodiguait chez les grands-parents.

Outre la cour, le rez-de-chaussée se composait d'une cuisine, plus une chambre qui donnait sur la rue. C'est dans cette chambre, fenêtre ouverte l'été pour ne rien perdre de ce qui se déroulait à l'extérieur, que ma grand-mère et ma mère cousaient, repassaient, jacassaient.

L'arrière de la maison sentait la terre, l'avant était imprégné d'une odeur de térébenthine. Tout le trésor familial, bien astiqué, trônait dans cette chambre ; la « belle pièce ». Une armoire à deux portes, une commode, une pendule à balancier, une table recouverte d'une toile cirée, des chaises, un lit étroit et très haut recouvert d'un édredon grenat. Comme on le voit, nous n'étions pas dans la misère. De la misère ancestrale, nous avions accédé, par le biais de la domesticité, à une honnête pauvreté.

Tout ce qui entourait le grand-père Sourisseau était dur, coupant, salissant, lourd ; demandait effort. Tout ce qui entourait mes deux mères était douillet, sensuel. Si mon grand-père s'apparentait à l'arbre, ma grand-mère et ma mère en étaient le nid.

Je venais ronronner dans cet environnement féminin, m'asseyant sur le plancher, le dos et la nuque calés dans les robes. Je ne les dérangeais pas plus que ne l'eût fait un chat. Elles me caressaient d'ailleurs de temps en temps la tête, distraitement, tout en poursuivant leur caquetage.

Parfois ma mère m'emmenait, avec quelque solennité, à la bourrellerie de mes cousins. On traversait le pont des Sardines, en longeant la rivière et l'on arrivait place des Marronniers. C'était à cinq minutes, mais ma mère faisait ce parcours comme s'il s'agissait d'une expédition lointaine et dangereuse. Elle m'accompagnait, en effet, dans l'autre famille, celle des Ragon, celle du mari mort ; une famille de paysans et d'artisans délurés, si différente de sa propre lignée servile. Elle m'accompagnait jusque sur le trottoir de la bourrellerie, entrebâillait la porte de l'atelier, appelait et, lorsqu'elle enregistrait que l'on m'avait bien vu, disparaissait illico.

La terre, la plume, le cuir, voilà les trois éléments de ma petite enfance. Mon grand-père sentait la terre, ma mère et ma grand-mère la volaille, mes cousins bourreliers exhalaient une odeur de cheval.

Encore ici, deux femmes me recevaient, Suzanne, ma cousine germaine (ma marraine de surcroît) et sa mère, la tante Victorine, sœur aînée de mon père. Chef de la tribu des Ragon, la tante Victorine ne parlait que par proverbes, d'une voix sèche, une voix de commandement, habituée à n'être jamais contredite. Petite, maigre, noiraude, les cheveux tirés et ramenés en chignon, avec ces traits asiates qu'ont certains Vendéens, elle menait tous ses hommes par le bout du nez. Ses hommes, c'est-à-dire d'abord son mari qui passait la majeure partie de sa vie dans la cave à mettre du vin en bouteilles, son gendre le bourrelier et le compagnon et l'apprenti. Comme mon grand-père, tous ces hommes s'effaçaient face à ma tante et à ma marraine. Qui n'a pas connu ces temps, antérieurs au féminisme, ignore tout du matriarcat.

Chaque jeudi, devant ma tante Victorine, j'avais l'impression de subir un examen. Elle me reprochait de ne pas me tenir droit, de loucher, de marcher les pieds en dedans, de ne pas répondre quand on m'interrogeait. Habitué au silence de mon grand-père, j'étais abasourdi. La tante Victorine s'exclamait :

— Si ton pauvre père te voyait !

Étrange cette épithète de « pauvre » toujours accolée à celle de « ton père ». Ma grand-mère, ma mère, me parlaient aussi de « mon pauvre père ». Mort, mon père était devenu définitivement, irrémédiablement pauvre. Peut-être les vivants avaient-ils ainsi la sensation d'être moins paumés.

Le « pauvre père », on allait lui rendre visite le dimanche après-midi. De rue en rue, nous arrivions dans une impasse qui aboutissait à la grille du cimetière. Ils étaient relégués aux cinq cents diables, ces « pauvres » morts. Loin de la ville, loin de Dieu et de son église, dans un grand champ entouré de hauts murs, comme si l'on craignait qu'ils ne s'échappent de leurs tombes. Pourquoi tous ces morts étaient-ils enterrés loin de la ville, tous mis ensemble comme des lépreux ? Pourquoi avait-on peur ou honte des morts ? Pourquoi ne gardait-on pas ses propres morts chez soi ? Pourquoi leur apporter des fleurs, une fois par semaine ? Qu'en faisaient-ils ? Sortaient-ils la nuit de leurs tombes ? Je ne comprenais pas. Je ne comprends toujours pas.

Toutes ces femmes qui ont couvé mon enfance m'ont laissé un souvenir de mains douces (même la tante Victorine avait des mains douces), d'étoffes moelleuses, d'odeurs douceâtres. Les hommes, eux, étaient soumis en apparence, mais coriaces comme leurs outils. Aux outils du jardinier, se substituaient chez mes cousins les outils du bourrelier. Plus d'odeur de terre, de plantes et de fruits. L'atelier du bourrelier sentait la peau de bête, le crin, la poix dont l'apprenti enduisait les fils. Tous les outils étaient tranchants ou piquants. Les aiguilles, l'alêne à manche de bois, les formoirs, les traçoirs qui dessinent les filets sur le cuir, une multitude d'instruments et d'accessoires qui se rangeaient dans des tiroirs. Au plafond, les pièces en cours de fabrication : selles, colliers, brides à œillères, guides à porte-mors, courroies de reculement, dessus de croupière. Cousin Gaston et son compagnon, vêtus pareillement de costumes de toile noire sur lesquels se nouaient un tablier de cuir, mandrinaient, goupillaient, paraient, surtaillaient, traçaient, clouaient, bordaient. L'apprenti cardait du crin pour en remplir les colliers de chevaux que le compagnon cousait ensuite avec deux longues alênes. De temps en temps, cousin Gaston sortait dans la rue, appelé par un charretier. Il mesurait le poitrail d'un cheval dont il allait confectionner la parure.

La bourrellerie a représenté l'un des grands attraits de mon enfance. Par contraste avec le silence de mon grand-père, avec le repli douillet de mes deux mères, la bourrellerie s'ouvrait à pleins battants sur le monde. Sur le monde de la campagne qui arrivait avec ses charrettes, ses chars à bancs, une fois les cochons et les veaux mis en vente sur le champ de foire, et qui marchandait les colliers neufs, rutilants de peinture bleue ou bien donnait à réparer des harnais décousus. Sur le monde de la ville aussi qui apportait quelques pièces de cuir à rafistoler. Il y avait, sur le trottoir de la boutique, une incessante animation. On descendait et on remontait des voitures. On s'apostrophait. C'était à la fois un lieu de rendez-vous et de conciliabules. Les chevaux hennissaient, tapaient du pied. Il y avait là une ambiance de marché, de retour de noce, d'après messe du dimanche.

Au fond de la boutique, dans une semi-obscurité, le mari de ma marraine, cousin Gaston, mais que tout le monde appelait le Berrichon parce qu'il n'était pas du pays, cousait interminablement. On ne le consultait qu'à l'intérieur. Il établissait les devis sur une ardoise d'écolier, à la craie. Les paysans emportaient l'ardoise à l'extérieur, pour mieux lire les chiffres et revenaient effarés, trouvant toujours ces devis trop élevés, obtenant des rabais. Cousin Gaston effaçait, rectifiait, proposait une nouvelle somme. Le paysan repartait à la clarté avec l'ardoise, revenait en faisant la moue. Parfois, souvent, ce manège se renouvelait cinq ou six fois, cousin Gaston, imperturbable, effaçant les chiffres, en proposant d'autres. Finalement on topait là, le paysan repartait content et cousin Gaston effaçait la craie sur l'ardoise. Lorsque l'ouvrage était fait, quelques semaines plus tard, ni lui ni le paysan ne se souvenaient du chiffre fixé. Il fallait tout recommencer, mais telle était la règle du jeu.

Cousin Gaston, qui était effectivement berrichon, portait des lunettes, comme la plupart des hommes du cuir : cordonniers, savetiers, sans doute parce qu'ils veillaient tard sur leur ouvrage à la lueur de minuscules loupiotes et qu'à ce régime leurs yeux s'usaient vite. Il était très brun (comme un Arabe, disait tante

Victorine avec dédain) et se laissait pousser sous le nez une mouche noire à la Charlot. Toujours coiffé d'un béret, qu'il n'enlevait même pas pour saluer sa clientèle, se contentant de porter un doigt à son oreille, comme s'il voulait signifier qu'il se tenait prêt à écouter, c'était ce qu'on appelle un travailleur. Même sa belle-mère en convenait. Elle disait à sa fille : « Tu aurais pu en choisir un plus beau, plus intelligent, mais enfin, c'est un travailleur ! » Elle ajoutait : « Et puis, il n'est pas vicieux. » Ce qui signifiait qu'il ne buvait pas sa paye au bistrot.

Cette bourrellerie a été le grand divertissement de mon enfance. Dès que je fus en âge de me diriger seul, ma mère ne m'accompagna plus. Finalement, c'est pratiquement tous les soirs que je m'échappai de la maison de mes grands-parents pour rejoindre celle de la tante Victorine.

A la bourrellerie, je trouvai mes premiers copains : les apprentis, voire même le compagnon qui n'avait pas vingt ans. J'appris d'abord à ranger les œillets, les rivets, dans des tiroirs en bois. C'étaient d'autres sortes de graines, en cuivre doré ou en fer brillant comme de l'argent. Puis, je partageai le travail de l'apprenti. Nous enduisions les fils de poix, cardions la bourre.

Pourquoi n'aurais-je pas considéré les apprentis qui se succédaient dans la bourrellerie comme des cousins puisqu'ils habitaient chez tante Victorine, mangeaient à sa table et participaient le dimanche aux sorties en famille. S'ils couchaient dans le grenier, c'est qu'il n'y avait pas d'autre endroit pour les mettre.

Cousin Gaston possédait une automobile, chose encore très rare dans notre petite ville. Dix Chevaux Citroën de 1919, à capote de toile, roue de secours sur le côté, trompette à poire de caoutchouc à gauche du conducteur, l'auto n'avait que quatre petites places. Pourtant, toute la famille s'y entassait lorsque nous allions rendre visite à nos oncles et cousins métayers dans le bas bocage. Cousine Suzanne se tenait à l'avant près de son mari qui conduisait et je m'asseyais sur ses genoux. Derrière, la tante Victorine surveillait les opérations, conseillant la prudence aux croisements, mettant le holà dès que la vitesse lui paraissait dangereuse. Près d'elle, son mari s'efforçait de se faire oublier et l'apprenti s'insérait d'une fesse entre eux deux.

Ces sorties en voiture avaient quelque chose de phénoménal, de merveilleux et presque d'héroïque.

En pleine campagne, on ne rencontrait guère d'automobiles. L'abondance des tombereaux, charrettes à foin ou à paille, chevaux, vaches, bœufs attelés, ânes, rendait la circulation hasardeuse. Sans parler des chèvres et des moutons qui traversaient inopinément la route. Mais seuls les chiens agressaient la voiture, galopant longtemps derrière elle, en cherchant à mordre les pneus.

Passant dans certains villages, cousin Gaston en profitait pour visiter des clients qui oubliaient de payer les travaux de bourrellerie. De longs palabres s'établissaient. Pendant ce temps-là, l'apprenti et moi, nous fouinions dans la cour de la ferme. Nous suivions les canards, en imitant leur démarche déhanchée. Nous allions agacer les oies. Le jars nous coursait en sifflant comme un serpent, contorsionnant son long cou. Nous caressions les veaux dans l'écurie. Nous nous culbutions dans le foin de la grange.

Puis, à l'appel de la trompe, nous nous réentassions dans l'auto, jusqu'au prochain client, jusqu'à finalement la ferme de cousine Marie.

Avec l'esprit tribal de la tante Victorine, les dénominations obéissaient strictement au lignage des descendants directs de mon grand-père Ragon, petit paysan exploitant cinq hectares de terre, et mort trop tôt pour que j'aie pu le connaître. Jamais il ne serait venu à personne l'idée de qualifier la ferme de la cousine Marie, « ferme du cousin Paul », son époux, puisque c'est la cousine Marie qui appartenait à notre tribu et que son conjoint n'était qu'un apparenté.

Ils avaient pris en métayage une très grande exploitation dans la plaine de Luçon, aux confins du marais ; trop grande pour eux puisqu'elle les obligeait à employer des valets qu'ils arrivaient difficilement à payer, bien que ceux-ci se gageaient pour presque rien. Aussi, métayers et valets se tuaient-ils à l'ouvrage, ce qui n'est pas une manière de parler puisque aucun d'eux n'a fait de vieux os.

J'aimais beaucoup ma cousine Marie, nièce préférée de mon père à ce que l'on m'en a dit.

— Tu es le vrai portrait de ton pauvre père, s'exclamait-elle à chaque fois que j'arrivais à la ferme. Il n'y a pas à dire, c'est le sang qui parle !

Expression qui revenait aussi, très souvent, chez tante Victorine. « C'est le sang qui parle ! » On voulait évoquer le lien entre les différents membres de la tribu, symbolisé par ce sang invisible qui formait une sorte d'arbre généalogique vivant.

Cousine Marie ressemblait un peu à tante Victorine. Si elle n'était pas morte si jeune, elle aurait sans doute succédé à tante Victorine comme chef de notre tribu, rôle qui, après la mort de cette dernière, demeura sans titulaire.

Heureuse en ménage, ses ambitions terriennes comblées, une ombre assombrissait néanmoins sa vie : la perte de son bocage (*notre* bocage) qu'ils avaient quitté « pour s'agrandir ». Cette plaine à perte de vue, sans rivière, sans buisson, balayée par un vent perpétuel qui hurlait souvent comme une meute de chiens, la rendait mélancolique. Elle disait qu'elle pleurait parfois « des nuits entières » en pensant au gazouillis des ruisseaux, à l'ombre des chemins creux, au vallonnement ombré des collines. Et alors, elle avouait tristement :

— Voilà ce que c'est que de vouloir péter plus haut que son cul.

Ceci différenciait ma lignée paternelle de ma lignée maternelle. Le grand-père Sourisseau se contentait de ses jardins, ma mère et ma grand-mère de leur vie calme et tranquille. Ils n'aspiraient à rien d'autre qu'à cette existence recluse. Tout à l'opposé, les Ragon ne tenaient pas en place. Il leur fallait toujours courir après quelque chimère, comme mon père qui alla se brûler les ailes au Tonkin, comme la cousine Marie qui s'enlisait dans la plaine, comme la tante Victorine qui avait fait de son gendre (ouvrier bourrelier échoué, on ne sait comment, du Berry en Vendée) un patron qu'elle poussait vers l'ambition.

Une fois les cérémonies des effusions familiales accomplies, cousine Marie disait :

— Vous allez bien manger une bouchée ? (Elle prononçait une *bechée.*)

Tante Victorine, son mari, cousin Gaston, cousine Suzanne, tous rétorquaient qu'ils n'avaient pas faim. Seuls l'apprenti et moi lorgnions le jambon suspendu à une poutre, d'un air de convoitise non dissimulé. Cousine Marie répétait son offre trois fois et alors, les convenances observées, toute la voiturée s'exclamait d'une même voix :

— Ah ! ben... Juste une petite bouchée !

Cousine Marie décrochait le jambon enveloppé dans un torchon pour le mettre à l'abri des mouches. Elle coupait avec précaution de larges tranches épaisses qu'elle jetait dans une grande poêle en fer où grésillait du beurre. Elle mettait le couvert sur la table de bois patinée et l'on s'asseyait en soupirant, comme à regret et vraiment pour faire plaisir à l'hôtesse. Arrivaient sur la table un gros pain rond enfariné, une terrine de pâté, une motte de beurre, un pichet de vin, des fromages frais enveloppés dans des feuilles de châtaignier.

Nous protestions contre cette abondance. Puis l'après-midi se passait à manger et à discuter. Cousine Marie parlait des intempéries qui gâchaient les récoltes, du « maître », trop exigeant pour le métayage. Cousin Gaston déplorait que le monde devienne malhonnête et que ceux qui faisaient des dettes ne les payent pas. Tante Victorine soutenait que les saisons n'existaient plus, alors que, dans sa jeunesse, le « mois de Marie était vraiment le plus beau des mois ». Elle ajoutait que, jadis, « on avait de l'honneur et que, lorsque l'on ne devait rien à personne, on pouvait marcher la tête haute ».

Vite rassasiés, nous endormant dans le ronronnement d'une conversation cent fois entendue, l'apprenti et moi nous éclipsions pour jouer à se poursuivre et à se cacher dans tous les recoins de la métairie. Jusqu'à ce que la trompe de l'auto nous rappelle l'heure du retour.

Tout le monde s'embrassait trois fois sur les joues. On se remerciait. On se congratulait. Le visage mouillé, on s'essuyait d'un revers de coude. On protestait qu'il n'aurait pas fallu se mettre en frais, que l'on passait comme ça, juste pour dire bonjour. Puis dans la voiture, loin de la ferme, on ne tarissait pas d'éloges sur l'hospitalité de cousine Marie, sur son excellent jambon, sur son beurre frais qui sentait la crème. On passait en revue les autres fermes familiales où nous nous rendions certains dimanches, comparant les différents accueils. Il n'y avait pas à jaser, c'était vraiment chez Marie que l'on était le mieux reçu. Et puis, elle savait soigner ses cochons. Quel jambon, doux Jésus ! Quel jambon !

Ah ! les beaux dimanches que ceux-là ! Et toutes ces évasions vers la mer, encore peu fréquentée. Nous n'allions pas aux « bains de mer », nous allions à la mer comme on va aux champignons. Ma mère m'avait habitué à une économie de la cueillette. Combien de soirées consacrées à la récolte du tilleul, de la bourrache, de la menthe, de la camomille, toutes espèces sauvages ou, en tout cas, non propriétarisées ! Ma mère herborisait pour la pharmacie familiale. Elle savait ajouter aussi, à l'ordinaire du jardin du père Sourisseau, des plantes un peu folles que l'on pouvait accommoder en cuisine : salade de pourpier, asperges vagabondes, jeunes pousses de fougère, orties. Sans parler des mûres qui se transformaient en confitures et des châtaignes, si abondantes dans les chemins creux tout proches, dont nous faisions des bouillies. Oui, vraiment, le bon Dieu pourvoyait encore à la nourriture de ceux qui ne gagnaient presque rien, en ce temps-là.

Il faut dire qu'en ce temps-là Dieu n'était pas mort, ni ses anges et que, même les fées, nous le verrons plus loin, veillaient encore sur les enfants sages.

Les visites aux cousins et oncles fermiers, dans la Dix Chevaux Citroën, représentaient l'ordinaire des dimanches. L'extraordinaire, c'étaient les virées vers l'Océan. Des virées dont le but n'était pas différent de celui des promenades crépusculaires de ma mère puisqu'il s'agissait avant tout de ramener de l'Atlantique une provision d'espèces gratuites et mangeables : coquillages divers, huîtres, moules, que nous recueillions sur les rochers provisoirement découverts par les eaux, ou en fouissant dans le sable humide.

Les soixante-dix kilomètres de plages vendéennes étaient alors complètement déserts. Non, n'exagérons pas ! Il y avait des villégiatures à Noirmoutier, du côté de Croix-de-Vie, aux Sables-d'Olonne, bien sûr, mais entre Les Sables-d'Olonne et La Rochelle, rien. Un désert de sable, bordé de chênes verts et de pins. C'est là que nous allions, du côté de l'Aiguillon, de Saint-Vincent-sur-Jar, de la Grillère. Lorsque l'automobile du cousin Gaston arrivait en vue de l'océan, tante Victorine, paniquée par cette immensité d'eau, obligeait son gendre à garer son engin à l'abri des dunes. A l'apprenti et à moi (ou plutôt à moi et à l'apprenti, car elle avait le souci de la hiérarchie), elle lançait les premiers interdits :

— Que je ne vous voie pas vous approcher des vagues ! C'est pas la porte aux Cannes, ici. C'est une eau méchante.

Aucun d'entre nous ne savait nager. Il ne serait d'ailleurs venu à l'idée de personne d'apprendre à nager. Même les marins pêcheurs se dispensaient de cet exercice. Leurs petites maisons blanches aux volets bleus tournaient toutes le dos à la mer. Signe qu'ils lui portaient peu de sympathie. La mer était une ogresse que l'on forçait à coups de rames, que l'on traquait avec des filets. On lui arrachait du ventre la nourriture qu'elle accaparait. On la dépeignait de sa chevelure d'algues. Les marins aimaient la mer comme le torero aime les taureaux, comme le soldat aime la guerre. Ils luttaient contre elle. Elle les éclaboussait et les brûlait de sel. Parfois elle broyait les navires, aspirait les hommes dans ses replis, d'où ils ne revenaient jamais.

On comprend que de telles considérations aient pu pousser tante Victorine à quelques précautions. Dès que nous sortions de la voiture, la mer nous lançait son vent aigre au visage, comme un avertissement. Elle nous giflait de sable.

— Vous l'entendez qui hurle ! s'exclamait tante Victorine.

L'apprenti murmurait, en serrant les dents :

— C'est les chiens de mer. Attention à ne pas être mordus !

Nous descendions vers la plage, pliés en deux, recevant le vent de plein fouet, encombrés de tout un matériel aratoire : pelles, bêches, houes, seaux. Nous nous rapprochions des dangereuses vagues qui s'avançaient vers nous en rampant, les malignes. Il fallait à la fois les éviter et rejoindre le sable mouillé. Nos instruments de jardinier à la main, seuls sur cette plage sauvage, nous bêchions, creusions, extrayant du sable une multitude de « coques » que nous appelions des sourdons. Nous en remplissions de pleins seaux. Un peu moins de palourdes. Quelques couteaux difficiles à attraper car ils s'enfonçaient prestement dès que nous les touchions avec nos outils.

La mer descendante découvrait les rochers. Cousin Gaston les regardait avec convoitise. Il jetait un coup d'œil vers les dunes, apercevait sa belle-mère qui surveillait les opérations, bougonnait et se remettait à bêcher. Les seaux pleins de coquillages, cousine Suzanne et l'apprenti les portaient à la voiture. Cousin Gaston profitait de cette absence, qui avait pour effet de faire disparaître la silhouette de la belle-mère, pour me dire précipitamment :

— Viens, mon petit gars. On va chercher des huîtres et des moules.

Nous abandonnions bêche, pelle et houe et nous précipitions vers les rochers fouettés par l'océan. C'était le moment le plus délicieux du voyage. Nous nous trempions les pieds dans l'eau, glissions un peu sur les algues, arrachions au couteau les huîtres collées au rocher, les bouquets de moules, les pétoncles. Nous allions jusqu'à poursuivre des petits crabes dans les poches d'eau. Parfois, une vague inattendue nous éclaboussait. Cousin Gaston riait en hoquetant :

— Oh ! Oh ! Tu vas voir que tout à l'heure on va manger de la soupe à la grimace.

Nous ne regardions pas vers les dunes. Le vent qui venait du large nous empêchait d'entendre les invectives que l'on devinait. Il s'établissait entre cousin Gaston et moi une affectueuse complicité. Nous tournions le dos à la pesante famille, à la pesante terre. Nous foulions aux pieds les interdits. De temps en temps, cousin Gaston me regardait en clignant de l'œil. Des appels nous parvenaient, des cris :

— Ne te retourne pas, me disait-il, tu perdrais de vue ton ouvrage.

Il clignait de l'œil, malin, heureux.

Puis nous entendions patauger derrière nous. L'apprenti rappliquait, affolé :

— La patronne va vous engueuler. Faut que vous vous magniez le train.

On se retournait. Tante Victorine, tout en haut des dunes et cousine Marie sur la plage, agitaient les bras, déesses imprécatoires.

Cousin Gaston me prenait par la main :

— N'aie pas peur, va, ça s'arrangera.

Mais j'avais bien l'impression que c'est lui qui me serrait la main très fort, pour se rassurer.

Comme on le voit, malgré l'absence de mon père je basculais dans la famille paternelle. Je découvrais plus d'attraits à la bourrellerie qu'au jardin du père Sourisseau. Ma famille paternelle m'appelait, me réclamait. La camaraderie des apprentis, l'animation du commerce, l'évasion dominicale vers les métairies ou la mer, tout cela m'arrachait à la molle torpeur de ma famille maternelle.

Ma mère s'en émut. A tel point qu'elle osa un jour m'accompagner de nouveau jusqu'à la bourrellerie et affronter la tante Victorine elle-même. Il lui en avait fallu du courage. Elle avait cent fois répété son rôle, les paroles définitives qu'elle prononcerait, très digne, sans élever le ton, comme une mère sûre de son bon droit devant une étrangère. Mais toujours, en pareil cas, l'inattendu arrive. Nous trouvâmes le petit logement contigu à la bourrellerie sens dessus dessous. Des bassines, des chaudrons, des paniers débordant de linge emplissaient la cuisine et la salle à manger. Le trottoir en était submergé. Une eau savonneuse ruisselait dans le caniveau. Et dans ce capharnaüm tante Victorine, le jupon retroussé, nous reçut sans façon.

— Vous me prenez mon fils, lança ma mère, sur le ton de la tragédie.

— Quoi, quoi ! dit tante Victorine, affairée. Mais vous voyez bien que c'est le jour de la lessive !

Ma mère en resta bouche bée. Le jour de la lessive ! On ne peut pas provoquer un drame en un moment pareil. La lessive ordinaire se faisait une fois par semaine, la grande lessive une fois par mois. Pour le jour de la lessive, on engageait une femme de peine, quc l'on nourrissait bien et qui mettait toute la maisonnée en l'air. Pas chez nous, où c'était au contraire ma grand-mère qui allait lessiver chez les bourgeois et nous ramenait dans sa dorne (son tablier) les reliefs de son repas.

Interdite, ma mère me reconduisit à la maison et plus jamais ne se plaignit de mes escapades vers la bourrellerie.

2

Le zouave du Sacré-Cœur

NÉANMOINS, ma famille maternelle avait son zèbre.

Il s'appelait Tata. Ma mère, ma grand-mère, mon grand-père, tout le monde l'appelait Tata. Cet oncle de ma grand-mère était un très vieil homme maigre, au cou ratatiné comme celui d'un poulet déplumé. Il arrivait de temps en temps du marais, où il gîtait dans une cabane de jonc, tout poussiéreux, les souliers crottés, avec, dans sa gibecière, un col-vert ou un lièvre dont il nous faisait cadeau. Il avait été longtemps tisserand et ma grand-mère montrait encore avec fierté les gros draps de toile crue de sa confection. Mais, depuis qu'il s'était ensauvagé, il vivait de braconnage. Tout le monde le savait, même la maréchaussée qui fermait les yeux car il était intouchable en raison de son passé héroïque et légendaire. Tata avait été zouave du Sacré-Cœur.

Inutile de dire que ce personnage mystérieux me fascinait. Nous n'attendions jamais sa visite, car il survenait toujours à l'improviste. Avec lui, entrait une odeur de fauve et d'eau croupie. Il se glissait silencieusement dans le couloir. La pratique du braconnage le faisait marcher sans aucun bruit. Ses pieds ne paraissaient pas toucher terre. Aussi surgissait-il dans la cour, comme un diable, en s'ébrouant. Puis il sortait de son sac son cadeau : le gibier encore tiède.

Ma grand-mère lui avançait une chaise qu'il refusait, préférant s'asseoir sur un chaudron retourné. Il était, bien sûr, très vieux ; mais tout le monde, à part les apprentis de la bourrellerie, me paraissait alors très vieux. Ma grand-mère et ma mère m'expliquaient qu'en son cas la longévité dépassait les normes. Il avait combattu les Prussiens avec Monsieur de Charette. Toutefois, une confusion s'opérait chez mes deux mères. Il ne s'agissait pas du Charette de 93, ni du Charette de 1832, mais d'un troisième Charette, celui qui commandait les Volontaires de l'Ouest en 1870.

Quoi qu'il en soit, Tata était presque nonagénaire. Il ne se plaignait jamais de sa santé. Sa vue était excellente si l'on en croyait l'efficacité de ses collets. Il ne se déplaçait jamais autrement qu'à pied et, du marais à Fontenay, il lui fallait quand même parcourir une vingtaine de kilomètres à l'aller et autant au retour. Comme il comptait en lieues, ça paraissait quatre fois moins loin.

Il s'installait chez sa nièce (ma grand-mère) pour quelques jours. Elle lui étalait une paillasse dans la remise aux outils, où il se trouvait très bien. Accoutumé à se lever à l'aube, il se faufilait dans le petit matin vers la rivière toute proche et en ramenait une poignée d'anguilles dénichées sous les pierres. C'était autant de gagné pour le repas de midi.

Ma grand-mère m'avait appris à lire avant que j'aille à l'école. Elle tirait de l'armoire à deux battants de gros livres rouges à tranches dorées qui racontaient de merveilleuses histoires. Celle du chevalier de Charette, de ses paydrets aux vestes de mouton noir, de ses amazones, de ses victoires sur les Bleus. Celle du père de Montfort, de ses cantiques, de ses calvaires, de sa grotte dans la forêt de Mervent voisine, de son culte du Sacré-Cœur repris par les paysans insurgés de 93. Charette et le Sacré-Cœur, la panoplie complète de Tata. Puisqu'il était si vieux, aucune incompatibilité ne m'apparaissait à ce qu'il ait vécu à la fois du temps du père de Montfort et de celui du chevalier de Charette. D'ailleurs ma grand-mère et ma mère en semblaient elles-mêmes persuadées. Aucune impossibilité non plus à ce qu'il vive éternellement comme ce Bonhomme Misère, dont un autre livre relatait la dure existence.

Seulement, l'âge aidant, la curiosité s'affine. Je subodorais que si la misère était éternelle, Tata ne l'était pas. Je pris l'habitude de l'accompagner un bout de chemin lorsqu'il repartait vers le marais. Il suivait invariablement la rivière, à partir du pont des Sardines jusqu'au Pont-Neuf, passait devant la sous-préfecture et empruntait ensuite le chemin du halage. Nous quittions très vite la ville. La rivière se faufilait dans des champs bordés d'ormeaux et de chênes têtards. Tata marchait silencieusement, à tout petits pas. Il me tenait par la main, une main pleine d'os et à la peau rêche. Arrivé au troisième échalier, toujours le même, celui qui donnait accès à une prairie où paissaient de belles vaches rousses, Tata me lâchait la main :

— Allons, mon drôle, faut t'en retourner, sinon les loups te mangeront.

— Il n'y a plus de loups.

— Vois-tu ça ! Et moi, crois-tu que je ne suis pas un vieux loup.

— Je n'ai pas peur que vous me mangiez.

— Pardi, malin, tu sais bien que je n'ai plus de dents.

— Je voudrais que vous me racontiez l'histoire du chevalier de Charette.

— Une autre fois.

— C'est vrai que vous avez été zouave ? Alors vous connaissez l'Afrique. J'ai vu, dans des livres, des images qui montraient des zouaves, avec des chéchias rouges et des pantalons bouffants comme des jupes de dames.

Tata se redressa (il avait tendance à se courber, à tant se courber que parfois je craignais qu'il ne tombe en avant). Je perçus une lueur d'orgueil dans ses yeux gris.

— Moi, j'étais zouave du Sacré-Cœur.

— Racontez-moi, Tata.

— Une autre fois.

Il me fallut attendre sa prochaine virée. Dès qu'il arriva, je ne tins plus en place. J'aurais voulu qu'il me raconte tout de suite ses aventures. Mais il somnolait, assis sur son habituel chaudron. Ce n'est qu'en l'accompagnant sur le chemin du halage qu'il se décida à me répondre, juste au moment où nous arrivions à l'échalier qui marquait notre séparation.

— Cette fois, Tata, racontez-moi.

Il adossa son corps maigre contre l'échalier :

— Le capitaine de Charette nous avait emmenés à Rome pour défendre le Saint-Père contre Garibaldi. Mais quand Napoléon attaqua les Prussiens, le colonel de Charette nous ramena en France.

Je n'étais pas encore très calé en histoire, mais ce premier exposé me paraissait clocher. D'abord ce Charette, était-il capitaine ou colonel et que venaient faire Napoléon et les Prussiens ?

— Le baron de Charette...

— Monsieur de Charette était chevalier.

— Ne m'interromps pas tout le temps, sinon je ne m'y retrouverai pas. Tu parles de monsieur de Charette du temps des chouans, le mien c'est son petit-neveu. Petit-neveu comme tu es pour moi. Il a été notre capitaine à Rome, notre colonel lorsqu'il a mis ses trois cents zouaves pontificaux à la disposition de la République, quand Napoléon le troisième fut fait prisonnier par les Prussiens. Il a été général lorsque les zouaves pontificaux devinrent les Volontaires de l'Ouest. La République nous avait demandé de changer de nom, mais sur notre bannière blanche un cœur rouge était brodé.

— C'est la guerre de 70 dont vous parlez ?

— La guerre contre les Prussiens, oui.

— Vous en avez vu, des Prussiens ?

— Si j'en ai vu, oui, j'en ai vu. Même que je les revois toujours dans mon sommeil. Ils rappliquent comme des corbeaux de malheur. Avec leurs casques à pointe. J'entends encore les chevaux des uhlans aux bottes et aux lances noires lorsque je pose mon oreille contre terre. Ça galope, ça galope. Un galop d'enfer.

Je pensais à ma grand-mère qui ponctuait invariablement la fin des repas par : « Encore un que les Prussiens n'auront pas. » Donc, Tata avait combattu les Prussiens dans l'armée de la Loire. Mais tout cela n'était pas très clair. Comment ces zouaves du Sacré-Cœur et ce monsieur de Charette avaient-ils pu se mettre au service de la République ? Se battre comme des lions en 93 pour ne pas être incorporés dans les armées de la République qui s'opposaient aux Autrichiens et aujourd'hui accourir, avec ce même drapeau du Sacré-Cœur, pour barrer la route aux Prussiens...

— La Vendée était allée protéger le pape. Elle a ensuite protégé la Loire, qui est notre fleuve. Et puis, les mêmes messieurs nous conduisaient. Non seulement de Charette, mais le petit-fils de Bonchamps, le petit-fils de Stofflet, le petit-fils de Cathelineau. C'est la Vendée de 93 qui s'est réveillée pour une dernière bataille.

— Vous vous êtes battu contre les Prussiens ?

— Mon pauvre petit, si tu savais... On croit qu'on va se battre. On s'enthousiasme. Les clairons sonnent. Et on s'enfonce dans une sorte de brouillard de feu et de sang. On ignore ce qu'on fabrique. On attend. On avance. On subit les événements. On crève ou on s'en tire, sans comprendre comment. Allez, retourne-t'en, il fait si froid.

— Mais, Tata, il fait chaud. On est en juillet !

— Ah ! C'est le froid de la Beauce qui me revient dans les os. Un pays si plat, si boueux. Quel froid ! Quelle boue ! On marchait au canon. On cherchait l'ennemi dans l'horizon plat. Le 1er décembre, à trois heures du matin, on s'était réunis à l'église de Saint-Péravy pour entendre la messe. Le soir, dans une pénombre rose, nous entrevîmes les labours jonchés de cadavres. Les mobiles bretons avaient été décimés par une charge de cuirassiers bavarois. L'incendie de Loigny éclairait le champ de bataille. Ah ! vois-tu, on enrage quand on ne peut rien faire, l'arme au pied, attendant des ordres qui n'arrivent pas. Au loin, on apercevait des casques à pointe dont les ombres se penchaient sur les blessés pour les assommer et leur fouiller les poches. A perte de vue, la plaine était parsemée de ces képis plats que les mobiles portaient crânement sur le côté et qu'ils avaient perdus dans leur déroute. L'incendie de Loigny devint plus fort et, à terre, les cuivres des clairons à passementerie rouge brillaient, les baïonnettes des chassepots et des carabines Springfield scintillaient. Des râles, des gémissements, des hurlements nous vrillaient les nerfs. Les officiers nous obligeaient à ne pas bouger. A l'aube, on vit revenir les Prussiens, poussant devant eux des paysans requis suivant l'usage pour enterrer les morts dans les grandes fosses creusées à la pelle.

« Soudain les guérets d'hiver se couvrirent de bleuets et de coquelicots. La garde mobile avançait, dans ses uniformes bleus et rouges. Au loin, les petits bois qui émergeaient de la platitude disparurent dans la fumée, puis les flammes. On s'exaspérait de rester au spectacle, nous, même si, de temps en temps, un boulet tombait et faisait une trouée dans nos rangs. Entre les deux armées ennemies se trouvait une ferme immense, comme une forteresse. Les Bavarois, à ce qu'on nous disait, s'étaient retranchés dans sa cour. Toute la matinée, le 37e régiment de marche attaqua la ferme. Comme ils ne réussissaient pas à en déloger l'ennemi, les sapeurs s'avancèrent, avec leur grande barbe sous leur bonnet d'ours, leur tablier de cuir blanc qui leur allait du cou au mollet, brandissant leurs énormes haches. Se découvrirent aussi les fusiliers marins avec leur bonnet à pompon. On entendait les tambours, les clairons, les cris, les appels. Venant d'Orgères, de Tanon, de Goury, de Bazoches-les-Hautes, l'infanterie prussienne surgissait, avec ses casques à pointe sur lesquels étincelaient les aigles dorés.

« A midi, enfin, Monsieur de Charette nous a donné l'ordre d'attaquer. On s'est déployé à notre tour vers la ferme de Beauvilliers, en enjambant les morts, au pas, sous une mitraille qui nous décimait de plein fouet et on criait : “ Vive Pie IX ! Vive le Sacré-Cœur ! ” C'est là que le fils et le petit-fils de Bonchamps ont été tués. C'est là que Monsieur de Charette, la cuisse traversée d'une balle, a été ramassé par les Prussiens. C'est là que le général de Sonis a eu le genou brisé. Des quinze officiers qui se trouvaient avec nous à la messe de Saint-Péravy, six seront tués et les neuf autres blessés. Sur les trois cents que nous étions, nous ne sommes revenus que cent, le cœur gros de laisser nos blessés couchés parmi les morts, dans cette maudite plaine sur laquelle tombait une grosse neige qui, peu à peu, recouvrait les corps. »

Comment se faisait-il que Tata parlait aussi savamment ? Il avait un vocabulaire bien riche pour un cabanier. Et quelle extravagante aventure que ce Vendéen s'engageant dans les zouaves pontificaux ! Comme tout cela ressemblait peu à ce vieillard au dos cassé, vêtu comme un mendiant et qui s'en retournait lentement dans sa solitude du marais.

J'ai cherché depuis à en savoir plus sur ces zouaves du Sacré-Cœur, étrangement oubliés. Et pourtant quelle péripétie que la leur ! Bizarrement, leur itinéraire suit celui de Jeanne d'Arc : Orléans, Patay... Parmi ces Volontaires de l'Ouest qui gonflèrent les rangs des zouaves pontificaux, des paysans et des domestiques, des ouvriers des Mauges, des séminaristes envoyés par les évêques et tous les petits-fils des chefs vendéens de 93, nobles ou roturiers. Par un curieux hasard (mais trop de hasards pour que cela ne signifie pas quelque chose), je vis depuis dix-sept ans dans un village agricole de la Beauce qui se situe peu loin du lieu de ces combats. Des monuments aux morts de 1870 ponctuent la plaine, aux emplacements des batailles et des charniers. La ferme de Beauvilliers existe toujours. C'est un très vaste bâtiment isolé. Lorsque je m'y suis rendu en pèlerinage, en mémoire de Tata, le ciel très bas, noirâtre, immense, semblait vouloir m'engloutir, comme une mer inversée. Un terrible vent de plaine m'obligeait à marcher replié en avant. Il me fallait foncer, la tête dans le vent qui sifflait comme l'océan en tempête. Que diable mes Vendéens venaient-ils faire là, si loin de leur bocage ? Que diable Jeanne-la-Lorraine venait-elle faire là, si loin de Domrémy ? Ah ! que j'aime ces fous, ces francs-tireurs, tous ces gens qui s'occupent de ce qui ne les regarde pas, tous ces amateurs, tous ces fiers-à-bras, tous ces en dehors, tous ces inspirés, tous ces inconscients, tous ces possédés, tous ces toqués des grandes causes et des petits bénéfices, tous ces échappés de la quotidienneté conforme, tous ces chimériques, ces éperdus, ces extravagants, ces excentriques, ces mabouls, ces obsédés d'un idéal qui les dépasse ; qui les dépasse mais ils courent après, ils courent à perdre haleine, à perdre l'esprit, à perdre vie.

J'attendais les retours de Tata avec impatience. Il se passait parfois des mois avant qu'il ne réapparaisse, en catimini, dans le couloir de la maison. « Il marche à pas de loup », disait ma mère qui n'avait jamais vu de loup. Et moi je pensais à ce que m'avait dit Tata, qu'il était un vieux loup édenté.

Cher vieux loup dont l'allure se faisait de plus en plus lente et qui, comme nous l'observâmes avec dépit, apportait des proies de plus en plus chétives. Nous étions devenus complices, de cette complicité malicieuse qui s'installe entre vieillard et enfant. J'attendais impatiemment qu'il continue son histoire des zouaves du Sacré-Cœur et, lui, prenait plaisir à m'en entretenir. Mais tant qu'il demeurait à la maison, nous n'en soufflions mot. Même lorsque je l'accompagnais le long de la rivière, lorsqu'il repartait vers ses roseaux, nous n'abordions ce sujet qu'une fois arrivé à l'ultime échalier.

— Alors, Tata, la bataille de Patay c'était une victoire ?

— Jeanne d'Arc y avait triomphé dans les blés mûrs, nous, la neige et le froid... L'hiver c'est la mort, la défaite. Orléans n'est qu'à six lieues de Patay. La cavalerie prussienne, après nous avoir écrasés à Patay, fonçait sur Orléans, sur Chartres, sur Blois. Bientôt, on se battit à Vendôme... Une armée en retraite c'est comme la vieillesse, vois-tu. On sent la vie qui s'en va, et la joie, et la force. On régresse. On recule. On n'a plus de prise sur le destin.

Les vaches rousses ne paissaient pas dans le pré ce jour-là. A leur place piétinait un gros cheval pommelé qui vint vers nous en secouant sa crinière.

Tata lui caressa la tête, longuement, songeur :

— Les chevaux, quel écœurement ! Dans notre déroute, les uhlans nous harcelaient avec leurs charges de cavalerie. Pour nous défendre, il nous fallait éventrer les chevaux prussiens à coups de baïonnette. Rien que de penser à toutes ces bêtes qui perdaient leurs tripes en bramant de douleur, me donne encore envie de dégueuler.

— Vous couriez, les Prussiens à vos trousses ?

— Tu vois ça comme la petite guerre des gamins. Mais quand les chevaux qui traînent les canons sont tués, les soldats doivent s'y atteler et tirer avec des cordes, pousser à l'épaule. On emporte aussi avec soi tout le barda : le havre-sac de toile, la gourde, le sac à pain, la couverture roulée. On emporte les tentes qui seront montées aux étapes. Et notre fusil à percussion Remington, un fameux fusil qu'on appelait l'Égyptien, calibre 44, équipé d'un sabre-baïonnette.

— Pourquoi l'Égyptien ?

— Un fusil américain destiné à l'Égypte et qui nous était tombé entre les mains je ne sais comment. On en a fait voler, des casques à pointe, avec les balles de ce Remington !

— Ça s'est terminé comment la guerre de 1870 ?

— Les Prussiens nous ont pourchassés jusqu'au Mans. Le 11 janvier de l'année 1871, le régiment de ligne, les mobiles, les fusiliers marins, bousculés au sommet du plateau d'Auvours, après une heure de lutte corps à corps, décrochent. Nos clairons sonnent la charge et on s'élance sur les collines sous le feu prussien. On voyait les fantassins et les canons qui descendaient en débandade. Mais le 12, à neuf heures du matin, il nous fallait abandonner le plateau d'Auvours et les Prussiens entraient au Mans. Le 27 janvier, l'armistice était signé. Nous sommes retournés en Vendée, parmi les autres Volontaires de l'Ouest. Avec, en poche, nos vingt sous de solde.

Plusieurs mois se passèrent et Tata ne revint pas. Mes deux mères ne s'en émouvaient pas. Comme je m'inquiétais, elles me dirent que le vieil oncle était comme ces oiseaux migrateurs qui savent retrouver leur nid. Elles s'étaient tant habituées à ses pérégrinations, à sa volonté de liberté jalousement sauvegardée, qu'il leur semblait naturel qu'il en soit toujours ainsi.

Je tarabustai cousin Gaston pour qu'il m'accompagne dans le marais où Tata était peut-être malade, blessé, que sais-je. Mais cousin Gaston, à la seule idée d'emprunter l'auto sans l'assentiment de sa belle-mère, se paniquait. Il accepta seulement de nous prêter des vélos, à l'apprenti et à moi. Nous irions présenter des factures dans quelques métairies débitrices et, par la même occasion, nous chercherions Tata dans les conches.

Au sud de Fontenay-le-Comte, le Marais poitevin étend ses prairies mouillées, ses canaux, ses rigoles, ses biefs, ses fossés, ses talus. Des peupliers, des trembles, y forment des voûtes épaisses de verdure. Entrer dans le marais, c'est quitter le sol ferme pour une terre spongieuse, quitter la route pour des voies d'eau qui se perdent dans le fouillis végétal. C'est un labyrinthe dans lequel on ne se glisse qu'en empruntant de longues barques plates que l'on pousse en se servant d'une perche enfoncée lentement dans le lit des sentiers d'eau.

L'apprenti répugnait à pénétrer dans ce territoire où tout semble mouvant. Comment d'ailleurs s'y retrouver quand on n'est pas maraîchin ? Et où créchait Tata ? Mon entreprise lui paraissait à juste titre absurde. Mais, après tout, j'étais le filleul de la patronne, ce qui donne bien droit à quelque fantaisie.

Nous abandonnâmes les bicyclettes près d'une oseraie. Des souches de saules et de frênes bordaient un canal à demi recouvert par des feuillus qui se rejoignaient d'un bord à l'autre. L'apprenti aperçut une barque, tira sur la chaîne qui l'amarrait à la berge et nous sautâmes dans la yole. Avec une pelle de bois, nous commençâmes par écoper puis, à la grâce de Dieu, l'embarcation détachée, nous partîmes pour l'inconnu.

La yole glissa sous les frondaisons vertes. L'eau était si claire que nous voyions passer des tanches sur le fond d'algues.

Comme tous les canaux, celui que nous avions emprunté se

ramifia bientôt en rigoles qui, elles-mêmes, se subdivisèrent en conches. Nous nous retrouvâmes bientôt dans un méandre de voies d'eau, sans aucune possibilité de repère.

— Je crois bien, dit l'apprenti, qu'on s'est perdus.

Il se produisait, au cœur du marais, un silence étrange, coupé de cris d'oiseaux, d'envols. La peur commençait à nous gagner. Bêtement, je m'époumonais : « Tata ! Tata ! », comme s'il eût été le seul habitant de ce désert vert.

Sur le soir, une yole chargée de bidons de lait surgit au détour d'un fossé. Je hélai l'homme qui la pilotait, lui demandant s'il connaissait un vieux braconnier qu'on appelait Tata.

L'homme nous regarda avec étonnement (que faisaient ces deux enfants dans cette « platte » ?) et ne répondit rien.

Un peu plus tard, passa près de nous une barque à chèvres, conduite à la pigouille par une petite fille. Ma question la fit bien rire. Tous les maraîchins étaient vieux, nous dit-elle, et tous étaient braconniers. Elle poussa son embarcation, très vite, et disparut derrière des saules en nous envoyant des baisers.

L'apprenti maugréait. Tout ça finirait mal. Et il n'en avait rien à foutre de mon aïeul. Nous aperçûmes des huttes de roseaux, sur la berge. Mais nous ne réussîmes pas à accoster. Étrangement, notre barque, dès qu'elle approchait de la rive, était prise dans un remous qui la refoulait au milieu du canal. Des hommes et des femmes, sortis des huttes, nous interpellaient en rigolant. Ils ressemblaient à des gnomes, gesticulaient, nous tiraient la langue. Je voulais les interroger sur Tata, mais ils me répondaient : « Taratata ! Taratata ! » Rien à faire. Ce monde ne voulait pas de nous. Comme si le marais lui-même se moquait de notre équipée, après nous avoir égarés dans son labyrinthe pendant toute la journée, voilà qu'il nous rejetait vers la plaine, le courant nous reconduisant lui-même vers nos vélos couchés près de l'oseraie.

Je n'ai jamais revu Tata. Nous n'avons jamais reçu de ses nouvelles, mais qui nous en aurait donné ? « Dieu nous l'avait donné, Dieu nous l'a repris », dit dans sa sagesse ma bonne grand-mère. Et personne n'en parla plus.

3

La grande maison avec une tour près de la rivière

On est couvé dans un nid, et soudain, sans rime ni raison, on vous flanque par-dessus bord et vous tombez de haut. D'un univers féminin, vous passez dans une société d'hommes. Du linge blanc au linge noir.

Tout était noir dans ce nouveau monde qui recevait l'écolier. Les frères des écoles chrétiennes chargés de nous éduquer, vêtus de costumes noirs, jetaient sur leurs épaules, dans la cour de récréation, un curieux manteau (noir) dont les manches restaient vides. Ce qui leur valait d'être appelés les frères à quatre-bras. Il nous semblait bien en effet que leurs bras se multipliaient, tellement leur dextérité à s'en servir comme matraques était vigoureuse. Les enfants avec lesquels je me trouvais confronté étaient, eux aussi, accoutrés uniformément de tabliers noirs et coiffés de bérets noirs. Au milieu du mur de la classe, derrière l'instituteur, un grand tableau noir nous attendait pour les interrogations.

Après la terre, la plume et le cuir, venait le temps de l'encre et du papier.

Tout me terrorisait à l'école : tant de garçons enfermés dans un lieu aussi étroit, agressifs, bruyants et ce « frère » auquel nous avions été livrés comme du bétail et qui abusait de son autorité. Ce qu'il racontait aurait pu, d'ailleurs, s'apparenter à l'humour noir, si nous avions su en décortiquer le sel. Mais nous écoutions, béats, sans comprendre pourquoi il nous fallait retenir par cœur les noms de tous les départements français, avec leurs chefs-lieux et leurs sous-préfectures ; pourquoi il nous fallait calculer combien d'hectolitres d'eau débitent trois robinets, dont le jet est différent et qui coulent dans trois récipients de différente grandeur. Nous étions comme des oies que l'on gave. Dans nos cervelles toutes neuves devait entrer une foule de noms nouveaux, de dates, de lieux. Quelle indigestion ! Toute l'histoire du monde se déroulait en accéléré. D'Adam et Ève au paradis jusqu'aux poilus de la guerre de 1914, en passant par Vercingétorix, les rois fainéants, Jeanne d'Arc (ça, je connaissais, puisque Tata... Patay...), le Grand Ferré cassant la tête des Anglais puis mourant pour avoir bu de l'eau glacée (il ne faut jamais boire trop froid lorsque l'on a trop chaud), le chevalier d'Assas transpercé par l'ennemi pour avoir signalé leur présence (il ne faut jamais mentir, quitte à en souffrir), la poule au pot de Henri IV et le vase de Soissons, la tête coupée de Louis XVI et la Pompadour, l'aigle de Napoléon et la baignoire de Marat, les mignons de Henri III et le pont du chevalier Bayard, les messes clandestines dans les granges pendant la Révolution et sainte Blandine mangée par les lions (à Lyon... bizarre !), les prêtres fusillés par les Communards et l'évêque de Marseille sauvant sa ville de la peste. Oui, et Tata dans tout ça ? Et les zouaves du Sacré-Cœur ?

Excédé par tant d'injustice, je crus bon de protester. Ma première protestation. Elle aboutit comme réponse à un vigoureux coup de règle sur les doigts et à cette repartie que je devais ensuite souvent entendre :

— Ça t'apprendra à faire le zouave !

Consécutivement, apparut un nouveau personnage, vêtu de noir de la tête aux pieds. Une barrette noire sur la tête, une soutane noire sur le corps, des godillots noirs, un bréviaire noir dans les mains, des ongles noirs, des idées noires : le curé de la paroisse avec lequel nous devions apprendre le catéchisme. Comme si n'était pas suffisante notre première rencontre avec l'Histoire (cette Histoire pleine d'entrechoquements d'os de squelettes, bal du diable mené bon train, bal des puissants obligeant les humbles, les obscurs, les sans-grade à danser le menuet à coups de fouet et de pétoire), le curé crut opportun de nous dévoiler les horreurs du péché et, par ricochet, les supplices de l'enfer. Aux événements de l'Histoire, qui sont eux-mêmes une parodie de l'enfer, s'ajoutèrent donc des récits plus spécifiquement diaboliques destinés, dans l'esprit du prêtre, à nous détourner du mal.

Y avait-il des pécheurs parmi nous ? Et quel grand péché eussent-ils pu commettre ? Toujours est-il que l'effet escompté par le curé fut tout à fait contraire. Excités par les descriptions infernales, les plus forts d'entre nous devinrent de vrais démons, nous terrorisant, hurlant, cherchant par tous les moyens à nous amocher. Quant aux plus faibles, parmi lesquels j'avais la malchance de me trouver, traumatisés à la fois par « le frère », le curé et les forts, nous osions à peine respirer. Nous en avions des cauchemars. Ma mère m'avait passé au cou un scapulaire et des médailles bénies étaient cousues à ma chemise. Malgré cela je tombai malade et, dans mon délire, je descendis en enfer et rêvai en couleurs. Tout mon rêve était vert, du même vert. Le diable était vert, le feu vert, les damnés verts. Un enfer campagnard, plein de chlorophylle. Lavé du noir, je guéris.

Je guéris et me tins coi. J'observai. J'empruntai au père Sourisseau son silence. Je prenais goût à l'étude. Tant et si bien que le frère à quatre-bras (comme il y a des chats à sept-queues) ne me remarqua plus. Par contre, un de mes malheureux condisciples retenait toute son attention. Il n'était pas plus bête qu'un autre, pas plus dissipé, plutôt moins effronté et pourtant il avait le don de susciter toutes les colères de notre pédagogue. Et quelles colères ! Les coups de baguette, les livres envoyés à la volée à la tête des étourdis, les gifles, qui constituaient l'ordinaire de notre éducateur, n'étaient rien à côté des crises d'hystérie qui le saisissaient lorsqu'il fonçait sur sa bête noire (noire, évidemment). Il le saisissait par l'oreille, le soulevait de terre et le jetait dans la poubelle à papier. En supplément, il lui arrivait de lui botter le derrière avec ses souliers à clous (noirs) ou de lui marteler le dos de coups de poing. Il n'y avait guère que dans la poubelle à papier qu'il était tranquille, le pauvre vieux. Il s'efforçait d'ailleurs de s'y faire oublier, s'y enfonçant le plus possible et finissant par y dormir.

Le traitement infligé à notre camarade avait pour effet d'épouvanter la classe qui n'osait plus moufter.

Ce bouc émissaire (ce chevreau, plutôt) je le connaissais de vue. Nous étions voisins. Sa mère tenait une minuscule épicerie sur la place des Halles. Ma mère y achetait le sucre et le sel. Une telle aversion de l'instituteur, une telle mise au rancart, une telle brutalité, contribuaient à isoler le fils de l'épicière. Pour être aussi rejeté, c'est qu'il ne devait pas être normal. Chacun de nous le regardait de biais, et l'évitait, comme s'il allait nous porter la poisse. Toutefois, notre voisinage nous rapprocha. Il aimait, comme moi, barboter dans la rivière, presque à sec, l'été sous le pont des Sardines. Nous nous retrouvions à la porte aux Cannes, en train de soulever des pierres dans le lit du courant pour essayer d'y capturer des anguilles qui, presque toujours, nous filaient entre les doigts, en nous laissant la main gluante. Comment se débrouillait Tata pour en attraper autant ?

— Dis donc, qu'est-ce que tu dérouilles ! Tu lui as fait quoi, au « frère », pour qu'il te tabasse comme ça ?

— Rien, je te jure. Y doit me prendre pour un autre. Mais je me vengerai. J'ai mon plan. Y perd rien pour attendre, le corbeau.

— Tu as un plan ?

— Si tu veux être mon copain, je te mets dans le coup.

Intrigué, alléché, j'acquiesçai.

— Tu n'as pas peur du noir ?

Encore le noir, toujours le noir. Si, j'avais peur du noir. Je ne le lui cachai pas.

Il me montra une maison construite en bordure de la rivière, tout en haut de la porte aux Cannes, avec une tour ronde :

— Elle est belle, cette maison, non ? Quand je serai grand j'y habiterai et, si tu m'aides pour mon plan, je t'y inviterai.

Les coups du « frère » devaient avoir ébranlé le cerveau de mon camarade. Comment pourrait-il acquérir cette maison bourgeoise, lui dont la mère était aussi pauvre que la mienne ? A part le sucre et le sel, qui rapportent de si faibles bénéfices, que vendait-elle, la mère du petit Jean (il s'appelait, il s'appelle toujours Jean). Personne n'avait besoin de légumes ni de fruits. Personne ne mangeait d'autres conserves que celles que l'on préparait soi-même. Du tapioca, un paquet de nouilles de temps en temps, du café pour le dimanche, des bonbons pour les fêtes...

L'envers de la grande maison avec une tour donnait sur la porte aux Cannes. L'endroit, place des Halles, faisait vis-à-vis avec l'épicerie de la mère de Jean. Une telle proximité finissait par lui taper sur le ciboulot.

— Demain, dit Jean, quand on reviendra de cette foutue école, je te montrerai.

Il passa cette nouvelle journée dans la poubelle à papier. Désormais, il y allait de lui-même, esquivant ainsi les coups. Nous retournâmes ensemble de l'école et il m'invita à le suivre tout près de la grande maison.

— Personne ne l'habite. J'ai trouvé l'endroit pour y entrer.

Il décrocha prestement la grille du soupirail de la cave et nous nous engouffrâmes dans l'obscurité. Sortant de la poche de sa culotte une bougie, il me la tendit, alluma une allumette :

— Puisque tu as peur du noir.

Il connaissait tous les aîtres de la maison, se faufilant de la cave au rez-de-chaussée.

— Fais gaffe, faut pas qu'on nous voie.

La maison était abandonnée, mais meublée abondamment. J'étais tout intimidé de pénétrer ainsi par effraction dans un logement inconnu, dont les propriétaires pouvaient survenir d'un moment à l'autre. Intimidé et apeuré.

— Ne tremble pas comme une fille, me dit Jean. Je la reluque tous les jours de chez ma mère, cette maison. Personne n'y vient, foi jurée !

Il me fit signe de le suivre dans la tour. Je n'étais jamais monté dans une tour. L'aventure prenait une allure merveilleuse. Les tours étaient de l'espèce des châteaux, des chevaliers, des châtelaines. « Sur la plus haute branche, un rossignol chantait... » Une petite fille fredonnait cette chanson dans une maison voisine de la nôtre. Je ne l'avais jamaie vue, mais j'entendais souvent sa voix dans la cour de ma grand-mère. « Chante, rossignol chante... » Il n'était pas question de tour et il me semblait pourtant que j'allais rencontrer la petite fille à la jolie voix au sommet de cette tour. Mais non. Il y avait une bibliothèque. Que de livres réunis en un même lieu ! Inimaginable !

Jean se dirigea directement vers un gros volume posé sur un guéridon et m'invita à en lire le titre :

Le
Grand Albert
et les
secrets merveilleux

de la
magie naturelle et cabalistique
traduits d'après l'original en latin
intitulé
Alberti Parvi LVCII
Libellus et Mirabelimus Naturae Arcanis

— C'est un livre de messe, demandai-je ?

— Mais non, ça y ressemble, mais c'est pour prier le diable. Le bon Dieu, tu vois, il ne nous aime pas beaucoup, ma mère et moi. Alors, j'ai trouvé ça. Pourquoi pas essayer avec le diable. Il y a plein de recettes, là-dedans, pour invoquer le démon. Les gens qui ont construit ce château ont su lire le livre et en tirer profit.

— Ce n'est pas un château, ici.

— Quand il y a une tour, c'est un château. Moi, ce que je veux, c'est que le diable brûle le « frère » à petit feu et que, plus tard, j'hérite de cette maison.

Jean prononçait ces énormités avec une telle conviction qu'il m'épouvantait.

— Veux-tu m'aider ? Ce qu'il nous faut, c'est des cierges. Beaucoup de cierges. On en fauchera à l'église. J'ai lu, là-dedans que les cierges bénits éloignent les esprits et que la chandelle pétille lorsque l'on approche du but.

— Quel but ?

— Ensorceler le maudit « frère », pardi ! Et l'envoyer tout droit en enfer.

— Je peux lire.

— Oui, mais fais attention. Si tu lis avec malignité tu auras les yeux brûlés.

Je préférai ne rien lire ce jour-là. Je m'approchai d'une petite fenêtre. On apercevait, en contrebas, la rivière et la porte aux Cannes. Un peu plus loin, des nénuphars recouvraient tout un plan d'eau. La rivière... Je pensai à Tata, à ses confidences lorsque je l'accompagnais jusqu'à l'échalier. Connaissait-il le *Grand Albert ?* Quelqu'un qui ne l'aimait pas l'avait-il fait disparaître ? Ce gros bouquin, sur le guéridon, m'inquiétait. Il sentait le péché, peut-être bien le péché mortel.

— C'est dangereux, ces machins-là, dis-je. Tu devrais laisser tomber.

Jean me regarda de haut, la moue dédaigneuse :

— Alors tu te dégonfles déjà. Toi, « le frère », il t'a bien mouché un jour. Rien ne dit que tu ne prendras pas ma place dans la poubelle. En tout cas, moi, faut que je me venge. Aide-moi, et un jour on mangera des ortolans dans ce donjon.

— Des ortolans, pourquoi pas du homard ? Si les bourgeois te surprennent dans leur bâtisse, alors quelle dégelée ! A côté, celles du « frère », ça te paraîtra du nanan.

Jean haussa les épaules, souffla sur les bougies et me ramena, à travers la cave, dans la plus totale obscurité, histoire de me faire les pieds.

Résultat, les jours suivants je le boudai. A l'école, lorsque je passais près de la poubelle à papier où il subissait son habituelle infortune, je lui faisais les cornes. Il me sifflait entre les dents : « Cornes du diable ! Cornes au cul du " frère " ! Si tu m'aides pas, tu casses ta pipe en terre ! »

Bigre ! Bougre ! La curiosité aidant et cette disponibilité qui rend l'enfance apte à toutes les dérives, je me laissais aller à le suivre. Chaque soir, nous nous glissions par le soupirail, avec nos cierges dérobés à l'église Notre-Dame devant l'autel de saint Antoine de Padoue qui s'arrangerait bien lui-même pour retrouver ses objets perdus, et nous nous installions dans la tour, devant le satané bouquin.

Jean m'émerveillait. Lui qui avait tant de mal à lire les récitations à l'école, retenait mot à mot les formules du livre diabolique. Rien que dans ce phénomène, le prodige se manifestait. Jean s'était fabriqué une baguette magique en suivant scrupuleusement les instructions du livre. Instrument facile à réaliser puisqu'il suffisait d'utiliser une branche de noisetier sauvage.

— Quand je voudrai, me dit Jean, je me rendrai invisible. On attrape un chat noir et on le fait bouillir dans un pot neuf.

Attraper un chat noir et le faire bouillir ne me semblait pas présenter une difficulté insurmontable, sauf de trouver le récipient approprié car les pots, dans nos maisons, si l'on en croyait leurs ébréchures, dataient au moins de Mathusalem. Cet obstacle me rassurait. Je n'avais aucune envie que Jean se rende invisible ou, qui sait, puisse s'employer à me jouer cette farce.

— Je n'ai pas encore retenu toutes les formules, me dit Jean, dépité. Je manque de mémoire. Toi qui apprends toujours tes leçons par cœur tu vas t'y mettre. A nous deux, nous réussirons bien à avaler le bouquin et alors à nous, à nous...

— A nous, quoi ?

— Tout. Tiens, j'en ai déjà relevé, des formules balaises. Écoute...

Il se mit à feuilleter le grimoire.

— Veux-tu assembler une multitude de lièvres ? Ou bien faire accomplir à un cheval plus de chemin en une heure qu'un autre n'en pourra faire en une journée ?

— Bah !

— Veux-tu empêcher un chien d'aboyer ?

— Ça, oui, ils m'enquiquinent avec leurs chiens, les voisins d'à côté.

— Rien de plus simple, tu lui donnes à manger la langue, le cœur et les yeux d'une belette. Veux-tu que je fasse danser une fille nue ?

— Chiche.

— Je l'ai déjà réussi, mais ça cause trop de bruit. On pourrait nous surprendre. Et puis, nous n'avons pas de temps à perdre à des balivernes. Ce qui compte c'est d'abord de supprimer « le frère ».

Dans cette perspective, suivant scrupuleusement les instructions du *Grand Albert,* Jean organisait dans le donjon des cérémonies occultes, tous cierges allumés autour du livre. Il se désolait de ne pas trouver l'Oraison des Salamandres et, à défaut, nous chantions le *Salve Regina.* Les cantiques appris à l'école et à l'église nous semblaient parfaitement convenir à l'ambiance magique que nous voulions susciter. Si Jean maniait avec une telle dextérité le *Grand Albert* c'est que la pratique assidue de nos missels l'avait habitué au surnaturel, avec leurs illustrations représentant des anges guidant des enfants ébaubis, des cœurs percés de flèches, des épines rougies par le martyre, des stigmates aux pieds et aux mains, des crucifiés, du vin changé en sang, du pain devenu chair.

Pendant des semaines, nous nous préparâmes à réciter la grande interpellation des esprits avec lesquels on désire établir un pacte. Je voyais bien que Jean, qui faisait le fier-à-bras, reculait le moment de prononcer cette ultime prière.

Le jour où « le frère » finit par lui décoller l'oreille, à force de tirer dessus, larmoyant, pouffant de rage, Jean me dit :

— Ce soir, on y va.

Nous y allâmes. Devant le grimoire ouvert, entouré de cierges neufs, nous nous mîmes à lire tous les deux ensemble (car nous n'arrivions pas à apprendre la formule, trop longue) :

— Empereur Lucifer, maître de tous les esprits rebelles, je te prie de m'être favorable dans l'appellation que je fais à ton grand ministre, Lucifer Rofocale, ayant envie de faire pacte avec lui ; je te prie aussi, prince Belzébuth, de me protéger dans mon entreprise. Ô ! Comte Astarot, sois-moi propice, et fais que dans cette nuit le grand Lucifer m'apparaisse sous une forme humaine, et sans aucune mauvaise odeur, et qu'il m'accorde, par les moyens du pacte que je vais lui présenter, toutes les richesses dont j'ai besoin. Ô grand Lucifer ! Je te prie de quitter ta demeure, de quelle partie du monde qu'elle soit, pour venir me parler, sinon je t'y contraindrai par la force des puissantes paroles de la grande clavicule de Salomon, dont il se servait pour obliger les esprits rebelles à recevoir son pacte ; ainsi, parais au plus tôt ou je te vais continuellement tourmenter par la force de ces puissantes paroles de la clavicule : Agion, tetagram, vaycheon stimulamaton y espures retra grammatan oryaram iriau esytian existian eryana anera brassim mayna messia sater Emanuel sabaot Adonay, te adora et invoca...

A notre grande déconvenue (et aussi, nous ne nous l'avouâmes pas, à notre grand soulagement), Lucifer n'apparut pas. Mais la suite de l'histoire me laisse à penser que ses manières de répondre aux prières sont plus subtiles, qu'il s'installa en chacun de nous deux, et que, comme une sorte de grippe, nous refilâmes ensuite le virus du diable à tout l'univers.

Il est de bon ton, aujourd'hui, de rigoler du diable. Certains croient en Dieu mais personne n'a osé écrire : « Le diable existe, je l'ai rencontré. » Personne, pas même moi qui, pourtant...

Le plus extraordinaire coup du diable, c'est justement d'avoir réussi à se faire oublier en s'insinuant partout. A la fois chef d'État, évêque, chef de famille, recteur d'université, juge et prévenu, leader politique, animateur culturel, industriel, commerçant, journaliste, professeur, ouvrier, patron, paysan, intellectuel, le diable mène l'orchestre en sourdine. Il s'est également réincarné dans bon nombre d'objets maléfiques : la télévision, le tiercé, le journal quotidien, l'instruction laïque et obligatoire, la tondeuse à gazon, les engrais chimiques, le moteur à explosion, les aérosols, et j'en passe. On aurait pourtant dû reconnaître d'emblée les tours de prestidigitation du démon dans le fait que ces inventions sataniques ont été considérées d'emblée comme des événements bénéfiques. Les choses étant ce qu'elles sont, le diable est aujourd'hui maître du monde et nous n'y pouvons rien.

Revenons à mon copain Jean. Son oreille décollée, la méchanceté de son tourmenteur dépassant les bornes, sa mère osa se plaindre, en fut blâmée et envoya finalement son fils à la laïque. Elle en perdit du coup le peu de clients de son épicerie. Nous, nous perdîmes « le frère » qui tomba subitement malade et mourut.

Je savais pourquoi et en tremblais de peur. Il me semblait, dans la nuit, entendre le froissement d'ailes de Lucifer.

Jean obtint une bourse, entra au lycée, fit des études de bourgeois pendant qu'à Nantes je gravissais mes échelons, de garçon de courses à manutentionnaire. J'avais dû mal réciter la formule du *Grand Albert.*

J'ai retrouvé Jean quarante ans après à Fontenay-le-Comte, propriétaire de la grande maison avec une tour, près de la rivière. Il m'a invité à dîner chez lui. Pas d'ortolans au menu, mais des homards qu'il avait apportés de l'île d'Yeu. Il me dit, avec un gentil sourire :

— Si tu veux, tu peux rester dormir dans la chambre que nous avons aménagée dans la tour.

J'ai cru bon de refuser, mais ce homard, je le sens encore parfois qui me cisaille l'estomac.

4

Le franciscain défroqué

Si les hommes en noir m'ont laissé peu de bons souvenirs, j'ai plaisir à évoquer maintenant un homme roux. Roux par ses cheveux et sa barbe, par sa robe de bure sanglée d'une corde nouée autour des reins. Il s'agit d'un jeune moine que je voyais souvent remonter la rue de la République, vers la place Viète, une besace sur l'épaule, pieds nus dans des sandales de cuir, capucin mendiant et souriant. Il m'intriguait tant que je m'arrêtais pour l'observer et lui, qui aurait dû prendre un air ecclésiastique de circonstance, me faisait des grimaces.

Nous ne nous sommes jamais rien dit et pourtant j'ai bien l'impression qu'il m'a beaucoup parlé. Il me parle encore. Il ne m'a jamais quitté. Vous ne me direz pas que ce jeune moine ne pouvait être François Rabelais, que quatre siècles s'interposent, car ce que Rabelais a vécu à Fontenay-le-Comte et ce que j'y ai vécu concordent trop pour que cette coïncidence ne m'ait pas poussé à d'aussi agréables rêveries.

Je vois frère François (un bon frère, celui-là, un vrai frangin) arriver en 1508 à Fontenay-le-Comte. C'est encore un moinillon de quatorze ans. Il est parti depuis plusieurs jours du couvent franciscain de La Baumette, près de Chinon. Il a couché à la belle étoile. Il est couvert de poussière et tout humide de rosée.

A Fontenay-le-Comte, alors ville prospère et célèbre, se tiennent trois fois l'an des foires si fameuses que les marchands accourent de toutes les provinces de France et même d'Allemagne et d'Espagne.

Le moinillon qui vient terminer son noviciat chez les Cordeliers du couvent du Puy-Saint-Martin s'attarde à contempler les belles façades des maisons bourgeoises, hôtels particuliers à pilastres, à bandeaux sculptés et aux niches à coquilles. Ville féodale des comtes du Poitou, puis ville anglaise au temps des Plantagenêts, puis tour à tour ville du duc Jean de Berry et ville du duc de Bretagne, elle fut réunie à la couronne de France par Louis XI et érigée en commune. François Rabelais s'attarde dans la ville. Il se signe devant la grosse église Notre-Dame, regarde, amusé, les bois ouvragés des halles. Les rues fourmillent de monde et nul ne prête attention à ce cordelier imberbe dont la vêture diffère peu d'ailleurs de celle de nombre de manouvriers. Il lui faut jouer des coudes pour avancer dans cette foule dense qui encombre les rues, foule bruyante, agitée et qui très vite lui paraît hostile. Il avait pris goût à son vagabondage champêtre, mais maintenant, dans ce vacarme, dans cette cohue urbaine, la paix du couvent lui manque. Il se hâte, court vers le Pont-aux-Chèvres. Le couvent des Cordeliers s'étend jusque-là. Il frappe à la lourde porte de chêne. Un huis s'entrebâille. Il se nomme. La porte s'ouvre et se referme. François sera reclus dans cette enceinte pendant les seize années qui vont suivre.

Pourquoi ce Tourangeau, fils d'avocat-cabaretier, avait-il choisi d'être franciscain, parmi les plus pauvres des pauvres, les plus humbles des humbles, les plus ignorants des ignorants ? Leur fondateur recommandait de ne lire que le bréviaire et la Bible. Et pourtant François aimait lire. Mais puisqu'il prononcera ses vœux d'obéissance et d'humilité, il se contraindra à n'ouvrir aucun livre. Ses deux autres vœux : chasteté et pauvreté, ne lui pèseront pas. Aucune tentation féminine pour les franciscains, si sales, si malodorants, que toute la gente femelle, même les souillons des auberges, s'enfuyait à leur approche. Quant à la pauvreté, elle parut toujours à François comme une manière de se délester le corps. Ne rien posséder est richesse. Pendant longtemps, il ne sortit du couvent que pour mendier dans les rues de Fontenay. A l'habituelle ceinture de cuir des moines, les franciscains avaient substitué une corde (d'où leur surnom de cordeliers) qui leur évitait la tentation d'y glisser de l'argent. Et comme, de toute manière, leur main ne devait toucher aucune pièce de monnaie, ils quêtaient seulement du pain, quelques légumes, des fruits. Ces quémandeurs, qui s'ajoutaient aux innombrables mendiants, n'étaient pas aimés. Souvent repoussé, injurié, bousculé, frère François allait son chemin, sa besace peu remplie sur le dos, pieds nus, riant aux anges.

Il reçut les ordres, devint frère mineur. Il n'ouvrait toujours pas de livre, à part son bréviaire et la Bible, mais il écoutait, il regardait, il observait et le monde, autour de lui, lui apparaissait comme un grand livre ouvert. Et il le lisait avec gloutonnerie.

Le couvent des Cordeliers se trouvait en face du champ de foire. Frère François s'y rendait souvent, sous prétexte d'y mendier. Il y récoltait en effet une foule d'images, de contes, de légendes, qu'il thésaurisait pour lui-même. La pauvreté de son ordre ne parlait pas de cette richesse-là, bien que la pauvreté en esprit fût aussi recommandée.

Sur le champ de foire, les gueux abondaient, et les filous et les gitans. Une foule de vagabonds et de travailleurs saisonniers campaient le long de la rivière. Frère François humait cet air de liberté qui lui était interdit. Il reconnaissait, dans la cohue, les moines en fuite et les soldats déserteurs, à leur allure bizarre et à la manière dont ils se faufilaient lorsque survenaient des archers.

Au milieu de la place, les astrologues, les herboristes, les apothicaires, les marchands de drogues miraculeuses, les arracheurs de dents, les bateleurs, les escamoteurs, dressaient leurs estrades. Des étudiants et des clercs se massaient devant les tréteaux où se jouaient des mystères, des moralités, des farces. Il y avait des baraques où l'on montrait des bêtes savantes, des nains, des monstres, des géants. Impossible à frère François de soulever les rideaux qui en masquaient l'entrée, puisqu'il ne possédait aucune pièce de monnaie ; aussi imaginait-il ces nains encore plus petits, ces géants encore plus grands, ces monstres encore plus monstrueux, ces bêtes savantes à la ressemblance des gargouilles de l'église. Il y avait un argot particulier aux foires de Fontenay, mélange de poitevin et de romanichel, dont le jeune moine apprenait le vocabulaire avec gourmandise. Son seul péché de gourmandise, dont il oubliait, au confessionnal, de s'accuser.

Jusqu'à vingt-quatre ans, frère François ne transgressa aucune règle de son ordre. Sa première faute fut de s'attacher à un autre moine qui devint son ami. L'amitié est le plus précieux des biens. Qu'importe de ne jamais toucher un ducat si l'on touche la main de celui que l'on aime. En enfreignant son vœu de pauvreté, frère

François écornait celui d'obéissance. Son ami (étrange pléonasme) s'appelait Pierre Amy. En lui ouvrant la bibliothèque du couvent que personne ne fréquentait, ce dernier fera du même coup sauter les liens du troisième des vœux monastiques : l'humilité. L'orgueil du savoir faillira bien, à tous les deux, leur coûter la vie.

On ne badinait pas dans les monastères avec ceux qui en prenaient à leur aise avec la discipline. On pardonnait la paillardise, la goinfrerie, la luxure même, mais jamais les fautes contre l'esprit. Un esprit libre était un moine possédé par le démon. Dans ce même couvent des Cordeliers, un prêcheur, Philippe Bertin, avait été brûlé comme hérétique. Pierre Amy, si savant, avait l'attrait du péché.

Frère François le rejoignait lorsqu'il le pouvait dans sa cellule. C'était un petit cabinet aux murailles nues, éclairé par une fenêtre cintrée, très étroite. Pierre Amy, assis devant un haut pupitre massif, lisait à longueur de journée. Sur deux tablettes, des livres étaient rangés et à portée de main.

— Le monde a la tête à l'envers, lui disait Pierre Amy. Le monde marche à l'envers. Il n'y a de vrai que les fous et les sots.

Il lui donna à méditer ces traités parodiques rédigés dans les couvents, œuvres comiques en latin, parmi lesquels l'*Éloge de la folie* d'Érasme. Il lui montra les enluminures grotesques avec leurs animaux imaginaires, leurs jongleurs aux postures impossibles, leurs diablotins malicieux. Il l'emmena à la fête des sots et à la messe de l'âne. Les messes satiriques battaient leur plein et les moines n'étaient pas les derniers à s'en réjouir. A la messe des sots, l'évêque projetait des excréments sur les fidèles à la place d'encens et avec le goupillon les arrosait d'urine. A la messe de l'âne, chacune des parties de l'office était ponctuée par un sonore Hi ! Han ! lancé par le prêtre. A l'occasion de Pâques, les prédicateurs prononçaient en chaire des plaisanteries énormes destinées à libérer l'esprit des rigueurs du carême.

En cette fin du Moyen Âge, l'ordre ecclésiastique et chevaleresque volait en éclats. François Ier régnait. Encore un autre François, prince frivole, ami des lettres et des arts. Humaniste comme Érasme. Humaniste comme le sera François Rabelais.

Pierre Amy, au couvent des Cordeliers, c'était le ver dans le fruit. Il avait deux bêtes noires : les gens d'Église et les gens de Justice.

— Mais nous sommes gens d'Église, rétorquait frère François.

— L'Église n'est plus celle de notre poverello. Les évêques se font tisser des chasubles d'or. Les curés forniquent avec leurs servantes. Et les moines, nos moines, regarde-les, déguisés comme masques pour tromper le monde. Ils t'ont trompé toi-même. Ils ont voulu faire de toi un petit saint et ils t'envoyaient mendier pendant qu'ils se gobergeaient à tes dépens. Tous sarrabovites, cagots, hypocrites, cafards. Je t'apprendrai la philosophie qui guérit du fanatisme. Mais pour cela il te faut savoir le grec et l'hébreu.

Frère François ajouta donc à sa connaissance du français vulgaire, l'étude des vieilles langues des livres sacrés. Mais aussi des livres profanes, car il aima très vite Plutarque et Lucien de Samosate, traduisant dans sa cellule, en latin, le Second Livre d'Hérodote.

L'ignorance des cordeliers était telle qu'ils ne se méfiaient pas de l'érudition de Pierre Amy. Non seulement Pierre Amy correspondait avec Érasme, mais il connaissait les thèses de Luther et les lettrés fontenaisiens qui, tous, sentaient plus ou moins le soufre de l'hérésie, fréquentaient sa cellule. L'un de ses habitués, le médecin Raoul Colin, enseigna à François Rabelais la botanique et la médecine.

Bientôt, Pierre Amy put dire de son disciple :

— C'est le plus érudit des franciscains.

Le plus notoire des humanistes fontenaisiens est le magistrat André Tiraqueau que François Ier nommera conseiller au parlement de Paris. Sous les lauriers-tins de la maison de Tiraqueau, les deux cordeliers vont passer de délicieuses soirées.

Pour peu de temps car, au couvent du Puy-Saint-Martin les choses se gâtent. Pierre Amy n'évitera le bûcher qu'en prenant précipitamment la fuite. François Rabelais ne le reverra jamais.

Bouclé dans sa cellule, avec interdiction de lire le grec, frère François n'y échappera lui aussi que grâce à la protection de Tiraqueau qui le fera muter dans le couvent bénédictin de Maillezais.

Ah ! Maillezais, Maillezais ! L'Acropole de la Vendée présente encore ses vastes et hautes ruines au nord-ouest du « marais mouillé », celui où Tata vivait dans ses joncs, celui où Tata disparut dans ses conches. De très loin, l'abbaye, au-dessus de ce qui fut autrefois la mer, s'élève au milieu de la plaine. Les six clochers de sa cathédrale ont été abattus. Restent le narthex, deux tours carrées, des chapiteaux romans, les trois grandes fenêtres des travées orientales, un escalier à vis qui monte au sommet de la tour, deux bâtiments conventuels en équerre, le réfectoire, le dortoir, la cave à sel. Suffisamment de pierres pour que l'on puisse encore y déambuler en compagnie de frère François. Frère François que le seigneur-abbé Geoffroy d'Estissac reçoit à Maillezais avec la faveur due à un lettré, et qui deviendra son nouvel ami et son protecteur.

Dans la paix de Maillezais, François Rabelais imaginera Thélème. Soixante-dix ans plus tard, un autre écrivain s'installera à Maillezais, en tant que gouverneur de la place, alors huguenote, Agrippa d'Aubigné, qui y écrira *Les Tragiques.*

Agrippa d'Aubigné connaissait-il ce quatrain que Pierre Amy, précurseur du protestantisme vendéen, composa en l'honneur de frère François :

Quem, Rabelaese, probas graio latioque polite
Eloquio, rerum qui monumenta tenes
Doctum quis neget esse ? Probe mihi cognitus idem
Doctior hoc multo est, quod, Rabelaese, probas.

Les sept années que François Rabelais vivra dans le couvent bénédictin Saint-Pierre-de-Maillezais (1520-1527) seront parmi les plus heureuses de sa vie. Sorti du Moyen Âge par la porte du couvent franciscain de Fontenay-le-Comte, il entre dans la Renaissance au côté de Geoffroy d'Estissac promu évêque-abbé plus en raison de sa naissance qu'en gratification de sa piété. Les ducs d'Estissac de la Rochefoucauld descendent du seigneur de Lusignan qui épousa la fée Mélusine. Un Lusignan fut roi de Jérusalem en 1186 et un autre, Geoffroy la Grand'Dent, dévasta Maillezais, s'en repentit et, par pénitence, reconstruisit le couvent dans toute sa magnificence.

Il y a loin des cordeliers pouilleux et ignares de Fontenay-le-Comte aux bénédictins industrieux et lettrés de Maillezais. Les premiers, même dégénérés, se situaient néanmoins très près de leur fondateur, François d'Assise. Mais François Rabelais n'a connu qu'une église médiévale à l'agonie et dans ses vomissements. Un autre monde naît, qui se ressource avec cette littérature grecque et latine que Pierre Amy lui a appris à aimer. Pierre Amy qui, pour l'heure, vit à Bâle où il deviendra luthérien.

Les moines de Maillezais ne sont ni vagabonds ni mendiants. Ceux qui n'étudient pas travaillent de leurs mains. Dans le marais, ils édifient des canaux, des écheneaux, des biefs, des chaussées. Ils assainissent le sol spongieux et le transforment en terroir propre à la culture. Saumons et aloses remontent par leurs tranchées d'eau jusqu'à Maillezais et s'entassent sur la table du couvent. Loin de Rabelais, désormais, les rogatons rongés au réfectoire des cordeliers. On fait bonne chère chez les bénédictins.

Lorsque Geoffroy d'Estissac voyage, il est accompagné par toute une cour, dans laquelle frère François a une place de choix. A l'écart des marais à moustiques, l'évêque bénéficie d'une résidence d'été dans le bocage, à L'Hermenault. Il construit un château à Coulonges-sur-l'Autize, toujours dans les environs immédiats de Fontenay-le-Comte. Il viendra souvent avec Rabelais en inspecter le chantier, surveillant les motifs de la sculpture des superbes cheminées et du porche à pilastres, contrôlant les dessins des plafonds à caissons.

Avec ce seigneur poitevin, il parcourt à cheval tout le Haut et le Bas-Poitou. Et aussi l'Aunis et la Saintonge. Plus tard, dans son *Quart Livre* (chapitre LX), il évoquera La Rochelle avec sa tour de la Chaîne et celle de la Lanterne, et la baie voisine où abondent les coquillages et les poissons : « Pétoncles, moules et palourdes ; oursins, crevettes et langoustes ; seiches et casserons ; meuilles, loubines et maigres ; loches et congres ; raies et pocheteaux, turbots et daurades ; roussettes, chatouilles et porcilles. »

Il connaît bien la côte vendéenne : « Le terroir doux, uligineux, legier, humide sans froydure d'Olonne en Thalmondoys » *(Tiers Livre).* Il apprécie les châtaignes de La Caillère. A Niort, il assiste à un mystère de la Passion, assis dans une galerie, à la place d'honneur. La place d'honneur revient à l'évêque, mais puisqu'il l'accompagne, il se trouve aussi à l'honneur. Dans l'enclos, les spectateurs restent debout. Ils admirent « la volerie », cet ensemble de machines, de cordages, de poulies et de plateaux qui servent à hisser les anges. Le XVIe siècle est un siècle de machines. Machines à mains, mais machines tout de même. Dans le couvent de Maillezais, une machine à ressort indique les heures de la journée. Soudain, apparaissent les diables. Comme on ne croit plus guère aux diables, ceux-ci, comiques, amusent la foule. Mais, ce jour-là, que font-ils ? Ils s'élancent hors de la scène, se précipitent dans les rangs des spectateurs qu'ils bousculent, enlèvent les plus jolies femmes qui croient d'abord à un jeu puis qui poussent des cris d'effroi lorsqu'elles se voient proprement dérobées. Les diables s'enfuient avec leurs proies. Les maris hurlent dans le parterre. D'autres se moquent. Geoffroy d'Estissac s'est bien amusé. Mais frère François lui rappelle opportunément son titre d'évêque. Il sera obligé de sévir, d'autant plus que les archers lui révèlent que, parmi les diables, se glissaient quelques moines. Des franciscains, bien sûr.

A Maillezais, frère François bénéficie de nombreux privilèges. Prédicateur très demandé par les paroisses en raison de son savoir et de son éloquence, il ne rapporte pas au couvent tous ses honoraires et achète de nombreux livres. En proie à une véritable boulimie encyclopédique, il a appris à Fontenay la médecine avec Colin, la jurisprudence avec Tiraqueau, la philosophie avec Pierre Amy. Il correspond avec les grands humanistes de son temps : Érasme, Guillaume Budé. La littérature grecque, dans sa langue originale, est encore bien mal connue. Paris ne compte qu'une dizaine d'hellénistes. François Rabelais correspond avec eux. Si le grec et le latin furent ses langues d'apprentissage, la langue du peuple le retient surtout maintenant, cette langue qui n'a d'autre littérature que celle des almanachs et des contes de bonnes femmes. Il va écouter les hutticrs dans leurs cabanes du marais, les paysans chez le drapier de la rue des Loges, à Fontenay. Il se souvient de l'argot des foires, des chansons populaires, en dialecte ; des « beaulx et joyeulx Noelz en langaige poictevin » ; de « L'Évangile des Ivrognes » et de toutes ces publications parodiques qu'affectionnaient les moines ; du monde à l'envers dont lui parlait Pierre Amy ; du rire carnavalesque ; du bœuf gras promené solennellement dans les rues au son de la viole, la tête ornée de rubans multicolores, victime propitiatoire du carnaval. Il a découvert dans la besace d'un colporteur un petit livret imprimé en caractères gothiques : *Grandes et Inestimables Cronicques du grant et énorme géant Gargantua.* Il connaît, bien sûr, la légende de Gargantua, depuis longtemps populaire, Gargantua né de deux géants créés par l'enchanteur Merlin, Grandgousier et Gargamelle, que Mélusine (la bonne fée à l'origine de la fortune des Lusignan d'Estissac) transporte en pays de féerie. L'idée lui vient de raconter lui-même la suite, c'est-à-dire la vie du fils de Gargantua, Pantagruel.

Dans l'abbaye de Maillezais, il y a la tête sculptée de Geoffroy la Grand'Dent. Encore un géant, encore un ogre ! Il se rappelle cette pierre creuse qu'à Fontenay-le-Comte les marchands emplissaient de vin pour les pauvres, une fois l'an et que l'on appelait « l'écuelle du géant ». Il revoit ces malheureux, affalés sur la pierre et lapant le vin comme des chiens. Il revoit, près du marché, les femmes qui lavaient les tripes des bestiaux éventrés, dans la rivière rougie de sang. Il revoit dans le public échauffé des foires, les vérolés, les goutteux, les culs-de-jatte, les borgnes, les aveugles, les manchots, toute cette humanité souffreteuse et hideuse dont le couvent de Maillezais l'avait préservé. Grâce à cette retraite sans doute, grâce à cet îlot de paix, et avant que ne disparaisse un monde de pouillerie, de préjugés, de fanatisme, de terreur, il lui prend l'envie fantastique, d'une ambition folle, de restituer cette mémoire par une immense bouffonnerie. Mythifier le langage de la foire, de la rue, des échoppes, des serfs, et en même temps démocratiser la langue, écrire en langue ordinaire, dans un esprit d'égalité entre les hommes. Lui qui se croit si détaché des cordeliers, en réalité le franciscain remonte soudain dans cet esprit insurrectionnel, le franciscain qui poussera jusqu'au ridicule l'esprit de l'aristocratie et l'esprit monacal. Le couvent est un colosse auquel il s'attaque d'abord. Se souvenant de la fuite de Pierre Amy, échappé de peu au bûcher, et de sa propre mise au cachot au Puy-Saint-Martin, il fait raconter à Panurge (chapitre XXIV de son *Second Livre*) son rôtissage chez les Turcs, après que ses compagnons s'échappèrent des griffes des Chats-Fourrés.

Il se servira du grotesque, du ridicule, du bouffon. Le XVe

siècle, qui l'a vu naître, si énorme, si démesuré, éclata comme une panse trop pleine. Le XVe siècle était un monde de l'excès, d'une dévotion plus magique que religieuse, où le diable montrait partout le bout de sa grande cuillère, où les bûchers des sorcières alimentaient la flamme de l'hérésie. Féodalité, chevalerie, église, corporations, misère, fléaux, guerre se trouveront brassés chez Rabelais. Gargantua, héros paysan, issu de la mythologie celte, servira à abattre à coups de massue le dogmatisme médiéval. Si François Rabelais emploie abondamment des jeux de mots, des coq-à-l'âne, c'est qu'il se souvient de ce monde à l'envers dont lui parlait Pierre Amy. Ce monde où la charrue est avant les bœufs, où la brebis tond le berger, où les dames altières sont reléguées à la place des servantes, où l'homme tire le carrosse, où l'épouse portant cuirasse fait filer son mari, où le fils bat son père, où les lièvres suivent les chiens à la trace, où les oiseaux font leurs nids dans l'eau et les poissons grimpent aux arbres, où le chat s'éclipse devant la souris, où le meunier sert de jument à son âne, où le paysan est en selle et le roi à pied. « A tour de rôle, écrit le docte Érasme, le fou se moque du fou, et ils s'amusent l'un de l'autre. L'on voit même assez souvent que c'est le plus fou des deux qui rit le plus fort... La plus grande sagesse est de paraître fou... »

Oui, Gargantua et Pantagruel mettront le monde à l'envers. Mais l'envers vaut l'endroit. On ne joue plaisamment qu'avec ce qui est redoutable.

En 1527, à trente-trois ans, frère François quitte le couvent de Maillezais et son confort. Jusqu'en 1530, il vivra en moine vagabond, redevenu mendiant comme un franciscain, pour mieux s'intégrer sans doute à ce peuple des champs et des rues, à son parler, à ses mœurs. Peut-être aussi pour se laver de ses péchés d'orgueil, de sa vie trop luxueuse à Maillezais. Arrivé à Montpellier, il jette son froc et s'inscrit à la faculté de médecine. Trois ans plus tard, il publiera *Pantagruel*.

L'étrange, c'est que mon jeune moine roux qui me faisait des grimaces jeta aussi son froc et que je le retrouvai dans la bourrellerie du cousin Gaston, en train de parler gaiement à cousine Suzanne. Ma marraine était plutôt jolie et encore jeunette. Ma foi, cet ancien moine, la barbe taillée et les cheveux coupés en brosse, avait aussi belle allure. Sécularisé (« déshabillé », disait tante Victorine), « en civil », si l'on préfère, c'était lui, je le reconnaissais bien, ce rouquin, et ce n'était plus lui. Il montra d'abord quelque surprise de me voir embrasser cousine Suzanne. Puis, se ravisant, il joignit ses mains dans cette attitude pieuse des ecclésiastiques et des enfants de chœur et prononça, en levant les yeux au ciel :

— Fontanacum Felicium Ingeniorium Fons et Scaturigo.

— Ainsi soit-il, répondit ma marraine.

J'ai su depuis qu'avec cette phrase latine mon jeune moine roux me gratifiait en réalité d'une dernière pitrerie de connivence. Car il s'agissait tout bonnement de l'inscription gravée au fronton de la fontaine des Quatre-Tias, dont on nous dit qu'elle est due à la plume de François Rabelais.

5

Toutes mes fées s'appellent Mélusine

CHAQUE été, ma mère et moi partions en vacances. Comme des riches. Il faut dire que je n'étais pas un citoyen ordinaire. Pupille de la nation, j'avais droit à certains égards. Notamment la possibilité d'un séjour gratuit dans une colonie de vacances. Ce que ma mère refusait avec indignation. Voulait-on lui enlever son enfant et pour en faire quoi, je vous le demande ! Nous ne mangions pas de ce pain-là. Toutefois, en échange de cette proposition ma mère acceptait volontiers qu'on lui donne un petit secours pour qu'elle et moi puissions nous offrir des vacances à notre goût (ou plutôt au sien).

C'est ainsi que deux semaines, chaque année, nous allions prendre l'air en forêt de Mervent.

On ne peut soutenir que l'air fût très pollué à Fontenay-le-Comte. Mais en ces temps où la tuberculose était une hantise, la tuberculose qui nous avait enlevé « mon pauvre père », plus quelques nièces paysannes, plus le fils aîné de la tante Victorine, on ne savait où se mettre pour respirer un air sans microbes. La mer n'avait pas encore bonne réputation, la montagne paraissait trop lointaine. Restait la forêt avec ses arbres qui ressemblaient à des poumons, avec ses innombrables feuilles qui paraissaient comme autant de filtres.

Nous montions dans un autobus, sur le champ de foire, et en route pour l'aventure. Le village de Mervent, au cœur de la forêt, ne se situe qu'à une dizaine de kilomètres de Fontenay-le-Comte. Mais quelle équipée ! Nous logions bien sûr chez l'habitant, une chambre pour nous deux et une sorte de cuisine tout à fait suffisante pour nos maigres menus.

Mervent est né d'un château fort dont il ne reste rien, sinon le village perché sur un éperon d'où l'on contemplait, avant que ne se crée un barrage dans la vallée, la boucle de la Mère, se faufilant entre bois et ravins pour rejoindre la rivière Vendée.

Chaque été, nous retrouvions à Mervent, venue de Niort, une autre mère, veuve comme la mienne d'un sous-off de la coloniale, et qui y amenait sa fille pour lui donner une bolée d'air pur. Plus âgée que moi de quatre années, lycéenne, cette dernière trimbalait avec elle des valises pleines de livres. Si ma grand-mère m'apprit à lire, cette jeune fille m'ouvrit les yeux sur le contenu des livres, sur la mémoire qu'ils transmettent, sur le rêve qu'ils déclenchent, sur l'esprit qu'ils animent. Je pus découvrir ainsi très tôt Victor Hugo, George Sand, Michelet, Chateaubriand et surtout Jean-Jacques Rousseau vers lequel se porta toute mon amitié. Mais les valises de la lycéenne contenaient aussi des manuels scolaires, sur lesquels je me jetai. Nous apprenions, à l'école des Frères à quatre-bras, l'histoire de l'Église, mais ignorions tout de la mythologie grecque et romaine. Grâce à cette jeune fille mon horizon s'élargit considérablement. La forêt de Mervent ne m'a peut-être pas fortifié les poumons, mais elle m'a musclé le cerveau. C'est en forêt de Mervent que j'ai acquis, grâce à mon amie, deux appétences qui ne me quitteront jamais : le goût de la lecture et le goût des promenades solitaires. Solitaires, ou en tout cas à deux, ce qui est une manière de partager deux solitudes. On ne lit pas impunément, à douze ans, les *Rêveries d'un promeneur solitaire.*

Les élans qui poussent deux êtres l'un vers l'autre semblent toujours étranges. Rien ne prédisposait cette jeune fille et ce petit garçon à une si grande connivence.

La lycéenne et sa mère logeaient, elles aussi, chez l'habitant. Nous nous retrouvions tôt le matin, devant le puits où nous descendions, par une perche basculante, le seau accroché à une chaîne de fer. Nous emplissions d'eau fraîche les brocs qui serviraient à la fois pour la toilette et la cuisine. La lycéenne n'était pas très grande, une tête de plus que moi, quand même. Je me souviens mal de son visage. Était-elle jolie ? Je revois vaguement une robe à fleurs, des jambes nues dans des sandalettes, des cheveux longs et blonds. C'était une jeune fille, quoi, une jeune fille de ce temps-là, sérieuse, studieuse, enjouée. Elle consacrait tous ses matins à l'étude, préparait son bachot ; ce qui me paraissait le Pérou. Moi j'en étais aux devoirs menant au certificat d'études. Elle avait une sacrée avance ! Je n'en éprouvais aucun complexe, n'ayant pas l'ambition de la rattraper. Elle avait la gentillesse de me dispenser quelques parcelles de son savoir. Que demander de plus !

Tous les après-midi, elle passait me chercher et nous partions jusqu'au soir en promenade dans les sentiers de la forêt. Nous marchions, silencieux, dans les allées de grands chênes, nous bifurquions dans les sentiers bordés de châtaigniers. La forêt devenait parfois escarpée. Il fallait grimper des rocs, parmi les fougères, les houx, les fragonnelles. Nous grimpions. Parfois la lycéenne redevenait petite fille et se mettait à courir, à se cacher, s'amusait à me perdre. Juste de quoi prendre un peu peur et se retrouver émus, frissonnants de plaisir.

Une seule fois, tous les étés, avec nos mères, nous faisions une grande expédition de toute la journée, vers Pierre-Brune, en pèlerinage à la grotte du bienheureux Grignion de Montfort. Nous montions une piste abrupte jusqu'à un éboulis de rochers. Dans une anfractuosité, des cierges éclairaient parcimonieusement l'autel élevé à l'ermite. Ce devoir accompli, nos mères nous laissaient libres. Il leur arrivait de prendre des airs sous-entendus et de murmurer : « On ne devrait peut-être pas les laisser s'en aller comme ça, seuls, dans la forêt ? » — « Est-ce bien raisonnable ? » s'inquiétait ma mère. La mère de la lycéenne, moins à cheval sur les convenances, répondait en souriant : « Bah ! Votre fils est un enfant. »

Au cœur de la forêt, la paix est incommensurable. On marche sous une voûte de chants d'oiseaux. Au frémissement des hauts feuillages répondent le murmure des ruisseaux, le clapotis des sources. Parfois, on tombe en arrêt, alerté par un bruit insolite dans les fourrés. Un animal invisible prend la fuite. Cependant que, du haut d'un chêne, un écureuil qui ronge un gland vous examine d'un air narquois.

Un jour nous approchâmes d'un étang. Sur la rive mouillée se voyaient très clairement dessinés les sabots d'un cerf. La lycéenne s'agenouilla, prit de l'eau dans le creux de ses mains, me demanda d'approcher et, à ma surprise, me la versa lentement sur la tête, si cérémonieusement que je ne protestai pas et ne cherchai pas à fuir. Elle regardait les gouttelettes qui coulaient sur mon visage, songeuse. Nous ne bougions ni l'un ni l'autre. Un long moment se passa ainsi, en silence. Nos visages se reflétaient dans le miroir de l'étang. D'un geste brusque, la lycéenne plongea une main dans l'eau et brouilla les images. Puis elle se tourna vers moi :

— Il y a très longtemps, mais c'était hier, ou bien aujourd'hui, une jeune fille se trouvait comme moi au bord de cet étang. Elle s'appelait Mélusine. Passa un garçon qui poursuivait un sanglier. Il s'appelait le seigneur de Lusignan. Dans les contes, l'amour est toujours un charme. Dans la vie aussi, peut-être. Si bien que le seigneur de Lusignan voulut à tout prix épouser Mélusine. Elle n'y consentit qu'à la condition qu'il la laissât libre chaque semaine du vendredi soir au samedi matin. Il accepta. Mais l'amour, à ce que l'on en dit, n'aime pas les cachotteries. Que pouvait bien commettre Mélusine lors de cette nuit prohibée ? Le seigneur de Lusignan oublia sa promesse, épia la belle et ce qu'il découvrit lui fit pousser un cri d'horreur. Mélusine se baignait nue dans cet étang-là. Elle nageait et son corps se terminait en queue de poisson. Elle était poisson et femme. Sirène. Femme et reptile. Naïade et Harpie. Au cri de Lusignan, Mélusine plongea dans l'étang et disparut.

« Épouse de Lusignan, elle avait obéré la fortune de ce dernier. Il aurait dû se méfier de la vitesse à laquelle s'édifiaient ses châteaux, celui de Pouzauges, de Tiffauges, de Châteaumur, de Vouvant, de Mervent, poussés mystérieusement en une seule nuit. Mais la fortune semble naturelle à ceux qui sont nés coiffés. Parce qu'il avait osé épouser la reine des fées, souveraine des bois et des étangs, entre Loire et Gironde, parce qu'il avait trahi son serment, le seigneur de Lusignan fut d'abord puni en la personne de son fils Geoffroy, doté à la mâchoire d'un croc de sanglier. Geoffroy la Grand'Dent répandit à tel point la terreur dans le Bas-Poitou, mettant à sac les couvents et les églises, que le roi Louis IX, qui deviendra Saint Louis, assiégera les châteaux de Mervent et de Vouvant et forcera Geoffroy à contrition.

« Mais la malédiction demeura sur les châteaux construits par Mélusine qui, peu à peu, perdirent les pierres que la fée avait rassemblées en enlevant dolmens et menhirs et en les entassant à la diable. Dans le château de Tiffauges, un autre Geoffroy la Grand'Dent subira le sortilège, Gilles de Rais, ogre lui aussi et pourtant si beau jeune homme, à la barbe bleue.

— Et ce seigneur de Lusignan, demandai-je, il n'avait pas d'autres enfants ?

— Si. Tous n'ont pas été frappés par la malédiction. Elle avait puni le père et le fils aîné. La vengeance d'une fée est terrible, mais son amour demeure aussi indestructible que sa haine. Aussi a-t-elle protégé, de siècle en siècle, la famille de Lusignan. L'un d'eux fut roi de Jérusalem. Un autre écrivit un livre qui l'a rendu célèbre jusque de nos jours. Je te le prêterai. Il était duc sous Louis XIV. Les Lusignan sont encore ducs mais ils ont changé de nom, ils s'appellent La Rochefoucauld.

Nous restâmes longtemps silencieux. J'observais la lycéenne. Elle tirait ses cheveux blonds, de ses deux mains, les nouant sous son menton. Je m'écriai :

— Je te reconnais. C'est toi, Mélusine.

Elle me sourit avec beaucoup de tendresse et ne répondit pas.

Le lendemain elle avait disparu. Sa mère et elle décanillées sans tambour ni trompette. A n'y rien comprendre. Ma mère était autant étonnée que moi. Nous interrogeâmes leur logeuse qui nous informa qu'elles avaient dû partir de bon matin, par le premier autobus.

Je n'ai jamais reçu de nouvelles de ma lycéenne. Mais pourquoi une lettre ! Les fées, c'est bien connu, apparaissent au moment où l'on s'y attend le moins et disparaissent de même. Elle a été ma première fée, celle qui m'a offert la clef des livres, la clef du savoir. D'autres sont venues plus tard. Mais toutes mes fées s'appellent Mélusine.

6

Monsieur Georges et son si joli petit cheval

MÉLUSINE volatilisée, Tata disparu, Jean (le fils de l'épicière) au lycée, le capucin défroqué, que me restait-il de mon enfance, sinon quelques gros chagrins ! Sinon des lambeaux d'enfance que j'essayais de reconstituer dans ma mémoire blessée, exilé à Nantes avec ma mère. Loin de moi les fées qui, pendant longtemps, m'oublièrent ; loin de moi la bourrellerie et son âcre odeur de cuir ; loin de moi la forêt de Mervent et ses sentiers d'ombre ; loin de moi Maillezais ; loin de moi la grande maison avec une tour près de la rivière, le *Grand Albert* et ses formules magiques, les jardins du grand-père et ma grand-mère souris trottineuse.

Plus encore que notre expatriation de l'autre côté de la Loire, la mise au travail conjointement à la guerre, à la défaite et à l'occupation allemande, tranchait au vif dans ma vie d'enfant. Ce n'était pas seulement mon monde personnel qui s'écroulait, mais tout un monde.

L'été 1940, emporté par le flot de réfugiés qui fuyaient vers le sud, je regagnai Fontenay-le-Comte. Dans la maison de la rue des Orfèvres, mes grands-parents vivotaient. Il ne me semblait pas que, jadis, ma mère et moi occupions beaucoup de place dans cette trop grande maison. Pourtant, sans nous, elle paraissait mourante. La vieillesse s'était abattue sur mes grands-parents. La vieillesse et la tristesse.

L'année suivante, et tous les étés qui se succédèrent, profitant de mes quinze jours de congé, j'enfourchais la vieille bicyclette de mon père et pédalais à travers la Vendée. Je retrouvais la maison de mes grands-parents, la bourrellerie du cousin Gaston, mais les uniformes vert-de-gris donnaient à ma petite ville quelque chose de rouillé. Tout comme moi, elle s'enfonçait dans son passé.

Mon passé, c'était d'abord le grand-père Sourisseau et justement celui-ci déclinait. On ne le voyait plus pousser sa brouette sur le Pont-Neuf. Il avait dû abandonner ses journées dans les jardins près de la rivière. Non seulement les jardins des bourgeois, mais son propre jardin. Ses jambes, comme il disait, ne le portaient plus.

J'étais tant habitué au cérémonial du dimanche où il enfilait difficilement une chemise blanche à petits plis et un costume noir (sa tenue de gala pour aller jouer à la manille au café du Cerf) que lorsque je le découvris pour la première fois immobile dans la cour, assis sur un banc, les deux mains posées sur ses genoux, attendant on ne sait quoi, je fus à la fois stupéfait et atterré. D'autant plus que grand-mère s'était chapeautée de sa coiffe blanche à dentelle pour se rendre à la messe. C'est ainsi que j'appris qu'il ne sortait plus de la maison.

Dur, pour un travailleur manuel, de ne pouvoir utiliser ses mains. Les mains du grand-père Sourisseau m'avaient toujours paru énormes. Maintenant, déformées par des rhumatismes, elles semblaient des battoirs, ces battoirs des laveuses qui, elles aussi, disparaissaient.

Longue, lente, engourdissante, une journée sans rien faire. Il y avait bien le journal le matin. Grand-père lisait *Le Phare de la Loire* depuis le numéro en haut, à gauche, jusqu'au nom de l'imprimeur-gérant, en bas de la première page, après les petites annonces. Très déçu quand il n'y avait pas d'accident grave ni de crime passionnel, il s'intéressait surtout aux avis de décès. Là, au moins, il y était question de gens qu'il connaissait ou dont il avait entendu parler. Les exploits de l'armée allemande, les homélies du maréchal Pétain le laissaient indifférent. Ce n'était pas de son monde. L'après-midi, il plaçait sa chaise devant la cheminée où, en toute saison, bouillottait près du feu un pot en terre garni de mojettes et il restait jusqu'à la nuit à regarder les flammes, chiquant, ne se déplaçant de temps en temps que pour manger une bouchée dans l'arrière-cuisine.

S'il faisait trop chaud et que, quand même, la cheminée n'était pas allumée, il sortait sa chaise dans la rue et s'asseyait devant la porte. Les gens qui passaient le hélaient :

— Comment ça va, aujourd'hui, père Sourisseau ?

— Ça va, ça va, c'est mes maudites jambes qui vont pas.

Lorsque je revins à Fontenay, l'année suivante, une taie s'était formée sur ses yeux et il ne distinguait plus les objets qu'à travers un brouillard. Finie la lecture. Les passants s'arrêtaient pour le distraire un peu :

— Comment ça va, aujourd'hui, père Sourisseau ?

— Ça va, ça va... si c'étaient pas mes garces d'yeux qui m'empêchent de voir.

Il les maudissait, ses yeux. Il les rendait responsables de tout ce qui lui arrivait de fâcheux. Il marchait difficilement, se tenant aux meubles. Il traînait de plus en plus souvent sa chaise jusque sur le trottoir et s'y asseyait inlassablement pour entendre encore la vie passer.

Des farceurs lui disaient :

— Alors, père Sourisseau, on est au cinéma ?

Il grommelait :

— Néma ? Quoi ? C'est mes yeux qui m'empêchent de voir. Autrement, ça va !

Il n'était jamais allé au cinéma, ni au théâtre. Il n'avait jamais entendu d'autre musique que celle des clairons de la caserne. Il n'avait jamais rien lu d'autre que le journal local. Il ignorait qu'il y eût des philosophes et, pourtant, il pratiquait une sorte de philosophie simpliste. Ainsi, il ne comprenait pas que l'on puisse chercher midi à quatorze heures. Il disait aux mécontents :

— Cette heure vous plaît pas ? Vous n'avez qu'à la mettre à une autre.

Ou bien, quand il racontait ses virées avec le baron de la V..., du temps où il était cocher, et que l'on souriait en l'accusant d'exagération, il répondait, vexé :

— Peuh ! C'est pas difficile de rajouter un zéro. Un zéro, avant un deux ou après un deux, c'est toujours un zéro.

Grand-père était aimable par-devant et bougon par-derrière. Il tenait ça de son éducation parmi la valetaille. J'étais toujours gêné par son empressement à acquiescer à tout ce qu'on lui demandait, du temps de sa splendeur jardinière : une gousse d'ail par-ci, une branche de thym par-là, un bouquet de persil ailleurs.

Il répondait à toutes ces sollicitations des voisins par trop de servilité. Et aussitôt qu'ils avaient les talons tournés, il les injuriait, se plaignait d'être dévalisé par des fainéants.

Été après été, vacances après vacances, la situation de mes grands-parents se détériorait de plus en plus. Ils en étaient venus à vendre leurs meubles, leur vaisselle, par petits lots, aux brocanteurs. Grand-père était maintenant pratiquement aveugle. Sa femme devait sortir la chaise devant la porte et le pousser pour l'asseoir. Il restait ainsi, prostré, un petit sarcloir dans les mains, grattant avec son outil à ses pieds, machinalement, au hasard.

Grand-mère, elle, toujours la même, alerte, mais plus voûtée, attirée invinciblement par cette terre qu'elle avait travaillée autrefois, ne se plaignait de rien. Moins joyeuse, elle se forçait à paraître heureuse.

La dernière fois que je vis grand-père, toujours assis sur sa chaise, au bord du trottoir de la rue des Orfèvres, il roulait du papier journal entre ses doigts et en faisait des boulettes qu'il mâchait et suçotait comme une chique.

— Mais tu manges du papier !

Il grommela :

— Papier... La bourgeoise me laisse crever de faim.

J'interrogeai grand-mère.

— C'est trop cher pour nous, le tabac, mon petit. J'ai eu peur qu'il s'empoisonne, d'abord, avec toutes ces bonnes femmes de Paris qui sont sur les catalogues... Mais que veux-tu que je lui donne, autrement ? Je ne peux même plus lui faire son quatre-heures ! C'est pas avec nos deux cents grammes de pain par jour...

Grand-mère gagnait toujours quelques sous à plumer des volailles, à laver le linge, à repriser. Ça n'allait pas loin et, de toute manière, il y avait les restrictions, les tickets d'alimentation.

— Pauvre vieux, il ne sait pas ce qui se passe, me disait-elle. Il croit que tout est comme autrefois.

Grand-père geignait maintenant devant la porte, comme un chien de ferme qu'on attache. Les passants ne s'arrêtaient plus, ne plaisantaient plus, hâtant le pas, gênés par le spectacle de cette décrépitude.

Heureusement, restaient la bourrellerie, son animation, la bonne humeur de ma marraine, l'entrain de la tante Victorine, la gentillesse de cousin Gaston, la camaraderie des commis.

La guerre avait donné un coup de fouet à une profession qui ignorait qu'elle ne survivrait pas aux hostilités. Pour l'heure, c'est l'industrie automobile qui devenait caduque et la traction hippomobile battait son plein. Cousin Gaston avait dû engager un commis supplémentaire.

Non seulement les attelages des fermiers, des artisans, des commerçants, parcouraient Fontenay-le-Comte, mais des bourgeois s'étaient mis eux aussi (ou remis) à la charrette et au cheval.

Parmi ceux-ci, un homme resplendissant, qui n'était pas du pays et que tout le monde appelait avec une familiarité nuancée d'admiration et d'envie : Monsieur Georges.

Monsieur Georges, c'était le châtelain de Fontenay. Il habitait le beau château de Terre-Neuve, tout au bout de la rue du Puy-Saint-Martin où se trouvait le couvent des Cordeliers du temps de Rabelais. Le château de Terre-Neuve avait été construit à la fin du XVe siècle pour le poète Nicolas Rapin, l'un des auteurs de la *Satire Ménippée.* Nombre de ses éléments architecturaux provenaient du saccage d'un autre château, celui de Geoffroy d'Estissac à Coulonges-sur-l'Autize.

Sur sa terrasse, devant la façade du château, Monsieur Georges pouvait contempler tout Fontenay, comme s'il en était le seigneur.

Tous les jours, vers six heures du soir, il arrivait au galop dans son buggy à unique banquette traîné par un joli petit cheval. Il remontait la rue de la République, jusqu'à la gare, pour le plaisir et l'ostentation, faisait demi-tour, toujours au galop, et rappliquait devant la bourrellerie, où il s'arrêtait.

Il aimait venir causer avec cousine Suzanne (ma marraine). Décidément, après le capucin défroqué, cousine Suzanne attirait les beaux messieurs.

Ce n'est pas que Monsieur Georges fût beau. De taille moyenne, trapu, il portait des lunettes d'écaille comme un notaire et se coiffait à la mode, les cheveux très tirés en arrière. Toutefois, les fringantes étoffes de ses costumes, ses chemises fantaisie, ses cravates de couleur, lui donnaient belle allure. Je dois dire que son élégante charrette et son double-poney si vif, comme un cheval de cirque, ne passaient pas inaperçus. Avouons-le, je l'enviais. Il me paraissait le prototype même de la distinction, de la désinvolture, de la richesse, du bonheur de vivre. Des gens comme lui, on n'en voyait qu'au cinéma.

Après sa station journalière dans la bourrellerie, laissant son cheval attaché à une boucle de fer sur la place des Marronniers, il empruntait le passage couvert qui reliait la rue de la bourrellerie à la rue de la République. Dans ce passage se trouvait l'entrée de l'hôtel de France flanquée de deux palmiers dans des tonneaux peints en vert. Monsieur Georges en poussait la porte et saluait les deux demoiselles qui tenaient l'hôtel.

Ces deux demoiselles, d'un certain âge il est vrai, étaient assez jolies, toujours vêtues avec coquetterie et je comprenais mal qu'on les surnommât « les deux vieilles filles » avec une nuance de moquerie. On disait que Monsieur Georges leur faisait la cour et il se pavanait bien en effet comme un paon, avec des ronds de jambe, des exclamations outrées, dans le salon de l'hôtel de France.

Je le suivais, je l'épiais, non par inclination au dénigrement, mais dans un émerveillement un peu imbécile. Les deux demoiselles de l'hôtel de France roucoulaient comme des colombes devant Monsieur Georges. Elles se poussaient dans l'embrasure de la porte lorsque leur visiteur s'en allait, le regardant traverser la rue de la République et s'engouffrer dans le café du Pont-Neuf.

Les rideaux du café étaient tirés. A travers leur dentelle j'apercevais néanmoins Monsieur Georges et trois autres hommes qui jouaient aux cartes. Je reconnaissais l'un d'eux, le docteur Sauvaget, dont la petite auto verdâtre stationnait à l'angle du pont. Cousine Suzanne m'informa que les deux autres étaient le sous-préfet et un ancien commandant de gendarmerie. Toute la ville connaissait leurs habitudes. Leurs parties de bridge duraient jusqu'à l'heure du dîner.

Je ne pouvais quand même pas bader aussi longtemps devant le café du Pont-Neuf et revenais vers la bourrellerie. Sur la place des Marronniers, le cheval de Monsieur Georges, resté attelé, s'impatientait en grattant la terre nerveusement avec ses sabots. C'était vraiment un joli petit cheval, brun tirant sur le rouge, couleur feu pourrait-on dire, à la longue queue soyeuse, aussi bien peignée que sa crinière. Il m'observait en fronçant le nez. J'allais quémander un sucre à cousine Suzanne et le lui ramenais. Il l'attrapait lestement, d'un revers de langue et le mastiquait lentement tout en me fixant de ses gros yeux.

Le buggy était une voiture très légère, avec deux grandes roues peintes en jaune. Dans le salon de l'hôtel de France, on apercevait des gravures anglaises qui ressemblaient beaucoup à l'attelage de Monsieur Georges.

Tous les samedis, un grand marché forain emplissait une portion de la ville, de la place Viète à la rue des Orfèvres. J'aimais y baguenauder lorsque je me trouvais à Fontenay-le-Comte. Monsieur Georges aussi. Si bien que, si je le rencontrais, j'en profitais pour l'observer. Il s'attardait beaucoup devant les attelages de toutes sortes : ceux des gros chevaux qui avaient amené les paysans ; ceux des ânes aux longs poils roux. Il restait parfois longtemps immobile, un doigt aux lèvres, l'air interrogatif. Il réfléchissait, mais à quoi ? Les poules, les coqs, les pigeons, les canards, dans leurs cageots grillagés, caquetaient, couinaient. Des chevreaux, les pattes entravées, pleuraient comme des mômes. Le vacarme était si énorme que l'on n'entendait plus sonner les heures à l'église Notre-Dame que les étals du marché entouraient. Voix fortes des hommes, aiguës des femmes, marchandages des clients, cris des animaux, quel tintamarre ! Et ces couleurs des victuailles, des étoffes, des pelages et des plumes ! Et ces odeurs de crottin, de paille souillée, de fruits et de légumes avariés... Que venait faire un monsieur aussi élégant et aussi riche dans une telle cohue populaire ? Je dus retourner travailler à Nantes où le temps me manquait pour rêvasser sur les privilèges de ceux qui habitent des châteaux, circulent dans des buggies tirés par de jolis petits chevaux, jouent au bridge et flirtent avec les dames. Ce n'est qu'après la guerre, une fois que je parlais avec cousine Suzanne de la défunte bourrellerie, que l'image de Monsieur Georges me revint à la mémoire. Je lui demandai s'il habitait toujours au château de Terre-Neuve, s'il vivait encore de ses rentes.

— Non, il est maintenant en Amérique.

— En Amérique ! Pourquoi donc ?

— Je ne sais pas. Il écrit des livres.

— Des livres ! Quels livres ? C'est un écrivain ! Connu ?

— Il y a certaines gens à Fontenay qui en ont lu. Ils disent que c'est des romans policiers. On l'a toujours appelé Monsieur Georges, mais son nom de famille c'est Simenon.

— Georges Simenon ! Comment, c'était Georges Simenon ! Georges Simenon habitant le château de Terre-Neuve, à Fontenay, tu dois confondre.

— Pour ce que j'en dis...

Elle resta un moment songeuse. Puis, avec vivacité :

— Il nous faisait bien rire, monsieur Georges.

Je n'avais rien lu de Simenon. J'achetai, au hasard, *Le Voyageur de la Toussaint.* L'action de ce roman se passe à La Rochelle où débarque d'un bateau un voyageur clandestin. Mais, à la fin du livre, le personnage arrive dans la nuit à Fontenay-le-Comte. « Cette grande artère toute droite, aux lampes plus fortes que les autres », je la reconnaissais bien, c'est la rue de la République. Le voyageur franchissait le Pont-Neuf, montait jusqu'à la place Viète et passait « au pied de la cathédrale livide ». Un paragraphe me fit battre le cœur plus vite : « Bien que les rideaux du café fussent tirés, Gilles savait que dans la lumière sirupeuse de la salle aux boiseries sombres, le docteur était assis dans le coin droit, avec trois autres hommes devant un tapis cramoisi sur lequel ils jetaient gravement les cartes. Tous les jours, à la même heure... »

L'exacte description de ce que j'avais vu au café du Pont-Neuf au temps où Monsieur Georges...

Comment le Belge Georges Simenon avait-il pu mener cette vie bourgeoise fontenaisienne au temps de l'occupation allemande ?

Je l'ai su beaucoup plus tard, en lisant ses *Mémoires intimes.*

En 1940, trois cent mille Belges s'étaient repliés dans les deux départements des Charentes. Parmi eux, Simenon, nommé par son gouvernement haut-commissaire aux réfugiés belges. Après l'armistice, il décida, avec sa femme et son fils Marc, de s'installer en forêt de Mervent où il serait tranquille pour travailler. « Cette forêt, écrit-il, m'avait enchanté. » Enchanté, bien sûr, qui Mélusine n'enchantait-elle pas ?

Taillant une canne pour Marc dans une branche, il reçut un choc qui l'amena à se rendre à Fontenay-le-Comte consulter un médecin. Celui-ci diagnostiqua que son patient avait un cœur de vieillard. A la condition de ne plus fumer, de ne plus travailler et de ne plus faire l'amour, il pourrait néanmoins espérer vivre encore pendant deux ans. Georges Simenon avait alors trente-huit ans.

Impossible pour un cardiaque aussi atteint de continuer à habiter en forêt. Il s'installa donc à Fontenay-le-Comte, dans une maison avec jardin, au bord de la Vendée. Puisqu'on lui interdisait de travailler, il en conclut qu'il n'écrirait plus de romans, mais des souvenirs ce n'est pas du travail... Il acheta donc une rame de papier et s'employa à raconter pour son fils l'histoire de sa famille.

C'est alors qu'il apprit que le propriétaire du château de Terre-Neuve voulait louer la moitié de sa demeure. Simenon avait assez trimé toute sa vie pour avoir envie de mourir châtelain en rédigeant ses Mémoires qu'il intitulera : *Pedigree.*

Voilà comment se font les réputations ! Cet homme qui me paraissait un rentier fortuné était un forçat de la plume. Cet homme qui affectait de n'avoir rien à faire et se pavanait tous les soirs dans son buggy, avait créé des milliers de personnages, dont ce fameux commissaire Maigret plus vrai que nature.

Simenon croira vivre les deux dernières années de sa vie à Fontenay-le-Comte, « une vie calme et douillette, écrit-il, dans cette sous-préfecture calme et douillette aussi, au charme discret ». Il se promenait dans l'immense parc du château, près des pièces d'eau, ramassait des escargots, accourait au champ de foire lors des assemblées où des centaines de chevaux, de bœufs, de vaches, de taureaux, d'ânes, étaient attachés aux barres de fer qui entouraient le terrain. Sans doute est-ce là qu'il acheta son si joli cheval couleur feu.

Les deux ans écoulés, comme il n'était pas mort, il recommença à pondre ses romans habituels. En réalité, il n'en avait rien dit au médecin, mais pendant les deux ans où il habita le château de Terre-Neuve, il avait quand même composé quatre romans : *Le Voyageur de la Toussaint, Signé Picpus, Félicie est là, La Fenêtre des Rouet.*

Comme il n'était pas mort, il fit du vélo, de la marche à pied (onze kilomètres aller et retour de Fontenay à Vouvant), abondamment l'amour, fuma de nouveau la pipe. Comme il n'était pas mort, Fontenay lui parut trop humide en raison de la proximité du marais, à la fois pour la santé de sa famille et pour la sienne. Et puis, peut-être, en avait-il assez de jouer au châtelain.

Dans le bocage, près de Pouzaugues, à Saint-Mesmin-le-Vieux, il loua la villa d'un entrepreneur de transports et, tout en pratiquant la pêche aux écrevisses, produisit allègrement six romans : un Maigret (*L'Inspecteur Cadavre),* deux polars *(Le Bilan Maletras, La Fuite de M. Monde),* trois « littéraires » *(L'Aîné des Ferchaux, Les Noces de Poitiers, Le Cercle des Mahé).*

Les Simenon séjourneront à Saint-Mesmin jusqu'en 1945. Puisque son cœur tenait bon (il tiendra encore plus de quarante ans), le romancier s'établira ensuite aux États-Unis. En mars 1953, à Lakeville, dans le Connecticut, lorsqu'il écrira l'un de ses cinquante Maigret, *Maigret a peur,* il se souviendra de Fontenay-le-Comte, où il était venu pour mourir, et où il vécut deux années heureuses. On y voit Maigret descendre à l'hôtel de France (« La porte de l'hôtel de France était flanquée de deux palmiers dans des tonneaux peints en vert ») et mener son enquête dans tous ces lieux qui me sont (qui étaient aussi pour Monsieur Georges) si familiers. Et Simenon, dans sa vie américaine, écrit :

« Maigret avait l'impression, depuis son arrivée à Fontenay, d'avoir compris des choses auxquelles il n'avait jamais pensé et il se créait, d'une petite ville, une image différente de celle qu'il s'était faite jusque-là. »

7

Le retour à la maison

Le 28 avril 1980, trois mois après la publication de la première version de *L'Accent de ma mère,* je recevais de Fontenay-le-Comte cette lettre :

« Nous sommes heureux, mon mari et moi, de vous faire savoir que votre ancienne maison, 8, rue des Orfèvres, nous appartient. Nous avons retrouvé sur l'acte d'achat de cet immeuble le nom de votre grand-père, M. Sourisseau. Si cela peut vous être agréable, et au cas où vous en auriez le loisir, toute facilité vous est donnée de venir revoir, quarante ans après, l'intérieur d'une maison où il reste encore un peu de vous. Oh ! pas grand-chose, sans doute... La chambre noire de votre grand-mère, la cuisine et la pièce commune de vos parents ; les fenêtres et les balcons qui vous ont frappé, l'escalier et la rampe jusqu'au grenier, vous rappelleront peut-être quelques souvenirs entassés dans votre grande mémoire. »

Merveille des relations épistolaires entre lecteur et auteur ! Merveille de la littérature qui transforme le père Sourisseau en monsieur et notre pitoyable maison en immeuble !

Est-ce seulement une question de petitesse de taille qui fait que les enfants voient les espaces si grands ? Tout avait rapetissé à Fontenay-le-Comte, en mon absence. Tout. Même la ville. La commerçante rue des Loges, grande rue de Fontenay au temps de Rabelais, était devenue une voie piétonne plutôt courte. Et même la longue saignée droite, qui partage la ville en deux, de la gare à la place Viète, où galopait le si joli cheval de Monsieur Georges, n'est qu'une brève promenade. Quant à la maison de mes grands-parents, elle paraissait encore plus écrasée entre les deux immeubles voisins. Ainsi cette cour minuscule, ces appentis croulants, représentaient le domaine du père Sourisseau. Ainsi, cet escalier qui conduisait au logement que je partageais avec ma mère, et qui m'épouvantait car il montait vers le grenier où nous ne pénétrions jamais, c'était seulement ces quelques marches. Je remerciai sincèrement de cette visite les nouveaux propriétaires, mais j'aurais mieux fait de rester avec mes souvenirs.

Et la ville, ma chère petite ville où, de mes lieux d'attache, il ne subsistait rien. Grand-père était mort pendant la guerre, grand-mère un peu après. Morts aussi, la tante Victorine et son mari. Quant à la bourrellerie, plus de trace. A la disparition des chevaux répondait la disparition du bourrelier.

A première vue, Fontenay-le-Comte avait un air immuable. Toutefois, la raréfaction des passants dans les rues, le silence, lui donnaient un air étrange de ville morte. Il me fallut un moment pour m'apercevoir que ce qui changeait totalement l'aspect de la cité était la disparition du cheval. Pas seulement le joli petit cheval de Monsieur Georges, mais tous les chevaux. Chevaux de l'aube, chevaux des laitiers dont le tintamarre de ferraille servait de réveille-matin ; chevaux des bûcherons attelés en quadrille, traînant péniblement les longs troncs d'arbre attachés par des chaînes au triqueballe ; chevaux de tous les tombereaux de brique, de sable, de matériaux lourds, fouettés et injuriés ; chevaux de tous les charrois ingrats, difficultueux ; chevaux glissant de tous leurs fers sur l'asphalte ; chevaux tombés, si souvent tombés dans les rues et relevés à coups de pied ; chevaux si effrayés par les rutilantes machines nickelées qui allaient vous succéder que vous commettiez des écarts lorsque vous en aperceviez une, que vous vous cabriez parfois, ce qui ajoutait à la colère de vos maîtres.

Les hennissements des chevaux, les braiments des ânes (ah ! les grands ânes du Poitou, velus comme des ours !), avaient été remplacés par les ronronnements des moteurs, les stridences des Klaxon. Comme par un coup de baguette magique de Mélusine les chevaux de mon enfance s'étaient transformés en automobiles. Ainsi se perpétuait quand même la tradition des fées où, d'un tour de main, une citrouille se transmue en carrosse.

L'agonie du cheval amena par contrecoup la décadence de la

bourrellerie. Si bien que ce ne fut pas Bata qui tua « le cuir français », comme le prophétisaient les journaux d'avant-guerre, mais Citroën et Renault.

Cousin Gaston (qui avait rasé sa moustache, trop ressemblante à celle de Hitler) tenta de faire face en bichonnant d'élégants colliers de chiens, constellés de rivets ; si élégants qu'ils eussent donné à n'importe qui l'idée de s'offrir un chien, ne serait-ce que pour traîner un aussi seyant collier au bout d'une laisse. Il confectionna des coussins, des sacs de voyage, des ceintures, des gibecières, des sacs à dos, des sacoches de bicyclette, des ballons de football et de rugby. Tout ce qui pouvait être confectionné en cuir, il le confectionna. Jusqu'au jour où ces articles, industrialisés, apparurent dans de nouveaux magasins d'articles de sport. Cousin Gaston ne s'avoua pas battu et s'institua garnisseur de sièges pour autos, habilleur de fauteuils, cardeur de matelas. Il lutta comme la chèvre de monsieur Seguin, ne céda qu'étranglé par la concurrence, ferma boutique et préféra s'expatrier à La Rochelle.

Donc, plus de bourrellerie et, à la place, des bureaux de la Sécurité sociale. La disparition du cheval entraînait aussi l'extinction du charretier, du cocher, de l'équarrisseur et... du crottin.

Le crottin, quelle manne ! Ce que ma ville avait aussi perdu c'était le rite, on pourrait même dire le cérémonial du crottin. Les chevaux étaient guettés à la fois du haut des toits et derrière les persiennes mi-closes. Lorsqu'un cheval déféquait dans la rue, les moineaux s'abattaient d'abord en piaillant, puis une petite vieille sortait d'une maison, une pelle à la main et un panier de l'autre, se précipitait vers le crottin fumant et le cueillait délicatement avec son ramasse-bourrier. D'autres petites vieilles apparaissaient très vite à la porte d'autres maisons, leurs instruments prêts, mais c'était trop tard. La première arrivée emportait le butin destiné à revitaliser les fleurs en pots.

Autour de la bourrellerie, on le sait, les chevaux abondaient. Le crottin aussi. Ce qui suscitait bien des convoitises. Mais tante Victorine, qui veillait à tout, estimait que le crottin des chevaux de la clientèle de son gendre lui revenait de droit. Comme elle ne pouvait observer le derrière des chevaux toute la journée, chacun était chargé à tour de rôle de surveiller les attelages. On voyait régulièrement les apprentis bondir de l'atelier, pelle en main, et revenir triomphants après avoir collecté l'odorant crottin. J'appris moi-même très vite à guetter les matières fécales des chevaux et acquis dans cette pratique une certaine dextérité me valant la considération de la tante Victorine. Le sang commençait à parler.

J'ai déjà évoqué cette civilisation de la cueillette, elle aussi disparue (ou presque) et à laquelle appartenait le ramassage du crottin, fumier gratuit et sans cesse renouvelé. Que l'on n'oublie pas non plus le ramassage des crottes de chien, surtout pratiqué par les Petites Sœurs des pauvres qui transformaient ce déchet organique, également gratuit, en un médicament pour leurs malades, riche en calcium.

Disparues aussi les fêtes religieuses (et presque toutes nos fêtes collectives étaient liées à l'Église). Elles ponctuaient les saisons, les changements de temps, servaient aussi bien de points de repère pour les travaux des champs que d'indices météorologiques. Chacun savait qu'à la Saint-Vincent le vin monte au sarment, qu'à la Chandeleur l'hiver passe ou prend rigueur, que pluie de février vaut du fumier, qu'en avril s'il tonne la nouvelle est bonne.

Pâques, c'était à la fois la résurrection du Christ et la résurrection de la nature. Le Seigneur sortait de son tombeau et le soleil de ses nuages. Pendant que mars nous accablait de giboulées, tante Victorine, imperturbable, répétait : « Après la pluie, après la tempête, se lèvera radieux le soleil de Pâques. »

Mai, consacré mois de Marie, se devait d'être le plus beau des mois. Il n'y manquait pas. On enlevait ses tricots puisque, si en avril il est recommandé de ne pas se découvrir d'un fil, par contre, en mai, on peut faire ce qui nous plaît. Les jardins, les prairies, les balcons, pour ne pas contrarier le dicton, se coloraient de fleurs odorantes.

La nature était alors si douce, si dispensatrice de bienfaits, si gracieuse, si jolie, que l'on se préparait à en rendre grâces à Dieu. Si bien qu'en juin s'organisait une cérémonie grandiose : la Fête-Dieu.

Pendant une semaine, Fontenay se transformait. Les riches ornaient leurs maisons de tentures et les pauvres (c'est-à-dire les quatre cinquièmes de la population) accrochaient sur les façades des immeubles des draps très blancs soigneusement repassés, sur lesquels on piquait des roses. Nous, les enfants des écoles, nous consacrions plusieurs jours à en effeuiller, accumulant les pétales dans de grandes corbeilles d'osier. De place en place, les adultes dressaient des estrades fleuries où les petites filles vêtues de robes blanches se métamorphosaient en anges aux mains jointes. Ces reposoirs servaient de stations pour la procession qui partait de l'église et parcourait toute la cité.

La fanfare paroissiale ouvrait la marche, avec ses clairons et ses tambours. Puis venaient les garçons de l'école des Frères, les filles de l'école de la Foi, les enfants de Marie, les enfants de chœur aussi rouges dans leurs robes rouges que les roses effeuillées. D'autres gamins portaient les grands paniers remplis de pétales lancés à pleines poignées dans les rues, comme des confettis. Ils jonchaient le sol qui, sous le passage du cortège, se transformait en tapis rouge. Derrière les enfants de chœur, les vicaires entouraient le curé vêtu d'or qui brandissait un ostensoir devant lequel les spectateurs, sur les trottoirs, s'agenouillaient. Les cantiques, repris de groupe en groupe, établissaient une chaîne musicale impressionnante, où les voix en bourdon des hommes ponctuaient en surimpression les voix séraphiques des garçons, les voix aiguës et un peu piailleuses des filles, les voix tremblotées et roucoulantes des enfants de Marie.

A chaque reposoir, la procession s'arrêtait. Le vieux curé, à demi étouffé sous sa chasuble et tous ces ornements sacerdotaux qui lui donnaient l'allure d'un gros scarabée, plantait l'ostensoir sur l'autel, d'un air d'autant plus triomphant qu'il pouvait alors souffler pendant un quart d'heure. Un enfant de chœur lui tendait un mouchoir qu'il posait sur son visage pour en éponger la sueur. Je m'attendais toujours à ce que, sur ce mouchoir, le visage du curé restât imprimé, comme celui de Jésus sur le linge de Véronique. Mais sans doute notre curé ne s'était-il pas fait remarquer par Dieu pour sa sainteté car rien de semblable ne se produisait. Le curé reprenait l'ostensoir en soupirant. Les enfants de chœur agitaient les encensoirs. Les chants s'élevaient et l'on repartait vers un autre reposoir.

A l'Ascension, on savait qu'il était temps de tuer le mouton ; à la Saint-Médard on surveillait le ciel puisque, s'il pleut à la Saint-Médard, il pleut quarante jours plus tard. Quand arrivait la Sainte-Madeleine, les noix étaient pleines. Quand arrivait la Saint-Michel de grandes foires se tenaient sur le champ de Mars et les domestiques cherchaient à s'y gager pour un an.

Puis la nature commençait à mourir. A l'approche de l'hiver, une tristesse générale s'abattait sur les gens. La chute des feuilles leur rappelait leurs morts. A la Toussaint, chacun se rendait au cimetière, fleurissant de chrysanthèmes les tombes familiales. Pour ma grand-mère, ma mère et moi, qui allions chaque dimanche sur la tombe de mon père, la Toussaint n'apportait guère de changement. Sinon que grand-mère se munissait d'une petite bêche pour nettoyer le tertre et que, par la même occasion, elle recherchait d'autres sépultures familiales à désherber (grands-oncles, vieux cousins, etc.), toute l'année abandonnées. Les cyprès, eux, ne perdaient pas leurs feuilles. Je n'aimais pas ces arbres qui suçaient le sang des morts et, par là même, s'appropriaient l'éternité. Je n'aimais pas la Toussaint.

Heureusement, au cœur de l'hiver, Noël apportait la promesse du printemps. Le petit Jésus naissait dans une étable qui ressemblait beaucoup à celle de mes cousins. Chez lui aussi les animaux de la ferme fournissaient le chauffage central.

La messe de minuit, c'était presque aussi beau que la Fête-Dieu. On se rendait à l'église par des rues sombres et froides et l'on pénétrait dans un lieu si étincelant de lumière que l'on en était aveuglé. L'orgue vous assourdissait. Clignant des yeux, les tympans en compote, l'estomac vide (on jeûnait pour communier à la messe de minuit) nous attendions le moment solennel où un homme (dont pendant quinze jours au moins on allait parler de la « belle voix » dans toutes les maisonnées) s'avancerait sur une estrade et entonnerait le *Minuit chrétien*, grand air de notre seul opéra annuel. Chaque famille discuterait ensuite du mérite du chanteur de cette année et le comparerait à ceux des Noëls passés. On soupesait les qualités différentes des voix. « Quel registre ! » s'exclamait ma mère.

Il n'y avait pas de réveillon chez nous. Mais le 25 décembre, à midi, tante Victorine et sa famille venaient solennellement déjeuner. Ce repas, qui s'officiait évidemment dans la cuisine de grand-mère, se déroulait dans une certaine gêne. Tante Victorine était trop aimable, son mari trop muet. Suzanne, ma marraine, m'apportait des cadeaux (toujours des soldats de plomb en souvenir de mon sous-off de père). Le père Sourisseau, endimanché, ne ressemblait plus à Vercingétorix, mais à Clemenceau, ce qui, d'ailleurs, cadrait mieux avec la couleur locale. Ce repas de Noël, cérémonie obligatoire, pesait à tout le monde. On parlait trop fort. On riait un peu, le vin aidant, mais sans conviction. Entre les deux familles se tenait l'ombre de mon père. Celui-ci, immanquablement, occupait la place principale dans la conversation. On s'adressait à moi comme si j'en étais la réincarnation : « Ah ! ton pauvre père le disait bien ! » « Du canard rôti, mon Dieu ! Ton défunt père qui l'aimait tant ! » « Ne mange pas avec tes mains, voyons, si ton pauvre père te voyait ! » A tant parler du mort, on finissait par avoir l'appétit coupé. Tante Victorine et sa famille s'éclipsaient très vite, dès le café bu. Grand-père partait jouer aux cartes au café du Cerf. Moi, j'ajoutais les nouveaux soldats de plomb à une armée déjà importante. Quant à ma grand-mère et à ma mère, elles se lamentaient devant l'amoncellement de la vaisselle sale. Car lorsque venaient tante Victorine et la famille de mon père, on sortait toutes les assiettes, tous les couverts, qui ne servaient jamais autrement, vieux cadeaux de mariage conservés jalousement dans les buffets et les armoires. Et on lésinait d'autant moins sur la vaisselle que, toute l'année, on mangeait dans les mêmes assiettes ébréchées et fendues.

Des fêtes laïques, une seule avait de l'importance, Fontenay étant ville de garnison : le 14 Juillet. L'orchestre militaire donnait un concert dans le kiosque à musique de la place Viète : *Ouverture pour harmonie* de Mendelssohn-Bartholdy, *La Fille du régiment* de Donizetti, *L'Africaine* de Meyerbeer. Celui qui avait entonné le *Minuit chrétien*, le Noël précédent, chantait *La Madelon.*

Mais tout cela prenait un air trop solennel. Les hommes, coiffés de leur canotier ou de leur panama, écoutaient debout et l'ennui se lisait sur leur visage. Les femmes, qui arboraient leurs plus beaux chapeaux, leurs voilettes, leurs ombrelles, faisaient meilleure contenance et applaudissaient énergiquement de leurs mains gantées de filoselle. Néanmoins, le 14 Juillet ne suscitait pas la ferveur des fêtes religieuses. On se partageait encore, en Vendée, entre « blancs » et « bleus ». Les « bleus », peu nombreux, ne se recrutaient guère que parmi les fonctionnaires, plus quelques hurluberlus que l'on se montrait du doigt. N'étaient pas rares les villages d'alentour où l'instituteur de la laïque ne décrochait d'autres élèves que ses propres enfants, ceux du facteur, du gendarme et du cantonnier. Les « bleus », vainqueurs, occupaient le pays. Mais les « blancs » demeuraient sur le qui-vive et ne collaboraient pas.

Le soir du 14 Juillet s'organisait néanmoins une cérémonie fascinante et terrifiante : la retraite aux flambeaux. Le régiment, musique en tête, défilait dans les rues en portant des torches. De temps en temps, des feux de Bengale illuminaient les rues de leurs lueurs mauves. Ces flambeaux, ces trompettes, ces tambours, ces pas cadencés, ces casques, ces fusils que l'on voyait dans la nuit, du haut des fenêtres, paraissaient une image même de l'enfer ; l'antidote de la Fête-Dieu ; la meute, la chasse maudite qui déferlait une fois l'an ; l'hommage annuel rendu par les « bleus » à Lucifer.

Il n'y a plus de soldats dans les rues de Fontenay. Eux aussi sont partis, d'autant plus partis que Fontenay était ville de garnison de troupes coloniales (Sénégalais, Tunisiens, Malgaches). Mes deux vocations se sont évaporées en même temps que leurs objets devenaient caducs. Ma mère voulait que je sois militaire, moi j'aspirais à être bourrelier.

Elle se fâchait :

— Non, tu ne seras pas bourrelier. C'est ta tante Victorine qui t'a mis cette idée en tête. Tout ça pour t'enlever à ta mère !

Je m'obstinais, passant le plus clair de mon temps dans la bourrellerie de cousin Gaston où j'ai sans aucun doute vécu les moments les plus heureux de mon enfance.

Ma mère prenait le ciel à témoin :

— Mon Dieu, que c'est sale, cette bourrellerie ! Et ces hommes qui cousent comme des femmes. Tu n'auras pas fini de te faire moquer de toi par les demoiselles. En attendant d'être militaire, pourquoi n'entrerais-tu pas dans les postes ou les chemins de fer ? C'est à l'abri des intempéries et, dans l'un ou l'autre cas, tu aurais une retraite, comme ton pauvre père.

A cette époque, un garçon de quatorze ans ne s'enthousiasmait guère à l'idée de recevoir une retraite lorsqu'il en aurait soixante-cinq. Toutefois, ma mère interrogea le chef de gare et le receveur des PTT qui protestèrent, choqués par tant d'outrecuidance.

Quel culot d'imaginer accéder à leur profession avec un simple certificat d'études, même complété d'un certificat d'études supérieures décerné par les écoles religieuses. C'est le brevet qu'il fallait, le brevet ! On peut le déplorer, mais l'histoire des Pères de l'Église prépare mal à l'aiguillage des trains ou au classement des lettres.

Le médecin de famille suggéra que l'on m'inscrive au collège où, en tant que pupille de la nation, j'obtiendrais facilement une bourse. Au collège ! Dans ses rêves les plus délirants jamais ma mère n'aurait eu la témérité de penser à effectuer un tel saut dans le territoire des riches.

Elle soumit le problème au curé de la paroisse et se fit rabrouer de première :

— Quoi, vous osez me demander la permission de l'envoyer à l'école-sans-Dieu ! Mais n'importe quel bon métier est préférable ! Chez les Jésuites, de Nantes, je ne dis pas... Mais pourriez-vous payer une pension ? Non. Eh bien ! qu'il travaille, ce galopin. Ça ne vaut rien de traîner à ne rien faire. On rêvasse, on rêvasse. C'est comme ça qu'on devient fainéant. Allez, au travail, jeune homme, au travail !

Nantes, Nantes où tante Clarisse, sœur de ma mère, nous invitait souvent à venir la rejoindre. « C'est petit, chez moi, écrivait-elle, mais on se serrera. Et Nantes est une grande ville où l'on trouve toujours du travail. »

Ma mère, qui n'avait jamais quitté ses parents, eut soudain envie de changer d'air. La grande ville lui paraissait, à juste titre, plus propice aux rêves insensés qu'elle nourrissait pour moi. Et elle-même n'était sans doute pas fâchée d'échapper au cercle magique de sa propre tribu paternelle et maternelle. Peut-être, aussi, escomptait-elle fuir, au loin, un deuil qui demeurait oppressant.

Hasard, ou geste masochiste de mutilation, grand-mère choisit juste ce moment-là pour abandonner sa coiffe blanche à petits rouleaux. Sans sa coiffe, elle ressemblait à une bonne sœur sécularisée. N'osant pas porter un chapeau, comme une dame, elle se contenta, pour sortir, de se nouer un fichu sur la tête. Sans sa coiffure traditionnelle, grand-mère devenait quelconque, presque misérable. On eût dit une vraie pauvresse.

Ou bien l'on part tout d'un coup, sans informer personne ; on part comme si on prenait la fuite ; et c'est la coupure radicale avec le passé. Ou bien l'on s'attarde dans des adieux qui n'en finissent pas et on émiette son passé, on l'égrène, on en remplit ses poches. Et on part lourd, trop lourd...

Ma mère s'enthousiasmait de notre évasion, mais ne se décidait pas à mettre les voiles. Si bien qu'à force de construire notre mirifique avenir dans ses rêves, nous faillîmes bien rester. Une lettre de tante Clarisse, demandant si oui ou non nous arrivions, précipita les événements.

En rendant une dernière visite à la bourrellerie, je savais bien que je prenais congé de ce qui m'avait été le plus attrayant.

Cousin Gaston enleva son éternel béret noir pour se gratter le crâne, perplexe. Ma marraine et lui, muets, finirent par renifler quelques larmes, cependant que tante Victorine, pincée, maugréait :

— Tout ça, c'est pour t'enlever à *ta* famille. Mais quand, dans ta grande ville, tu auras du vague à l'âme, ne cherche pas d'où ça vient. Tu te diras : c'est le sang qui parle !

Adolescence nantaise

CHAQUE ville a sa couleur, son odeur, ses bruits. Quelle est la couleur de Nantes ? Si je parle de gris, j'entends d'ici les protestations des Nantais. Pourtant l'expression « Nantes la Grise », si souvent reprise, provient d'un Nantais, peu aimé il est vrai. Si peu aimé que tous les historiographes modernes, rejetant ce gris de Nantes, ne citent jamais Grand-Jouan, collaborateur de la *Vache Enragée,* qui, en 1899, publia un très bel album de lithographies grises et de textes intitulé : *Nantes la grise.*

« La ville est grise, écrit Grand-Jouan. A toute heure du jour, un filet aux mailles légères l'enveloppe... C'est une buée de lumière diffuse qui éloigne l'horizon... ce crêpe gris qui est la couleur de Nantes. »

Nantes me paraît-elle grise ? Ardoises des toits, pavés des rues, façades de granit, couleur du fleuve, le gris abonde. Il assombrit aussi souvent le ciel. Mais, néanmoins, le gris ne domine pas dans mes souvenirs. Nantes est sans doute moins grise depuis que l'on a comblé ses eaux grises. Si je compare Nantes de mon adolescence et Nantes d'aujourd'hui, il me semble que son climat a changé. Moins de pluie, moins de brouillard. Ensablée, desséchée, Nantes a perdu sa physionomie aquatique, pour se transformer en jardin. Pour moi, Nantes est d'abord, aujourd'hui, une ville fleurie, la ville des magnolias et des camélias, des glycines mauves et des hortensias bleus.

Les odeurs aussi ne sont plus les mêmes. Lorsque Nantes s'ouvrait sur la mer, lorsqu'elle recevait dans son port tous les parfums des îles tropicales, une langueur âpre, sensuelle, rôdait dans ses rues, qui se remplissaient aussi de tous les arômes de ses biscuiteries, de ses conserveries et de ses berlingots.

Restent encore quelques relents de cannelle et de café fraîchement torréfié.

Quant aux bruits, ceux du port se sont tus. Les grands martèlements du fer des coques de bateaux, les grincements des palans, les cris des dockers, je les entends encore, mais ce ne sont plus que des souvenirs, comme les chants des matelots. Plus de sirènes mugissantes des navires. Plus de cloches des tramways. Des Klaxon de voitures, comme partout. Le samedi soir, les refrains avinés de quelques noctambules rappellent seulement les rues chaudes d'autrefois.

De la « Venise de l'Ouest » il ne reste qu'un slogan publicitaire qui, d'ailleurs, a toujours été impropre. Nantes n'a jamais ressemblé à Venise. Rien de commun entre la ville orientale de l'Adriatique, avec ses palais de marbre et ses coupoles de cuivre, avec ses odeurs délétères et son agitation méridionale, et cette ville occidentale plus sévère et plus puritaine. Si la Nantes aquatique ressemblait à une autre ville aux pieds dans l'eau, c'était à la « Venise du Nord », à Amsterdam. Il y a encore quelque chose de hollandais dans ces grandes prairies par lesquelles on aborde Nantes à l'est, avec ses champs inondés et ses multiples îles campagnardes. Il y a quelque chose de hollandais aussi dans la bourgeoisie nantaise, bourgeoisie d'armateurs et de commerçants hardis.

De « l'Amsterdam de l'Ouest », il reste peu de chose. Comme il reste peu de chose de mon enfance. Les villes vieillissent, elles aussi, et meurent. Nantes de mon enfance était une extraordinaire ville fluviale. La Loire embrassait la ville de tous ses bras. Six bras qui formaient des îles urbaines : île Feydeau, île de la Gloriette, île du Duc, île de Bretagne, île Sainte-Anne. Bâtie au confluent de l'Erdre et de la Loire, mais aussi de la Sèvre, de la Chézine et du Sail, tête du canal de Bretagne, Nantes était une ville de rivières, de canaux, de ponts, d'écluses. Combien de ponts ? Certains disent vingt, d'autres dix-huit. Il me semble qu'il devait y en avoir beaucoup plus.

Ville fluviale, Nantes était aussi ville maritime. Elle jouait habilement sur les deux tableaux. Fascinés par les méandres de son fleuve, nous la croyions ville de rivières, mais lorsque nous descendions avec le cours des eaux vers la place du Commerce, nous avions la surprise grandiose, au bout de l'île de la Gloriette, de découvrir la multitude des voiliers et des cargos qui marquaient l'avancée de la mer jusqu'au quai de la Fosse.

Aujourd'hui, la mer s'est retirée jusqu'à Saint-Nazaire et Nantes n'est plus qu'une ville de Loire, la dernière, avec son château superbe (d'où la Loire s'est aussi retirée, les douves transformées en jardins). Hier encore, la Loire bordait le château des ducs de Bretagne. Mais Nantes s'est desséchée. Comme la Vénus de Milo, la Loire n'a plus de bras. Et elle a perdu aussi sa belle poitrine, qui était son port, à la proue de la ville. La mer s'est éloignée, la Loire aussi. Ce n'est plus une ville aquatique mais, redisons-le, une ville de jardins.

Autre singularité de Nantes d'autrefois, son chemin de fer qui traversait la ville à petits pas. Le chemin de fer suivait le fleuve dans toute la longueur de la ville. Il ne semblait être, d'ailleurs, qu'une annexe du fleuve et du port, allant comme eux tout droit vers l'Océan. Il ne paraissait traverser la ville que pour aller déverser ses voyageurs dans les paquebots de Saint-Nazaire. Aperçue d'une rue perpendiculaire à la voie ferrée, il semblait que la locomotive sortait d'un immeuble et s'engouffrait subrepticement dans un autre, suivie de la kyrielle de ses wagons.

Ville de voies d'eau, Nantes était donc aussi une ville de voies ferrées et ses multiples passages à niveau donnaient la réplique à ses ponts. S'ajoutaient les tramways jaunes, avec leur remorque dite « baladeuse », leurs abris (les aubettes), leurs décrotteurs de rails avec leur raclette. Les tramways mis à la casse en 1958, parce que démodés, ont été réinventés en 1985.

Les tramways sont revenus. Mais les lignes de chemin de fer ont été enterrées. L'Erdre traverse la ville dans un souterrain ; le train aussi.

Cette Nantes fluviale, maritime et ferroviaire, je la revois par les yeux du petit garçon qui n'est peut-être venu que deux ou trois fois, avant la Seconde Guerre mondiale, rendre visite à sa tante Clarisse dont toute la famille savait qu'elle occupait à Nantes une position mirifique et fort enviée puisqu'elle était vendeuse aux Grandes Galeries de la rue du Calvaire. Tante Clarisse, sœur de ma mère, était le seul membre de la famille à avoir émigré de Vendée. Cette audace, et les jolies toilettes que lui imposait sa profession, lui donnaient un lustre, un je ne sais quoi, aussi, d'un peu trouble et de déluré. Veuve d'un sous-off de la Coloniale, comme ma mère, on chuchotait qu'elle avait des « aventures » et ce mystère n'était pas le moindre de ses attraits. Le fait qu'elle habitât la grande ville, avec son fils, mon aîné de cinq ou six ans, tout cela nous attirait fort, ma mère et moi. Le merveilleux de la Nantes de l'avant-guerre fut lié pour nous au merveilleux de l'existence citadine de tante Clarisse.

C'est avec tante Clarisse et mon cousin Marcel que j'ai découvert la vie populaire de Nantes, son quartier du Marchix (aujourd'hui rasé) avec ses cours, ses courettes, ses passages et ses « femmes en cheveux ». Une femme sans chapeau était alors soit une pauvresse, soit une femme de mauvaise vie. Ma mère et sa sœur ne sortaient jamais sans chapeau. Et ma tante portait des bas de soie, ce qui paraissait à ma mère le comble du luxe, de la prodigalité et des mœurs douteuses.

J'ai parcouru, bouche bée, la Nantes d'avant-guerre, emmené par mon cousin qui m'en mettait plein la vue. Je ne me lassais jamais du spectacle du port, encombré de balles d'alpha et des innombrables barriques de muscadet qui attendaient l'embarquement, bousculé par les portefaix, chassé par les douaniers que nous évitions comme si nous avions été des contrebandiers. Sur les quais, s'amoncelaient les sacs de café provenant des colonies françaises, les sacs de riz arrivés des Indes, les pyramides de bois de construction déchargé des bateaux norvégiens et suédois, les belles planches pour les ébénistes venues de Cayenne.

Il me semble y avoir vu lancer des navires. Il me semble y avoir vu les derniers grands voiliers. De gros remorqueurs, que l'on appelait des « abeilles », prenaient des passagers qu'ils conduisaient jusqu'à Saint-Nazaire. Les Messageries de l'Ouest offraient huit départs par jour, pour Basse-Indre, Couëron, Le Pellerin ; deux départs pour Paimbœuf et Donges.

Nous longions le quai de la Fosse. Mon cousin faisait le fanfaron devant les ruelles où des femmes dépoitraillées, leurs jupes si courtes que l'on voyait leurs jarretelles, haranguaient des matelots. Mais en réalité il me serrait la main très fort, en me disant de ne pas regarder et m'entraînait à vive allure vers Chantenay.

Chantenay bruissait de toutes ses usines. Une foule d'hommes coiffés de casquettes à carreaux marchait très vite dans les rues sombres, empuanties des fumées de l'industrie. La raffinerie de Chantenay offrait des « sucres cassés et en pain, des sucres candis, des sucres cristallisés des colonies françaises ». Cette évocation des colonies se trouvait partout dans la ville. Là, les enseignes vantaient les produits importés de l'île de la Réunion, ailleurs les sucres et rhums des Antilles, ou encore la « gomme de Balata », l'essence de bois de rose, les « sucres indigènes », les cafés de la Côte-d'Ivoire et du Dahomey.

Les noms des conserveries, des raffineries, des biscuiteries chantent dans ma mémoire comme des comptines : Amieux, Saupiquet, Say, Cassegrain, LU. Des industriels aux noms prédestinés : Amieux (« toujours à mieux »), Cassegrain (quelle réclame pour ses pois cassés !), Lefèvre-Utile (utile !).

Quarante-deux usines de conserves en 1954. Quatre millions de kilos de sardines mises en boîtes par an, 80 000 kilos de petits-beurre produits chaque jour. Mais en 1961, il ne subsistait plus, déjà, que cinq grands groupes industriels. Saupiquet avait englouti ses concurrents pour être à son tour absorbé en 1972. Amieux ferma en 1973. Say, et son sucre roux de la Réunion et des Antilles liquidé par Béghin, ferma sa raffinerie de Chantenay et LU, englouti par la General Biscuit, abandonna son édifice odorant dont les coupoles avaient d'ailleurs été décapitées d'une manière prémonitoire sous un vain prétexte de modernisme.

De cette avant-guerre, je revois aussi les paveurs qui travaillaient en rangées, avançant de front, agenouillés. On s'émerveillait de leur dextérité, de leur habileté à poser les pavés bien droits, bien alignés. Ces pavés glissants les jours de pluie, si redoutés par les chevaux et les cyclistes.

Je revois les chevaux des laitiers et des livreurs de pains de glace, les fiacres, le crottin, les chasseurs de vipères de la Jonelière.

Je revois les lavandières près du pont de la Motte-Rouge, le long du canal de Barbin où s'amarraient les bateaux-lavoirs. Les lavandières étendaient leur linge sur les séchoirs de la berge et mon cousin, avec d'autres garnements de son espèce, leur criait : « Poules d'eau... poules d'eau... » Ce qui les mettait particulièrement en fureur. Et leur vocabulaire était tel qu'aussi affranchis que nous croyions l'être, nous finissions par fuir sous leurs grossièretés, le rouge aux oreilles.

Mais les bateaux-à-laver de l'Erdre sont disparus eux aussi, dans les années 50-60. Les meuniers, les tanneurs, les teinturiers, les mariniers, rien de cela ne subsiste. Disparues les brouettes à linge, les charrettes de fagots, les piquets pour étendre les draps sur les quais. Adieu Gervaise et ton redoutable battoir !

Les villes changent. Mais les régions, elles aussi, sont mouvantes comme des banquises. Elles glissent au fil des siècles, d'une province à l'autre. Ainsi de la Vendée, détachée de son territoire originel, le Poitou, pour venir s'amarrer aux Pays de Loire. Ainsi de Nantes, capitale de la Bretagne, au temps où la Bretagne avait des ducs souverains et qui, détrônée par Rennes, s'est laissé envahir par la Vendée. Nantes est aujourd'hui aussi vendéenne que bretonne[1]. Mais est-ce vraiment nouveau puisque Victor Hugo disait de Sophie Trébuchet, sa mère nantaise, « ma mère vendéenne ».

Si mon enfance a été vendéenne, mon adolescence fut donc nantaise. Comme tant d'autres Vendéens en âge de chercher un emploi (c'est-à-dire lors de ma quatorzième année) nous sommes « montés », ma mère et moi, tout naturellement à Nantes. La tante Clarisse nous y avait établi une tête de pont. C'est le processus habituel de l'émigration. Un premier, audacieux, se jette à l'eau. Les autres suivent. Tant bien que mal. Nous avons suivi. Ma mère se casa comme concierge dans un immeuble qui faisait face aux douves du château. Fille et petite-fille de domestiques de hobereaux, elle ne se sentait pas trop dépaysée par ce voisinage... Moi je fus placé comme garçon de courses (on

1. Paul Bois, dans son *Histoire de Nantes* (Privat, 1977), souligne que « la non-bretonnité ou bretonnité de Nantes soulève bien des passions » et que Nantes « est aussi la ville des Vendéens »... L'apport breton dépasse légèrement celui de la Vendée, mais son importance n'est pas déterminante dans le flux des migrants. « Finalement, conclut Paul Bois, l'historien éminent des *Paysans de l'Ouest,* Nantes, est breton et vendéen. »

Ajoutons que le parler nantais n'est en rien breton (on n'a jamais parlé breton en Loire-Atlantique) mais tout à fait vendéen. Ne dit-on pas à Nantes, comme en Vendée, achallé (exténué de chaleur), boursette (mâche), castilles (groseilles), chope (blette), friquet (écumoire), grâler (rôtir), porée (poireau), la resciée (l'après-midi), rimer (brûler, en parlant d'un plat), tirette (tiroir), etc.

disait courantin) dans une officine qui se tenait dans l'île Feydeau, à l'angle du quai Duguay-Trouin et de la rue Duguesclin. L'île Feydeau ressemblait à un navire, avec pour proue la place de la Petite-Hollande. Je suis allé revoir l'immeuble où j'ai fait ma première année d'apprentissage de la ville. Occupé aujourd'hui par la Chambre des notaires, il est superbe avec ses trois étages de granit, ses appuis de fenêtre en fer forgé surmontés de macarons représentant des têtes d'hommes. Je ne gardais pas un aussi prestigieux souvenir de mon premier emploi. Autant dire que, garçonnet transi, je n'avais pas remarqué l'extérieur de cet immeuble.

L'île Feydeau, fastueuse au temps des armateurs et des négriers, reste aujourd'hui à l'abandon. Ses vieux immeubles de guingois s'affaissent comme autant de tours de Pise. La rue Kervégan, où naquit Jules Verne, est particulièrement sinistre, avec ses quadruples marches de pierre occupant toute la largeur des trottoirs. Rue vide, aux pavés cahoteux. L'île Feydeau, qui n'est plus une île, ressemble à un navire échoué, déserté par son équipage.

Rien ne diffère plus de l'approche d'une ville que celle du touriste et celle de l'habitant. Le touriste la parcourt selon des itinéraires précis, codés, logiques. L'habitant, lui, procède par dérives. Ma découverte de Nantes s'est faite en fonction de la localisation de mes emplois, de mes logements, de mes amitiés, de mes amours. Une approche, donc, par ondes concentriques qui vont s'élargissant, puis s'arrêtent soudain, on ne sait pourquoi, sur on ne sait quels obstacles, quelles frontières invisibles.

Notre premier logement, dans la conciergerie de l'immeuble face au château des ducs de Bretagne, si enfouie au rez-de-chaussée, au fond d'une cour qui ressemblait à un puits de mine, qu'il nous semblait habiter les douves, m'a fait connaître d'abord le vieux Nantes. Rien ne prédispose plus à devenir et à rester piéton des villes que de commencer sa vie par l'emploi de garçon de courses. Mon premier travail m'a obligé à apprendre par cœur le plan de la cité. Mais un plan est abstrait et ne répond aucunement à des impulsions personnelles. On va où l'on vous dit d'aller. Le soir, par contre, échappant à l'atmosphère moisie, salpêtreuse, obscure, de notre tanière, je musardais dans les rues proches. Je fouinais dans les ruelles du quartier du Bouffay, dont les noms m'enchantaient : rue des Échevins, rue des Petites-Écuries, rue de la Juiverie, rue des Chapeliers, place du Pilori. Ces ruelles, ces impasses (comme la haute impasse Maillard), ajoutées aux murailles et aux tours du château fort, illustraient assez bien *Notre-Dame de Paris* de Victor Hugo, que j'étais en train de lire. La place du Change m'offrait même un beffroi et une église dans laquelle on voyait une chaire où l'ignoble Carrier, en 93, faisait ses discours. Place du Bouffay, un petit marché couvert garde toujours des airs campagnards.

Contraste étonnant, et qui ne cessait de m'étonner, et qui m'a tant étonné que peut-être cela joua un rôle dans ma fascination pour l'architecture moderne, entre la rue de Verdun et la rue de la Marne se trouvait un grand magasin qui ne ressemblait pas du tout aux Grandes Galeries de tante Clarisse : les Magasins Decré. Construite en 1931 par Henri Sauvage, cette architecture en acier et verre, complètement transparente, avec sur le pan de sa façade une nacelle permettant le nettoyage des glaces, était non seulement l'architecture la plus moderne que l'on puisse voir à Nantes, mais alors l'une des plus à l'avant-garde en Europe.

Le passage Pommeraye (1843), le pont transbordeur (1903), les Grands Magasins Decré (1931), voilà trois étapes de l'architecture moderne alors parfaitement illustrées à Nantes. Il ne reste plus que le passage Pommeraye, sur lequel nous reviendrons. Le pont transbordeur a été démoli en 1958 et les Magasins Decré détruits par les bombardements de 1943. J'ai vu leur carcasse de fer, tordue, quelques instants après la chute de bombes.

Mais revenons à mes dérives.

Un emploi peu défini, où s'intercalaient l'emballage, la manutention, les livraisons, m'amena place Royale, ou plutôt dans les coulisses de la place Royale. C'est en effet rue des Vieilles-Douves (décidément, les douves me poursuivaient) que je travaillai longtemps chez un importateur de café dont les entrepôts sont aujourd'hui remplacés par une crêperie et un soldeur de livres.

Autour de la fontaine qui s'élève au centre de la place, surmontée par une statue de marbre blanc personnifiant la ville de Nantes (cinq autres statues de bronze figurent la Loire et ses quatre affluents) se tenaient des éventaires de fleuristes. Je faisais souvent la navette jusqu'à la Grande Poste de la rue Lapérouse. Ou bien, je traversais la rue de l'Arche-Sèche, rue déserte aujourd'hui, transformée en tranchée, mais qui, alors, connaissait une activité intense de voitures à chevaux chargeant des barres d'eau congelée aux Glacières. Étrange superposition de rues et de places, dans ce quartier quelque peu piranésien. De la rue des Vieilles-Douves, j'empruntais l'escalier aux trente-deux marches qui monte place du Bon-Pasteur. La rue du Calvaire se trouve à gauche, alors belle rue aux grands magasins, devenue depuis sa destruction par les bombardements de 1943 une sinistre voie rebâtie dans le style Staline Allée, en plus miteux.

Lorsque la vie vous transfère brusquement d'un milieu semi-rural à une intense activité urbaine, le choc est grand. Ma mère avait retrouvé un havre de calme, où nous nous rendions ponctuellement tous les dimanches après-midi : le Jardin des Plantes. Je dois dire qu'il est rare que j'aille aujourd'hui à Nantes sans faire un détour, ne serait-ce que pour quelques minutes, au Jardin des Plantes. Peut-être dois-je à cette fréquentation fervente la conviction que Nantes, desséchée, s'est transformée en jardin. Mais sa vocation horticole remonte au XVIIIe siècle. Alors premier port de France, Nantes reçut ordre de Louis XV d'exiger des capitaines de vaisseaux qu'ils ramènent de leurs périples autour du monde toutes les espèces végétales possibles. Et comme le climat de Nantes était réputé doux, Nantes eut, de plus pour fonction, de servir de nourrice aux plantes, de les « réconforter » avant de les acheminer vers Paris. Le magnolia du Mississippi, appelé alors laurier-tulipier, s'acclimata si bien qu'il est maintenant un arbre typiquement nantais, que l'on voit partout, comme est nantais le camélia dont le Jardin des Plantes présente quatre cents variétés. Cependant qu'au parc de Procé, les azalées et les rhododendrons font la joie des promeneurs. En 1956, Nantes fut la troisième ville de France donnant asile aux Floralies, sur le champ de Mars.

C'est au Jardin des Plantes que j'ai rencontré pour la première fois Jules Verne.

Le petit Jules vécut dans l'île Feydeau jusqu'à l'âge de douze ans. Mais lorsque j'y travaillais comme saute-ruisseau, dans ma quatorzième année, depuis belle lurette il en était parti. Parti fort loin pour un tour du monde en quatre-vingts jours, pour un voyage de la Terre à la Lune, pour un voyage au centre de la Terre, pour cinq semaines en ballon, pour vingt mille lieues sous les mers. Donc, je rencontrai Jules Verne au Jardin des Plantes, statufié en pierre, son buste surmontant une touchante scène de famille qui me rappelait fort à propos nos lectures au Jardin des Plantes, à ma mère et à moi (elle, lisant Pierre Loti, et moi Jean-Jacques Rousseau) puisque, en bas du monument de Jules Verne, une mère et son fils feuillettent un grand livre, cependant qu'en retrait, en bas-relief, un train, un ballon et un viaduc évoquent les fameux voyages.

Alors lecteur assidu de Rousseau et de Hugo, je ne connaissais rien de Jules Verne. Non pas à cause de l'ordre alphabétique, mais du hasard des rencontres. Il en est des auteurs comme des amours, ils ne viennent pas toujours dans l'ordre où on les attend.

Le merveilleux, le fantastique de Jules Verne, qui se retrouvaient jadis dans le pont transbordeur et le quai de la Fosse, qui se retrouvent aujourd'hui, plus subtilement, dans le passage Pommeraye, tiennent certainement à Nantes par quelque fil mystérieux, puisque Nantes est liée au surréalisme par plusieurs liens.

« Nantes est peut-être la seule ville avec Paris, a écrit André Breton, où j'ai l'impression que quelque chose de grand peut m'arriver. »

Au début de 1916, alors que Breton était interne au Centre de neurologie de la rue du Boccage, un « jeune homme très élégant aux cheveux roux », en traitement pour une blessure au mollet, l'intrigua fortement. Il se nommait Jacques Vaché, détestait Rimbaud et admirait Jarry.

« Dans les rues de Nantes, écrit Breton *(Les Pas perdus)* il se promenait parfois en uniforme de lieutenant de hussard, d'aviateur, de médecin. Il arrivait qu'en vous croisant il ne semblât pas vous reconnaître et qu'il continuât son chemin sans se retourner. »

On sait que Jacques Vaché mourut bizarrement quelques jours après l'armistice et que cette rencontre devait être déterminante dans la vocation « surréaliste » de Breton. On sait aussi qu'en 1920 Breton rencontra à Paris Benjamin Perret, qui devait demeurer toute sa vie son fidèle second ; Perret, natif de Rezé, faubourg de Nantes. Les hasards signifient toujours quelque chose. D'ailleurs la fascination de Nantes se continua sur des écrivains surréalisants comme André Pieyre de Mandiargues et Julien Gracq.

L'un des contes fantastiques du *Musée Noir* d'André Pieyre de Mandiargues a pour cadre le passage Pommeraye. Superbe texte, l'un des plus beaux suscités par un monument nantais. Le passage Pommeraye, je le connais bien. Il fait partie des lieux où, toujours, je me retrouve seul avec mes souvenirs lorsque je vais à Nantes.

Se promener, enfant, dans le passage Pommeraye désert, obscur, comme dans une immense cage cadenassée, vous laisse pour la vie une impression extravagante. Les passages couverts ont pour vocation d'offrir des commerces bizarres. Le passage Pommeraye n'y échappait pas, avec Hidalgo, le marchand de farces et attrapes ; avec ses étalages de trophées, coupes, médailles et drapeaux ; avec sa bourse aux timbres. Dans une galerie latérale du second étage, la librairie Beaufreton disposait d'un cabinet de lecture où j'allais louer des livres. Mais rien ne paraissait plus étrange que la suite de sculptures montrant des enfants dénudés, porteurs de torchères en équilibre sur leurs mentons. Chacun avait un attribut, figuré par un objet : l'ancre de marine pour l'enfant-matelot, la charrue pour l'enfant-laboureur. Ces enfants muets ont été, nous allons le voir, les compagnons taciturnes de l'enfant solitaire que je fus.

Car le passage Pommeraye évoque pour moi d'autres souvenirs, plus personnels et plus dramatiques.

Certains vieux Nantais se souviendront peut-être qu'il était surveillé, voilà quatre décennies, par un gardien en uniforme, coiffé d'un képi, qui déambulait toute la sainte journée du bas en haut des escaliers qui relient la rue de la Fosse à la rue Crébillon. Car ce passage couvert, outre la multiplicité de ses magasins, la hauteur de ses verrières et l'abondance de ses sculptures, offre la particularité d'être en même temps un grand escalier théâtral, à quatre paliers, raccordant une rue en contrebas, très étroite, étroite comme une fosse, d'où peut-être son nom, à la fringante rue Crébillon, la Canebière nantaise, qui monte avec allégresse de la place Royale au théâtre Graslin.

De haute taille, très droit, fier, pète-sec, ce factionnaire qu'un rien mettait en fureur, devint vite l'une des figures pittoresques de la ville. On faisait le détour par le passage Pommeraye, seulement pour le voir et l'agacer un peu. Les collégiens, surtout, s'en régalaient. Ils le provoquaient entre les statues très blanches des enfants dévêtus, principal ornement de la galerie supérieure, qu'ils croyaient malin de coiffer de casquettes. Les filles allaient même jusqu'à barbouiller de rouge à lèvres les bouches de ces chérubins qui finissaient par ressembler à des clowns. Le gardien les pourchassait de ses longues jambes, alerte malgré son âge et malgré ses lorgnons qui achevaient de lui donner un air cocasse, des lorgnons que sa perpétuelle agitation arrachait de son nez et qui, fort heureusement accrochés à un ruban noir, restaient en suspens sur sa poitrine.

Tout le monde s'accordait pour dire que si ce gardien était ridicule, avec son lorgnon et son képi, avec ses colères exagérées, comme si le passage Pommeraye lui eût appartenu et qu'il ne consentait à la rigueur qu'à la promenade de personnes bien élevées, se contentant de regarder les vitrines sans élever la voix, tout le monde s'accordait pour observer que ce gardien n'était ridicule que parce qu'il ne semblait pas à sa place. Il paraissait déguisé en vigile et jouer un rôle. D'où l'obstination des collégiens à vouloir jouer avec lui, ce qu'il refusait de comprendre.

Le soir, il fermait les deux grandes grilles, celle du bas, rue de la Fosse, et celle du haut, près de la rue Crébillon, sans parler d'une troisième grille à mi-hauteur qui débouche sur un moignon de rue. Le passage fermé, il retirait son képi et se promenait à pas lents devant les boutiques aux vitrines éteintes. Qui l'eût vu alors ne l'eût pas reconnu. Son képi sous le bras, il inspectait les étalages, s'arrêtant devant celui du marchand de trophées, de coupes, de médailles et de drapeaux. Il parlait à un interlocuteur imaginaire, auquel il racontait on ne sait quoi, stationnant ensuite longuement devant la bourse aux timbres, montait les escaliers jusqu'à la première galerie marchande et se rendait tout droit, sans hésiter, face à la devanture de la galerie Moyon-Avenard (fondée en 1855), paraissant discuter des tableaux qu'il ne pouvait voir dans la pénombre, mais qu'il connaissait par cœur pour les observer tous les jours. Il accédait ensuite au second palier, s'esclaffait en passant devant Hidalgo, le marchand de farces et attrapes, tout en haussant les épaules avec mépris et allait se recueillir près des livres de la librairie Beaufreton. Puis il redescendait d'un étage les boutiques, disparaissant dans un escalier étroit qui le menait à son petit logement coincé entre les verrières. C'est là que je le rejoignais souvent, car ce gardien farfelu et ridicule était mon oncle, ou plutôt, mais ne cherchons pas une excuse, le mari de la sœur de ma mère.

Aux Grandes Galeries de la rue du Calvaire, ma tante travaillait comme vendeuse au rayon des cannes, parapluies et ombrelles. C'est là qu'elle connut son nouveau mari. Puisque veuve et plutôt volage, si l'on en croyait ce que disait ma mère d'un air pincé, son remariage avec un veuf toujours sur son trente et un, comme un bourgeois, fut-il accueilli dans la famille avec soulagement. Enfin, tante Clarisse se trouvait de nouveau casée.

Je me souviens que, du temps de sa splendeur, mon oncle, toujours vêtu d'un complet noir trois pièces et coiffé d'un chapeau melon, ne se promenait jamais sans une canne dans sa main droite dont il faisait des moulinets. C'est, bien sûr, en venant acheter une canne aux Grandes Galeries qu'il rencontra ma tante. Pourtant, il n'était alors qu'un modeste employé aux écritures dans une maison de commerce de l'île Feydeau.

Cette coquetterie nous amusait et, en même temps, nous en tirions une certaine fierté. Le dimanche, ce n'est pas sans forfanterie que nous flânions dans les allées du Jardin des Plantes, nous plaçant bien en évidence autour de notre bourgeois, pour bien montrer qu'il était nôtre, en évitant toutefois une trop grande promiscuité à cause des moulinets de la canne. Seule ma tante l'agrippait, s'accrochant à son bras gauche.

Mon nouvel oncle me fascinait, à la fois par son allure, inhabituelle dans notre famille et par son savoir. En effet, il savait tout. Et comme il savait tout, il n'arrêtait pas de parler. Nous ne pouvions pas passer devant un arbre, sans qu'il nous décrive les qualités de son bois, les vertus de sa fibre, les propriétés de ses feuilles. Il savait tout sur les poissons, sur les oiseaux, sans parler de la politique à propos de laquelle son discours s'élevait à des hauteurs telles que nous ne suivions plus que la musique de ses paroles, dont le sens nous échappait.

Mais il épatait surtout l'enfant de quatorze ans que j'étais parce qu'il avait tout lu. Nous ne manquions pas, lorsque nous nous promenions au Jardin des Plantes, de stationner devant le monument à Jules Verne. Et l'oncle de se lancer dans une description à tel point vivante du capitaine Nemo, de Michel Strogoff, de Phileas Fogg et de son serviteur Passepartout, de Robur le Conquérant, du capitaine Grant et de ses enfants, qu'il nous semblait évident qu'il connaissait personnellement tous ces gens-là.

Il est vrai que mon oncle était bachelier. Tante Clarisse nous étonnait souvent, mais en réussissant à épouser un bachelier, il faut dire qu'elle nous en bouchait un coin. Non seulement aucun membre de notre famille n'avait accédé à un diplôme aussi prestigieux, mais il paraissait même hors de propos que d'aucuns eussent pu y prétendre. Personnellement, j'avais réussi à obtenir mon certificat d'études primaires et ce phénomène tenait déjà de la prouesse. C'est d'ailleurs en raison de ce premier succès que ma mère eut l'idée saugrenue d'émigrer de notre Vendée rurale dans cette grande ville de Nantes pour que je puisse m'y faire une position sociale. Pour l'instant, je faisais le garçon de courses.

Tout alla bien tant que nous écoutâmes mon oncle d'un air béat. Les deux sœurs, qui n'avaient jamais approché un bachelier, suivaient ses discours comme des oracles. Et moi-même, qui aimais tant apprendre, j'ouvrais bien grandes mes oreilles que, de temps en temps, l'oncle pinçait d'un air supérieur en disant : « Grognard, je suis content de vous. »

— Pourquoi grognard, répliquais-je, je ne grogne pas.

Alors l'oncle souriait, de son air savant :

— Lorsque l'Empereur était content de ses soldats, il leur tirait légèrement l'oreille et leur chantait : « Grognard, je suis content de vous. »

Cet oncle vivait dans un monde différent du nôtre, peuplé d'empereurs et de rois, de personnages de romans, de dates précises et lointaines qui se rapportaient à des événements qu'il nous relatait avec précision : la bataille de Marignan, l'arrivée de Christophe Colomb en Amérique, l'assassinat de Henri IV, la prise de la Bastille, la conquête de l'Algérie, Sedan, les taxis de la Marne. Il nous saoulait de son savoir. Tant et si bien que les deux sœurs finirent par se lasser. Il continuait à parler interminablement et, peu à peu, elles n'écoutèrent plus, chuchotant entre elles des frivolités. J'en fus tout honteux au début, leur jetant des regards furtifs, leur faisant des mines pour qu'elles cessent de marmonner entre elles et qu'elles soient attentives à l'oncle qui risquait de se fâcher. Mais l'oncle pérorait pour moi seul. Il n'était pas dupe du manège des deux femmes mais, puisqu'il lui restait un auditeur attentif, cela semblait le contenter.

Des années passèrent. De garçon de courses j'accédai au rang de manutentionnaire. L'oncle, lui, perdit sa place de scribouillard et, faute de mieux, se retrouva livreur dans l'entreprise qui m'employait.

Qu'il soit titulaire d'un permis de conduire nous stupéfia. Non seulement il était bachelier, mais il savait piloter une automobile ! Il nous assura même, d'un air d'évidence, qu'il avait jadis possédé des voitures. Et il nous fit, bien sûr, tout un discours sur l'histoire de l'auto, depuis la De Dion-Bouton jusqu'à la Traction avant.

C'est à partir du moment où nous travaillâmes ensemble dans cet entrepôt que nos relations se transformèrent, entre l'oncle et moi. Il avait beau savoir mener une camionnette, son aspect extérieur, d'abord, n'était plus le même. Dépouillé de son chapeau melon, de sa canne et de son costume noir trois pièces échangé contre une livrée d'un gris délavé, coiffé d'une casquette ornée de l'écusson de l'entreprise, on ne le reconnaissait plus. Seuls demeuraient sur son nez ses lorgnons, et ces lorgnons, naturels lorsqu'il s'habillait en bourgeois, lui donnaient maintenant un visage bizarre. Très vite, d'ailleurs, mes compagnons de travail se moquèrent de ces lorgnons. Et, apprenant ma parenté avec ce nouveau livreur, ils prirent l'habitude de l'appeler, non sans dérision, tonton. Puis, ne trouvant sans doute pas le sobriquet assez fort, ils ne le désignèrent plus autrement que tonton-lorgnon.

Autrefois, du temps qu'il était employé aux écritures, son lorgnon ne quittait jamais son nez. A tel point qu'il faisait partie de son visage. Mais maintenant, avec sa casquette de livreur, ce lorgnon s'obstinait à tomber. Ce qui l'obligea à l'attacher par un ruban à son revers de veste.

— Tonton-lorgnon est décoré ! Tonton-lorgnon est

décoré ! glapissaient mes compagnons de travail. A cause du ruban, bien sûr.

Je pris d'abord la défense de mon oncle. Il m'arriva même de me battre pour qu'on le respecte. Mais je devais bien convenir que je me sentais plus proche des autres manutentionnaires que de ce curieux livreur qui nous écrasait de son dédain.

Débarrassé de sa livrée, je le retrouvais le dimanche, en famille, tel que jadis. Son lorgnon, vissé sur son nez, ne tombait plus. Il réendossait son costume noir trois pièces, se coiffait de son chapeau melon, empoignait sa canne, récupérait du même coup sa prestance et son bagou.

Mais depuis deux ans j'avais beaucoup lu, beaucoup observé et déjà précocement vécu. Si bien que les laïus savants de mon oncle me paraissaient maintenant étonnamment creux. Il parlait, parlait, mais je voyais bien qu'il effleurait les choses, qu'il comblait ses lacunes avec des assertions qui ne tenaient debout que grâce à son toupet. Mes seize ans devenaient agressifs. Mes reparties ne lui plaisaient guère. Il sentait que son auditeur privilégié risquait de lui échapper et il essayait de parer au désastre en prenant les choses de haut :

— A ton âge, tu as juste le droit de te taire. D'ailleurs, tout ce que tu sais et qui t'en fait accroire, c'est moi qui te l'ai appris.

J'étais scandalisé. Il ne m'avait rien appris. Toutes ses histoires n'étaient que du baratin, je le comprenais bien maintenant. D'ailleurs, je ne le voyais jamais lire autre chose que le journal. Tout ce qu'il débitait, il le sortait d'une vie antérieure, du temps où il obtint son bachot et son permis de conduire.

Immigré comme nous à Nantes, il se disait angevin ; mais je savais maintenant ses affirmations sujettes à caution. Comment aurions-nous pu vérifier s'il avait été vraiment directeur des Grandes Galeries d'Angers, comme il le proclamait ? Il nous parlait toujours de ses malheurs, de ses malchances, qui le conduisirent, de directeur à Angers, à chef de rayon à Niort, puis à employé aux écritures à Nantes. Et finalement à chauffeur-livreur. Comme on ne lui connaissait pas d'amis, il fallait bien accepter ce qu'il racontait.

Mes compagnons de travail, eux, n'acceptaient pas. Ils ne cessaient de se moquer de tonton-lorgnon dont ils faisaient leur souffre-douleur, lui jouant de mauvaises farces, comme de dégonfler les pneus de la camionnette ou de placer des poids de vingt kilos dans les sacs qu'il devait transporter. On le voyait alors, essayant de soulever des fardeaux devenus intransportables, doutant soudain de sa force, son lorgnon chavirant sur son nez, m'appelant à l'aide d'une voix brisée.

J'allais retirer les poids, sous l'œil stupéfait de l'oncle, cependant que les collègues scandaient :

— Tonton-lorgnon ! Tonton-lorgnon !

Je l'avais admiré à quatorze ans. A seize, il me faisait pitié. Et il le savait. Aussi prenait-il sa revanche le dimanche, cherchant à m'écraser de sa supériorité, me posant des colles absurdes. Comme les deux sœurs, je ne l'écoutais plus. Il enrageait :

— Des ignares ! Vous êtes ignares ! Ah ! si l'on m'avait dit que je tomberais si bas ! Avec qui causer, mon Dieu, je vis parmi des ânes.

Ce qu'entendant les deux sœurs pouffaient de rire. Lorsqu'il affectait une tenue bourgeoise, lorsqu'il affichait ses grands airs, lorsqu'il nous en mettait plein la vue avec ses connaissances de bachelier, elles avaient été l'une et l'autre intimidées, pour ne pas dire ébahies. Mais, chauffeur-livreur, il dégringolait de son piédestal. Elles retrouvaient face à cette déchéance du mari et du beau-frère, une vieille complicité. Elles ne cessaient de caqueter en sa présence, de chuchoter, de s'envoyer des signes de connivence. Dans cette volière, tonton-lorgnon ressemblait à un coq qui eût perdu à la fois sa crête et son plumage. Il ne lui prenait même plus l'envie de coquericoter.

Cet oncle, je l'ai toujours connu vieux. Du moins, il m'a toujours paru vieux. Un jour vint où il fut encore plus vieux et le patron de notre entrepôt, lassé des accidents de voiture trop nombreux et des incidents dus à l'irascibilité de son chauffeur-livreur, le mit incontinent à la porte. Le passage Pommeraye avait besoin d'un gardien fort en gueule. L'oncle fit l'affaire. Il échangea donc sa casquette de livreur contre un képi et sa livrée contre un uniforme. Plus jamais je ne le vis réendosser son beau complet noir, ni se coiffer de son chapeau melon. De sa prestance d'autrefois, il ne conservait que la canne, qu'il tenait désormais par le manche, comme une massue, en menaçant les clochards qui s'obstinaient à prendre le passage Pommeraye pour une salle d'attente de gare et les garnements qui se moquaient de son lorgnon.

Adolescent, mais devenu adulte par la pratique précoce des métiers manuels, j'accompagnais moins souvent ma mère chez l'oncle. Un dimanche soir, comme j'arrivais peu avant la fermeture des grilles, et que je me dirigeais vers l'escalier accédant à la loge, il me prit l'idée de faire demi-tour. Le passage, désert, paraissait encore plus grand. Relativement étroit, par rapport à la hauteur de ses verrières, il ressemblait à la coursive d'un paquebot. Les vitrines de magasins éteintes, les lampadaires ne diffusaient qu'une lumière blafarde. Dans cette pénombre, j'aperçus l'oncle, tout en haut de la galerie supérieure bordée des blanches statues d'enfants travailleurs. Très droit, comme sur une passerelle de navire, il avait bien l'air en effet, avec son allure bravache retrouvée, de conduire un vaisseau étrange. Le capitaine Nemo ! Oui, aucun doute, il s'identifiait à cet instant au capitaine du *Nautilus*. Il était le capitaine Nemo.

Je le vis s'avancer vers l'un des enfants sculptés, celui qui porte une torche en équilibre sur le menton. Il lui toucha l'épaule, lui parla. Puis il alla vers l'enfant-forgeron, auquel il tint aussi un discours. Il faisait le tour de la galerie, conversant visiblement avec ses matelots de plâtre. Puis il se rendit dans l'allée du passage supérieur, où la verrière est agrémentée d'arceaux en stuc ornementés comme de la dentelle. Curieux, je le suivis, en me dissimulant derrière les grosses colonnes cannelées aux chapiteaux dorés. L'oncle s'arrêta face à un buste de bronze, placé très haut, qu'il regardait avec intensité, immobile, au garde-à-vous.

Je n'avais jamais remarqué ce buste, si haut placé. Qui était-ce ? Monsieur Pommeraye ? L'oncle, en tout cas, le saluait lentement, la main au képi.

Je me rendis rapidement à la loge du gardien. Lorsqu'il arriva à son tour, dans le bref moment où il surgit dans l'encadrement de la porte, et avant qu'il enlève son képi, je le vis transfiguré. Chaque soir, sans doute, dans le passage désert, il retrouvait ses fantasmes d'autrefois. Puis il s'assit à la table où les deux sœurs et moi l'attendions pour dîner. Et je devinai dans son regard ce qu'il percevait : l'étroitesse de la loge qui ouvrait sous la verrière, son air confiné, son odeur de moisi et de soupe aux choux, le papier peint décoloré que l'humidité des murs décollait et qui pendait par lambeaux, l'entassement des meubles campagnards, trop volumineux pour une pièce aussi minuscule et qui donnait l'impression d'une remise de brocanteur. Il ferma les yeux, se cacha la tête dans les mains puis, soudain, se redressa et se mit à fanfaronner.

— Regardez-le, dit ma tante, agacée, qui recommence à faire l'intéressant.

Tant de merveilles disparues à Nantes : le pont transbordeur, les tours à coupoles de la biscuiterie LU, les canaux, les navires, mais aussi le carnaval. Le carnaval de Nantes fut pendant longtemps une fête énorme, insensée, une sorte d'excroissance médiévale qui se gonflait démesurément et éclatait aux abords du printemps. Les chars fleuris, les défilés grotesques, les masques, les confettis, la paillardise, la ville entière devenait kermesse, bals, rires et quolibets. Le carnaval, à la fois gargantuesque et satirique, permettait de se défouler de toutes ses humeurs. Belle occasion de se moquer de certains de ses contemporains dont on reconnaissait les grosses têtes, saluées par des lazzis. C'est ainsi qu'apparut dans le défilé, en 1951, la tête en carton bouilli, énorme, de l'irascible gardien du passage Pommeraye. C'est dire si le malheureux tonton-lorgnon était devenu une figure populaire. Je ne vivais plus à Nantes en ce temps-là, mais on m'a rapporté la chose. Comment mon oncle regardait le défilé, dans son costume de gardien qu'il ne quittait plus, coiffé de son képi. Comment la foule fit fête à sa grosse tête qui se dandinait sur des jambes grêles. Comment il se mit en fureur et sortit des rangs des spectateurs pour se précipiter sur sa caricature. Comment un immense rire salua son apparition. Comment on l'obligea à danser avec sa réplique. Comment il fut entraîné par la foule dans une cruelle farandole qui chantait Tonton-Lorgnon sur l'air de Cadet Rousselle. Comment il perdit son képi qui fut piétiné, puis son lorgnon qui fut brisé. Comment il échappa à ses persécuteurs. Comment on trouva, le lendemain matin, les grilles du passage Pommeraye fermées et mon oncle pendu sous le buste de cet inconnu auquel il portait, on ne sait pour quelle raison, une étrange vénération.

Non, je ne retourne jamais à Nantes sans flâner dans le passage Pommeraye. Le marchand de trophées et la bourse aux timbres existent toujours dans la galerie inférieure. Et tout en haut, près de la librairie Beaufreton, hier encore, Hidalgo, le marchand de farces et attrapes. Avant qu'il ne ferme boutique, me promenant dans les allées couvertes, et regardant machinalement les masques, j'ai reconnu avec stupeur le képi et le lorgnon de mon oncle. C'était bien lui, tout à fait lui ! Mais qui se souvenait de cet étrange bonhomme ? Quel enfant pouvait bien encore avoir envie de jouer au gardien du passage Pommeraye ?

Du temps de mon adolescence, je me rendais religieusement au théâtre Graslin[1] pour y écouter nombre d'opérettes et quelques opéras, quelques concerts, avec toujours la pénible impression de pénétrer par effraction dans une culture qui n'était pas la mienne. J'y allais comme à la grand-messe, endimanché, mal à l'aise et satisfait du devoir accompli. En réalité, le port de Nantes, les canotages sur l'Erdre, les lectures dans le Jardin des Plantes, m'apprirent beaucoup plus. Et les baguenaudages sur les cours.

Près du théâtre Graslin, j'aimais me réfugier sur le cours Cambronne, la plupart du temps désert et qui se présente sous la forme d'une allée fermée par des grilles, entre de hauts immeubles symétriques. Les grands magnolias, les camélias, y abondent. Au milieu, la statue de bronze du général, volontaire nantais de 1792 et qui, on le sait, commandait la garde (qui meurt et ne se rend pas) à Waterloo.

Je descendais du cours Cambronne par la rue de l'Héronnière, prenais la ruelle des Cap-Horniers et aboutissais sur le quai de la Fosse.

J'ai connu le quai de la Fosse grouillant de marins, de prostituées, de dockers, d'innombrables bistrots. Des ruelles sordides montaient en espaliers, avec les gros numéros de leurs bordels, comme cette rue du Vert-Bâton, aujourd'hui inhabitée, à peu près en face du lieu où se trouvait le « transbordeur ».

Le pont transbordeur, c'était la tour Eiffel de Nantes. Des

1. A part Louis XVI et Cambronne, les noms les plus célèbres sur le plan de Nantes sont ceux de propriétaires de terrains. Graslin était un homme d'affaires qui édifia le quartier qui porte son nom, Pommeraye le gérant d'une société d'actionnaires qui ouvrit le passage en juin 1843 ; l'île Feydeau tire son nom de l'intendant Feydeau de Brou, etc.

câbles, accrochés à un tablier situé à cinquante mètres de hauteur, soutenaient une nacelle qui faisait l'allée et venue du quai de la Fosse aux chantiers navals de la Prairie-au-Duc. Le pont transbordeur permettait aux plus hautes mâtures de voiliers de remonter la Loire. Construit par un ingénieur lyonnais établi à Châteauneuf-sur-Loire, Arnodin (1845-1924), inventeur de ce type de pont, le « transbordeur » avait sa réplique à Marseille, à Rochefort-sur-Mer et en une dizaine d'autres lieux dans le monde. Il assurait le passage des ouvriers des chantiers navals, amassés debout sur la nacelle. Les accidents y furent rares, sinon quelques chevaux d'attelage, effrayés, qui tombèrent à l'eau. Le 31 mai 1925, jour de la Pentecôte, quinze mille Nantais vinrent assister au plongeon qu'un ouvrier polonais, employé aux usines de locomotives des Batignolles, se proposait de faire du haut du tablier. Après avoir couru sur les câbles de suspension, Willy Wolf s'entoura d'une ceinture d'étoupe, y mit le feu, s'élança au milieu des flammes et disparut à tout jamais dans le fleuve. Plus heureux, trois aviateurs parieront de passer sous le pont et réussiront leur exploit.

Détruit en 1958, le pont transbordeur marqua symboliquement, par sa disparition, la mort du port de Nantes. Car aujourd'hui, non seulement il n'y a plus de « transbordeur », mais plus de bateaux, plus de marins aux cols bleus et aux pompons rouges, plus de bordels, plus de ruelles même (les bombardements de 1943 anéantirent pratiquement tout le pittoresque du quai de la Fosse), plus de dockers. Rien. Un désastre. Une désolation. Quoi de plus triste qu'un port sans bateaux ! Subsiste une sorte de bassin morne. Nantes n'est plus dans son port. La ville lui tourne le dos. Le port est abandonné. Nantes regarde maintenant, mettons-nous-le bien dans la tête, vers la vallée de la Loire, vers l'Anjou, vers la Vendée. Nantes est devenue capitale vinicole. Six mille hectares de muscadet sur la rive gauche de la Loire, la rive vendéenne. Nantes est devenue capitale maraîchère, avec ses primeurs.

Mais retournons quand même au port, à ce que fut le port. Et sautons, pour un court moment, au XVIIIe siècle. Car, pour ce qui lui reste d'originalité, Nantes est une ville du XVIIIe siècle.

Beaucoup de villes, ainsi marquées par le temps, se figent dans l'époque où elles se sont particulièrement épanouies. Ainsi Avignon, ville du XIVe siècle, La Rochelle, ville du XVIe siècle.

La prospérité de Nantes venait de la mer et de la Loire navigable. Nantes fit sa fortune avec la Compagnie des Indes, appelée joliment sous Louis XIII « Compagnie de la Nacelle de saint Pierre fleurdelysée ». Ville de négociants, d'armateurs, de corsaires, de flibustiers, puis de négriers (plus du tiers de la traite française a été assurée par la centaine de négriers nantais, en mille trois cents voyages qui ont transporté quatre cent cinquante mille esclaves, poursuivant leur commerce bien après l'abolition de la traite, et d'une manière clandestine, jusqu'en 1867), on a du mal à imaginer aujourd'hui, dans l'actuelle désertification du port, ce que put être l'animation du quai de la Fosse au XVIIIe siècle. Nantes était à la fois un port d'armement corsaire, un port baleinier, un port négrier. On y embarquait de la pacotille (miroirs, perles de verre) échangée en Afrique contre des nègres, troqués ensuite en Amérique contre du sucre, du cacao, du café, du tabac. On embarquait parfois un joueur de biniou pour faire danser les nègres sur les navires afin de les conserver en bonne santé.

Charpentiers, forgerons, constructeurs de navires, chasseurs de baleine sur leurs trois-mâts, femmes d'armateurs venus de l'île Feydeau avec une suite de négrillons vêtus en pages, coffres des capitaines portés par des laquais, sabres d'abordage des corsaires, singes et perroquets rapportés des îles, le port était le lieu d'un spectacle fabuleux. La porte de l'aventure. L'antichambre de la fortune.

L'un des plus célèbres bateaux négriers nantais avait un nom angélique : *La-Marie-Séraphine.*

Pour cette bourgeoisie triomphante anoblie par Louis XIV, des architectes construisaient des demeures somptueuses dont beaucoup sont encore debout, avec leurs belles façades robustes ornées de tritons et de sirènes.

Deux architectes créèrent cette Nantes du XVIIIe siècle : Ceineray et Crucy.

Architecte parisien installé à Nantes en 1752, Ceineray tracera le plan d'urbanisme de la nouvelle ville, arasant les vieux remparts, canalisant l'Erdre, reconstruisant les quais, dessinant entre la Loire et l'Erdre les cours Saint-André et Saint-Pierre, ombragés d'ormeaux et de tilleuls. Mathurin Crucy, né et mort à Nantes (1749-1826), continuera son œuvre. Cet élève de Boullée à Paris, grand prix de Rome et compagnon de Louis David à la Villa Médicis, dessinera à la fois les plans de la place Louis-XVI, de la place Royale et du quartier Graslin. Il construira le théâtre, la bourse, la façade de l'hôtel de ville, les deux hôtels qui décorent la place Louis-XVI.

La monarchie avait fait la prospérité de la ville. Les familles commerçantes bourgeoises, fraîchement anoblies, n'en accueilleront pas moins avec enthousiasme la Révolution qui les ruinera. Par une curieuse, mais assez fréquente tendance de l'être humain à l'autopunition ou à l'autodestruction, Nantes sera l'une des villes les plus empressées à appliquer la terreur robespierriste. La guillotine, installée place du Bouffay, ne débitant pas assez rapidement les contre-révolutionnaires, Carrier inventa le système des « noyades » dans la Loire. Quatre mille prisonniers furent ainsi jetés dans le fleuve. L'insurrection vendéenne, on le sait, se cassa les dents sur Nantes, la républicaine, défendue par le général Canclaux, ci-devant marquis. Cathelineau fut tué place Viarme en 1793, et sur cette même place Charette sera fusillé le 29 mars 1796. Ville du sinistre Carrier, Nantes est aussi la ville du non moins sinistre Fouché, député de la Loire-Inférieure à la Convention et ministre de la Police à la fois sous l'Empire et la Restauration.

On pourrait s'étonner ensuite que Nantes soit aujourd'hui sans doute la seule ville de France qui ait dédié ses deux places les plus prestigieuses, l'une à la monarchie, l'autre à Louis XVI. Louis XVI, du haut des vingt-huit mètres de sa colonne, domine en effet les cours Saint-André et Saint-Pierre.

Mais si Louis XVI est représenté avec sa tête au bon endroit, c'est parce que la statue votive fut conçue avant la décapitation. On aime Louis XVI à Nantes, mais il s'agit du monarque libéral et « bourgeois ». On peut lire encore sur la façade du théâtre Graslin :

« L'an 1788, le treizième du règne de Louis XVI, le Bienfaisant, ce monument fut terminé sur les dessins de Mathurin Crucy, architecte et voyer de Nantes. »

Quant à la statue, voilà quel en était le motif :

« Louis XVI le Bienfaisant, en l'an premier de la Liberté, fut jugé par les Nantais digne d'avoir sa statue, et la ville de Nantes, qui avait été *la première à réclamer la liberté,* voulait être la première à rendre hommage au roi juste et *bienfaisant qui en a fait jouir ses peuples,* au *restaurateur* de la liberté française. »

Mathurin Crucy avait ouvert une souscription pour la colonne et la fonte de la statue dont le bronze devait provenir des cloches de la cathédrale. La première pierre fut posée le 23 juin 1790. Mais les événements arrêtèrent les travaux, Louis XVI, entre-temps, de « bienfaisant » devenait « despote ». Achevée en 1808, on juchera provisoirement sur la colonne une aigle géante. Et c'est seulement sous le règne de Louis XVIII, le 5 août 1823, que la statue de Louis XVI, exécutée par Dominique Molknecht, prendra la position qu'elle a, depuis, conservée.

Peut-être consciente d'une telle anomalie, sous la troisième République la municipalité de Nantes a débaptisé la place[1] officiellement nommée place du Maréchal-Foch. Mais tout le monde continue, bien sûr, à l'appeler place Louis-XVI.

Mais qu'est donc devenue Trentemoult ?

Tout au bout du quai de la Fosse, en allant vers Chantenay, montons les cent vingt-cinq marches de l'escalier qui aboutit au belvédère de Sainte-Anne. En face, de l'autre côté de la large Loire, le faubourg de Rezé, dominé par la « cité radieuse » de Le Corbusier, pas très radieuse d'ailleurs dans sa grisaille. A droite, des maisons blanches, petites, une flèche d'église : c'est Trentemoult. Une chanson me revient aux lèvres :

A Trentemoult la grande ville
Ous' qu'y a des maisons blanches
On dit qu'y a une barbière è reu
Qui est plus belle que le jour...

1. Déjà débaptisée par la Convention qui en fit, après la décapitation de Louis XVI, la place de l'Égalité. Tout comme la place Royale, dessinée par Crucy, appelée d'abord place Saint-Nicolas, du nom de l'église voisine, puis place Louis-XVI, sera baptisée (si l'on peut dire) Champ de la Liberté par la Convention, puis place de l'Égalité et place Impériale avec l'accession de Bonaparte à la couronne.

Je les ai chantés avec ardeur, les huit couplets de la *Barbière de Trentemoult.* Avec autant d'ardeur que ceux de *Jean Françoué de Nantes* (« gabier de la Fringante, oh ! mais oué »). Autrefois, le voyage à Trentemoult était, sur la Loire, le pendant de la balade à la Jonelière, sur l'Erdre. Avec quelque chose de plus émouvant car, quand même, on embarquait dans un petit vapeur près de la Bourse, on traversait le fleuve au milieu des cargos, des remorqueurs, de toute une activité fracassante de chantiers navals, et on arrivait dans un petit village de pêcheurs, habité principalement par des retraités de la marine. Trentemoult, c'était la commune des cap-horniers et des derniers grands voiliers dont le capitaine Louis Lacroix, commandant du trois-mâts *Babin-Chevaye,* nous a raconté l'histoire. C'était hier. Louis Lacroix, capitaine-visiteur du port de Nantes, de 1937 à 1947, est demeuré l'image vivante de la marine à voile jusqu'à sa mort, en 1957, à l'âge de quatre-vingt-deux ans.

Ah ! citons encore les grands trois-mâts, le *Bougainville,* armé à Nantes en 1904, le *Lamartine* qui voyagea autour du monde et le *Montebello* qui fit naufrage en 1906 sur l'île Kangourou, au sud de l'Australie. Et encore la frégate la *Méduse* qui fut construite à Nantes et que son radeau de naufragés, aidé par Géricault, a immortalisée.

A Trentemoult, on allait manger de la friture dans les petits caboulots. Mais moi, j'accompagnais mon cousin Marcel, qui « fréquentait » une fille de Trentemoult dont le père m'épatait beaucoup avec sa belle casquette à ancre de marine.

Je suis retourné hier à Trentemoult qui est toujours un village en bordure de Loire. Les petits restaurants y sont toujours nombreux, le long du quai. Mais les barques de pêche ont été remplacées par des voiliers de plaisance.

Finalement, dans mes itinéraires nantais, l'eau compte beaucoup. Nous allions à Trentemoult manger de la friture, mais nous allions aussi en amont du fleuve, dans la prairie de Mauves, du côté de Sainte-Luce. De nombreuses auberges populaires offraient des tonnelles en bord de Loire. Et l'on voyait les pêcheurs opérer entre les bancs de sable. En janvier-février, ils lançaient des filets de lin pour barrer la route aux saumons. En mars-avril, ils cueillaient des civelles avec des tamis en toile métallique. En mai, d'une barque noire à fond plat, à une autre barque noire, ils cernaient les aloses en tendant des filets de plus de cent mètres. L'été, ils pêchaient des plies et piégeaient des anguilles dans des bosselles d'osier. Un restaurant renommé s'appelait *Hôtel du Poisson frais,* ce qui laissait supposer qu'ailleurs il l'était moins. Le beurre blanc était de rigueur dans toutes les auberges. On y cuisinait aussi des canards au muscadet et aux petits pois, des grenouilles à la sauce poulette, le tout arrosé de blanc de Haute-Goulaine, de La Haie-Fouassière, de Valet.

Il faut bien dire que je n'eus que rarement droit à de telles agapes, du fait, d'une part, de notre pauvreté familiale, puis très rapidement de la guerre, de l'occupation allemande, des restrictions alimentaires et de toutes les pénuries qui s'ajoutaient à notre pénurie congénitale. Mais les échaudés en fer à cheval, les fouaces en étoile, voire les simples galettes de blé noir, m'ont laissé de bien heureux souvenirs.

Plus que de Loire, j'ai été un homme de l'Erdre. Ma mère loua en effet un minuscule logement dans une maisonnette située dans les prairies maraîchères en bordure de cette rivière. Le quartier Saint-Donatien était alors, sur la rive de l'Erdre, occupé par des blanchisseurs qui étendaient le linge dans les prairies. Nous n'avions pas l'eau courante (une pompe à main, au-dessus d'un puits, alimentait le petit hameau) et une cabane en bois servait de W.-C. collectifs au ras de l'eau. Mais nous nous trouvions néanmoins beaucoup mieux que près des douves du château.

François Ier proclama l'Erdre « plus belle rivière de France ». Je dis la même chose, mais j'ai mes raisons bien particulières. L'Erdre fut en effet la rivière de mes premières amitiés et de mes premières amours.

Premier amour avec la fille des voisins blanchisseurs, premières errances amoureuses dans les rues, du pont Morand au pont de la Motte-Rouge, sur le quai de Barbin[1] (devenu quai Barbusse, croyait-on, par une sorte de moderne déclinaison). J'ai

1. Lorsque Jules Michelet fut destitué de sa chaire au Collège de France par le second Empire, il habita, du 12 juin 1852 au 15 octobre 1853 dans « une vaste demeure assez délabrée » du quartier Barbin.

pratiqué tous les porches qui permettaient des embrassades furtives, allongé à plaisir le parcours par des détours dans l'île de Versailles où des charpentiers construisaient des petits bateaux et où les dernières lavandières frappaient de leurs battoirs le linge mouillé. Pour ne pas arriver trop tôt rue de Clermont, nous tournions sans fin autour de la caserne Cambronne (encore lui !). Mais tout avait une fin et il nous fallait, l'un après l'autre, pour que les parents n'en sachent rien, emprunter le sentier qui descendait à travers les jardins et que l'on a transformé aujourd'hui en une avenue dédiée à Maurice Utrillo.

Vint le premier ami qui amarra près de la maisonnette une pirogue indienne, creusée au feu dans un tronc d'arbre. Avec cette pirogue, que lui avait offerte un capitaine au long cours, que de balades sur l'eau, remontant le courant vers La Chapelle-sur-Erdre et Sucé, avec une étape obligée aux guinguettes de la Jonelière.

Sous le nom mirifique de *River Palace*, des « vedettes panoramiques » font aujourd'hui des croisières de l'île de Versailles au lac de Mazerolles, incluant des « dîners avec menu gastronomique », « darne de merlu au beurre blanc, caneton nantais au muscadet, fromage poitevin ». Mais qu'est-ce donc qu'un « fromage poitevin » ? Que ne sert-on du curé, ce fromage typiquement nantais !

Au mois de mai, autour des maisonnettes du quartier Saint-Donatien, des rosiers sauvages foisonnaient. Une exubérance de petites roses blanches alanguissait l'air d'un parfum suave. J'en cueillais des brassées, dont j'emplissais la pirogue et j'allais à la rencontre de celle qui attendait sur un embarcadère de l'île de Versailles. Dans la pirogue, ornée de guirlandes de roses, elle trônait comme une vahiné. Nous disparaissions dans les méandres des petits affluents couverts de nénuphars et de joncs.

Après le pont Saint-Mihiel, l'Erdre bute sur la place du port Communeau et clapote. Jadis, elle continuait son cours en faisant un coude, se faufilait entre l'hôtel de ville et l'église Saint-Nicolas et se laissait happer par un bras de Loire aux environs de l'île Feydeau. Escamotée, l'Erdre emprunte aujourd'hui un canal sous les cours Saint-André et Saint-Pierre et rejoint le gros bras de la Madeleine. A l'emplacement de l'ancien lit de l'Erdre se trouve le cours des Cinquante-Otages.

Pendant l'occupation allemande, l'hôtel d'Aux, place Louis-XVI, l'un des chefs-d'œuvre de Mathurin Crucy, traditionnellement siège du commandement du 11e corps d'armée, devint siège de la Kommandantur. Un soir d'automne 1941, rentrant de mon travail, je fus arrêté sur la place Saint-Pierre, devant la cathédrale, par une animation insolite. Des gens couraient, affolés, dans tous les sens. Des soldats allemands hurlaient, brandissant leurs fusils. Quelqu'un me souffla :

— Barre-toi, on a zigouillé un doryphore !

J'appris un peu plus tard que le chef de la Kommandantur avait été tué, juste à cet emplacement. Le 22 octobre 1941, quarante-huit otages furent fusillés en représailles, plus deux prisonniers militaires polonais. D'où le nom de cours des Cinquante-Otages donné à l'ancien lit de l'Erdre.

Trois dates sinistres dans l'histoire récente de Nantes : ce mois d'octobre 1941, puis septembre 1943 et janvier 1972.

Les 16 et 23 septembre 1943, l'aviation américaine déversa sur Nantes quatre à cinq mille bombes. J'ai vu mourir subitement, d'un seul coup, d'un seul cri, la rue du Calvaire, la rue de l'Arche-Sèche, les Magasins Decré, la place Royale, les ruelles du quai de la Fosse... J'ai vu Nantes en ruine, Nantes évacuée, déserte, recherchant ses morts et ses blessés. Ces deux bombardements firent mille huit cents morts, trois mille blessés ; deux mille immeubles furent totalement détruits et six mille endommagés.

J'avais quitté mon importateur de café (il y a belle lurette qu'il n'y avait plus de café) pour travailler au Service des sinistrés et réfugiés de la préfecture. J'ai connu Nantes, ville morte, abandonnée aux jeunes garçons et filles déblayant les ruines. C'est parmi eux que j'ai rencontré mes premiers copains. Nous recherchions les cadavres sous les gravats. Nous mangions dans des cantines innommables, servis par des bonnes sœurs en cornette, dormant au petit bonheur la chance ; la chapelle de l'Oratoire, de style jésuite, l'une des plus belles pièces architecturales, transformée en chapelle ardente.

28 janvier 1972. La cathédrale Saint-Pierre, qui avait résisté aux guerres de Religion, à la Terreur de Carrier, aux bombarde-

ments de 1943[1] fut incendiée par la lampe à souder d'un plombier qui travaillait sur son toit. Restaurée, la cathédrale offre aujourd'hui la blancheur de sa superbe nef et le magnifique élancement de ses piliers. A son flanc droit se trouvait un petit square que j'ai beaucoup fréquenté : la Psalette. C'était un havre de paix et, en même temps, un lieu de rendez-vous discret. N'y allez pas. On en a fait un parking à voitures particulièrement sinistre.

La Psalette se cachait hier par modestie. Il se dérobe aujourd'hui aux regards par honte. Malheureusement, il n'en est pas de même d'une pustule géante que l'on voit de partout, comme un sémaphore de prison : la tour de Bretagne. Immeuble-tour d'autant plus choquant que la ville de Nantes est, par tradition, horizontale. La cathédrale elle-même, trapue, sans tours ni flèches, ne se singularise pas au-dessus des toits. Cet immeuble géant, qui témoigne éloquemment de l'imbécillité de la reconstruction dans les années 50-60, plus qu'une erreur est une incongruité. Comme si sa sinistre masse noire ne suffisait pas, on a ajouté à son sommet d'incohérentes superstructures. Le pont transbordeur était arachnéen. Il témoignait, comme la tour Eiffel à Paris, de la sveltesse et de la transparence de l'architecture métallique. La tour de Bretagne n'est qu'une caricature de modernité, une bêtise, et les bêtises ne se dégustent qu'à Cambrai.

Au début de 1837, Stendhal descend la Loire, de Tours à Nantes, sur le bateau *L'Inexplosible.* Il parlera beaucoup de Nantes dans ses *Mémoires d'un touriste.* Beaucoup de bavardage et d'impertinence. Il loge, selon ses dires, « dans un hôtel magnifique » et sa chambre donne sur la place Graslin. C'est l'ancien hôtel de France[2] qui s'ouvrait sur la place même. En réalité, Stendhal ne retiendra de Nantes que deux choses : une

1. Mais elle n'échappa pas aux ultimes bombardements du 15 juin 1944 et ne sera rouverte qu'à la fin de 1946. Des échafaudages pour sa rénovation restèrent toutefois en place jusqu'en 1971, peu de temps avant que sa charpente soit incendiée.

2. L'hôtel de France de la place Graslin, vanté par Young et Stendhal et où se pendit Jacques Vaché, a disparu. L'hôtel des Voyageurs, situé en haut de la rue Crébillon, a repris son nom.

jeune fille au chapeau vert qui le séduit tant qu'il voudra lui consacrer un roman, *Le Rose et le Vert*, resté inachevé, et le tombeau de François II et de Marguerite de Foix à la cathédrale, sculpté par Michel Colomb au début du XVIe siècle. « Admirable monument, écrit Stendhal. Outre sa beauté directe, je pensais qu'il est pour la sculpture à peu près ce que Clément Marot et Montaigne sont pour la pensée écrite. » Et il nous assure qu'il est allé le contempler tous les jours pendant une demi-heure.

Sans tomber dans une telle dévotion, je ne fais guère de voyage à Nantes sans aller revoir ce cénotaphe élevé à la mémoire du père et de la mère d'Anne de Bretagne, certainement l'une des plus belles sculptures funéraires qui soient et que Mathurin Crucy (toujours lui !) sauva de la destruction pendant la Révolution en le cachant dans la cour écartée du couvent des Ursulines.

Et puisque nous avons parlé de nos itinéraires sentimentaux, n'oublions pas nos stations culturelles. Le musée des Beaux-Arts, superbement restauré, m'a beaucoup appris, au moins par trois tableaux : le *Joueur de vielle* de La Tour, le *Portrait de Madame de Sennones* d'Ingres et *Les Cribleuses de blé* de Courbet. Mais, dois-je l'avouer, au temps de mon adolescence nantaise, ma fascination allait plutôt à un très grand nu, accroché tout à l'entrée du musée, nudité plantureuse, voluptueuse et maternelle, qui m'a ouvert une fenêtre sur l'érotisme de la même manière trouble que la *Salomé* de Gustave Moreau pour André Breton. J'ai su, depuis, qu'il s'agissait d'une *Vénus* de Bouguereau que l'on a maintenant, la mode partie ailleurs, planquée dans quelque réserve.

J'aimais bien aussi le musée des Arts décoratifs, au château des Ducs de Bretagne, augmenté aujourd'hui par les collections du musée des Salorges. Tout le merveilleux légendaire nantais s'y trouve réuni : maquettes de bateaux, cap-horniers, chasse à la baleine, traite des Noirs. Ce merveilleux qui s'insérera dans l'utopie scientiste de Jules Verne. Jules Verne qui a, et c'est bien le moins, son musée à Nantes depuis 1978, musée tout blanc, près de la blanche statue de sainte Anne.

Mais la culture, ce n'est pas seulement les musées, les monuments, la lecture. C'est aussi les fêtes. Et deux fêtes ponctuaient avec force le printemps et l'automne : le carnaval, avons-nous dit, le jeudi et le dimanche de la Mi-Carême, auquel, à l'automne, la fête foraine sur les cours Saint-André et Saint-Pierre donnait la réplique. Ménageries, monstres, puces savantes, loteries, gaufres, nougats, trains fantômes, autos tamponneuses, boxeurs et lutteurs, tirs, la fête foraine c'est aussi le merveilleux, l'exotisme, les rencontres imprévues, l'exaspération des bruits et des désirs.

Mais la culture c'est aussi certaines nourritures spécifiques, voire même quelques marques de produits. Et, dans cette perspective, les petits-beurre LU sont aussi nantais que Jules Verne et Anne de Bretagne. Et l'impact de ces biscuits « tout au beurre » est si grand que l'on dit d'un ivrogne, à Nantes, qu'il est « beurré comme un petit LU ».

Il arrivait que le dimanche ma mère achetât des biscuits à la cuillère que nous trempions dans nos tasses de lait. Parfois survenait le grand jour, le tralala, la folie des grandeurs : ma mère achetait des « petits-beurre ». Le Petit-Beurre, c'était évidemment le Petit LU.

Lefèvre-Utile. Étrange nom ! Curieux que l'utilité du biscuit Lefèvre soit ainsi affirmée en toutes lettres. Et nous croyions, dur comme fer (comme fer-blanc de boîte à biscuits), que tout ce qui était écrit ne pouvait qu'être vrai. Quelle était cette utilité ? Vague... Mais comme on ne savait rien faire qui ne fût utile, et puisque monsieur Lefèvre affirmait l'utilité de son biscuit, la gourmandise n'était plus un péché.

Par contre, le crémet en était un. Un gros péché ! Ma mère le savait bien, mais elle succombait à la tentation avec une certaine jubilation. Nous voyions parfois descendre dans le sentier (l'actuelle avenue Maurice-Utrillo) une femme lourdement chargée qui criait : « Crémets... Beaux crémets... Crème fraîche ! » Ma mère se précipitait dehors, avec de grands gestes et la femme, aux bras encombrés de paniers et de bidons, arrivait à petits pas. Ma mère tendait un plat de faïence dans lequel la marchande dépotait un laitage hémisphérique, entouré d'une gaze blanche, d'un petit moule en fer percé de trous. Elle puisait ensuite avec une louche, dans le bidon, une mesure de crème fraîche dont elle arrosait le crémet. Quel régal ! Quelle fraîcheur !

Il faut dire que nous aimions beaucoup les laitages, ma mère et moi et que, par chance, leur prix n'était pas élevé.

Nous faisions aussi des débauches de caillebottes, poussant les convenances jusqu'à nous rendre à la fête des Caillebottes de Ragon (mais oui), au-delà du pont de Pirmil, à proximité de Rezé.

Nous aimions aussi les civelles, ces minuscules anguilles que l'on achète agglomérées en « pain » et que l'on blanchit dans du lait. Nous aimions, bien sûr, les sardines grillées, marchandées aux femmes de pêcheurs qui les vendaient à la sauvette, dans des paniers d'osier couverts de fougères. Enfin, nous aimions les berlingots, vendus en cornets rue de la Fosse, bonbons à base de sucre d'orge ; berlingots bruns au café, mauves au cassis, rouges à la framboise, verts à l'anis, blancs à la menthe et dont les belles boîtes rivalisaient avec celles de LU.

Il pleut sur Nantes... chante Barbara. Dans la mythologie littéraire française, la pluie serait-elle à Nantes ce que le tonnerre est à Brest ? Cette petite pluie fine, venue de l'Océan, a donné lieu à de nombreuses expressions locales un peu dégoûtées : il brimasse, il mouillasse. On parle aussi de crachin. Est-ce pour déjouer le sort que Nantes a nommé une de ses rues Beau-Soleil, en plein milieu de ce carré magique formé par une ligne idéale allant de la cathédrale à l'hôtel de ville et du château au Bouffay ?

Car, peut-être, mes souvenirs de Nantes d'hier oblitèrent-ils quelque peu la personnalité de Nantes d'aujourd'hui. Nantes a changé, redisons-le. Elle tourne le dos à la mer et regarde vers l'amont de la Loire. Elle n'est plus une ville aquatique, mais une ville de jardins. Mais quels jardins ! Et quel fleuve !

Lorsque l'on arrive de l'est ou du centre, c'est-à-dire de la France intérieure, lorsque l'on arrive d'Orléans, de Tours, d'Angers, on ne descend plus la Loire sur un bateau, comme Stendhal, mais on suit étroitement le fleuve, que ce soit en voiture ou en train. Le fleuve vous accompagne à Nantes, vous montre le chemin, vous répète à tous les instants que la ville vers laquelle vous allez est ville de Loire.

Et pour le piéton que je suis, Nantes offre le privilège de longues promenades, ponctuées par la superbe végétation de ses magnolias, de ses camélias, de ses hortensias. Malgré le comblement de ses eaux, l'atonie de son port, les destructions des bombardements de 1943, l'erreur grotesque de son pitoyable gratte-ciel, Nantes est néanmoins, est toutefois, est malgré tout, l'une des plus belles villes de France, l'une des plus jolies à regarder, l'une des plus agréables à parcourir à pied, l'une des plus odorantes, l'une des plus douces, l'une des plus aimables.

Si Nantes s'est beaucoup étendue, faisant d'une île de Loire, Beaulieu, son centre d'affaires, sa modernité, par contre le centre traditionnel, le vieux Nantes, se ramasse dans un périmètre étroit, ce qui ne donne que plus de force à son originalité.

Comme on trace à Paris une ligne idéale qui va de l'hôtel de ville au rond-point de la Défense, en passant par le Louvre, la Concorde et l'arc de triomphe de l'Étoile, on peut inscrire sur le plan de Nantes un parcours de la colonne Louis-XVI au théâtre Graslin. A la différence que l'itinéraire parisien ainsi décrit est inhumain, impraticable à pied, alors que ce que je vous propose à Nantes est une promenade à pas lents.

Du haut de sa colonne, Louis XVI regarde les beaux hôtels particuliers du cours Saint-André, qui datent de son règne. Derrière ces belles façades se cachent des descendants de négriers, des aristocrates ruinés, vivant chichement, mais toutefois sans déroger à prendre un emploi roturier ; des descendants de vieilles familles, oubliés comme dans des placards de musées ; que l'on voit parfois sortir furtivement, jetant de brefs regards à droite et à gauche, de peur d'être reconnus, tellement leur passé familial les aveugle. Avec leurs cannes à pommeaux, leurs pèlerines, leurs particules, ils vont bien vite s'enfermer dans un cercle tout proche, pour y causer de vieux livres, de marine à voile, de monsieur de Charette et de madame la duchesse de Berry.

Avant de rencontrer la cathédrale, vous passez sous la porte Saint-Pierre, dont la base est un vestige de l'enceinte gallo-romaine. Puis vous descendez la rue de Verdun jusqu'à la place du Pilori. C'est là que le vieux Nantes s'exprime le mieux, dans son fouillis de rues et de ruelles. Vous continuez tout droit jusqu'à la place Royale et montez place Graslin par la rue Crébillon. La rue Crébillon, c'est la rue élégante, la rue des beaux commerces. Lorsque l'on est nantais, on la monte, on la descend, on la remonte et on appelle ça « crébillonner ».

Asseyez-vous à la terrasse de *La Cigale* si, par chance, rare, vous y trouvez une place, et attardez-vous à contempler la belle ordonnance de la place Graslin, notamment la façade à colonnes du théâtre, petit joyau de l'architecture du « siècle des Lumières ». Puis vous contournez le théâtre et arrivez à un boulevard qui s'appelait autrefois le boulevard Delorme et qui a pris aujourd'hui le nom d'un maire de Nantes : Gabriel Guist'hau. Loin de moi l'idée de vouloir contester les mérites de monsieur Guist'hau, mais le changement de certains noms de rues modifie en même temps tous vos souvenirs. Je ne sais qui était monsieur Delorme, mais boulevard Delorme évoquait évidemment pour moi un boulevard planté d'ormes[1]. Je n'en démordrai pas. Et tant qu'à changer pourquoi ne pas avoir donné à ce boulevard le nom de Guépin dont le buste orne l'entrée du boulevard ? Ange Guépin (1805-1873), médecin des douanes à Nantes, fut commissaire de la République en 1848, ce qui lui vaudra d'être destitué de sa chaire de professeur à l'École de médecine en 1850. Préfet de la Loire-Inférieure après la chute de l'empire, Guépin avait publié en 1835 un livre intitulé : *Nantes au XIXe siècle, statistique, industrielle et morale.* Les pages que le docteur Ange Guépin consacre à la description de la misère ouvrière n'ont d'égales que celles de ses contemporains Villermé, Blanqui et Engels.

Car l'envers de la prospérité bourgeoise nantaise fut évidemment, au XIXe siècle, une désolante pauvreté populaire, à l'origine de l'agressivité et de la dureté de sa classe ouvrière. Nantes a été une véritable marmite en ébullition, du fait de l'extrême concentration de sa population laborieuse. Métallurgistes des ateliers de locomotives des Batignolles, cigarières de la manufacture des tabacs (1 172 ouvrières et ouvriers en 1893), ouvriers de Chantiers de la Loire et des Chantiers de Bretagne, des entreprises Brissonneau et Lotz, de Dubigeon (en 1896, Nantes construit trente et un bateaux jaugeant 8 296 tonnes), tisserands de coton

1. C'est Thibault-François de l'Orme, tué en 1793 lors du soulèvement de la Vendée, « première victime des brigands étant à son poste » qui donna son nom à la place Delorme. Un boulevard la prolonge au XIXe siècle que, par redondance, on planta d'ormes. A la fin du XIXe siècle, une pittoresque statue de bronze de Guépin, debout, vêtu d'une redingote, son chapeau à la main, fut édifiée place Delorme. Je la revois très bien. Fondue par les Allemands, lors de l'Occupation, elle a été remplacée par un banal buste de pierre et les ormes, abattus, par des tulipiers de Virginie.

du quartier Saint-Similien, corroyeurs de cuir sur les bords de l'Erdre, ouvriers et ouvrières des conserveries, des sucreries de Chantenay, des biscuiteries, dockers, mariniers, pêcheurs de Loire, les ouvriers de Nantes et de Saint-Nazaire ont longtemps bénéficié d'une sorte d'auréole révolutionnaire, sans doute par le fait qu'ils avaient souvent recours à l'action directe et qu'en 1892, sous l'influence de Pelloutier, Aristide Briand, né dans le quartier malfamé du Marchix où son père était bistrotier, devint propagandiste de la grève générale.

Toujours est-il que le premier syndicat, créé en France, le 26 mai 1833, fut celui des typographes de Nantes. Toujours est-il que l'impact des luttes ouvrières nantaises contribua souvent à déclencher des mouvements nationaux de grande ampleur, par exemple en 1936, en 1953, en 1968. A l'esprit d'entreprise de la bourgeoisie répondit naturellement une combativité de la classe ouvrière nantaise.

De la place Delorme, après avoir salué ce brave M. Guépin, auquel on attribua quand même une rue, non loin du marché de Feltre, vous descendez la rue du Calvaire, jadis pendant commercial de la rue Crébillon et que j'ai vu entièrement brûler en 1943 et vous tournez à droite rue Boileau pour le simple plaisir de vous souvenir qu'un beau magasin LU s'y tenait avant la date fatidique des bombardements. Comme la brasserie *La Cigale*, qui nous présente toujours une profusion de céramiques et de miroirs, ce magasin était orné d'un décor 1900, avec des boiseries murales, des comptoirs et des vitrines de cuivre. Des vendeuses, toutes de noir vêtues, à l'exception d'un col blanc, proposaient en fin de semaine, outre les biscuits dans des boîtes en fer-blanc décorées, devenues pièces de collection, des « gâteaux nantais au rhum », des tartes à la frangipane, des petits pains d'épice.

De la rue Boileau, vous aboutissez à l'entrée supérieure du passage Pommeraye. Vous l'empruntez, descendez ses marches, traversez la rue de la Fosse et arrivez à l'hôtel de la Bourse, autre monument de Mathurin Crucy. La place du Commerce vous offre les terrasses de ses cafés. Jadis port-au-vin, cette place très large est, depuis toujours, un lieu de rendez-vous. Le 16 septembre 1943, à seize heures, je devais y rencontrer, dans un des bistrots, un très jeune poète dont le nom s'auréolait déjà d'une gloire sans égale. J'avais lu en effet l'un de ses poèmes dans

Comœdia et je savais qu'il entretenait une correspondance avec Pierre Reverdy. Il s'appelait René-Guy Cadou. Or, c'est ce même jour et à la même heure, qu'un bombardement massif détruisit le centre de Nantes. J'espère que Cadou, qui ne méprisait pas les canulars, n'en avait pas été informé. Il se passa quelques mois avant que je redécouvre l'adresse de Cadou. Il me donna alors rendez-vous dans un château perdu au milieu des marais de Goulaine. Il était instituteur et restera toute sa vie instituteur de campagne.

C'était bien le poète que je pensais. Rarement la poésie ne s'est mieux accordée avec le physique de son poète, que celle de Cadou avec lui-même. J'allais le voir, juché sur la vieille bicyclette de mon père, le plus souvent possible, dans ce domaine enchanté, aussi mystérieux, aussi attirant que celui du Grand Meaulnes. Il me lisait ses derniers vers, de sa voix chaude, convaincante. Parfois, il me récitait du Reverdy, qu'il considérait comme son maître, me racontait des anecdotes sur Max Jacob ou sur Apollinaire que, bien sûr, il n'avait pas personnellement connu, mais auquel il consacrait un livre. Avec René-Guy Cadou j'accédais à la poésie vivante, à la « jeune poésie » et, plus tard, lorsque je me liai à mon tour à Julien Lanoë, Jean-Daniel Maublanc, Jean Rousselot, Michel Manoll, Maurice Fombeure, ce fut pour retrouver Cadou présent parmi eux, bien que solitaire toujours en pays nantais. Il se faisait, parmi les poètes parisiens, une légende de René-Guy Cadou.

René-Guy Cadou resté au pays.

En avril 1948, Cadou m'écrivait de La Bernerie (une si jolie petite plage !) :

« Paris que j'exècre et qui ne vaut pas la plus déserte des campagnes. »

Il avait choisi, ou plutôt il avait consenti à vivre dans une campagne déserte, à Louisfert, éloigné de toute agglomération importante. Et il avait raison. On n'est jamais si seul qu'à Paris.

Première rencontre avec un poète. Première rencontre avec la poésie.

Prunelles endormies de la place Bretagne
Où vacillait jadis le cœur de mon ami

L'ombre a tout effacé Lentement je m'éloigne
Celui que j'attendais ne viendra plus ici.

René-Guy Cadou, mort en poésie en 1951 !

Marché aux puces de la place de Bretagne ; bigoudens aux coiffes en pain de sucre brodant interminablement devant les passants une lingerie que personne ne porte plus ; clochards, poivrots, hurluberlus, déchets du port abandonné qui jouez aux carrefours la grande scène de la cour des Miracles ; petit marché du Bouffay, si propre et si calme que l'on se croirait dans une halle de village ; cygnes dans les pièces d'eau du château de la duchesse Anne ; passants inconnus, ombres familières, vestiges de la grande Histoire, c'est tout cela, aussi, que j'aime retrouver à Nantes. Avec le parfum des épices et du lilas.

Table

DU MÊME AUTEUR

Littérature

L'autobiographie :

L'Accent de ma mère, Albin Michel et coll. « Terre humaine », Plon.
Ma sœur aux yeux d'Asie, Albin Michel.
Drôles de métiers, Albin Michel.
Enfances vendéennes, Albin Michel, Ouest-France et Point Virgule, Seuil.
J'en ai connu des équipages, entretien avec Claude Glayman, J.-C. Lattès.

Romans

Le cycle vendéen :

Les Mouchoirs rouges de Cholet, Albin Michel.
La Louve de Mervent, Albin Michel.
Le Marin des sables, Albin Michel.
Le Cocher du Boiroux, Albin Michel.

Le Jeu de dames, Albin Michel.
Les Quatre Murs, Albin Michel.
Nous sommes dix-sept sous une lune très petite, Albin Michel.
La Mémoire des vaincus, Albin Michel.
Le roman de Rabelais, Albin Michel.

Essais

Histoire de la littérature prolétarienne de langue française, Albin Michel.
La Voie libertaire, coll. « Terre humaine », Plon.
1793. L'Insurrection vendéenne et les malentendus de la liberté, Albin Michel.

Critique et histoire de l'art

L'Art abstrait (tomes 3, 4, 5), A. Maeght.
L'Art, pour quoi faire ? Casterman.
Naissance d'un art nouveau, Albin Michel.
25 ans d'art vivant, 1944-1969, Galilée.
Les Maîtres du dessin satirique, P. Horay.
Atlan, mon ami, 1948-1960, Galilée.
Karel Appel, de Cobra à un Art Autre, Galilée.
Jean Dubuffet, paysages du mental, Skira-J. Bucher.
Les Ateliers de Soulages, Albin Michel.
Soulages, peintures sur papier, Hazan.
James Guitet, les forces du silence, SMI.
54 mots clés pour une lecture polyphonique d'Agam, Fall.
Martin Barré, Calder, Corneille, Dubuffet, Fautrier, Étienne-Martin, Kemeny, Kœnig, Marta Pan, Poliakoff, Schneider, monographies chez divers éditeurs.
Le Dessin d'humour, Point Virgule, éd. du Seuil.
Histoire des Arts plastiques de 1945 à nos jours. Entretien avec Alain Vollerin, 5 vidéocassettes de 53 mn. Mémoire des Arts.
Journal de l'art abstrait, Skira.

Urbanisme et architecture

Histoire mondiale de l'architecture et de l'urbanisme modernes :
Tome 1, *Idéologies et pionniers,* 1800-1910, Casterman.
Tome 2, *Pratiques et Méthodes,* 1911-1985, Casterman.
Tome 3, *Prospective et futurologie,* Casterman.

Esthétique de l'architecture contemporaine, Griffon, Neuchâtel.
L'Homme et les Villes, Albin Michel (éd. illustrée Berger-Levrault).
L'Architecture, le Prince et la Démocratie, Albin Michel.
L'Espace de la mort, Albin Michel.
L'Architecture des gares, Denoël.
Claude Parent, monographie critique d'un architecte, Dunod.
Goldberg dans la ville, Paris Art Center.
Le Temps de Le Corbusier, Hermé.
C'est quoi, l'architecture ? éd. du Seuil, coll. Petit Point.
Histoire de l'architecture et de l'urbanisme modernes, Point Essais, éd. du Seuil, 3 vol.

Catalogue biobibliographique

Autour de Michel Ragon, Musée des Beaux-Arts de Nantes et Paris Art Center, 1984.

La composition de cet ouvrage
a été réalisée par l'Imprimerie BUSSIÈRE,
l'impression et le brochage ont été effectués
sur presse CAMERON *dans les ateliers de B.C.A.,*
à Saint-Amand-Montrond (Cher),
pour le compte des Éditions Albin Michel.

Achevé d'imprimer en septembre 1994.
N° d'édition : 13200. N° d'impression : 1701-94/584.
Dépôt légal : octobre 1994.